新出图证（鄂）字10号
图书在版编目（CIP）数据

刘守华论著选／刘守华著；孙正国编．—武汉：华中师范大学出版社，2023.8
（华大经典文库）
ISBN 978-7-5769-0198-6

Ⅰ．①刘…　Ⅱ．①刘…　②孙…　Ⅲ．①文学理论—文集　Ⅳ．①I0-53

中国国家版本馆CIP数据核字（2023）第145859号

编 辑 室：综合编辑室
电　　话：027-67867370
责任编辑：罗　挺
责任校对：骆　宏
封面设计：甘　英　胡　灿
出版发行：华中师范大学出版社有限责任公司
社　　址：湖北省武汉市洪山区珞喻路152号
销售电话：027-67861549
邮　　编：430079
网　　址：http://press.ccnu.edu.cn
印　　刷：湖北新华印务有限公司
督　　印：刘　敏
开　　本：710mm×1000mm　1/16
印　　张：31.25
字　　数：420千字
版　　次：2023年8月第1版
印　　次：2023年8月第1次印刷
定　　价：126.00元

华中师范大学120周年校庆丛书

华大经典文库

HUADA JINGDIAN WENKU

目　录

CONTENTS

世纪回眸

民间故事学理探奥

目　录

CONTENTS

目 录
CONTENTS

目录
CONTENTS

世纪回眸

感恩时代，奉献余热

——“中国文联终身成就民间文艺家”荣誉称号获奖感言

这次中国文联和中国民间文艺家协会授予我终身成就民间文艺家奖，我感到十分欣慰，但是也感到有些意外，因此我得到获奖通知以后，当时就写了 16 个字给以回应，这就是：意外获奖，感恩时代，延年益寿，奉献余热。现在我就围绕这个题目讲一下自己的感言。

第一，这次评奖首先是针对我的学术成果，这主要就是 2021—2022 年由华中师范大学出版社出版的《刘守华故事学文集》。它是以民间故事研究为主，一共有 460 万字，分成十卷。这十卷书里《中国民间故事史》在国内外的影响比较大，近几年由中华学术外译项目规划招标翻译，现在已经有三个大学在翻译。暨南大学译成英文将在美国出版，曲阜师范大学译成日语将在东京出版，还有一个俄文版本由广东外语外贸大学翻译，将在莫斯科出版。另有首都师范大学正申报译成西班牙文，拟在阿根廷出版。中国民间文学是一个小学科，这方面的著作过去在国内外都不被重视，现在这些著作在国内出版之后，又将在国外翻译问世。这样就可以把中国根基深厚的传统文化向世界传播，有助于增强中华民族的文化自信。还有五种书，在全国高校人文社科优秀成果评奖中获得过五次奖励。《佛经故事与中国民间故事演变》获得中国民协“山花奖”。

第二，这次奖励也是对我几十年在这个专业上教书育人的嘉奖。从

1960年开始，我们紧跟北京师范大学钟敬文先生，在华中师范学院开设了民间文学课，教授本科的课程，1985年开始招收硕士研究生，2003年起招收博士研究生。到目前为止，我们师生共同努力，一共培养了100多名研究生。据初步了解，其中，获得正副教授职称进入高校的大概有三四十人，而且不少可以称得上是拔尖人才，包括两位大学校长。我们的黄永林教授就当过华中师范大学的副校长；肖远平教授，现任贵州师范大学党委书记；有三位担任全国学会的副会长，还有多位学生担任了几个省的民间文艺家协会的主席。

民间文学属于五四新文化运动中发展起来的新兴人文学科。中国共产党在文化政策上一向比较重视民间文化，新中国成立以后，1950年3月成立中国民间文艺研究会，中宣部部长周扬出面请郭沫若先生作为首任中国民间文艺研究会的会长。郭沫若先生在致辞中特别提到，在中国传统文化中，民间文艺是最基本、最生动、最丰富的组成部分，所以应该得到我们的尊重和礼敬。70多年后，中国民协举行第九次全国代表大会，中宣部部长刘奇葆致辞，郭沫若的讲话再次被申述，成为新时代中国特色社会主义文化建设的标志之一，值得我们认真领会。

第三，我的这些成就是在中国共产党党旗引领下所取得的。我出生于江汉平原一个乡村教师家庭，父亲曾是毛泽东主办的武昌农民运动讲习所学员，参加过洪湖地区的农民运动。我于1953年进入华中师范学院中文系读本科，1956年7月入党。1956年也是我投身于“向科学进军”的时代热潮，在全国报刊上发表民间文学文章的那一年。在中国特色社会主义伟大旗帜的指引下，中国的民间文学事业可以说是一浪高过一浪。五六十年代，新中国刚刚成立，采录研究民族民间文艺蔚成风气。八九十年代由文化部、国家民委和中国民间文艺家协会联合编纂十部民族民间文艺集成志书，其中就包括了《中国民间故事集成》。我作为湖北省民间文艺家协会主席，是这个集成的总编委会委员，也是湖北省故事集成的副主编。这是一个大的文化工程，这部大书的资料都是从田野调查中间采录得来，所以这个艰巨工程经过十年才完工。最后的评语中说，中国政府修筑了一个新的文化长城。从 2005 年开始，国务院又启动了非物质文化遗产保护工程，其中主要部分是民间文艺。到现在为止，非物质文化遗产保护搞得轰轰烈烈，延伸到旅游，延伸到我们经济生活，延伸到教育方面，成为新时代中国特色社会主义文化建设的一个重要方面。我们华中师大 2006 年就成立了全国第一个非物质文化遗产研究中心，我被推举为该研究中心的主任，在省市非遗保护工程中竭诚奉献，成为文化部表彰的先进集体。这几十年，我就是在社会主义文化建设重视民间文化这个学术潮流、文化潮流中做出了这样一点成绩。因此，虽然我从事民间文学与个人兴趣有密切关联，实际上是在中国共产党的文化建设旗帜指引下走过来的，只有在这宏伟时代潮流中，我的个人兴趣才能够得到发挥或者取得成就。

最后，我还想借此机会感谢母校华中师大。1957 年毕业时，因为我已经在民间文学上有一些成绩，所以是作为民间文学专业教师留校任教的，留下来以后基本上就没有大的变动。我几十年能够走过来，与华中师大及文学院对我的扶持、对我的关怀也是分不开的。

中国民间文艺事业在中国特色社会主义经济文化新发展的宏伟蓝图中，要获得创造性转化和创新性发展，还要做巨大努力，我愿意在这个新征程中矢志不移、奉献余热。

“吾侪肩负千秋业，不愧前人庇后人”*

——新中国民间文艺事业60年

五四新文化运动催生的民间文艺学科和民间文艺事业，新中国成立60年来获得了长足进展。笔者于1956年在“向科学进军”的热潮中投身于民间文学研究，1957年大学毕业后走上民间文学教学岗位，1980年起担任地方民间文艺家协会负责人长达20年，在几十年的不息耕耘中对这个文化学术园地的巨大进展深为感奋。2001年笔者给加拿大出版的《文化中国》杂志撰文，评述“中国民间文学研究百年历程”时曾写下这样一段话：

行将结束的20世纪，在中国历史上是一个风雷激荡、翻天覆地的历史时期。千百年来紧密伴随民众的生活，真实记录他们的历史足迹，直接抒写他们的爱憎苦乐与梦想追求的民间口头文学，也相应地备受文化界的关注，终于构成为一门现代人文学科——民间文艺学。从五四时期北京大学成立歌谣研究会，创办《歌谣周刊》，到90年代末规格宏大的民间文学三套集成陆续问世；从鲁迅称道众多的民间故事讲述人为“不识字的作家”，到毛泽东亲自倡导采集民歌，向民间文艺学习以补益新文艺的创作；从《故事会》这样

* 本文摘要刊于《中国艺术报》2009年11月3日，全文载于《民间文化论坛》2010年第1期。

的刊物每期发行几百万份，到一系列口头文学家的口述作品专集纷纷问世享誉全国并走向世界，等等。诸多事例构成百年中国文化史上别开生面的崭新篇章。

现在就借用它来作为本文的开头。

一

1949年新中国成立，开辟了中国历史的新纪元。由于受五四新文化运动的启迪，由于毛泽东《在延安文艺座谈会上的讲话》对文艺面向工农兵的大力倡导和解放区重视学习民间文艺的宝贵经验，在百废待兴、百业待举的形势下，民间文艺成为最早受到党和政府重视的一项文化事业。

1950年3月由郭沫若任理事长、老舍和钟敬文任副理事长的中国民间文艺研究会在北京成立。民间文艺研究会原是一个独立的学术团体，从1954年起，加入中国文联，成为文联所属众多文艺家协会之一。1987年5月更名为中国民间文艺家协会，它成为组织协调中国民间文艺事业的中心，直至今天。1958年，毛泽东几次谈到搜集民歌问题，认为民歌是中国诗的一条出路。中国民研会制定出“全面搜集，重点整理，加强研究，大力推广”的工作方针，采录和研究民间文学的工作以空前规模展开，成为一股文化热潮。“大跃进新民歌运动”虽成为昙花一现的历史陈迹，但在这两三年中间采录民间文学，尤其是在云南、贵州等少数民族地区采录民间文学获得的丰硕成果，以及培养民间文艺学新秀的突出成绩，都不应低估。“文革”前的17年间共出版民间文学集2400多种，还编印了大量具有科学价值的内部资料。一系列民间文学的精美之作，如《中国民间故事选》《义和团故事》《阿凡提故事》《阿诗玛》《召树屯》等，以及1955年创刊的《民间文学》杂志，一直深受读者喜爱。吸取民间文学素材创作的长诗《百鸟衣》、歌剧《刘三姐》、戏曲《白蛇传》等，成为脍炙人口的佳作。民间文学的评论研究大都着眼于社会学、文艺学的文本阐释，称道劳动人民的艺术创造才能，民间文艺学基本知识在全国范围内得到普及宣传，开启了一项新的文化学术事业。

二

在"文革"十年浩劫中，民间文学工作以及各族群众世代传承的口头文学作品，都成为"彻底革命"的对象。改革开放后，中国民间文艺事业蓬勃发展，进入又一个黄金季节。

在短短几年中，除台湾地区以外，全国各省市自治区，都建立了民间文艺家协会分会。仅总会会员就发展到3000多人。中国社会科学院设立民间文学研究室和少数民族文学研究所；高校中文系普遍开设民间文学课程，特别是多所高校招收培养硕士研究生与博士研究生，大批专业人才茁壮成长。民间文学报刊如同雨后春笋一般大量涌现，80年代后期达到20多种，畅销城乡。除《民间文学》《民间文学论坛》外，尚有上海的《故事会》、浙江的《山海经》、福建的《故事林》、河南的《故事家》、河北的《民间故事选刊》、吉林的《民间故事》、四川的《巴蜀风》以及《山西民间文学》《西藏民俗》等十余种一直发行至今。在最红火的六七年中间，每年约有两三千篇故事传说和两三百篇论文发表，出版的民间文学作品集数以千计。上海文艺出版社推出的《中华民族故事大系》16卷本，刘魁立主编的《中国民间文化丛书》14种，内容丰富，受人称道。

民间文艺学理论研究的活跃，成为这一历史新时期中国民间文艺事业的突出特征。中国民协总会、地方分会和分支学会举办的各种讨论会，运用多学科交叉方法对各族民间文学的学术研讨，使众多学人深受教益，整体学术水准迅速提高。同苏联、日本、芬兰、美国等多国同仁的频繁学术交流，以及一系列国外民间文化经典性论著的翻译出版，使中国学人眼界大开。旅居海外的华人学者丁乃通、谭达先，以他们多年心血结晶而成的学术论著，将中国民间文学推向世界，使中国学派的声势更加令世人瞩目。

1984年编纂民间文学三套集成（《中国民间故事集成》《中国歌谣集成》《中国谚语集成》）的工作在全国启动。在各级政府文化部门的大力支持下，广泛动员，对各族民间文学进行大规模的调查采录。截至1990年全国共搜集到民间故事183万篇，歌谣302万首，谚语784万条，总字数达40亿字。民间文学三套集成是文化部、国家民委、中国文联三家协作组织编纂的10套民族民间文艺集成志书的一部分，按省市分卷。全套书共298卷，440册，共计4.5亿余字，于2009年10月全部成书，成为众多学人所称颂的宛如修筑一座民族文化长城般的百年壮举。按编纂《总方案》的构想："中国民间文学三套集成是在全国范围内进行普查，广泛搜集的基础上，按照科学性、全面性、代表性原则编选出来的，具有高度文学价值和科学价值的中国各地区、各民族民间故事、歌谣、谚语优秀作品的总集。""科学性、全面性、代表性三者是互相联系不可分割的，科学性是三性的核心。"

民间文学集成的主要特色与价值表现在如下四个方面：

1. 这套书基本上不收录现成书面资料，要求所有作品及相关资料均从田野调查中采录得来。为此，在全国范围内进行了民间文学普查。其规模之大，不仅在中国历史上是空前的，也为当今世界所罕见。以民间故事为例，斯蒂·汤普森指出："在欧洲，那些最成功的民间故事集成是在19世纪中叶和晚期形成的。""尽管大规模的组织活动是可能的，但民间故事的实地搜集却基本上只是一种个体的活动。"相比之下，中国为编纂民间文学集成所开展的这次普查，却是由各级政府文化部门所发动，吸引广大城乡居民参加，规模宏大的民间口头文学采录活动，即使还有不少死角，其巨大收获也不能不令世人惊叹。这里还需指出，值得我们珍视的不仅仅是几百万篇的数量，还有它们的文化含金量。正如我们所熟知的，民间文学主要是农业文明的产物，20 世纪初期和中期的中国社会，民间文学正保持着它最鲜活的姿态，发散出最强旺的生命力。因而这一时期采录所得的民间文学资料，和民间文学趋于衰落的西方现代工业文明社会所能见到的民间文学相比，便有着格外珍贵的文化价值。随着中国社会的急速转型，这份文化财富的价值将更显辉煌。

2. 民间文学集成的编纂，被列入国家艺术科学规划之列，百年来以钟敬文先生为代表的几代学人，均被吸引在这一文化工程之内，因而它实际上是一项集体投入的科学研究工作。强调三性并将科学性置于首位，就昭示出这部大书的鲜明特质。如在选材上，强调“应坚持历史唯物主义原则，注意搜集各方面的材料”，反对用现代思想要求过去的民间文学作品，排除以“封建糟粕论”践踏传统民间文学的简单粗暴行为。在作品的文字写定上，一律用“采录”来取代沿用多年的“搜集整理”，使现有书面文本能最大限度地忠实于口述原貌。既吸纳国际学术成果，又充分尊重中国民间文学实际状况，来改进民间文学的分类体系，如增列“机智人物故事”，不使用宗教神话类目。每套集成既有总主编撰写的“总序”，还有各省市分卷编委会撰写的“前言”，分别对国家卷和地方卷选录的作品进行精要评述，它们紧贴中国和地方的历史文化特征来立论，在吸纳现有民间文学、民俗学理论方法的基础上常从鲜活材料中引申出新的见地。由众多学人呕心沥血写成的序文、前言汇合起来研读，实为内容丰富，形式活泼，从多个视角评述中国民间文学的一篇精彩大块文章。

此外，民间文学集成各卷还附录了一些相关资料，如传承人简介、重要传说故事分布图和故事类型索引、方言注释等，这些不仅可以帮助读者更好地赏析这些民间口头文学精品，也为有关学人将中国民间文学引入国际学苑提供了方便。由此可以看出，科学性原则贯串在民间文学集成编纂工作的方方面面，使它成为具有百年历史的中国民间文艺学学理与方法的集中展现和规范性表述。

3. 由于在《总方案》提出的三性原则中，“全面性”和“代表性”都突出地强调要选录“全国各地区、各民族的作品”，“入选作品应注意在地区、民族、内容、形式、风格、类型等方面的代表性”，因此有力地推进了对众多少数民族民间口头文学的采录。不论是故事集成、歌谣集成，少数民族的作品在其中都占有重要位置。故事集成四川卷还将境内彝、藏、羌、土家、苗、回、纳西、傈僳、布依、傣、蒙古、白这十几个少数民族的故事和汉族故事并列成为十几个分卷，给人以鲜明印象。中国少数民族的口头语言艺术之丰富优美，深受海内外学人赞誉。在党的民族政策推动下，20 世纪 50 年代就掀起过开掘少数民族民间文学的热潮，并着手研究编写各兄弟民族的文学史，这次编纂民间文学三套集成的活动，成为又一次广泛深入地开掘民族民间文艺宝藏的文化工程，也是费孝通先生所精辟论述的关于中华文化多元一体格局之生动体现。

民间文学集成成书后，不仅留下数量众多的资料本和原稿，为后续工作留下了广阔天地，还给民间文艺学研究打造了良好契机。在学界获得好评的 100 多种学术论著，如袁珂的《中国神话史》，陶阳、钟秀的《中国创世神话》，谭达先的《中国的解释性传说》，许钰的《口承故事论》，刘守华的《中国民间故事史》，祁连休的《中国古代民间故事类型研究》，万建中的《解读禁忌》，金荣华的《民间故事类型索引》，刘锡诚的《20 世纪中国民间文学学术史》，等等，大都是依托民间文学集成所提供的鲜活资料而成书。采录和研究是民间文艺学相辅相成的两翼。中国现代民间文艺学本是在西方民俗学的刺激下兴起的，早期深受英国学派和日本学派的影响，50 年代后向苏联学派“一边倒”，改革开放初期紧跟美国学派的步伐，可以说直到编纂中国民间文学集成，在集成编委会这个学术团队中，将基本理论方法和民间文学采录、写定、编辑的工作实践紧密结合起来，进行反复研讨琢磨，才得以从中国民间文学实际状况出发，有了一系列真正的理论建树，如民间文学分类体系的确立，“故事家”和“故事村”的发现，对富有中国历史文化特色的一系列民间传说圈的肯定，等等。许多基本理论方法不再是洋教条的生搬硬套，而是逐渐被中国化、本土化了。我曾将中国民间文艺学的基本特色概括为：立足于中国民间文学的丰富文献积累和新开掘的大量多民族鲜活资料的基础之上进行理论探索；坚持马克思主义历史唯物论的基本原则；兼容中国传统治学方法和国外相关人文学科的新成果。体现这一特色的学术成果日渐增多，标志着中国民间文艺学正向成熟境地大步迈进。

4. 中国民间文学集成的编纂出版，给海峡对岸的台湾以巨大震动。1995 年 5 月 27 日在台北举行的一次“抢救台湾民间文学”座谈会上，旅法的陈庆浩教授就大声疾呼：“80 年代初，我开始整理收集到一个多种书刊，发现台湾民间文学数量太少，质量不高。每次来台，都和学术界的朋友们谈到如何推动台湾民间文学的采集、整理、教学、传播和研究。当时大陆正如火如荼地进行编纂民间文学三套集成的工作，而台湾是无声无息，令人焦急。”正是在祖国大陆编纂民间文学集成热潮的有力推动下，台湾学人积极行动起来，很快也掀起了一个采录研究民间口头文学的热潮，如中国文化大学金荣华教授主持采录出版了台湾卑南人、鲁凯人、赛夏人和金门、澎湖等地的民间故事集，胡万川教授指导和推动了对台中、云林、彰化、高雄、宜兰、苗栗、桃园、台南等地的民间文学采录。成功大学的陈益源教授，在《台湾民间文学采录》一书中坦言，在观念和方法上，台湾地区民间文学采录很大程度上是受到中国民间文学三套集成的启迪。可见民间文学集成的出版，不仅是建造了一座中国民间文化的“文献金库”，还对中华民族民间文化财富的整体保护传承发挥了巨大推动作用。

三

新世纪伊始直至近年，在我国全面实施的民间文化遗产抢救和非物质文化遗产保护工程，将民间文艺事业推进到又一个黄金季节。

有鉴于全球经济一体化的加速和中国社会向市场经济加速转型，给民间传统文化所带来的生存威胁，以中国民间文艺家协会主席冯骥才为首的一批文化人，于2002年初向社会发出了《抢救民间文化遗产的呼吁书》，呼吁书得到党和政府的响应，文化部于2003年初启动中国民族民间文化保护工程。我国政府于2004年签字加入由联合国教科文组织主持制定的《保护非物质文化遗产公约》之后，国务院于2005年发布《关于加强非物质文化遗产保护工作的意见》，确定在全国实施一项宏大规模的非物质文化遗产保护工程。2006年设立“文化遗产日”，并于2006年和2008年，先后分两批公布了经过专家评审的国家非物质文化遗产代表作保护名录共1028项，以及这些项目的主要传承人名单。这一工作今后还将持续进行。按照“保护为主，抢救第一，合理利用，传承发展”的工作指导方针，中国民间传统文化正得到有效的保护与传承。它已成为我国文化事业的一道崭新而亮丽的风景线。

按照国际公约的界定，非物质文化遗产涵盖传统的口头文学、表演艺术、美术，以及传统的礼仪、节庆、民俗活动，传统的武术，竞技、游艺活动，传统的手工技艺、医药和历法等知识与实践活动等。而其中最大的一项就是我们平时所熟悉的民间文艺。国家名录将它们划分为10类，即民间文学、民间音乐、民间舞蹈、传统戏剧、曲艺、杂技与竞技、民间美术、传统手工技艺、传统医药、民俗。其中6个类别就属于我们通常所指的民间文艺或与民间文艺交叉的表演艺术（戏剧、曲艺），民间文艺实际上占了半壁江山。

按国务院部署由文化部实施国家保护工程，着重在建立由各级政府主导的非物质文化遗产名录体系和科学保护制度。与此同时，由中国民间文艺家协会主持的民间文化遗产抢救工程也在有条不紊地按规划实施，主要工作是编纂出版《中国剪纸集成》《中国木版年画集成》《中国民间美术图集》《中国唐卡集成》《中国民间故事全书》《中国民间叙事长诗集》《中国史诗集成》《中国民间文化杰出传奇人丛书》等大型丛书，含 17 个专项的抢救工作。它们和各级政府文化部门实施的非物质文化遗产保护工作，在工作内容与方法上既有所区别，又互相补充，殊途同归，共同促进了我国社会主义文化事业的繁荣。

跨入新世纪近 10 年的非物质文化遗产保护工程，我们完全可以将它汇入新中国 60 年来民间文艺事业大潮之中予以审视。这几年的非物质文化遗产保护工程，既是新中国多年来民间文艺事业的延伸，又是它的深入发展。非物质文化遗产保护的重点仍是传统民间文学和民间艺术，列入第一、二批国家名录的 84 个民间文学项目，虽然是近年由各地申报经评专家委员会评审确定的，其中约有三分之二的项目却经由 50 年代至 80 年代的民间文艺家所采录和研究，才获得学界与社会的肯定，前后期工作具有明显的连续性。但我们更应关注非遗保护工程所昭示的中国民间文艺事业的新进展。

1. 我国民间传承的优秀民间文艺代表作项目，通过地方申报、专家评审，进入国家名录，意味着它们已成为国家民间文学、民间艺术的经典之作。如列入第一、二批国家名录的 84 项，从四大传说到三大英雄史诗，从盘古神话到苗族古歌，从鲁班传说到巴拉根仓的故事等，它们都将由此进入中华民族的文艺经典宝库而传之不朽。

2. 列入保护名录的作品不仅其历史文化价值与艺术价值得到充分肯定与广泛认同，而且将以科学方法并建立相关制度进行“活态保护”，它是这一保护工程的关键所在，也是它的最大特色。特别是由政府主导实施的对有关民间文艺传承人的重视和保护，在中外文化史上更属首创，具有难以估量的人文价值。

3. 由于人类社会的急剧变迁，民间传统文化面临的衰落厄运是世界性的。中国由于新中国成立后有着极左思潮的严重干扰，对民间传统文化的蔑视与毁弃更为严重。跨入新世纪以来实施的非物质文化遗产保护工程，所透示出来的对人类传统文化的尊重与珍爱，在一定程度上便获得了文化启蒙意义，对转变人们的文化观念，树立文化自觉，将产生深远影响，以致有人将它视为中国的一次“文艺复兴”。

中国现代民间文艺学的构建本来有着“文艺的”与“学术的”两个目的，这两条腿随时代的变迁常有畸重畸轻之别。但这项文化学术事业总是和中国各族人民的历史命运息息相关。正是对下层民众悲苦境遇和抗争情绪的关切，才有《歌谣周刊》的问世和早期民间文艺学的发轫。人民大众的当家做主人，带来了新中国民间文艺事业的繁荣兴旺。改革开放以来，随着中华民族向伟大复兴之路迈进，才有了编纂民间文学集成和抢救保护民间传统文化这类宏大文化工程的实施，使中华民族的灵魂根脉得以存续，民族文化传统得以传承弘扬。

由政府主导的非遗保护工程的有力实施，使中国的民间文艺事业展现出辉煌前景。但在中国社会加速转型，受现代工业、商业文明及多元文化强力冲击下，怎样求得民间传统文化的科学保护与传承更新，尚需做深入探索。作为一门现代人文学科的民间文艺学的理论建设，更需付出艰苦努力方能收获丰硕成果。一辈子献身于中国民间文艺事业的钟敬文先生曾给我题词：“吾侪肩负千秋业，不愧前人庇后人！”他对这项人民文化事业的强烈责任感与奉献精神，将激励我们更加奋力地推进这一事业。

2009 年 9 月 9 日

百岁老人千秋业*

——钟敬文与中国故事学建设

钟敬文先生对中国民间文艺学的建设，从多方面作出了开创性的杰出成就。全面清理和深入阐释，有待时日。这里先就我自己在民间故事学的探索研究中直接接触、感受较深的几点，谈谈他在中国故事学建设上的一些卓越见地和宝贵奉献。

一

从20世纪80年代开始，我投身于比较故事学研究，以求拓展民间文学研究的空间。这项研究深受钟敬文先生的启迪和扶持。

钟先生早在20世纪30年代就是中国比较故事学研究的主要开拓者之一。当时他的主要成果有《中国印欧民间故事之相似》（1928年）、《中国民间故事试探》（1931—1932）、《中国民间故事型式》（1931年）、《蛇郎故事试探》（1932年）、《中国的天鹅处女型故事》（1933年）等。

他的一项开拓性的研究是归纳和整理了《中国民间故事型式》（原作《中国民谭型式》），原打算写100个，后因故写到45个便中断了。这45个型式中，包括了中国最流行的幻想故事与生活故事。就情节大

* 原载《民俗学刊》2004年第6辑；又载入《民间文化大风歌——钟敬文百年华诞纪念文集》，宁夏人民出版社2005年版。

同小异而又数量众多的神话、故事辨析异同，立型归类，是对神话、故事进行比较研究的基本技术之一。钟敬文做这个工作时虽参照过由杨成志和他本人合译的《印欧民间故事型式》，却是基于中国的民间故事材料富有创造性地独立完成的，因而以其学术上的开拓性引人注目。它在日本发表后，得到很高的评价。

更值得我们重视的是他对天鹅处女、蛇郎、蛤蟆精、田螺精等中国著名故事类型的深入研究成果。以《中国的天鹅处女型故事》为例，他在指出本故事在世界民间故事型式中的重要地位之后，即转到对它在中国传播情形的探寻，介绍见于中国古籍两种《搜神记》中的《毛衣女》和《田昆仑》，再介绍今人记录的活态天鹅处女型故事，按其形态细致地归纳为三组。在此基础上，文章展开比较探讨。第一步作古今比较，以古代记载为故事原型，和各地口头传述文本作比较，认为故事发生了三方面的演变：旧有情节的修改；吸收或混合了别种故事的情节（如解答难题，两兄弟等）；故事性质由民间故事转变成为名人传说。然后将中国天鹅处女故事和世界同型故事相比较，抽取它内容上的要素，追索其原始文化内涵，共析出十点：变形、禁制、洗澡、动物和神仙相助、仙境淹留、季子胜利、仙女居留人间、缘分、术士的预测、出难题。这十种要素或母题，大多为世界各国民间故事所共有，其中也有仅在中国流传而他国所罕见的，“例如我们现在要谈的‘缘分’，便是其中的一个。在西洋及其他各处的故事中，说及缘分的似乎很少见。在中国，不始于现代，自六朝以来的记载上，含有这种成分的故事，早就大量地存在了”[1]。

这篇论文发表后颇受国内外学术界的重视。德国艾伯哈德在1933年给钟敬文的信中就说：“我从您的著作中学到了许多东西。”并对这篇关于天鹅处女故事论考的文章表示赞赏说：“您的论考是非常正确的，我完全同意您的结论。”[2] 总之，钟敬文当时所进行的故事研究不仅在中国具有开拓性，而且在比较故事学的国际学术潮流中也占有相当重要的位置。

这些论文受到当时正得势的进化论人类学派的影响，着力在口头文学中寻求人类原始文化的遗留物，未能把它们作为表现民众现实生活与艺术智慧的叙事作品给予评说，现在看来有其明显的局限性。但它在比较故事学研究上却形成了中国学者的宝贵风格，这就是：重视从中国丰富典籍和地方口头传承中发掘第一手资料；从型式解剖入手对故事形态作精细比较；立足于中国历史文化土壤探索故事演进的轨迹，发掘其文化史价值。这些对我试做比较故事学研究都给予了有力的启示。

1979 年第 9 期《民间文学》杂志上刊出了我写的《一组民间童话的比较研究》，接着又写出几篇，它是中国进入改革开放的历史新时期以来，我在民间文艺学上向着一个新领域跨进的标志。想不到这第一步就得到钟老的大力肯定。他在 1982 年为《中国百科年鉴》撰写的《民间文学理论的发展》一文中列有“比较方法的运用”一节，对此作了如下精要评述：

> 比较方法，是近代科学（不管它是自然科学或人文科学）广泛使用的方法。因为比较能使事物更容易显露出它的性质或特点，在民间文艺学的领域中更是惯被采用的、有效的一种研究手段。从中国现代民间文艺和民俗研究的历史上看，这种情形极为显然。不管北大《歌谣周刊》时期，或中大《民俗》周刊时期，这种方法都相当流行过。自然，从我们今日的立场、观点看来，它不是科学研究的主导方法，而是一种次要的、技术性的方法，但也绝不是可有可无的方法。
>
> 新中国成立后，由于种种原因，在民间文艺研究领域中这种方法很少被采用。近年来因为“比较文学”的热潮流入，民间文艺学研究方面，也有人在新学术思想基础上采用了这种科学方法。现在尽力进行这种工作的学者还不多，但是，预计不久它将会热闹起来。

现在试略述这方面的情形。1979 年及 1980 年，刘守华在《民间文学》和《外国文学研究》上，连续发表《一组民间童话的比较研究》《民间童话之谜》两篇论文。

去年他又在该两期刊上分别发表《略谈中日民间故事的交流》及《〈一千零一夜〉和中国民间故事》……

世界学术不断前进，对于研究方法的运用，也提出了较高的要求。今天在民间文学研究领域里使用比较方法，除了首先必须服从先进的观点和基本方法（辩证法）之外，还须精细地检查所比较作品相同点或差异点的大小、轻重，并考察作品流传地域的社会、文化、民俗等有关情况，特别要严格考察那些作品中的相同点或差异点，跟流传地人民的思想及民间文艺的特点是否有亲密的关系，这样才能使我们的论断安放在比较可靠的基础上。

文章虽是一年一度的研究情况概述，却富有理论深度。它对比较方法的肯定，基于对中国乃至国际学术史的认真考察，发人深思。对我那几篇比较故事学粗浅之作的赞赏给了我巨大的鼓励，同时就如何提高比较研究的科学水准作了切中要害的提示，即严格考察相关作品中的异同点，“跟流传地人民的思想及民间文艺的特点是否有亲密的关系”，而这正是我那几篇文章远远没有达到的，从而对我此后 10 余年的比较故事学研究给予了切实有力的启迪。

我一直以民间故事为学习研究的重点，自 20 世纪 80 年代以来，先后出版的《中国民间童话概说》和《故事学纲要》，都是请钟老题写的书名。随后以自己在海内外学术刊物上发表的 20 多篇论文为基础，编撰成《比较故事学》一书，1995 年由上海文艺出版社出版，钟老又给我题写了一段话置于首页：“比较方法是现代科学研究手段之一；只要善于运用，就能奏效立功。”其中的“善于运用”四字，画龙点睛，既是对后辈学人的期望，也是有力的鞭策。

进入 90 年代以后，我全力投身于《中国民间故事史》和《中国民间故事类型研究》之中，完成了这两个获得中华社科基金和教育部社科基金资助的项目。其间遇到的“拦路虎”更多，向钟老和其他前辈与同辈师友请教，获得教益的情况也更多，难以一一历数。比如研究故事类型，他就对我讲，开始不必求多，先做一两百个有代表性的故事类型，就可以看出中国民间故事的民族特点了。《中国民间故事类型研究》一书，以 60 个故事类型解析为主体构成（原计划做 100 个），就是按这一思路策划所致。

这里特别要提到的是钟老对《中国民间故事史》一书的热情赞赏。我将此书寄赠一册给他，他在给北京师范大学研究生讲课时，颇为赞赏，不仅动员大家邮购，还从荷包里拿出钱来，说他还要邮购两册放在书房里好赠送给来访的外国学人。我知道此事后立即补寄两册，并希望他就此书的得失给我写几句话。几天后我就收到来信，他以接近百岁的高龄之身满怀深情地写道：

> 中国是一个故事大国，中国的民间故事有着悠久的历史，对民间故事历史形态的研究不仅有助于我们了解故事的传承变化脉络，而且它也适应着建设中国民间文艺学体系的需要。这项工作早就应该有人来做了，现在你不辞辛劳地做了这一繁难的开创性工作，为后来者开辟了道路，我作为这门学科的同行人，感到由衷的喜悦，我相信其他学人也会有同样的感受吧！……假如本书对民间故事中所包含的诸多文化因素给予更多的注意的话，那么作为民俗文化学著作它就可能达到更高的境界。但是，作为系统研究中国民间故事史的第一本著作，它已经具有重要的开创意义。总之，感谢你为学科建设作出的贡献，感谢你给我寄书的好意。

（《长江日报》2000 年 3 月 26 日）

此信对后辈学人辛劳耕耘的成果所表现出来的由衷喜悦与赞赏固然使我深受鼓舞，信中对中国民间故事历史形态研究的估价以及对于在研究中深入发掘故事所含多种文化因素的要求等，还表现出一代大师对故事学研究的真知灼见，其影响远远超出了对一本书的评论。

二

钟敬文先生晚年呕心沥血，投入巨大精力的一件事，是主编《中国民间故事集成》。虽然他当时已是超出九十高龄的老人，却不折不扣地忠实地履行着自己的主编职责，从制订编辑方案，到解决各地在编辑工作中遇到的种种难题，再到审定篇幅达百万字的一册又一册省卷稿本，莫不以严谨精细的作风，悉心对待。我作为民间文学集成总编委会成员之一，手头还保存着总编委办公室印发的全套《简报》，其中关于故事集成审稿情况的报道有好几期，不仅论述了以钟老为首的总编委会的集体意见，对钟老个人的某些重要意见还常常予以单独表述。这里列举几例。

1990 年 3 月 6 日印发的关于故事集成吉林卷审稿纪要的《简报》中，着重记述了总编委员会关于保证入选作品的科学价值、文学价值问题。其中引述了钟老的一段话：“钟敬文主编特别指出，有三种因素影响了作品的民间文学性，这就是细节、形态描写、心理描写。有的整理者在作品中添加了细节；有的过细地用书面文学的语言对人物和场景进行形态描写、心理描写。这三种因素使我们的作品从篇幅来讲，拉得很长；从面目来讲，小说化，不像老百姓的，不是民间故事的本来面目；从性质上讲，同我们的要求不相符。对这样的作品，我们要找出原始记录稿进行还原，尽量保持原貌。”

在这份《简报》中，引人注目地指出：“过去发表的民间文学作品署名常常标明‘搜集整理’字样。鉴于过去整理的做法缺乏统一的规范，差别很大；同时集成工作对作品的记录、整理又有自己特定的要求，与一般作品的做法不同，因此会议规定故事集成作品执笔人署名统一标明‘采录者’，以示区别。”这一重要规定自然是经主编首肯的。在随后举行的故事集成编选工作会议上和印发的会议纪要中，都重申了这一规定，并引述了钟老就此发表的意见："钟敬文主编在谈到这个问题时，特别指出这是如何理解民间文学的文学性的问题。……有些人对民间故事的态度，一方面是习惯于'加工'，其次是对民间文学的'文学性'理解得不够准确。"

1990年7月28日印发的《简报》，是关于辽宁省民间文学集成工作成果表彰会的报道，附有钟老给这次表彰会的祝贺信。其主体是对发起编纂民间文学集成这个浩大工程的历史意义的阐释，因而不失为重要的历史文献之一。他在信中指出，广大民众创造的文学艺术，"是人民社会生活和思想感情的反映，是民族文化的基础部分。她不仅在以往发挥着作用，她的一部分，现在也仍然在继续发挥着作用"。如果说这一论断并不算新鲜的话，那么，下面这段话就更显出他的高瞻远瞩了。

> 她们不但还活着，并在继续发挥着教育和娱乐的作用。这些是谁也不能否认的事实。即使上面所说的那些过时的甚至是有害的东西，也不应随便抛弃。因为她是我们先人的足迹和心影，不管怎样不适于我们的现实生活，但作为认识历史事实的镜子，还是有她的特殊作用的，她可以在文化历史博物馆或文艺史研究家的书橱中占一角位置。总之，历代人民在长期生活中所产生的和传承的文化，是应该慎重地给以处理的。民间文学"三套集成"的搜集、整理和编纂、出版，正是为了保存这种文化遗产，并使其优秀部分在新社会继续发挥她应有的作用，这是我们时代一件伟大的文化工程。

钟老在信中除对这个工程在辽宁和全国顺利进展感到无比欣慰之外，还特别提出在集成工程后期要注意保存和整理手稿以及努力开展研究工作。"在这项工程上，首先我们固然要挖掘出潜藏的矿石来，但是进一步，我们希望锻炼出钢，更制造成各种有用的器械，科学研究是少不了的！"在这里他对"后集成时代"中国民间文艺学的发展提出了十分中肯的建议。

1992年4月25日编印的《简报》，记述了总编委会于2月底在京对北京卷的审稿情况，其中突出地提到了如何克服选录故事的非民间化问题，认为现有作品中有些旧小说或现代小说的写法。“钟先生指出，民间文学作品与作家文学在表达思维方式上是有区别的。民间文学抓住生活中关键的故事情节，以叙述作为表达方式，用情节说话，突出故事性，而不作细致的描述，描述是作家文学的特点，应加以区别。”

我作为故事集成湖北卷的副主编，有幸赴京听取以钟老为首的总编委的终审意见。开会地点在国防大学，时间是1993年5月1日至5月3日。参加终审的除钟老外，还有许钰、刘魁立、王一奇、孙剑冰等。其中钟老的讲话长达一个多小时，我埋头笔记，密密麻麻记了好几页纸。审稿照例是围绕入选的各色作品展开讨论，钟老不是就事论事地止于评说具体作品的优劣，而是生发开来，就事论理，提出自己的见解。如对湖北卷选录的一组神话，他认为这些作品有特色，比较满意。但这组神话和通行的古典神话并不一致。由此他便引申说：神话有模式，但我们不能拿古代神话为标准来要求现在民间口头流行的神话，不能搞“一刀切”。神话有历史和民族生活的折变，有所发展是自然的。我现在要修正一下自己的看法，不能搞模式主义，不能吃模式化的亏。

湖北卷初稿中传说比重过高，编者对反映湖北历史和风土人情的许多传说不忍割舍。钟老就此讲到民间文学和历史、文学的关系问题。他说：楚文化有特色，湖北的神话、传说多，比重高一点也可以，但比例还是要适当，这涉及民间文学同历史和文学的关系。民间文学反映历史，不过我们终究是在编文学，重点在文学。有些历史人物很有名，那些“事实谭”对研究历史有参考价值，但还没有演变成口头文学中的传说。搞故事集成不是编历史，我们要的是与历史有关的口头文学。

湖北卷选录的机智人物故事较多，这涉及如何看待人物形象的类型化问题。钟老说：民间故事中的人物一般是类型化的，明清小说中的人物个性化加强，我过去很强调类型化，现在有些改变。小戏刻画人物就不同，不能“一刀切”。时代不同了，近现代民间文学人物也有非类型化的，故事家的作品也有个性化的。民间文学一般比较朴素，也有的地方存在美丽精致的东西。实际资料大量涌现，对许多问题要作新的考虑。

关于楚文化对民间文学的影响，钟老说：强调其文化的特点、优点是可以的，但说的要有限度。说得太过分，就成了乡土之见，离开了真理。故事没有定本，女娲造六畜，四川就有，强调过火不符合事实。指出特点、优点要注意准确性，不知道的不要说，不要说得太硬。国外认为在全世界还没有编出民间文学集成这样的书，如“前言”有错误就要打折扣，我们要把缺点减少到最低限度。

这次审稿会开了几天。5 月 3 日还讨论过一次，钟老再次发言，补充讲了一些意见，如说：将来可以编一部湖北传说集，解决材料过多问题；虚构性人物传说如鲁班，可以单独列为一类；等等。

钟老指出的一些问题，看起来具体而细微，却又是常常事涉关键。他不满足于就事论事地裁决，而是抓住这些事从学理上给以阐发；而且不以权威自居，十分尊重新发现的事实，尊重地方学人的探索成果，在许多方面不断修正自己原有的理念，更新自己的见闻。因此，对于埋头于编辑事务，被许多难题所困扰的我们，听到钟老的这些宝贵意见之后，顿觉豁然开朗。经过一段时间的调整修订，故事集成湖北卷便于 1999 年 9 月出书了。

钟老作为故事集成的总主编，除亲自参加各卷书稿审定工作之外，还同总编委会的其他成员精诚合作，制作出两个具有深远影响的文件，一是 1990 年年底印发的《中国民间故事集成编选工作会议纪要》（以下简称《纪要》），二是载于《中国民间故事集成》各卷之首的“总序”。

本来在早已发布的《中国民间文学集成工作手册》中，就已经对故事集成编纂工作的方方面面提出了明确要求。但那是在“兵马未动”之前准备的“粮草”，是一种工作预案。而《纪要》却是在审定故事集成吉林卷和各省开展编纂工作之后写成的，是对全国大规模开展民间文学实际工作经验教训的初步总结，是就有关问题更具针对性的补充说明。其中关于如何理解“四性”中的代表性以及集成卷本的文学价值和科学价值问题，关于正确对待民间文学中的“大路货”与“土特产”问题，关于将“搜集整理”改为“采录”的问题，关于艺术真实与历史真实的关系问题，以及关于制作各省区故事分布图问题等方面所作的规定，不仅使地方卷本的编纂有了明确而统一的要求，而且既切合中国实际，又达到了现代民间文艺学的理论高度，从而保证了这部大书的文学价值与科学价值的实现。

关于故事集成的“总序”，虽由副主编许钰先生执笔写成，并在写作中广泛吸取了中国故事学领域的一系列相关成果，但它又是在主编“直接指导下”完成的，其主要特点不是全面地、静态地概述中国民间故事的方方面面，而是将中国历史文化与民间故事、古代故事之深厚积累及其在近现代的巨大嬗变，全国的统一风格与民族、地域间之丰富变异诸要素加以融会贯通，概括出中国民间故事在广大时空中存活演进的态势，探寻其脉络与规律。博大精深，新见迭出。作为“总序”，它是故事集成总主编的提示和宣言，自然它在钟敬文先生以毕生心血创建的民间文艺学宝库中占有重要位置。

《中国民间故事集成》一书之非同寻常，在于它不仅篇幅浩大，具有东方“故事海”的规模，还由于它吸纳全国民间文艺学精英协力攻关，在前所未有的普查基础上选录精粹，并在一系列相关问题上以缜密的现代学理作指导，使整个工程将科学性置于首位。因而它是以钟老为主帅的一项集体科研成果，是中国民间文艺学经历百年风雨走向成熟的标志。

我平时仿效钟老准备了一个师友留言簿，首先请他留言。他于1993年5月1日在这个本子的首页上以苍劲有力的笔法写道：“吾侪肩负千秋业，不愧前人庇后人!”这既是他对中青年一代学人的殷切期望，也概括了他自己献身于中国民间文学事业的辉煌一生。

注释：

[1]《钟敬文民间文学论集》下册，上海文艺出版社 1985 年版，第 70 页。

[2] 转引自［日］加藤千代：《两种中国民间故事类型索引简说》，载《民间文学论坛》1991 年第 5 期。

季羡林和比较故事学研究*

——读季羡林著《比较文学与民间文学》

备受学界尊敬的季羡林先生在印度文学、东方文学和比较文学等多门学科研究上均有杰出成就。我是在20世纪80年代初投身于比较故事学研究的，在研究活动中深受季老这部《比较文学与民间文学》[1] 论集的启迪，并有幸直接受到季老的教诲和鼓励，使自己的学术生涯迈进到一个新境界。

关于比较方法在中国人文学科中的运用，曾有过一段曲折历程。正如钟敬文先生1981年在一篇文章中所讲的："比较方法，是近代科学（不管它是自然科学或人文科学）广泛使用的方法，因为比较能使事物更容易显露出其性质或特点；在民间文艺学的领域中更是一种惯被采用的、有效的研究手段。""由于种种原因，在民间文艺研究领域中这种方法很少被采用。近年来因为比较文学的热潮流入我国文艺学界，民间文艺学研究方面，也有的同志在新的学术思想基础上恢复了这种科学方法的采用。现在尽力进行这种工作的同志还不多，但是，预计不久它将会热闹起来的。"[2] 钟老以敏锐的眼光注意到比较研究这一新的学术潮流的复苏，其中也列举了我在1979年开始发表的《一组民间童话的比较研究》等4篇论文。它们是我从《歌谣周刊》上读到胡适的《歌谣的比较的研究法的一个例》及相关论文后，研究撰写《中国民间童话概论》

---

* 原载《世界文学评论》2008年第2期。

(此书于 1985 年在四川民族出版社问世）这部书稿时尝试运用的评说同类型童话故事文本的一种方法。受当时新兴比较文学热潮的激发，便抽取一节作为单篇论文发表出来，其实内容很浮浅。到 1983 年在《外国文学研究》杂志发表《印度〈五卷书〉和中国民间故事》，才称得上是真正进入了“比较故事学”学术境界。而这篇论文的写作就深受季老论著的教益。《五卷书》这部印度经典故事集的中文全译本就出自季老笔下，它在 1959 年和 1963 年出过两个版本，季老先后写了两个长篇译者序文，不仅对《五卷书》的构成和价值作了评介，还特地将几个中国流行故事和印度故事作了比较，断定它们“影响了中国的民间故事”。我反复研读这两篇序文，便按照这一线索，从中国各族民间故事中搜寻到 20 多个和《五卷书》故事彼此近似的实例，又从口头传播、佛经汉译、阿拉伯文转译等多种渠道搜寻这些印度故事传入中国的路径，以及它们在中国传承变异的轨迹，作了比较系统的对比研究。写作此文时，又从上海出版的《书林》杂志 1980 年第 1 期上读到季老的《漫谈比较文学史》一文，其中谈到《五卷书》中的故事怎样传入世界各国，他热切希望我们中国研究民间文学的学者来进行这方面的研究工作，填补这一学术空白。这篇文章使我研究《五卷书》眼界大开，获得了进一步的启迪。

我将这篇论文的油印初稿于 1981 年 4 月分别寄给季羡林和常任侠两位先生征询意见，不久就收到季老 1981 年 5 月 9 日的复信，全文如下：

来示和赐寄大作均已收到，谢谢！

大作已拜读，获益良多。现在东西各国比较文学之研究均极盛行，我们学术界在这一方面也似乎有点落伍，须急起直追。我们北大的一些同志现在正努力学习。比较文学研究会一成立，立即得到美国等国家与香港等地区比较文学学者的热烈反响。可惜我们在这方面建树还不多，无法同他们对等交换。不过从全世界来看，资本最雄厚的还是中国和印度，在这方面，我们可说是得天独厚。希望我们共勉之。

寄上北大出版的《比较文学通讯》一份，请查收。

季老不但对这篇文章给予肯定，还热情而亲切地寄赠新创刊的北大《比较文学通讯》（后来每期照寄），引领我靠近北京大学新兴的比较文学研究这一前沿学科，使我获得了许多宝贵滋养。

1986 年 10 月，北京大学东方语言文学系和比较文学研究所举办全国首届东方文学比较研究学术讨论会，季老作为讨论会的主持人，邀我参加。我仍以民间故事比较为主题，撰写了《蛇郎故事与亚洲》在会上发言，引起热烈反响。会后将相关论文选编成《东方比较文学论文集》出版时，编者将这篇论文置于首篇刊出。讨论会结束时，我聆听了季老的长篇发言《当前中国比较文学的七个问题》，他不赞同比较文学的“危机”说，对发展中国比较文学研究充满信心，特别是就一国之内民族文学的比较问题理直气壮地指出，西方一些比较文学家关于一国之内不能进行比较文学研究的说法是一种“洋塔布”，必须推翻；“在中国和印度，民族文学之间是可以而且应该进行比较研究的”。这不但是对比较文学学科定义和研究范围的新界定，尤其显示出在学术上敢于打破禁区、标新立异的中国学人的勇锐之气，当时听了就不禁使人精神振奋，胸臆快慰。此后，对中国国内各兄弟民族间民间故事的比较，便堂而皇之成为中国比较故事学研究的重要论题了。

经过几年努力，我将陆续发表的近 20 篇论文，集成《民间故事的比较研究》一书于 1986 年在中国民间文艺出版社出版。其中有两篇论文又被选入《比较文学论文集》，作为北京大学比较文学研究丛书之一由北京大学出版社出版，向海内外发行后产生了广泛影响。这期间还发生了一件趣事，《民间故事比较研究》一书于 1990 年被提名参加中国比较文学图书首届评奖，当时那个出版社因违犯国家出版法规而被撤销，于是有人提出既然出版社犯了错误，这本书能否有资格参加评奖？听说时任中国比较文学学会会长、主持评审工作的季老理直气壮地站出来讲，出版社犯错误和他们所出的书能不能评奖是两本账，不应搅和在一起；《民间故事的比较研究》这本书能否获奖只能由我们评定。结果这本书获得了二等奖。

我的民间故事比较，最初本来只是一项民间文学研究，自从受到季老的关注，同比较文学界建立联系获得教益之后，便有了豁然开朗的感觉；后来又获得国家教委社科基金的资助，在原有成果基础上加深加宽，终于撰写成40万字的《比较故事学》一书，于1995年由上海文艺出版社出版。我在此书“前言”中曾揭示它的学术特点是：“同中国比较文学建立密切联系；吸取比较文学的新成果来充实自己的研究，在民间文艺学和比较文学的交叉点上来建构比较故事学体系。”此书于2001年获中国民间文艺家协会民间文学学术著作山花奖一等奖，由此正表现出季老关于“比较文学与民间文学相得益彰”论断的独到与深刻。

我将《比较故事学》一书寄赠季老，他立即在1995年12月3日复信，予以热心鼓励：

> 蒙惠赠大著《比较故事学》，当敬谨拜读，什袭珍藏。我对比较故事的兴趣源于 Th. Benfey 关于《五卷书》的著作。此调不弹久矣。仍知大有所为，一部《太平广记》就有无量资源，惜研究者尚不多。

季老的及时回复，既表现出对后辈学人的嘉许，尤其表现出他对比较故事学的再次热心倡导。信里提到，正是德国学者本发伊在给《五卷书》德文译本所写的长篇序文中，由比较东西方民间故事导致了比较故事学研究的开端。季老虽然后来将主要精力转向其他领域，却仍坚信这是一个“大有所为”的领域，并举出有丰厚故事资源的《太平广记》一书为例，勉励学人深入开掘这一文化宝藏。

1987年初，在我于华中师范大学晋升教授时，季羡林先生对我的有关比较文学研究系列论文进行学术鉴定，给予中肯评价，由此构建了一个我终身结缘的学术平台。

《比较故事学》虽受学界好评，但所论仍嫌粗疏。我后来继续有所深入，对本书予以增订，于 2003 年以《比较故事学论考》的书名由黑龙江人民出版社作为“民间文化前沿论丛”之一印行。我于 1979 年开始的民间故事比较研究至此告一段落。

实际上世界民间故事如同海洋般宽广深厚，跨国跨民族和跨学科的比较研究还有着无限广阔的空间。季老在《比较文学与民间文学》论集中，还有多篇文章提及汉译佛经故事，在《佛经故事传播与文学影响》中他就指出：“随着佛经的传入，印度的寓言、童话、小故事也传入了中国。估计除了佛经之外，还有别的途径，比如商人来往等等。但是主要还是佛典翻译这一个途径。”[3] 正是本着这一宝贵启示，我在 2003 年申请到一项国家社科基金课题“汉译佛经故事与中国民间故事演变”，经过几年努力，现已完成了关于《经律异相》《生经》《杂宝藏经》《贤愚经》和《六度集经》这几部佛经故事和中国故事之比较。如公元 4 世纪在我国西北边陲汉译成书的《杂宝藏经》，经初步比较探寻，就发现其中所录老人智解国难、公主自主择偶、呆女婿学话、乌鸦智胜强敌、落魄人夜宿凶宅得宝等几个引人入胜的故事均流入中国，蜕化成为中国各民族的著名故事类型。

现在回到季老的《比较文学与民间文学》这本书上来。其中选编的 56 篇长短文章，朴实亲切，言简意赅，它们分别撰写于 20 世纪 40 至 80 年代，所论以比较文学与民间文学的密切关系为中心，而大部分内容是关于对故事体裁作跨国跨民族和跨学科的比较研究，实际上由比较文学牵连出另一个具有独立意义的学科：比较故事学。经反复研读，书中留给我印象最深的几项论断是：

1. “民间故事看起来非常简单，实际上它却是一个民族的智慧，或者更确切一点说是集体智慧的结晶。”世界各国人民在民间故事上总是互相学习的，正如中国的一句俗话所说的：“人同此心，心同此理。”因而跨国跨民族的故事比较研究大有可为。那些表现弱者战胜强者，使被压迫民众大快人心的故事在许多国家间共同流传的事实，就鲜明地体现出这一规律。

2. 比较文学与民间文学关系密切，相得益彰。“没有比较文学，则民间文学的研究将流于表面。没有民间文学，则比较文学的研究内容也将受到限制。”两方面研究结合起来，就可以在学术上开辟出一个新天地。

3. 佛经汉译在中印两国文学互相影响上占有十分重要的位置，却尚未引起人们的充分注意，应成为中国比较文学研究的重要课题。

4. 中国作为一个多民族的大家庭，应当将国内各民族之间的文学包括民间文学、作家文学在内进行比较研究，纳入比较文学的正宗轨道。

5. 在比较文学的影响研究、平行研究等多个学派中，季先生说“我赞成比较文学直接影响的一派”，因为它讲的是实打实的东西，是用艰苦搜寻所得的资料来说服读者。但他并不反对平行研究，“我只是想说，搞平行研究，必须深入搜索，细致分析，瞻前顾后，明确因果，然后从中抽绎出结论，这样的理论才是可靠的，我是拥护的”。季先生在这里虽然坦率地承认这是他个人的偏好，而他着力倡导的要实打实，要作细致深入的分析等要求，却是对所有从事比较文学研究者都完全适用的优良学风。

正是以上几点激励和启迪着我从事比较故事学研究长达20余年。我先后承担的四项有关民间故事的课题，从《比较故事学》到《中国民间故事史》，从《中国民间故事类型研究》到《汉译佛经故事与中国民间故事演变》，大体上都可以归结到这个学科范围之内。我愿以做好这项研究的实打实业绩，来实现季羡林先生的学术期待，并以此祝愿季老健康长寿。

注释：

[1] 季羡林：《比较文学和民间文学》，北京大学出版社 1991 年版。本文所引凡未注明出处者均出自此书。

[2] 钟敬文：《新的驿程》，中国民间文艺出版社 1987 年版，第 252 页。

[3] 季羡林：《比较文学与民间文学》，北京大学出版社 1991 年版，第 175 页。

2007 年 10 月改定

一位美籍华人学者的中国民间文学情结*

——追忆丁乃通教授

以编撰《中国民间故事类型索引》而知名于海内外的丁乃通教授，于1989年4月因突发心肌梗死在美国西伊利诺伊大学溘然长逝，距今已有15年了。我们特将他所著《中西叙事文学比较研究》这部文集作为“桂苑民间文化论丛”的首舰增订再版，以作永久纪念。这里再将我和几位弟子记忆中的往事，特别是将我手头保留的一批信件缀合起来，叙说一下这位客居海外数十年的美籍华人学者的中国民间文学情结，以寄忆念之情。

先从他由研究英国文学转向研究中国民间故事说起。出生于1915年的丁乃通本是浙江杭州人，早在1936年即毕业于北京清华大学西方语言文学系，并于1938年获得美国哈佛大学英国文学硕士学位，三年后又在哈佛大学获得博士学位。随后开始了他在高校讲授英国文学的漫长生涯，先在国内的之江大学、河南大学、中央大学、岭南大学任教；从1957年起客居美国，任教于泛美大学和西伊利诺伊大学。他是怎样转向民间文学特别是中国民间文学研究的呢？他在1985年应邀到华中师范大学讲学时随手写成的一篇短文中告诉我们：

> 我是一个美籍华人，本来是研究和教授英国作家文学的，完全

* 原载《民间文化论坛》2004年第3期。

不懂民间文学。60年代初期，研究一个比较文学上的题目，发现民间文学不但是好些作家文学的基础，而且是比较两个或更多的文化背景下不同民族文学作品的最有用的工具，这才开始认真地阅读关于民俗学和民间文学的书籍和杂志。至于我和中国民间文学所以结下不解之缘，主要的原因是看不惯美国自命为中国通的右倾分子和以反共自豪的从台湾去的学人，勾结起来攻击谩骂中国的民间文学工作者。我不但和他们发生争论，而且决心要用具体材料证明他们曲解了中国的民间文学。因此花了几年的心血，写了一部《中国民间故事类型索引》，看了许多中国各民族的故事，认识了中国人民的智慧和才能，深刻了解到中国民间文学在世界上占了一个不但是重要而且是领先的地位。

《中国民间故事类型索引》是丁先生经10年艰辛劳作而写成的巨著。他依据580多种故事资料，归纳出843个类型，涵盖故事7300余篇。在索引编撰体系上，它借用芬兰学派的AT分类法来处理中国民间故事，其优点是便于人们将中国故事纳入国际通用编码体系而进行比较。但是，这一框架并不完全适合扎根于独特历史文化土壤之中的中国故事，因而在某些方面难免有削足适履之缺陷。可贵的是，该书将1966年“文革”之前的中国故事资料几乎搜罗殆尽。在身处异国他乡又和国内同仁隔绝的情况下，他克服困难，利用世界各国藏书，不仅拥有的故事超出德国学者艾伯华的《中国民间故事类型》一倍多，而且对许多故事类型的情节梗概及其变异形态的描述也精细得多。当它于1978年列入“FFC 223”由芬兰科学院出版之后，立刻就作为关于中国民间故事最为适用的检索工具书而深得各国学者的好评。

丁乃通先生长期居留海外，而且一直专攻英国文学，晚年却转向中国民间故事研究，显然同他身上固有的中国情结有关。当中国结束“文革”动乱迈入改革开放的历史新时期之后，他关切中国的民间文学专业，并倾注心力全力促进其发展。他在上述短文的另一段中告诉我们：

我在最近七年中，已经来中国四次：1978年、1980年、1981年和今年（1985年）。1981年是受民间文艺研究会的邀请。那时民间文学工作正在复苏，虽然确知前途光明，总以为能恢复“文革”以前的情形便很好了。不想此次到中国，看到的蓬勃热烈现象，比原来想象的高出了许多倍。据北京民研会说，几乎每一个县市，都出了自己地区的故事集子，而且往往不止一册。好几个省还出了一种或多种中国民间文学杂志。这些故事，我虽因忙，只看了极少数，可是已经发现它们的忠实性，比以往的高很多。另外有的同仁，还找到了好多从前大家都认为在中国缺乏的长篇叙事诗，最长的一部，有150万行左右，比别的国家最长的叙事诗都长得多。这种事实，在世界上采录民间文学最彻底最成功的国家之一的芬兰，也感到惊奇，在报纸上特别登载。可是据好些同仁指出，目前所已经找到的资料，还只是极表面一层，越发掘下去，越会感到中国口头文学传统深厚广阔，令人有取之不尽、用之不竭的感觉。只要是中国血统的人，无论现在国籍怎样，都应该对于自己民族伟大文化传统和劳苦大众（尤其是农民）想象力之丰富、艺术创造力之强盛，感到骄傲。

我们邀请丁乃通先生来华中师范大学讲学，从1985年9月16日接他来校，到10月17日送别，持续了整整一个月。他在我校招待所住过几天，后来因他的夫人许丽霞也应邀来武汉大学图书馆学系讲学，他便住在武大招待所了。他每周给我们的本科生和研究生讲一两次课。我们平时还可随时向他请教，或不拘形式地展开讨论。他带来一纸箱外文书刊，其中有阿兰·邓迪斯的《世界民俗学》、斯蒂·汤普森的《世界民间故事分类学》以及《世界民间故事母题索引》等。他主要参照汤普森的著作给我们讲故事学，常拿着英文原著边译边讲。由于我们的英语水平差，对国外学术又很陌生，他只能慢条斯理地讲，话语却沁人心脾，使听者有如沐春风的感受。以这一个月的讲学为中心，我们的交往从

1983年5月开始到1988年4月，前后达5年之久。他身上强烈搏动的中国民间文学情结，不止一次地给我以有力的冲击和感染。1985年10月17日讲学结束，我校举行简短仪式表示感谢，由章开沅校长聘请他为客座教授。他当即将所携带的外文书刊，还有付给他的讲课酬金640元，全部捐赠给我们。后来，连学校报销的机票款也给了我们，叮嘱我们买两个书柜，多搜购一些民间文学资料，建立自己的资料室。这些东西至今还留在我们的教研室发挥着作用。

他以极大的热忱指导听课的陈建宪和黄永林两人，将他的成名之作《高僧与蛇女》从英文译成中文在国内发表。怎样着手？他细致周到地给予辅导："先一段一段地念，把意思弄懂了，再一句一句地看。不懂时多查字典，多想一想，不要拘泥于每一个字都要译，而是把意思尽量忠实地译出来，再把译稿寄给我改。"在审阅他俩的试译稿时，丁先生和夫人许丽霞就像批改小学生作文似的，用红笔在原稿上改写得密密麻麻，几经反复才得以定稿。1986年10月21日，他在给我的来信中特地写道！"小陈和小黄的译稿，已经由我和丽霞改好了，即日寄给你，请你转交给他们。这稿子可真是花了好多时间修改，原因是他们二人英文程度不够；次之是其中材料涉及西方文学、文化史、宗教等，都是他们不懂的；三是我从前写的时候，知道论文太长不易出版，力求紧凑，有些地方没有专门知识不容易懂；四是多年前的作品，当时用的资料很不好，我不知放到哪里去了。论文最后那一段我已经全部改写了，因为那时我对民间故事知道得还不多，所以有失误之处。请你把这封信给陈、黄二人看，希望他们赶快誊清寄出。"他还就此写道："希望在国内研究自己民族文化的学人，快快多学外文走向世界。"由于在丁先生的悉心指导下进行艰苦磨炼，陈建宪后来译出了阿兰·邓迪斯的《世界民俗学》和艾伯华的《中国文化象征辞典》。他们两人均在学术上迅速成长，如今已成为这门学科的中坚力量。对这些学习民间文学专业的学生的出路他极为关心，在一次来信中曾写道："从前在我班上的同学中，有好几位已有良好的成绩，使我十分欣慰。”

至于他对我研究故事学的指导，这几年更倾注了大量心血。在初次通信中，他就表示：从信中“深深了解你对故事学的热诚，在这一点上，我们真是志同道合”。他在多次面谈和来信中，希望我就 A461 即“求好运”这个世界性类型作深入系统的研究，首先对中国材料作透彻研究，“先把中国的说法整理成一组，用历史地理法探测传播地区及方向，起源民族及地域，原始形式及意义，尤其要查找古书里有没有这样的故事”；再作艰苦努力，“搜集和研究全世界的说法”，特别是和印度故事进行比较。“可是了解中国的传统，在我看来并不需要把印度的说法作为前提”，而是要着力研究这个故事在中国传承变异的特征，如“问三不问四”的情节设置，在印度就没有。

为了帮助我完成这项研究，他寄来了汤普森《世界民间故事分类学》一书中的有关论述，还有德国学者蒂勒早在 1919 年就已刊出的长篇论文《一个命运之子的童话》。他还告诫我不要急于求成，“这种工作中有价值的著作，很多都是许多年或甚至终生的成果”。阅读这些论著之后，使我眼界大开，以数年时间写出《一个故事的追踪研究》等论文，在故事学研究上向前迈进了一大步。但我对此故事在亚欧各国的传承变异情况仍涉及不多，令人遗憾地未能达到丁先生所期望的学术水准。

丁乃通先生在这几年中还为促进中国民间文学事业做过许多事情：

首先，作为一位献身于中国民间文学研究的海外华人学者，他渴望尽可能多地了解中国民间文学事业发展的实际状况。因此，当湖北大冶文化部门于 1985 年 9 月举行民间文学工作现场会议邀请他参加时，他虽腿脚有病行走不便，还是十分高兴地准备参加。后来，他因故未能成行，我便将会上所得资料——主要是一批喜爱民间文学的农民自费编印的本村或自家的故事、歌谣、谚语集转交给他。他十分珍惜这些用土纸油印的小册子，经过认真研究，以《民间文学民间办——一个新生事物在中国》为题，用英文写成长篇论文刊于日本出版的《亚洲民俗研究》1997年第2期。后经黄永林译成中文，刊于《中南民族学院学报》1988年第3期。湖北省文化厅还将它转发给全省文化部门学习参考。此文不仅对这些保持了民间文学朴素本色的作品如《土地菩萨的故事》的学术、文化价值给予很高评价，还特别赞扬了农民自己动手，参与搜集、保存民间文学的新鲜经验。文章写道："一些热爱民间文学的农民像雨后春笋般相继投资，自费编印已搜集的民间文学作品专集。""尽管这些集子在版本上没有很高的地位，但它们仍显示出值得注意的发展趋势。它们迅速而持续地出现，证明了中国民间文学工作者在唤醒中国无限丰富的口头文学遗产方面取得了初步成果。"他把这一经验和国际上通常只将农民作为搜集对象的做法进行比较之后，特别感到兴奋，认为大冶的做法"即使不能说是空前的，也是极不寻常的"。作为一个科学工作者，他自然也看到了这一工作由于缺乏专业指导所存在的问题。最后，他语重心长地呼吁，由于中国既拥有丰富的口头文学，同时又拥有大量关于民间故事、风俗和信仰的书面记载："如此独特的遗产，值得以特别的注意力去调查、保护和研究。我真诚地希望中国政府为民间文学的研究提供更多的资助，认识到民间文学的研究是一门独立的学科，同意在中国的高等院校中开设更多的关于民间文学的课程。"此文刊出后，他在来信中还一再表示："我那篇关于大冶的报告，主要的目的是为中国民间文学界打气。希望中国别的省市，也能传来一样好的消息，使中国民间文学工作成为全世界的模范。"

他还想以鄂西故事家刘德培为对象撰写一篇关于民间口头叙述风格的论文，请我们将刘德培口述故事的录音，一字不动地记下来给他使用，"材料必须完全忠实，比较忠实是不够的"。对我们提供的材料，他认为"可以用来代表上好的口头叙述的风格"。可惜此文后来未能完成。

其次是编辑出版他的比较故事学论文集。他的《中国民间故事类型索引》一书虽蜚声于海内外，而历年发表的论文却散见于欧美各学术刊物，没有结集成书，特别是未译成中文，不能为中国学界所参阅。因此，当我们提出编译他的论文集时，立即获得他的热烈响应。经反复商定，从他发表的论文中选出研究“白蛇传”“黄粱梦”“灰姑娘”和“云中落绣鞋”这几个故事类型的四篇论文，由李扬、陈建宪、黄永林等年轻学人译成中文，再经他校订成书，以《中西叙事文学比较研究》作为书名，交华中师范大学出版社于 1994 年 10 月推出。他在来信中特别地申明：“本书我决不能要稿费。为了引起国内同仁的兴趣，可买 200 册，请代转赠愿意接受的同仁。等到书价决定之后，请你告诉我所需确数，我便请舍弟及时汇钱给你。”此书是丁乃通先生用芬兰学派的历史地理方法对中外故事进行深入比较研究的代表作，各篇规模都达到几万字，其学术价值不仅在于对芬兰学派方法的娴熟运用，还在于他是以 30 年时间研究西方作家文学之后又转向民间文学研究的，因而他研究那几个故事不限于使用口头传承材料，而是把口头材料和中外古典文献以及作家文学融为一体，作深入的跨文化比较。他懂多种语言，治学态度又十分严谨，不惜花费巨大精力在世界范围内广泛搜求资料加以融会贯通。这里试举一例，为了查考美女蛇故事是否源于印度，他曾以半年时间在香港通读《大藏经》，最后将《大藏经》中有关蛇意象的叙说及其出处共 148 处一一注明。这样，文章就有了震撼读者心灵的说服力。鉴于此书早已在书市脱销，华中师范大学出版社已于 2005 年将它再版。

再次是筹划续编《中国民间故事类型索引》。当此书的英文版已成为国际学界检索中国民间故事通用工具书之时，中国学者对此还一无所知。我从 1979 年开始从事中外民间故事比较，却见闻有限，后来承蒙日本东京都立大学的饭仓照平教授给我复印了英文版本从遥远异国邮来。为了使这一重要成果为中国学人所把握，丁先生首先帮助乌丙安教授门下的几位研究生将它的情节梗概译成中文。限于当时条件，有关索引没有译出，后来又由段宝林教授约请另外几位学人将它全文译出，由丁乃通及夫人许丽霞仔细校订，终于由中国民间文艺出版社于1986年7月印行。但此书所收录的材料限于1966年之前，此后的几年，特别是民间文学事业复苏的80年代的材料亟待补充，丁先生对此一直耿耿于怀。他几次回到中国，都要花很大精力搜购故事资料。在华中师范大学讲学期间，我们就帮他弄了两个纸箱的新故事资料邮寄到美国。只要有伏案工作的条件，他就把新出版的故事集拿在手里，一边揣摩它的内容，一边随手在书上画出它的AT编码。关于续编故事类型索引问题，我们无拘束地进行过多次讨论。

在1984年1月29日的来信中，他就自己平时思虑所及，对此问题申述道：

> 你说有人邀你同编一本中国民间故事类型索引，问我要用什么方法。我不知道你们要编的是怎样性质的书，无法回答。听说诸位计划编一部把所有的中国故事全部包括进去的索引。这种索引，别的国家还没有出版过，因为除了mauhen（或可译为童话）之外，还没有人有那么多时间、精力和财力，把传说、神话、杂谈等，也有系统地分成详细的类型。童话研究所以能有一个虽非完善却已相当稳定的分类法，是因为童话的故事，往往比较整齐，轮廓分明。19世纪和20世纪初年的大学者，好多专注于童话，把它的性质弄得相当清楚。童话的变异，比较容易追踪了解。其他两种比较严肃的故事、神话和传说，因为和宗教、政治、社会情形、生产方式、风俗、历史背景等，都有极严密的关切，不但许多因时因地而完全不同，并且常常是零零碎碎的，情节的条纹不清楚，所以现在还只有零星的分类法，没有广泛应用的系统。一般学者都认为大家对它们的性质还没有懂得够，所以西方的民俗学家，目前还在热烈地讨论传说的根源、意义和本质之中。
>
> 他们讨论出一个名堂之后，也许会有国际性的分类制度出来。我感到这样的探讨没有做完之前，便不妨把传说试分起类型来，将

来有需要时，再大规模修改，也还不迟。中国的传说似乎比任何国家都多，古代文献中的资料，更是浩瀚如海，很可能别国有的类型，中国都有。如能大家合编一部中国传说类型的书，可以给别的国家作为参考模范。如果你们有兴趣把传说整理起来，我可以把西方已有人建议的分类方法翻印出来寄给主持这个工作的同仁供他参考。

在丁乃通先生看来，关于将神话、传说、故事融为一体，编撰一部大规模的故事类型索引，目前尚不具备条件，然而对传说学作开拓性研究是富于远见卓识的倡议。程蔷、谭达先等一批海内外学人已涉足其中，奋力耕耘，但力度不够，有待于我们对这一课题给予高度重视，以促其取得真正具有突破性的重大成果。至于将他所撰的类型索引一书加以改进，是切实可行而又为研究者所急需的。近年来在台北中国文化大学任教、多年来深受丁乃通先生教益的金荣华先生，在沿用丁乃通类型框架的基础上加以改进，对《中国民间故事集成》地方卷本中收录的故事进行分类编码，已奋力完成一部新的《民间故事类型索引》并在台北问世，对丁乃通学术成果作了重要补充与拓展。

最后，丁乃通先生还做了许多工作，沟通中国学人和欧美学术界特别是和芬兰学派的关系，帮助他们走出国门，走向世界。作为国际民间叙事文学学会的资深会员，他介绍贾芝、乌丙安、段宝林、刘守华等许多人加入了这个学术团体，并帮助他们参加每四年举办一次的国际研讨会。他在信中曾不厌其烦地告诉我们如何发表论文，如何准备就有关问题进行答辩，还说必要时他可以出来“帮些小忙”等。他抱定一个明确的宗旨：中国民间文艺学要打开国门，走向世界，必须保持自己的特色与尊严。他还同贾芝同志多次商洽，要在海外出版一个研究中国民间文学的英文刊物。他自告奋勇，提出担任开头几期的编辑工作。但限于各种条件，此事未能及时落实。所以，他在 1987 年 6 月 6 日的来信中表示，如一时定不下来，就将此事委托另一位海外华人学者何万成先生负责。由此可见丁乃通先生对此事的筹划真可谓煞费苦心。

丁乃通先生是在20世纪80年代改革开放伊始多次回国，积极参与中国的民间文学事业的。那时正是民间文艺学发展的黄金季节之一。他谆谆教诲、悉心培育的一批民间文艺学者如今已成为中坚力量。在中国民间文艺学界走向世界、汇入世界学术大潮的历史性转折中，他发挥了重要的桥梁作用。他的学术成果及严谨学风，不愧为中国学界的楷模之一。近年启动的中国非物质文化遗产保护工程，又将中国民间文学事业推进到一个新的历史性阶段。我们追忆这位美籍华人学者，将会从他身上获得许多有益的启示和力量。

故事学的春天*

十年来，就搜集整理和出版推广的成绩而言，数量最多、影响最大的无疑是民间故事与传说。现在还没有人能够把这些公开出版和内部编印的故事数量完全统计出来。据粗略统计，从1981年到1985年，全国报刊共发表故事7400篇，平均每年将近1500篇。中国民间文艺出版社1980年以来出版的国内故事集就有30余种。上海文艺出版社精心编选的一套中国少数民族民间故事大系，已有20种问世，代表了这个时期故事采集的出色成果。我所在的湖北省，由省民研会和地方文化馆编印的民间故事资料本达40余种，在省内外出版社正式出版的故事传说选集也有10多种。各式各样的故事书刊，成为畅销城乡的文学读物。上海出版的《故事会》，每期发行七百多万份，就是一个例证。而从民众口头采录得来的故事传说，则是其中最为刚健清新、最受群众喜爱的部分。劳动人民创造的故事文学，在社会文化生活中产生如此巨大的影响，确是前所未有、令人难忘的。

民间故事的理论研究成果，目前还难以和采集故事的巨大成绩相比拟。可是同故事领域的实践活动紧密结合，也充满生机。从数量看，《民间文学》1955年至1966年十一年间，共发表关于民间故事传说的论文70篇，而1981年至1984年这四年间，撇开对传说的研究，仅就故事研究而言，就发表文章289篇，平均每年70来篇，一年就抵上过

* 原载《民间文学论坛》1986年第5期。

去十一年。十七年中，没有出版过一部关于故事的理论书，近几年却有《中国民间故事初探》（天鹰）、《中国民间童话概说》（刘守华）及《中国机智人物故事论文集》等几部故事学专著问世。研究领域的扩展、方法的进步和学术水平的提高，都十分明显。过去的文章多是就事论事地评论某一篇或某一类故事，着重论析其思想主题的得失与宣传教育效果的好坏，现在我们已开始进到对各类故事发生、发展规律的探求。在民间童话、民间机智人物故事、新故事和故事家等好几个方面，已经获得值得称道的成果。

以上海为中心的新故事活动十年来持续不断，表现出巨大活力。它是社会主义时期群众文艺创作与民间文学传统的结合，是适应现代文化潮流，保持和发展口头叙事文学传统的一项伟大试验。现有的民间文学理论难以完全说明这一新的文化现象，人们认识不一，是很自然的。惟其如此，更显出它在理论与实践上的巨大价值。

故事家是创作和传播民间故事的主体，是民众艺术智慧的集中代表。以金德顺、刘德培、满族三老人故事集的出版为标志，人们的注意力开始转向对故事家口头传承活动的调查研究。由此深入考察民间故事口头传承与变异的规律，将开拓出中国故事学的新天地。

故事研究方法也有了明显进步。比较研究的方法，多侧面立体研究的方法，被越来越多的人所采用，促使研究者向更深更广的领域去探索。

故事学的巨大进展令人振奋。但和相邻的神话学相比较，和我国各族故事的丰富蕴藏量及其在社会生活中的巨大影响相比较，现有的成果还显得很不相称，还存在好些显而易见的薄弱环节。如面向一般读者整理发表的故事数量虽然很多，为故事学研究提供的可靠资料以及有关调查材料却相当贫乏；研究方法比较落后，还没有把故事作为一个完整的活动的系统进行具有高度概括性的理论研讨，也缺乏对这种影响深远的口头叙事艺术的深刻的美学分析；对国外故事学的积极成果，介绍和借鉴工作做得还很不充分；研究工作比较散漫，缺乏应有的计划协调；等等。目前我们还不能说中国故事学已有重大突破，只能说有了一个良好的开端和初步的收获。但这是一个实力雄厚、源泉丰富、活力很强的领域，理论上的重大突破与长足进展将指日可待。中国故事学的前景是无限光明的。

民间故事传承学理的新开拓*

——中国故事学会第二届学术讨论会闭幕词

中国故事学会第二届学术讨论会现在就要结束了！这次讨论会共收到学术论文30篇，在大会上重点发言的共有20人。在短短的四天内，除进行学术研讨外，还听取了沈阳市谭振山、姜淑珍、李占春三位故事家的精彩讲述，去沈阳市于洪区大兴乡参加了朝鲜族乡亲的民俗活动，欣赏了他们即兴表演的优美的民间歌舞。

我们的学术讨论会以对民间故事家的研讨为中心，这是中国故事学会第二次就这个问题进行专门讨论。在这次讨论会上，除介绍各地一些新发现的故事家（如浙江沿海的渔民故事家）外，还就故事家传承故事的特点和怎样更科学地采录故事，更深入地调查研究故事家的方法等作了进一步的探讨。

这次学术讨论会邀请了以野村纯一教授为团长的日本学者参加。他们介绍了日本学术界研究民间故事和故事家的新成果，同中国学者热烈地进行了学术交流，使与会代表受到了有益的启示，给我们这个讨论会增添了光彩。

通过中国故事学会举办的两次学术讨论会以及全国有关各方面的努

---

* 本文是笔者受中国故事学会主席团的委托，于1988年8月在沈阳举办的第二届故事学学术研讨会上所作的闭幕词，原载于沈阳市民间文艺家协会编印的《民间文艺动态》1988年第1期。

力，我们在故事学研究方面取得了哪些成就呢？

进入新时期以来，随着我国民间文学事业的复苏与蓬勃发展，民间文学理论研究也迅速活跃起来，在民间文艺学基本理论、神话学、史诗学、歌谣学、故事学（包括传说学）等方面均有相当大的进展。就故事学而论，随着各类故事向社会大众的普及和两个故事学会（中国故事学会和中国新故事学会）的成立并开展活动，近几年的进展尤为显著。其主要成果已在如下四方面表现出来，这就是：新故事活动的开展和新故事研究；民间传说尤其是风物传说的研究；机智人物故事的广泛采录和研究；民间故事家的发现与研究。其中又以对故事家的发现与研究最为突出，已产生重大影响。全国各地结合开展民间文学普查和编纂民间故事集成，已发现几百位故事讲述家，较为知名的优秀故事家就有上百人。结合调查采录活动，开展理论研究工作，我们已经对民间故事家的文化价值、民间故事的传承特点、故事家的个人风格与个人创造、调查研究故事家的方法等积累了十分宝贵的资料，作了相当深入的探讨。辽宁大学乌丙安教授对民间故事传承人的研究、原沈阳军区政治部裴永镇同志对金德顺故事的采录，给予全国同仁以宝贵的启示。这项研究是在编纂民间文学三套集成工作的基础上展开的，它又对集成工作质量的提高起着积极的促进作用。它不仅丰富了我国的故事学，而且丰富了我国的民间文艺学理论。不论研究一般文学还是民间文学，只有将作品文本和它的创造者（或传承人）、接受者这三个方面结合起来研究，才能获得接近客观实际的科学结论。过去我们研究民间文学，常常只停留在对作品文本的理解分析上，忽略或完全不顾另外两个方面，特别是不注意研究创造与传承民间文学作品的主人，因而对许多问题便有“雾里看花”的感觉。现在通过对故事家的调查研究，我们对中国民间文学的一些特点和发展规律便觉得看得更为清楚了，关于集体性与民间文学传承人个性的关系、口头传承与书面传承的关系研究的进展，就是例子。我们对故事家的调查研究所取得的成果当然还是初步的，但已奠定了良好的基础。我们国家结合编纂十部民族文艺集成志书所开展的对民间故事采录和对故事家的考察，其范围之广和规模之大，不论在中国还是在世界上都是空前的。我们有大批专业的和业余的民间文学工作者生活在群众之中，有着进行实地考察的优越条件；我们的民间文学理论工作者和实际工作者有着密切合作的好传统，围绕集成工作所开展的各种活动使他们更加接近起来；由于对外开放，加强文化交流，我们还可以很好地吸收国外的先进学术成果，取长补短。因此，我们完全有可能以故事家的发现与研究为中心，在故事学方面取得大的突破，并由此对建设中国民间文艺学和社会主义新文化作出自己宝贵的贡献。

中国故事学会研究确定，1989 年 8 月中旬将在山西省大同市举行第三届学术讨论会。山西省故事学会会长谢庆荣同志作为下届讨论会的东道主，热情欢迎全国各地的故事研究家前往大同聚会。下届学术讨论会的中心议题是“民间故事与民族文化”。《意大利童话》在中国翻译出版时，担任此书编者的著名作家卡尔维诺在题词中写道：“民间故事是最通俗的艺术形式，同时它也是一个国家或民族的灵魂。”民间故事和故事家在民族文化中占有相当重要的位置，我们应当在民族文化乃至人类文化的广大背景下来对它进行更深入的研讨。具体论题可以从各个侧面来选取，例如：

（1）民间故事和故事家的文化背景；

（2）故事的民族文化或区域文化特色；

（3）故事与民俗传承；

（4）故事与宗教文化；

（5）故事的社会文化功能；

（6）故事活动与当前城乡文化变革；

（7）中外文化交流与故事的传播及演变。

以上列举的题目是很不完全的，大家还可以从更新的角度提出论题。我们研讨的目的不只是要进一步认识民间故事和故事家的民族文化特色及其文化功能，还要探讨怎样使我们的故事采录和故事研究活动为当前的文化变革、文化建构，即建设社会主义现代文化服务，从而在中国“四化”建设中发挥积极的社会影响。

对民族文化或人类文化的研究，在我国学术界方兴未艾。国际民间叙事研究会第九届大会定于 1989 年 6 月在布达佩斯举行，研讨中心也是“民间叙事和文化特性”问题。我们所确定的下届故事学术讨论会的中心内容，和国内外的学术潮流是一致的。为了使我们的学术讨论会一次比一次开得更加深入，更有收获，我们应当发扬优良学风，努力运用马克思主义的方法，广泛吸取世界先进学术成果，扎扎实实进行实地考察，将丰富而又新鲜的实际材料和深入而富有创造性的思考结合起来，写出既有新意又有说服力的文章，进行学术交流。这样积以时日，我国故事学的水平就会不断提高，其影响也将日益扩大。

在中国故事学会第二届学术讨论会即将圆满结束之际，让我们对承办这次讨论会的辽宁省沈阳市文联和民协的同志们表示深切的谢意，并预祝第三届民间故事学术讨论会顺利召开！

世纪之交的中国民间故事学*

遍及世界各地的讲故事，既是一种和人类生存发展攸关的文化娱乐活动，又是一种重要的口头语言艺术创造活动。就其内容之广博而言，它是民众生活的百科全书；就其思想感情深厚程度而言，它又是一个国家或民族乃至人类命运共同体心灵世界的窗口。广义的民间故事，含神话和民间传说；狭义的民间故事，则指神话、传说之外的其他口头散文叙事作品，主要体裁有动物故事、民间寓言、笑话、生活故事、幻想故事（民间童话）等。中国在大约 2500 年前的战国时期，就有关于“街谈巷语”“道听途说”的记述，可借以追溯故事的起源。在历代笔记小说中，保留了大量故事资料，但用现代人文科学眼光来研究故事，则是从 20 世纪开始的。在五四新文化思潮的推动下，北京大学从 1922 年开始发行《歌谣周刊》，掀起采录和研究歌谣的热潮；1927 年冬，广州中山大学发行《民俗》周刊（由《民间文艺》更名而来），使传说、故事的采录与研究也形成热潮。[1]

一

早期研究成果，如果把顾颉刚的《孟姜女故事研究》置于传说研究

* 原载《华中师范大学学报》2000 年第 1 期，又载入贾芝主编的《新中国文学五十年》，大众文艺出版社 2004 年版。

之列，那么，民间故事的主要研究者就是周作人、钟敬文和赵景深了。

周作人于1911年从日本留学归国后，在其兄鲁迅的支持下，撰写成《童话研究》《童话略论》两文，发表在教育部《编纂处月刊》1913年第7期和第8期上，首次提出载于中国古籍和至今民间口头讲述的《老虎外婆》《蛇郎》等，是可与安徒生童话相媲美、具有教育价值与文学价值的艺术作品，并介绍了英国研究民俗和民间故事的人类学方法。

赵景深也十分热心故事研究。他同周作人在《晨报副刊》上接连撰文，讨论有关童话的一些基本理论，后集成《童话的讨论》（1934年）一书；由几篇文章构成的《民间故事研究》（1929年），被称为"独艳的鲜花"；《童话学ABC》（1929年）一书，则系统地介绍了西方人类学派对几个著名故事类型进行比较研究的成果。他的研究虽然较为浮浅，却发挥了重要的启蒙与导引作用。

广泛涉足于民间文学和民俗学诸多领域的钟敬文，这时期着力研究中国民间故事，取得了一系列显著成果。他归纳整理了45个中国民间故事类型，撰写成《中国民谭型式》（1931年）。将众多故事辨析异同，定型归类，再作深入解剖，是沿用至今的故事学研究基本方法，因而这一成果以其开拓性受到高度评价。钟敬文还在20世纪30年代发表了关于"天鹅处女""蛇郎""蛤蟆儿""田螺精"等中国几个著名故事类型的研究成果，文章中将古典文献记载和口头采录所得联系起来清理其演变过程，对故事所含民俗文化要素作人类学解释，使人有耳目一新之感，但未能就它作为一件生动活泼存在于民众口头的叙事作品的思想艺术价值给予评说，表现出借人类学方法研究故事的局限性。

1949年新中国成立，1950年3月成立了中国民间文艺研究会（1987年更名为中国民间文艺家协会），民间文学工作呈现蓬勃发展的新景象。在1955年创刊的《民间文学》杂志及此后涌现的其他同类刊物上，均以刊载读者喜爱的民间传说故事为主；50年代至60年代出版的各类故事集达500多种。由贾芝、孙剑冰等选编，于1958年至1988年陆续问世的《中国民间故事选》三集和90年代出版的《中华民族故事大系》《中国民间故事集成》，成为最具权威性、代表性的三套中国民间故事选集。在数量有限的民间文学评论文章中，对故事的研究更为贫乏。代表性成果可以举出下列论文：钟敬文的《略谈民间故事》（1955年），毛星的《不要把幻想和现实混淆起来》（1956年），李星华的《关于白族的民间故事传说》（1959年），谭达先的《试论汉民族民间童话的思想内容和几个典型人物》（1959年），刘守华的《试论民间童话里的传统形象》（1959年），贾芝的《民间故事的魅力》（1961年），张紫晨的《略论动物故事》（1962年），戈宝权的《关于阿凡提和阿凡提的故事》（1963年），魏同贤的《漫论新故事》（1964年），冯贵民的《长工和地主故事的教育作用和艺术价值》（1965年）。由于发表出版民间故事着眼于将它们作为一种文学读物向大众普及，因而评论研究多以当时有影响的故事集或故事群为对象，阐释其社会价值与文艺价值，尚未将故事学作为具有相对独立性的一门学科作系统而深入的研讨。

二

改革开放以来，随着民间文学工作的大发展，民间故事研究空前活跃。《民间文学》从创刊的1955年至1966年，共发表关于民间故事、传说的理论文章约70篇。到80年代初期，其数量激增，仅1983年这一年，全国各报刊发表的有关故事、传说的评论研究文章就达到100余篇，超过了过去十年的总和。仅以研究故事的理论专著而言，八九十年代就达到20余种。从研究工作的活跃程度以及所取得的成果而言，可以说民间故事学已成为仅次于神话学的一个引人注目的学术领域。

本时期数量最多的是关于某些故事类型和故事群的研究文章。进入研究者视野的故事类型，已有“天鹅处女”“蛇郎”“螺女”“狐妻”“求好运（问活佛）”“老鼠嫁女”“云中落绣鞋”“巧媳妇”“呆女婿”等

40多个。尤其是以徐文长故事、阿凡提故事为代表的一系列机智人物故事的发掘与评论研究，更受到民间文艺学界的热烈关注。机智人物故事专题研讨会论文集《笑的艺术》（1985年）、段宝林主编的《笑之研究》（1988年）、祁连休于新近完成的《智谋与妙趣——机智人物故事研究》（1999年），都是具有代表性的力作。

对机智人物故事的评说，在海内外学界引起了争议。西方学界通常把这类人物视作单纯的“骗子”“恶作剧者”；而中国学人对其行为大多持肯定态度。这类故事明清以来流行极为普遍，几乎各个民族、各个地区都有自己的机智人物（常常以某一真实人物为原型生发而成）。他们讽刺嘲弄的对象主要是旧时代的有权有势者，这种情况显然同当时民众的抗争意识觉醒有关。美籍华裔学者洪长泰博士所著《到民间去》一书，在考察1918—1937年的中国知识分子与民间文学运动时，曾论及当时对徐文长故事的发掘，指出：“大批中国现代民间文学家喜爱这个形象，归根结蒂，是他们通过徐文长的反儒学、反传统和蔑视权威的精神，找到了自己思想上的共鸣点。徐文长传说所提出的诸多问题，都喊出了‘五四’知识分子要打烂旧世界的战斗心声。”[2] 80年代以来，中国民间文艺学家立足于近现代中国历史文化大变迁的背景，以大量更鲜活的资料为依据来考察这类故事的构成和影响，对它的社会价值采取基本肯定的态度，同时也并不否定其中混杂有种种糟粕，论析更为深入。

随着研究工作的深入，从不同角度撰写的故事学论著也不断涌现。体裁论方面，有谭达先的《中国动物故事研究》（1981年）、《中国民间寓言研究》（1981年）和《中国民间童话研究》（1981年），刘守华的《中国民间童话概说》（1985年），段宝林的《笑话——人间的喜剧艺术》（1994年）等。

兴起于60年代的新故事，其生命力至今不衰，《故事会》和其他故事报刊多年畅销城乡。对此，贾芝曾给予热情评论：“编讲故事活动是一件很值得赞颂的新事物。它是我国才有的群众性创作活动，而以口头讲说为其特点。从这一点说，它具有民间文学的根本特征，实际上它在艺术上也是继承和发展了评书和民间故事的口头艺术传统的。”[3] 对新故事的研究，有蒋成瑀的《故事创作漫谈》（1979 年）和《新故事理论概要》（1989 年）、刘守华的《略谈故事创作》（1980 年）、金洪汉的《古今中外故事论》（1993 年）等。虽然新故事的主体由通俗文学家创作的故事所构成，来自民众口头的新民间故事只占少数，但它是中国故事文学传统在新时代的延伸，因而有关新故事的创作实践和理论探讨，便成为具有中国特色的故事学的一个重要侧面。

对民间故事的综合性研究成果，有天鹰（姜彬）的《中国民间故事初探》（1982 年）、祁连休与肖莉主编的《中国传说故事大辞典》（1992 年），以及刘守华的《故事学纲要》（1999 年）和《中国民间故事史》（1999 年）。其中，《中国民间故事史》是历经七八年艰辛劳作完成的中华社科基金资助项目，篇幅近 70 万字，古今贯通，搜求丰富翔实的资料，对见于文字记述长达两千多年的中国民间故事文本、类型和讲述研究活动进行系统评述，以期建构中国民间故事的宏伟艺术殿堂。

作为一个多民族国家，中国民间故事以多姿多彩著称于世。记录整理成文的少数民族故事，其优美特质往往超过汉族故事，受到全国人民的喜爱。它们很自然地在故事学研究中占有重要位置。按民族分别撰写的“中国少数民族文学史和文学概况丛书”，对各族民间故事均有专门论述。从民族、地域文化视角专论某一民族民间故事的著作也开始出现，如过伟的《侗族民间叙事文学》（1933 年）、黄桂秋的《水族故事研究》（1991 年）、曹廷伟的《广西民间故事辞典》（1993 年）等。以多民族故事的鲜活资料为基础，以一视同仁的态度尊重各民族的口头语言艺术宝藏，成为中国故事学研究的显著特征之一。

本时期的故事研究，还以方法的多样化引人注目。人文学科研究方法并非单纯的操作工具，同时也意味着观念的进步和视野的扩展。五六十年代研究故事，主要使用社会学和文艺学的方法。八九十年代，倡导从多角度、多侧面来研究民间文学，从进化论、人类学到文化功能主义，从心理分析到结构主义，从流传学派到历史地理学派的理论和方法均有学人尝试。俄罗斯著名学者普罗普的《民间故事形态学》，被西方学界推崇为结构主义方法的奠基石。青年学人李扬借用它以“功能”为核心的研究方法，选取50个具有代表性的中国民间幻想故事，对它的叙事形态作了尝试性的剖析。他发现，从剖析中可以看出，“中国民间故事功能顺序与普罗普在俄国民间故事中观察到的顺序有吻合之处”，“这种吻合反映了中国故事与其他地区同型故事在叙事形态上的共通性”。他从剖析中也发现了中国民间故事叙事形态的独特之处，如在功能的数量上，尽管6个功能就可组成一个完整的民间故事，但上述50个中国故事的平均功能数量是19个，最多的达到55个，“功能数目越多，故事的篇幅越长，包容量越大，显示出多数中国民间故事已有较强的叙事能力”。

但中国故事学家使用较多、卓有成效的是比较研究方法。季羡林先生的论文集《比较文学与民间文学》（1991年），大力倡导用比较文学方法来研究民间文学特别是民间故事。刘守华1995年成书的《比较故事学》，成为最具代表性的成果。于长敏的《中日民间故事比较研究》（1996年）、刘介民的《从比较文学到民间文学》（1998年）等，也各具特色。有关比较研究的论文更是不胜枚举，这里只能列出一部分影响较大的篇目，如《民间故事大同小异的由来》（杨知勇）、《藏族〈斑竹姑娘〉与日本〈竹取物语〉故事原型研究》（乌丙安）、《盘瓠神话与日本犬婿型故事的比较研究》（郎樱）、《灰姑娘故事与中国民间童话》（肖崇素）、《东西方蛇女故事研究》（陈建宪）、《论印度那伽故事对中国龙王龙女故事的影响》（阎云翔）、《中日两国后母故事比较研究》（张紫晨）、《中日两国民间故事比较研究泛说》（钟敬文）、《中日两国金鸡传说象征意义的比较研究》（刘锡诚）、《论藏族和傣族的同源异流故事》（王国祥）、《中国民间叙事中禁忌主题与禁忌民俗的关系》（万建中）、《裕固族与匈牙利民间故事比较研究》（钟进文）等。季羡林先生说："没有比较文学，则民间文学的研究将流于表面，趋于片面；没有民间文学，则比较文学研究内容也将受到限制。如果把二者结合起来，再加上我们丰富的古典文学和少数民族文学，这两方面的研究成果必将光辉灿烂，开辟一个新的天地。"[4]

民间故事比较研究包含着跨国、跨民族和跨学科研究的多项课题，因而它首先意味着扩展文化视野，将民间故事置于民族文化和人类文化的广大时空背景之中进行考察。与之相适应，中国学者在这一研究中所使用的方法也趋于多样化。如探求中印、中日故事的关联，所使用的就是流传学派的方法，属于比较文学中的"影响研究"。从故事中追寻各民族共同的原始信仰与民俗遗存，所使用的则是进化论人类学派的方法；解析故事中人类共通的某些隐秘心理，则借助于心理分析；它们被列入比较文学中的"平行研究"。此外，被国际学人视为民间文学所特有的一种研究方法——芬兰学派的历史地理比较研究法，在中国故事学家中就运用得更为普遍了。其特点是：占有丰富异文，从母题（情节单元）、类型入手，联系故事传承的历史地理背景进行比较，深入理解故事的文化内涵，努力追寻它们的"生活史"。五四时期顾颉刚研究孟姜女传说的演变史时，就十分重视有关异文的历史地理印记。联系社会风貌与人文情态来考察民间文学，本是我国众多研究者在马克思主义辩证唯物论和历史唯物论指导下惯常使用的方法。这样，芬兰学派的历史地理比较法同我国固有的学术传统就较好地结合起来，由此在国际学苑中显现出自己的特色。

三

中国民间故事学的成就，集中表现为《中国民间故事集成》的编纂出版。它是由文化部、国家民委和中国民间文艺家协会协同组织编纂的民间文学三套集成之一。它既是一项大型文化工程，又是一项重要的学术研究工作[5]。

《中国民间故事集成》的特色与价值表现在如下几方面：

1.《中国民间故事集成》实际上包括神话、传说和故事三种民间口头叙事体裁。它基本上不收现成书面资料，要求所有作品及相关资料均从民间调查采录得来。为此，在全国进行了一次民间文学普查。其规模之大，不仅在中国是空前的，也为当今世界所罕见。记录成文的故事资料，据不完全统计，已达180余万篇，实际上远远超出此数。除故事集成国家卷精选少量作品外，各地大都以市、县为单位，甚至有些区、乡，也编印了民间故事“资料本”。在中国步入社会主义现代化的历史新时期，民间口头文学正迅速消失的情况下，围绕编纂民间文学集成所进行的这次调查采录活动，对保存民族文化财富作出了巨大的贡献。

2. 在编纂《总方案》中指出：“中国民间文学三套集成是在全国范围内进行普查、广泛搜集的基础上，按照科学性、全面性、代表性的原则编选出来的，是具有高度文学价值和科学价值的中国各地区、各民族民间故事、歌谣、谚语优秀作品的总集。”“科学性、全面性、代表性三者是互相联系不可分割的，科学性是三性的核心。”按照这一原则，不仅选录的每篇故事文本必须是真正的民间口头文学作品，而且在记录、翻译、整理时保持了作品的原貌，还要求在卷本的总体构成上避免随意性与片面性，从作品流布的民族与地区，以及作品的内容、形式风格、类型等方面，选取有代表性的作品以体现全面照顾。总编委会还提出，“在注重本省特色的同时，对通行的优秀故事也应重视，不能轻视或排斥”，以避免某些全国性故事流传的链条被人为地截断。它还要求各地绘制本省主要民间故事类型分布图和类型索引，使人对这些作品的广泛影响留下深刻印象。全面性和代表性实际上也是科学性的体现。

3. 民间文学集成的编纂，被列入国家艺术科学研究规划之列，是一项集体进行的科学研究工作。在完成故事集成编纂工作的同时，也相应地推进了故事学理论的构建。《中国民间故事集成》的“总序”，既综合反映了 20 世纪中国故事学已取得的研究成果，同时又立足于 80 年代中期以来对全国各族民间故事实行普查所得的丰厚资料，进行新的理论概括，因而内容厚实，评述精当，不失为中国民间故事学的一个重要历史文献。

80 年代以来，还发现了一大批出色的故事讲述家（粗略统计达 9900 多人）和一些故事家比较集中、故事蕴藏量较大的故事村，如河北藁城市的耿村、湖北丹江口市的伍家沟村与重庆市巴县的走马镇等。对这些故事家和故事村的考察研究，是中国民间故事学最具活力、最富于特色的一个领域。其代表性成果有乌丙安的《论民间故事传承人》（1983 年）、刘守华的《中国民间故事的传承特色》（1988 年）、袁学骏的《耿村民间文学论稿》（1989 年）、许钰的《作为民俗学对象的民间故事》（1997 年），以及裴永镇、王作栋、张其卓、江帆等人分别对金德顺、刘德培、满族三老人、谭振山这些故事家所作的专题研究，还有三部国际性文集——《中国耿村国际学术讨论会论文集》（1991 年）、《日中昔话传承之现状》（1996 年）、《走马镇民间故事》（1997 年）[6]，等等。

上述成果表明：中国民间故事是一种集体传承的口头叙事之作。在传承中，起核心作用的是那些具有出色口头语言艺术才能的故事家。他们是民众艺术智慧的集中表现，也是采集民间故事的“泉眼”。这些故事家不少人（特别是男性）都粗通文墨，还有乡村文化人（如塾师）参与传承，在中国民间故事中实际上融汇了许多书面文学成分，并非纯粹的口头文学。此外，和日本等国有所不同，中国男性故事家数量远远超过了女性故事家，女性故事家的故事多来自家族传承，而这些男性故事家的故事则大多从走南闯北中得来，属于社会性传承，其艺术性世界更为广阔。再从考察几个故事村的情况来看，它们并非一直处于封闭状态的荒僻村落。耿村和走马镇至今仍是四通八达、商贸活跃的乡镇。伍家沟近几十年来虽是一个偏远山村，但由于地处道教圣地武当山边沿，过去这一带香客如潮，居民参与道教文化活动的机会甚多，许多古朴神奇故事便在此积淀下来。可见，中国民间故事同样也是伴随社会经济文化的发展而传承演变的，是一个充满活力与生机的艺术领域。

在这里应当特别提到的是，海峡对岸的台湾，由于多种原因，长时期冷落民间文学。80年代末期，由于受祖国大陆普查各族民间文学、编纂《中国民间文学三套集成》的激励，采录和研究民间文学特别是民间故事的活动也迅速开展起来，取得了一系列重要成果，如金荣华主持采录出版的卑南人、鲁凯人和金门岛的民间故事传说及所著《民间故事论集》（1997年）、胡万川主编的《台中县民间文学集》（1992—1997）、陈庆浩和王秋桂主编的《中国民间故事全集》（1989年）、陈益源所著《台湾民间文学采录》（1999年）等。在台湾民间故事学中，对中华文化根基的认同和追踪给我们留下了深刻印象。

四

在改革开放大潮中，民间文艺学领域的中外学术交流频繁展开，这种交流也以故事学为主。一批重要故事学论著，如美国汤普森的《世界民间故事分类学》、艾伯哈特的《中国民间故事类型》、美籍华人学者丁乃通的《中国民间故事类型索引》和《中西叙事文学比较研究》、俄国李福清的《中国神话故事论集》、日本伊藤清司的《中国、日本民间文学比较研究》（1993年）等，先后译成中文出版。刘魁立就西方几个学派研究神话故事的成果及方法所作的系统介绍，以及他博采中西学术对“蛇郎”“螺女”等中国故事类型所作的精细研究，给众多学人以宝贵启示。

在此期间，中国故事学家还参加了由国际民间叙事文学研究会和亚洲民间叙事文学学会所组织的一系列学术对话，以及对民间故事活动进行实地考察的双边合作项目（如中日学者对两国故事传承现状所作的联合考察）；联合国教科文组织为保护民间文学遗产同中国民间文艺家协会合作，对吉林、湖北、四川等地的故事考察录像，并授予刘德培等10人以“中国民间故事家”称号。在开放与交流中，中国民间故事学已经融入民间叙事文学研究的国际学术大潮中，以自己的独特成就赢得了国际同仁的赞誉。

经过近百年探索，我们在民间故事的各个层面上都有了相关的论著，既有关于若干故事类型的微观研究，也有关于某些故事群、故事体裁乃至整个中国民间故事的宏观研究；由对故事文本的浮浅评说，迈进到解析故事母题、追索故事生活史及其深层文化意蕴；突破书面写定的文本的局限，进而揭示由故事讲述人和听众双向交流所构成的故事传承过程的奥秘；借鉴国外故事学的研究方法，又立足于中国拥有丰厚古代文献和近世鲜活资料的基点上，大胆进行原创性的理论探索。民间故事的成就不仅有力地肯定了中国各族人民群众在口头文学领域显露出的丰富艺术智慧，也促使中国民间文艺学走向成熟。

规模宏大的《中国民间故事集成》正陆续问世，全部出齐还需数年。以全套故事集成资料为基础，在故事学、故事史方面撰写出内容更为深厚并能充分体现中华文化多元一体特色的高水平著作，任务十分艰巨。在保护民间文化遗产如同保护自然生态一样日益受到全世界关注的情况下，我们期待着包括民间故事学在内的研究民间文化的相关学科在新世纪得到进一步发展。

注释：

[1] 1987年更名为中国民间文艺家协会。

[2] [美] 洪长泰：《到民间去》，董晓萍译，上海文艺出版社1993年版，第153页。

[3] 贾芝：《谈新故事》，载《采风》1984年6月1日。

[4] 季羡林：《比较文学与民间文学》，北京大学出版社1991年版，第166页。

[5]《中国民间故事集成》的主编为钟敬文，副主编为刘魁立、许钰、张紫晨、陈子艾、贺嘉。各地的故事学家均参加了这一工程。

[6]《中国耿村国际学术讨论文集》，是1991年在河北藁城市举行的国际学术讨论会论文选集，由中国民间文艺出版社1991年出版。《日中昔话传承之现状》，为中日学者合作在两国共同考察民间故事的文集，由东京勉诚社1996年出版。《走马镇民间故事》为联合国教科文组织、中国民协、四川民协联合考察走马镇民间故事的报告。

五湖四海结学缘*

《华中学术》第四辑开办"学缘漫忆"，主持人张三夕教授说得好："学缘如同'血缘'，它是一种永远割不断的人际关系和情感联系，具有一定偶然性和独特性，往往会对一位学子的学术道路乃至职业生涯产生潜移默化的深远影响。"王先霈教授的《一鳞半爪说学缘》，说的虽是"一鳞半爪"，却真切生动地记述了华中师大汉语言文学学科学缘特点，使人深受启发。这里我也就自己半个世纪来投身民间文艺学科的学缘作一些拉拉杂杂的记述，与同仁交流。

一

我手头至今还保留着一个红皮硬壳笔记本，第一页上写着：

> "钻到通俗民间语言的优美里去，钻到歌曲和童话故事句子的结构里去。"在高尔基这些话的鼓励下，我把精力转向了民间文学。这个本子就算是这一工作的开端。上半本我打算记录一些我自己直接搜集的以及书报上较优秀的民间歌谣，下半本打算记录一些谚语、歇后语同精炼的民间口语。材料尽量求原始，哪怕是为作家所不屑，不能登大雅之堂。

这段话下面还标明："1953 年 3 月 24 日于洪湖。"那时我正在位于

* 刊于《华中学术》第六辑，武汉：华中师范大学出版社，2012 年。

湖北新堤的沔阳师范学校（后更名为洪湖师范学校）三年级就读，学校在课内外很重视吸收民间文艺的新文学，曾排演歌剧《王贵与李香香》，将高尔基、鲁迅赞赏民间口头文学的论著列入教学内容。加上采录和演唱“洪湖革命歌谣”在当地蔚然成风，被这股文化新潮所深深吸引，又被借调参与筹办洪湖土地改革展览活动，我承担“革命歌谣”这一块，于是边干边学，除完成布展任务外，还选辑了《贺龙军》等几首革命歌谣在北京新办的《说说唱唱》杂志 1952 年第 8 期刊出，又写出散文《洪湖渔民的歌声》投寄《湖北日报》1952 年 10 月 1 日“国庆征文”发表，到 1953 年便形成了投身民间文学事业的初步意愿。

1953 年 9 月，我被选送进入华中师院中文系学习。这时钟敬文先生在北京师范大学示范性地开设了民间文学课程，华中师院也派出何奇雄老师前往北师大进修，为开课作准备。以郭沫若为会长的中国民间文艺研究会 1950 年春于北京成立，专业性的《民间文学》杂志于 1954 年 4 月创刊。民间文学作为一项新兴的人民文化事业方兴未艾，加之以李希凡为代表的年轻学人的崛起受到社会高度关注，1956 年更在全国范围内掀起了青年学生“向科学进军”的热潮，我们这个年级的许多同学纷纷按兴趣成立课外学习小组。这一社会文化潮流使我受到巨大激励，前几年萌生的对民间文学的喜爱便进一步深化为一种学术志趣了。

此时在武汉大学就读的广西壮族学生韦启麟以壮族民间传说为题材创作的长篇叙事诗《百鸟衣》于 1956 年在《长江文艺》发表，受到全国文化界的好评。我就全国中学语文课本所选《牛郎织女》课文的整理改编得失，写成评论文章《慎重地对待民间故事的整理编写工作》，大胆投寄北京《民间文学》杂志，并于 1956 年第 11 期刊出，所引起的争议与热烈反响始料未及，在我的学术生涯中烙下深深印记。此文学理上的粗疏不言而喻，而最令我难忘的是《民间文学》编者对年轻学人的热切关怀和认真指导，以下是他们于 1956 年 11 月 6 日的来信：

你的谈“牛郎织女”《慎重地对待民间故事的整理编写工作》的文

章已经发稿，将在十一月号《民间文学》刊出。我们十分希望你能常写一些这样的针对实际问题的文章。你想全面地对民间文学作专题研究，这是很好的，很必要的，但是这样的研究是需要多花一点时间，才会有成绩；要真正对丰富的材料作深入、反复的考察分析，对有关的各个问题都考虑周到，方能得到比较科学的概括的结论；否则很容易流于空泛。这类的稿件我们收到很多，大家引用的材料都差不多，所用的方法和功力也都差不多，写出来的文章也差不多，甚至连文风也都相似。我们觉得你是有敏锐的头脑的，文字也比较活泼生动，建议你一方面作那样全面性的专题研究，逐渐形成自己的体系；一方面多关心民间文学范围内当前存在的现实问题，写一些带批评性的文章，这样对于读者是有好处的。

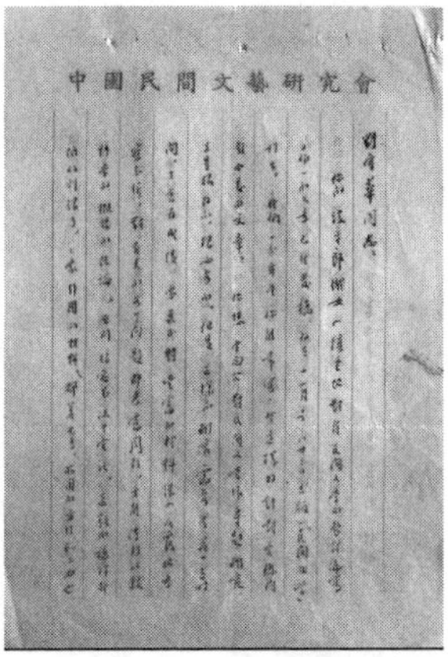
中國民間文藝研究會

《民间文学》编辑部来信

此信用毛笔小楷流利写成，在肯定我现有成绩的基础上提出进一步的努力目标，既鼓励作专题性的理论探讨，又强调解决一些现实性的课题。这位编辑是谁，我至今未弄清。而来信本身所体现的完全是学术导师的品格，给我以终生难忘的影响。

此后，我于1958年正式参加中国民间文艺研究会（后更名为中国民间文艺家协会），从80年代开始，我在湖北省民间文艺家协会担任正副主席达15年之久，又被推选为中国故事学会副会长。20世纪八九十年代中国民间文艺事业最红火的那20年间，我每年都要参与一两次全国性或地区性的学术研讨会，在《民间文学》和《民间文学论坛》上先后刊出了40多篇文章，同湖北和其他地区在一线从事民间文学采录研究的多位青年民间文艺家保持着密切联系。跨入新世纪，又担任《中国民间文艺学年鉴》主编至今。中国民协多年来由贾芝、钟敬文、刘锡诚等学人担任领导工作，在中国文联各协会中虽是一个地位不高的小协会，却有着很强的凝聚力，老中青几代人矢志不移，多年来对推进这项新兴的人民文化事业起着核心作用。我这几十年的学术生涯，可以说主要是在这个文化学术圈子中进行的，同中国民间文艺事业不断迈步向前的步伐息息相关，这也就构成了我的学缘特色主调。

二

下面再说一下我同海内外几位前辈或同辈学人的机缘，他们是钟敬文、季羡林、丁乃通、金荣华、李福清和谭达先。

俄罗斯汉学家李福清应邀赴华中师范大学讲学（1990年秋于刘守华书房）

李福清是俄罗斯科学院通讯院士、著名汉学家鲍里斯·利沃维奇·里弗金的中文名字，生于1932年，1955年毕业于苏联列宁格勒大学东方系中国语文科，进入苏联科学院世界文学研究所，专门研究中国的民间文学和古典文学，曾多次来中国学习访问，以《关于孟姜女传说》及《三国演义与民间文学传统》两篇论文获得副博士和博士学位。我于

1956年在《民间文学》发表《慎重地对待民间故事的整理编写工作》深受他的关注，他就中华人民共和国成立十周年所撰写的一篇专论《现代中国民间文艺学》，刊于《苏联民族学》1960年第1期上，对我批评语文课本中《牛郎织女》整理编写之不足给予肯定，由此我们建立了颇为密切的联系。1988年他在北京出版《中国神话论集》，立即寄赠给我，我写了书评发表。因对有关中国神话和民间文学特征有些争议，我们又友好商定，分别写出公开信在《民间文学论坛》发表。我于1990年5月邀请他来华中师大中文系讲学并赴荆州游览三国征战遗迹。在苏联解体之际，他因将多年积蓄存入戈尔巴乔夫基金会受损而陷入困境，我帮助他在中国翻译发表学术论文，将稿酬用来购买中文图书和稿纸。我俩多次通信，互赠新作，直到2011年。我给他提供中国民间口头流传的三国故事供其研究，也向他请教有关苏联民间文艺学的一些事项。中华人民共和国成立后，虽然我国受"一边倒"外交政策的影响，译介了一系列苏联民间文艺学成果，其实大多属于普及性学术论著，真正具有学术深度的论著如普罗普的《故事形态学》《神奇故事的历史根源》等，并未引进。因而李福清着意倡导中国学者应更深入地吸取苏联民间文艺学中更富于科学性特别是历史诗学方面的成果。

"由A. 维谢洛夫斯基建立的俄国历史诗学的某些基本观点成为日后苏联艺术起源理论、神话学、史诗学、民间文艺学等学科的理论基础，成为苏联学派区别于西方各学派的重要标志。""历史诗学强调把文学的起源和发展理解为一个合乎规律的过程，必须从逻辑概括的角度把握各种文学形式的形成和演变过程。"① 李福清对中国民间文学的研究既建立在见识广博、资料丰厚的实证基础之上，又富有俄国历史诗学的开阔学术视野之功能，常使我在民间文学研究上受到有力启示，成为我漫忆学缘中的一个重要节点。

谭达先大我10岁，当我在华中师院刚跨进民间文艺学苑时，他已

① ［苏］李福清：《中国神话故事论集》编者序，北京：中国民间文艺出版社，1988年。

在中山大学中文系走上民间文学讲坛并出版专著了。却不料在“文革”中被打进“牛鬼蛇神”行列，于80年代初移居香港。在艰难求生、年届花甲之时，还在香港中文大学攻读硕士与博士学位，并勤奋笔耕，先在香港商务印书馆出版“中国民间文学理论丛书”8种，进入90年代后又在台湾贯雅文化事业公司出版“中国民间文学知识丛书”4种。在先后问世的四十多种著述中，以《民间文学与元杂剧》《中国解释性传说概述》《中国二千年民间故事史》最具代表性，又以在香港《文汇报》和海外报刊连续发表对中国民间文学的评论文章而蜚声学界。不论就评述的民间文学体裁的宏大体系，还是就论著的数量及在海内外的广大影响而论，他在同辈学人中都是出类拔萃的一位。

我久仰达先兄的学术与人品，与其1986年首次在深圳会晤，1997年9月我邀请他来华中师大讲学一周，1998年我赴台参加学术研讨会途经澳门时曾到他的寓所拜访。我们之间既有多次促膝畅谈，更有长达一二十年频繁的书信往来。最难忘的是他用心撰写并在海外报刊发表了8篇关于我的书评，从《中国民间童话概说》到《道教与中国民间文学》，从《故事学纲要》到《比较故事学》等，对友人著述既有热情洋溢的肯定与赞誉，也大都有坦诚的商榷或批评。如《中国民间故事史》的研究写作，我就是按照他审阅书稿的意见，对所有涉及的古代作者均加注了生卒年月；对《道教与中国民间文学》一书，也是吸取他在书评中的批语意见，在修订再版时新写了“道教与民谚”一章。

特别可贵的是，谭达先博士的四十几本书，大都是在他处境艰难时，本着对祖国民间文学的挚爱，以坚忍不拔的毅力完成的。80年代初他移居香港，因缺乏英国大学毕业学历，无资格在大学乃至中学正式任教，只能靠到处打零工代课来维持生活。晚年移居澳洲，依托小女，全凭一点微薄的养老金过活。可他连这点养老金也尽量挤出来补贴出书。正如他2007年2月14日在写给我的长信中，忆念自己一生的坎坷经历时所写的：

> 回想1952年入行弄民间文学，五十五年了。穷困了一生，“文革”时受苦不必说，1980年到香港后，一连十一年，也是在苦中作乐。1991年退休来此，无退休金，以一万元把一万多册书运来，定居于此；政府给我一些生活费，我尽量节约，挤一点作每年回国及出书之用。一连五十五年，未曾休息过，旅游也无精力、时间和金钱，全花在弄民间文学上了，真是十足的书呆子。如今我的微薄的努力，在海外多少起了一点作用，仅以此自慰。

他于2008年3月患肝癌去世，已有几年了。他勤奋执着地从事研究中国民间文学“苦中作乐”的传奇经历与品格，一直有力地激励着我在这一学圃中耕耘不息。

三

美籍华人学者丁乃通教授本是浙江杭州人，早在1936年即毕业于北京清华大学西方语言文学系，并于1938年获得美国哈佛大学英国文学硕士学位，三年后再获博士学位，随后开始在国内外许多高校任教，1957年起客居美国，最后任教于西利诺大学，1989年病逝。他本是研究和讲授英国作家文学的，直至20世纪60年代，“看了许多中国各民族的故事，认识了中国人民的智慧和才能，深刻了解中国民间文学在世界上占了一个不但是重要而且是领先的位置”，于是和中国民间故事结下不解之缘，在西方研究民间故事的芬兰历史地理学派的影响之下，以十年心血惨淡经营，撰写了一部《中国民间故事类型索引》，于1978年由芬兰科学院出版，成为各国学者检索中国民间故事最便捷的工具书。他还撰写了关于《白蛇传》《灰姑娘》《黄粱梦》《云中落绣鞋》等经典故事的系列论文，成为以历史地理学派方法研究中国故事而蜚声世界的学者①。

1985年9月，华中师大中文系邀请丁乃通前来讲学并由章开沅校长出面聘请他为我校客座教授。他用美国汤普森的《民间故事分类学》作教材，一面翻译一面用汉语讲解，时间长达一月之久。他带来一箱子外文参考书，其中有邓迪斯的《世界民俗学》（后来由陈建宪译出，在上海文艺出版社问世，成为中国民俗学科同西方接轨的主要论著）以及《世界民间故事母题索引》等。我们特意组织了一个小班听他讲课，深受他热爱中国民间文学的爱国情怀的感染和世界民俗学新进展的启迪，其中多人一直钟情于民间文艺学科，如今已出了五位教授。在十分简朴的接待安排中，他欣欣然同我们十几位师生研讨中国民间故事，乐而忘倦。他拒收任何报酬，将带来的一箱子书全部捐赠给我们，甚至连他应邀来华中师大讲学的机票钱也捐赠出来，要我们买一个书柜收藏有关资料，这个资料柜一直使用至今。他鼓励和热情帮助陈建宪、黄永林两人将他用英文撰写的评述白蛇传故事的长篇论文《高僧与蛇女》译成中文发表，由于当时他俩的英文水平不高，此稿又涉及大量西方学术文献，因此初译稿中错讹较多。丁先生和夫人许丽霞就如同批改小学生作文那样，用红笔在原稿上改写得密密麻麻一片。此文是丁先生的成名之作，用五万多字的篇幅探索美女蛇故事在东西方文化语境中的生活史，其中涉及蛇在佛教文化中的文化意象，为此他用半年时间专程到香港去通读《大藏经》；概括性的论断只有几句话，可他注释中注明见于《大藏经》的有关页码却达150多处，其治学功力之勤谨，使审阅书稿的出版社责编惊叹不已。

对中国民间故事的喜爱，将我们的心紧贴在一起。在初次通信中，他就表示："深深了解你对故事学的热诚，在这一点上，我们真是志同道合。"他推荐介绍我和乌丙安等人加入芬兰科学院主持的国际民间叙事文学研究会（ISFNR）做会员，先后在国内外参加了三届会员学术研

① 均见丁乃通：《中西叙事文学比较研究》，武汉：华中师范大学出版社，2005年。

讨会，由此得以和欧美许多民间文艺学家结识交往。他以自己的研究实绩说明历史地理学派故事学方法的要领，特别是着重指导和帮助我探索题为“求好运”列入AT461型的一个著名故事圈的生活史。他于1983年5月写来一封长信，信中称：

> 今天收到来函，当然是非常高兴的事。AT460和AT461是一个故事圈或集团，流传极广，若能查清来龙去脉，对国际民间故事研究是一个大的贡献。……你若要比较中印两国的说法，当然是好的。可是了解中国的传统，在我看来并不需要把印度的说法作为前提。……假如我是你的话，一定会先把中国的说法整理成一组，用历史地理法探测传播地区及方向、起源民族及地域、原始形式及意义，尤其要查找古书里有没有这样的故事。先把中国的来龙去脉弄清楚了，再研究别国的传统也不迟。

他随即寄来一些欧美学者的研究成果供我参阅。我对此故事不断追踪，搜求到的中国“求好运”故事异文，从丁著《中国民间故事类型索引》所录四十多例达到二百多例，三十多年来先后写成《一组民间童话的比较研究》《千年故事百年追踪》《蕴含史诗魅力的民间故事》（见《光明日报》2012年2月17日“国学版”）等7篇文章。丁乃通既有关于中华传统文化和中国民间文学的深厚积累，又熟谙芬兰历史地理学派的学术传统，以贯通古今中外人文的科学眼光来研究民间故事，使我同国际学苑结缘。

任教于台湾中国文化大学的金荣华教授，多年来一直以继承弘扬丁乃通优良学术传统为己任，他培育了一大批有作为的台湾民间文艺学家，修订完善丁乃通的故事类型索引，终于完成了涵盖大陆《中国民间故事集成》这部宏大故事书的新编《民间故事类型索引》，又率领学生广泛采录台湾各地民间故事，撰写出了一系列见地新颖的故事学论文，成为台湾地区最具影响力的民间文艺学科带头人。我俩由丁先生于20世纪80年代初牵手相识，在丁先生去世前后相互扶持，正积极推进两岸民间文艺学和故事学持续向前发展。

四

在忆述自己的学缘时，不能不提到国内的两位大师——钟敬文和季羡林。我是由华中师院中文系本科毕业留校从事民间文学专业的。民间文学是五四运动以后新兴的人文学科，20世纪50年代只有钟敬文教授在北京师范大学中文系率先开设民间文学课程培育这方面的专业人才，他被称为中国的“稀有金属”。我没有机会进入他的门下受业，而我的专业启蒙老师却是曾赴北京师大钟老门下进修的何奇雄老师，当时阅读的主要参考书也是钟先生编著的《民间文艺新论集》。以北师大的民间文学专业为模式，我和何奇雄两人于1960年合编了一部《民间文学》教材在校内印发并走上讲坛授课。民间文学作为选修课，虽然中断过几年，我们仍紧跟北师大，坚守阵地，并曾经将民间文学融汇吸纳到中国当代文学的教材和教学之中，开拓新的空间。直到20世纪80年代，随着全国进入科学文化的春天，民间文学专业在华中师大获得引人注目的稳步发展，培育了多位硕士和博士。在这二三十年间，我们和钟老主持的北师大民间文学专业一直保持着密切联系，陈建宪曾在钟老门下做访问学者，协助他主编全国高校使用的《民俗学概论》，林继富曾去北师大攻读博士学位；就我个人情况而论，经常向钟老求教，同样获益良多。

钟老于20世纪30年代投身于民俗学和民间文学事业，最吸引他的也是民间故事，他借用西方民俗学方法解析《天鹅处女》《蛇郎》《蛤蟆儿》《田螺精》《呆女婿》等流行故事，运用当时西方民间文艺学家解析民间故事类型的新方法，归纳提取了45个中国民间故事型式，其学术开拓性受到日本学界的高度评价。我于80年代初开始作比较故事学探索，就深受他的启迪。我只要有机会赴京就会去拜访他，经常就故事研究问题向他求教，他总是侃侃而谈，不吝赐教。我撰写的《中国民间童话概说》《故事学纲要》，均由他题写书名。他在我的《比较故事学》一书首页题词："比较方法是现代科学研究手段之一；只要善于运用，就能奏效立功。"随后又在专为《中国百科年鉴》撰写的《民间文学理论的发展》中，就"比较方法的运用"单立一节，评述了我于80年代初发表的4篇比较故事学论文，是"在新的学术思想基础上采用了这种科学方法"，他以欣喜之情给予肯定，又从更广泛深入地联系社会文化语境作跨国比较上提出了更高要求。特别值得一提的是，我于1999年在湖北教育出版社印行《中国民间故事史》一书，他读后即十分欣喜地给我来信，称道它"作为系统研究中国民间故事史的第一本著作，具有重要的开创意义"。我送给他一本他还觉得不够用，又从自己口袋中掏钱托学生再邮购两册，以便他自己作为礼物赠送给外国同仁。

我在《百岁老人千秋业》一文中，着重概述了钟敬文先生对建设中国故事学的卓越奉献。特别是他作为规模宏大的《中国民间故事集成》的总主编，从总体设计、撰写序言、确立框架到一卷又一卷地审阅书稿，提出修改意见，更是他用自己宝贵心血浇灌而成的灿烂花朵。我撰写了《中国民间故事集成的特征与价值》一文，在《北京师范大学学报》刊载后又经《新华文摘》转载，作为对这位百岁老人的永恒纪念。

他作为享誉世界的中国民俗学之父，在风雷激荡的中国百年历史中，对作为人民文化重要一环的民间文学坚守学苑矢志不移，并以与时俱进的敏锐学术眼光和举旗领军的磅礴气势来奋力推进，成为一项光耀百年的学术传奇，不论学术与人品，都是激励自己奋进的楷模。

讲到学缘，还有一位季羡林先生，也是我难以忘怀的。我无缘直接在季门受业，从20世纪80年代开始，却因为弄比较故事学几次获得他的鼓励教诲。1980年写成的《印度〈五卷书〉和中国民间故事》这篇论文就是在读到他当时刊于《书林》的《漫谈比较文学史》受到启迪之后的习作。当即将初稿斗胆寄给季先生审阅，想不到他几天之后就于

1980年5月13日复函给予热情肯定："大作已拜读，获益良多。现在东西各国比较文学之研究均极盛行，我们学术界在这一方面似乎也有点落伍，须急起直追……希望我们共勉之。"他介绍了北大兴起比较文学研究的情况，并寄赠了新创刊的《比较文学通讯》(以后每期照寄，直至终刊)。北大从事比较文学研究的学者，吸纳国际学术潮流，十分看重民间文学的比较研究，在北京大学出版社问世的中国第一本《比较文学论文集》中，所选取的出自钱锺书、季羡林、乐黛云等学人笔下的18篇论文中，拙文就占了两篇。几年后我将刊出的十多篇文章集结为《民间故事的比较研究》交付中国民间文艺出版社印行，颇受读者欢迎。1990年被提名参加中国比较文学图书评奖活动时，因该出版社违反国家出版法规而遭取缔，于是组织者提出在此情况下本书是否可参与评奖。听说时任中国比较文学学会会长的季羡林先生明确表示：出版社出坏书受处罚，和《民间故事的比较研究》参与评奖是两本账，不应搅和在一起；这本书能否获奖只能由我们评定。结果本书获得二等奖。

1986年北京大学举办首届东方文学比较研究学术研讨会，邀我参加。我以《蛇郎故事在亚洲》为题发表论文受到关注，选编论文集时，将这篇比较故事学论文置于首篇。季先生在研讨会上对我给予亲切鼓励，在他所作的总结性发言中，理直气壮地批评了只承认国与国文学之比较才是比较文学的洋教条，大力倡导在一国之内开展跨民族文学比较研究。由此开拓了中国的比较文学的新境界。

季羡林先生认为，"比较文学与民间文学研究相得益彰，没有比较文学，民间文学研究将流于表面，趋于片面。没有民间文学，则比较文学研究内容也将受到限制"①。他还说，"我写的这一些比较文学的文章，卑之无甚高论，然而却都是实打实的东西"。"我羡慕天马行空，但是我更赞赏在地上脚踏实地走路的人。……我赞成比较文学研究直

① 季羡林：《民间文学与比较文学》，北京：北京大学出版社，1991年，第166页。

接影响的一派。”笔者即在多年从事比较故事学的研究中，将民间文学和比较文学的方法交叉融合，而且致力于实打实的跨国和跨民族的影响研究。1987 年我晋升教授时，将有关成果请季先生评审鉴定，他在评语中写道：“掌握大量资料，言必有据，不发空论。”“论证具有说服力。”“结论平正公允，决不武断。”这些特点正是我认真吸取季先生的教诲及其卓越学术成就，努力端正自己的学风与文风有所进步的表现。2012 年我的一部新作《佛经故事与中国民间故事演变》在上海问世，它更是受季先生关于加强中印文化比较研究直接启迪，经数年耕耘而完成的。因此我将刊于《文汇读书周报》的《风范长存忆季老》一文特地收录其中，现在就以这段话作为我这篇学缘忆述的结尾：

> 在这三十多年向季老请教，同季老交往的过程中，我作为一个身居外地的年轻学者，对季老学术人品了解的程度自然十分有限，而他对学问的认真执着，对年轻一代中国学人的深切关怀，以及平易朴实的生活作风却深深地铭刻在我的记忆里。他关于比较故事学的一系列真知灼见，更成为启迪我进行学术创造的牢固基石。季羡林先生离开我们已有三年了，他关于弘扬中华文化、东方文化的宏伟构想与身体力行的丰硕成果将启迪激励我们朝向这一目标不断奋勇向前。

2012 年 7 月 20 日

民间故事学理探奥

民间故事的叙事艺术*

我们对民间故事的研究，可以从故事讲述人、故事听众和故事本文三方面入手。现在人们已经开始重视对故事讲述人的调查研究，并获得了可喜成果。但是，对故事听众即接受者的研究还没有受到应有的关注，对故事本文的研究也相当薄弱。西方学者曾经深入剖析民间故事的结构律则，创立结构主义叙事学，在文艺美学领域产生了广泛影响。本文拟借鉴国内外现代叙事学成果，以故事本文为对象，从叙事时间、叙事体态、叙述语式和叙事风格方面，对中国民间故事的叙事艺术作初步评述。

叙事时间

故事发生的时间和叙事的时间，这两者之间是有差异的。实际生活中故事发生的时间是立体的，许多有关联的事件往往发生在同一时间。可是人们用话语叙述故事时，只能按一条直线排列，把一件一件的事叙述出来，所以叙事的时间是一种线型时间。故事里的人物和事件，已经被投射到一条直线上，和它的本来面貌有所不同了。时间的处理表现出技巧。随着叙事文学的发展，人们越来越重视用歪曲和颠倒时间的手段

* 本文为中国民间文学刊授大学教材《故事学纲要》中的一章，原载《民间文学论坛》1988年第3期。

来达到自己的美学目的，影响听众和读者的心理。积累的手法有顺叙、倒叙和插叙，连贯、交替和插入等。

法国结构主义叙事学家托多罗夫的《叙事作为话语》[1] 一文，对民间故事的时间结构形式作过这样的评述：

> 这些故事可以用几种形式联系起来，民间故事和短篇小说已经运用了其中的两种，即连贯和插入。在这种情况下，它们的协调是由每个故事结构的相似来保持的。例如，三兄弟先后出发去寻找一件宝贝，每个人的旅行都给一个故事提供了基础。
>
> 插入是把一个故事插到另一个故事里去。因此，《一千零一夜》的所有故事都被插入在叙述山鲁佐德的故事里。可见，这两种组织形式是并列关系和主从关系这两种基本的句法关系的精确反映。
>
> 还存在第三种组合形式，我们可以把它称为交替。交替是同时叙述两个故事，一会儿中断一个故事，一会儿中断另一个故事，然后在下一次中断时再继续前一个故事。这种形式显然是同口头文学失去了任何联系的文学体裁的特征，因为口头文学不可能有交替。

这段论述大体适合我国的情况。我国民间故事一般采用顺叙手法，即按时间先后顺序，以一人一事为主线，连贯地展开叙述。连贯式又可细分为重叠式、连锁式和递进式等。

重叠式即我们通常所说的三段式、三迭式，以同类型情节的几次平行反复来构成。如三兄弟接二连三去远方寻宝，英雄主人公经历三次磨难，善良同邪恶势力展开三次较量等。

连锁式结构类似修辞学上的顶针格，由上一段具有相对独立性的情节引发出下一段具有相对独立性的情节。一些情节单一的故事常以这种方式互相串接，构成复合故事。反过来，它们也可以彼此脱落，变成几个小故事独立存在。

递进式结构中包容的矛盾纠葛较为复杂，以逐步深入、层层递进的方式来展开情节叙述。其实前面的重叠式和连锁式也都有递进的特点，否则，很难抓住听众的心弦。我们这里提到的递进式，是指这两种情况以外，递进特征更为鲜明的结构形式。

以上三种结构形式在长篇故事中常常结合起来加以运用。维吾尔族故事《一个女人的爱情》讲那个美丽聪明而又坚强勇敢的女人逃出王宫，本想找到丈夫，不料落入坏人之手；随后女扮男装流落到一个陌生地方，竟被选为国王；经历重重磨难，最后终于同丈夫幸福团聚。就这个故事的整体结构来说，属于递进式。可是中间的巧遇秃子、猎人和赌徒，却采取了典型的三迭式结构。

由此可见，按照时间顺序的连贯叙述，同样可以构成曲折丰富的故事情节，产生吸引人们的巨大魅力。

在民间故事（主要是童话）的连贯叙述中，常使用一些套语，如“从前，在很远很远的地方……”“他走了七七四十九天，渡过九十九条河，跨过九十九座山……”之类。它不只是在前后情节之间起连接黏合作用，还扩大了故事的时间与空间跨度，在人们的艺术想象中，延伸了线型时间，增加了故事容量。这也是加强表达效果的一种艺术手段。

插入是把一个故事插到另一个故事里去，也就是我们通常说的故事里头套故事。它是由插叙演进而来的。穿插叙述另一个故事的时间虽然和这个主干故事发生的时间是连贯一致的，而那些故事本身却发生在不同的时间背景。它是几个或一系列发生在不同时间里的小故事的复合体，故事情节显得更为曲折，所概括的生活内容自然也要复杂丰富得多。我国藏族的一部长篇故事《尸语故事》或称《说不完的故事》即以这种结构形式编成。它有一个引言，讲小伙子顿珠偷学巫师法术，遭巫师迫害，引起争斗，顿珠在斗法过程中杀死巫师，造下罪孽。鲁珠祖师为了使其赎罪和为众生谋取幸福，指示顿珠去远方墓地大树上，寻找一具神奇死尸（尸精）；如果能把他背回来，他全身就会化作金子。可是在尸精讲话时顿珠不能答话，只要一开口，尸精就会飞走。顿珠不辞艰辛找到尸精，把他背在身上往回走。途中，尸精给他讲起故事来，讲到紧要处，顿珠出于对故事中人物命运的关切，情不自禁地插问了一句话，尸精立刻飞回原处。顿珠只得再去相请，尸精又讲故事，上述过程又重演一遍。这样一共讲了 20 多个或 30 多个故事，最后顿珠牢记失误教训，一口气把他背到鲁珠祖师面前，靠坚毅勇敢，终于取得了成功。这部著名故事集中的几十个故事，用顿珠寻取神奇死尸的故事串联起来。顿珠一次又一次去寻找尸精，是按时间先后顺序连贯叙述出来的，采取的是重叠式结构。而由尸精穿插讲述的那些故事，则发生在不同时间里。每个故事的时间空间背景不同，具有相对独立性，合起来又是一个整体。

至于颠倒时间顺序的倒叙手法，以及将发生在不同时间空间背景下的几件事交替叙述的手法，在一般民间故事里确实较少见到。但在我国的说书艺术中，是常常用“花开两朵，各表一枝”这样的套语提头，来展开交替叙述的。说书也是一种口头文学，是由职业艺人在某些方面作了发展提高的一种口头叙事文学。

按时间顺序连续叙述的事件并不能构成故事，故事情节中的那一系列事件，还须彼此间具有某种逻辑联系。叙事中的“时间和逻辑混淆”，便成为叙事学研究的中心课题。现代小说强调逻辑优于时序，发展了“非时序化”的倾向。民间故事则如普罗普在《故事形态学》中所指出的，极其重视时序的不可改变性，扎根在时间里[2]。人们喜爱听曲折新奇而又时序清楚，头尾分明的故事。故事家巧妙地将扣人心弦的因果关系消融在自然清晰的时序里，造成引人入胜的魅力，他们的叙事技巧是很高明的。

叙事体态

故事都是由叙述者口头叙述出来的，叙述者观察人物事件的方式及其主观感受，不可能不表现出来，只是色彩或浓或淡罢了。叙事学把叙事者同故事中人物事件的关系称为叙事体态。民间故事的不同风格和魅力，同它所采用的叙事体态有着密切关系。

有关学者把古今流行的主要叙事体态分为三种：

叙述者大于人物（“从后面”观察）。叙述者比他的人物知道得更多，甚至是一个对人物身上的一切包括他们的内心隐秘无所不知的“全知”者。古典主义的叙述常采取这种方式。

叙述者等于人物（“同时”观察）。叙述者和人物知道得一样多，第一人称就属于这种叙事体态。也可以采用第三人称，由叙述者跟随故事中的一个人物或几个人物，用他们的感受来叙述故事。

叙述者小于人物（“从外部”观察）。叙述者比故事中的任何一个人物都知道得少，只限于叙述从外部观察所得的某些特殊印象，叙述人就像《红楼梦》中初进大观园的刘姥姥。它是叙事文学中的一种新探索，能够使平凡的生活显现出不平凡的光彩。

民间故事中尚未发现第三种叙事体态。有些故事讲述家爱用第二种叙事体态，以第一人称的口吻来讲述故事，如刘德培所讲的《背脚佬和草鞋》《你是自讨的》[3]。这些故事是依据他亲身的经历见闻编成的，叙述人和故事中的主人公“合而为一”，显得十分真切生动。

民间故事的绝大多数属于第一叙事体态，或兼用第二叙事体态。叙述者既是故事的见证人，又是主人公的亲密伙伴，他比当事人知道得更多，但一般不以“全知”者的身份对有关人物进行客观冷静的剖析，而是贴近自己的人物，怀着热烈情感来叙述故事、描绘情景。试看山东著名故事讲述家胡怀梅所讲的一篇小故事《丈夫回来了》：

这个人闯关东，一去三年，挣了好些银钱。拾了个破袄穿着，把银子揣在怀里，用根草绳束得嘣嘣的，头戴一顶破帽子，推诿着斜里呱哒，龟腰罗锅，“拖拖啦，拖拖啦”到了家。

他问老婆：“你做什么的？”他老婆连眼皮都没翻。你看这小子穷种样，真是埋汰人，你还有脸回家。心里想的，没说出口来。又问："我走那年，咱那头牛要抱犊子的，抱了没？"不搭腔！"我走时，咱喂那对小猪什么样？"不搭腔！"上东庄去叫他姑来过两天不？"也不搭腔！"我走那年，年成不孬哟。咱那个秫秫谷子都打了多少？"也不搭腔！[4]

它叙述一个男人出外闯关东，带着银钱回家见老婆的喜剧性故事。采取第三人称，叙述者熟悉主人公的全部经历，知道在他身上紧裹的破棉袄里揣着银子，这是那位妻子所不及的。同时，还能看出妻子见到男人的穷酸样子后心里所想而嘴上并没有说出来的话语，这又是那男人所不及的，这位叙述者显然属于全知型的了。正因为他比故事里的人物和故事听众知道得更多，才能赋予这个普通的生活小故事以不平凡的丰富内涵。可是他并不满足于充当见证人静观事态，却贴近男主人公，似乎是这个人闯关东的亲密伙伴随他归家，目睹了这幕喜剧。在叙事话语中间，情不自禁地流露出他的热烈情感。前面的六个"不搭腔"和后面的"一眼溜着""一把拖住"，构成鲜明对比，对那位认钱不认人的妻子给予了辛辣的讽刺。从这方面看，它又具有第二叙事体态的特征。实际上，只要稍稍变动几句话，就可以改作第一人称叙述的故事。

作为故事叙述者，他们一方面比自己的人物知道的事情更多，能够把听众引向更广大的世界，增长见识，体验大千世界的丰富人生；同时又以十分亲近的态度对待自己喜爱的主人公，常常在立场与情绪上同人物融合无间，用自己所喜爱的主人公的眼光来看人看事，使所讲故事更加亲切感人。这就使得他们在叙述故事时，主要采取第一叙事体态，有时又禁不住转向第二叙事体态。故事叙述人"一人多角，进进出出"，可以灵活地变换叙述角度、叙述者的身份和口吻，不必始终拘守某一种叙事体态。现代小说家常以在一部作品中自始至终严守自己所选择的某种叙事体态作为艺术追求的目标之一，自然也是值得称道的。至于广大民众听故事，却更易于接受这种混合型的叙事体态，它不只是一种较为定型的艺术习惯，也是为了使口头表达显得更加生动活泼的艺术追求。

叙述语式

叙述体态所涉及的是叙述者观察各种事象的方式，这里讲的叙述语式则指叙述者的语言表达方式。叙述语式主要有两种：叙述和描写。我国民间故事在叙述和描写的运用上具有自己的鲜明特色，这一特色可以概括为粗细结合、简洁明快。试以秦地女讲述的《张打鹌鹑李钓鱼》这篇著名童话的后半部为例。这一节故事里有叙述，也有描写，讲了两件事，描画了三个人物，叙述性的语句约占 1/3，描写性的语句约占 2/3。开头和结尾的两段叙述话语，都不到 100 个字，却将赛马同火烧员外家这两个重要情节叙述得清清楚楚，有声有色。“恶小子的马连 90 步也没跑到，就急得跌倒摔死了。”“张打鹌鹑和媳妇回家了，人家回去过安生日子呀。”在客观叙述中，渗透着强烈的爱憎情感，表现出叙述人的鲜明立场。

它的描写属于我们通常所说的白描手法，即粗线条的勾画。故事场景从野外赛马，到海边要宝，又到员外家去送宝，变换了好几次，然而故事家并没有细致地去描绘环境特征；出场人物有好几个，故事家都没有具体介绍他们的相貌美丑；没有大段心理分析，但有简略的心理描绘，如“心想：这就是个‘没意思’?”有力地揭示出人物心理的变化情况。故事家着力用简练传神的手法刻画人物的行动和语言，尤其是人物对话十分精彩，不但成为情节发展的契机，还可以“听其声知其人”，从那三言两语中立刻想象出人物的声音笑貌与性格特征来。“我说不跑吧，你说跑呀跑呀，跑下个没意思吧”，活画出张打鹌鹑比赛获胜后的喜悦得意心情。“我就跟你要这个‘没意思’！明天拿不来，你那老婆就是我的”，恶小子的蛮横霸道嘴脸，跃然纸上。“不怕，咱们有的就是‘没意思’”，龙女的有恃无恐，不畏强暴，活灵活现。

从这里可以看出，我国民间故事的叙述语式，是以简明的叙述和粗线条的勾画为主，一般不对人物环境实行精雕细刻，但很注重描写人物对话。可以说是粗中有细，粗细结合，表达明快有力。鲁迅在《论“旧形式的采用”》一文中，曾说中国民间艺术具有“明快简洁”的特色，我们完全可以把它用来概括民间故事的叙事特征。

民间故事对人物性格的各个侧面不作精细描绘，但各类人物的主要性格特征仍是较为鲜明的，因为它善于以情节的反复逐步加深人们的印象。民间故事的人物具有类型化的特点，美丽的公主、勇敢的王子、勤劳善良的小伙子、狠毒的后妈、贪心的老大、机智的长工、昏庸的官吏或国王，在许多地方流行的故事中出现，其性格特征都是一致的，较少个性色彩。故事家不着重表现人物的个性，而是把许多人物作为现实社会中不同类型人物的代表来描述，甚至是作为某种道德观念的化身来表现。他们具有广泛的概括意义，各个地方的故事家和听众，都可以依据自己的生活体验生发联想，在心目中浮现活生生的人物形象。

民间故事艺术上的明快简洁，同面对听众口头讲述的语境有关。口头讲述故事要求迅速展开情节以抓住听众，在静止状态中细致地刻画形容人物环境都会招致听众厌烦。而且口头讲述时可以用手势、表情、语调等来补充言词之不足。有的故事搜集家就讲到这种情况：那些会讲故事的人，讲到高山，手一扬，头一抬，就意味着这山很高很高；讲到妖怪来了，眼睛瞪得大大的，做出惊恐的表情，借以显现妖怪狰狞恐怖的姿态。有许多描述简略的地方，可由人们以联想来作补充。这样，记录成文时，就显得线条粗略了。

叙事风格

从民间故事的叙事方法和技巧来看，它在艺术风格上，属于重“写意”而不重“写实”，重“表现”而不重“再现”的一类艺术。美学家告诉我们，再现和表现这两个在艺术理论中常用的术语，人们把它们都当成主观对客观的反映来使用着。二者的区别在于：前者着重反映的是客观性特征，后者着重反映的是主观性特征。与再现对应的表现，内涵比较侧重子形象对艺术家的主观态度的体现[5]。表现与再现当然不是截然对立的，在艺术作品中，常常是对立的统一，但每种艺术又往往有所侧重而显出自己的特色。国外一些民俗学家曾指出，世界上许多民族的原始艺术，就属于表现艺术。“表现艺术具有感情的特色”，它不要求真实再现客观对象，而是着重表现作者所感知的对象的突出特征，或强调整体而置细节于不顾，或为了突出表现细节的真实而忽略整体形象，象征性的表现成为最主要的方法，因此人们也称之为象征艺术或意念造型艺术。[6]

口头语言艺术也以着重感情表达为重要特征。美学家指出：“有声的文本更多地从情感上被知觉，而阅读的文本更多地从理性上被知觉。”“音响能够使语言形象不借中介地、有语调地体现和传达人的感情、体验和情绪”，所以口头文学传达的感情信息比书面文学无可比拟地要丰富得多。[7]

民间故事作为一种渊源久远又借口头语言来表达的艺术，其重情感表现的特点就不难理解了。故事家讲述故事并不在于精细地再现人物、事件、环境的客观性特征，而在叙述那些牵动自己和面前听众情感的关于好人得福、坏人得祸，善有善报、恶有恶报等故事情节。这些故事在口耳相传中已被民众渲染上浓重的主观感情色彩，讲述时对人们喜爱的主人公尽力加以美化，对邪恶者尽力加以丑化，并按照人们的意愿，给他们安排下应得的结局。这种主观感情色彩，在故事家的叙事时间、叙事体态和叙述语式中都明显地反映出来，并造成了夸张、对比、象征、幻想等手法在叙述描写中广泛运用的现象。

对民间故事的上述特征，我们用富于浪漫主义色彩来概括自然也是可以的。浪漫主义同样是以着重主观感受的表现为基本特征。现在我们借用有别于“再现”的“表现”一词来突出其特征，似乎更为简明恰切。我们把它和“明快简洁”联系起来。因“明快简洁”的风格正是为了便于人们充分表现自己对社会生活的主观感受，以及为了在讲故事时便于讲述人同听众交流情感。这是在长期的故事活动中，逐渐形成的一种特殊风格。

注释：

[1]《美学文艺学方法论》下册，文化艺术出版社 1985 年版。

[2]［法］罗兰·巴特：《符号学美学》，董学文、王葵译，辽宁人民出版社 1987 年版，第 123 页。

[3]《民间文学》1985 年第 3 期。

[4]《山东四老人故事集》，中国民间文艺研究会山东分会 1986 年编印。

[5]王朝闻：《审美谈》，人民出版社 1981 年版，第 317 页。

[6]［美］弗朗兹·博厄斯：《论表现艺术》，载《民间文艺季刊》1986 年第 3 期。

[7]［苏］莫·卡冈：《艺术形态学》，凌继尧、金亚娜译，生活·读书·新知三联书店 1986 年版，第 345 页。

神奇母题的历史根源*

《中国民间故事集成》已出各卷，选录的各族幻想故事百花竞艳，美不胜收。许多地方的编者都注意到它们的特色与价值，并作了精要的论评。如《中国民间故事集成·四川卷》就在“前言”中写道：

> 四川人民在长期生活斗争中积累了丰富多彩的生活经验，既有阶级和阶级压迫的苦难，也有原始习俗、原始信仰的遗留。苦难的现实生活使人们执著于幸福生活的追求和美好事物的向往，人们认识到现实的苦难是由贪婪和残忍造成的，便对它产生了强烈憎恶的感情。沉淀下来的原始习俗和原始信仰在这里作为幻想的桥梁，把现实和理想联结起来了。于是，在人们的幻想中，陷于苦难中的善良的人，在神灵事物的帮助下，战胜了压迫者，得到了幸福和美好的生活。用民间语言艺术的形式反映人们这种精神活动的便是幻想故事。这类故事有离奇曲折的情节，有对优美的善良的人性的赞扬，有对人性丑恶的鞭笞。它是人民是非观道德观的形象化，是人民憧憬和期望的心声。[1]

故事中的神奇幻想，是由人们对现实苦难的抗议和对美好生活的追求激发而成的，并非完全是脱离实际的想入非非，这是就它的现实生活基础而言。同时它又和民间传承久远的某些古老习俗、原始信仰有关，

---

* 本文是教育部人文社科“九五”课题“中国民间故事类型与传承研究”阶段性成果之一，原载《西北民族研究》2002年第2期。

这些习俗和信仰，就成为连接幻想世界（理想境界）与现实世界的桥梁。进化论人类学派的学者把故事中那些具有原始文化烙印的幻想情节和形象，均看作野蛮习俗信仰的遗留，由此得出了贬低民间创作的结论。笔者早就指出："实际上它们只不过是人们借用来进行艺术虚构的一种幻想材料，在古老的躯壳中，已注入新的生命。"[2] 随着民间文艺学的进展，把故事中的神奇幻想作"有意识的虚构"，而并非民众心头"根深蒂固的信仰"，已成为诸多学人的共识。

故事母题同原始习俗信仰的关联

按照俄罗斯著名学者普罗普对神奇故事历史根源所作的研究，故事母题同古代原始习俗、信仰之间的关联有如下三种情况：一是直接对应，二是重新解读，三是从相反的意义上转化。[3] 他不是笼统地肯定或否定神奇故事同古代原始习俗、信仰之间的联系，而是历史地、辩证地区分为几种不同的情况，对我们研究这一问题极有启发性。

就中国民间故事的实际状况而言，"直接对应"的实例最为常见。许多故事中的正面主人公陷入困境，或在建功立业过程中遭遇危难，常有神、佛、仙、道相助，就是受佛教道教长期熏染，与其信仰直接对应所造成的。另外，青蛙少年和蛇郎以神奇美好姿态进入幻想故事王国，同许多民族崇拜蛙蛇的古老信仰背景显然也有着密切关联。但这些幻想形象由民俗信仰领域进入口头叙事艺术领域，不仅姿态更鲜活，其象征意义也有所变化，从而获得了新的艺术生命。今天即使是思想观念再封闭僵化的老奶奶，当她津津乐道地讲述《蛇郎》故事时，也绝不会真的要身边的女孩子去嫁给一条蛇，她也会懂得蛇郎只不过是现实生活当中一类男性的象征罢了。因此，在后世故事里，即使是同传统信仰直接对应的那些幻想形象，我们也不能把它们完全看成是"原始文化的遗留物"。

关于“重新解读”，可仍以《蛇郎》为例。由于人类文明演进，在近现代文化背景下，人们对蛇丈夫的形象感到不可思议，于是出现了一些新的异文，说蛇郎原本不是一条蛇，而是某位年轻英俊的男性被邪恶的巫师施魔法变成了蛇，后来获得一位少女的纯真爱情又回复本相。在《狗耕田》故事中，那条创造奇迹的狗本是神犬，这一原型的出现同对狗的动物崇拜也有关；现今的一部分口头讲述文本却参照马戏团中的驯兽情景，说小狗拉犁是聪明的弟弟用食物引诱的结果。

人们对故事母题中所包含的原始文化成分给予新的合理解释，丰富和改变了它的内涵。如在《田螺姑娘》早期文本中，大都有男主人公于无意间违犯禁忌，偷看妻子的异类本相或丢弃她们的护身外壳，迫使她们不得不离开人间的情节。禁忌是禁止人们去触动不可知的神秘事物，以避免危险后果的原始信仰，在民众生活与民间故事中有广泛表现。然而现今口头流传的《田螺姑娘》，其婚姻破裂却是由男主人公于暴富后歧视螺女及其子女的卑贱出身所引起，这就是用现实生活中出身门第高低贵贱之间的冲突纠葛来解读婚姻禁忌，获得了新的意趣。随着人类文明的进步，人们对故事母题中蕴含的原始文化成分，给予新的合理解释，虽然仍保留着它古朴的叙述形态，却丰富和拓宽了它的实际内涵。

故事母题同原始习俗、信仰的另一种关联形式就是“转化”。《李寄斩蛇》中，在原初“土俗”中，对那条山中大蛇，乡民除“祭以牛羊”之外，还送童女献祭，显然是将它作为“蛇神”来崇拜信仰的。后来李寄以超群的勇敢将蛇予以斩除而获得举国嘉许，那蛇就转化成祸害人类的“蛇妖”了。这种情况在中国近现代民间故事中十分普遍。例如民间信仰中的许多神圣偶像，从玉皇大帝到灶王爷，从如来佛到张天师，固然大多以正面形象出现，却又常常在故事中扮演可憎可笑的反面角色，由此表现出乡野小民的叛逆心声。在“斗阎王”“撵城隍”这两个类型的故事中，掌管人间“生死簿”的阎王爷，被谎张三一类凡夫俗子捉弄得无可奈何；享受一方百姓香火的城隍爷，因不称职被百姓撵走，由一位凡人取而代之，这就鲜明地表现出神权在民众心头的衰落趋势。“仙女救夫型”故事中有几篇异文，讲到李老君的妹妹或张天师的女儿钟情于一个普通小伙子，遭父兄横暴干涉，最后与之斗法决裂，终获团圆。两位道教信仰中的偶像，在口头文学中都被拉下神坛，转化成不光彩的角色，成为现实社会中封建邪恶势力的象征。另一方面，被传统信仰视为祸害人类妖魔的鬼狐形象，却常常被口头文学家作为通情达理、可亲可爱的男女角色来称颂，被叫做“蛇仙”“狐仙”。中国神奇幻想故事的角色和母题，同传统信仰相背离或者向相反方向转化的情况如此突出，值得我们特别注意。它不仅是口头叙事艺术追求引人入胜的新奇意趣所致，也表现出作为故事传承主体的各族民众“离经叛道”意识的觉醒。

还有一个有趣现象，就是神奇幻想故事中的“龙王龙女”“煮海宝”“生死棒”等，在近现代产生的生活故事笑话中，却转化成了机智人物哄骗财主的精致谎言。这些都是神奇幻想角色和母题随时空变换向其反面转化的例子，也是人类文明进步在口头叙事领域催开的艺术花朵。

道教信仰与幻想故事类型

我国众多兄弟民族的原始习俗、信仰对神奇故事母题的渗透，是构成故事多姿多彩艺术风格的主要原因之一。在几种传统宗教信仰中，以具有近两千年历史而根植于中华固有文化根基上的道教，对民间故事的浸染最为广泛、深远。下面再说一说中国特有的道教信仰对幻想故事母题及类型构成的影响。我曾在《道教信仰与中国民间口头叙事文学》一文中写过这样一段话：

> 世界上每个民族，似乎都生活在两个世界里，一个是客观存在的现实世界，一个是心灵创造的幻想世界。中国道教按照自己的学说，构筑了一个颇为生动完整的神秘幻想世界，它既是人们的信仰，又深刻影响着各类民间叙事文学的创造和演变。道教以“道”

为最高信仰：道是统摄宇宙万物运动变化的虚无玄妙之物，修炼得道即可长生不死，飞升成仙，并能通达宇宙奥秘，成为无所不能的强者。神仙就是得道者，他们成为神秘幻想世界的中心。就整体而言，这个神秘幻想世界的最高统治者是玉皇大帝及其配偶王母娘娘，其左右有太白星君、天兵天将、日月北斗诸神、风雨雷电诸神等；掌管其他领域的神。幽冥地府有酆都大帝，水里有龙王，山里有山神，地面有城隍、土地、财神及闲游浪荡的八仙；居留千家万户的有门神、灶神等等，还有众多的鬼怪精灵混杂其间。能够沟通这个神秘世界与凡俗世界的是道士，道士扮演着半人半神的角色。有的著名道士如张天师，甚至直接受命于玉皇大帝，具有支配人间众多神秘力量的巨大神通。

天宫居住着众多的天仙，过着逍遥自在的日子。得道成仙特别是成为天仙，是修道者追求的最高境界。动植物年久即可成为精灵，幻化成人形。这些自然界的精灵如逞凶作恶就会被视为妖魔，受到惩处，道士的主要职责就是对付在人间威胁着普通民众的各种妖魔鬼怪。它们如按道教学说进行修炼，再加上给人们行善造福，也可以在完全化身为人的基础上得道成仙，位列仙班，进入道教设想的最美好境界。“仙道贵生”，在道教神秘幻想中，贯穿着珍爱生命和现世生活，渴望发挥人的潜能以创造奇迹的积极浪漫主义精神。

道教构造的这个神秘幻想世界，既是中国旧时代现实社会结构的投影，也是一些道教哲理的形象体现。中国民间口头传承的许多神奇幻想故事尽管其情节变化多端，却常常受着上述结构模式的支配，从而和他国故事显出巨大差异。[4]

关于民间故事吸收道教信仰的实例，大体上有两种情况：

一种情况是有些故事在口头传承中因吸收道教信仰，它们所包含的母题发生变异，染上一定程度的道教色彩。如由动植物精灵幻化而成的女子，原本属于“精怪”世界，因他们在故事中以修炼得道的正面角色出现，便成为“仙女”。按国际上民间故事的惯例，人间善恶本应由宗教殿堂里的神圣权威来裁定和赏罚，然而在吸收道教信仰的中国故事里，几乎每一位“神仙”都可出面赏善罚恶，而修道者经多年修炼得来的“仙丹”，就是最为神奇的宝物。至于道术中的画符、念咒和“做法事”，借用在故事中即成为威力无比的魔法。这些枝节上的变异情况十分普遍，因它们的基本情节结构未变，仍可作为一般幻想故事类型来看待。

另一种情况是借助道教神秘幻想，创造新的故事类型，或增添新的情节单元，由新旧复合产生出具有相对独立性的新类型。以下 10 个类型是较为著名的：

1. 水鬼与渔夫型：水鬼与渔夫交友，渔夫一再破坏水鬼“找替身”的计划，最后水鬼因积德行善而受玉帝褒奖，迁升为城隍或土地。

2. 彭祖型：彭祖有道，长生不死，阎王令小鬼前往拘拿，每次均受彭祖捉弄，狼狈而归。也有讲彭祖因受妻子之累而被捉走的。

3. 卖鱼人遇仙型：卖鱼人偶遇仙人，仙人赠宝珠（仙丹）一颗，可使腐烂之鱼变得鲜活，他从此发家致富。恶人夺珠受惩罚。

4. 三句好话型：勤劳善良的主人公偶遇仙人，仙人送给他三句应急话语，他一一照办全部应验，每次均逢凶化吉。

5. 凡人学道求仙型：两个青年人访道求仙，一人意志坚定，乐于助人，能克服种种私欲的诱惑，终于获得成功。另一人因意志薄弱，缺乏仁慈德行而失败。

6. 樵夫观棋遇仙型：一樵夫进山砍柴，观看仙人下棋。他在仙山只停留了半日，下山时人世间已过去几百年。他无家可归，再次入山修道。

7. 井水成酒型：一仙人来酒店饮酒，为答谢店主的盛情，使法术将井水化作美酒，店家因而致富。后因女店主贪得无厌受惩罚，井水恢复常态。故事中的仙人题诗一首以警戒世人：“天高不为高，人心比天高，井水当酒卖，还嫌没酒糟!”

8. 法师舍身斗龙型：一法师（道士）为民除害，下水和恶龙争斗，因徒弟未及时将法器（令牌、宝剑之类）送交手中而遭致失败，或双方同归于尽。

9. 学法造反型：主人公拜师学道，企图掌握某种神秘法术（神弓神箭、竹人竹马等）夺取皇帝江山改朝换代，因某些细节上的疏忽而前功尽弃，饮恨千古。

10. 两法师斗法型：本地法师（道士）与外来法师斗法，不是变形争斗而是以神秘武术、气功、禁咒来伤害对方。本地法师受到致命伤害后使出最后一招，亦置对方于死地。

道教信仰对民间幻想故事的渗透之所以如此巨大深远，其主要原因在于：道教作为中国的本土宗教，不仅为汉族，还为 20 多个少数民族所信奉，在近两千年的历史发展过程中，它吸纳了中国固有的原始信仰和神秘文化，还同中国历史文化的诸多方面息息相通。“人间有帝王，天上有玉皇。”按封建社会的结构模式来构造以玉皇大帝为首的鬼神谱系并为大众所认可，就是一个明显事例。

近年金荣华先生就四川、浙江、陕西卷本所编撰的《中国民间故事集成类型索引》之一，在丁乃通索引的基础上新增列的 45 个类型中，有好几个幻想故事类型，如“植物和物品变成的妻子”（433D. 1）、“私心造桥人变驴”（751B. 1）、“天雷打恶媳”（779D）、“神仙难医笤箕鼓”（1831A），也属于上述吸纳道教信仰而产生的新类型。

民间故事的特质在于它的世俗性。以上诸例，并非纯粹的宗教故事，而是融宗教性、世俗性于一体的地道的中国民间故事。就它们和道教本来信仰的关联而言，以“直接对应”的情况居多。它所包含的母题、母题排列组合的方式及其象征意义都颇为独特，深深扎根于本民族的文化背景之上。它的个别母题可以在更大范围内具有普遍性，就整体而论很难楔入“国际标准类型”。丁乃通的类型索引曾把“学法造反型”中的“早发的神箭”归入AT592“荆棘中舞蹈”这一类型之中，其实中国故事和该类型欧洲故事之间，只有“神箭”与“魔笛”这两样东西的神奇功能相近似，就整个故事而言很难归并到一起。

在道教信仰背景下流行的中国民间故事，不仅提供了一系列新的类型，还由此带来了新的叙事风格和艺术魅力。正如我在《中国民间叙事文学的道教色彩》一文中所初步揭示的：“吸收道教影响的中国民间叙事作品，不仅具有超凡脱俗的神奇幻想，还以景象壮阔、意境幽玄、情趣丰富，透出一种雄健幽深之美。”[5]

注释：

[1] 洪钟等：《中国民间故事集成·四川卷》前言，中国文联出版中心1999年版。

[2] 刘守华：《民间童话的特征和魅力》，载《民间文学》1983年第6期。

[3] 贾放：《普罗普〈神奇故事的历史根源〉与故事的历史比较研究》，载《民间文化》2000年第7期。

[4] 洪钟等：《中国民间故事集成·四川卷》前言，中国文联出版中心1999年版。

[5] 刘守华：《中国民间叙事文学的道教色彩》，载《中国道教》1990年第1期。

中国民间故事结构形态论析*

中国民间故事（主要是幻想故事或民间童话）的情节结构有一个显著特征，用编撰《中国民间故事类型索引》的美籍华人学者丁乃通先生的话来说，就是“爱东拉西扯”。他说：“与欧洲民间故事比起来，中国民间故事在形式上较流动，在结构上较复杂。本书读者无疑会发现，一个中国故事能用几个类型，或这些类型中的某一部分组成。……口传故事本来是变幻不定的，中国的民间故事尤其爱东拉西扯，一个类型连一个。”[1] 这种情况给故事的立型归类带来不少麻烦，然而它却是中国民众喜闻乐见的叙事风格的一个侧面。

钟敬文先生于 30 年代研究中国故事时，便敏锐地发现了这一特点。他在《蛇郎故事试探》[2] 中将这个著名故事的结构形式区分为原型的、变态的和混合的三种。所谓“混合”形态，也就是将其他故事所含的某些母题或情节单元拉扯到“蛇郎”故事中来。他举出四例，即与“老虎外婆式”混合，与“螺女式”混合，与“老虎外婆式及螺女式”混合，与“灰姑娘式及螺女式”混合。由此使“蛇郎”成为形态最为纷繁的中国民间故事之一。

刘魁立先生新近发表的《民间叙事的生命树——浙江当代“狗耕田”故事情节类型的形态结构分析》[3]，就“狗耕田”这个类型的 28 个文本的变异情况经过综合呈现的树形结构加以分析，借用“生命树”来

---

* 原载《广西民族学院学报》2002 年第 5 期。

概括其形态特征；它所依据的也就是上述事实。

对这种结构形态的特异性，有关论述或以为不过是故事讲述人随意东拉西扯所致，或赞叹在其深层含有难以索解的奥秘，但均未在形态描述基础上作更深入明晰的阐释。有鉴于此，本文便尝试以此切入对中国民间故事结构形态及其叙事艺术民族特色进行探寻。

一个幻想故事的复合结构

民间故事的情节结构，有的较为单纯，有的较为繁复，前者称为单纯故事，后者称为复合故事。故事学家以“母题”（motif）作为最小叙事单元，母题由鲜明独特的人物行为或事件构成。它可以反复出现在许多作品中，具有跨越广大时空背景的稳定性。它也可以在不同类型故事中自由流动，有其相对独立性。单一母题构成单纯故事，多个母题按一定序列组合成复合故事。复合故事的形态就是一个又一个“母题链”。中国民间故事，特别是其中的幻想故事（民间童话）形态繁复，以复合故事居多，成为一个明显特征。

下面试以秦地女子 1954 年讲述的《张打鹌鹑李钓鱼》即龙女故事为例。它展现了一个天天上山捕鸟的穷小伙子的奇特经历，可称之为“猎人奇遇”。主人公从自己的拜把兄弟李钓鱼手里将刚捕获的一条鲤鱼放生，想不到由此进入龙宫做了贵宾，获得龙王赏赐要来一件龙宫宝物——哈巴狗，带回家竟然变成一个俊俏能干的女子做了他的媳妇；男耕女织，日子过得本来很舒心，却因大风刮走他带在身边的媳妇画像，被员外家的恶小子拾得，要抢夺他的妻子，以致厄运临头；三次打赌，头两次主人公在开始时均处于劣势，但倚仗从龙宫借来的宝物，随后都压倒了对方；最后恶小子无理刁难，要小伙子交出一个“无意思”来，主人公便从龙宫借来一个“红疙瘩”实即火药箱，一声爆炸把员外家化成灰烬，无情地惩罚了恶人，小伙子和龙女从此过上了安定日子。故事中主人公的生活遭遇，经历了六七次波折，一会儿喜从天降，一会儿飞来横祸；一会儿“山重水复疑无路”，接着却是“柳暗花明又一村”。在奇幻曲折的叙说中，融合着民众的优美理想与乐观情怀，同时也体现出“好事多磨”的现实生活逻辑。故事由此生发出引人入胜、扣人心弦的巨大艺术魅力。

从所含母题来解析，本篇故事由如下 6 个母题构成：（1）救鱼放生；（2）动物报恩，龙宫得宝；（3）凡人与神奇动物（哈巴狗）化身的美女成婚；（4）美人画像被风刮走落入坏人手中招惹灾祸；（5）善恶两方比赛争斗；（6）无名怪物惩罚恶人。这几个母题巧妙地联结在一起，构成一个完整而美妙的艺术境界。

其实这些母题各自均有独立存活、在许多故事类型中自由流动的能力。近现代口头流传的《张打鹌鹑李钓鱼》作为一个复合故事，就是由故事讲述家“东拉西扯”，使之由简到繁，逐步演变而成的。

它的核心母题是男主人公“救龙子龙女获得意外报偿”，由“动物报恩”这一古老母题演进而来。唐末《续仙传》载有孙思邈救小蛇被邀入龙宫，获得海上仙方的故事，就是它单纯形态的一种[4]。后来它同异类婚故事合流，并把其他故事中的一些母题穿插进来，使叙说更为曲折丰富。

主人公从龙宫带回的本是一件宝物——哈巴狗，后化身成少女给他烧火做饭并成为妻子，这本是“田螺姑娘”中最具特色的母题，早在晋人和唐人笔下所载《白水素女》《吴堪》中就已出现。口头文学家把它取来同“救龙获报”相混合，构成本类型的主干情节。

接下来的恶人企图强占美妻，以难题相威胁，双方比赛争斗的叙说，也是从《吴堪》中借来的。尤其值得注意的是那件埋葬恶人的“无名”怪物，《吴堪》中称为“祸斗”，可“喷火作殃”。它其实来自印度，最早见于三国时期吴地高僧康僧会所译之《旧杂譬喻经》中，原名“祸母”，是一种“过里烧里，过市烧市”的怪物。恶人索要一种世间根本找不到的宝物以便难倒小伙子，小伙子从龙宫水府（那里自然是要啥就有啥的）借来的这个形体似猪犬的活动火药箱，正好惩罚了恶人。这个妙趣横生的情节单元，成了近现代口头流传的龙女故事中不可缺少的穿插，除流传于内蒙的这篇《张打鹌鹑李钓鱼》之外，还见于湖北土家族的《张百中》，广西壮族的《孤儿和龙女》，四川僳僳族的《孤儿和龙姑娘》，浙江的《蚌姑娘》等篇之中。

《张打鹌鹑李钓鱼》中，还有一个大风刮走女人画像的有趣情节，它本是“百鸟衣型”故事中的核心母题。正由于国王意外地得到了那张被大风刮来的美人画像，才发生了以下派人到山乡寻找抢夺女人，以及男主人公穿上奇特的“百鸟衣”进王宫寻找妻子的传奇性故事。并非所有龙女故事都有这样的叙说，秦地女却把它作为一个饱含生活情趣的插曲拉扯进《张打鹌鹑李钓鱼》这个龙女故事中来。

世界各国的民间故事，它所包含的母题都有这样既能组合固定，又可拆开流动的特点。中国口头叙事中母题的流动性更强，情节结构也就更加显得变化多端了。秦地女所讲故事就是一个颇有代表性的例子。

复合形态背后的叙事逻辑

中国民间故事的复合形态，是按照怎样的叙事逻辑构成的？在结构形态的背后，隐匿着怎样的文化内涵？故事讲述家爱“东拉西扯”，这句话如果不含贬义，是切合口头传承实际的。但高明的口头文学家决不会“生拉硬扯”，他们将相关母题混合、串接、拉扯在一起，在自觉与不自觉之间，总遵循着某种逻辑，或暗含着某种文化信息与特殊意趣，值得我们深入探求。

1. 社会生活结构的折射：中国经历过漫长的封建社会，社会结构繁复而且稳定。地主和农民、官府和百姓之间的对抗长期存在且愈演愈烈，这种社会形态特征不能不在民间口头文学中得到直接和间接的反映。“田螺姑娘”作为异类婚故事的一种，早期文本是在男女主人公之间展开叙说：小伙子拾得水中田螺，田螺幻化成美女操持家务；随后男主人公违犯禁忌窥视螺精变形本相，于是她不得不离开人间。陶潜在《搜神后记》中所录《白水素女》即其代表。到唐代《原化记》所载《吴堪》，将县官企图强占下属美妻，出难题要挟，以及喷火怪物“祸斗”火烧县衙这几个母题拉扯进去，不仅增强了故事的趣味性，尤其是它贴近社会现实。在广大民众处于社会底层，普遍遭受奴役歧视的情况下，一个穷小伙子意外获得美妻，还会有安宁日子过吗？正是基于这样的社会背景，唐以后的所有异类婚故事，不论女主人公是田螺姑娘还是龙女，是天鹅仙女还是狐精，都免不了要出现男女主人公向抢夺美妻的员外或者县官、土司等邪恶势力进行抗争的情节，穿插上述几个母题的复合形态便构成一种为大众所喜爱的稳定形态了。

在有些螺女和鱼姑娘故事中，更繁复的情节结构是主人公除了向敌对的邪恶势力进行抗争之外，还有夫妻之间的纠葛。此类故事的原初形态大都有禁忌母题插入，男主人公违禁受惩罚导致夫妻离别，叙说中含有神秘信仰成分；近现代的许多口述文本中，却将违禁母题改造成为男主人公暴富后嫌弃女方出身卑贱而使婚姻破灭，如傈僳族的《鱼姑娘》，苗族的《孤儿和龙女》，畲族的《田娈瑾》，浙江的《田螺姑娘》等篇。故事以“多情女子负心汉”为鲜明主题，赋予传承久远的异类婚故事新的意趣。很显然，它也是受现实社会中婚姻家庭生活复杂化的影响而产生的变异。

2. 民间信仰的渗透：复合形态多见于幻想故事，幻想故事中超脱时空的曲折奇幻情节，往往与民间信仰有关。如“狗耕田”和“蛇郎”中的狗和鸟被杀害后的连续变形复仇，就与原始信仰和道教信仰有关。道教经典中有一部《太上感应篇》，教导人们应慈爱动物，不可“射飞逐走，发蛰惊栖，填穴复巢，伤胎破卵”。还有人编撰了一部《注讲证案汇编》，列举了有关伤害动物而遭报应的诸多事例，这种报应或是被害动物死后复仇，或是天神施加惩罚，民间故事中的相关情节，与之完全一致，可见有其信仰根基。再如中国的精灵鬼怪故事，不只是叙说这些精灵鬼物个体使人惊骇之荒怪行径，还将它们置于道教构造的庞大鬼神网络中构造故事，玉皇大帝是天上人间的最高统治者，城隍、土地和山神等则于冥冥中在不同空间范围内行使他们的权威。动植物精灵行善修炼即可升入仙界，如祸害人类则成为妖怪，要受各路神仙的管制，或被掌握了神秘法术的道士所降伏。这样，在我们常见的狐精故事中，便可以穿插进多个情节单元，如妖狐作祟媚人被道士降伏或与道士斗法；狐精遭天雷打击时被人解救，随后以多种方式报恩；狐精改邪归正，潜心修炼而成为狐仙；等等。在幻想故事的繁复结构形态中，折射出人间社会的种种恩怨情仇。在那些信仰比较单纯的民族中间，幻想故事的结构自然也就较为简单粗略了。

3. 文学传统与审美情趣的制约：中国的叙事文学传统悠远深厚，除口头故事之外，魏晋时期的志怪小说，唐代变文，宋人的说话及话本，明清时期的短篇及长篇小说，蔚为大观。还有面向大众的说唱和戏曲艺术，至今仍显示出它的强大生命力。特别值得提起的是，伴随佛教进入中国的大量汉译佛经，其中含有大量情节曲折完整的故事，这些故事源于古印度，大多经过许多高僧的加工修饰，以其优美形态为僧俗所共赏。上述几类叙事文学和口耳相传的民间故事，并非井水不犯河水，而是互相渗透，共存共荣，从而使中国民间故事的形态日趋繁复精美。以龙女报恩与凡人缔结婚姻这一故事为例，最早见于印度佛经，仅在由南朝高僧撰辑的《经律异相》中就有两则；玄奘《大唐西域记》也载有一则这样的故事，得至直接采录。唐人传奇小说中有《柳毅传书》《刘贯词》等篇，宋人笔下有《朱蛇记》，宋元戏曲中有《郑生遇龙女》《张生煮海》，清人杂剧中有《求如愿》，明代宝卷中有《善才龙女》。至于在中国各族的口头文学中，则演化成为一个大的类型，仅《中国民间故事集成·四川卷》中所载龙女故事异文就有49篇，全国记录成文的地方异文汇集起来达数百篇之多。不同样式不同来源作品中的母题互相借用交织，情节结构便渐趋繁复了。一些研究者认为，北美印第安人的故事情节结构比较简单，原因之一是他们口头文学中储存的母题数量偏少；而中国由于在本土文化与外来文化、口头文学与书面文学的多重交流融合中，积累了数量众多的母题，口头文学家便可以随意运用。在审美意趣方面，中华艺术的各个领域，均崇尚“一唱三叹”“一波三折”的曲折回环之美。口头叙事中也是“好人多福”，“好事多磨”，在多重起跌中强化叙述效果。中国民间故事以多个母题串接复合的形态取胜，同上述民族文化背景密切相关。

有趣的是，中国民间故事中母题的流动性还同许多地方的口头文学家对扩充叙事空间的艺术追求有关。辽宁的一位满族著名女故事家李成明将她喜爱的故事概括为“三界六景”。“三界”是：星星、月亮、天神、仙女为上界；人间为中界；鬼灵、阴曹地府为下界。六景是：山中动物精灵为山景；水中龙王、鱼鳖虾蟹为水景；花、草为花草景；还有树木景、禽鸟景、家禽景。[5] 这“三界六景”可以分别附着于相关母题之中。民间幻想故事多以山野小民为主人公，在叙说他们奇遇的故事中，往往出现天上的仙女下凡，水国的龙女报恩，在深山野岭的山神庙偷听到动物精灵的秘密对话，同地府的阎王斗智，还有穿“百鸟衣”闯进王宫，等等。这些母题的插入，固然是为了表达人们对改变贫困生活处境的渴望，而从审美情趣来看，故事讲述家正是借此好让自己构造的艺术世界向“三界六景”扩展，表达出在狭小空间生活的人们对广大外部世界以及神秘未知领域的好奇与向往，由此给平凡现实世界涂抹上使人惊奇振奋的绚丽光彩。

总之，混合型或者复合型故事并非口头文字家漫不经心地随意拉扯而成。在隐含的叙事逻辑中融合着民众深沉的文化心理、丰富的艺术智慧和独特的审美情趣。这正是它们具有深厚魅力，在广大民众口头中世代传诵不息的奥秘所在。

关于“狗耕田”故事类型的“生命树”结构

刘魁立先生于2001年4月发表了《民间叙事的生命树——浙江当代“狗耕田”故事类型文本的形态结构分析》，这是一篇专论民间故事结构的重要论文。本来该类型的每一个文本，都是一个线状母题链，“但是，当我们运用共时的类型学比较方法，将所有文本的仿佛是线性的结构叠印在一起之后，我们再重新观察这一或那一文本的形态结构，在包括本类型其他文本的总体背景下，这一或那一文本的结构就成为树形的了”[6]。这就是该文关于“生命树”结构形态的概括说明。笔者参加了这次报告会，并在讨论中肯定作者以精细手段解剖这些故事，努力追寻它内部结构形态的奥秘，对于故事类型学研究的积极意义。作者使用的方法特点是，从结构形态的内部机制着手，“在共时的前提下展开话语，尽量不使历时性的思考加入目前的专题研讨中来”，“竭力回避关于文化内涵的探讨”[7]。笔者读过多遍之后，觉得该文对这一结构形态的奥秘似乎并没有完全解开，因此在这篇论文里，试从另一角度，即联系故事的文化内涵、审美意趣等，对它予以解析。

仍以“狗耕田”故事为例。上文已经提到，在故事结构形态中，将几个母题按一定序列连接就成为母题链。一个文本就是一个母题链。单个母题链呈线形，将同属一个类型中的许多母题链重叠起来看，因各有枝杈，便成为树形了。这里涉及母题间的连接方式及其聚合力，以及母题的独立性与流动性问题，实际上也就是本文开头提到的中国复合型故事的结构特征问题。

先说母题间的连接方式，它成为我们通常所称结构形态的重要标志。

现代叙事学把连接方式分为三种情况，即连贯、插入和交替。交替式是将发生在不同时间空间背景下的事件交替叙述，常见于作家创作的小说特别是长篇小说之中。插入式即大故事里套小故事，见于《一千零一夜》和我国藏族的《尸语故事》之中，它是系列组合的长篇故事结构。我们通常所见的民间故事结构大都属于连贯式。[8]

连贯式的主要特征是按时间先后顺序，以一人一事为主线，连贯地展开叙述，细致区别又可分为重叠式、连锁式和递进式等。重叠式或三迭式，如“三兄弟寻宝”“解三个难题”；连锁式，如“狗耕田”“蛇郎”中的变形报复；递进式，如“百鸟衣”中的丈夫进王宫寻妻，“云中落绣鞋”中的樵夫下地洞救公主。中国流行的复合故事所采取的母题连接方式不出以上几种情况。

“狗耕田”故事由“兄弟分家”“狗耕田”“狗坟上长出有神异能力的植物”这几个母题或母题链构成故事的主干，它如同大树的躯干。它的所有异文都保留着这个主干，属于本类型中稳定不变的部分，这几个母题用递进式相连接。以下连续展开的“变形报复”这个母题链，则采取连锁式（相当于修辞学中的“顶针格”）结构。

楔入“变形报复”这个连锁式中的母题有“摇钱树”“卖香屁”“隐身帽”“偷听话”“遇猴得宝”等。“卖香屁”的母题紧密附着于“狗耕田”这个类型之中，狗坟上生长的黄豆，弟弟吃了卖香屁致富，哥哥吃了拉稀屎受到惩罚，这一叙说生发出本类型所特有的滑稽趣味，不仅流行于中国，而且扎根在日本、朝鲜的故事之中。至于其他几个富于流动性的母题，则是从别的故事类型中取来以丰富口头文学意趣的。看似随意“东拉西扯”，如对这些母题自身内涵及其组合序列作仔细体察，可发现仍有其艺术规律可循。

1. 这些母题大都有着丰富的文化内涵。如“偷听话”从印度佛经故事移植而来，寄寓着对动物世界和人间奇迹的神秘信仰；“摇钱树”这个母题中的植物在南方多为竹子，它不仅代表着南国特有的自然景物，其中还渗透着悠远古朴的“灵竹”崇拜，可由此生发出种种神奇变化功能。山魈的“隐身帽”“猴洞”的宝物，也同样蕴含着人们对南方山野神秘世界的憧憬。“狗耕田”本是一个以农耕生活为背景，叙说狭小空间里凡人小事的故事，楔入上述母题之后，其活动空间就向广阔幽深的山野推进，同奥秘无穷的动物世界相联结；而且将人们的心灵世界同古朴悠远的神秘信仰相沟通，使故事所表达的积极乐观精神更为深厚有力。

2. 这些母题的选取和排列组合，从叙事艺术上看，具有连锁、反复、对比、升级这样的多重效果。哥哥杀狗，狗坟上生竹，竹变成摇钱树……可使故事情节环环相扣，便于记忆和讲述。它特别为少年儿童所喜爱，和儿歌中常见的“连锁调”相映成趣。几个母题按“三迭式”程式连续出现，起了反复渲染强化的作用；同时又在作鲜明对比，弟弟总是得到由小狗灵魂变幻而来的那些宝物的好处，而贪心奸诈的哥哥则总是倒霉，这种对比体现出“二元对立”的深层心理。这样的叙说逐步升级，由弱到强，最后导致哥哥受到严惩，葬身兽腹，大快人心。以上叙说情趣丰富，结构精致，饱含民众的艺术智慧。

瑞士著名学者麦克斯·吕蒂在《童话的魅力》一书中，论及世界民间童话叙述方式中的重复、对比，既定型而又富于变化等特点之后说：“它们使童话成为人类生存乃至整个具有生命力的存在的一种模式。”[9] 这一论断发人深思。

刘魁立先生的论文在对“狗耕田”故事类型的树形结构作精细解剖的基础上，试图寻求这种结构形态的内在机制，如“把一些可以推动故事情节的母题链定名为积极母题链”；反之，则为“消极母题链”。这就是一种新颖独到的见解。他表示：“我之选用‘生命树’，仅仅是一种借喻，我把它看作无穷丰富性、复杂性、内部机制的规律性和隐蔽性的一种象征。同时也借来表示我对民间叙事伟大生命力的一种赞叹，和对它的神秘性的一种感喟。”[10] 我赞赏他为解开民间故事结构形态的奥秘所作的努力，并从中受到许多启示。学问需要切磋，便写成此文作为对他这项研究的补充或者商榷。

注释：

[1]［美］丁乃通：《中国民间故事类型索引》，郑建威等译，中国民间文艺出版社 1986 年版，第 17 页。

[2] 原刊《民俗学集刊》第二集，1932 年版。见《钟敬民间文学论集》，上海文艺出版社 1985 年版。

[3]《中日民间叙事文学情节类型专题研讨会文集》，北京师范大学民俗典籍文字研究中心 2001 年 4 月编印。

[4] 刘守华：《中国民间故事史》，湖北教育出版社 1999 年版，第 689 页。

[5] 张其卓、董明整理：《满族三老人故事集》，春风文艺出版社 1984 年版，第 588 页。

[6]《中日民间叙事文学情节类型专题研讨会文集》，北京师范大学民俗典籍文字研究中心 2001 年 4 月编印，第 27 页。

[7]《中日民间叙事文学情节类型专题研讨会文集》，北京师范大学民俗典籍文字研究中心 2001 年 4 月编印，第 44 页。

[8] 刘守华：《故事学纲要》引托多罗大《叙事作为话语》，华中师范大学出版社 1988 年版，第 181 页。

[9]［瑞士］麦克斯・吕蒂：《童话的魅力》，张田英译，社会科学文献出版社 1995 年版，第 117 页。

[10]《中日民间叙事文学情节类型专题研讨会文集》，北京师范大学民俗典籍文字研究中心 2001 年 4 月编印，第 45 页。

《中国民间故事类型研究》的方法论探索*

由刘守华策划、主编并有林继富、江帆、顾希佳等多位学人参与，用三年时间撰写的《中国民间故事类型研究》一书，于2002年4月在华中师范大学出版社问世，它作为新近完成的一项教育部人文社科“九五”规划重点项目，颇受海内外学界关注。

本书是创造性地运用芬兰学派的历史地理方法研究中国民间故事的大胆尝试，在方法论的突破上具有特别意义。

一

作为故事类型研究的新成果，本书的主要任务，一是对选取的60个类型，在占有众多异文的基础上，以解析故事中所含母题为中心，进行多侧面的微观评说；二是立足于上述个案解析，由点到面，就中国民间故事艺术世界的总体风貌，作概括性的宏观扫描。

本书对民间故事的研究评说，是以“类型”而不是以单篇文本作为考察对象。每个故事类型由情节结构大同小异的若干异文构成，这是人所熟知的。从类型入手写成的文章我们常常可以见到，还有如《民间故事类型索引》这样的著作可以帮助我们查找有关故事类型的名目及所含

* 原载《思想战线》2003年第5期。

异文出处，十分便利。

但我们对故事类型的相关知识的了解又往往是不完全的。下面这段话见于美国学者斯蒂·汤普森的《世界民间故事分类学》一书，为最具权威性的说明。他认为：

> 一个类型（type）是一个独立存在的传统故事，可以把它作为完整的叙事作品来讲述，其意义不依赖于其他任何故事。当然它也可能偶然地与另一个故事合在一起讲。但它能够单独出现这个事实，是它的独立性的证明。组成它的可以仅仅是一个母题，也可以是多个母题（一系列顺序和组合相对固定的母题）。[1]

这里讲的类型由母题所构成，单一母题构成单纯故事，多个母题按一定顺序构成复合故事，这已成为故事学家的共识。但其中关于故事类型的完整性与独立性的强调却常常为学人所忽视。在我们把一个类型作为“完整的叙事作品”，作为“独立存在的传统故事”来看待的情况下，那些存活于不同时空背景之上的单篇异文，是否还具有完整性与独立性呢？笔者认为，这些异文能存活于口头传承之中，它具有相对的完整性与独立性是毋庸置疑的。然而在口头叙事文学的大家族中，存活于局部时空的单篇的或数量有限的异文，它们所构成的那一件口头语言艺术作品又常常是不完整，欠缺独立价值的。

广大民众喜爱的民间故事，总是随着时空的转变不断发生变异，日趋精美，可以说永远没有完全定型的文本。人们所接触和记录传世的单篇异文，有的较为完美，有的较为粗俗，还有缺胳膊断腿的。研究者如随意抓住某些异文给予评说，很难完整而准确地把握这一个故事的思想与艺术特征。正是基于口头叙事文学融汇集体智慧和以口头方式传承的这种特殊性，从解析类型入手，把类型作为砖石来建构故事学大厦的学术潮流便兴起于世了。我们在搜求大量异文的基础上撰写出这部关于中国民间故事类型的专著，也正是受这股学术潮流的激荡启发所致。

这里要指出，我们从相关故事类型索引中所看到的故事，是已经被剥离了细节和语言的情节梗概。这是为了便于人们从民间故事的汪洋大海中查找自己所需要的故事资料，按照国际通行的此类工具书的一般规格而编撰的。这样，它们就如同没有枝叶只有主干的树木，或者只有骨骼没有血肉的人体那样，难以将相关故事有枝有叶、有血有肉的活的姿态展现在读者面前。因而我们这次在作类型研究时，便特别提出，要注重选取那些出自优秀故事讲述人之口的而又在记录成文时保持了口头文学风格的优秀文本。如出自秦地女之口的《张打鹌鹑李钓鱼》，出自金德顺之口的《田螺姑娘》，出自姜淑珍之口的《敬穷神》，出自尹泽之口的《梦先生》，出自谭振山之口的《当良心》等。下面是《田螺姑娘》中的一段叙说：

农夫拨转马头假装逃跑。跑啊，跑啊，跑上了一个大山包。眼看国王就到跟前了，农夫不慌不忙地掏出绿瓶子，拧开盖儿朝地上一扔，就听“哗啦啦”“哗啦啦”一阵响，顿时发起了绿色大水，翻江倒海一样向国王和士兵们涌去，就听国王的兵马呜噢喊叫，一下子就淹死了一多半儿，以后这个地方就成了鸭绿江。

这里叙说的是田螺姑娘的男人向企图抢夺妻子的残暴国王勇敢抗争的情景，它是这一故事类型在近现代社会生活背景下情节演进、内容深化的重要标志。朝鲜族金德顺老人的口述文本爱使用“哗啦啦”等象声词语，使得相关情景显得十分生动活泼；字里行间感情洋溢，透出讲述人强烈的爱憎；又巧妙地点染出这篇朝鲜族故事以鸭绿江畔为背景的地域特征，使听众感到无比亲切。如果只限于复述梗概，没有对故事文本的精细考察，显然无法展现出它作为口头语言艺术的特殊魅力。

中国的民间故事类型研究，从20世纪30年代开始，经中外学人的辛勤耕耘，已积累了不少成果，其中德国学者艾伯华、美籍华人学者丁乃通及中国台湾学者金荣华所著的三部《中国民间故事类型索引》，就是这项研究逐步深入的标志。它给了我们许多宝贵启示。但我们没有为其所局限。这表现为：不仅在对各个类型文本从思想到艺术的完整解析上，和《索引》的内容与体例截然不同，所依据的异文数量远远超出了《索引》；即使在立型归类上也有所改进，如本书中的“龙女”型，在丁乃通的《索引》中就分别归属于555“感恩的龙子和龙女”，592A“乐人和龙王”以及592A1“煮海宝”三个类型之中。关于本书中提到的渗透着中国道教信仰的10个特殊类型，即“水鬼和渔夫”“彭祖长寿”“卖鱼人遇仙”“三句好话”“凡人学道求仙”“樵夫观棋遇仙”“井水成酒”“法师舍身斗龙”“学法造反”“两法师斗法”，则均系研究者依据自己所得故事资料归纳而出，更超出了现有几部类型索引的框架。

作为一部故事类型研究专著，它的不足之处或者说局限性，也是显而易见的。比如对类型的划分就没有确定一个合理而严格的标准，主要是沿用已有成果，过粗、过细或相互牵连的情况都有。究其原因主要在于我们至今还没有对全国已有的故事资料作过统一而科学的立型归类。这是一项大规模的科学研究工作，非少数学人所能完成，只能另待时日来解决了。

二

现代芬兰学派所倡导的民间叙事研究，除着重类型和母题的解析之外，还着力于追溯故事的生活史。这是其研究方法迥异于寻常的一个重要标志。斯蒂·汤普森在《世界民间故事分类学》一书中对这一方法的要点作过如下说明：

> 一个研究者使用这种方法所力求达到的最根本目的，莫过于完全弄清楚某一特定故事的生活史。他希望通过分析不同异文，研究有关历史和地理因素，运用一些众所周知的关于口头传播的事实，找到该故事原型的某些东西，并能较合理地解释该故事在依次产生的所有的不同异文时所发生的变化，这些变化还将指出它的原型产生的时间、地点以及它所发生变化的原因。[2]

在研究工作中，它要求汇集同类型故事的大量异文，然后就这些异文所含的历史地理因素作精细剖析，构拟出它的原型；再将原型同相关异文进行比较，推断这些异文在不同时空背景下的演变情况，这样就可看出一个故事类型的生活史，真正理解这个故事了。欧美学者运用上述方法作研究，已取得了相当成果，但国际学界对它的适用性也有所异议。首先，这一学派认为故事的流传就像是投石落水、激起的波纹逐渐扩散那样来实现的，相关异文如同一道道波纹，所以他们对占有异文的数量要求过于严格；如果在相关的历史地理背景下找不到适当异文，缺失某一环节，便无法构拟出真正的故事原型，造成一系列推论的失误。其次，这一方法以世界上所有情节类同的故事均同出一源为理论前提，而现在学界公认的事实是，人类文化包括民间故事在内，平行发展的情况也是很常见的，同源说有其明显的局限性。正是出于这两种情况，影响了历史地理方法在更大范围内的普及。尽管芬兰学派关于追寻民间故事生活史的方法运用起来相当繁难，以致有的日本学者说操作时“如同修筑万里长城那样艰苦”。然而根据我们对这一学派方法论实质的了解，严格意义上的追寻故事生活史，虽然做起来比较困难，但只要在以下两方面作认真努力，却是可以接近这个目标的，这就是：广泛搜求故事异文并对它们所包含的历史地理因素进行细致分析，以及大胆而审慎地探寻有关故事的原型、祖型及其形态演变线索。这对于提高我国故事学研究的科学水准，将是一项重要突破。本书中较为成功的例子，如林继富对《黑马张三哥》的解析，由英雄主人公诞生于马腹，具有某些兽形特征这一核心母题，追溯它的历史文化内涵及和印度同型故事的关联；江帆对《断手姑娘》的解析，通过对它的多篇异文存活于北方，从全国不均衡分布这一事实出发，断定“在这一故事的传播上，中国、日本、朝鲜三国之间存在着某种渊源关系”；顾希佳对《凶宅捉怪》的解析，由它完整的情节类型早在中国唐代即已在民间扎根并进入文人笔下这一特点，断定它有着伴随唐帝国辉煌文化向外扩散的生活史，等等。本书有关中国民间故事生活史的探求虽为篇幅及体例所限而未能深入展开，却以其对中国民间叙事传统的动态展示令人耳目一新。

三

《中国民间故事类型研究》作为一部关于中国民族民间文化的大型论著，揭示这一宝藏的民族历史文化特色，本属应有的题中之义。芬兰学派的历史地理方法，在一个时期内曾被学界中的某些人目为专注于情节型式的形式主义，这自然有些夸大。不过这个学派重视故事类型的历史地理因素，主要是着眼于由此推断情节型式的流传演变情况，对其历史文化内涵及社会价值等，确有较为忽视的不足之处，这正是我们不足取法而相反地应加以补益之处。撰写书稿时，我们力求选取来自不同地区、不同民族的最具代表性的故事类型与相关的口头异文，并着意揭示其中华文化特质。如江帆对《请穷神》的解析。它所评述的这个在中国北方农村颇为流行的故事，其实并没有实有习俗作依据，而是口头文学家基于年节接财神的传统风俗虚构而成的一则幻想故事。人们年年敬财神还是照样受穷，于是主人公异想天开地“请穷神”反而得到福佑而致富，从而真切地表现了贫苦民众发家致富美梦破灭的凄凉与无奈，同时又在诙谐、幽默中蕴含着对美好生活前景的憧憬与期待，故事的感人魅力至今不衰。又如刘守华对“求好运”或“问活佛”的解析。它本是一则广泛流行于欧亚大陆的著名故事类型，各国记录成文的异文已达到500余篇，其核心母题是主人公对好运的祈求，其原型可以追溯到古老的佛本生故事。由汉译佛经传入中国后，不仅广泛流行于中国南北各地，已经拥有的口头记录异文多达210多篇，而且情节构成别具一格，如主人公绰号“穷八代”或“穷十代”，因穷得不耐烦了便出门去寻求好运；或这位主人公家里连一点过夜的粮食也存留不住，偷米的耗子相告：你是“命中注定八合米，走遍天下不满升”，他偏要改变这注定的穷命，便开始走遍天下。故事叙说中还设计了在神佛面前“问三不问四”的规矩，以凸显主人公先人后己，“但行好事，莫问前程”的高尚品德。经过长达千年的演变，中国各族民众以自己的美好情操和艺术智慧不断锤炼这个故事，使它获得了十分鲜明的中国民族文化特色，成为民间叙事的经典之作。

正如中外学人所一致认定的，民间故事不仅是最为通俗生动，最易于普及的文学样式，还是饱含民族智慧和情感，深刻有力地展现民族心灵的窗口。通过我们对 60 个中国民间故事类型的个案解析和对中国民间故事艺术世界的宏观审视，将有助于在人们心目中进一步提升对民间故事的文化与学术价值的认识，这一积极效果正逐步显现出来。

总体来看，《中国民间故事类型研究》的成书，可以说是自觉运用芬兰学派的历史地理方法对中国民间故事所作的虽然并不深入却是较为集中的一次科学考察。

芬兰原附属于他国，1917 年才获得独立。为复兴本民族的文化传统，有关学人采录整理了一部长篇英雄史诗《卡勒瓦拉》，由此兴起采录和研究民间口头文学的热潮，后逐渐转向民间故事研究，并在研究中使自己创立的历史地理方法不断完善。其代表人物是尤里乌斯·科隆（1835—1888）及其子卡尔·科隆（1863—1933）。继起的代表人物有芬兰学者安·阿·阿尔奈（1863—1925），美国学者斯蒂·汤普森（1885—1970）等。后两位以编撰《民间故事类型索引》（简称 AT 分类法）而知名于世。有着悠久历史的国际民间叙事文学研究会（ISFNR）及其会刊（FFC），稳定地发挥着这一学派的影响直至今日。

我国进入改革开放的历史新时期以来，我们开始同这个学派建立联系，任教于美国西伊利诺伊大学，并以编撰《中国民间故事类型索引》而蜚声海内外的丁乃通教授在这方面发挥了积极的中介作用。他于 1985 年应邀来华中师范大学讲学，以汤普森的论著为教材，指导陈建宪、董永林等青年教师将他自己所著论文集《中西叙事文学比较研究》

译成中文出版，还指导刘守华以历史地理方法研究“求好运”等故事类型，随后又介绍刘守华等一批中国学人加入国际民间叙事文学研究会并参与他们举办的一系列国际研讨会。芬兰学派研究民间故事的历史地理方法由此被引进，并在中国扎下根来。这一学派的方法在某些国家也引起过争议。我们从对这个学派的广泛接触和实际研究中体会到，对任何一种学术方法的长短得失，都须进行科学分析，而不应盲目地肯定或否定；特别是要在结合中国学术传统，在实际运用中加以改进使之完善。芬兰学派在用历史地理方法做研究时，尽力搜求众多异文，以解析类型、母题为重点，重视相关历史地理因素的考察，以及在追索故事原型的基础上探求其生活演变史诸方面，所表现出来的作风之严谨与操作之精细，理应受人称道。他们最具代表性的那些学术成果之所以能饮誉世界，奥秘也就在此。正如笔者在一篇文章中所讲的：尽管芬兰学派的方法有其不足之处，“但他们严谨精细，为搜寻一个故事的来龙去脉不惜花费巨大精力的治学精神却不能不令人赞叹。已有的结论虽有局限性，却给后继者提供了扎实的基础。那些具体方法虽出于芬兰学派的独创，而他们在实际研究工作中，还是十分注意融汇文化人类学、民俗学、民族学等方面的成果予以综合运用。以这种新颖独特的方式来对民间故事做深入的微观研究，确实令我们眼界大开”[3]。

关于研究方法问题，丁乃通曾说过，19 世纪研究民间文学的方法都是从别的学科借鉴来的，如进化论人类学派的方法，比较语言学的方法等。“一直到 19 世纪晚期，研究民间文学都没有自己的方法。研究民间文学的自己的一套方法，是芬兰人发明出来的，这就是历史地理学派的方法。”[4] 另一位美国学者汤普森在一部故事学专著中告诉我们：“尽管对民间故事的论文研究是在历史——地理方法得到发展之前就有的，这种方法还是标志一种真正的进步。而且看来有把握说，未来的研究将致力于继续改进这种技术，而不是抛弃它或者替换掉它。”[5]

中国学者吸收借鉴这一方法，除了要避免那些明显不足之处外，更需下功夫使之和中国的学术传统相融合。如不满足于对文学作品外部形态的考察而着力于内在风骨的品味和社会历史价值的审视；将丰富的古代书面典籍和口头记录材料相互印证以揭示其文化流程；立足于由多民族构成的中华文化多元一体格局来探求其民族文化特质，等等。学贯中西的丁乃通先生投身于中国民间叙事研究所得的一系列成果，已经给我们提供了很好的范例，给了我们编撰《中国民间故事类型研究》以宝贵的启示。

我们在作类型研究时，一直强调既吸取国际同仁的成果及方法，又紧密联系中国历史文化实际和固有学术传统，避免盲从与生搬硬套。限于主客观条件，最终成果在这方面尚有不少未能尽如人意之处，但我们把它作为学术创新的一个重要环节予以认真对待，却是十分明确的。

四

最后有必要讲一讲故事学研究中多种方法的交叉运用问题。

在民间文学和民间故事研究中，将文化人类学、民俗学、民族学、心理学、社会学及文艺美学等多种学科加以融合，构成所谓多学科交叉的格局，本是极平常而又合理的事，这里无须赘述。不过学人倡导的新方法中，有一项是“表演（performance）”理论，据称特别适宜于进行民间故事研究，值得我们格外予以关注。

关于表演说，已有几位海内外学人撰文予以评述推荐。有的中国学者认为，“表演理论开辟了民间口头叙事研究的新视野”，因它可以帮助人们“找到一条对故事研究来说更加合理，更富操作意义的阐释途径”[6]。根据美国学者理查德·鲍曼的理解，其特质可以用下面这段话予以阐明：表演是一种语言使用模式，一种说话的方式。表演作为一种语言艺术的概念，它的含义是这样的：我们不必再从富于艺术的文本开始，认定相对独立的形式上的基础，然后重新把它放到实际运用时的情境中，以便于在交流传通的意义上界定语言艺术。表演已经成为基本的构成要素，它支配着口头传承的语言艺术。[7]

它着重研究口头文学的传承过程，活态的语言艺术，由此显示出它不同于以考察记录文本为主的通常研究模式的革新意义。有意识尝试这种方法的中国学者的成果已开始在学坛涌现，如江帆在大陆和台湾发表的关于辽宁故事讲述家谭振山的论文[8]，其中涉及讲述者的知识构架同故事文本的关系，讲述传统对故事文本的影响，讲述者对叙述程式的把握与运用等。这些都是对学界着重研究书面文本的已有成果的超越。表演理论的活跃虽然是近几年的事，但从特别关注口头传承过程这一点来看，它其实早已进入海内外民间文艺学家的视野之中。20 世纪 80 年代初译成中文的《大英百科全书》民间文学条目中就曾写道："对于民间故事，一个收获比较大的方法是研究讲故事的人和他们的听众。"在 80 年代中期掀起的编纂《中国民间文学集成》的文化热潮中，随着一系列故事讲述家的涌现，对故事传承人及其传承活动的研究也蔚然成风，如乌丙安的《论民间故事传承人》，刘守华的《中国民间故事的传承特点》，以及许多地方对本地故事讲述家的专门调查研究，等等。只不过对口头传承的这些研究尚未达到像表演理论那样的细密和系统化，也没有激起民间文艺界的广泛关注罢了。中国学人对传承问题的研究，通常和集中研究某些优秀故事讲述家的个人成就与风格联系在一起，而较少涉及作为情节类型之基础的具体文本的传承情况，因而我们在编撰故事类型研究一书时，也较少涉及故事的传承过程，使其内容的丰满程度受到一定影响。

在今后的故事学研究中，除广泛吸纳、尝试多种方法之外，对表演理论和口头诗学等有助于深入揭示口头叙事传承特点与规律的方法，似应更多地进行尝试，开拓出一个新境界。正如一位美国学者所强调的："作为历史地理方法和结构主义研究方法大量的统计、高度系统化的补充，我们需要对讲述风格和故事讲述人进行更深入的研究。"[9] 总之，方法是多种多样，而且可以不断变通的。但我们面对的本体是民间故事，它有传承人与听众互动的传承过程，有已经记录成文和仍处于口头存活状态的文本，这些文本既扎根于民众心灵又和多种社会文化事象有着彼此渗透融合的密切关系。我们无论采用什么方法，无疑都应围绕着这个本体展开，揭示它固有的形态特征、社会价值及其生存演化规律。民间故事是民族乃至全人类心灵的窗口，透彻的故事学研究成果对丰富现代人文学科将作出重要贡献。

注释：

[1]［美］斯蒂·汤普森：《世界民间故事分类学》，郑海等译，上海文艺出版社 1991 年版，第 499 页。

[2]［美］斯蒂·汤普森：《民间故事的生活史》，陈建宪译，见《故事研究资料选》，湖北省民间文艺学协会 1989 年编印。

[3] 刘守华：《独辟蹊径的中西叙事文学比较研究》，载《外国文学研究》1992 年第 4 期。

[4]［美］丁乃通：《历史地理学派及其方法》，见《民间文艺学参考资料》第一集，北京师范大学中文系 1982 编印。

[5]［美］斯蒂·汤普森：《世界民间故事分类学》，郑海等译，上海文艺出版社 1991 年版，第 531 页。

[6] 周福岩：《表演理论与民间故事研究》，载《鞍山师范学院学报》2001 年第 3 期。

[7]［美］理查德·鲍曼：《对表演的设定》，载《民族文学研究》2000 年增刊。

[8] 江帆：《故事讲述与文本重构》，见《2001 海峡两岸民间文学学术研讨会论文集》，台湾花莲师范学院民间文学研究所 2001 年编印。

[9]［美］布鲁范柯：《美国民俗学》，李扬译，汕头大学出版社 1993 年版，第 114 页。

关于民间故事类型学的一些思考*

就口头流传过程中拥有大同小异众多异文的民间故事进行比较，划分为若干类型进行研究，是欧洲民间文艺学家于19世纪至20世纪创立的一种新方法。它很快就传入中国，受到中国现代民间文艺学的一批早期学人的青睐。

中国进入改革开放的新时期以来，随着民间文艺学事业的蓬勃发展，民间故事类型学成为一个颇为活跃的领域。1937年问世的德国学者艾伯华所著《中国民间故事类型》，1978年问世的美籍华人学者丁乃通所著《中国民间故事类型索引》，这两部重要著作均译成中文出版，台湾学者金荣华依托《中国民间故事集成》这部大书，精心编撰《中国民间故事集成类型索引》，第一、二册已经问世，其中涵盖北京、陕西等7部故事集成。按类型作故事学研究，已蔚成风气。以近两年为例，进入学人视野的故事类型就达二三十个。在这一氛围中，由刘守华主编的《中国民间故事类型研究》，选取60个常见故事类型进行解析，2002年由华中师范大学出版社推出，使故事领域的类型学研究显出更为活跃的态势。数十年持续不断地对故事类型的研究，不仅对故事学的开拓有着强有力的推动作用，还以其研究方法的新颖显示了民间文艺学这一新兴人文学科的魅力。

* 原载《民族文学研究》2004年第3期，又载入《中国社会科学年鉴》2004年卷。

一

本文试就中国民间故事类型学的拓展提出若干设想。首先，在《中国民间故事集成》的基础上，编撰一部全新的《中国民间故事类型索引》应成为我们的当务之急。

作为中国现代民间文艺学的一个重要方面，经过近百年积累，民间故事的采录和研究均获得丰硕成果。从五四运动到“文革”前所采录的故事，大体有10万余篇。20世纪80年代以后开展全国民间文学普查和编纂民间文学集成，据粗略统计，所得故事资料达183万篇。其中书面发表、成书问世的《中国民间故事集成》省卷本即国家卷，已有21种，地方选编正式出版或作为内部资料印行的在千种以上。这不仅对中国，而且对整个人类文化宝库，都是一笔十分珍贵的财富，也是中国现代民间文艺学百年历程的骄傲。

在我们面前，已有了三部关于现有中国民间故事的类型索引，这就是艾伯华的《中国民间故事类型》，它依据300多种资料，归纳出306个类型，涵盖故事约3000篇。丁乃通的《中国民间故事类型索引》，它依据580种资料，归纳出843个类型，涵盖故事7300余篇。金荣华的《中国民间故事集成类型索引》第一、二册，它依据已出的7部故事集成抽取类型编撰而成，共收取类型263个（第二册略少），以后还将随故事集成的陆续出版不断扩充。这三部类型索引各有其特点及价值。

艾伯华所著作为第一部中国民间故事类型，不仅有首创之功，他按中国故事特质建构体系与定型归类的做法，至今仍有不少值得借鉴的地方。

丁乃通著作的显著特征是借用AT分类法来处理中国民间故事，便于人们将中国故事纳入国际通用类型编排体系而进行比较。所容纳的故事资料及类型大大增加，对情节类型及其变异的提示也精细得多。

金荣华所撰的第三部索引，除以中国民间故事集成已出各卷作为对象之外，其突出特点是沿用丁乃通的分类体系而加以改进，如重拟类型名称，将“诚言和尤利西式的信”改为“谨守诚言，躲过送死陷阱”，将“二人行”改为“精怪大意泄秘方”等；修订类目名称，如将“宗教故事”改为“宗教神仙故事”，将“笨魔的故事”改为“恶地主与笨魔的故事”等。同时，他还增加了许多新类型。丁著最大的不足是沿用AT分类法所导致的生搬硬套、削足适履。金荣华在修订中不改变原有分类体系而力求更充分地反映出中国民间故事的特点，学人使用起来更为方便。作者独力承担此项繁难任务，同时还撰有《中国民间故事与故事分类》的专著，在这一领域作出了自己的独特贡献。①

我以为，在上述成果基础上编撰一部新的《中国民间故事类型索引》势在必行。

刘魁立早在20世纪80年代初即发表《世界各国民间故事情节类型索引述评》，评述这一领域的学术进展，给予中国同仁以有力的启示与推动。他在论及新编中国故事类型索引时，提出搜罗要全，材料要真，体式可多样化（如按体裁、按地区或民族作专门索引）等一系列中肯建议，这里不予重复。我对此项工程的初步设想如下：

1. 按中国民间故事集成的大框架来建构分类体系。按中国民间文学集成总编委会的构想，就从广义的“民间故事”出发，将神话传说和故事作一体化处理。这样做的理由是：

第一，这三种体裁的关系本来就很密切，国际上统称之为民间叙事。在中国，它们之间的关联更深更紧。中国的各种传说数量大，几乎占到口头叙事的一半甚至更多。中国古典文献所载故事，均赋予传说外形特征，而且在情节结构上，传说与故事往往纠结在一起。如作为四大

① 金荣华著《民间故事类型索引》三卷本，于2007年2月由中国台湾的口传文学学会出版。包括《中国民间故事集成》21部省卷本，《中华民族故事大系》16册（上海文艺出版社），及《中国民间故事全书》40册（台北远流出版社）三部大书中的故事，以收罗宏富和对丁著编码的改进受人称道。

传说之一的《牛郎织女》很早就同“天鹅处女”型故事合而为一，成为它的一个亚型，并衍生出汉族的《天仙配》，傣族的《孔雀公主》等一系列精彩之作。按通行体裁论将三者完全拆开是一件很麻烦的事；对于学术研究和利用民间叙事文学材料而言，显然也是合起来更好。

第二，《中国民间故事集成》这部大书就是将神话、传说和故事合并在一起编纂而成的，为此还构建了一套完整的分类编码体系。除正式出版的省卷本即国家卷本外，各地还按此体例出版了大量资料本。以此为依据编撰中国民间故事类型索引，可以说具有得天独厚的优越条件，可收事半功倍之效。

2. 另建中国民间故事类型编码立型体系。丁乃通沿用 AT 分类法，经过金荣华的局部修订，已有了很大改进，在编撰新的类型索引时具有重要借鉴价值。采用 AT 分类的最大好处，是便于和国际通用体系相一致，但我主张还是不沿用 AT 分类，而另外创立自己的故事分类体系。中国各族民间故事以丰富优美著称于世，它同中国自然生态、风土人情、历史文化血肉相连。这些叙事体裁自身的发展也有许多与众不同的特色。AT 分类虽以“国际性”相标榜，实际上只不过是“欧洲、西亚及其民族所散居的地区的民间故事类型索引”。完全套用所带来的种种弊端是不可避免的。民间故事的价值是多方面的，远远不止于民间文艺学方面；也是长远的，远远不止于当前。我们已经在开掘这份宝贵文化资源上迈出一大步，奉献出《中国民间故事集成》这部大书，现在应当是百尺竿头更进一步，到了在全面清理已有资料的基础上，编撰这套书的类型索引的时候了。要与国际通用的体系相通，其实只要将相关类型编码加以对照注明就可解决问题。

二

故事类型在现代民间文艺学中本来是一个常见概念，自从芬兰学者安蒂·阿马图斯·阿尔奈（Arne）于1910年在《故事类型索引》一书中首次使用之后就流行开来，为民间文艺学者所习用。但很少见到有关“类型”一词的明确解说。作为一个外来术语，美国学者斯蒂·汤普森在《世界民间故事分类学》中的界定受到公认。他说：

一个类型是一个独立存在的传统故事，可以把它作为完整的叙事作品来讲述，其意义不依赖于其他任何故事。当然它也可能偶然地与另一个故事合在一起讲，但它能够单独出现这个事实，是它的独立性的证明。组成它的可能仅仅是一个母题，也可以是多个母题（一系列顺序和组合相对固定的母题）。[1]

所谓类型，是就情节大同小异的多篇故事的共同体而言。本来在通常情况下，每一篇口头流传的故事本身就是完整而独立的，为什么汤普森在论及故事类型时又提出完整性与独立性而加以强调呢？我以为在这中间，包含着他对于由多篇文本所构成类型的完整性与独立性及其价值的充分肯定；与之相对应的是，尚未构成故事类型的单篇普通文本，就难以避免地存在某种残缺性或思想艺术的局限性了。对故事类型的完整性与独立性的这一理解，对我们的故事文学研究颇有启迪意义。我们对民间故事的评论研究，因受一般文学评论模式的影响，往往撇开类型，只是就一篇一篇的故事文本孤立地给予评说，因而难以对一个完整故事作出中肯结论。如《毛南族文学史》对幻想故事《找幸福》的评述。故事讲述一个穷小伙子上南天门南极仙翁处去寻求幸福生活的答案，在旅途中热心帮助他人（包括一尾鲤鱼）问事，最后获得他人酬谢，因而自己也终于获得幸福生活的动人情节。这部文学史的作者认为：“故事赞扬的这种‘先人后己’的崇高思想是毛南人民的也是各族人民的最宝贵的精神财富。”又说：“处于封建社会被压迫被剥削的毛南人从完全仰仗神的帮助来改善自己的生活，发展到依靠自己的勇敢追求和神的指点结合起来去获取幸福，这后者可以看做人的觉醒的前奏。”书中也运用比较研究方法，指出这篇故事的某些情节来自汉族的宗教与神话而又具有毛南族历史文化的特征。这些评述应当说都是较为中肯的，然而从国内外故事学研究成果来看，《找幸福》属于 AT461“求好运”这个世界类型，毛南族的这篇异文只是遍布中国南北东西几十个民族众口传诵的诸多异文之一。它原是一篇佛教故事，后来才在中国大地上生根开花。它的主题是表现人和命运的关系，由早期命运之神支配人，发展到后期人去探求和改变自己的困苦命运。它的复合形态由“害不死的孩子”和“异域探询”两个序列构成，《格林童话》中的《有三根金头发的魔鬼》是最具代表性的欧洲异文。它的中国亚型大都设置有“问三不问四”的母题，以提升主人公“先人后己”的思想品格境界，显得别具一格。毛南族幻想故事《找幸福》是脱落起始序列的单纯型，它的人物、背景均具有很鲜明的民族特色，值得称道。但在研究中须联系这一类型历史演进的整体面貌，方能对其独特魅力与价值作出准确恰当的评价。

我自己曾就这个著名故事类型写过好几篇文章，追踪研究长达 20 年。1979 年发表《一组民间童话的比较研究》，当时没有类型学知识，只是把若干篇情节结构大同小异的文本进行比较，发表粗浅议论。后来读到有关学者把它作为一个著名故事类型进行考论的成果之后，写成《一个故事的追踪研究》等，对其结构形态、文化内涵和来龙去脉，才了然于心。联系整体来看局部，对本类型所含一系列中国民族地区相关异文的特征及其价值，自然也就获得了更深切的理解。

学界对故事类型的构成原理作过多种解释，有的认为是一元发生，文化遗传；有的认为是社会发展条件的相似所促成；还有的认为是人类深层心理结构相通的外在表现等，它既能跨越广大时空而存活，又是一件完整而独立的作品，这实在是有待学人破解的一个人类文化之谜。

前面提到的《毛南族文学史》，属于“中国少数民族文学史丛书”中的一种，我拜读过丛书中的二十多部，它们大都以内容新颖充实，富于原创性而引人入胜。就民间叙事而论，不足之处是往往就事论事，未能立足于广阔学术背景之上进行比较综合，作出更富学理的评议。未能用类型学眼光来审视本民族和本地区的民间文学代表作，就是一个例证。

故事类型是由若干异文构成的。

什么是异文？中国民间文学集成总编委会在1991年印发《中国民间故事集成编选工作会议纪要》中的解释是：

> 异文是指主题和基本情节相同的同一个故事，在细节上有不同的说法，或不同讲述者的讲述。在一个故事的若干异文中一般选取思想艺术水平最高的一篇作为正文排印，其他各篇中如有水平与正文不相上下，也比较重要而且在某些方面较有特色者，可以作为异文排列在正文之后。
>
> 这里要严格掌握方法，必须是同一故事的不同讲法才能作为异文处理；作品关联的对象物（地方风物、地方特产等）相同而故事情节要素根本不同，不属于异文范围。

简而言之，同一故事的不同讲述文本就是异文。同一故事即同一类型，也就是它的基础和血肉，异文是它的不同讲述文本。

故事集成在编辑工作中，选取思想艺术水平最优之作作为正文处理，另选若干篇有代表性的作品作为“异文”列出，它作为一种体例，已在分省卷即国家卷本中付诸实施。然而从学理上推敲，同一类型的所有异文，只能说各有其特点与价值，很难把它区分为思想艺术水平最高的“正文”和思想艺术水平稍次的“异文”。从我读过的十几部故事集成省卷本中来看，倒是发现许多篇“异文”比“正文”更精美动人。就故事学研究而论，显然不应受这一编排体例的局限。从叙事文学的一般情况来说，故事异文既然可以在一定时空背景下独立存活，自然也就有了自己的独立性与完整性。只是由于口头文学的特殊性，离开类型孤立存在的异文，对一个故事而言，其完整性与独立性便有一定的局限。只有从包含多种异文的类型中，方能真正把握人们对相关故事的完整叙说。因而我们在做研究时，便须集聚众多异文，注意吸取学界对相关类型的研究成果，将类型整体和多样化变异联系起来，更深入、更完整地把握这些故事的思想与艺术特质。

三

故事类型学研究和类型编制工作中亟待解决的另一个问题，是类型划分标准的规范化问题。

就我们所看到的有关中国民间故事类型的论著而言，不同学人所持的立型归类的标准就很不一致，或粗或细、或单纯或繁复的情况都有。如《中国民间故事类型研究》中的《世代寻宝梦——“石门开”故事解析》，将主人公开山取宝的神奇幻想故事作为一个独立类型，其下再区分为“口诀型”“宝钥匙型”“复合型”和“识宝型”4个亚型[2]。而另一位学人在《湖北民族学院学报》上发表的《“芝麻开门”的绵绵回响——论中国“识宝”故事》[3]一文，则以“识宝”来立型，内含“识宝购宝”“取宝成功”“取宝失败”和“洋人盗宝”4个亚型。其实它们所论故事大体相同，歧异之处只在于粗细有别。前者偏细，着眼于按打开石门取宝所用之神秘手段和工具来提取情节要素，确定故事类型。后者偏粗，将着眼点扩而大之为“识宝”，将所有以奇巧方式窃夺骗取宝物的故事都搜罗进来立型归类。这样，大体相同的一类故事，便划分为有着交叉重合关系的两个不同类型了。再如中国的穷小伙娶龙女为妻的故事，我们通常就把相关异文归入“龙女”这一个类型之中，而在丁乃通所撰《中国民间故事类型索引》中，却按AT体系，把这些故事分别排列在555型“感恩的龙子和龙女”、592A型“乐人和龙王”以及592A1型“煮海宝”三型之中，这是由于他将小伙子同龙女成婚的缘由更细致地区分为三种情况——报恩、喜爱音乐和以某种宝物胁迫龙王达成婚事。[4] 这样划分成三个类型也未尝不可。中国学人更习惯于把“龙女”和“蛇郎”等型并列，作为一个独立类型看待，然后在其中排列出几个亚型。这种情况也是由于划分类型时的粗细程度不一致所造成的。

还有一种情况更为普遍，那就是许多复合故事因含有多个情节要素，各个学人着眼于就不同情节要素立型归类，于是同一篇异文，被拉到几个类型中去，弄得夹缠不清了。如《朝汉民间故事比较研究》一书中收录的《夜来者型故事的源流》[5]，将中、日、韩三国流传的“夜来者型”故事进行了细致比较，探索其传承演变的脉络。到底“夜来者型”是一个怎样的故事？日本的“夜来者型”，即不明身份的小伙上门寻求爱侣遭女家迫害的故事，它同日本过去流行的访妻婚习俗有关。而中国的相关故事则称之为“老獭稚”，讲的是水獭精和渔女同居，其所生子葬獭骨于水下龙口，后贵为天子的故事（这位天子一说为赵匡胤、一说为朱元璋）。它其实是一个风水传说或风水故事，钟敬文先生于30年代赴日留学时，就以发表《老獭稚传说的发生地》一文受到学界的重视。这个称为“老獭稚”的故事类型在中国已获得深入人心的影响。日本学者采录的“夜来者型”异文达到140篇之多，而关于这位夜来者之子因葬父骨得天佑后来成为伟人的异文却只有少数几篇。至于中国故事中的水獭精以“夜来者”身份同渔女幽会，只是故事楔子。总之，我们所面对的其实是两个不同的故事类型，只有部分作品的部分情节要素相类同。这样，在故事研究中就不适宜于把它们作为跨国跨民族的同一类型来看待了。故事的立型归类，是民间文艺学理论方法规范化的基础性工作，应通过研究探讨逐步走向统一。

按照怎样的标准来立型归类呢？中国民间文学集成总编委会于1991年印发过一份《中国民间故事集成编选工作会议纪要》，其中要求各地省卷本应制作本省的“常见民间故事类型分布图”，并就此说明道：“类型即指主题和基本情节相同而又定型的故事（包括各种异文），如‘老虎外婆’、‘蛇郎’等，都是一种类型。类型确定后，至少选取七八种故事类型，将其流传地区用不同符号标在本省地图上。”[6] 这里用“主题和基本情节相同”以及“定型”这两点来确定类型是可取的。不过我以为要求“主题”相同似乎值得商榷，因故事的“主题”就包含在情节发展之中，可以不必对主题另行强调；而且主题或主题思想具有抽象性，常与人们对作品的主观感受密切相关，因感受各异对同一作品的主题理解不一而起争议，或作品主题被曲解的情况屡有发生。由此，在划分类型时，也可以将主题撇开。

2000 年，日本稻田浩二和中国刘魁立这两位对故事学造诣深厚的学者研讨中日流行的“狗耕田”这个著名故事类型，在理论和方法上均有新的发现，其中也涉及类型建构问题。稻田先生认为：“一个类型是以一个核心母题为中心构成的故事。”至于核心母题，他界定为“故事主角的一个行为”。稻田先生还特地阐明，他对故事类型的这一理解，是受了日本民俗学先驱柳田国男先生启迪所致。柳田剖析民间故事的情节结构时，曾提出如下见解：

> 民间故事的内容有保存部分和自由部分。保存部分是重要的母题，如要将它改变就对故事梗概产生影响，听众也不容易接受其变化的部分。民间故事的古老的因素在此残留着。自由部分也可以称为幻想的游戏场，是对故事梗概没有影响的部分。所以它是交给讲述者的自由以及自由地变化的部分。从这个部分生出多种多样的故事，又逐渐变成笑话了。[7]

构成类型的“核心母题”（刘魁立先生称为“中心母题”）可以用柳田先生所解析的民间故事情节结构中的“保存部分”来把握。这部分要素体现出民间故事的主题与魅力，而且具有将该故事世代相传的功能。

故事是由单一母题构成或多个母题复合而成的，以“核心母题”的相同来确定它们是否属于同一类型，不论从学理上还是操作上来审视，这一意见都是合理而可行的。这里想作一点补充，对包含多个母题的复合故事而言，划分类型只着眼于“一个核心母题”似乎还不够，还应考虑到它所包含的母题数量及其组合情节的一致性，这也就是我们通常所说的“基本情节”。以前面提到的“老獭稚”为例，獭精之子葬父骨于龙口是其核心母题，没有这一核心母题就失去了本类型的特质。因而只有“夜来者”和贫女幽会私通的情节要素还不足以构成这一特定类型。

中国的复合性故事多。正如编撰中国故事类型的有关学者所指出的：“在中国的民间故事中，每个母题都是正常固定的，同时也具有强大的生命力，然而母题链，即整个民间故事，又是相对地不稳定的。”[8] 或者说：“口传故事本来是变幻不定的，中国的民间故事尤其爱东拉西扯，一个类型连一个。……有时同一故事会放在四个或五个类型之下。”[9] 母题丰富，故事情节变化多端，这是中国各族民间故事格外引人入胜之处，这种情况的确使类型的编制显得较为繁难。据此，更应明确规定立型归类的标准。我主张每篇异文按其核心母题只能划归一个类型之中，使分类体系准确清晰。至于异文中含有同其他多个类型有牵连的核心母题，可作为相关类型的参考篇目列出，以拓宽研究者的视野。

四

芬兰学派运用历史地理方法研究民间故事类型，特别注重对故事生活史的探寻。汤普森曾经对这项研究的要点作过如下说明：

> 一个研究者使用这种方法力求达到的最根本目的，莫过于完全弄清楚某一特定故事的生活史。
>
> 他希望通过分析不同异文，研究有关历史地理因素，运用一些众所周知的关于口头传播的事实，找到该故事原型的某些东西，并能较合理地解释该故事在依次产生的所有的不同异文时所发生的变化，这些变化还将指出它的原型产生的时间、地点以及它所发生变化的原因。[10]

这项研究要求搜求大量异文，异文越多越好，然后就这些异文所含历史地理因素进行精细剖析，构拟出它的原型，推断出它产生的时间、地点。再将原型同已有异文相比较对照，看出它在特定时空背景下的演变状况。这样，就可清理出一个故事类型的生活史了。

欧美学者运用上述方法所作的一系列研究，既有引人注目的成就，对其结论的可靠性也有不少非议。由于它是以广大时空范围之内所有故事异文发生的一元论为理论前提的，这就不能不受到人们质疑；加上它对异文数量的要求特别严格，而且认为故事传播就像投石入水激起的水波扩散那样来实现的，如缺少某一道波纹的异文就无法自圆其说，这样，人们就觉得这一方法过于繁难而较少尝试了。

但我们改进这一方法予以合理使用，以追索故事类型生活史还是有积极效用的。笔者在撰写《中国民间故事史》时，就尝试勾勒了十几个贯通古今的故事类型的演变史，如“有虞二妃”、“白水素女”（田螺姑娘）、“叶限”、“田章”等。在主持编撰《中国民间故事类型研究》一书时，也把这作为对有关故事类型进行解析的一个侧面。例如“渔夫和水鬼”这个故事，最早是在湖北丹江口市伍家沟村故事中发现了一篇《替鬼报仇》，而这篇口述故事又和《聊斋志异》中的《王六郎》有异曲同工之妙，因而引起人们极大注意。汪玢玲在《蒲松龄与聊斋志异》一书中，曾揭示出《王六郎》这篇鬼友故事，和清人张泓《滇南忆旧录》所载《成公祠》的主题思想基本情节相同，二者同源。由此断言，蒲氏“在原传说的基础上提炼了情节”，“适当加工润色，使作品既保持民间韵味，又典型化了”。我主编《中国民间类型研究》一书，请顾希佳撰写这个类型，他对中国古代故事资料有深厚积累，发现这样的鬼友故事，在宋元明清的笔记小说中共有 20 余例，其中宋人记录的《黄裳与水鬼》为其雏形，已出现“水鬼找替身”的核心母题。后世又演变出“渔夫劝阻”亚型 7 例，“水鬼仁慈”亚型 6 例。它们均同民间的水鬼信仰密切相关，但随着历史的进展，水鬼形象更富有人情味，人鬼之间的友情也更见亲密。由此可见，蒲松龄笔下的《王六郎》，并不一定是他依据《滇南忆旧录》中的水鬼故事提炼加工的结果，而很可能他所依托的正是清代民间信仰和口头文学中的一种流行文本。这里我还想补充说一点，渔夫和水鬼故事不但为蒲松龄小说所吸取，还被清代佚名作家作为长篇通俗小说题材，写成《鬼神传终须报》，后略加改变，又成为另一部长篇《阴阳显报水鬼升城隍全传》，“鬼有三德，后升城隍，巡江查案，受封河道”，涵盖了民间口头叙事基本情节而更加丰富。由此可以断定，伍家沟故事村流行的穷汉和水鬼交友故事，其实是明清以来的一个流行故事，和《聊斋志异》所载并不一定有什么直接关联；只是贯串两篇作品之中关于人鬼交友的奇幻情节被今天的人们偶然发现，引起惊诧就是了。中国学界对“渔夫和水鬼”这一故事类型的研究，没有运用历史地理学派方法去构拟故事原型，再据原型清理其演变轨迹，我想是基于以下两点。其一是它的口头异文数量，顾希佳已知虽达到80多例，可是按芬兰学派方法，还远远达不到覆盖中国广大时空领域的要求；更为重要之点在其二，芬兰学派所看重的是纯粹口头叙事文本及口头流传背景，而在中国民间文化生活中，口头传讲故事却是和民间说唱及戏剧演出，还有种种书面通俗文学作品的流传交织在一起的，后者对人们心灵的穿透力更为强劲。渔夫和水鬼故事，除被改编成通俗小说之外，据清人称还载于著名的道教经典《太上感应篇》“旁证”之类的通俗读物之中。伍家沟故事村位于中国道教圣地之一武当山脚下，上述故事连同鬼神信仰在这儿扎根就是很自然的事了。从这类事例可以看出，单纯依据口传故事资料来构拟原型的研究方法在中国往往不适用，须因地制宜加以改造变通，方能真正为我所用。

我考察过30多位中国故事讲述家的生平，发现其中三分之一的人都有一定的文化程度，有机会接触书面文化成果。许多故事讲述家和民间歌师，常以自己拥有某种书面秘本而自豪，他们所受这些书面文本的影响较之同类型作品的口头影响更为强固。因之我在《中国民间故事史》中，将“口头书面传承的交错并行”作为故事演进的主要特征之一提出。这个问题不仅涉及中国民间文学史，也涉及中国文学史和文化史中一个有待深究的重要方面。

清理许多民间故事的来龙去脉是颇为艰难而又极有意义的学术课题。我主张采取更切实有效的方法，不去就一些孤立的文本作臆想推断，而是从把握故事类型的源流入手，打破对纯粹口头叙事材料的依赖，立足于口头与书面相融合纵横交错的中国民间文化活动格局来审事立论。《中国民间故事类型索引》的编撰，以及类型研究从微观到宏观、从浅层向纵深的发展，必将带动整个中国民间文艺学的大步迈进。

注释：

［1］［美］斯蒂·汤普森：《世界民间故事分类学》，郑海等译，上海文艺出版社1991年版，第499页。

［2］刘守华主编：《中国民间故事类型研究》，华中师范大学出版社2002年版，第299页。

［3］《湖北民族学院学报》2001年第3期。

［4］［美］丁乃通：《中国民间故事类型索引》，中国民间文艺出版社1986年版，第191、206、209页。

［5］金东勋主编：《朝汉民间故事比较研究》，辽宁民族出版社2001年版，第115～147页。

［6］中国民间文学集成总编委会简报“民集办字（910）第5号”。

［7］《中日民间叙事文学情节类型专题研讨会》文集，北京师范大学民俗典籍文字研究中心2001年4月编印，第46、51页。

［8］艾伯华：《中国民间故事类型》，商务印书馆1999年版，第2页。

［9］［美］丁乃通：《中国民间故事类型索引》，郑建成等译，中国民间文艺出版社1986年版，第17页。

［10］［美］斯蒂·汤普森：《世界民间故事分类学》，郑海等译，第517页。此处选用陈建宪译文，见《民间故事资料选》，湖北省民间文艺家协会1989年编印。

多侧面扩展民间文学的比较研究*

理论研究是我国民间文学工作的一个薄弱环节。现在人们已经认识到，在开展全面搜集和抢救我国各族民间文学遗产的同时，必须刻不容缓地大力加强理论研究工作，建设有中国特色的马克思主义民间文艺学。而推进理论研究必须在方法上有所突破。一些从事文学研究的同志最近在一次座谈会上指出：一种新的理论的提出，总是伴随着研究方法上的新的突破；反过来，一种重大的研究方法的突破，也总是为理论探讨展现出新的角度和层次，新的广度和深度。科学史上许多发明发现的诞生，许多流派的兴起，许多新学科的出现，往往都是运用新的科学方法的结果。近年来，比较研究法的运用，已经给我国的民间文学研究带来了较为活跃的局面，但还有许多人并未认识到改进科学研究方法的迫切性和重要性，并不了解目前广泛运用于社会科学各领域的比较研究的实际价值；而民间文学中的比较研究，也还需要扩展它的广度和深度，更上一层楼。这里试根据我几年来从事民间故事比较研究的体会，就这个问题略述管见。

民间文学与比较研究

建设中国民间文艺学，必须在研究方法上有一个大的突破，采用比

* 本文为《民间文学论坛》1985 年第 3 期特约撰写专论。

较研究法就是一个重要方面。

从欧洲民间文艺学史来看，几个研究民间文艺的学派：早期的神话学派、人类学派，继起的流传学派、历史地理学派等，都很重视比较研究，甚至以之作为主要方法，建立起他们的比较神话学，比较故事学。看起来，使民间文学的研究形成一门新兴的人文学科，是与比较方法的运用分不开的。我国现代民间文艺学史上，也有这种情形。比较神话学、比较故事学中的比较方法，最先是从比较语言学中借鉴而来，可是一经运用，便获得成效，以致成为比较研究的范例，从此结下不解之缘。美国亨利·雷马克就说："在估量偶然巧合的可能性与实际影响的可能性时，比较学者可以学习民俗学家的技巧，因为民俗学家在研究民间传说的主题时就面临这样的问题了。许多民间传说研究都是典型的比较研究。"[1] 在这些事实背后，似乎隐藏着这样一种规律：民间口头文学适于作比较研究，只有采用比较方法，才能更好地显露民间文学发展的规律和特点。民间文学是一种无处不在的流行最广泛的文学，具有丰富的可比性。民间文学的作者是匿名的，存在于民众口头之上，有关这种文学的书面研究资料极少，只有将这些来自口头的材料进行比较，才能由此及彼、由表及里地找到它们之间的种种内部联系，进行科学概括。对这些口头文学作品进行孤立的分析或不作比较的简单综合，都难以达到这样的目的。甚至可以说，不作比较，民间文学研究就难以构成一门真正的科学。这里试举一例。在近年的故事研究中，有人认为唐代皇甫氏所撰《原化记》中的《吴堪》，讲述田螺姑娘和农夫美满结合之后，又生出波澜——坏人出来破坏，田螺姑娘施展法术，加以惩罚——是"画蛇添足""节外生枝"。按照一般文艺学原理，孤立地分析这一两篇作品的情节结构，这个结论似乎不错，可是将广泛搜集得来的材料加以比较，就可以发现，几乎所有的《田螺姑娘》《鱼姑娘》《龙女》故事，不论是汉族的、苗族的还是壮族的，都有这样的尾巴。这就不能用唐代某一作家"节外生枝"，或现在的某个整理者"根据唐人小说编织出来的”加以解释了，它是这类故事所固有的合理结构。由此我们还可以领悟到，创造和传承这类故事的口头文学家，为什么不让一对普通的男女结合，偏要拉出一个神奇女性来做农民的妻子呢？原来不仅是为了借用她的法术来创造美好的生活，而且是为了表现他们在自己的幸福受到邪恶势力破坏时，能够战胜邪恶，捍卫自己的人生权利的决心和能力。这样的构思立足于存在阶级压迫的社会现实之上，它是浪漫主义的，又是现实主义的。对于孟姜女传说中，孟姜女提出三个条件来和秦始皇面对面抗争的结尾，也有人持“节外生枝”说。可是明清以来各地民间传诵的异文中，都以此煞尾。情节发展上的这种不约而同，正是近现代农民斗争的广泛兴起在民间传说中的曲折反映；而它有别于唐代的孟姜女传说的同中之异，又表现出民间创作伴随社会历史而起的演变。顾颉刚先生研究孟姜女传说，正是运用历史地理比较法，对所占有的丰富材料进行深刻细致的剖析而取得卓越成果的。

比较研究在现代学术潮流中已获得了比过去更重要的地位，而且今后会显得越来越重要。比较这种方法，本来就是随着研究领域的扩大应运而生的。以比较文学而言，它就是人们在广泛接触世界文学之后，为了将本国文学和他国文学相比较，以便深入地探讨文学发展规律而兴起的。当前我国各个学术领域比较研究之风盛行，也是因为“三个面向”（面向社会主义现代化、面向世界、面向未来）的时代潮流汹涌澎湃，打破过去的禁锢闭塞状态，扩大了人们的视野。在研究中国的历史文化时，人们觉得有必要，也有可能把它和世界各国的历史文化联系起来，在更广阔的背景下观察思考问题，于是比较文学、比较哲学、比较历史学、比较教育学等学科应运而生。它们虽与外来思潮的刺激有关，其方兴未艾之推动力却在我国学术发展的内部趋势之中。近几年来的民间文艺研究领域，在比较研究上新出现的热潮，是同这个趋势相一致的。可是它不论和现代学术潮流发展的需要相比，还是同毗邻学科相比，不论在认识上还是在实际成果上，都还存在较大的差距，须在提高认识的基础上急起直追。

对比较研究方法认识之不足，除了对它的实际运用成果缺乏了解之外，也同学术领域长期存在的“左”的影响有关。我们长时期在闭锁的狭小天地里做学问，观察研究民间文艺现象，积久成习，因而对于超出国家、民族界限的文学的比较研究，许多人感到陌生。谁如果在比较研究中提出外来影响问题，很容易遭到误解，受到种种偏见的责难。1980年就有人在某刊物上发表文章，给指明某中国童话故事的情节源于外国的论者戴上了“数典忘祖”的帽子。中外学者比较研究的一系列成果表明，中国确有不少故事来自印度，日本又有许多故事源于中国。中国文化发展的辉煌成就正是在自己固有文化的基础上善于吸收外来影响的结果。有些西方学者在比较研究中，表现出他们轻视中国文化、东方文化的观点，我们的前辈学者用自己的比较研究成果给予了很好的回答。人们在比较研究中流露出自己的民族自豪感是可以理解的，在我们民族遭受屈辱的时代更属难能可贵。但不能因此妨碍我们对科学真理的追求，不能因涉及本民族的文化传统而怯于比较。

由于西方资本主义国家的学者惯于运用比较法来做研究，而这种研究成果常常带有局限性和片面性，有些人便因此把比较研究法同马克思主义的方法论——辩证唯物主义与历史唯物主义对立起来。实际上比较研究并不是资产阶级学者的专利品，比较研究中的一些失误并不是这种方法本身的过错，而是有关研究者不善于运用，或缺乏必备学识的结果。比较作为科学研究的一种具体方法，不但可以为马克思主义的民间文艺学家所运用，从比较可以发现事物的特殊本质，可以发现它们彼此间的内部联系来看，它正是马克思主义的方法论所要求的。现代民间文艺学的进展，极大地扩展了我们的研究领域，面对本国的和外国的复杂丰富的民间文学现象，比较的眼光显得更为重要，分析、综合与比较方法相结合之综合运用更为普遍。因此，在建设中国马克思主义民间文艺学时，重视比较研究的普及与提高是很有必要的。

关于推进民间文学比较研究的构想

在民间文学领域，怎样推进比较研究呢？我主张从多侧面运用比较方法，以扩展比较研究的广度与深度，使它更好地为建设中国民间文艺学服务。具体说来，即：

1. 影响研究与平行研究相结合

国外比较文学之研究，形成两大流派，即影响研究与平行研究。它们也渗透到民间文艺学领域。影响研究侧重追索不同国家、民族间民间文学的交流影响关系，要求有历史及地理的证据可寻。流传学派研究印度故事在世界范围内的传播情况，即属于这种类型的比较研究。我国各族民间文学就是在相互影响中发展的，我国同邻近各国乃至一些极遥远地区，也有文化交流关系。有些影响已被学者所证实，还有许多影响尚未被人们所发现。因而这种研究并未过时，还有着重要的实际意义。最近《贵州社会科学》杂志上转载的台湾学者凌纯声的论文，说《楚辞》中的《九歌》，原是一种民间祭神歌舞，这种歌舞习俗，至今还保留在印度尼西亚人中间。它就是通过将《九歌》和印度尼西亚人的歌舞以及两地古代铜鼓上的装饰图案进行比较后作出的结论。这种比较研究不仅在民间文艺学而且在民族学、民俗学方面，也有重要价值。如果忽视比较，在研究中只就直接对象进行论析，其结论就难免带有某种片面性，难以反映出各族民间文学的真正面貌。如1960年成书的《白族文学史》中断定《黄氏女对金刚经》这部民间长诗是白族聚居的云南剑川地区的产物，出现于当地佛教鼎盛的元明清各代。实际上这部作品，早就在汉族地区流行了。明代著名长篇小说《金瓶梅》第七十回中，载有尼姑讲《黄氏女》及《五祖出家》宝卷事，前者即叙《黄氏女对金刚经》故事，它由唐代变文演变而来，和《目连救母》同属于佛教通俗文学，大约为宋明时期的产物。流行川鄂一带的善书《女转男身》，说唱结合，为《黄氏女》之改编本。我还在鄂西北见过一部《黄氏女对金刚经》的手抄长篇唱本。把这些异文略加比较，便可以发现，《黄氏女对金刚经》虽盛传于云南白族地区，却是渊源于唐宋时期的变文宝卷，是曾流行全国的一部佛教通俗文学作品。

但过去的影响研究有其局限性。民间故事在主题、情节和形象方面的类同，并非都是影响所致，历史文化发展的类同现象也可以造成。醉心于影响研究的学者不顾这种更为普遍的事实，把自己的公式到处乱套，自然要碰壁。于是用平行方法研究这种现象的方法流行开来。我写的《谈民间文学中的"大团圆"》一文，即通过比较，断定"大团圆"乃是世界各国人民共同心理趋向的反映，并非中国的特殊民族心理。近来我还发现了一个十分有趣的民间文学现象：中国湖北襄阳流行一首历史歌谣："太阳一出红彤彤，金花小姐困襄阳。困了三年六个月，猪吃白米人吃糠。猪吃白米刀尖死，人吃粗糠活世上。"讲的是处境艰难的被围困者让猪吃白米，制造假象，用计退敌解围的故事。湖北浠水关于何七公子智退清军的传说中也有这个情节，不过略有不同，是给狗子吃糯米。想不到远在欧洲的葡萄牙，竟也流行着这样的传说：一个山村居民在遭到侵略者围困、弹尽粮绝的情况下，用一村仅有的小麦喂饱了最后一头牛犊，然后扔下山去，以假象迷惑敌人，因而解围。这两个地方流传的同类型传说之间，显然不存在互相影响的可能性，只能是出于不谋而合。这种计谋在中国的"三十六计"中被称为"无中生有"，它是不同民族发展到一定社会阶段，在敌我斗争中都会产生的一种策略。神话学派、人类学派对许多具有共同性的神话传说的比较，实际上就是一种平行研究。这种比较研究适用的范围更广，视野更为开阔，它通过类同的民间文艺现象的比较所提出的问题，更深刻地触及了人类历史文化发展的规律性。我们在运用时注意克服它容易流于空泛的弊病，是可以取得很有价值的成果的。

我们从事比较研究，不必拘泥于某一种模式，可以把这两种方法结合起来。普列汉诺夫在《论一元论历史观之发展》中说过一句为世界比较文学家所赞赏的话："一个国家的文学对于另一个国家的文学的影响是和这两个国家的社会关系的类似成正比例的。"我们可以分别把这两种比较方法用于它所适用的范围，也可以在同一对象身上进行多侧面的比较研究。故事本身并没有流动的能力，它总是适应一定社会环境中民众的需要而传播和演变的。

2. 微观比较与宏观比较相结合

近几年来，许多同志在微观比较上下功夫，就一个故事、一个情节、一个形象，搜求广泛的同类型素材进行比较，取得了可观的成绩。这样的研究内容实在，结论较为可靠，是值得继续提倡的。但我以为当前更应提倡在较宽广的背景下，开展宏观的比较研究，探讨中国民间文学发展的总的脉络和风貌。费孝通先生 1982 年在《民族社会学调查的尝试》[2] 一文中提出的要把宏观研究与微观研究结合起来，积极推进民族社会学的建议，对民间文艺学的研究也是很适合的。最近读到李子贤的一篇论文《略论南方少数民族原始性史诗发达的历史根源》[3]，他就中国北方和南方少数民族史诗艺术之异同进行比较所得出的结论就很有启发性。它不仅给我们勾画出了中国南方和北方这两个广大区域之内流行的民间史诗的不同类型，还揭示了产生和流传这些史诗的社会历史根源。中国现代民间文艺学诞生已有半个多世纪了，我们对自己民族的民间文艺的特质、民间文艺发展的脉络，至今尚无一个比较完整的概念，只有一些支离破碎的印象。"走向未来丛书"中的一本《现代物理学与东方神秘主义》，已在那里探讨西方现代物理学概念与东方佛教、道教的宗教哲学所表现出来的思想怎样具有惊人的平行之处，这种平行具有怎样的意义；我们却对中国的民间文艺同近邻各国的民间文艺之间有着怎样的联系尚无一个大略的认识。这是何等地使人不安！微观解剖固然是我们研究的基础，但我们绝不可以等到做完了微观研究再向宏观领域起步。现代科学一方面要精细剖析有关的事实材料，另一方面也需要大胆的假设和富于想象力的构思。微观研究与宏观研究应该而且完全有可能结合进行，以便相辅相成，彼此补充。费孝通先生说我们过去的民族研究，“分别地一个一个研究，在方法上固然有其长处，但是也有它的局限性。今后似乎要进一步和宏观的研究结合起来”，是极有见地的。他还介绍了潘光旦先生生前提出的关于中国各族关系的宏观的整体设想：“在有文字记载的历史时期，总的说来是北方民族的南下或西进，中原民族的向南，沿海民族的入海和南北分移，向南移的又向西越出现在的国境。”他自己对中华民族所在地域也有一个宏观概念：“至少可以分成北部草原地区，东北角的高山森林区，西南角的青藏高原，藏彝走廊，然后云南高原，岭南走廊，沿海地区和中原地区……我们必须从这个棋盘上的演变来看各个民族的过去和现在的情况。”建立对于中国民间文学的整体观念，不能依赖对 56 个民族民间文学的简单综合，应该借助对各族民间文学的比较，以及对这些民族所处自然社会环境的考察，综合成几大块，再考察其内外联系，形成一个整体观念。我的印象是，中国民间文学的文化特色，似乎可以划分为彼此既有联系又有相对独立性的五大块，即西北天山文化系统，北部草原文化系统，中原黄河流域文化系统，东南沿海文化系统，南方长江流域文化系统。它们各有自己的特色和价值。西北特别是新疆地区的民间文学，交汇融合着中西多种文化成分，尤以浓重的伊斯兰文化色彩引人注目。东南沿海地区的民间文学在历史上曾向南北两方面扩散，传入朝鲜、日本和东南亚，具有海洋文化的鲜明色彩，它们和北方草原文化系统的民间文学迥然有别，相得益彰。南方长江流域的民间文学虽吸取过来自南亚的佛教文化影响，却保存了最丰富完整的中国古代本土文化的因子。这个地区本来就存在渊源久远的光辉的楚文化，道教的流行又抗衡儒家的思想统治和佛教文化的渗透，起了保存民间原始文化的作用。同时又因北方民族、沿海民族的南移，把中原黄河流域的文化汇入其中，再加上这个地区险峻的地理条件，使古老文化得以长期保存。这样，它就成了中国民间文学最重要的宝库。一系列具有世界影响的民间故事，如田螺姑娘型的《吴堪》，灰姑娘型的《叶限》，天鹅处女型的《毛衣女》，还有《蛇郎》等，最早都出自这里，绝不是偶然的。

我这个粗略的设想很不周全，这里不过是借以引起人们对宏观比较的兴趣。宏观比较可以在不同范围、从不同侧面展开。有人将希腊神话中的普罗米修斯和中国神话中的鲧这两个崇高形象相比较是有意义的。我们还可以进一步将古希腊神话系统和中国上古神话系统作比较；我们已经找到了中日民间故事互相交流影响的不少实际例子，现在完全可以对中日民间故事在主题、风格等方面的异同及其根源作宏观考察；宗教与民间文学的发展关系密切，我们可以将不同宗教所创造而进入民间文学的某些神怪，如善恶之神的形象进行比较；也欢迎在更大范围内将中国的道教和印度的佛教分别给予民间文学的影响作比较的探讨。将总数不下于十万的中国民间故事进行初步的比较综合、分型归类，编撰《中国民间故事分类索引》，将给人们作微观比较特别是作宏观比较提供坚实的基础。

无论作微观比较与宏观比较，其成效之大小不独取决于个人的学识水平，还受着整个民间文艺学及相关学科发展水平的限制，对所有的研究成果应持欢迎态度，不应求全责备。要允许并提倡各种学派并存，通过自由争辩，共同提高，推进学术发展。

3. 国内外的比较相结合

比较文学的严格定义，是指国与国之间文学的比较。因此，一般说来，比较歌谣学、比较神话学、比较史诗学、比较故事学等，其内容也是指对于国与国之间的歌谣、神话、史诗、故事的比较研究而言。这种研究自然是我们所欢迎的。但这种研究需要占有许多国家的材料，而民间口头文学材料比之一般文学材料更难于搜求，目前要系统全面地作这样的比较还有较多困难。而我国国内各兄弟民族的民间文学材料却源源不断地涌现在我们面前，个别的研究已有了相当的基础，现在迫切要求通过比较，发现异同，找出联系，构成一个整体观念。这样的研究虽不能代替国与国之间民间文学的比较研究，却可以通向这种研究。这是因为我国各族民间文学以丰富多彩著称于世，我们既有汉藏语系的民间文学，也有阿尔泰语系的民间文学，还有印欧语系、南亚语系的民间文学；既有受佛教、伊斯兰教文化影响的民间文学，也有融会儒家和道家文化传统的民间文学；虽以产生于中国封建社会的民间文学为主体，但还有相当数量的民间口头文学产生在奴隶制甚至更为原始的前阶级社会的土壤上。因而利用我国各族民间文学材料进行比较研究，有着广阔的天地。我们完全可以将这种比较研究系统化，扩展其深度和广度，建立起中国的比较民间文艺学，它同将中国民间文学作为一个整体和其他国家的民间文学作比较而建立的比较民间文艺学，将彼此补充，相映生辉。而国内各族民间文学的比较当前更为迫切，没有这种比较与综合作基础，中外民间文学全面系统的比较就难以进行。一方面，对各族民间文学作分别的具体的研究；另一方面，对不同民族之间的民间文学作比较的研究；再进一步，在更广大的范围内，将中国的民间文学和其他国家的民间文学予以比较。这样逐层推进我们的研究工作，我们对自己民族的民间文学的认识，国际学术界对中国民间文学的认识，都将大大增强它的科学性。那时，中国的民间文艺学就可以立于世界学术之林而大放光彩。前些年，国外有的民间文艺学家，依据德国学者爱伯华于1937年编撰的《中国民间故事类型》一书中只有七个动物故事的事实，断言中国动物故事稀少，很早就停止了发展。产生这种片面性的原因，固然是因为他们所依据的材料不足，同时也说明，对于在众多民族和广阔地域之内产生的无比丰富的中国民间文学材料，如果不首先在全国范围之内作一番比较、综合，而只是抓住某个局部和外国民间文学相比较，断言“中国民间文学”如何如何，都很难避免其结论的片面性。

4. 建立比较民间文艺学的中国学派

现在，在比较文学领域，一批崭露头角的中国学者，已提出了振奋人心的建立比较文学之中国学派的主张。这个口号将有力地促进我们建立中国比较民间文艺学的努力。我们要尽力吸收国际上比较民间文艺学的成果。他们占有丰富材料，给予科学分类，吸收多种学科成果，在世界范围内进行比较，这些都是值得我们吸取和借鉴的。但我们对一些外国学派的理论和方法不能生搬硬套。我国有一些著名学者，他们在民间文艺比较研究上的杰出成果，受到国内外学术界的高度重视，如顾颉刚先生对孟姜女传说的比较研究，钟敬文先生对《蛇郎》《天鹅处女》故事等的比较研究，钱锺书先生《管锥编》中对《太平广记》所载故事的比较研究等，都是具有中国特点的比较研究方法，我们无疑应加以继承发扬。

一些外国学派的理论和方法，当它用之于某些局部现象的比较研究时，所作出的结论常常是正确的，因而这些学派得以立足。可是他们往往把自己的理论和方法当作绝对真理，套用于一切民间文艺现象之上，就不免碰壁了。流传学派就是这样。英国民俗学家柯克士在她的《民俗学浅说》中曾就此写过一段意味深长的话：“那些主张民间故事是在有史时代间由印度传到欧洲，大都系经文学的沟渠而传播着的人，将要因有类于印度以及欧洲的民间故事，乃载在纪元前一千四百年的古埃及纸草卷上的发现而不知所措。”为什么不知所措呢？他们的故事流动说、印度中心学说，遇到了解释不通的事实。又如有的学派构拟故事原型，追寻故事完整生活史的理论和方法，我以为也要用分析的眼光来看待它的科学性与局限性。它是从借鉴比较语言学构拟原始共同母语，再由此研究广大范围内各种语言的关系这种研究方法而来的。

它取得了不少引人注目的成果。可是文学现象比语言现象更为复杂，特别是阶级社会里的文学不可避免地要受阶级意识的浸染，呈现出复杂面貌。世代劳动人民常常根据斗争情势的需要，对传承的民间口头文学，主动给予改造加工。它虽是一种语言艺术，却和语言本身发展演变的规律大不相同。从事比较研究如果不顾这样的实际，就会产生形式主义的弊端。有些学者把所有"说谎者"的故事归入一类，不区别这些作品不同的思想倾向和美学价值，也不分析它们产生时的社会历史背景，一概加以贬抑，就是一个我们不足为法的典型例子。

我们主张用开放的，然而又是有所分析的态度对待外国民间文艺学流派，综合吸取其所长，补己之短；用马克思主义的方法论——辩证唯物主义和历史唯物主义对其比较法给予改造提高，从中国各族民间文艺的实际出发加以运用。季羡林先生审读拙作《印度〈五卷书〉与中国民间故事》的初稿后，给予热情肯定和鼓励，回信中写道："现在东西各国比较文学之研究均极盛行，我们学术界在这一方面也似乎有点落伍，须急起直追……不过从全世界来看，资本最雄厚的还是中国和印度，在这方面，我们可以说得天独厚。希望我们共勉之。"在比较民间文艺学领域，我们应当急起直追世界先进学术潮流，通过自己坚持不懈的努力，让比较民间文艺学的中国学派崛起于世！

注释：

[1] 转引自张隆溪编：《比较文学译文集》，北京大学出版社 1982 年版，第 14 页。

[2] 载《中央民族学院学报》1982 年第 2 期。

[3] 载《民族文学研究》1984 年第 1 期。

论比较故事学*

比较故事学以民间故事作为自己的研究对象。民间故事是遍及全世界的一种文化娱乐形式，一种口头叙事文学。狭义的“民间故事”包括幻想故事（民间童话）、生活故事、笑话、寓言等样式，如果划分得更细一些，还可以加上动物故事、精灵鬼怪故事和机智人物故事等，各国学者的分类情况不完全相同，但实际类别是大体相同的。至于广义的“民间故事”除以上各类作品外，将神话和传说也包括在内。正在陆续出版的民间文学三套集成之一的《中国民间故事集成》就把神话、传说和故事三种体裁都包括在内。但它们三者的性质和特点是不同的，神话是远古时代初民的不自觉的艺术创作，传说是对历史的追忆，故事则是对民众生活与心理的艺术概括；神话表现原始思维与原始信仰，传说回顾历史足迹，民间故事显示民众的艺术虚构才能。正因为三者各有其特点与价值，才需要分别对它们进行研究。从世界范围来看，神话学已经达到成熟境地，传说学刚刚兴起，故事学也有了长足的进步。比较故事学研究的主体是狭义的民间故事，有时也涉及传说，因为有些传说接近于故事，或转化成了故事体裁。

比较故事学不是一般地去研究民间故事，而是用比较方法研究在跨国跨民族广大范围内流传的故事，还研究民间故事和相关文化事象的关

* 本文为《比较故事学》一书绪言简述，原载《黄淮学刊》1995 年第 2 期，又载入《高校文科学报文摘》1995 年第 5 期。

系。因此我们说，比较故事学是对民间故事做跨国跨民族和跨学科的比较研究的学问。

比较故事学的兴起与民间故事富于可比性的特点有关。在民间口头文学的众多体裁中，民间故事特别是其中富有幻想性的童话故事最富于国际性，这就引起了学人浓厚的研究兴趣。人们对许多主题、情节结构乃至细节相类同的故事竟然出现在相距遥远的不同国度的民众的口头之中感到惊讶不解，于是运用比较的方法试图揭开这个奥秘。民间故事的比较研究开始就是着眼于国与国之间故事情节异同的比较及论析的。比较文学以国与国之间文学的比较作为基本内容，正是从故事比较研究中吸取来的。

现在世界上的国家有的是由单一民族构成的，也有的是由多民族构成的。在前一种情况下，跨国和跨民族研究是一致的；在后一种情况下，跨国研究包容不了跨民族研究。因此有必要将比较故事学应包含对一国之内跨民族的故事比较研究这一点明确地提出来。

在这个问题上曾发生过一场小小的争论。这要从比较文学的定义说起。目前国内外比较文学家所公认的恰当的比较文学的定义，是美国亨利·雷马克于 1971 年提出的：比较文学是超出一国范围之外的文学研究，并且研究文学与其他知识和信仰领域之间的关系，包括艺术（如绘画、雕刻、建筑、音乐）、哲学、历史、社会科学（如政治、经济、社会学）、自然科学、宗教等等[1]。

我国比较文学界大体赞同这一定义而又有所补充，认为“比较文学的研究对象是跨民族、跨学科界限的各种文学关系”，“比较文学并不仅仅因为它运用了比较方法才成为一门独立学科的，而是因为它具有特定的研究领域，即跨越民族界限和学科界限的各种文学联系”[2]。

这个定义反映了世界比较文学研究的进展，很值得我们在建构比较故事学体系时借鉴吸取。但一些西方比较文学家，把“比较文学是一国文学与另一国或多国文学的比较”（亨利·雷马克）这一点强调到不适当的地步，不承认在多民族国家中不同民族间的文学比较也属于比较文学研究。1986 年北京大学举行“全国首届东方文学比较研究”学术讨论会时，季羡林先生在会上理直气壮地推翻了这个“洋教条”。他讲：

西方一些比较文学的学者，提出了一个说法：在一个国家中，不能进行比较文学的研究。我认为这是一种“洋塔布”。这“洋塔布”厉害得很，它禁锢了我们同志们的心灵，不敢越雷池一步。

有这种主张的是欧美人。他们知道的“世界”只有欧美。在那里很少有多民族的国家，往往一国之中只有一种主要语言，因此，要进行比较研究必须跨越国家。但是像中国，还有印度这样的国家，国内民族林立。在这样的国家中，民族文学之间的差别不下于欧洲国与国之间的文学。因此，在中国和印度，民族文学之间是可以而且应该进行比较研究的。[3]

笔者所写的《多侧面扩展民间文学的比较研究》，在 1985 年第 3 期《民间文学论坛》发表时，以“国内外比较相结合”作为论题之一，而且认为“国内各族民间文学的比较当前更为迫切”。湖南文艺出版社于 1986 年 10 月开始出版一套“比较文学丛书”，乐黛云在丛书总序中也提出：“进行各民族文学的比较研究不仅能促进兄弟民族之间的相互了解，而且可以总结出各种民族文学的特色及其相互影响、融合而仍保持其独立完整的规律。”[4]

二

关于跨学科比较的观念，是从比较文学的新进展中吸取而来的。亨利·雷马克在比较文学定义中所讲的“研究文学和其他知识和信仰领域之间的关系，包括艺术（如绘画、雕刻、建筑、音乐）、哲学、历史、社会科学（如政治、经济、社会学）、自然科学、宗教等等”，对比较故事学而言也是适用的。就民间故事而言，作为人民大众世世代代集体创造与传承的一种口头叙事文学，和民间文化的其他领域，如民间艺术、民间科技、民间习俗、民间宗教信仰等的关系十分密切，进行比较研究有着广阔的天地。事实上已有许多国内外学人做过这方面的研究。人类学者英国麦荀劳克所著《小说的童年》一书，即以“民间故事之民俗学的解释”作为基本内容，如认为童话故事里的国王系原始时代氏族或部落首领形象的投影，求婚难题情节为考验婚的遗留，幼子幼女最幸运的情节是季子继承制的反映，人兽婚和友谊的兽的神奇幻想，源于初民的动物崇拜和图腾崇拜心理，等等[5]。关于民间故事和宗教的关系，联系佛教来研究印度故事及其在世界范围的传播，联系道教来研究中国民间故事传说的民族文化特色等，近几年在我国也出现了不少引人注目的成果。但一般学人都不把这类研究视作“跨学科的比较研究”。在笔者的阅读范围内，只有阿兰·邓迪斯在 1963 年发表的《北美印第安民间故事的结构形态学》一文中，提到在民俗文化范围内进行“跨种类比较”问题，他尝试将一则表现禁令违禁内容的民间故事的母题序列结构和迷信结构之间的相似性作了有意义的比较，认为借助对故事的结构形态分析，进行跨种类民俗比较是可行的[6]。他的论析对我们颇有启发性。

当前，我们应当在对民间故事作跨学科比较方面进行新的开拓。这就不能停留在只是对民间故事的某些传统形象和情节作民俗学、宗教学解释的水平上——虽然这种解释也是必要的，而要有意识地以比较的观念和方法让两方面互相参照，彼此阐发，现出新的意蕴。近年发表的万建中的《中国民间故事中的禁忌主题与禁忌民俗之关系》[7]，在这方面作出了可贵的探索。民俗中的禁忌主题或母题，常常通过故事叙述来表现，这是国内外民俗学家和故事学家早已观察到的事实。此文特点就在于它尝试将禁忌主题在故事中的表现区分为三种情况：（1）完全式禁忌主题。故事中所表现的禁忌习俗尚存在民间，故事将有关禁忌习俗形象化，给禁忌的实施提供了活生生的例证，加重了人们在一定的时间场合对禁忌的恐惧心理，促进了相关习俗的流布。（2）非完全式禁忌主题。

故事内的禁忌主题是对远古禁忌观念和禁忌民俗的再现（如图腾崇拜），它具有深层的文化内涵，但在民间早已不存在相同的禁忌事象。（3）故事外的禁忌主题。先有故事，然后在民间产生有关的禁忌习俗。

这一论析不仅揭示了禁忌民俗怎样转化为民间故事中的相关主题，还可以看出口头故事在民间文化的历史与现实演进中的功能，有助于人们理解它的文化价值。显然，这一研究比过去只是简单说明有关情节是某一民俗事象的表现跨进了一大步。

又如中国道教信仰张天师，民间也流行许多关于张天师的故事传说，把两者加以比较，也是很有意义的学术课题。张天师的原型是道教创始人张道陵。以张天师为正面形象，颂扬他降妖驱鬼为民造福的故事，和民众的信仰是一致的。但也有不少故事是贬斥张天师的，如讲他和害人的狐狸精相勾结——狐狸精作祟，张天师上门捉妖，两人勾结起来演双簧，使得天师府香火旺盛；或者讲他使法术捉拿一位真心爱恋书生的鲤鱼精，扼杀了青年男女的纯真爱情，这又和道教信仰相背离了。为什么会出现这种情况？这并不是由另一宗教派别对张天师的攻击所造成的，而是由于随着道教信仰的衰落，民众心态的转变，民间故事逐渐摆脱宗教观念的局限，通过改造宗教故事的内容和角色，表达非宗教性和反宗教性主题的结果。上述后两类作品，其实际内容并不是在作宗教批判，而是象征引申借题发挥，借张天师和狐狸精互相勾结，嘲讽旧时代的官家勾结盗匪贼喊捉贼的丑剧。当人们转变爱情婚姻观念，同情那些自己找寻意中人的女性精灵时，捉妖的张天师便成为维护封建礼教的反面角色遭人唾弃了。早期民间世俗艺术都不可避免地要接受宗教信仰的影响，后来世俗艺术逐渐摆脱宗教的影响，却并未和宗教文化一刀两断，而是旧瓶装新酒，化旧为新，以另一种方式和宗教相结合。

这样把跨学科研究应用于民间故事比较研究之中，我以为是有助于拓深拓宽比较故事学的境界，提高它的学术质量的。

三

比较故事学的研究不只是为了揭示跨文化体系的不同国家民族之间民间故事的类同与变异，也不只是为了找出民间故事和其他相关文化事象的区别与联系，它的目的在于从理论上阐明造成这些异同的历史文化根源，即探求民间故事在历时与共时的文化背景下产生、流传、演变的规律，揭示它特定的文化内涵与文化价值。为什么在相距遥远的时空之内，竟然在人们口头传诵着有着惊人类似之处的民间故事，比较故事学就是为了解开这一人类文化的奥秘而兴起的。

对比较故事学所探求的答案，众说纷纭，大体而言有三类学说。日本著名学者伊藤清司在 1991 年 5 月出版的《东亚的比较故事、传说学》中对此作过如下概括性的评述：

> 自故事、传说等民间文学的科学研究开始以来，已过了一个半世纪。关于故事、传说的发生、分布，迄今所倡学说，可大体分别为三类。其一为继承论，认为故事、传说发生于该民族集团所共有的精神的领域，即发生于神话与古老信仰。其二为移动论（传播论），认为故事、传说的梗概是超越空间而移动、传播的。其三为多元的发生论，认为类似的故事传说是从人类共通的灵感、精神的才智发生的。
>
> 关于民间故事、传说的产生与分布，在理论上，不外上述三者。然而，其中的某一说都非独具绝对性、优越性；各种观点在现实中都是具有可能性的。

以上三类学说，继承论也就是人们时常提到的自生论，认为各民族民间故事、传说是在本民族神话与古老信仰基础上各自独立生成的。至于跨国跨民族之间的类同性，则是出于巧合。神话学派、人类学派关于民间故事的理论可以归入这一类。

移动论、传播论的代表为流传学派和历史地理学派，它们在比较故事学中研究成果最为显著，影响也最为广泛。比较文学中的影响研究，与这派学说密切相关。认为类似的故事、传说系由人类共通的心智所创造的多元发生说，在我们介绍的结构主义和心理分析学说里得到了集中反映。比较文学中的平行研究，就是从这派理论出发的。

怎样评价这些学派和学说，我很赞同伊藤清司先生的意见，我在1985年发表的《多侧面扩展民间文学的比较研究》一文中也表达过类似的意思："一些外国学派的理论与方法，当它用之于某些局部现象的比较研究时，所作出的结论常常是正确的，因而这些学派得以立足。可是他们往往把自己的理论和方法，当做绝对真理，套用于一切民间文艺现象之上，就不免碰壁了。"这些学说各有其合理性，也各有其局限性。但在具体问题的研究上，其是非功过又有差异，不能一概而论。例如文化的平行多元发生学说，的确适用于广泛的人类文化领域，可是流传学派关于印度故事向全世界扩散以及历史地理学派关于一系列故事的生活史的研究成果却又是有充分依据而无法推倒的。国外学人关于采取多角度方法研究故事、传说的时期已经到来的论断，反映出一种多学科、多种理论方法互相渗透交叉的新学术潮流的形成。我们应主动适应这一潮流，吸取多种理论方法的合理成分，推进中国比较故事学的发展。

比较故事学现有的引人注目的理论成果多为历史地理学派围绕民间故事生活史的研究所取得的。这派学者认为，民间故事的表面形态似乎杂乱无章，其实它的发生与传播、演变都有一定的规律可以探寻。他们的主要工作是追寻一个又一个故事类型的原型与生活史，并将这些成果扩充为编撰某些地区和世界性的类型索引。其理论成果概括地说来，主要是剖析故事自身形态的不变与可变部分之间的关系，寻求故事演变的历史烙印、故事传播的地理踪迹以及这些历史地理要素同故事生活史的联系。

我们要积极吸取历史地理学派从事跨国跨民族民间故事比较研究的

理论和方法的有益成果，这是毫无疑义的；由于他们追寻故事生活史的具体方法过于繁难，我们可以有重点地研究一些故事的来龙去脉，顾颉刚先生对孟姜女传说的研究就极有价值。

除历史地理学派和我们前面评述的其他学派之外，还有一些学派和学者，他们并不着重研究民间故事，却是以更宽广的人类历史文化演进的视野来考察民间故事和其他民间文艺形式的文化内涵与价值，其理论与方法对我们从事比较故事学研究也是具有启发意义的。

美国文化历史学派的代表人物弗朗兹·博厄斯（1858—1942）著有《原始艺术》[8] 一书，依据他对北美、南美印第安人和其他民族的历史文化进行实地考察的结果，对包括民间故事在内的各种原始艺术的基本特性作了深入的分析研究。他的理论与方法的要点是：撇开过去文化人类学家所归纳的关于人类文化发展共同点的种种说法，认为“任何一个民族的文化只能理解为历史的产物，其特性决定于各民族的社会环境和地理环境，也决定于这个民族如何发展自己的文化材料，无论这种文化是外来的还是本民族自己创造的”。在论及民间故事时他特别指出了这些故事同本民族现实生活、历史文化之间的内在联系，认为故事的内容常常是“印第安人生活中最关心的事情”，那些与古代文化传统相关的故事，随着社会生活的变化，不断补充发展内容，结构也趋于复杂、新颖。特别是他看到了那些具有古老渊源的民间故事的含义也在随历史的发展而有所改变，更属独具慧眼。

博厄斯的理论虽有“文化相对论”，即存在完全否认人类文化发展的普遍规律性的偏颇，但他以尊重这些长时期被欧洲文明所歧视的原始民族的文化艺术的严肃态度，密切联系这些民族的历史文化与实际生活来考察民间故事的文化内涵及其社会功能，在此基础上同欧洲故事作比较，其论断却是有相当说服力的。笔者是在《原始艺术》的中译本于1989 年问世后才读到此书的，研读时发现其中论析民间故事的方法与我多年研究中国民间故事的方法竟有不谋而合之处。

还有苏联著名学者维克多·马克西莫维奇·日尔蒙斯基（1891—1971）在比较文学中所倡导的“历史比较研究法”，也值得我们重视。1979年由列宁格勒科学出版社出版的《比较文学研究》是其代表性论著。关于历史比较研究法的基本原则，见于下面这段话里：

人类的社会历史发展的共同过程具有一致性和规律性的思想，是历史比较地研究各民族文学的基本前提，而这一共同过程决定着作为意识形态的上层建筑的文学或者艺术的合乎规律的发展。正像由生产力和生产关系的类似状况决定的封建时代的社会政治关系，在欧洲最西部（尽管它有某些地域性的区别）与在中亚细亚（封建土地所有制，手工业作坊等方面的发展）就显露出类型学的类似特征；同样，在意识形态领域——艺术，其中包括作为对现实的形象认识的文学，在不同民族的社会发展同一阶段上，会出现大量的类似或者吻合。它们在文学中出现的情况比一般想象的更为多；而且它们还是在文学之间产生相互影响的前提。同时，正像在社会生活的其他方面一样，它们不可避免地会带来重要的、更具个别性的差异，这些差异由历史过程的地域性特点和由这些特点造成的民族的、历史的独特性所引起。对这些特点的比较研究之所以重要，是因为可以确定在社会制约中文学发展的共同规律，同时确定作为比较对象的各种文学的民族特性。[9]

这一学说认为人类社会发展过程的一致性和规律性会在文学艺术中造成“历史类型学的类似”这种“历史类型的比较”，应当在对于包括民间故事在内的文学艺术现象进行比较研究中占据主导地位。就民间故事而言，日尔蒙斯基并不否认“母题”和“类型”研究的价值，而是强调揭示将母题组合成情节类型的内在逻辑，这种内在逻辑是各民族现实生活和人们意识特点的反映。各国民间文学之间的相互影响是毋庸置疑的，“社会发展的相似决定了类型的相似，这种相似的存在并未取消民间文学领域的国际相互影响，恰恰相反，社会环境的相似是类似的相互影响的前提条件”。日尔蒙斯基特别强调在比较研究中应充分揭示各族民间文学的民族特点，他对历史地理学派在故事研究中构拟原型的做法表示异议之后说：

这种流传本身很难或者说不可能恢复最初的“原型”。一种民间文学作品（故事，叙事诗等），不同民族的异文具有特殊的意义。在一般的口头传统中，任何一种这样的异文都有本民族的人物，这人物反映了现存的社会结构、历史、心理状态，反映了创造历史的人民的社会理想以及艺术作品的民族特点。比较作为一种研究方法，使我们有可能更深刻地、历史地、言之有据地解释这种民族特点。[10]

日尔蒙斯基在他的论著中，对历史地理学派比较故事学的研究成果和方法有估计偏低之处。他不赞同夸大民间故事的国际影响，强调要尊重各民族的文化创造能力，联系社会发展的历史类型学的平行类似来考察文学艺术现象的类似和相互影响问题，却是经得起时间考验的正确论断。在这里，它反映了马克思主义历史唯物论文化观的基本思想，也是中国学者所感到亲切的。例如中国民间故事深受伴随佛教文化而来的印度故事的影响，其中尤以那些表现弱者怎样以自己的智慧和团结来战胜强敌的故事最为中国各族人民所喜爱，并在口头传诵过程中加以改造，“蜕化为国有”，进入了中国民间故事宝库，以致不作深入考究，很难看出它们的外来痕迹。这一事实清楚地表明了中国各族人民在民间故事领域的创造能力。而这些故事传播和影响能达到如此广泛深入的地步，正如季羡林先生所揭示的，由于创造故事的基本上是印度奴隶社会和封建社会里被压迫的人民大众[11]，这样，处于大体类似的社会历史条件下的中国各族人民，对这些故事自然就倍感亲切，深深为之吸引，并很快将它们消化吸收，化为中国民间故事的一部分了。

总之，比较故事学不能停留在对民间故事外部形态异同之比较上，也不能把故事作为一个封闭系统来考察它的流传演变情况，而应该由表及里，研究它同使之产生和得以生根的社会历史背景的关联，将它置于一定的文化系统中把握它的文化内涵，理解它的文化价值。

注释：

[1]［美］亨利·雷马克：《比较文学的定义和功用》，见《比较文学译文集》，北京大学出版社1982年版，第1页。

[2] 陈惇、刘象愚：《比较文学概论》，北京师范大学出版社1988年版，第19页。

[3] 季羡林：《比较文学与民间文学》，北京大学出版社1991年版，第324页。

[4] 乐黛云：《比较文学原理》，湖南文艺出版社1988年版。

[5]［英］麦苟劳克：《小说的童年》，见赵景深《民间文学丛谈》下卷，湖南文艺出版社1982年版。

[6]《世界民俗学》，陈建宪等译，上海文艺出版社1990年版。

[7] 译文载《民间文学论坛》1991年第5期。

[8]［美］弗郎兹·博厄斯：《原始艺术》，金辉译，上海文艺出版社1989年版。

[9]［苏］日尔蒙斯基：《对文学进行历史比较的问题》，见《比较文学研究译文集》，上海译文出版社1985年版，第285页。

[10]［苏］日尔蒙斯基：《民间文学的比较历史研究》，译文载《民间文学参考资料》第一集，北京师范大学民间文学教研室1982年编印。

[11] 季羡林：《比较文学与民间文学》，北京大学出版社1991年版，第117页。

论中国民间故事史的建构*

由 56 个兄弟民族组成的我们这个伟大民族，在古老深厚的文化沃土上孕育出丰富多彩的民间故事。1966 年之前，我国积累的民间故事书面资料就已达到 10 多万篇。80 年代以来，在中央文化部统一筹划下，为编纂出版十大民族文艺集成和志书，开展了大规模采录民间文学的活动，采录到各族民间故事 183 万余篇。地方的故事资料本纷纷问世，湖北地区近几年编印的故事集就有 140 多种。精心编纂的故事集成国家卷（每省一巨册）也开始正式出版。在这种情势下，对中国民间故事进行宏观研究，编著一部故事史，就显得更为迫切了。

在民众口头讲述故事的传统文化生活中，孕育出后世的各类叙事文学。故事既以它通俗生动的形式满足着广大民众的娱乐与教育的需要，又概括反映出各个民族乃至全人类共通的深层心理。中国从古代到近现代的作家文学史（包括作家文学中的各类体裁史）已有多种著述问世，民间文学方面的神话史，也有了袁珂先生的开创之作，而故事史尚无人问津。在这个处女地上进行垦拓，既有助于全面认识我国的叙事文学传统，也有助于系统清理我国的民间文化宝藏，给偏重上层文化的文化史家以宝贵启示。研究和编撰中国民间故事史是笔者多年的意愿，现在这个项目在中华社科基金的资助下已经启动，令人无比欣慰和振奋。

---

* 本文为《中国民间故事史》一书绪论，原载《华中师范大学学报》1994 年第 2 期，后全文载入《人大报刊复印资料——中国古代、近代文学研究》1994 年第 5 期。

故事史的研究对象与民间故事的多重形态

一般文学史的研究对象主要是作家及其作品，属于书面语言艺术范畴。民间故事史的研究对象属于口头语言艺术范畴。苏联一位著名美学家曾经指出：“初看起来书面文学和口头文学之间的区别显得如此微不足道，以至对它们确定语言艺术的两种样式的合理性产生怀疑。不过，更专门的考察表明，这些区别极其深刻，而我们通常未能作出应有的评价。”“这些区别既涉及文学创作过程，又涉及所创作的艺术作品的结构，也涉及这些作品的审美知觉的性质，以及这些作品在人类文化生活中的交际作用。”[1] 民间故事是由民众以自发方式世世代代口耳相传的口头叙事散文，其本来的或原初的形态是口头文学。我们把这类口述故事称为故事的原生态。

可是历史上的原生态故事早已灰飞烟灭，无法复原了。我们能够见到的故事材料都是由文化人记录下来，用文字整理写定，以书面形式留存至今的。它们是民间故事的转化或再生形态。它们忠实于原作的程度不一，如基本上保持了原作的风貌，仍可作为民间故事看待；如取其一点加以生发或改头换面另行制作，那就应归属于和民间故事只有某种联系的作家文学之列来看待了。再生形态的故事又有古代与现代之别。这里举见于晋人郭璞《玄中记》和干宝《搜神记》中的《毛衣女》为例：

> 豫章新喻县男子，见田中有六七女，皆衣毛衣。不知是鸟。匍匐往，得其一女所解毛衣，取藏之。即往就诸鸟。诸鸟各飞去，一鸟独不得去，男子取以为妇，生三女。其母后使女问父，知衣在积稻下，得衣，衣而飞去。后复以迎三女，女亦得飞去。[2]

这里记述的是一个在世界上流行甚广的“天鹅处女”型的童话故事（亦称幻想故事）。讲一农民在稻田中见到六七位披着羽毛衣的天女，他偷走了其中一位脱下的羽衣藏起来，这位天女无法展翅升空，只好做了他的妻子，后来还生下三个女儿。有一天妈妈叫女儿从父亲那里打听到羽毛衣藏在稻垛下面，便穿上羽毛衣飞返故乡了。随后将三个女儿也带回娘家。将故事文本形态以及《玄中记》《搜神记》成书情况进行考察，可以断定《毛衣女》并非作家个人创作，而是用当时流行的简古文笔记述了一则口头流行的民间故事的梗概。豫章新喻县即今江西新余，为故事流传的中心地区。联系这两位晋代作家的生平，可以看出这个故事早在公元3世纪时就已传诵于世了。这样，它在我们故事史所论析的早期作品中就占有了重要位置。不予鉴别区分，把古典文献中所有叙述故事的文字都作为民间故事看待，势必混淆研究对象，使民间故事史失去它独有的学术价值。反之，像某些西方民俗学家那样将前人用文字记述的民间故事材料一律简单地排除于民间文学之外，完全否定它的民间文化史价值，也是不可取的极端之见。

我们拟从中国三大系列古籍中搜寻民间故事，作为建构民间故事史的基础。这三大系列古籍就是：历代笔记小说，集大成者如《笔记小说大观》，道教的《道藏》，以及佛教的《大藏经》。

中国历代笔记小说数量众多，仅《笔记小说大观》一书所汇编的就有217种，未收录的还有许多。就笔者通读所得印象，在下列著作中含有丰富的故事资料，它们是：《列异传》《玄中记》《搜神记》《搜神后记》《异苑》《述异记》《酉阳杂俎》《宣室志》《夷坚志》《耳谈》《子不语》《坚瓠集》《咫闻录》《里乘》等。清同治十三年（1874年）的一位文人许叔平（兰茗馆主人）在《里乘》自序中写道：

> 农功之暇，二三野老，晚饭杯酒，暑则豆棚瓜架，寒则地炉活火，促膝言欢，论今评古，穷原究委，影响傅会，邪正善恶，是非曲直，居然凿凿可据。一时妇孺环听，忽不自知其手舞足蹈。言者有褒有贬，闻者忽喜忽怒。事之有无，姑不具论。而借此以寓劝惩，谁曰不宜。余一介腐儒，幼习畎亩，喜听爨弄。又爱听野老丛谈，择其事之近是者，编为《里乘》一书。[3]

作者生动地描述了乡间野老讲述民间故事的情景和故事的社会功能，说明自己记录野老丛谈，编撰这部笔记小说的旨趣。由此可以明显看出，这些作品的文本具有不同于纯粹出于作家个人书面创作的特征，可以视为再生形态的民间故事，进入故事史的研究视野。

历代笔记小说的作者大都秉持儒家立场，有些兼有道家思想。中国思想文化运行的轨迹先是儒、佛、道三教鼎立，宋以后逐步走向三教合流。在集佛教、道教文化之大成的《大藏经》和《道藏》中，也载有不少民间故事材料。一般宗教都有面向大众的特点，各种样式的民间口头故事传说，生动活泼，深得群众喜爱，所有著名的宗教家都乐于利用。佛祖释迦牟尼就是一个讲故事的能手，常用讲故事的办法来讲经说法，因此佛经中包含着大量的民间故事材料。法国汉学家沙畹，曾辑成《佛经中五百故事》一书。我国从 20 世纪 50 年代出版常任侠的《佛经文学故事选》开始，已有好几种同类书问世，选录故事近 200 篇。特别值得提起的是公元 5 世纪南朝梁武帝时代僧旻、宝唱等辑录改写了佛经中 699 则故事传说，编成《经律异相》[4] 一书，在僧俗间广为流传，其中的许多故事，至今仍被编入《佛教故事选集》一类宗教文化通俗读物之中，在各地畅销。这些含有许多印度民间故事在内的佛经故事通过汉译传入中国，构成一次大规模的中印故事交流，促成中国民间故事风格的大转变，还有不少作品直接演化成中国民间故事。这一事实应构成为中国民间故事史的重要篇章。

道教是在佛教的刺激下兴起的民族宗教。在道教历史上虽然没有发现类似佛祖借故事讲经布道的事迹，可是从另外一些方面来考察，它同民间故事传说的关系实际上更为密切。我曾著有《道教与中国民间文学》[5] 一书，对此作过一番系统清理。由于道教学说具有神秘主义的特点，它的兴起，就曾从古代民间口头故事中吸取原始宗教信仰材料。道教信仰体系形成后，又常借中国民众喜闻乐见的故事传说样式予以形象的体现和进行通俗的宣传。道教以得道成仙、长生不死作为修炼的最高境界，纳入《道藏》的各种神仙传中描绘的神仙形象，成为道徒崇拜的偶像。而那些神仙事迹，大都是借用民间幻想故事的素材和艺术手法虚构而来的，如关于道教创始人张道陵“七试赵升”的传说，就脱胎于民间“解难题型”的流行故事。道教崇拜的神医孙思邈，传说其医术来自他因救护一条白蛇（龙子）而获得了一卷海上仙方。其实这不过是一则以“动物报恩型”流行故事为基础虚构的传说。道教吸收民间口头故事材料，民间故事又受到道教影响，形成了“你中有我、我中有你”，互相渗透融合的态势，由此显现出中国道教文化和民间文学的一大特色。这样，从《道藏》中搜寻清理有关材料，揭示道教文化与民间故事的特殊关系，自然也是建构《中国民间故事史》应予解决的课题。

民间故事大都是世代传承之作，但故事领域新的口头创作活动并没有止息。我们把新中国成立以来新产生的故事视为民间故事的新生形态。以上海地区为主推行的新故事活动，持续多年，成果丰厚，影响巨大。新故事的情况颇为复杂，既有个人书面创作的故事，也有来自群众口头而后经书面加工整理的故事，还有由书面创作转入口头流传的故事。第一类显然属于作家创作的通俗文学作品，另两类可以视为传统民间故事在社会主义时代的新发展。这类作品尽管数量不多，却是一种新的文学现象，民间故事史应对它的兴起、发展和未来走向给予必要的评述。

从微观到宏观：故事“生活史”的追寻

中国文学史包括民间文学史的写法，一般都是将有关作家作品分别列入不同历史时期作纵向考察，联系所处社会背景评析作品的思想与艺术成就，从而展现不同时代的文学风貌，揭示文学发展的脉络。这类研究与写作文学史的方法及其成就高下不等，难以一概而论。我们建构民间故事史，依据研究对象系口头叙事传承作品的特殊性质，拟在大体保持纵向考察格局的同时，引入世界故事学的新方法，开拓故事研究的新局面。这些方法的要点可以概述如下：

1.“母题”和“类型”研究

我们知道，口头讲述世代相传的民间故事有一个特异之处，就是同一故事在众口传诵的过程中，会自发地演变出大同小异的多种说法，这许多种说法能够在极广大的时间与空间背景下传播生根。故事学家把这些相类同的故事，归入同一“类型”之中。对那些小有差异的不同讲法，则称之为“异文”。越是引人入胜、众人喜爱的故事，它的异文也越多。如人们熟悉的《灰姑娘》《蛇郎》《找幸福》等著名故事，在世界各地记录成文的异文就达到几百篇之多，成为一个个覆盖广大地域的“故事圈”。这些故事包含一个或几个“母题”（motif）。“母题”是比较文学中常用的一个概念，指贯穿于同类型作品中的共同的稳定的因素，它可以是某种思想观念、形象或者意象，在民间故事中则常以程式化情节体现出来，如“寻宝物”“解难题”“人兽婚”“动物报恩”等。由于“母题”这个汉译名称容易产生歧义，任教于台湾中国文化大学的金荣华教授在撰述《六朝志怪小说情节单元分类索引》[6]一书时，便大胆提出，将故事中“母题”的译名改为“情节单元”，为我国众多民间文艺学家所认可。“情节单元”既是贯通许多故事的共同情节，又是作品中难以再分割的最小叙事单位。简单的故事可以只有一个情节单元，复杂的故事则由若干情节单元构成。情节单元及其组合状况相类似的故事，便属于同一类型。一个多世纪以来，国外故事学家耗尽心力，将各国数量众多的民间故事材料立型归类，编撰成“故事类型索引”这样的学术著作，如同自然科学中的“动物志”“植物志”一样，成为对本学科浩繁的研究对象进行宏观考察的基础性研究成果。国际上以阿尔奈和汤普森两位学者编撰的《民间故事类型索引》最为著名，其分类法简称 AT 分类法。美籍华人学者丁乃通付出十年心血，将 7340 篇故事分别归入

843个类型之中，于1978年出版《中国民间故事类型索引》，在国际学术界得到广泛使用。中国民间故事的类型如归纳完全，自然不止800多个。最近我国著名民间文艺学家钟敬文教授和笔者讨论这一问题时说，只要归纳出200个主要类型，就可以窥见中国故事的基本风貌了。从“情节单元”（母题）和“类型”入手，已是国际学人研究民间故事的基本方法。《简明不列颠百科全书》在“民间故事”条目中，就特别指明：“在各种类型的民间故事里，都有母题（如受人喜爱的动物、介壳、死者的还魂）和情节梗概（类型）两部分。”它对我们处理数量巨大的故事素材，对民间故事作综合性、概括性的评述以展现故事史的风貌，具有十分重要的作用。

2. 故事文化意蕴的发掘

民间故事既是一种口头叙事散文，又是民间文化的重要载体，正如一位著名文化人类学家所指出的，民间故事“不论在原始或发达的文化中，往往都是艺术和知识的混合物”[7]。那些在广大区域之内世代相传的故事，往往积淀着巨大时空背景下的多种文化因子，含蓄着深厚的文化意蕴。文化人类学家十分注重民间故事研究，积累了不少有益成果。那种把民间故事简单地等同于一般叙事作品，以浮浅地评析作品的主题思想、人物形象和艺术表现形式为模式的研究方法显然已经过时。我们将努力在马克思主义历史唯物论的指导下，扩大文化视野，吸取文化人类学的有益方法及成果，充分发掘民间故事的文化意蕴，赋予故事史以民族民间文化史的特征。以我们上文列举的见于《搜神记》的《毛衣女》为例，用现代人的文学眼光，对它的神奇幻想情节很难作出合理的解析。吸取文化人类学成果及方法进行探讨，就可由表及里窥知这类故事的深层意蕴了。它是人类社会由母权制向父权制过渡这一特定历史时期婚姻关系的曲折反映。远方飞来的雀女，象征以飞鸟为图腾（族徽）的远方部落的女子下嫁本地男子。雀女失去羽衣被迫成为那个男子的配偶，表明了这种婚姻的强制性。当她找到羽衣，获得行动自由之后，又飞返家乡，隐含着女性对远嫁男方这种婚姻形式的抗拒。人类处在母系氏族社会阶段时，不稳定的婚姻关系以女性为中心，我国云南个别少数民族地区，至今还保留着这种奇特的“阿注婚”。后来进入父系氏族社会，婚姻关系相应地转变为男人娶妻，女方从夫居，以男子为中心建立家庭。这种转变对女性来说带有相当强制性，便产生了抗拒心理。我国东南和西南许多少数民族，直至现代，仍保留着在婚后几年内长住娘家“不落夫家”的习俗，便是远古婚姻习俗的遗存。在《搜神记》所载《毛衣女》中，很难用后世男女之间的爱情纠葛来解释两性结合与离异的情节，后来这一被称为“天鹅处女”类型的故事随人类文明的发展而不断演进，才把青年男女对爱情的共同追求与相互忠诚充实到古老的故事框架中去，获得新的文化内涵与艺术生命[8]。

对民间故事的这种文化解析，不仅有助于人们真正理解民间故事独特的内容和表现形式，也将提高民间故事史的文化价值。

3. 追索故事生活史的历史地理比较研究

20世纪初，芬兰学者在研究本民族和世界民间文学作品的过程中，兴起一个学派——芬兰学派或历史地理学派，摸索出一套研究民间故事的特殊方法。这个学派的代表人物汤普森在《世界民间故事分类学》一书里就这一方法的要点写道：

> 一个研究者使用这种方法所力求达到的最根本方法，莫过于完全弄清某一特定故事的生活史。他希望通过分析不同异文，研究有关的历史和地理因素，运用一些众所周知的关于口头传播的事实，找到该故事原型的某些东西，并能较合理地解释该故事在依次产生所有不同异文时所发生的变化。这种研究还将指出它的原型产生的时间、地点以及它发生变化的原因。
>
> 当民俗学家在找出故事生活史的所有事实上作出了最大努力

后，他的成果就给心理学家、社会学家和人类学家提供了基础。[9]

这一学派研究故事的具体方法大体是：首先尽可能地搜集特定故事的各种异文；再从这些异文中提取作为最小叙述要素的情节单元，按情节单元的类同情况解析归纳出各种亚型；然后进行细致的比较分析，从纵向的历史演变过程中构拟出故事原型，从横向的地理流布途径中追寻故事的发祥地；在此基础上回头考察各种变文，了解这一故事在不同时间空间背景下的演变情况，从而勾勒出它完整的生活史，同时也给有关异文的文化内涵与价值作出相应的评判。用这种方法作出的有价值的成果，国际上已有几十个。丁乃通立足于中国民间故事，按它的基本要求就“蛇女”“灰姑娘”“人生如梦”和“云中落绣鞋”四个故事类型分别撰写的长篇论文，深得学术界赞赏[10]。

历史地理学派这种研究故事的方法并非尽善尽美，它属于比较文学中的影响研究，往往忽视了人类文化中更为常见的平行发展的事实。它对故事异文数量和忠实性的要求十分严格，解析方法过于琐细，运用起来有着很大局限性。然而把握其要领，根据所得材料进行灵活运用，是可以借助它来勾勒一些著名故事的生活史，由微观到宏观，展现中国民间故事史的生动面貌，使人获得耳目一新的感受的。

中国民间故事史轮廓扫描

在现行的各种民族文学史中，均涉及故事。它们的基本写法是，将这些民族的文学发展过程大略划分为远古、古代、近现代三个历史时期，再按历史阶段分别评述几种主要民间文学体裁和重要作家作品。为上述格局和研究成果所限，在这些文学史中，很难看出民间故事史的清晰脉络。

1992年底，集中体现我国故事学最新成果的《中国民间故事集成》开始出版，首卷为吉林卷。卷首的《中国民间故事集成》总序，以精当的语言，不仅揭示了中国民间故事的特点及其多重文化价值，也就中国民间故事的历史发展阶段问题，提出了一个初步设想：

在这个漫长的历史过程中，民间故事口头讲述和流传的许多具体情况今天很难追寻，但在长期历史过程中也保存了有关这方面的许多文字记载和其他资料，这些资料反映了各种民间故事的基本内容和某些形式特点，因而，我们就有可能根据这些资料，对中国民间故事源远流长的发展作一些简略的推测性的追溯。为了叙述的方便，下面把中国民间故事整个历史发展，区分为“古代”和“近现代”两大时期（即大体上以 1840 年鸦片战争为界，此前统划为“古代”，此后划为“近现代”）。对于“古代”时期民间故事的发展，又大致分两个阶段。从远古至唐代，是古代各种民间故事产生发展，众多体裁逐渐齐备的历史阶段。唐宋至清代中期，是古代各族民间故事进一步繁荣发展的历史阶段。[11]

这一追溯对我们建构故事史有着宝贵启示。因编纂中国民间故事集成所使用的“民间故事”概念是广义的，它包含神话、传说在内，因而“总序”对史的追溯也偏重于神话、传说方面。而神话学、神话史，传说学、传说史，现已另立门户，我们所建构的民间故事史，限于狭义的“民间故事”，对它们作历史的追溯，就须另下一番功夫进行系统清理。我们拟采取纵横交错的结构方式来展现中国民间故事史的风貌。在纵向历史叙述方面，拟分作下列几个阶段：

1. 中国民间故事的起源。就中国情况论述神话、传说和故事三种体裁的联系及其分野。

2. 先秦寓言的民间文学渊源。先秦寓言被认为是中国寓言文学发展的一个黄金时期。散见于诸子著作中的寓言自然并不就是民间寓言，但确有一部分作品是由民间故事特别是民间口头流行的动物故事（如《狐假虎威》）转化而来，值得和希腊、印度的古代寓言相比较，给予评述。

3. 魏晋"志怪"故事与"志人"故事及其影响。中国的叙事文学分为"志怪"与"志人"两个传统和历史线索。《搜神记》中有大量来自民间的志怪故事，它们和后世民间口头流行的各种神奇幻想故事一脉相承。"志人"小说的代表作为《世说新语》，但它主要从文人视角记述文人言行，和民间故事渊源不深，而邯郸淳的《笑林》，作为我国最早的一部笑话集，则大体是集录民间笑话而成，它代表了民间口头叙事中"志人"之作向喜剧性小品倾斜的传统风格。

4. 唐代民间叙事艺术的大转变。在这个重要历史时期出现的传奇小说、变文故事和《酉阳杂俎》等笔记中，都可以发现许多当时民间流行的动人故事。由于受印度故事的刺激，中国民间故事兴起"有意造作"之风，大大增强了故事情节的生动性和完整性，使叙事艺术发生了一次巨大转变。我曾以《舜子变》的演变为例指出：

> 到唐代变文阶段，传说向故事化方面演变，人们懂得了有意识造作故事的技巧，便不受原传说的限制，于是增添人物，扩充故事，设置波澜，描摹情态，将作者于此时此地所感受到的人情世态，移入彼时彼地发生的故事之中。艺术思想的大解放带来了艺术风格的变化与进步，作品更生动传神，更富于生活气息与人情味，从而获得了引人入胜激起人们情绪共鸣的艺术魅力。[12]

中国一些著名故事的完整形态，如灰姑娘型的《叶限》，两兄弟型的《旁包》，螺女型的《白水素女》，天鹅处女型的《田章》，此时均已有了生动的书面记述。它们在中国以至世界故事史上占有重要的位置。

5. 宋元说话艺术的繁荣与民间故事。宋元说话艺术繁盛一时，它的特征是由职业艺人在城镇讲说故事。艺人说话并不都是民间故事，可是和民间故事的关系十分密切。一方面这些艺人吸取民间故事素材加以扩充改编，使一部分故事获得新的艺术生命；另一方面艺人的说书又反过来影响了民间故事；说书式的讲说故事此后便成为城乡故事讲述活动的一个重要类型，影响至今。

6. 明清时期民间故事的成熟与多样化发展。众多书面材料表明，中国民间故事在明清时期已完全走向成熟，各种题材、体裁、风格的故事获得了多样化的发展。现今从民间口头记录的丰饶优美的故事，大都定型或者形成于这一历史时期。故事对小说的影响（如《西游记》《聊斋志异》等），故事对其他通俗叙事文学如弹词、宝卷的渗透，也在这一时期空前有力地显示出来。

7. 20 世纪中国故事的采录与研究。民间故事具有很强的传承性，现今流行的故事，大都定型于上一时期。伴随 20 世纪英勇壮烈的人民革命斗争自发涌现的传说故事，新中国成立后经自觉倡导而开展的新故事活动，都是故事史的新篇章。但 20 世纪最伟大的事件是以现代人文科学的新观念、新方法对民间故事所作的采录与研究。从二三十年代《歌谣周刊》《民俗》的出版，五六十年代《民间文学》《故事会》的刊行，到八九十年代《中国民间故事集成》的编纂，成果不断扩大和深化，成为中国民间故事史上的辉煌篇章。

以上是对中国民间故事史历时性的纵向评述。由于民间故事作为民间文化的一个重要组成部分，其内容与形式是在广阔文化背景下融合多重文化要素所构成的，因此还须作共时性的横向剖析。除重视特定历史时期之内物质生产、社会制度、道德习俗和社会思潮对故事艺术的制约之外，还须特别注意和民间故事发展有着直接关联的几种文化事象和文学样式。

一是和宗教文化的关联。民众的世俗生活和宗教生活息息相关。我们不仅把佛经故事和道教故事作为中国民间故事史的研究对象，而且在其相互影响、彼此渗透的过程中来考察故事内容与形式的演变。宗教在向故事输入因果报应、成仙得道等观念的同时，又以超越时空的幻想扩充了故事的艺术世界。随着文明的进步，人们在扬弃宗教观念时，却以艺术匠心把那些染有宗教色彩的形象、意趣保留下来，赋予新的象征意味，其风格也从严肃的叙述趋向活泼诙谐。

二是和通俗文学的关联。过去有的学人曾不恰当地把民间文学列入通俗文学之中或将二者混同一体（如郑振铎著《中国俗文学史》），现在越来越多的学人主张把文学分为三个层次，即上层雅文学、中层通俗文学和下层民间口头文学。这三个层次是就它们的接受对象、表达方式（民间文学属于口头传承）、艺术风格之不同来区分的，至于艺术价值的高低，则须就具体作品另作评判。由文人和职业艺人制作的通俗叙事文学，以戏曲和宝卷在民间的影响最为深远，并和民间口头讲述的故事之间有着互相交流融合的亲密关系。戏曲和宝卷不断吸取民间故事素材予以改编再创作，扩大了民间故事在社会文化生活中的影响；许多民间故事家又从这些通俗叙事文学中吸收养分，提高自己的艺术表现力。山东一位著名故事家胡怀梅，就因平时爱听戏、爱听说书，她讲故事的语言风格便自成一体。

三是和小说艺术的关联。文学史家公认，小说艺术就起源于民众讲故事。就中国情况而论，唐人传奇、明清短篇和长篇小说都和民间故事有很密切的联系。试以《聊斋志异》的成书过程为例，据熟知蒲松龄著述情况的清人介绍，他曾在大路边摆设茶摊，搜集民众口头传说故事，再粉饰加工成小说。《聊斋志异》一书中的 400 多篇小说，直接或间接来自这种“道听途说”的素材达到 160 多篇[13]。

小说家吸取民间故事素材，是把民间文学的新鲜活泼血液注入作家文学，促使文学风貌发生一定程度的转变，这是一方面。同时中国的民间故事家大都有一定的文化，他们阅读这些通俗生动的作品之后，又进行自己的再创作，编出自己的“聊斋杈子”“西游外传”“反三国”等，并在小说的影响下改进提高民间故事的叙述技巧。明清小说和明清时期的口头故事实在有着难分难解之缘。

人类文化史或民族文化史都不是按线型模式而是在纵横交错的网络上演进的。民间故事史的建构自然也应该体现出这一特点，避免只是按史的演进罗列堆砌材料。

由于故事史的材料对一般学人来说既陌生，又零散（特别是古籍中的记载），写作故事史须力避空泛议论，而应以材料充实取胜，对那些著名的有较多异文的故事类型，尤应着力进行“生活史”的个案研究。这里试举被故事学家列为AT301型的“云中落绣鞋”为例：

它见于今本《搜神记》，原型为关于望夫冈的传说。本事又见于唐人所编《初学记》引《鄱阳志》，大约是唐以前地方志中记载的口头故事。全文如下：

> 鄱阳西有望夫冈。昔县人陈明，与梅氏为婚，未成而妖魅诈迎妇去。明诣卜者，决云：“行西北五十里求之。”明如言，见一大穴，深邃无底。以绳悬入，遂得其妇。乃令妇先出。而明所将邻人秦文，遂不取明。其妇乃自誓执志，登此冈首而望其夫，因以名焉。[14]

它讲的是一女子被妖怪掠入山洞之中，丈夫前往搭救，沿着悬空的绳子下到洞底，救得妻子先行出洞。可是同行的一个伙伴却将女人带走而把他扔在洞中不管。这女人忠贞不渝，总是望夫归来，构成一个激动人心的悲剧。后来它在民间继续流传，进入唐人笔下，成为《岩洞的故事》，生发出男人下洞杀死妖怪，救出女子后，接着又因救出洞中另一遭难精怪而得以出洞，终于同被救的女子圆满结合的情节。流传到明清时期，不仅《对山余墨》等笔记小说中有生动的记载，而且以“云中落绣鞋”（女主人被妖怪掠走，绣鞋从高空落下，成为搜寻妖怪的线索）的篇名，转换成各种艺术形式广泛流行于世，先后被改编成弹词《云中落绣鞋》，刻印成小说《云中落绣鞋全传》，改编成木鱼歌《井底结钗》，改编成戏曲《云中落绣鞋》（越剧）、《玉仙塔》（桂剧）、《黄恩负义》（闽剧）、《吕文龙》（莆仙戏）等。在民间口头，则多以《石义和王恩》的篇名流行不衰，各地异文多达数十篇。著名美籍华人学者丁乃通曾就这一故事在国内外的广泛影响写成一篇近8万字的论文《云中落绣鞋——中国及其邻国的301型故事群在世界传统中的意义》，文章告诉我们，这一故事早在13世纪即已传入西方，而且其生命力一直持续到现代，“其中一部在美国许多城市、估计同样在世界各地都可看到的西班牙电影，就是人们对这一主题兴趣不衰的证明”。又据人们回忆，毛泽东晚年就曾兴致勃勃地看过香港凤凰影业公司根据这个故事改编摄制的影片《云中落绣鞋》，并对其中一些人物的命运发表过与众不同的评论[15]。这个故事丰富的文化内涵、在世界传播的巨大影响和它在千余年漫长岁月里情节变异及转换成多种艺术样式的生活史，都是中国民间故事史的绝好内容。在纵横交错的宏观展示的同时，再汇入国内外学人对一些著名故事类型的微观研究成果，这样，中国民间故事史就会变得脉络分明，血肉丰满，从一个独有的侧面，给人们认识中国的民间文学宝藏和民间文化发展史以有益启示。

注释：

[1]［苏］莫·卡冈：《艺术形态学》，凌继尧、金亚娜译，生活·读书·新知三联书店1986年版，第343页。

[2] 干宝：《搜神记》，中华书局1979年新版，第175页。

[3]《笔记小说大观》第33册，江苏广陵古籍印行社1984年版，第205页。

[4] 僧旻、宝唱等撰集：《经律异相》，上海古籍出版社1988年版。

[5] 刘守华：《道教与中国民间文学》第11章，台北文津出版社1991年影印。

[6] 金荣华：《六朝志怪小说情节单元之分类索引》，中国文化大学中国文学研究所1984年版，序。

[7]［苏］马林诺夫斯基：《文化论》，费孝通等译，商务印书馆1946年版，第68页。

[8] 详见刘守华：《中国民间童话概说》，四川民族出版社1985年版，第252页。

[9]［美］汤普森：《民间故事的生活史》，陈建宪译，见《故事研究资料选》，湖北省民间文艺家协会1989年编印。

[10]［美］丁乃通：《中西叙事文学比较研究》，华中师范大学出版社1994

年版。

［11］见《中国民间故事集成·吉林卷》，中国文联出版公司 1992 年版。

［12］刘守华：《试论〈舜子变〉的演变》，见《第二届敦煌学国际研讨会论文集》，台北汉学研究中心 1991 年编印。

［13］汪玢玲：《蒲松龄与民间文学》，上海文艺出版社 1985 年版。

［14］徐坚等撰：《初学记》卷八，中华书局 1962 年版，第 188 页。

［15］郭金荣：《毛泽东的晚年生活》，教育科学出版社 1993 年版，第 162 页。

走向故事诗学[①]

在中国民间文学的学科史上，无论是1920年代《歌谣》周刊创刊之际或是1950年代中国民间文艺研究会成立之时，都申明这项事业有“文艺的”和“学术的”两个目的。延安文艺座谈会的召开，也延续了这种“双重的目的”。在其影响下，此后一个相当长的时期内，文艺界学习和重视民间文艺蔚成风气，并由此奠定了新中国成立以来的七十年里，在全国范围内推进民间文学事业的思想基础。中国民间文艺家协会作为新中国负责民间文艺工作的主体机构，工作方针是“全面搜集，重点整理，加强研究，大力推广”，看起来它是把“文艺的”与“学术的”这两个目的都包括在内，实际上还是着重于文艺方面，在学术研究上很难有大的作为。笔者在近六十年的学术生涯中，积极参与了中国民间文艺学的探索与建设工作，对学科发展中的故事诗学问题有较深入的感受，希望以自己的学术观察点为基础，尝试讨论故事诗学的几个问题。

一、中国民间文学的价值重申

立足于中国国情，充分认识中国民间文学的民族特质，是中国民间文学学科真正走向成熟的首要标志。例如，由于中国地域辽阔、历史悠久、民族众多，因而孕育生成的民间文学不论在生活内容还是在艺术表

① 原载《湖北大学学报》2020年第4期，又刊于《中国社会科学文摘》2020年第12期。

现上都格外丰富多彩；又如，民间文学的普遍形态本是口头传承，而中国丰厚的上层文化、繁复的中层通俗文化和扎根泥土的下层民间文化却保持着密切的互动关系，既相对独立又彼此融合，显得十分复杂纷繁；再如，民间文学主要是农业文明的产物，20 世纪初期和中期的中国社会，民间文学正保持着它最鲜活的姿态，散发出最旺盛的生命力，因而这期间采录得来，以《民间文学集成》为代表的这些作品特别光彩照人。尤其是民间文学中所饱含的下层民众要求挣脱黑暗、渴求光明的心声，正应和了一批民族精英立志改天换地的宏图大略，于是才有了五四时期北京大学征集歌谣、知识分子到民间去这些破天荒之举。关注民俗和民间文学，虽然是 20 世纪初叶随着西学东渐而兴起的，其根底却深深扎在中华大地的沃土之上。这同西方列强伴随殖民主义扩张而兴起民俗学之类学科实有天壤之别。这也就是中国民间文艺学很早就受到共产党人的青睐，以至于成为左翼文化一个侧面的历史机缘。笔者无意就此问题泛泛而谈，只想谈谈近期阅读刘锡诚先生《双重的文学——民间文学+作家文学》所得的一点感想。曾长期担任中共中央宣传部部长，后来又被推举为中国民间文艺家协会主席的周扬，既是著名的马克思主义文艺理论家，又是中国文艺战线的卓越领导人，堪称中国民间文艺学的主帅，刘锡诚撰写的长文《周扬与我国民间文学事业》，对他组织领导新中国民间文艺事业作了翔实而全面的回顾与评说。最引人注意的是此文引录了毛泽东 1939 年 11 月 7 日读到周扬刊登在延安《中国文化》杂志上的《对旧形式利用在文学上的一个看法》一文后所写的一封信，信中既肯定周扬此文“写得很好，必有大影响”，又对一些“不大妥当的”地方作了修改，进行讨论。毛泽东认为周文“有把古代中国与现代中国混同，把现代中国的旧因素与新因素混同之嫌”，他特别强调指出：

现在不宜于一般地说都市是新的而农村是旧的……所谓民主主义的内容，在中国，基本上即是农民斗争，即过去亦如此，一切殖民地半殖民地亦如此。现在的反日斗争实质上即是农民斗争。农民，基本上是民主主义的，即是说，革命的，他们的经济形式、生活形式、某些观念形态、风俗习惯之带着浓厚的封建残余，只是农民的一面，所以不必说农村社会都是老中国。在当前，新中国恰恰只剩下了农村。①

毛泽东的这封信，直到2002年才被收入《毛泽东文艺论集》正式发表。刘锡诚说，“毛泽东给周扬的这封信，对于理解周扬这篇文章的一些观点以及如何理解农民，都极为重要”；而作为标志，周扬的这篇文章“完全改变了他本人以及‘左联’朋友们曾经的贬低和忽视民间文学的偏见，同时也为两年后毛泽东《在延安文艺座谈会上的讲话》中对民间文艺的重视和提倡做了铺垫”②。可见在中国，民间文艺学的兴起，特别是20世纪40年代延安文艺座谈会之后，重视和提倡民间文艺学之风渐入文学主潮，新中国成立后又作为国家文化建设的一个重要侧面持续发展，是同共产党人重视乡村、重视农民的历史创造作用分不开的。我们不能只是简单地从西学东渐和少数学人对新学的探求来解释。笔者曾以《走向成熟，走向世界——中国民间文艺学百年历程》为题撰文，在1999年12月出版的加拿大华文学刊《文化中国》刊出，文章开头写道：

行将结束的20世纪，在中国历史上是一个风雷激荡、翻天覆地的历史时期。千百年来紧密伴随民众生活，真实记录他们历史足迹，直接书写他们爱憎苦乐与梦想追求的民间口头文学，也相应地备受文化界的关注，终于成为一门现代人文学科——民间文艺学，并获得了长足发展。从五四时期北京大学成立歌谣研究会，创办《歌谣周刊》，到90年代末规模宏大的民间文学三套集成陆续问世；从鲁迅称道众多的民间故事讲述人为“不识字的作家”，到毛泽东

① 龚育之：《首次发表的毛泽东致周扬的一封信》，《学习时报》2002年6月10日，第1版。
② 刘锡诚：《双重的文学——民间文学+作家文学》，百花洲文艺出版社2016年版，第54～55页。

亲自倡导采集民歌，向民间文艺学习以补益新文艺创作；从《故事会》这样的刊物每期发行几百万份，到一系列口头文学家的口述作品专集纷纷问世，享誉全国并走向世界，等等。诸多事例构成百年中国文化史上别开生面的崭新篇章。①

笔者个人从20世纪50年代起，投身于民间文艺学园地耕耘不息，也是从新中国诞生后在洪湖师范学校就读，被安排参加土地改革运动，搜求洪湖革命歌谣，由珍爱这一草根艺术的社会氛围所吸引而以之为业的。新中国诞生后，国家即组织成立了第一个半官方的群众文艺社团——中国民间文艺研究会，作为推进全国民间文艺事业的核心部门持续至今，尔后的少数民族地区民间文艺调查、民族民间文艺集成志书的编纂，一直到非物质文化遗产的保护等等，被誉为采录研究民间文艺的几个黄金季节接踵而至，所获成果蔚为壮观。不论是少数民族的多部史诗、被誉为“文化长城”的民族民间文艺十套集成志书，还是现今列入国家规划的中国民间文学大系出版工程，都是在国际上超群出众，值得引以为豪的文化珍品。而这些都是在共产党和人民政府的重视和推动下，作为新中国社会主义建设中的文化工程强劲实施所取得的。由于民间文艺“出身低微”，长时期受到上层封建文化的压制和社会的轻视，直到五四新文化运动浪潮汹涌，北京大学成立歌谣研究会和创办《歌谣周刊》，才使得民间文艺学进入新兴人文学科的殿堂，并且在新中国成立后获得长足发展。但民间文艺学受到漠视的境遇并未完全改变，至今在高校的学科目录中，它还没有获得独立位置，而是在“社会学”的二级学科中，以“民俗学（含民间文学）”这样的方式来处置，严重地影响了这门学科及民间文艺事业的发展，亟待引起有关方面的关注和解决。现已有人建议在“艺术学”门类中列入“民间文艺学”分支，或恢复20世纪80年代学科设置中将“民间文学”同“中国古代文学”“中

① 刘守华：《走向成熟，走向世界——中国民间文学研究百年历程》，《文化中国》1999年第4期。

国现代文学”并列的体制，笔者以为都是可取的。

由于民间口头文学及其采录研究活动在世界各国具有普同性，中国现代民间文艺学从五四时期发端之日起，就深受日本、苏联和欧美学界的影响，在一定程度上以同国际接轨为前进趋向，其间有利有弊。在建设中国特色社会主义现代经济文化大潮汹涌澎湃向前的今天，深入体察中国各民族创造传承的民间文学的特质和百年来中国几代学人奋力耕耘所取得的辉煌成就，无疑具有十分重要的意义。

二、“求好运”故事类型研究三十年追踪

笔者长期追踪研究“求好运”故事属 AT461 类型。笔者从 1979 年刊于《民间文学》杂志的《一组民间童话的比较研究》[①] 开始，直至 2012 年在《光明日报》[②] 发文讨论，先后公开发表了七八篇学术文章，已有三十余年历史。2016 年，北京大学东方文化研究院将笔者三十余载研究“求好运”故事汇集的中外学术论文和故事异文集《一个蕴含史诗魅力的中国民间故事》[③] 列入《东方文化集成》丛书出版，篇幅达六十多万字，为学界所关注。此书已有多篇书评刊出，特别是人民日报社主办的《环球人物》杂志记者龚新叶远程专访，写成《追故事的人》[④]，尤为引人注目。

经多年的研究，笔者认为，“求好运”故事“以高度概括的象征方式，集中表现人类在历史长河中由屈从命运到逐步主宰自己命运的心路历程。在世界民间故事海洋中，它的各种样式的单篇异文，并不特别耀人眼目；可是当把它作为一个覆盖地球上多数居民的故事圈来考察，就

① 刘守华：《一组民间童话的比较研究》，《民间文学》1979 年第 9 期。

② 刘守华：《一个蕴含史诗魅力的中国民间故事——“求好运”故事解析》，《光明日报》2012 年 2 月 27 日，第 15 版。

③ 刘守华：《一个蕴含史诗魅力的中国民间故事》，北京大学出版社 2016 年版。

④ 龚新叶：《追故事的人》，《环球人物》2016 年第 24 期。

显露出史诗般的宏伟特征”[①] 了。搜求中国故事异文 200 多篇（全文索引约 80 篇），把它们联结成为一个口头叙事作品整体来看，再联系中国大地为“求好运”而涌动的民工潮来深入体察它的文化意蕴，其史诗魅力与诗学价值得到显著昭彰。

关于“求好运”故事研究的大致情形，学界多从故事起源、流变、类型及文化内涵几个方面展开研究。笔者在此拟着重就这类以神奇幻想为突出标志，惯常被称为“民间童话”的叙事体裁的研究方法进行讨论，以求对提高中国故事学的诗学水平有所裨益。这一论题可从李丽丹的评论文章《刘守华与“故事诗学”评说——以 AT461 型故事研究为中心》说起。她认为，“AT461 型故事之研究方法的不断发展也代表了中国故事学的文本研究历经‘个案·对话·整体·诗学’的多重建构，逐渐形成故事诗学的研究范式”[②]。在这篇文章中，李丽丹多次引述刘锡诚先生的相关评说，特别强调以笔者为代表的中国民间故事研究“具有的‘故事诗学’的特征”，认为“民间文学是中国传统的‘文以载道’精神的体现，对民间文学进行诗学研究，应该是最基础也最重要的”；肯定笔者的研究方法“逐渐从单一到多元综合，不仅打破了对民间故事学的文艺学研究，也打破了西方来源和背景的类型学研究，在多重文化纵横交错的历史背景下审视中国民间故事的构成演进，揭示各族民间故事丰厚的文化内涵与多姿多彩的艺术特色，从而以自己独有而深入的学术成就推进了国际民间叙事研究”[③]。

这里，拟从故事诗学的角度，对“求好运”故事的认识再作几点必要的补充：

---

① 刘守华：《一个蕴含史诗魅力的中国民间故事——“求好运”故事解析》，《光明日报》2012 年 2 月 27 日，第 15 版。

② 李丽丹：《刘守华与“故事诗学”评说——以 AT461 型故事研究为中心》，《外国文学研究》2016 年第 5 期。

③ 李丽丹：《刘守华与“故事诗学”评说——以 AT461 型故事研究为中心》，《外国文学研究》2016 年第 5 期。

其一，列入 AT461 型的这个“求好运”故事的研究，是笔者在美籍华人学者丁乃通教授的直接指导下完成的。丁乃通教授是芬兰历史地理学派中著名的中国故事研究家，曾以独立编著《中国民间故事类型索引》而蜚声国际学苑。他曾于 1985 年应邀前来华中师范大学讲学，其间，他热心鼓励并手把手地指导笔者用芬兰学派方法研究这个世界著名的巨大故事圈，引导笔者步入这个有着“千年故事，百年追踪”宏大背景的故事学研究园地，使我眼界大开。可惜由于学力及条件的限制，未能完全达到他的要求，但在借鉴历史地理学派方法的同时也融入中国以历史唯物论为主导的文艺学、美学方法即本文所讲的故事诗学方法，对中国民间文艺学的新开拓还是有所裨益的。

其二，《光明日报》（国学版）2012 年刊发的《“求好运”故事解析》作为本项研究的代表性成果，其亮点主要有三个方面：一是搜求到 200 多篇故事异文，梳理它在中国故事海中的完整存活状态；二是勾勒出它在中国以“做好事不问前程”和“问三不问四”为标志的精美而独特的叙事形态；三是联系中华大地涌动的民工潮，把握到本故事的巨大生命力；四是联系古代墨子“兼爱”学说，探求到本故事深厚的中华文化根基。现今习近平总书记提出建设“人类命运共同体”的理念已被联合国大会所吸纳，可以说又进一步丰富了这个中国传统民间故事的文化内涵。故事的主人公本来就被人们称为“命运之子”，故事的核心母题就是去远方寻求好运道，故日本学者称之为“运命谭”。每一篇异文都包含着困扰人众、妨碍人们生存的几个难题，现已采录成文的全球 400 多篇故事所提到的几百个难题，大体不出自然灾害的破坏、疾病的侵害以及贵族阶级的欺压等，实际上它们都延续至今，世界人民为求解这些难题而奋斗的功业也生生不息。童话故事中的美满结局不过是浪漫主义的虚构，可是贯穿其中的思想红线——在互相救助中求好运却震古烁今，撼动人心。再联系到《墨子》讲的“兼相爱，交相利”“天下兼相爱则治，交相恶则乱”，“求好运”故事完全可以称得上是中国古典和民间智慧熔铸而成的民间叙事经典之作。作为一个巨大故事圈来看，“求好运”故事无疑具有史诗般的艺术魅力；进一步审视，其深含的民间智慧和情感，竟然还有着可供世纪伟人们治国理政和建设“人类命运共同体”的重要借鉴价值，这不能不使我们感到惊奇和振奋！

《一个蕴含史诗魅力的中国民间故事》出版后于2018年12月获湖北省文联颁发的湖北文艺评论二等奖。北京大学东方文化研究院陈岗龙教授在书评中指出：“刘守华教授的《一个蕴含史诗魅力的中国民间故事》正好用追踪三十年研究的学术成果及丰富多彩的故事文本向读者们展示了把世界连接起来的人类命运的神奇故事。”① 这一事例正是故事诗学愈益受到中外学人关注的生动佐证。笔者曾在“学术期刊与民俗学学科建设”学术研讨会上发表故事诗学方面的主题发言，《中国社会科学报》记者在会议综述中写道：“‘故事诗学’的提出，并非单纯就民间文艺学方法的开拓而言。民间故事是一种最为大众化且富于魅力的口头语言艺术，进行诗学解读，有助于向大众展示其优美动人的特质……有助于发掘其中华文明的优良基因。”②

三、《中国民间故事》经典文选的当代魅力

笔者数十年投身于中国民间文学主要是民间故事的研究，先后发表过400多篇文章，出版过十几本论著，其间也陆续选编过十几本故事集走向书市，并于2004年同日本、韩国的学者合作，编选了《中国·韩国·日本民间故事集》在东京出版，其中精选中国民间故事7篇。日本

① 陈岗龙：《一篇讲述人类命运的故事能把世界连起来——简评刘守华教授〈一个蕴含史诗魅力的中国民间故事〉》，《集成二十年：纪念〈东方文化集成〉创办二十周年专辑》，《东方文化集成》编辑部2017年版，第179页。

② 高莹，明海英：《加强民俗学与学术期刊良性对话》，《中国社会科学报》2017年7月4日，第2版。

前首相森喜朗写作序言："希望这套书在亚洲儿童的心上架起巨大的桥梁。"[①] 笔者又合作精选了《中国民间故事》[②]，被纳入统编小学语文教科书指定阅读书系。这套书系按年级排定，其中有《安徒生童话》《格林童话》（小学三年级），袁珂编写的《中国古代神话》（小学四年级），以及《一千零一夜》《列那狐的故事》《中国民间故事》（小学五年级）。作为通俗文学读物推出的民间故事小册子遍及书市，而受到社会关注的民间故事选本并不多见，因此寻求中国"格林童话"的呼声甚高。这部以华中师范大学民间文学专业长期致力于民间故事研究所积累的丰厚成果为基石而精选的《中国民间故事》，以鲜明的中华民族的口头叙事艺术特色引人注目。

《中国民间故事》按广义民间故事的范围来选材，含神话、传说、幻想故事（民间童话）、生活故事等体裁，来自多个民族的代表性文本；从盘古开天地、禹王治水到神鱼送屈原、鲁班修赵州桥，从藏族的阿初王子寻找青稞种子到白族杜朝选下洱海斩杀妖蟒及维吾尔族阿凡提智斗国王，虽只有30篇故事却触及大千世界，贯通古今。故事在妙趣横生的叙说中激浊扬清，启人心智；许多篇目以神仙宝物、精灵魔怪构成超人世界来吸引读者，这些角色、母题往往同民间的古老习俗、信仰有关，却已经历史地演进为曲折表达民族美好意愿的诗学手段。

这个选本中的许多故事，只能说是从中华民族故事海中撷取的几朵浪花，但其绚丽多彩已给我们留下鲜明印象。下面我们以几篇具有代表性的作品来鉴赏其艺术品格。

先以来自河北的《赵州桥》[③] 为例。这是一篇叙说赵州桥这一著名景观的民间故事。赵州桥本为隋代工匠李春主持兴建，作品中不但传为鲁班所建造，而且驰骋童话体裁的奇妙构想，说它是鲁班、鲁姜兄妹打

---

① 小泽俊夫，刘守华，金和经：《中国·韩国·日本民间故事集》，（东京）国立奥林匹克纪念青少年综合中心2004年版，第87页。

② 刘守华，陈丽梅：《中国民间故事》，长江文艺出版社2019年版。

③ 刘守华，陈丽梅：《中国民间故事》，长江文艺出版社2019年版，第102～106页。

赌，用一夜时间造成。打赌比试手艺高下，洋溢着乡村儿童情趣，而发端却是出于他们在洨河渡口急人所难对乡亲的关怀。故事叙说中以鲁班驱赶羊群化作石料的壮观情景来突显其神奇技艺，又引出八仙中的张果老、铁拐李车载日月及四大名山来试行并引发险情，使情节跌宕起伏。在叙说这些古人古事之时，讲述者灵活穿插当地一些保留至今的遗俗，如说小姑娘常从石桥雕花中取花样绣花，使之生动活泼、亲切可信。最后用当地流行的"小放牛"中的几句唱词来结尾，显得韵味绵长。鲁班传说本属中国盛传的名篇佳作，这篇出自工匠之口又经著名作家汪曾祺写定的《赵州桥》，将依附实有景观的传说体裁和童话的奇妙幻想相融合，在活泼诙谐情趣中叙说宏大工程建设，融虚实古今为一体，不论其主题、人物和叙事艺术，均深具魅力与价值，完全可列入中国文学经典宝库。

再如出自湖北伍家沟故事村的《梁山伯与祝英台》①，本为中国家喻户晓的四大传说之一，但是由山村故事家葛朝宝讲述、经文化馆干部李征康写定的这篇梁祝故事却别具风采。它以封建礼教严酷统治下的旧时乡村为背景，一对少男少女结伴去远方求学，不但日间同桌攻书，夜里还共睡一铺，却纯真无邪。只是师娘见到英台的裹脚布得知真相，在先生面前巧妙掩饰才未生风波，纯真而又亲密的同学、师生情谊沁人心脾。"十八相送"时，英台送山伯返家，情不自禁地用一连串妙语暗示自己的女儿身份，并以给小妹提亲的曲折方式来表露爱情，山伯却木然不觉，既表现出他书呆子的愚痴，又从另一面显出他的憨厚可爱。故事以山伯病逝、英台跳坟的大悲剧结束，却把深沉情感化作震撼人心的余波：英台下轿拜坟时，头一拜，天上起乌云；第二拜，地上刮怪风；第三拜，在"轰隆隆"一阵炸雷过后，山伯坟墓闪开一道裂缝，于是英台冷不防跳进墓中，而马秀才则在无限怨愤中变成了趴在坟头的蚂蚁虫。

在梁祝故事的多种异文中，梁祝死后化蝶双飞也是广为传诵的。伍

① 刘守华，陈丽梅：《中国民间故事》，长江文艺出版社 2019 年版，第 85～93 页。

家沟故事却另生一说，梁祝到下一辈子，他俩变成《兰桥会》中的魏奎元和兰玉莲，因相爱受阻双双投水自尽。再到第三辈子，他俩又化身成为《玉堂春》中的王三公子（王金龙）和妓女玉堂春，历经重重磨难之后终获大团圆。这是民间受佛教轮回再生之说影响的结果，将不同年代爱情悲剧中的男女主人公的命运串接起来，附会成“三世姻缘”，从而更深沉有力地表达出讲述人对婚恋中忠贞不渝的男女主人公的爱怜与赞许。

中国民间文学并非单纯的口头语言艺术，在创作和传承中，常常表现出民间文学、通俗文学和作家文学“三位一体”、彼此融会的特色，饱含深厚的文化底蕴。伍家沟村的许多故事都有这样的特色与魅力，因此我们提倡立足于中国文学的宏大背景进行诗学解读。这篇梁祝故事虽以才子佳人的婚恋为主旨，其艺术构思却别出心裁。在封建礼教严酷统治下，大姑娘只身出远门攻读诗书，能否保持贞洁是深受社会关注的大节，因此本故事以“红绫压猪槽”开篇，即祝英台嫂嫂以迷信习俗将红绫埋入地下是否霉变来测试贞洁，由此也显示出英台的坚毅开朗。在叙说梁祝同桌攻读且同睡一铺时，英台以“扣子钉了两百多”，不便脱衣裤和衣而睡来搪塞山伯，点染两人一智一呆的可爱形象；又插入师娘明知英台女儿身份却巧妙掩饰，将师生情谊洋溢于生动叙说之中。此后的“十八相送”，巧女和憨包的对答调笑情趣丰满，接下来的山伯情死和英台哭坟却又情节急转、震撼人心，并以“三世姻缘”的神奇结局留下绵长余韵。讲述者葛朝宝本人就是一位多才多艺的民间艺人，他口述的这篇梁祝故事，充分显示出他将说唱和戏曲中那些精彩片段融会于故事讲述之中的出色艺术才能。梁祝婚恋故事经岁月的淘洗早已褪去耀眼光彩，伍家沟故事中的这一篇，至今读起来依然透出雅俗共赏的刚健清新之美。

在这部《中国民间故事》选本中，我们还选取了一些出自少数民族民间文学宝库之作，如新疆哈萨克族的一篇生活故事《同路青年》①。

① 刘守华，陈丽梅：《中国民间故事》，长江文艺出版社2019年版，第165～170页。

它讲的是一位老人在归家途中和一个小青年结伴同行，面对旅途的寂寞、口渴和炎热，小青年提出种种建议意图改善旅途艰辛，却被老人斥之为荒唐行径一一予以拒绝。归家后谈及此事，不料女儿却反过来予以肯定赞赏。如荒凉寂寞的路程是否可以缩短，女儿讲："您为什么不给他讲故事呢？要是一边讲故事，一边走路的话，路虽然长，不是不知不觉地就缩短了吗？"再如青年人见路上有人抬着死尸，他问老人这人是全死了呢，还是只死了一半？女儿讲，这问的其实是打听死人有没有后代，有后代就只死了一半。还有年轻人问老人路旁绿油油的麦苗被人吃光没有？女儿说，他问的其实是这块田是不是穷人租种的麦地。"活的岁数大，不一定知道得多，走的地方多，才知道得多。"由此交往，这对聪明的年轻人后来便结成了一对令人称羡的伴侣。旅途中的随意对话，乍听之下似觉荒唐，实则饱含智慧；一对聪明可爱的小青年，经由智慧的碰撞而萌生爱意最终结成美满夫妻。虽以日常生活为题材，却智慧洋溢，富有魅力。哈萨克族民间故事常于情节构造上闪耀智慧光彩，由此给读者留下深刻印象。

本书中我们还选编了云南白族的《蝴蝶泉》①。五颜六色的蝴蝶在龙潭水面彼此衔接飞舞，本是云南的一项自然景观，常使人惊叹称奇，本篇却借此道出了一则英雄传奇。它讲述的是古代的一位猎人杜朝选，下洱海去同妖蟒苦斗，斩杀妖蟒为民除害后，却不愿同主动以身相许来报恩的两位美女成亲，于是女子饮恨投身龙潭，猎人接着也投潭相报，随后变成三只彩蝶，在此结伴飘飞，后来又引来众多五颜六色的蝴蝶定期来龙潭飞舞不息，构成一道美丽而又深含悲壮意韵的奇特景观，使人惊叹称绝。云南白族盛行本主信仰，许多地方将历史上那些有着盖世功业的人奉为本主而加以尊崇信仰，猎人杜朝选就是周城这个地方的本主。《蝴蝶泉》本是一则风物传说，人们将这一则叙说自然奇观的故事吸纳进本主信仰传说之中。在故事家的叙说中，英雄为民除害的壮烈和

① 刘守华，陈丽梅：《中国民间故事》，长江文艺出版社2019年版，第60～67页。

美女报恩投潭的深情融为一体，眼前彩蝶纷飞的奇景和古代英雄的壮举交相辉映，使这篇白族故事脍炙人口、世代相传。这里还要特地声明，本篇故事是由云南白族山村的瑞青老妈妈口述，经李大钊同志的长女李星华（1911—1979）于1956年赴云南采风时采录整理写定的。李星华将多篇故事辑为《白族民间故事传说集》，于1959年由人民文学出版社推出，广受好评，值得我们列入中华文学经典予以珍视。

在中国浩瀚无涯的故事海中，以上所述只不过是几朵浪花。面对这笔宝贵财富，怎样选取那些既有奇巧意趣读来津津有味，而又蕴含良知美德有益于少年儿童身心的文本，成为编辑者反复琢磨的课题。现已成书的这本故事选集实则难以尽如人意，今后还大有文章可做。

这里还须特别指出，许多年来，由于人们在学理上对民间文学创作与传承的集体性的误解，从而导致对相关口头传承人的个性特征、个人创造性的漠视，以致许多“不识字的作家”的姓名在出版物中均被湮没。《中国民间故事集成》这部大书的编纂，坚持民间文学作品采录写定的科学性，将所有文本的讲述者、采录者，乃至采录的时间、地点均翔实列出，受到学界一致好评。我们在编选这套故事书时，按照《中国民间故事集成》的规范，一一注明故事口述者及采录者（或搜集整理者）的姓名。这些讲述人，已有相当数量在国家实施的非物质文化遗产保护工程中被列入国家非遗传承人名录，受到前所未有的保护与尊重。因而这不只是编排体例的变更，也透视出社会对这些民族、民间文化传承者的礼敬。

在反复阅读体味这些优美故事时，笔者不得不为创造传承它们的那些故事家的才能所折服。正如笔者在《中国民间童话概说》中所惊叹的：

> 人们编织故事的材料都是取自日常生活里极普通平凡的事物，它们就在孩子们的周围，可是经说故事的人加以夸张渲染，就在眼前呈现出一个闪耀着奇光异彩、隐藏着无穷奥秘的童话世界，简直

是点石成金！[①]

不久前，《光明日报》刊出黄永林教授评议笔者几十年研究中国民间故事学术历程的长文，以《刘守华：把中国民间故事“点石成金”》为题[②]，文章标题正是取意于此。然而，这真正的点石成金者并非我们这些学人，而是置身于乡野泥土间的故事家，即鲁迅所称道的“不识字的作家”。

笔者撰写过一系列关于民间故事的评论文章，或做思想文化价值评估，或做母题、类型解析，或做传承、传播脉络的搜寻，均有所涉猎。而对故事艺术世界的探求，却是笔者一直全力以赴的重点。近年有学人称之为“故事诗学”。五四运动以来新兴的民间文艺学，特别是改革开放以来新时代民间文艺学的蓬勃发展，多学科方法的运用乃潮流所向。可是作为中国文学遗产中最基本、最生动、最丰富的组成部分的民间口头语言叙事之作，只从人类学、民俗学等视角上来审视其价值，显然是难见其真谛与精神文化价值的。由此笔者倡言应将民间故事等口头语言叙事之作纳入中国文学大宝库之内，给予诗学解读，赋予它们以文学经典的适当位置，使之光辉永存！

四、故事诗学：中国故事学的新方向

所谓“故事诗学”，俄罗斯著名学者叶·莫·梅列金斯基（1918—2005）所著《神话的诗学》中的论述特别精彩，笔者深受启迪。该书对神话向神幻故事的转变作了精辟论述：

> 神话之转化为神幻故事，须经历下列主要阶段：非仪典化和非虔敬化、对神幻“事例”真实性之笃信的减弱、有意识的构想之发展、民族志具体性的消失、神幻人物为常人所取代、神幻时期为那

① 刘守华：《中国民间童话概说》，四川民族出版社1985年版，第367～368页。

② 黄永林：《刘守华：把中国民间故事“点石成金”》，《光明日报》2019年1月21日。

种见诸神幻故事的非既定时期所取代、推本溯源之有所减弱或不复存在、从对集体境遇的关注转向对个体境遇的关注、从对宇宙范畴的关注转向对社会范畴的关注。正因为如此，一系列崭新题材和一些结构限定则应运而生。①

这里所说的“神幻故事”，就是我们通常提到的作为民间故事主体的民间童话或幻想故事。梅列金斯基考察它由神话体裁向另一种叙事体裁转化所运用的诗学方法，实际上就是我们并不陌生的文艺学、美学方法，而有别于人类学、民俗学研究模式。

笔者研究民间故事，是从撰写和出版《中国民间童话概说》起步的，1983年刊于《民间文学》的《民间童话的特征和魅力》是它的压缩篇，文中提出：“民间童话之所以世世代代为人们所喜爱，在于它将虚幻和真实、单纯和丰富、哲理和诗情巧妙地结合在一起。”② 认为这类深受民众喜爱的传统故事，其艺术魅力在于诗意与哲理的巧妙融合。而其叙事艺术的奥秘则在于将大量神话中的神奇幻想转化成了现实社会中广大民众理想意愿的象征性表达。笔者特别注意到美学论著中对艺术象征性的下列论述：

> “象征性”偏于从一般的概念出发，不以某一特定的事实为根据，常常综合艺术家对某些问题或事件的认识和理解，采用比喻手法，以象征性的形象来表达问题的实质。象征的形式更含蓄并更富于概括性，但也更具有抽象性。象征的形式更适合于表现富有想象性的内容。③

在民众口头传承的民间童话或幻想故事，实际上就是由古老的神话艺术转化而来、以饱含哲理与诗情的象征性表达为特征的口头语言艺术作品。由此笔者尝试运用这一方法来解读民间童话。以《蛇郎》故事为

① ［俄］叶·莫·梅列金斯基：《神话的诗学》，魏庆征译，商务印书馆2009年版，第280页。

② 刘守华：《民间童话的特征和魅力》，《民间文学》1983年第6期。

③ 王琦：《艺术形式的演变初探》，《文艺研究》1980年第3期。

例，蛇郎变形就是一种象征，象征男主人公的命运由卑贱向高贵的转变；正是在这男人命运转折的过程中，两姐妹美丑对应的心灵得到淋漓尽致的展现，善恶各有所报的社会伦理也给人们以强烈的感染。而民间故事的这一美妙构想和中国传统戏曲中的《姐妹易嫁》竟然不约而同地契合一致，更加表明它们有着共同的民族文化根基。笔者本着这一构想写出《蛇郎故事比较研究》①，获得学界认可。

笔者做故事学研究，先后出版了十多本论著，尝试过历史地理学派的故事类型研究方法，以及跨国跨民族和跨学科的比较研究方法，自然也借鉴了人类学、民俗学方法，可是惯常使用的似乎还是脱胎于文艺学、美学的这种诗学方法。由于学力所限，还够不上什么“范式”，只能说是不拘一格的尝试与探索。刘锡诚先生是笔者敬重的挚友，他在给笔者的自选集序文中说得十分中肯：

> 探索民间故事的艺术世界，几乎是守华至今故事研究的最重要的选择。他一直恪守“民间故事是人民群众的口头语言艺术”这个学术理念，探索用不同的手段和方法，包括文艺学的研究、比较研究、类型研究；不论用什么方法和手段，目的在从不同的通道切入或进入民间故事的艺术世界。也正是这一理念及其探索，把他的研究与其他流派、其他学人区别了开来。②

关于“故事诗学”这个话题，笔者的自选集《民间故事的艺术世界》收录的那些文章，较为集中地反映了笔者在这方面的探索印迹。

这里需加申说的是，故事诗学的提出，并非只是单纯就方法论的开拓而言。首先，民间故事是一种最为大众化而且富于魅力的口头语言艺术，致力于诗学解读，有助于向大众突显其优美动人的特质；其次，正如罗永麟先生所揭示的，中国民间故事传说多是在口头文学、通俗文学和作家文学“三位一体”的格局中发育成熟的，做诗学探索，有助于发

---

① 刘守华：《蛇郎故事比较研究》，《民间文学论坛》1987 年第 3 期。

② 刘守华：《民间故事的艺术世界——刘守华自选集》，华中师范大学出版社 2009 年版。

掘其所蕴含的中华文明的优良基因。笔者尝试过以比较文学方法和类型研究方法研究故事，受到学界肯定。近几年揣摩中国民间故事艺术魅力之奥秘，尝试用吸纳文艺学、美学成果，以诗学眼光来解读“求好运”这类民间故事经典，似乎对笔者体味这份口头文学珍品的美感与价值有了进一步的收获。笔者倡导“改写”民间故事，又尝试用“故事诗学”眼光来解读民间故事，都是为了让民间故事回归文学，回归更吸引大众特别是青少年的中华精神文化家园。

故事诗学强调故事类型研究的文艺美学方法，也强调在故事传承的文本精选上的审美原则。2016 年 6 月，中国民间文艺家协会举行第九次全国代表大会时，时任中宣部部长刘奇葆同志致辞中的这一段话特别受到笔者的关注：

> 可以说，民间文艺是传统文化遗产中最基本、最生动、最丰富的组成部分，印刻着中华民族独特的文化记忆和审美风范，值得我们礼敬和传承。①

这三个“最”字是对民间文艺价值的高度赞赏与深度评析，这一深刻而简明的文化论断，是否具有某种来源呢？笔者按自己的记忆线索，查找到 1950 年 3 月 29 日中国民间文艺研究会成立时首任会长郭沫若先生的讲话。他开宗明义讲道：

> 如果回想一下中国文学的历史，就可以发现中国文学遗产中最基本、最生动、最丰富的就是民间文艺或是经过加工的民间文艺的作品。②

原来关于民间文艺的这三个“最”的卓越见识，是这位文化巨匠从中国文学发展史中概括而来的科学论断。1950 年 3 月在新中国刚刚成立、百废待举之际，党和政府就在北京率先组建第一个群众文艺团体

① 刘奇葆：《在中国民间文艺家协会第九次全国代表大会开幕式上的讲话》，《中国艺术报》2016 年 6 月 15 日。

② 郭沫若：《我们研究民间文艺的目的——在中国民间文艺研究会成立大会上的讲话》，《人民日报》1950 年 4 月 9 日。

"中国民间文艺研究会"，并推举郭沫若为首任理事长，郭沫若在那篇著名的讲话中给中国民间文艺所作的包含三个"最"字的著名评价及所确定的致力于学术研究和推动新文艺发展两个主要目标，构成了中国民间文艺学诗学传统的雏形。

反思中国民间文艺学发展的不充分、不成熟，也正是表现在对其中华文学特质的认识与开掘尚不深入，还未能把这一口头语言艺术财富作为"最基本、最生动、最丰富"的中国文化宝藏来对待。笔者致力于"故事诗学"的倡言和耕耘，用意即在于此。近日读到刘锡诚先生的《民间文艺学的诗学传统》[①] 一书，深受启迪。新中国成立七十年特别是改革开放新时期以来，中国民间文艺学虽然具有多学科交叉融合的特点，而着力于民间文艺学诗学传统的探求仍拥有坚实基础和显著成绩。刘锡诚先生的《民间文艺学的诗学传统》，就是以"诗学传统"为中心对自己学术成果的系统展现和进一步倡导。几十年来他对牛郎织女、白蛇传、梁祝、八仙、灶王、金鸡、陆沉诸多故事传说以及故事家、故事村专题的研讨，就贯通了鲜明的中国诗学传统，并常常给笔者的故事学研究以有益启示。

在中国民间文艺学的几个分支学科中，笔者以为神话学、史诗学的成果最为显著，民间故事学也是深受学人青睐而拥有丰硕成果的一个领域。继万建中所著《20 世纪中国民间故事研究史》[②] 于十年前问世后，其弟子漆凌云又于近年推出一本更为厚实的《中国民间故事研究史论：1949—2018》[③]，深深地吸引着我这个"追故事的人"。此书不但将民间故事的采录与改写、类型研究、比较研究、故事形态学研究、故事文化人类学研究等进行多侧面的广泛评述，而且收录了好几位故事研究家的长篇访谈实录，还有关于中国故事研究论文与专著在学界"高被引"的

---

① 刘锡诚：《民间文艺学的诗学传统》，上海文化出版社 2018 年版。

② 万建中：《20 世纪中国民间故事研究史》，北京师范大学出版社 2011 年版。

③ 漆凌云：《中国民间故事研究史论：1949—2018》，中国社会科学出版社 2019 年版。

数据展示，以突显其实际影响（如“高被引”民间故事论文列出53篇，其中笔者有9篇；另列出“高被引”在70次以上的民间故事著作中，笔者的《中国民间故事学》两种版本分别达到273、315次）。由此可见漆著用功之精细，不能不使人深表赞许。

在这部著作的结语中，作者从“眼光向外：故事学的开放性”“眼光向内：夯实故事学学科基础”“眼光向下：关注民间故事的多重生存样态”“本土话语、术语体系、研究体系与中国学派”这四个侧面，阐述了故事学学科建设的中国路径，他写道：

> 但当下中国故事学术话语体系化不足，未出现在学界具有广泛影响力的研究范式、未能形成一系列理论命题是短板。唯有利用好本土材料提出具有阐释力的中国故事学话语体系，故事的中国学派才得以成立，中国故事学才能在国际民间文艺学界发出“中国声音”。①

作者的精细观察和深入思考，是对中国故事学建设的有益启示。

关于“眼光向外”“眼光向内”之说，实际上已成为学界的共识。这里仅就笔者见闻所及，略述一些动态。

以“眼光向内”而论，新中国成立七十年来持续开展的民间文学采录工作，已成为人类文化史上的壮举，而以民间文学三套集成为代表的书面写定文本及音像资料的出版整理和数字化，后期工作还远远没有完成，亟待付出巨大努力将这项根基性的文化工程做好。笔者近期读了山西省张余、范金荣所著《山西民间故事情节类型索引》②，他俩花费十多年时间，将105个山西民间故事资料本中的所有故事做了13 500余张情节卡片，归纳出1205个类型，并一一注明其原初出处，这就是一种眼光向内、筑牢根基的故事学建设工程，也是对构建中国民间文艺学

① 漆凌云：《中国民间故事研究史论：1949—2018》，中国社会科学出版社2019年版，第217页。

② 张余，范金荣：《山西民间故事情节类型索引》，商务印书馆2019年版。

具有深远价值的著作。

再以“眼光向外”而论，笔者所在的华中师范大学民间文学专业从20世纪80年代开始，即邀请美国学者丁乃通和邓迪斯、俄罗斯学者李福清、日本学者野村纯一等前来讲学，并由陈建宪翻译《世界民俗学》，从而开启学科发展新天地。新时期以来的中国民间文艺学以多学科方法的运用为特征，这些学科从历史地理学派、文化人类学派、比较故事学、故事形态学、口头诗学程式、表演理论等，经由相关学人引进，用于中国民间文学研究，均有成效。时至今日，放眼全球，时势巨变，尤其是新时代中国特色社会主义建设的伟大成就和人类命运共同体理念之深入人心，给民间文艺学这个小学科的吐故纳新带来新的挑战和机遇。有鉴于此，作为华中师范大学一流学科的中国语言文学学科便和上海文艺出版社于近期协商，制定了一个汉译世界民间文学研究论著的合作协议，其中第一本就是美国杰克·齐普斯这位著名学者的童话论集。齐普斯的童话理论立足于社会历史视角，强调童话与社会文明的互动关系，倡导童话在不断改写与转化中发挥其乌托邦的批判精神，兼顾童话的外部关系和外部研究，具有动态性、系统性和批判性的理论特色，为中国的故事学提供了重要借鉴价值。这本书的中文译者为美国西部民俗学会会长张举文教授，译稿已完成，即将交付上海文艺出版社，进入出版流程。对齐普斯童话理论的初步介绍，《民间文化论坛》2019年第5期已刊发3篇文章。齐普斯本人、张举文教授和华中师范大学民间文学专业博士生雷娜的论文各一篇①，相信会激发中国故事学家的研读兴趣。

笔者于20世纪50年代起投身于民间故事学苑耕耘已达六十余年，十余种论著获国家出版基金资助，将辑成《刘守华故事学文集》于近年问世。学界反响较大的《中国民间故事史》列入中华学术外译规划项

① 杰克·齐普斯：《迈向文学童话的定义》，张举文译，《民间文化论坛》2019年第5期；张举文：《一位改变英语世界对格林兄弟童话认识的学者：杰克·齐普斯》，《民间文化论坛》2019年第5期；雷娜：《齐普斯童话理论的新视野》，《民间文化论坛》2019年第5期。

目，正译成英文、日文，将在国外出版。《光明日报》2019 年 1 月 21 日“光明学人”专栏发表评论，称道笔者初步建构了中国民间故事学的理论体系，实属过誉。笔者相信，不论是将神话、传说、故事融为一体建立民间叙事学，还是在民间口头文学、通俗文学、作家文学三位一体的大文学史，乃至中国文化史的宏大背景下来考察民间故事，或在人类命运共同体的广阔视野中来审视这些口头语言艺术奇葩，都有待于“故事诗学”的新开拓，因而“故事诗学”具有广大而无比诱人的学科前景。

类型解析与比较

印度《五卷书》与中国民间故事*

《五卷书》是印度古代的一部童话、寓言集。它分为《朋友的分裂》《朋友的获得》《乌鸦和猫头鹰从事于战争与和平等六种策略》《已经得到的东西的丧失》及《不思而行》等五卷，每卷包括若干篇，共由78篇故事构成。由于在一篇故事里往往又套着另一篇故事，实际上有八九十篇故事。它是印度最著名的一部故事书。《五卷书》的中译本出版于1959年。译者季羡林先生告诉我们，其中的许多童话、寓言故事，本来是印度古代的劳动人民创造的，后来有人为了把统治人民的法术教给皇太子，便利用这些民间的童话、寓言做说教的材料，把它们编纂成书，于是成为"统治论"的一种了。最古老的本子不超过公元2世纪，现行的本子大约是9世纪中叶至12世纪之间编成的。这部在世界上产生了广泛影响的故事集，虽然小部分经过了文人学士的删改或出自他们之手，但大部分作品保持着民间创作的基本面貌。它们用生动的情节、巧妙的构思和精练的语言，表现了印度古代劳动人民丰富的社会斗争经验和乐观进取的人生哲学，具有引人入胜的巨大魅力。

特别值得我们注意的是，《五卷书》对世界上许多国家的童话和寓言的创作，有着深远的影响。译者曾从汉族古典文献中，举过几个例子

---

* 本文完稿于1980年8月，原载《外国文学研究》1983年第2期。1987年摘要转载于《中国比较文学年鉴》，1990年收入智量主编、上海文艺出版社出版的《比较文学三百篇》，1992年收入李达三和刘介民主编、台湾学生书局出版的《中外比较文学研究》第二册。原刊出时有删节，本书收录全文。

来说明《五卷书》对中国文学的影响。近年来我将它和 50 年代以来搜集整理的我国各族民间故事加以比较对照，结果发现书中有 20 多篇故事，即将近全书的三分之一在中国可以找到它们的姊妹篇，情节结构十分相似。这些故事大都是从印度传入的，也有少数故事可能源于中国。中印两大文明古国之间民间文学交流的历史，可以追溯到两千年前。把《五卷书》和中国民间故事加以比较研究，无论是从探索中印文化交流的历史，还是从认识民间故事的发展演变规律来说，都是极有意义的。

最近读到季羡林先生写的《漫谈比较文学史》[1] 一文，他在扼要叙述印度《五卷书》通过各种语言的译本走遍全世界，包括中国在内的情况之后，提出了一个热切的希望：

> 我觉得我们的中国研究文学或民间文学的学者们有责任来进行这方面的研究工作。我们中国同印度有着极为悠久的文化交流的历史。在其他方面，我们两国的学者都已经做了一些工作。独独在比较文学史方面，要做的工作还很多，这几乎是一个空白点，让我们来共同努力把这个空白点填补起来吧！

本文拟在这方面提出一些线索，作初步探讨。

一、《五卷书》故事与中国少数民族寓言

在《五卷书》所收 20 多篇传入我国的故事当中，有一大半是寓言。现在就让我们把这些印度古代寓言和至今尚在我国一些少数民族地区流传的有关寓言作一个比较。

1. 田海燕依据藏族民间故事材料，编写了一部大型故事集《金玉凤凰》[2]。其中的《猴子拔楔子》，来自《五卷书》第一卷第一个故事《拔楔子的猴子》[3]，讲的是一只猴子爱管闲事，想把木匠嵌在一根木头里的楔子拔出来，因而被合拢来的木头夹住送命的故事，用来说明“一个人要是去干与己无关的事，他就会毁灭”。在两部长篇故事里它代表

了有关角色的一种消极的人生态度。

2.《金玉凤凰》中的《理发匠和他的妻子》[4]，来自《五卷书》第一卷第四个故事《两个女人》，讲一个不正经的女人把她丈夫——理发匠捆在家里，在另一个女人的帮助下，她不仅脱身出来同情人幽会，还设法给丈夫加上谋害妻子的罪名吃了官司。故事的寓意是“因为自己的过失而吃了苦头”。但用不正当的男女关系来说明这个教训，就带上了庸俗的色彩。

3.《金玉凤凰》中的《喜鹊与蟒蛇》[5]，来自《五卷书》第一卷第五个故事《乌鸦与黑蛇》。原来这个故事讲的是乌鸦敌不过黑蛇，小乌鸦常常受害，后来公乌鸦便用计谋从一个富人家里衔走了一条金链子丢在蛇洞里，人们为寻找金链子而杀死了那条蛇。这说明弱者可以用智慧战胜凶恶的敌人，“如果用武力达不到的话，就用手段去达到”。后来变动了几个角色：乌鸦变成了喜鹊，黑蛇变成了恶蟒，富人变成了王子，于是成为一篇人们喜爱的藏族故事了。

4.《五卷书》第一卷第六个故事《白鹭与螃蟹》，讲一只白鹭欺骗鱼类，以帮它们搬家为幌子，将一条又一条鱼叼走吃掉。后被螃蟹识破，螃蟹就用自己的利钳钳住白鹭的脖子不放，终于惩罚了这个奸诈的敌人。这篇寓言故事总结了生活中善恶斗争的深刻教训，因此传入我国后流传很广，演变成为蒙古族的《苍鹭和乌龟》[6]、藏族的《鹭丝和小鱼》[7]、傣族的《螃蟹和鹭鸶》[8] 等。蒙古族寓言将螃蟹这个角色换成了乌龟；藏族寓言则将螃蟹这个角色换成了青蛙，并用两句谚语“相信甜言蜜语容易受骗，贪吃渔翁钓饵自取杀身!”很好地概括了它的主题；傣族寓言将原有的情节加以丰富，进一步增强了它感人的魅力。

5.《五卷书》第一卷第七个故事《狮与兔》，讲一只聪明的小兔子利用狮子骄傲自负的弱点，把它引到井边，对着自己映照在水里的影子张牙舞爪，最后愤怒地扑向井中的故事。它说明“谁有智慧，谁就有力量”，歌颂了弱小者在对敌斗争中的聪明智慧。这个故事在藏族人民群众中流传得也是很广的，已经搜集整理出来的就有《兔子报仇》[9]、《狮子与兔子》[10] 及《狮子和狼》[11] 等好几种异文。《兔子报仇》《狮子与兔子》和《五卷书》中的故事是相同的，《狮子和狼》则在故事的后半截增加了小兔子用计谋惩罚恶狼的情节，充实了它的内容。

6.《五卷书》第一卷第十一个故事《豺狼为王》，传入我国后演变为藏族的《狐狸为王》[12] 及维吾尔族的《五彩兽》[13] 等，它们都是讲一种野兽因掉进染缸，全身染成彩色，于是冒充兽王，横行霸道，后露出破绽，遭到毁灭的故事。印度故事中主角是豺狼，寓意为一个人不能离开同类，“而把外人当作自己人来看待”；藏族故事和维吾尔族故事则把豺狼换成了狐狸和棕熊，着眼于讽刺用欺骗手段来作威作福的人总有一天要被受骗者识破本相而受惩罚。

7.《五卷书》第一卷第十二个故事《天鹅与猫头鹰》，基本情节接近蒙古族的《骄傲的天鹅》[14]，它们讲的都是一只天鹅被猎人开枪打死的故事。不过前者说是因猫头鹰的出现招来了猎人，意在说明不应该跟坏朋友来往以免自己受牵连；后者则说是天鹅自恃眼力好，不听耳朵灵敏的水獭的劝告，因而死在猎人的枪下，借以表现骄傲自大的害处。看来后者也是从前者演变而来的。

8.《五卷书》第一卷第十五个故事《白鸻与大海》，和《金玉凤凰》这部藏族故事集中的《鹧鸪与大海》[15] 是同一个故事，只是后者将白鸻改为鹧鸪就是了。它讲的是海里的潮水吞没了鸟在海滩上所生的蛋，因而这只鸟和大海结下冤仇。它联合了所有的鸟“同大海打仗”，准备用嘴叼来土块和沙粒将大海填满。后来，鸟王金翅鸟把大海的罪行告到天神那里，天神威胁大海，如果不送还鸟蛋，就要用带火的弓箭将茫茫大海变成旱地，大海终于屈服。这篇想象新奇、格调豪放的印度寓言不仅传到了我国藏族居住地区，而且和我国《山海经》中记载的《精卫填海》这篇汉族古代神话故事构思十分相近，有异曲同工之妙。

9.《五卷书》第一卷第十六个故事《天鹅与乌龟》，传入我国后演变成蒙古族的《青蛙搬家》[16]《爱显示自己的青蛙》[17] 等。它们的基本情节都是讲乌龟或青蛙咬住一根棍子，由两只鸟抬着它飞行，搬家远徙。由于乌龟和青蛙不听劝告开口讲话，便从空中掉落下来。印度故事的寓意是，谁要是不听朋友的忠告就会遭遇不幸。蒙古族故事里讲，青蛙张口讲话是为了显示自己聪明。后者显然是从前者脱胎而来，只对角色与情节略作改变，便赋予它新的寓意。我国现代作家沈从文曾取材于这个故事，写成一篇小说《猎人故事》[18]。

10.《五卷书》第一卷第十八个故事《麻雀和大象》，传入我国傣族居住地区，演变成为《绿豆雀和象》[19]。前者讲的是大象欺侮麻雀，麻雀联合啄木鸟、苍蝇和蛤蟆，发挥各自的特长来对付大象，使它跌落陷阱，给麻雀报了仇。“一只大象断送了性命，因为它同这一大堆东西打架。”傣族寓言的基本情节是一致的，但将主角改成三种鸟——绿豆雀、啄木鸟和点水雀，使故事具有浓厚的云南地方特色，结尾处用了一句傣族成语：“绿豆雀战胜大象，是依靠朋友的帮助！”从另一个角度揭示出它发人深省的寓意。

11.《五卷书》第二卷第一个故事中的《鸽王》，讲一群鸽子找食吃落入猎人的网中。这时鸽王告诉大家，应该一条心，一下子飞起来，于是它们同心协力向上飞，把网子带跑了，终于死里求生。猎人说：“这一群鸟，联合了起来，因此就能够把我的网子拖走。”我国新疆维吾尔族的《石鸡》[20]，情节和寓意均相同，只是把鸽子改成为当地常见的石鸡罢了。

12.《五卷书》第二卷第一个故事中的《双脖鸟》和《金玉凤凰》中的《双头鸟》是同一故事。用两个头、共一个胃的鸟因两个头互相猜疑，一个头偷偷地吃了有毒的东西而同归于尽的情节，说明团结一心的重要。后来它又进一步演变为傣族的《双头凤》[21]，说双头凤是两个非常要好的小伙子死后变成的，被国王捉住以后，开始两个头要吃一块吃，要喝一块喝，仍然十分亲爱。后来大臣分别对两个头悄悄耳语，促使它们互相猜疑起来，终于将身子撕裂开来一起毁灭了。这个故事的情节更曲折丰富，寓意也变得更加深刻了。

13.《五卷书》第二卷第八个故事《大象与老鼠》，在我国演变成为蒙古族的《老虎和松鼠》[22]。前者讲的是一只大象结交了老鼠做朋友，后来这只大象被猎人捉住了，老鼠便去咬断绳子帮助大象恢复了自由。它的寓意是，“不管有力量，还是没有力量，朋友反正总是要结交，因为一只大象被捆在树林子里，是老鼠把它们放掉的”。蒙古族寓言吸取了这个故事的基本情节，将老鼠改为松鼠，用松鼠咬破猎人的网子救出老虎；可是后来这只凶暴的老虎却反而想吃掉松鼠，来嘲讽老虎的忘恩负义。这样，它的内容和形式就具备了新的特点。

14.《五卷书》第二卷第九个故事《四个伙伴》，传入中国后演变成为柯尔克孜族的《四个朋友》[23]，它们都是讲四种动物结成朋友，在猎人面前遭遇危险时，由一种动物躺下装死欺骗猎人，最后一起脱逃的故事。印度故事中的角色是乌鸦、老鼠、鹿和乌龟，到柯尔克孜族故事中变成了乌鸦、老鼠、黄羊和青蛙，因后者直接从口头记录得来，叙述更为生动活泼。

15.《五卷书》第三卷第三个故事《残暴的法官》，在我国演变成为藏族的《麻雀和老鼠打官司》[24]。内容都是讲两个小动物发生了争吵，请猫来判断是非，结果双双被猫吃掉了的故事。“如果找到一个残暴的法官，争论的双方怎么能够幸福?”它对剥削阶级法律的伪善，作了尖锐的讽刺。原来两个受害的小动物是兔子和鹧鸪，藏族寓言把它们换成了麻雀和老鼠。

16.《五卷书》第三卷穿插在第三到第十五个故事中间的《乌鸦报仇》和《金玉凤凰》中的《乌鸦与猫头鹰》及《新疆动物故事集》中维吾尔族的《乌鸦和鹰》是同一个故事。讲乌鸦与猫头鹰结成仇敌后，一只老乌鸦怎样用“苦肉计”取得了猫头鹰的信任，住到猫头鹰的堡垒里去，最后放火烧死了猫头鹰。它形象地说明了堡垒最容易从内部攻破的道理。

17.《五卷书》第三卷第十三个故事《老鼠出嫁》，讲一个苦行僧把一只老鼠变作一个女孩子，到出嫁的时候，她既不愿嫁给太阳，也不愿嫁给风和山，只愿嫁给老鼠，“跳出自己的族类，实在很难”。其中“江山易改，本性难移”的观点显然含有片面性，但它的新奇幻想和连环式的结构却是人们所喜爱的，传入中国后演变成多种说法，壮族的《石匠》[25] 就是其中一例。它讲述了一个石匠的幻想：想做财主，变成财主要受大官的欺负；变成大官，干坏事受到百姓的反对；变成农民，干活时要晒太阳；变成太阳，云彩可以遮住；变成石头，要被石匠开凿；最后觉得还是当石匠好，就不再胡思乱想了。这篇壮族寓言借用印度故事的情节结构进行再创作，表现劳动者热爱自己职业的心态。季羡林先生在一篇文章中曾指出，这个故事还见于梵文故事集《说海》。“它从印度出发，几乎走遍了全世界。东方的中国和日本也留下了它的足迹。”明代刘元卿《应谐录》中早就记载过与此类似的寓言[26]。

18.《五卷书》第三卷第十五个故事《狮子与豺狼》，在我国演变成为藏族的《狐狸与大龟》[27]。原来的故事讲一只豺狼想进到一个山洞里去过夜，它怕山洞里有另外的野兽来伤害自己，便故意对山洞讲起话来，说“如果你今天不往里喊我的话，我就到另一个山洞里去”。躲在山洞里的狮子听了立刻喊叫起来。豺狼念了一首诗：“谁要是未雨绸缪，谁就会吉星高照……”，便立刻逃走了。它用生动的情节，说明要防患于未然。藏族寓言《狐狸与大龟》中吸取了这个情节，不过把它改为狐狸对着岩河讲话，问：“今天有人来过没有?”躲在洞里想吃狐狸的大龟假装岩石答话：“今天没有人来过。”一下子就露出了马脚。演化出的故事别有一番情趣。

19.《五卷书》第四卷序言中的《海怪与猴子》，讲的是海怪和猴子交朋友，猴子送给他许多甘露果吃，后来他竟然在老婆的怂恿之下要吃猴子的心，猴子说自己的心没有带在身上，巧妙地逃脱了这残酷迫害的故事。它对忘恩负义的邪恶思想行为给予了愤怒的斥责，在我国流传很广。藏族的《猴子和青蛙》[28]、蒙古族的《乌龟和猴子》[29]、汉族的《猴子和乌龟》[30] 等，显然都是从这个故事演变过来的。不过情节和角色略有变化，变成青蛙或乌龟借口给母亲和儿子治病要吃猴子的心，猴子不仅随机应变，从它们身边逃脱，还骂道："愚蠢乌龟不可交，哪有猴心在树梢!"对青蛙或乌龟的邪恶思想行为给予了辛辣的嘲讽。

20.《五卷书》第五卷第一个故事《埃及獴之冤》，传入我国后演变成蒙古族的《白猫之冤》[31] 及其他类似故事。它讲的是一位妇人喂养了一只埃及獴或猫帮自己照看孩子，在她离家外出时，獴或猫同黑蛇或黄鼠狼拼命搏斗保护了孩子，可是不明真相的女主人以为是獴或猫伤害了孩子，气愤之下将它们打死，以致酿成无法挽回的冤案。印度故事借此说明办事要注意观察，"观察好了，才能去实行；否则，以后就要后悔，正如女婆罗门与埃及獴"。蒙古族故事除角色有改变外，表达的思想感情更为深沉有力："不明是非，忠奸莫辨，反铸成怨情冤案；火盛攻心，恩将仇报，酿就遗恨绵绵。"

以上 20 例大体上都是寓言。《五卷书》中的这些印度古代寓言多采取动物故事的形式，将各种常见的动物的形态习性与新奇的幻想巧妙结合起来，编织成简单而又动人的故事，用以概括人们在社会斗争中积累的具有普遍意义的经验教训。寓言是人民群众智慧的结晶。它具有高度的概括性，其中的许多优秀之作可以突破时间与空间的限制而得到广泛传播。流传到我国的《五卷书》的故事中，之所以大半是寓言，显然是和寓言体裁的这个基本特征分不开的。

二、《五卷书》故事与中国民间童话

《五卷书》中也有几篇童话故事和中国故事形态十分相似，激起了我们浓厚的研究兴趣。

21.《五卷书》第一卷第九个故事《老虎、猴子、蛇和人》，讲的是一个婆罗门出门旅行，看到一个井里掉进三个动物和一个人。他先把老虎、猴子和蛇救了起来，这些动物都答应在困难时帮助他。当他要救那个人时，三个动物对他说："人这玩意儿，不管他是谁，总是万恶的集中地。"劝他不要救这个人，但他还是把这个金匠救了起来。猴子和老虎为了报恩，送给婆罗门许多金子。他拿到金匠那儿去请他卖掉，金匠一看这金子原来是被老虎吃掉的王子的遗物，便到国王面前告了他。国王把他抓起来捆在杆子上，打算处死。他在这危急时刻想起了那条蛇，蛇解开了捆绑他的绳索，并告诉他一种给王妃治病的方法。他受到了国王的欢迎，便将事情的原委告诉了国王，金匠受到了惩罚，婆罗门则当上大臣，过上了幸福生活。故事里说，对于许多坏人，"圣哲们都规定了赎罪的方法；但是对于一个忘恩负义的人来说却没有方法把罪来赎"。故事里关于"人性恶"的说教，显然是佛家的偏见。但它把几种凶恶动物反而懂得报恩的行为和人类中忘恩负义的行为加以对比，表现了民众鲜明的爱憎情感。这个故事在我国的影响相当广泛深远。藏族的《大商人和小商人》[32]、白族的《两老友》、普米族的《本分人和狡猾人》[33]等故事，其中关于忘恩负义者受到惩罚，好人在一些神奇动物的帮助下最后获得幸福的情节，看来都与上述印度故事的影响有关。至于汉族的《宝船》[34] 这个深受人民群众喜爱的童话故事，其基本情节更是明显地脱胎于《五卷书》中的故事。它的梗概是一个叫王小的小伙子因救了一位仙人，仙人送给他一只纸做的宝船，告诉他在洪水到来时，可以乘坐宝船躲过灾难。但叮嘱他："水上遇着什么动物都可以救，碰着人千万不要救。"后来果真发了洪水，他从水中救活了三种动物：大蛇、蚂蚁和蜜蜂。有一个叫张三的人在水里呼救，他把那个人也救了起来。可是张三后来却把王小的宝船据为己有，献给皇帝，自己做了大臣，并残忍地迫害王小。这时三种动物出来报恩，大蛇衔来一棵仙草擦好了他身上的伤，并告诉他可以用这棵仙草治好皇姑的病。他要同公主成亲，蚂蚁和蜜蜂则帮他解决了皇帝所出的难题。王小终于成了皇帝的女婿，他把事情的经过告诉皇帝，那个忘恩负义、连一条蛇都不如的张三最后受到了应得的惩罚。这篇汉族童话流传在江苏一带，著名作家老舍曾把它改编成受小读者欢迎的童话剧。它在中国许多地区都有异文流传。它的基本情节和某些观念，例如在洪水中宁可救动物也不要救人等，竟和印度的古代童话如此相似，令人不胜惊奇。

22.《五卷书》第一卷第二十三个故事就是我国人民十分熟悉的《蛇郎》。它讲一个女孩子嫁给一条蛇，夜里蛇从柜子里爬出来变成了一个美少年，“看起来同一个大臣的儿子一样”。原来他正是被恶魔变成蛇形的大臣的儿子。故事里插入的说教是：“死神已经布置好了的事情，事前已经决定了的事情，这些都没有法变更。”表现了听天由命的思想。蛇郎故事在中国流行甚广，故事情节比这更曲折复杂，思想生活内容都具有鲜明的中国特色。

23.《五卷书》第二卷第二十六个故事《两个朋友》，传入我国后演变成为藏族的《聪明人和老实人》[35]。它们讲的都是一个“聪明人”和一个老实人一起意外地得到了许多金子。“聪明人”不仅挖空心思独吞了这些金子，还诬告是老实人偷走了。于是他俩打起官司来，请求树林女神判决。“聪明人”指派他的老父亲躲在树洞里冒充仙人讲起话来，老实人气愤得点火烧树，揭穿了这个骗局。故事对那个处心积虑干坏事、陷害好人的所谓“聪明人”作了辛辣的讽刺。两个故事的情节结构一致，藏族故事表现出鲜明的民族生活色彩。

24.《五卷书》第一卷第二十八个故事《老鼠吃秤》，讲一个家道衰落的商人的儿子出门时，将一个用一千斤铁打成的秤交给一位大商人保管。可是他回来后，大商人却说这个秤被老鼠吃掉了，赖着不还。于是年轻商人把大商人的儿子带到河里洗澡，然后藏在山洞里，回去对大商人说，一只老鹰把孩子叼走了。“一只老鹰怎么能把那么大的孩子叼走呢?”“老鼠能把一个千斤铁打的秤吃掉吗?”后来闹到找法官打官司，大商人理屈词穷，只得把秤交了出来，年轻商人也把孩子还给了他。这个故事虽然比较简单，但它所采取的构思方式十分巧妙。年轻商人在法官面前所提的问题：“如果一只小小的老鼠竟然能够把一千斤重的秤吃了下去，那么一只鹰也就可以叼走大象，它叼走一个小孩又何足为奇?”饱含着劳动人民的幽默与机智。这种“以子之矛，攻子之盾”的新奇构思方式在我国民间故事中十分流行。如藏族阿古顿巴故事中的《铜锅生儿》[36]，讲顿巴向地主借了一口锅，几天后在锅里放了一口小锅一齐还去，说是“这锅生了儿子”。后来地主主动借给他一口金锅，满以为可以添口小金锅，顿巴却说锅死了：“凡是能生儿子的东西，都不是有生有死吗?”地主只得无可奈何地走了。苗族的《巧媳妇》[37]中，也有类似的情节。国王要巧媳妇的丈夫交一只生蛋的公鸡，巧媳妇便去告知国王，她男人因生小孩坐月子，不能来见皇上，“男人怎么能生小孩呢?”“公鸡怎么能生蛋呢?”于是国王哑口无言了。在这种深受群众喜爱的构思方式的基础上，演变出了许多同类型的动人故事。

以上四例属于童话。它们和前面的寓言相比，情况有很大的不同。一是其渊源比较复杂，是否来自印度，有的还难以断定，如《蛇郎》。二是童话的故事情节一般都比较丰富，它要求同各地区、各民族的现实生活结合得更紧密，往往是利用那些古老的故事躯壳，注入当时当地人民生活和思想感情的新鲜血液，因而演变的幅度较大，民族色彩更为鲜明。

三、《五卷书》故事传入我国的途径

《五卷书》中的这许多故事是怎样流传到我国来的呢?

这些故事之所以能传入我国，变成我国各族人民口头文学的一部分，首先是因为中印两国相邻，在自然环境和社会历史发展方面有许多相同之处。《五卷书》的那些故事，所反映的是印度从奴隶社会发展到封建社会的社会生活，以及处在这个社会历史阶段的广大劳动人民的思想感情。我国长期处于封建社会，一些少数民族地区，奴隶社会形态一直延续到新中国成立之前。《五卷书》里许多故事所表现的各种社会势力之间的矛盾冲突，以及人们对社会生活的认识和喜、怒、哀、乐等感情，我国人民比较熟悉，可以作为自己人生的借鉴，能够引起内心强烈的共鸣。加上在童话、寓言里扮演各种角色的狮、虎、豺、狼、鼠、雀、猴、蛇等动物，也是在我国大陆上所常见的。人们接触这些故事就更感到亲切了。这些自然与社会条件，无疑是促成中印两国民间口头文学交流的一个重要因素。

故事的传播方式，不外乎口头与书面两种。由于中印两国在地理上接壤，人民群众之间自古以来就在经济、文化上有频繁的交往，印度古代的童话、寓言完全可以通过口头方式直接传播到我国藏族和其他民族中间来。可惜这方面的材料缺乏，只能加以推想。印度古代民间故事传入中国，看来主要是采取书面形式。这方面的材料虽然有限，却颇能说明问题。

首先是《五卷书》的翻译。《五卷书》的完整的汉译本，虽然到1959年才问世，但蒙文译本大约在17世纪前后就出现了。1921年曾有一位俄国人在蒙古发现《五卷书》的17篇故事的手抄本，其中有一篇是《猫师传》，它和藏族的《猫喇嘛讲经》系同一故事的异文。早在1921年，就有蒙古学者研究这个问题的专门著作《脱胎自〈五卷书〉的蒙古民间故事》出版[38]。我们在前面提到的《骄傲的天鹅》《青蛙搬家》《爱显示自己的青蛙》《老虎和松鼠》《乌龟和猴子》等几篇蒙古族故事，看来是从蒙文译本的《五卷书》中的有关故事演变而成，然后又传播到邻近地区的。

其次是通过翻译佛教经典，把有关故事传到中国。唐代高僧玄奘去印度取经的故事，曾被人们传为千古佳话。随着佛教从印度传入中国，两国间佛教徒的来往极为频繁，中国佛教协会编的《中国佛教》一书在“中印佛教关系”一节中就提到，从东汉明帝开始到元朝的 1400 多年间，从中国长途跋涉去印度求法的有姓名可考的僧人就有 500 多名，而应邀前来中国传扬佛法的印度僧人则有 800 余名。他们的主要活动之一是翻译介绍佛经。延至清代，乾隆三年（1738 年）刊行的官版藏经《龙藏》，达到 1670 部，7240 卷。清末宣统年间频伽精舍刊行的《频伽大藏经》，增至 1916 部，8416 卷。清代康、雍、乾时期，还陆续刊印了藏文藏经，蒙文藏经和满文藏经[39]。这些佛经中，包含着大量的印度古代民间故事。法国汉学家沙畹，曾著有《佛经中五百故事》一书，常任侠先生从佛经故事里精选了 78 篇，辑为《佛经文学故事选》[40] 出版，使我们得以窥见这些故事的概貌。

常任侠先生在《佛经文学故事选》一书的“序言”中，对这些故事的特点作了初步介绍：

> 释迦牟尼所说的语言，是很富人情味的，他不仅是善于说教的人，也是善于说故事的人，他用通俗的常用语言，流行的民间传说，为大众说法，多方比喻。因此更能深入人心……

原来这些故事，多产生在释迦牟尼降生以前，其中不少是广大人民自己的创造，反映了他们的爱与憎，祈求与希望，已经在人民口头流传，通过释迦牟尼的口，通过佛教徒结集的记录，保存至今；传到中国的土壤上，又经过了长期的口述、传写、印刷，它和中国人民结下了不解之缘。因此在中国的变文、小说、传奇、戏曲中，与佛经中的故事传说，常有不少相类似的东西。

鲁迅在《中国小说史略》中，曾以吴均《续齐谐记》中的《阳羡鹅笼》系出自康僧会所译《旧杂譬喻经》中之《壶中人》为例，说明印度佛经对六朝志怪小说的影响。“魏晋以来，渐译释典，天竺故事亦流传世间，文人喜其颖异，于有意或无意中用之，遂蜕化为国有。”[41] 鲁迅指出的这种情况，在民间故事领域更为常见。《五卷书》中所载的印度古代民间故事，有许多就包含在佛经中，并通过佛经的汉译早就传到了中国。仅从《佛经文学故事选》中，就可以找到三个例子。

《杂宝藏经》卷三和《佛本行集经》卷五十九所载的《共命鸟》[42]，即《五卷书》第二卷第一个故事《双脖鸟》。《杂宝藏经》系公元 462 年由西域沙门吉迦夜与中国僧人昙曜合作译出[43]，《佛本行集经》由北天竺沙门阇那崛多于公元 604 年译出[44]。我国藏族的《双头鸟》和傣族的《双头凤》故事，看来是直接源于佛经。

《杂宝藏经》卷十所载的《乌枭报怨》[45]，即《五卷书》第三卷中之《乌鸦报仇》。藏族的《乌鸦与猫头鹰》原本于此。

《佛本行集经》卷三十一和《生经・佛说鳖猕猴经》中之《虬与猕猴》[46]，即《五卷书》第四卷序言中的《海怪与猴子》。《生经》系西晋三藏法师竺法护于公元 280 年前后译出。竺法护本来是月支人，世居敦煌郡，早年曾跟随他的师父到西域取回大量梵本佛经[47]。我国藏族的《猴子和青蛙》《乌龟和猴子》，蒙古族的《乌龟和猴子》及汉族的《猴子和乌龟》等故事，当是从这些佛经中演化而出。

再如《五卷书》中的《老虎、猴子、蛇和人》，和我国民间广泛流传的《宝船》这一类型的故事极为相似。它载入汉译《布施度无极经》，又经南朝梁武帝身边的高僧僧旻、宝唱编入《经律异相》一书，于是在中国许多地方流传开来并产生了丰富的变异。它也受到国外学人的重视，温德尼兹在《印度文学和世界文学》一文中就特地提到它：

> 不过也有一些别的故事，其中印度来源是可以稳妥断定的。例如在《本生经》中有一个故事的几种说法，都说有一个人和许多动物曾被一位过路人救过命。所有被救的都答应将来报恩。可是这被救的人后来却背叛了恩人，而所有的其他动物却都用协助来答报恩德。这个报恩禽兽与负恩的人的故事是在世界文学中传播极广的。不过只有在印度的佛教文学中我们发现一整套这一类的故事，其中都有一个动物——往往是象——用它的恩义使不如它的人蒙羞。对

于这一类故事的印度来源是无可置疑的。[48]

最后是对印度故事的改编。藏族文学中就有这样的例子。西藏有一部著名的连环体的故事书《说不完的故事》，采用故事里头套故事的结构形式，与《五卷书》相近。据学者们断定："这些故事原来是从印度传来的，可是经过藏族人民不断的加工，内容已经更加丰富充实了。"[49] 其中有些故事与《五卷书》中的印度故事相类似，但又不是照译，似乎是吸取《五卷书》中的材料改编而成。西藏还有一部《萨迦格言》，作者萨班，是13世纪初藏传佛教萨迦派的第四代祖师。《萨迦格言》本来是用藏族人民熟悉的民歌、格言体裁写成的一部书，后人给它作注解时，编进许多故事。藏族民间流传的《兔杀狮》《聪明人与老实人》就出自《萨迦格言注解》[50]，而这两个故事原本出自《五卷书》。看来也是作注解的人吸取《五卷书》中的材料改编而成的。

另外，《五卷书》在6世纪时，曾被译成巴列维语，8世纪时，又由伊本·穆加发译成阿拉伯文，书名为《卡里来和笛木乃》。这个本子，曾传遍全世界。我国由林兴华节译，于1959年出版。它所收的近50篇寓言中，就有《鸬鹚和螃蟹》《兔杀狮》《海鸥和海怪》《鸭子帮乌龟搬家》《老鼠吃铁》等在我国民间广泛流传的故事。因而《五卷书》中的有些印度寓言，很可能并不是从印度而是从阿拉伯间接传入我国的。特别是在我国西北地区同阿拉伯文化有较深渊源关系的维吾尔族等兄弟民族的民间故事中间，也有不少来自《五卷书》的故事，情形更是如此。

通过以上粗略叙述可以看出，《五卷书》中的许多印度故事，主要是通过该书原文的翻译、改编以及有关佛经的译刻而传入中国的。人民群众在辗转相传的过程中对它们加以改造，于是变成了中国化的民间口头故事。这些故事的传播同佛教有关。如过去在湖北省许多地方，"宣讲善书"的活动十分盛行。按照佛教教义宣讲因果报应、劝善惩恶的故事，实际上是一种大规模的讲故事活动。从我看到的一部清代光绪年间在四川刊刻的《宣讲金针》来看，所录的就有类似于脱胎自《五卷书》

的《宝船》这一类故事。这样的例子在深受佛教影响的藏族、蒙古族和傣族中间，更为常见。萧崇素在《奴隶与龙女》这本藏族故事集的“后记”中，曾讲到一个极其生动的事例。1954 年冬他在来苏地区森林工业区分队部的一间小屋子里听藏族农奴黑尔甲讲故事。黑尔甲讲了一个又一个，完全把他迷住了。萧问：“这些故事究竟是从哪里来的呢?”黑尔甲回答：“我讲的一部分是‘上古书’上的，一部分是人们口里说的‘上古书’上的故事。”黑尔甲虽然不识字，可是小时候他曾跟着伯父在喇嘛寺看牛。而他伯父是个能看书的喇嘛，常常把书中的故事讲给他听，他又到处向别人讲述，使这些“上古书”上的故事变成了藏族的口头文学。“上古书”究竟是怎样一部书呢?田海燕在《金玉凤凰》的“代序”中告诉我们，据他向一些熟悉藏族文学的同志调查了解的结果，所谓“上古书”就是那部《说不完的故事》(即《尸语故事集》)。从这里可以清楚地看出，《五卷书》里的一些印度故事，是怎样从书面进入口头，通过像黑尔甲这样的故事家给予不同程度的加工，传播到更广大的范围之内，终于在我国土地上扎下根来，融化在中国民间文学的汪洋大海中的。

由于佛教需要借说故事宣传它的教义，对广大的善男信女进行鼓动劝戒，因此它保存了大量古代民间故事，对民间故事的传播——从印度传到中国，又从中国境内的这一地区传到那一地区，起了巨大的推动作用。

四、《五卷书》故事在中国的变异

《五卷书》里的故事传入我国后，只有少数完全保持着原来的形态，《金玉凤凰》一书里所录的几个故事就是这样。那大概是因为它们还没有在口头广泛流传的过程中，经过人们锤炼加工的缘故。大部分故事的情况不是这样。人们一边转述，一边用自己的思想感情与艺术智慧改造和丰富这些外来的故事，使它们的内容和形式发生了不同程度的变化，带上了鲜明的民族风格与时代色彩。

它们是怎样演变的呢？

第一，在内容方面，一些故事的基本情节虽然保持着，但实际内容已发生了某些变化，和我国一些民族的人民群众的思想与生活结合起来了。

《五卷书》是“统治论”的一种，编辑者的用意是利用其中的许多故事来说明统治人民的各种权术，因而常常把剥削阶级的偏见渗透进去，或加上一些牵强附会的说教，使故事的主题受到歪曲。这些故事在流传过程中，和我国劳动人民的思想情趣结合起来，其思想意义就变得更为积极了。《五卷书》中的《白鹭与螃蟹》，原来的主题是：“鱼吃得很多，有好的，有坏的，也有的不好不坏处在中间，一只白鹭最后还是给一只螃蟹夹死，因为它贪得无厌。”显然是从白鹭这方面来总结“吃鱼”不可贪得无厌的教训。藏族的《鹭鸶和小鱼》则站在受害者方面总结斗争的经验教训：“相信甜言蜜语容易受骗，贪吃渔翁钓饵自取杀身!”表现出劳动人民的鲜明爱憎之情。《五卷书》中对妇女充满恶毒的诬蔑，《海怪与猴子》中，把海怪要吃猴子的心，说成是受他老婆的指使，并发了一通议论，把女人和傻瓜、螃蟹等相提并论，说“它们一抓住什么东西，就决不会再放手”。藏族的《猴子和青蛙》、蒙古族的《乌龟和猴子》都洗刷了这些庸俗落后的内容，着眼于批判青蛙或者乌龟企图坑害朋友的坏心肠。《五卷书》中的《天鹅与乌龟》，原来的主题是：“朋友们都是满腔的热情，他们的忠言谁要是不听，他就像那一只傻乌龟一样，从木棍上掉下半空。”蒙古族的《爱显示自己的青蛙》，将情节略作改变，说明爱显示自己的人往往栽跟头，不仅获得了新的思想意义，而且更切合这个故事的实际内容。像这样不改变基本情节，而洗刷掉某些不健康的思想情趣，突出那些具有积极意义的方面的故事，为数不少，以上只不过略举几例罢了。

《五卷书》的故事，是在印度的自然与社会历史环境中产生的，它的角色、事件与环境，自然显示出一种“异国情调”来。传入我国和我国的民族生活相结合，即使情节大致相同，也以不同的风貌呈现在人们面前。这样的例子很多。《五卷书》中有《大象和老鼠》，除了在我国云南地区的故事中常出现大象这个角色外，在其他地区都不用这种人们难以见到的动物来编故事。《五卷书》中的《豺狼为王》《狮子与豺狼》，在藏族故事中变成了《狐狸为王》《狐狸与大龟》。这是因为在印度，如同《五卷书》里所讲的，世界上最滑头的动物，在鸟类里面算乌鸦，在兽类里算豺狼[51]，因此多用豺狼来充当故事里狡猾或者机智的角色。我国人民则把豺狼虎豹都作为凶残的兽类来看待，而以狐狸来扮演故事里狡猾或者机智的角色了。对乌鸦，则把它看作一种不吉祥的鸟类，怀着厌恶的感情。《五卷书》里的《乌鸦与黑蛇》，乌鸦在其中扮演着一个受人侵害而能用智慧惩罚敌人的正面角色，《金玉凤凰》中所收的藏族故事《喜鹊和蟒蛇》，则把乌鸦换作了我国人民比较喜爱的一种鸟类——喜鹊。这样，故事内容就和民族生活与心理相一致了。

角色、环境以及某些细节的改变，常常使整个故事的生活情调随之变化。我们这里试以傣族、蒙古族和汉族的三篇故事为例：

傣族寓言《螃蟹和鹭鸶》，原来也是《五卷书》里的一个故事。基本情节和原来的故事是一致的，可是具体内容却完全民族化、地方化了。它讲那些鱼儿住在召勐花园里的池塘之内，每天抢吃游客们丢下的糯米饭，过得很自由自在。鹭鸶欺骗它们说，召勐和他的妻子为了过节，打算把池塘的水抽干，把所有的鱼捞起来煎了赕佛[52]，自己愿意把鱼儿一个一个地搬到谁也抽不干的澜沧江里去。鱼儿们相信了它的话，它便衔着鱼飞到那高大的菩提树上把鱼吃掉了。这虽是一篇以动物为主角的小故事，却在我们面前勾勒出一幅云南傣族地区的风景画和风俗画。把它和原故事中讲的那群鱼是生活在一个普通的水池里，鹭鸶用渔夫要来撒网吓唬这些鱼等情节相比较，两者的生活情调大不一样。

蒙古族的《爱显示自己的青蛙》，把原来《五卷书》中关于两只天鹅抬着一只乌龟在天空飞行，在城市上空引起人们的惊奇，改变为由两只大雁抬着一只青蛙，飞过一山又一山，飞过一滩又一滩，引起村子里人们的议论，将草原上特有的景物编进了故事。听着这个故事，我们似乎已置身在面对长空雁阵的草原居民的行列之中。

汉族的《宝船》，基本情节来自《五卷书》中的《老虎、猴子、蛇和人》，具体内容却呈现出汉族地区的生活情趣。它不仅将老虎和猴子换成了人们更常见的蚂蚁和蜜蜂，还反映出许多不同于原作的社会生活情景。原来故事里讲那条蛇不仅解开了主人公身上的绳索，还咬了国王的爱妃一口。“咬了以后，即使有伟大的念咒驱邪的专家来念咒，即使给她涂上其他医生的解毒的药，我仍然不让毒气解掉。但是，只要你用手一碰她，毒气立刻就解掉。”主人公照这条蛇说的办法去做，真的把王后被蛇咬后产生的毒气消除了。这种用手一摸就可以解除蛇毒的说法，就是当时盛行的用咒术来治病的一种原始神秘的方术。《宝船》中的那条蛇，却是衔来一株仙草给王小治伤，后来王小又拿着这株仙草治好了皇姑的病。用仙草治病的说法，也有幻想色彩，但已反映出我国中医药的发达和人类文明的进步了。《白蛇传》的传说中，白娘子就是找来一株仙草将被自己现形吓死的丈夫许仙救活的。治好王妃及皇姑的病以后，印度国王给了主人公一千个庄子，并任命其为大臣。中国皇帝则按照皇榜上讲的，招了王小做驸马。两人都是因祸得福，然而具体情节不同，显示出民族生活的差异。

从以上三例可以看出，我国一些故事的基本情节虽是外来的，但由于用本民族的生活与心理去充实故事的内容，实际上它们已经变成本民族的故事了。在故事的演变中，这是一种很普遍的情况。

第二，许多故事虽然保持着原来的基本情节，但在艺术表现上却具备了为我国人民群众所喜闻乐见的特色。这是故事演变的又一个方面。

《五卷书》中的印度故事，表现出层峦叠嶂一般的新奇幻想，包含着丰富的人生哲理，这使它们具有一种特殊的风格和魅力。但也有它的不足之处，如多采取平铺直叙的方式来展开情节，较少曲折的笔墨；进行政治与宗教说教的穿插太多，造成了叙述的拖沓。而我国汉族的故事特别注重叙述的简洁明快，藏族故事往往饱含幽默，傣族故事则具有浓厚的抒情气氛，和印度故事相比，显示出不同的艺术风格。劳动人民讲述外来故事，不是简单复述，而是在叙述中尽力把本民族的艺术习惯和趣味渗透进去，这样就使得许多外来故事逐渐获得了民族风格，为本族人民所喜闻乐见。这里略举数例说明：

《五卷书》中的《老虎、猴子、蛇和人》，叙述主人公从井里救活了三种动物的经过，具体情景写得很少，“他在这一片森林的某一个地方找到了一口给野草遮盖起来的井，当他向下看的时候，他看到井里面有一只老虎、一只猴子、一条蛇和一个人，他们也看到他了”。老虎求救，主人公“就把它拉上来”。然而在这过程中，却让老虎讲了三段带有哲理性的话：

> 高贵的人呀！你要想到，保护生物是伟大的责任，把我拉上来吧，让我同我的亲爱的朋友、老婆、儿子和亲属团聚吧！
>
> 一个杀害婆罗门的人，一个喝酒的人，一个太监，一个破坏誓言的人，还有一个人阴险狠毒：对于这些人，圣哲们都规定了赎罪的方法；但是对于一个忘恩负义的人来说却没有方法把罪来赎。
>
> 人这坏崽儿，不管他是谁，总是万恶的集中地。想到这一点，不要把这个家伙拉出来吧，也不要相信他！

汉族的《宝船》这样叙述王小从洪水中救活几种动物的经过情形：

> 船正行着，一条大蛇在水里开始往下沉了，王小赶忙把它救上船。大蛇向王小点了点头。船还是走着走着，一窝蜜蜂在水上聚成一堆，雨淋得翅膀都抿着，也要往下沉了。王小也把它们救上了船。蜂王也爬了出来向王小点点头。

救人的经过，前者这样写：

在井里面的那个人一连声地喊起来："喂，婆罗门呀！把我也拉上去吧！"这一个婆罗门心里可怜起他来："他是我的同类呀！"于是也就把他拉了上来。

后者却是：

船依然往前走着，顺着浪花望去，一个人在水上翻腾着，已经累得筋疲力尽，隐约听见"救命"的喊声，眼看就要沉下水去。王小也顾不得老人所叮嘱的话了，赶快摆船过去，把那人救上船来。仔细一看，原来是邻庄上财主的儿子张三。

前者叙事平直，议论较多；后者运用笔墨比较简洁生动，人物对话简短而注意在叙述中带出具体情景。由此可以大致看出两个民族叙述故事的不同风格。

在傣族故事中，这种情况也不乏其例。《小木匠》和《五卷书》中的《金翅鸟》本为同一类型。在《金翅鸟》中，这样叙述织工骑着木制的金翅鸟，装作天神下凡，来到公主面前之后相爱的情景：

（公主）说道："神仙呀！你为什么原因肯驾临到这里来看我呢？请你指示我，要做一些什么事情！"公主这样说完以后，那个织工用低沉而舒徐的声音慢慢地说道："亲爱的！我就是为你而来的。"她说道："我是凡人的女儿呀！"他说道："你是我以前的老婆，因为诅咒而被赶走。在这样长的时间内，我一直保护着你，不致给其他男人所触犯。……"于是他娶了她。

在《小木匠》中，却用另一种调子来叙述这件事：

公主的心啊，像一朵莲花，渐渐开了瓣，于是公主第一次开口讲话了。她向小木匠问道："远方飞来的凤凰啊，英俊的小伙子，你为何飞到这里来？这里既没有鲜花给你采摘，也没有清泉供你痛饮。"小木匠答道："姑娘呀！你是飞在白云里的孔雀，你是嵌在蓝天上的月亮！你虽然被关在十二层的高楼上，我仍然闻到了你的幽香，因为你是开在我心上的花朵。姑娘呀，姑娘！我只是一只丑陋的乌鸦，却来打扰了凤凰的窝巢！”……小木匠把公主轻轻地搂在怀里，互相谈着爱情的甜言，饮着幸福的甘露。在这静静的夜里，只有窗外的明月为这一对相爱的人儿作证。

这一段文字具有情景交融的诗的意境和诗的节奏韵律，简直就是一首优美的散文诗。傣族人民往往把自己的民族诗歌融合在故事之中，它和印度故事的风格相比就显然有别了。

这里，不是对这几个民族的民间故事的艺术风格作全面的概括，只是就这几个例子进行比较，说明外来故事的演变，既表现在思想内容方面，也表现在艺术形式和艺术风格方面。

第三，《五卷书》中的一些故事传入我国后，也有改变基本情节发展演变成为新的故事的。这有两种情况，一种情况是把原来的情节变成一些“部件”，穿插到别的故事中去，或者把这一个“部件”同那一个“部件”结合起来，构成一个较复杂的故事。人类社会生活渐趋复杂，反映社会生活的故事，特别是童话故事也是按照从简单到复杂的客观趋势向前发展的。从新的现实生活中，提炼新的童话情节，这是一个方面；将原来的故事情节加以重新组合，也可以为反映新的生活内容服务，这样的情况在故事领域是很普遍的。例如《五卷书》中的《海怪和猴子》《狮子与豺狼》，原来是两个故事，共有四个角色，到蒙古族的《乌龟和猴子》中，却并成一个故事，两个角色了。前面讲乌龟怎样要吃猴子的心，没有达到目的，反而遭到羞辱；后面接着讲乌龟为了对猴子进行报复，躲在一个山崖下，想吃掉猴子。猴子用计同山崖讲话，说山崖应声他就回洞。乌龟冒充山崖答话，被猴子识破，阴谋暗算又一次落空。像这样把两个以上的简单故事合理地组织成一个故事，情节上有了更多的曲折波澜，所反映的生活内容也就更为丰富了。民间童话的情节之所以显得丰富多彩、错综复杂，与劳动人民善于运用这种方式来巧妙地编织故事是分不开的。

那么，一种情节到处用，是不是会造成情节的雷同呢？须知民众讲故事并不是简单地搬用现成的情节，而总是用各种来自实际生活的材料加以改造充实。同是动物报恩，山里人讲的是猴子报恩，平原地区的人讲的是蜜蜂报恩，海滨渔民讲的是鱼类报恩，它们报恩的方式、活动的环境各有其特点。所以具体情节仍然是新鲜生动的。

另一种创造新故事的方式是以原来的故事为“框架”，也可以叫做吸取原故事的构思方式，而从实际生活中提炼有关情节予以充实，从《五卷书》中《老鼠出嫁》《老鼠吃秤》《双脖鸟》等演变出来的故事，均属于这个类型。它们大多改变了原作的基本情节，只是吸取原故事里新奇的构思方式——《老鼠出嫁》中的连锁变化，《老鼠吃秤》中的“以子之矛，攻子之盾”，《双脖鸟》中的连体形态等，以此来概括现实生活中矛盾斗争的曲折变化，将幻想与现实结合起来，创造出新的故事。一种美妙的构思方式，在人们手里可以和不同的生活内容相结合，千变万化，编造出许许多多的故事来。后来出现的故事，虽与原来的情节有某些联系，但不是简单模仿，而是一种新的创造。我国各族人民中间流传的许多童话，就是这样吸收和借鉴印度等国家的童话故事的构思方式与艺术表现手法而创造出来的。

《五卷书》里的许多印度故事通过曲折的渠道传入中国，演变成为中国故事，这是一方面；另一方面，《五卷书》里的有些故事，似乎又来自中国。《五卷书》第一卷第八个故事《金翅鸟》和中国唐代即已记录成文的《鲁班作木鸢》，以及至今尚在民间口头流传的傣族的《小木匠》、藏族的《金翅鸟》、汉族的《木鸟》等故事，情节结构惊人地相似。我以为《金翅鸟》系源于中国的鲁班故事，在隋唐时期中印两国僧人的频繁交往中，传至印度，演变成为印度故事。后来又随着印度的佛教文化反向传到我国藏族、傣族人民中间。

五、关于民间故事的比较研究

关于世界范围内许多情节类同的故事的比较研究，多年来为学术界所关注。季羡林先生在《漫谈比较文学史》中就此写道：

对于这个问题，现在归纳起来，不外乎有四种可能，也可以说是四种看法：第一，这些寓言故事是互不相谋地各自独立地产生出来的；第二，是互相学习、抄袭式模仿的；第三，产生在希腊；第四，产生在印度。

我不认为第一种可能或看法是可信的。一个内容完全相同或几乎完全相同的寓言故事而能互不相谋地各自独立地产生，是无法想象的。第二种可能或看法最有道理。这种可能或看法应该同第三、第四种结合起来考虑。

我很赞同季先生的意见。从我对本文涉及的一些中印故事，通过比较，发现它们的形态相似，进而依据有关资料，追根求源，找出它们流传演变的脉络这一过程来看，也证实上述论断是符合实际的。处于相同社会发展阶段上的各民族，由于社会生活与民族心理的相近，可以不约而同地产生出大体相似的情节粗略的故事。但在已有可能进行文化交流的情况下，不同民族共同采用某一种精巧的情节型式来编织故事，则肯定是文化交流的结果。只是这种交流的途径很曲折，不易探寻罢了。用比较研究的方法，弄清某一个故事的来龙去脉，在文学史上的价值是有限的。然而由此探索民间文学的发展规律，了解各民族之间文化交流的历史，却是很有意义的。鲁迅在《中国小说史略》中，曾说中国小说“至唐代而一变”，“叙述宛转，文辞华艳，与六朝之粗陈梗概者较，演进之迹甚明”。造成这种转变的原因，主要是在创作方法上，这时“始有意为小说”，“作意好奇，假小说以寄笔端”。鲁迅的这一卓见，对我们认识中国民间故事发展演变的规律也是极有启发的。印度古代的民间故事，无论是出自佛经，还是出自作为“统治论”来编撰的《五卷书》，由于说故事和编撰故事者是出于“广取譬喻”，“有意”为之，因而利用民间文学素材精心加工制作，巧设幻局，故作新奇，变化腾挪，引人入胜。这样编出来的故事，既有明确的主题思想，又有比较精美的艺术形式，因而更为人们所喜闻乐见。佛经和《五卷书》对民间故事既有思想上进行歪曲和损害的一面，也有艺术上加以丰富提高的一面，使故事艺术的发展，达到了新的水平。这些故事传入中国，不能不对中国民间故事的发展产生有力影响，促使“有意”编讲故事之风发展开来，以致民间故事的形式和风格为之一变。唐代是印度故事通过佛经和《大唐西域记》等著作大量传入中国的时期，民间故事领域奇花盛开，许多至今脍炙人口的优美童话的最初形态就产生在这个时期，如“灰姑娘”型的《叶限》，“田螺姑娘”型的《吴堪》，“天鹅处女”型的《田章》等。由此可以看出，毛泽东在《同音乐工作者的谈话》中提出的“民族形式可以掺杂一些外国的东西”，“以中国艺术为基础，吸收一些外国的东西进行自己的创造”，反映了包括民间文学在内的文学艺术发展的普遍规律。

中印民间故事的比较研究有着广阔的天地。本文只不过是举其一隅，依据很不充分的材料作了一次粗浅的尝试罢了。

注释：

[1] 见《书林》1980 年第 1 期。

[2]《金玉凤凰》，少年儿童出版社 1961 年版。编者称他是根据关于藏族长篇故事《神奇死尸的故事》（即《说不完的故事》或《尸语故事集》）的“传闻”编撰的，共收故事 43 篇。

[3] 这些故事在《五卷书》中穿插叙说原来都没有标题，笔者为便于论述，分别给它们拟了标题。

[4] 见《金玉凤凰》，少年儿童出版社 1961 年版，第 68 页。

[5] 见《金玉凤凰》，少年儿童出版社 1961 年版，第 72 页。

[6] 见《新疆动物故事集》，新疆人民出版社 1979 年版。

[7] 见《民间文学》1957 年第 1 期。

[8] 见《中国动物故事集》，上海文艺出版社 1978 年版。

[9] 见《中国动物故事集》。《兔子报仇》编入《藏族民间故事选》时，改题为《兔杀狮》。

[10] 见《文成公主》，通俗读物出版社 1956 年版。

[11] 见《民间文学》1957 年第 1 期。

[12] 见《中国动物故事集》。

[13] 见《塔里木文艺》1979 年第 3 期。

[14] 见《中国动物故事集》。

[15] 见《金玉凤凰》，第 80 页。

[16] 见《中国动物故事集》。

[17] 见《蒙古族民间故事集》，上海文艺出版社 1962 年版。

[18] 见《月下小景》，复兴书局 1936 年印行。

[19] 见《中国动物故事集》。

[20] 见《新疆动物故事集》。

[21] 见《中国民间故事选》第一集。

[22] 见《蒙古族民间故事集》。

[23] 见《新疆民间文学》第 2 集。

[24] 见《中国动物故事集》。

[25] 见《青蛙骑手》，中国少年儿童出版社 1956 年版。

[26]《印度文学在中国》，载《文学遗产》1980 年第 1 期。

[27] 见《中国动物故事集》。

[28] 见《中国动物故事集》。

[29] 见《蒙古族民间故事集》。

[30] 见《吉林民间文学丛刊》1980 年第 1 期。

[31] 见《小喇嘛降妖》，春风文艺出版社 1982 年版。

[32] 见《藏族民间故事》（资料本）第 2 辑，中央民族学院 1959 年编印。

[33] 见《云南各族民间故事选》，人民文学出版社 1962 年版。

[34] 见《中国民间故事选》第一集。

［35］见《藏族民间故事选》，上海文艺出版社 1980 年版。

［36］见《藏族民间故事选》，上海文艺出版社 1980 年版。

［37］见《苗族民间故事选》，人民文学出版社 1962 年版。

［38］以上见好尔劳《论蒙古民间故事》，译文载《民间文学参考资料》第 8 辑。季译《五卷书》没有《猫师传》这篇故事，想是《五卷书》的另一种版本。

［39］见《中国佛教》，知识出版社 1980 年版，第 124～125 页。

［40］上海古典文学出版社 1958 年版。

［41］《中国小说史略》第五篇“六朝之鬼神志怪书”。

［42］见《佛经文学故事选》，第 119 页。

［43］参见《中国佛教》，第 44 页。

［44］参见《中国佛教》，第 56 页。

［45］见《佛经文学故事选》，第 133 页。

［46］见《佛经文学故事选》，第 53 页。

［47］参见《中国佛教》，第 15 页。

［48］金克木：《印度文化论集》，中国社会科学出版社 1983 年版，第 192 页。

［49］《国外西藏研究概况》，中国社会科学出版社 1979 年版，第 96 页。

［50］见《藏族民间故事选》，第 391、229 页

［51］见《五卷书》，第 254 页。

［52］据 1950 年中华书局出版的江应梁著《摆彝的生活文化》一书，介绍赕佛就是做佛会，私人也可以发起临时做赕，小赕一日，大赕三至五日，邻近的人都要来赶会，十分热闹。

从《经律异相》看佛经故事对中国民间故事的渗透*

研究佛经故事在中国的传播和对中国民间故事的影响，成书于1500年前的《经律异相》50卷是最具代表性的著作。

《经律异相》署名南朝梁代僧旻、宝唱等撰集，是奉梁武帝之命于公元516年前后修成的。但据研究者考证，它的主编实际上是吴地出生的高僧宝唱，僧旻并未参与其事[1]。它是一部搜罗完备的佛经故事总集。上海古籍出版社据《影印本宋碛砂版大藏经》，于1986年将它影印出版，在《出版说明》中写道：

> 《经律异相》的最大价值还在于它对文学的影响。所谓“异相”是相对于“同相”而言。同相为“真如”，为“本原”；“异相”则是存在于神话和现实中具体形象之间的差别相，由此来体现“真如”，达到劝谕醒世的目的。释迦牟尼口授的经、律部分中被称作“异相”的故事、譬喻和传说，原来散见于浩繁的佛教经典中（其中不少发生于释迦牟尼涅槃以后，系佛经结集时羼入），本书加以集中汇编，共得669则，大都带有浓重的文学色彩，充实并扩展了中国文学领域。其中众多的佛经故事和印度民间故事，为此后的戏曲小说所取材。……众多的神怪、动物故事，则对六朝、隋唐志怪小说的形成和发展，起了催发推动的作用。

---

* 原载《佛学研究》第七期（1998年）。

中国民间故事曾受过印度故事的强有力的影响，这一影响主要是通过汉译佛经故事来实现的。《经律异相》就给我们提供了一个探求这种外来影响的重要窗口。

《经律异相》的编排，始于“天部”，终于“地狱部”，按照佛教的宇宙本体观来排列故事，展现大千世界的纷繁事象。从故事的主要角色出发，划分为天人、佛菩萨、僧人、国王、王后、太子、王女、长者、婆罗门、商人、庶人、鬼神、畜生等部类，显得层次分明，条理清晰。《经律异相》对佛经故事的这种分类，同现今辽宁满族的一位女故事家李成明将民间故事分为“三界六景”的说法十分相近，其中的奥妙耐人寻思[2]。

就故事艺术形态而言，则可以大体区分为两类，一是为《佛本行集经》《贤愚经》等所收录，故事情节较为曲折繁复的佛本生故事；二是体制短小的，见于《百喻经》《譬喻经》等经书的寓言故事。这两类故事中均有不少饱含民间口头文学意趣，为中国民众所喜爱而“蜕化为国有”的作品。

一、《经律异相》中的佛本生故事

先看几篇佛本生故事。

《经律异相》卷九，从《生经》卷一中摘编《入海采珠以济贫苦》：

我念过去时，国人贫穷，生怜悯心，乃欲入海求如意珠。众人大会，望风举帆，诣海龙王，从求头上如意之珠。龙王闻其欲济穷士，即以珠与。时诸贾客，各各采宝，悉皆具足，乘船来还。海中诸龙及诸神鬼悉共议言：“此如意珠，海中上宝，非世俗人所当获者。云何损海益阎浮利，诚可惜之。当作方计，还夺其珠，不可失之。”时诸龙鬼，昼夜围绕，欲夺其珠。导师德尊，如意珠力，不能夺之。度海既毕，菩萨踊跃，住于海边，低头下手，咒愿海神，以珠系颈。时海龙神，因缘得便，使珠坠海。导师感激，吾行入海，乘船涉难，勤苦无量，乃得此宝，当救众乏，于今海神反令堕海，敕边侍人，捉持器来："吾卷海水，令至底泥，不得珠者，终不休懈。"即便卷水，不惜寿命，水自然起，悉入器中。诸海龙神，见之怀惧，此人威势精进之力，诚非世有。水不久竭，即持珠来，辞谢还之："吾等聊尔相试，不图精进力势如是，天上天下，无能胜君。"导师获宝，赍还国中，使雨七宝，以供天下，莫不安稳。时导师者，即我身是。[3]

这篇佛本生故事讲述佛陀前生作为某国王子，曾率众人入海采宝，得如意珠一颗。但海里的龙神不让他拿走，因为珠是"海中上宝"，如被世人取走，将有损海国利益；随后又使此珠坠落海中。于是佛陀运用一种器物将海水卷干，以致现出底泥，龙神只好屈服，将宝珠送还。

类似情节在《度无极经》《贤愚经》所载《普施求珠降伏海神以济穷乏》中也有。主人公普施入海采得明月宝珠一颗，出海时被海神夺走，于是普施"两足摽渫海水"，众人也"助其渫水，十分去八。海神怖曰：斯水尽矣，吾居坏也。即还其珠"[4]。又见于《佛说大意经》，大意太子求得宝珠后被海神所阻，珠坠水中，"便一其心，以器抒海水。精诚之感，达于第十四天。王来下助大意，抒水三分，已抒其二。于是海中诸神，皆大振怖"，恐水尽泥出，只得屈服[5]。这几部佛经所讲说的实际上是同一故事，主人公均为佛陀化身的某国太子。它的新奇动人之处，不仅表现在太子为救济众生贫困而不畏艰险入海采宝，还在同海中龙神的较量上取得了大快人心的胜利：用双足激荡海水，或用一种器物吸卷海水，以致无边大海水尽泥出；龙神开始以为"巨海深广，孰能尽之"，随后"皆大振怖"，不得不屈服于人，交还宝珠。

这个构想新颖、想象丰富、意境优美的印度故事通过汉译佛经传入中国后，很快被纳入中国文学之中，逐渐演变成一个众口传诵的故事类型"煮海宝"。丁乃通撰《中国民间故事类型索引》，将它列为神奇故事

592A1 型，收录古今异文 26 例[6]。

唐人薛用弱撰《集异记》，其中《叶法善》一篇，铺叙唐代道士叶法善的神异事迹，其中关于婆罗门使法术以竭大海，从海中掠取诸般宝物的幻想情节，显然是从上述佛经脱胎而来[7]。不过印度故事中的龙神是站在与人敌对的立场上来阻止人类采宝，唐代传奇中的这一段文字则是海龙王借助道士的神奇法术同外来的婆罗门僧人抗争以护卫国宝，后者的意趣已发生了微妙变异。

元杂剧中有李好古的《张羽煮海》，演张生煮沸大海，使龙王屈服，得娶龙女为妻的浪漫爱情故事。它被改编成多种地方戏，对印度故事的中国化并扩散其影响，起了重要作用。

由佛经故事脱胎而出的中国"煮海宝"故事，在民间口头盛传不衰。除《中国民间故事类型索引》所录 20 多例外，近年新出的《中国民间故事集成》吉林卷和辽宁卷，都分别载有此型故事的口述文本。下面是吉林《炸海干》[8] 的主干部分：

> 从前，有个小伙子，名叫王小，靠砍柴为生。有一年春天王小进山砍柴，捡到一个溜溜圆拳头那么大的石头球。他听年岁大的老人说，这玩意儿叫"炸海干"，把它往海里一扔，海水立时就干。王小打算试一试，就带上它向东海走去。不知走了多少日子，这天来到了东海边上。王小掏出炸海干，往大海里使劲一扔，海水立刻一滴也没有了，露出了高低不平的海底。在一个宽广的地方，有一座富丽堂皇的龙宫。不一会儿，龙王爷出来，把他请了进去。
>
> 他在龙宫住了一个多月。临走时，龙王爷说："我这好东西有的是，你随便挑，喜欢什么就拿什么。"王小说："别的什么东西都不要，我就相中了炕头上趴的那个小白猫。"小白猫是龙王爷的心爱之物，怎能舍得送给人呢！可把话说出去了，又不好反悔，只好让他抱去。

这个小白猫原来是龙女的化身，后来王小配龙女，建立了一个美满家庭。

在中国和印度的民间文化中，人们对深广无际的大海都怀有神秘感。印度流行入海求宝的故事，这类宝珠可使人们“在志所欲，无求不获”；中国普遍流行的则是入海求龙女的故事，只要娶上龙女为妻，人们对美好生活的企求就能如愿以偿。可是海龙王是不会轻易地把龙女嫁给人间的小伙子的，这时，就要使用“煮海宝”来使龙王屈服了。这种宝贝或是一块鹅卵石、一枚铜钱，或是一枚螺壳、一颗珠子，却有着使大海震荡，乃至烧干、吸干海水的巨大威力。它是人们借助大胆想象，赋予那些日常器物以超自然魔力，其中蕴含着人们企图征服大海的豪迈气概，有着令人愉悦振奋的魅力。这种积极浪漫主义精神早在中国《山海经》中所载“精卫填海”之类的古老神话就有充分的体现，后世流传的“煮海宝”，则借鉴佛经故事，以更为贴近人们日常生活的方式来重构这一艺术境界。它通常穿插在男主人公为求娶龙女而向龙王施加压力的有趣叙说中，从而象征性地揭示青年男女为争取爱情婚姻自由同封建家长制的有力抗争。这样，整个故事的意趣就超越佛经，完全世俗化、中国化了。

《经律异相》卷十一载有《现为大理家身济鳖及蛇狐》的故事，出自《布施度无极经》：

> 昔者菩萨为大理家，积财巨亿，常奉三尊，慈向众生。往市观戏，即见一鳖，心便悼之，问价贵贱。鳖主知菩萨有普慈之德，常济众生，财富难数，贵贱无违。答曰：“百万能取者善，不者吾当啖之。”菩萨答曰：“大善。”持鳖归家，澡护伤，其临水放之……鳖后夜求龂其门。怪门有声，使出睹鳖还，如事白菩萨，视鳖，即人语曰：“吾受重润，身命获全，无以答谢。水居之物，知水盈虚，洪水将至，必为大害，愿速严船，临时相迎。”答曰：“大善。”明时诣宫门，如事启王，王曰：“菩萨宿有善名，信用其言，迁下处高。”时至，鳖来曰：“洪水至矣，可速上载，寻吾所之，必获无

患。”船寻其后，有蛇趣船，菩萨曰：“取之。”鳖曰“大善。”又睹漂狐，曰：“取之。”鳖亦云：“善。”又睹漂人，搏颊呼天：“哀济吾命！”又曰：“取之。”鳖曰：“慎无取也。凡人心奸伪，少有终信，背恩追势，好恶凶逆。”菩萨曰：“虫类尽济，更弃求之，岂是仁哉！吾不忍为也。”于是取之。鳖曰：“悔哉！”遂之丰土。鳖辞曰：“恩毕请退。”答：“吾获为如来无所著至，真等正觉，必当相度。”鳖曰：“大善。”

鳖退，蛇狐各去。狐以穴为居，获古人伏藏紫磨金百斤，喜曰：“当以报彼恩矣。”驰还白曰：“小虫受润，获济微命。虫穴居之物，求穴自安，获金百斤。斯穴非墓非家，非劫非盗，吾精诚之所致，愿以贡贤。”菩萨深唯，不取徒损，无益于贫民；取以布施，众生获济，不亦善乎？寻而取之。漂人睹焉，曰：“分吾半矣。”菩萨即以十金惠之。漂人曰：“尔掘墓劫金，罪应奈何，不半分之，吾必告有司。”答曰：“贫民困者，吾欲等施。尔欲专之，不亦偏乎?”漂人遂告有司。菩萨见拘，无所告诉，唯归命三尊，悔过自责，慈愿众生早离八难，莫有怨结，如我今也。蛇狐会曰：“奈斯事何?”蛇曰：“吾将济之。”遂衔良药，开关入狱。见菩萨状，颜色有损，怆而心悲。谓菩萨言：“以药自随，吾将龁太子，其毒尤甚，募能济者。贤者以药自傅，即瘳矣。”菩萨默然。蛇如所云，太子将殒。王命曰：“有能济兹，封之相国，吾与参治。”菩萨上闻，傅之即瘳。王喜问所由，因本末自陈。王怅然自咎，即诛漂人，大赦其国，封为相国，执手入宫……遂至太平。佛告沙门：“菩萨者，吾身是也。国王者，弥勒是，鳖者阿难是，狐者鹙鹭子是，蛇者目连是，漂人者调达是。”[9]

它也是佛本生故事之一，讲的是佛陀前生善于理家，积财巨亿，常以钱财普济众生，因救一鳖，预知洪水将至，乘船逃难。在水中救起一条蛇、一只狐狸和一个人。救起来的漂人恩将仇报，诬告他“掘墓劫金”，使其身陷牢狱，最后还是靠蛇与狐狸的帮助才转祸为福。动物报恩，本是民间故事中的常见情节，本篇的新异之处是将报恩的动物和忘恩负义的人进行鲜明对比。那只神鳖早就告诫主人公，在洪水中只能救动物不能救人，“凡人心奸伪，少有终信，背恩追势，好恶凶逆”。可是主人公未听这一忠告，以致被自己救出的人所陷害而吃尽苦头。洪水过后，狐狸打洞安家获得意外财宝，漂人强索不成诬陷恩主入狱；那条蛇出来献计，在它咬伤王子后由坐牢的小伙子出面治好王子蛇伤立功，终于使情势逆转，善恶各有所报。动物报恩和奸人陷害的情节，通过三叠式结构巧妙地串接在一起；故事中既有丰富的想象，又富于现实生活情趣；贯串其中的关于“人性恶”的观念，虽带有佛家哲学的偏见，而忘恩负义之徒的丑恶表演，不论在印度还是在中国均屡见不鲜，从而使这一故事既引人入胜，又发人深思。《经律异相》卷二十六载有出自《摩日国王经》的《日难王弃国学道济三种命》[10]，卷四十四载有摘自《阿难现变经》的《慈罗放鳖后遇大水还济其命》[11]，另一部印度故事书《五卷书》中载有《老虎、猴子、蛇和人》，均以大同小异的情节演绎同一故事，由此可见它在印度的广泛影响[12]。

这个故事通过佛经传入中国，以其完整形态进入了中国民间故事宝库。《中国民间故事类型索引》[13] 动物故事 160 型“感恩的动物忘恩的人”即叙此事。该书收录同型故事 18 例，绝大多数来自汉族地区，也有来自壮族和蒙古族的。

研究者近几年又采录到多例这类故事，其中最著名的一篇是从江苏采录得来的《宝船》，作家老舍曾将它改编成同名童话剧。故事梗概如下：

一个叫王小的小伙子因救活了一位过桥时不慎落入水中的老人，老人送给他一只纸做的宝船，告诉他过些时这里要发大水，乘坐宝船可以躲过灾难。又叮嘱他：“水上遇着什么动物都可以救，碰着人千万不要救。”后来果真发了洪水，他从水中救活了三种动物：大蛇、蚂蚁和蜜蜂。接着又有一个叫张三的人在水里呼救；王小顾不得老人的叮嘱，把他也救了起来。张三是邻村财主的儿子，他把王小的宝船哄骗到手以后，进京献给皇帝，自己做了大官，并迫害前来京城找他的王小。这时三种动物出来报恩：大蛇衔来一棵仙草擦好了王小身上的伤，还告诉他可以用这仙草治好皇姑的怪病；蚂蚁帮他把混在一起的谷糠和芝麻分开；蜜蜂帮他从五十四顶花轿中辨别出皇姑乘坐的花轿。最后王小同皇姑成亲当上了驸马，忘恩负义的张三被皇上砍头，受到了应得惩罚。[14]

它改换了某些角色和细节，如让蜜蜂帮助主人公认花轿就具有中国风土人情和婚嫁民俗的特色。然而，整个故事框架及其内涵，显而易见是从上述佛经故事脱胎而来。中国故事摒弃了佛教徒关于“人心奸伪”的说教，以被救动物的报恩来反衬忘恩负义者的险恶，却有着震撼人心的艺术效果。

《宝船》类型的故事和佛经故事最为接近。在广西壮族地区流传的《渔夫和皇帝》[15]，以皇帝为忘恩负义者，渔夫遭皇帝迫害被几种动物救活后，施巧计将皇帝骗入海中葬身鱼腹。这个故事的变异幅度较大，作品的思想艺术境界也相应地向反对封建压迫方面扩展而有所深化。

《经律异相》卷二十三，从《佛说鳖猕猴经》摘取其梗概道：

有暴志比丘尼者，反怀恶信，谤佛毁僧。佛言：不但今世，过去无数劫时，一猕猴王居在林树，食果饮水，时念一切蚑行喘息人物之类，皆欲令度，使至无为。时有一鳖以为知友，鳖数往来，到猕猴所，饮食言谈，说正义理。其妇见之，谓有淫荡，问夫为何所至，答曰：“吾与猕猴共结亲友，甚聪明智慧，又晓义理。”妇犹不信，因便诈病，困劣着地，治不肯差。谓夫言：“吾病甚重，得卿所亲猕猴肝乃当活耳。”夫答曰：“吾寄身托命，云何以活卿耶?”妇曰：“夫妇同共一体，不念相济，反为猕猴。”夫敬重妇，往请猕猴共食。猕猴答曰：“吾家陆地，卿在水中，安得相从?”鳖曰：

"吾当负卿。"猕猴从之，负到中道，语猕猴言："妇病须卿肝。"猕猴曰："何不早道？吾肝挂树，不赍将来。从还取肝，乃相从耳。"便还树上，跳踉欢喜。鳖问曰："卿应取肝，来到我家去，反更跳踉何耶？"猕猴答曰："天下至愚，无过于汝，共为亲友，寄身托命，还欲见危！"鳖妇暴志是，鳖者调达是，猕猴王我是。[16]

本篇摘取自《生经》。《生经》大约在公元280年前后由西晋高僧竺法护译出。后来译出的《佛本行集经》卷三十一中也载有这个故事，通称为《虬与猕猴》[17]。巴利文《佛本生故事》中将水中角色换成鳄鱼，题为《鳄鱼本生》[18]。又载入《五卷书》第四卷序言，成为《海怪和猴子》。《经律异相》所载，是最简明生动的一个文本。它讲水里的鳖和陆地上的猴子结成了朋友；鳖邀请猴子到自家作客，却心存歹意，打算割取猴心或猴肝为妻子治病；猴子急中生智，谎称心肝挂在山里树上，让鳖把自己送回陆地，终于脱险。它是一则讲交友之道的寓言体的动物故事，告诫人们交朋友要谨慎小心，一旦遭朋友暗算就要使用妙计脱离险境。《鳖猕猴经》的结尾由猴子出面斥责鳖"共为亲友，寄身托命，还欲见危"，正是从故事的本来含义出发的。

这个故事经长期传播，演化为一则著名的中国民间故事，《中国民间故事类型索引》列为动物故事91型"猴子把心忘在家里"，收录口头异文8例[19]，新近采录发表的又有10多例。印度被故事学家认定为世界民间故事的一个巨大蓄水池，中国的91型故事源于印度是毋庸置疑的事实。因此，笔者从另一侧面进行研究，撰写出《一个故事的丰富变异性——"猴子和乌龟"故事的比较研究》[20]，着重探讨了它在中国的变异性。

这类型故事的中国口头异文，汉族有吉林的《猴子和乌龟》，福建的《海母丞相》，上海的《乌龟和梅花鹿》，山西的《树梢猴子心》，山东的《哪有猴心挂树梢》；此外还有蒙古族的《乌龟和猴子》，藏族的《猴子和乌龟》《猴子和青蛙》《乌龟和猴子》，以及朝鲜族的《兔子和乌龟》等篇。其中陕西安康地区流传的《猴子和鳖打老庚》最具有代表性，现录全文如下：

一只猴子下河洗澡，遇到一个大鳖在石头上晒盖。相互攀谈起来，它俩原是同年同月同日生，便打了老庚。从此，每天在河边相会，很是亲热。

过了些时候，猴子便邀请鳖到它家去玩。鳖去了，猴子住在岩洞里，没有别的东西招待它，摆了一席毛桃、花生、苞谷、黄豆之类的土特产。鳖玩了两天就要走，猴子说："轻易不来，再玩几天。"鳖说："不玩了，我得回去准备一下，也请你到我那儿玩几天。"猴子说："你在水里住，我咋得去？"鳖说："我背你去，跟我一路，水里和岸上是一样的，明天早上，你在河边等一会儿，我就来接你。"

第二天清早，猴子来到河边上等了一会儿，果然鳖从水里爬出来，把猴子背到水底一个大石洞里，摆了一席鱼虾之类的美味食物，猴子自然很高兴。

它们吃罢饭，鳖突然提出要和猴子商量个重要事情。猴子说："老兄有何要事，尽管提出来。"鳖说："昨天晚上龙王给我捎信来，说他得了个心慌病，要一颗猴心做药引子，他知道我和你是老庚，所以托我向你要，我相信老兄一定能给为弟办到的。"

猴子听鳖说出这样的话，顿时心里不自在。想了想，说：

"既是老兄要拿我的心敬献龙王，为弟怎能推脱。不过，我早上在河坝里练跟斗，怕把心抖坏了，就取出来挂在柳树梢上……"不等猴子话落点，鳖就变了脸色："那，龙王派人来取东西，我无法交代，你也走不脱！"猴子接着说道："老兄不用着急，咱们现在就去取，烦你再把我背到河边。"

鳖一心想得到猴心，马上背起猴子往上爬，刚爬到河边，猴子一个跟头翻上岸，眨眼工夫又攀上了大柳树，鳖原以为猴子上树给它取猴心，仔细一看，柳树上啥都没有，只有猴子在上面高声叫道：

鳖老庚你快回朝，我在岸上啃毛桃。

不义之人不可交，哪有猴心挂树梢？[21]

本篇及其他各篇，均以一水中动物和陆上动物结交，前者要吃后者心肝阴谋加害，后者谎称心肝忘在家里，用计摆脱灾祸这一核心母题而展开叙说。可以看得出来，它们显然是从印度佛经故事演化而来。

由中印故事的同中之异显现而出的嬗变过程，激起我们的浓厚兴趣。

首先是改换细节。陕西故事将印度故事中的鳖猴结交变成他俩在攀谈中，因得知彼此原是同年同月同日生，“便打了老庚”，结成义兄弟；说老鳖取猴心，是为了献给龙王“做药引子”；猴子随机应变的话，也变成“我早上在河坝里练跟斗，怕把心抖坏了，就取出来挂在柳树梢上”等。这些地方，都于细微处渗透着中国农村的风土人情和农民生活情趣，讲起来使听众倍感亲切。

其次是由次要情节变更所体现出来的观念差异。印度故事的所有文本，都毫无例外地把老鳖的背叛朋友，归咎于其妻子的凶悍歹毒，是他妻子嫉妒其与猴子的友谊而诈称有病要吃猴子心肝才生出风波，它是印度社会中歧视妇女偏见的自然流露，这在许多故事中都有反映。而中国民众口头传诵的这类故事，却都去掉了这一枝节，取猴心不是为了进贡给龙王巴结上司，就是为了给老母治病或自己延年益寿，和妻子一点关系也没有。中国故事中的男人做坏事，大都是“好汉做事好汉当”，很少把妻子牵扯进去，故事传说里倒是有不少女人创造出了使浪子男人回头改邪归正的奇迹。“男尊女卑”的思想在中国社会中也有根深蒂固的影响，而民间文学中对女性的尊重却十分引人注目。

第三是叙述人身份和叙说风格的改变。印度佛经故事通常都是以佛祖向他弟子讲经说法的形式来叙述故事，因此在叙说中便穿插着许多议论说教，使作品显得拖沓臃肿。这篇《佛说鳖猕猴经》原文共700余字，《经律异相》摘取其梗概得400余字，但作为佛经故事的某些程式仍保留了下来，如开篇的“有暴志比丘尼者，反怀恶信，谤佛毁僧”，结尾处的“鳖妇暴志是，鳖者调达是，猕猴王我是”。这里的“调达”今译作“提婆达多”，是佛陀释迦牟尼的堂兄弟，因另立教派，与佛对立，属于“外道”之列[22]，故本篇以猕猴王喻佛陀前生，而鳖及鳖妇则喻调达及另一比丘尼。故事寓意在表现佛在修道时不受邪魔外道所鼓吹的世俗私欲的诱惑。中国口头文学家恢复了它朴野的本色，贴近民众生活展开叙说，使之更为生动活泼，最后用一段顺口溜结尾：“鳖老庚你快回朝，我在岸上啃毛桃。不义之人不可交，哪有猴心挂树梢?”既有鲜明的褒贬爱憎，又富于诙谐幽默情趣。不经研究者指出，人们很难想出它原来竟是一篇出自佛经的印度故事。

这里还应该提到，《佛说鳖猕猴经》传入中国后，曾被唐代张读改写成一篇讽刺小说《求人心遇猿僧》，收入《宣室志》[23]。小说以求取猴心治病作为核心情节展开叙述。资产“甲于郡中”的富翁杨叟，利欲熏心，心力耗尽，得了绝症，这是对富室豪门的鞭挞；“以孝行称于里人”的那位孝子，却行为残忍，竟要把出家修行的僧人的心肝取来给父亲治病，这是对封建孝道的嘲讽；那位口称效法佛祖进行修炼，愿舍身济众的僧人，将一顿饭骗进肚后，立刻逃之夭夭，这是对佛家的嘲弄。结尾是“跳跃大呼，化为一猿而去”，原来他是一只猿猴的化身。小说把这篇佛经故事改写成一篇志怪小说，对有关角色均加以揶揄嘲讽，由此针砭时弊，揭示封建社会世道人情的丑陋，别有一番意趣。作家文学由吸取中外民间故事而丰富自己的内容与形式，这也是有趣的实例之一。

二、《经律异相》中的寓言故事及其他

佛祖及其门徒在讲经说法时，常取各种短小故事作为生动的譬喻，

从而构成了一系列“譬喻经”。它们在体裁上就是我们通称的寓言。

《经律异相》卷四十四从《杂譬喻经》中摘出的《小儿先身以三钱施今解鸟语遂得为王》，所讲述的是一个“机智小儿为王”的有趣故事：

昔有一人，用三钱布施，乞求三愿。一者将来得做国王，二者解众生语，三者多诸智慧。其人命终，生庶人家，形色端正，王募为左右。此儿投募，得侍王侧，见燕在巢，仰看而笑。王问何笑，答曰：“燕言，我得龙女，发长十丈。”唤伴看之，王曰：“审尔者好，无此者杀。”遣看即得。王欲取女为妇，语小儿言：“汝解鸟语，必应多策，给汝食粮，觅此女人。得者重报，若不得，杀汝及家口。”小儿冒死向东海边，见二人共诤隐形帽、履水靴、杀活杖。小儿曰：“何须云云，我放一箭，君二人逐，先前得者与三种物。”答曰：“善。”引弓放箭，二人争走。小儿取帽着靴捉杖，直入海中。至龙所脱隐形帽，令龙女见。女人多欲，遂与小儿持一饼金还至外国。其王遣迎，敕女独入曰：“女便前进。”小儿着隐形帽随女而入。女见王丑，以金掷王，额破命终。小儿脱帽，共女上殿，高声唱言：“我应为王，女为皇后，霸王天下。”[24]

故事的主人公是一位生长在平民家的少年，后来进入王宫做了国王的侍从。他懂得鸟语，听燕子讲海里的龙女发长十丈，长得十分俏丽。国王得知此事后便逼他下海去寻觅龙女，并提出找不到龙女就要“杀汝及家口”。这本来是件很难完成的差事，少年在旅途中恰好遇见两人争夺三件宝物，难以开交，他出来当裁判，射出一箭，佯称让他俩通过比赛捡箭来定胜负，用计把三件宝物骗到自己手里。接着穿上“履水靴”，毫不费力地下海将龙女接出；又戴上“隐形帽”，随龙女进入王宫。龙女用金饼打死国王，少年为王，龙女做王后，建立了一个强盛国家。其中“二鬼争宝”，又见于《百喻经》中的《昆舍阇鬼喻》篇，是一个具有相对独立性的有趣的故事母题。本篇把它吸收进来赋予主人公以超人能耐，而着重表现的却是这位既勇敢而又机智的少年除掉残暴国王自立为王的英雄传奇。故事开头提到主人公因前世有布施三钱的功德，后世才得以实现他的三个愿望，加入了佛家的说教。而故事本身却富有民间文学色彩：解鸟语，寻龙女，巧夺宝物，自立为王。情节构成曲折巧妙，对压迫的愤怒抗争情绪从有趣叙说中自然涌流而出，为佛经故事中难得之佳作。

在中国民间故事中，至今还可以看到形态与之相似的姐妹篇。最具代表性的一篇是肖崇素于 1954 年前后在四川藏族村寨采录的《额尔丹巴和克斯仅若尔藏》，故事梗概如下：

> 额尔丹巴和克斯仅若尔藏是土司的两个儿子，哥哥额尔丹巴受后妈的迫害出逃，弟弟也跟着流浪。他们打死了吃人的蛤蟆精并煮来吃了，两人有了呕金吐玉的神奇本领。后来在旅途中遇上三个强盗争夺一顶隐身帽，一群猴子争夺一双仙鞋，又窥见了一个喇嘛用驴画将人变成驴的魔法。兄弟俩用计将三件宝物弄到手，最后弟弟戴上隐身帽，哥哥穿上仙鞋，顺利回到家乡，用驴画把邪恶的管家变成了一头驴，哥哥接替父亲当了土司，弟弟当了他手下的大头人。他俩和睦相处，一起治理这个地方，让老百姓过上了丰衣足食的日子。[25]

这是一个由“受后妈迫害的孩子”“呕金吐玉的人”和“二鬼争宝”几个著名母题复合而成的长篇故事，背景广阔，情节繁复，引人入胜。稍作比较，即可看出它同佛经故事之间的内在关联：主人公都是具有某种神奇能耐而且机智勇敢的少年，他们采取同样手段，弄到了隐身帽和仙鞋这几样能帮助他们自由行动的宝物；最后都是取代他人成了一个地方的贤明统治者。可是就整体而言，它又是一篇有着浓郁民族特色的藏族故事，并非佛经故事的简单演绎。它成为藏族著名《尸语故事》的基本篇目之一。“二鬼争宝”的母题还被吸收到其他民族的故事中间，《中国民间故事类型索引》的 518“群魔争法宝”型，共收录 6 例。这一脱胎于佛经故事的著名类型，已在中国口头文学中扎下根来。

《经律异相》卷四十四所载《有人买智慧得免大罪》，出自《譬喻经》第四卷，就是民间传承至今的“买智慧”故事。原文如下：

昔有一人，贫穷无用治生，入海，采宝还国。遇善知识言：“我素贫穷，今得此物，足以自谐。若母不可我意，当舍母居去；若妇不可我意，我当更索。”知识答曰：“近此间有大智慧人，满城中可往就买智慧，不过千两金，自当语卿智慧之法。”其人如其言，入事佛聚落，具以问人。答曰：“夫所疑事，前行七步，却行七步，如是至三，智慧自生。”其人夜归家，见母伴妇眠，谓是他男，拔刀欲杀，意中不惓，燃大灯火遥照，思惟朝买智慧，如是前却三反，母便觉寤。此人叹言：“真为智慧，何但堪千两金。”即复与三千两金。[26]

它讲的是一个人入海采宝致富，生了舍母弃妻的邪念，听人说城中有一处可买智慧，便用千两金子买来一句话：“当你遇到了疑难之事，前行七步，后退七步，如是至三，智慧自生。”这个人夜里归家，见妻子身边还睡着一个人，以为是一个野汉子，一时气愤，拔刀欲杀，想起买来的智慧，前行后退，反复了三遍，燃起灯火，仔细观察，原来是母伴妇眠。这时他便感叹道：“这样的智慧，它的价值何止千金！”于是又送去三千两金子。出自《譬喻经》的这篇“买智慧”的小故事，不仅告诫人们遇事要三思而行，切忌鲁莽从事，还生动有力地揭示出人类智慧比财宝更为珍贵的道理，蕴含着发人深思的闪光人生哲理。

这个“买智慧”的故事深受中国民众喜爱，在口头传承中产生若干变异，一直存活至今。中国西北新疆地区就盛传这类故事，如柯尔克孜族的《四句格言》[27]。特别令人惊奇的是，在以丰富优美著称的新疆哈萨克族的民间故事中，有一系列关于“买智慧”的故事被人们记录下来，如《买来的智慧》[28]《三句话》《智慧和箴言》[29] 等。

《买来的智慧》讲从前住在城里的一位汗王，从一个专门出售智慧的人那里，以 1000 枚金币的代价买来一句话：“无论你做什么事，一定要想好了再做，不经过自己思考的事，请不要做。不然的话，你就会受到惩罚。”

《三句话》讲一个富翁的儿子用一匹马从一位老人那里换来三句话，其中一句是：“当你右手要去打人的时候，左手一定要去阻拦。”

《智慧和箴言》的主人公也是一个富翁的儿子，他用父亲给他的3000金币，分三次买来三句箴言，其中一句是：“饱尝忧患的世人，难免有神志迷乱的时候，当惊疑遮蔽了两眼，要以心代目，思前想后。”

这几篇故事中花钱买来的智慧语言里，都有遇事要三思而行这样的意思，而且在后来的情节进展中，都有主人公远行归家、误以为陪伴妻子的男子是奸夫这一情节，正是买来的智慧才使他们没有因一时气恼和疑忌而铸成大错。它们同《譬喻经》故事的内在关联一眼即可看出。这个关联是就故事核心部分而言，如从整体来看，今天流行的这些哈萨克族故事，将深邃的智慧融化在主人公富于传奇性的生活经历之中，使人们从娓娓动听的讲述里受到深刻启示，其艺术境界与魅力自然远非古代佛经故事所能比拟的了。哈萨克族民间文学以智慧洋溢为其重要特征，正如《智慧和箴言》的结尾所提示的：“祖辈传下的箴言字字珠玑，教人智慧，给人勇气和力量。能为活着的人指引道路，是后来人用之不竭的宝藏。”这一特征是由哈萨克历史文化中的多种因素所促成的。现在的哈萨克族虽信奉伊斯兰教，而在历史上却深受佛教影响，《哈萨克族文化史》就指出：“关于佛教，原在哈萨克族康居部内于汉朝即已信奉，经过隋唐时期的发展，佛教已相当普遍，再加上西辽统治者信仰佛教，从而使得佛教在西辽时期哈萨克族中又有新的发展。”[30] 古代来中原地区弘扬佛法，译写佛经的许多高僧就是康居人，也就是今天哈萨克族的先民，如《六度集经》和《杂譬喻经》的译者康僧会。弄清这一历史文化背景之后，我们对哈萨克民间故事中的外来佛教文化影响就毫不感到奇怪了。

《经律异相》卷二十八从《僧祇律》卷三摘取《瓶沙王有四种畏》，

其中有一则“动物冤案”，原文如下：

过去世时有婆罗门，无有钱财，以乞自活。是婆罗门妻不生儿子，家本有那俱罗虫便生一子，婆罗门念如儿想，那俱罗子于婆罗门亦如父想。少时妇生一子，行乞食时便敕妇言：

“汝若出行，当将儿去。”妇与儿食，往比舍寄舂（借碓舂谷），儿有酥酪香气，毒蛇张口吐毒欲杀小儿，那俱罗虫便作是念：“我父母不在，云何毒蛇欲杀我弟！”即杀毒蛇，断为七分，以血涂口，当门而立，欲令父母见之欢喜。时婆罗门始从外来，遥见其妇在于舍外，便嗔恚言：“我教行时，当将儿去，何以独行？”父当入门，见那俱罗口唇有血，即作是念：“我夫妇不在，那俱罗于后将无杀啖我儿？”以杖打杀那俱罗。入门见其儿坐于庭中，唻指而戏；又见毒蛇七分，甚大忧悔。“是那俱罗救我子命，我不善观，便卒杀之，可痛可怜！”即便迷闷躄地。时空中有天即说偈言：“宜审谛观察，勿行卒威怒，善友恩爱离，枉害信伤苦。”时婆罗门者，今瓶沙王也。[31]

它讲的是以乞讨过活的婆罗门家喂养了一种宠物那俱罗虫，与小儿朝夕相伴。妇人一时外出，小儿所吃酥酪散发出香气引来毒蛇，毒蛇张口欲伤害小儿；那俱罗虫为救小儿，奋力搏杀毒蛇，口染鲜血，本想讨主人欢喜；哪知主人归家后不辨青红皂白，误以为是那俱罗虫要伤害小儿，怒气冲冲，抡起棍子将它打杀，造成了一场可痛可怜、无法弥补的冤案。“宜审谛观察，勿行卒威怒”，遇事应审慎观察，切勿在一时盛怒之下不辨是非曲直而铸成大错。它原是印度流行的一则民间故事。印度《五卷书》中就收录了这个故事，动物角色是一只埃及獴[32]。这个著名故事传入中国，经不断演变构成一个大的类型。丁乃通编撰《中国民间故事类型索引》时找到 10 例，列为动物故事 178A 型“主人和狗”。中国民间故事多以民众普遍喂养的猫、狗来扮演那个动物角色，如蒙古族的《白猫之冤》[33]，它的情节和印度故事完全一致，结尾处所表达的思想感情却更为深沉有力："不明是非，忠奸莫辨，反铸成怨情冤案；火盛攻心，恩将仇报，酿就遗恨绵绵。"由佛经故事脱胎而出的这个动物冤案寓言，由于它将古往今来社会生活中不断发生的办好事却遭冤杀的这类惨痛悲剧，以精心构造的生动故事极为鲜明有力地揭示在人们眼前，便获得了永世不朽的艺术生命力。

《经律异相》卷四十四载有出自《百喻经》的一则小故事《夫妇约不先语见偷取物夫能不言》：

昔有夫妇，共食三饼，人各一枚，余一欲破分。妇言："莫分。与君共赌，各自不语，先言者失，后语者得。"于是闭口，至于中夜。土攻偷入，见其二人坐而不语，谓是大怖，不敢作声。收敛其物，担将出户。妇大唤曰："汝是丈夫，那置物去?"夫言："我胜我胜，今得一饼。"众人责笑，谓大颠痴。[34]

它演化为中国后世民间流传的一则笑话"夫妻打赌不说话"，《中国民间故事类型索引》列为135Ⅰ型，收录古今异文6例。笔者在80年代刊行的湖南石门县民间故事集成资料本中看到一篇《一对懒夫妻》，形态与之惊人相似：

有两口子，都懒得不愿起早床，每天睡到中午过，饿极了才爬起来弄饭吃。有一天，两口子上床睡觉，堂客讲："明日早晨哪个醒了先讲话，哪个起来烧早火弄饭吃，要不要得?"男人说："要得。"第二天麻麻亮，他们屋里进去了个强盗，翻箱倒柜，弄得叮当响，两口子看到了，都不做声，让强盗把一包袱东西偷起跑了。堂客忍不住就讲："亏你是个男人，屋里东西偷完了，都不做声!""好好！今朝你弄早饭。"[35]

中国故事除将就一个饼子打赌这一细节改变成就谁先起床谁做早饭来打赌之外，其他情节、细节乃至某些对话都十分一致，可以看出它是由《百喻经》故事脱胎而来。原出自印度的这篇小故事意在嘲笑一对夫妻之"馋"，中国民间笑话转变成嘲笑一对夫妻之"懒"。《百喻经》借用来嘲讽世人"方于五欲，耽著嬉戏，虽遭大苦，不以为祸"，归结到要摒弃世俗情欲而修行信佛上。作为一则中国民间笑话，已不含任何宗教意味，除拿这对夫妇的爱睡懒觉来取笑而饱含幽默情趣之外，似乎还寄寓着"切勿因占小便宜而吃大亏"这一人生教训，因而发人深思。

《经律异相》中还有一些值得注意的篇目，如卷二十二出自《福报经》和《譬喻经》第七卷的《沙弥救蚁延寿精进得道》，讲小和尚从水中救活一群蚂蚁而获善报。

卷四十四摘自《杂譬喻经》第三卷的《三人共施僧一钱后身得自然之金》，将几位商人偶得地下或井中藏金，归结为命中注定，"受前世布施之福"。

卷四十八摘自《大智论》第十六卷的《雉林救火》，赞颂雉鸟奋力扑灭山林大火以救同类的崇高品格；同卷摘自《杂譬喻经》第六卷的《一蛇首尾两诤从尾则亡》，以一蛇头尾争大，彼此牵制，自取灭亡的故事，来说明人类在社会生活中协力同心的重要性。

又卷四十四出自《生经》第一卷的《舅甥共盗甥有黠慧后得王女为妻》，那个盗取官府财物，使官府无可奈何，后来竟然娶上了王女的小伙子，就是我们在中国民间故事中常见的"机智人物"。

这些故事伴随佛教文化对中国民众长期浸染的结果，它们的母题和意趣也明显地渗透在中国民间故事中。

另外，《经律异相》卷四十一所载《檀腻輢身获诸罪》，讲述端正王智判奇案的故事；又卷四十三所载《商人驱牛以赎龙女得金奉亲》，即凡人与龙女联姻故事。这两个著名的佛经故事对中国同类型故事的巨大影响，下文将专节论述。

三、《经律异相》的特点及其在中国的深远影响

《经律异相》作为一部佛经故事梗概大全，具有如下几个特点：

一是全。它从 270 多种佛经中，摘编故事 669 则，“博综经籍，搜采秘要”，可以说已经将公元 6 世纪初传入中国的汉译佛经中的故事、传说搜罗殆尽，我们根据这一部书即可窥见当时传入中国的佛经故事的全貌。

二是纯。正如有关研究者所指出的，它是仅有的不收录中国佛教材料的一部类书，书中所摘均为纯粹的印度佛经故事，实际上大多是流传于古代印度的地道民间故事。

三是简。它是删繁就简的摘编，意在存其梗概。虽摘编时隔三跳五，文句上往往有不顺当之处，内容的取舍也不尽合理，却在较短小的篇幅中保存了这些故事相对完整的面貌。对佛经原文来说虽是梗概，和中国魏晋南北朝时期流行的一些“粗陈梗概”的志怪之作相比，仍显得枝繁叶茂，文笔相当生动活泼。较之原来说教成分较重，叙述拖沓，文字不够简练优美的汉译佛经文本更易于在广大僧俗中流传。

令人惊奇的是，这部成书于 1500 多年前的佛经故事梗概，经清人选录 72 则，作为《佛教故事选集》，至今还陈列在各大寺庙里“内部流通”[36]，供广大前往佛地游览礼拜的善男信女们购置阅读。

注释：

［1］参见白化文、李鼎霞：《〈经律异相〉及其主编释宝唱》，《国学研究》第 2 卷，北京大学出版社 1994 年版。

［2］李成明的“三界六景”说为：星星、月亮、天神、仙女为上界，人间为中界，鬼灵、阴曹地府为下界。山中动物精灵为山景，水中龙王及鱼鳖为水景，花、草为花草景，还有树木景、禽鸟景、家禽景。见张其卓、董明整理：《满族三老人故事集》，春风文艺出版社 1984 年版，第 588 页。

［3］《经律异相》，上海古籍出版社 1988 年版，第 49 页。全文见《大藏经》第 3 册，第 75 页。引文均由笔者校订标点，下同。

［4］《经律异相》，第 49 页。“两足摽渫海水”，“摽”通“漂”；渫，除去。意思是双足入水激荡拍打使海水流溢。情景出自想象。

[5]《大藏经》第3册，第447页。

[6]［美］丁乃通：《中国民间故事类型索引》，郑建威等译，中国民间文艺出版社1986年版，第209页。

[7]薛用弱：《集异记》，中华书局1980年版，第19页。

[8]见《中国民间故事集成吉林卷》，中国文联出版公司1992年版，第428页。

[9]《经律异相》，第58～59页。

[10]《经律异相》，第143页；录入陈麟辉主编《佛经故事选》，改题为《难王修行》，见该书第92页。

[11]《经律异相》，第232页。

[12]详见刘守华：《比较故事学》，上海文艺出版社1995年版，第177～178页。

[13]《中国民间故事类型索引》，第132页。

[14]《宝船》，姜慕震搜集，见《中国民间故事选》第一集，作家出版社1958年版。

[15]见曹廷伟：《广西民间故事辞典》，广西教育出版社1993年版，第140页。

[16]《经律异相》，第128页。全文见《大藏经》第3册《佛说鳖猕猴经》，第76页。

[17]《大藏经》第3册，第798～799页。

[18]郭良鋆、黄宝生译：《佛本生故事选》，人民文学出版社1985年版，第127页。

[19]《中国民间故事类型索引》，第14页。

[20]《比较故事学》，第212～225页。

[21]《猴子和鳖打老庚》，唐德坤讲述，李发林搜集整理，见《安康民间故事》，陕西安康地区群众艺术馆1983年3月编印。

[22]见季羡林：《大唐西域记校注》，中华书局1985年版，第495页。

[23]张读：《宣室志》，中华书局1983年版，第106页。

[24]《经律异相》，第238页。

［25］见肖崇素编著：《奴隶与龙女》，中国少年儿童出版社 1957 年版，第 58～70 页。

［26］《经律异相》，第 235 页。

［27］《四句格言》，见《中华民族故事大系》第 10 卷，上海文艺出版社 1995 年版，第 497 页。

［28］《买来的智慧》，《新疆民间文学》第 6 集（1983 年 12 月）。

［29］《三句话》《智慧和箴言》，均见银帆编《哈萨克族民间故事选》，上海文艺出版社 1986 年版。

［30］苏北海：《哈萨克族文化史》，新疆大学出版社 1989 年版，第 232 页。

［31］《经律异相》，第 153 页。

［32］季羡林译：《五卷书》第五卷所载第一个故事与之相同，宠物的名称叫“埃及獴”，见人民文学出版社 1980 年版，第 365 页；“那俱罗虫”也属这类动物。

［33］《白猫之冤》（辽宁蒙古族），见《小喇嘛降妖》，春风文艺出版社 1982 年版。

［34］《经律异相》，第 235 页。全文见《大藏经》第 4 册《夫妇食饼共为要喻》，第 553 页。

［35］《中国民间故事集成·湖南卷石门县资料本》，石门县民间文学集成办公室 1986 年编印，第 478 页。

［36］《佛教故事选集》第四辑，原名《经律异相》，篇首短序为清同治甲子夏净业弟子古昆编定，本版为浙江天台山国清寺 1986 年印行。

一个佛经故事的传译与蜕化*

——也说《善财与悦意》与《诺桑王子》

佛经中包含许多故事。在佛教传入中国近两千年的漫长岁月里，这些伴随佛经译写、佛教传播而走向广大民众的印度佛经故事，融合在许多民族的口头文学中，给予民间文学和作家文学以广泛而深刻的影响。在很长一段时期内，我国学界对此比较漠视。近几年来，随着学术文化的进一步活跃，这一禁区被打破，用现代汉语译写的面向大众的各种版式的《佛经故事》纷纷问世，已积累至10余种；对佛经故事的评论研究也蔚然成风，海峡对岸台湾已有梁丽玲女士撰写的《〈杂宝藏经〉及其故事研究》[1] 约40万字篇幅的专著问世，大陆出版的人文社科学刊中，评说佛经故事的论文也纷纷涌现。《思想战线》2003年第5期刊载的郑筱筠的《藏族〈诺桑王子〉故事的印度渊源考》就是其中之一。

《诺桑王子》是八大藏戏之一，它的故事和傣族的《召树屯》实为同一类型。进入20世纪80年代以来，它同佛教文化的渊源，曾吸引多位学者作过理论探讨。郑女士文章的发现和启发，促进笔者兴致盎然地将多年积累的有关《诺桑王子》的资料集中审视后撰写成此文，就一个佛经故事进入中国，怎样通过多重渠道译写改编，构成中国民间叙事经典这一特殊文化事象进行研讨。

---

* 原载《民族文学研究》2006年第4期。

一

关于《诺桑王子》源自印度佛经故事一事，早在由佟锦华、谢后芳、耿予方诸先生经多年研究完成的《藏族文学史》[2] 中即已说明。在14 世纪后半叶编成的藏文大藏经之一《甘珠尔》中，有一部佛本生故事集《狮子师本生鬘》，共 3 章 35 个故事，其中最长的一个故事《紧那罗女与诺桑》，作者为印度僧格孝振巴王子，藏文译者是楚臣迥乃白巴。藏文本采用诗和散文结合的文体，文辞活泼优美。在《甘珠尔》中，还有一部《菩萨本生如意藤》，全书共 108 个故事，其中第 64 个故事《诺桑明言》的内容和《本生鬘》中的故事情节完全一致，但通篇均为诗体，细节和语言风格有明显差异。《如意藤》的作者是格旺卫布，大约是 12 世纪中叶的一个印度诗人，藏文译者雄顿·多吉坚楚是 13 世纪人。据一个藏戏手抄本的前言讲，一个叫才仁旺堆的将《诺桑明言》长诗改写成散韵结合的《诺桑王子》，最初给艺人作说唱底本，后来稍加改编用于舞台演出，就成为八大藏戏之一而脍炙人口了。

以上是编撰《藏族文学史》的一批学者在 20 世纪 80 年代就已探明的成果。可是事情并没有到此为止，就我的见闻所及，云南省社会科学院的王国祥先生，于 1994 年发表《藏族和傣族的同源异流故事》[3]，在此基础上提出，诺桑王子故事的真正源头是我国唐代著名高僧义净所译的《根本说一切有部毗奈耶药事》这部佛经所载的善财王子和悦意公主的故事。这一发现，我认为具有重要价值。郑筱筠女士的文章也正是探求根本说一切有部及其经文故事在藏传佛教中的历史地位而给人以新的启示，只是未提及王国祥先生 10 多年前的研究成果而显得美中不足罢了。

关于佛经故事的价值及其对中国文学的深刻影响，经季羡林、常任侠及其他诸先生的研究评论，已受到越来越多的学人的关注。在用现代汉语译写的多种版本的佛经故事中，选录的故事约有上千篇，但这些故事大都取自“大正藏”的“本缘部”，即主要是载于《六度集经》《生经》《佛本行集经》《菩萨本生鬘论》《贤愚经》《杂宝藏经》《百喻经》《撰集百喻经》等10来部佛经中的故事。至于“大正藏”“律部”所收根本说一切有部的几部同样包含许多印度故事的经书，主要是《根本说一切有部毗奈耶药事》《根本说一切有部毗奈耶破僧事》和《根本说一切有部毗奈耶杂事》，共78卷，却几乎无人问津，在我翻检的十几部白话编译的佛经故事中，只有《佛经精华故事大观》[4] 选编了出自《药事》的《善财太子与悦意公主》和出自《杂事》的《神童大药》这两个长篇故事，却并未引起有关学人的注意。

郑筱筠的文章按有关印度早期佛教部派史，探求这一教派及其经文在西藏的传播及其影响，文章最后写道：“正是由于在公元7世纪左右根本说一切有部在印度是一个较有影响的佛教派别，故而它得以在公元8世纪左右传入西藏。同时也正因为根本说一切有部在西藏的重要地位，使得根本说一切有部的三藏得以被大量译为藏文。记录于其中的《善财与悦意》故事也应该在此过程中进入西藏，随着佛经的推广而逐步为西藏人民所喜爱，并成为藏戏《诺桑王子》的最原初的佛经故事文本。”这对于《藏族文学史》中有关《诺桑王子》渊源的论述，不用说是一个很好的补充，由此也引起我们对这一部派的佛经故事所含文化史价值的更大关注。

笔者所感兴趣的是佛经中的善财王子故事传译之后，它怎样在西藏被人们所吸取而发生变异，怎样被再创造而融入藏族的民间口头文学之中。我的做法是将多年积累的有关诺桑王子的故事异文资料集合起来，同相关的佛经故事进行比较，探求其中的故事蜕变之谜。

二

20世纪40年代至90年代，在我国日渐广泛深入展开的民间文艺事业中，学人采录到有关诺桑王子故事的多种口述资料，仅我手头所存就有如下6份：《曲吉郎桑》《却呷郎绒万里寻妻记》《普兰飞天故事》《诺桑王子的传说》《益超仙女》和《诺桑王子和引超仙女》[5]。将上述叙说诺桑王子故事的6个西藏文本和根本说一切有部佛经故事文本进行比较之后，我们获得了如下印象：

1. 与藏族诺桑王子相关的三部佛经故事，虽然男女主人公的姓名有别，但从作品所包含的几个母题及精巧构成的母题链来看，实属同一故事类型。其梗概可简述如下：

①北国国王与南国国王争斗，南国国王命咒师“作法盗海”，图谋拘捕北国龙王以扭转国运；

②猎人或渔夫破除咒师法术，龙王被救以宝物相酬报；

③猎人在隐士指点下以捆仙索拘留飞天公主，后嫁与北国善财王子为妻；

④王子率兵出征，公主在宫廷内受其他嫔妃和巫师阴谋陷害，不得已飞返故国；

⑤王子凯旋，远方寻妻，历经艰险，终得团聚。

前述三部佛经故事梵文本出自不同作者笔下，所采取的文体也不尽相同。虽然形态稍有差异，可是基本故事相同，它们所包含的母题及其组合序列完全一致。笔者曾撰文解析这个被国际学人排列为AT400型的“天鹅处女型”故事的历史演变情况，认为它原初的核心情节是远方飞来的羽衣女与本地男子遭遇成亲，随后羽衣女离去，男子奋勇寻妻，以强化其情爱内涵；最后是提升男子的社会地位为王子，经历战乱与宫廷争斗才实现大团圆，从而赋予主人公个人命运以更丰厚的社会历史色彩。我称这一型为“王子和孔雀公主型”，断定它为本类型中发展最为完整的形态[6]。上述三部佛经故事所述诺桑王子和悦意公主故事，就是这个完整类型的体现。而通过藏传佛教引进这一故事所生发的几种口头异文，对这个故事类型的展现也达到相当完整的地步。

王尧译述的《诺桑王子和引超仙女》，庄学本采录的《曲吉郎桑》，从南北两国之间的纠葛讲起，引出王子与公主，情节层层推进，形态最为完整。王尧先生所依据的是关于藏戏的书面文本，庄学本却是 20 世纪 40 年代直接在康巴藏区口头采录的故事，可见这些佛经故事生命力之悠长和影响之深刻。另两篇异文《却呷郎绒万里寻妻记》和《益超仙女》，主要篇幅叙说王子历经重重艰难远方寻妻，终获圆满；但对故事发端于国家社会的动乱也穿插其间作了简单的交代。叙说者更为关切的是王子与公主这一对恋人在动乱环境中的个人命运。

还有两个异文《普兰飞天故事》和《诺桑王子的传说》，都是在西藏阿里地区普兰县采录的。前者的男女主人公是国王诺桑和仙女玉卓，叙说虽较为粗略，却有本故事的完整框架。后者按传说的模式编写而成，就当地孔雀河南岸山壁上的洞穴、石板路上的脚印和一块大石头上的鞭印展开，认为那洞穴就是诺桑所居王宫的残迹，脚印和鞭印则是诺桑由此出发远征时所遗留。显然这些叙说也是由诺桑王子流行故事中生发而来的。这两个异文的主要特征是和当地自然风物特征紧密结合。尽管李佳俊先生曾提出，《普兰飞天故事》可能是这个类型故事的最古老源头，可是现在人们口头叙说的诺桑和玉卓故事，显然有着佛经故事的影响，而不会是直接发端于当地的古老传说。上述两个故事中似乎确有其事的传说色彩，应当说是近现代口头叙事活动中人们的着意附会所致。这种附会，既表现出人们对主人公的喜爱，同时也为了增强故事叙说的生动感人效果，它已成为民间口头文学中的一种惯常手法了。

2. 现有的几个藏族故事文本，和根本说一切有部佛经故事相比较，形态大同而小异。大同是故事框架完整一致，小异之处是许多细节均按照中国历史文化和西藏当地风土人情而有所变异，从而显现出民族化、地方化的鲜明特色。

故事开头的两个母题中，王子和公主两个主角都未出场，而是由两个国家争夺一个影响国运兴衰的海子讲起，北国国王请猎人打败“作法盗海”的巫师，使龙王得救，龙王以宝物相赠，才引出王子得以娶上远方飞来的仙女。这里有丰富而奇特的想象，这一神奇幻想由于同高原湖泊的自然生态相融合而千年依旧，在今天的几种故事异文中都大体保持下来。然而巫师“作法盗海”的细节则稍有改变。古代佛经中讲的是“来此之时，钉竭地木橛，种种丝线，绕地四边”，以神奇法术拘龙，将这个海子移走。《诺桑王子和引超仙女》中的巫术则是“南国巫师来到湖边，在湖的四方八面插下八根铁柱子，网上丝网，在湖内放下各种毒物和血污秽水，口中喃喃有词。一会儿，湖水就像开了锅一样沸腾翻滚，臭气冲天”，迫使龙神无法存身。

再如女主人公被迫离去的情景，古代佛经文本是北国国王做恶梦，婆罗门巫师进言此梦预兆“决失王位，定当身死”，禳解之法是“用紧那罗脂烧香”祭神，由此欲置作为紧那罗女的悦意公主于死地。今天流行的几种《诺桑王子的传说》的相关文本中，这一说法是巫师提出的，“要以半仙之体的心肝作祭物敬神”，以便加害公主；《益超仙女》中，则干脆说公主是害人的妖精，“益超仙女是妖精，魂魄附在诺桑身，神灵降旨除益超，不除益超兵难胜”。紧那罗在印度神话中是天龙八部之一，在神界的地位不高，紧那罗王马首人身，紧那罗女相貌端丽而活泼风流。传入中国后，因受道教信仰的影响，紧那罗女变成天国仙女，仇家则称之为女妖精。同出一源的叙说，进入中国即发生变异而中国化、地方化了。这样的例子还有许多。

总之，从《善财与悦意》的佛经文本和现今西藏流行的几个诺桑王子故事文本的仔细比较中，我们可以清楚地看到这部古代佛经故事对西藏民间故事一脉相承的深刻影响。

3.《善财与悦意》虽列入佛经之中，其佛教信仰色彩却很淡薄。结尾处写道：“佛告大王，我于尔时名善财童子者，莫作异见，即我是身。”可见它也是按佛本生故事的体例来编撰的。可是本篇中只有几句话涉及佛家因缘说，如“自知过去因缘，得如是福报。我今须更胜于昔时，行于布施，作诸福业”。在其他地方几乎见不到什么佛家说教，而全力叙说善财王子和悦意公主的爱情。初次相识，善财即“心生爱著，如蛾赴火，色境如火。亦如水浪，不可止定”。而悦意也是尽心竭力，“卫护善财太子，令其爱乐，恒不相离”。善财胜利归来，当日拜见父王后，推却与父共食，急匆匆赶回本宫同妻子相会，“今若不见，迷乱烧心，随彼趣方，我当求觅。若无悦意，生大苦恼”。尽管父母对儿子善言劝诱，乃至提出“我此宫中，更有胜彼”，对儿媳的离去并不在意；而善财对悦意却执着爱恋，“速起寻访，东西驰走”。在寻妻旅程中，他询问过山中的猎师与仙人，还同山野里的鹿獐、蟒蛇、百舌鸟、无愁树作过敞开心扉的对话，爬过九重山，并得到猕猴相伴。来到悦意所在王宫之后，以指环相认。又通过种种技艺考验，最后从一千名美女中辨认出妻子，劫后重逢。文本中以浓墨重彩，渲染这些世俗化的情景，抒写男女主人公的炽烈爱欲，使人简直感觉不到它的佛家意味。从这里可以看出，贴近世俗人生和男女情欲，似已成为根本说一切有部所编制的佛经故事的一个鲜明特征。

令人十分感兴趣的是，西藏地区关于诺桑王子故事的几种口头流行文本，不约而同也都是以王子寻妻为叙说重点。由于诺桑故事曾改编为藏戏演出，藏戏本来就要穿插抒情歌舞，这样，善财与悦意故事文本中抒写世俗情感，富有人情味的特色就和近现代藏族口头叙说诺桑王子故事文本的风格达到了惊人的和谐一致。这里先看《善财与悦意》中王子寻妻的一节：“次至 林，见百舌鸟，作其美声，告言：‘汝在诸鸟中尊游林树间，有紧那罗王女，名为悦意，眼发如青莲，如今见不？’说已次行至无愁树……”下面是20世纪50年代采录的《却呷郎绒万里寻妻记》中展现同类情景的一段文字：“王子触景生情，想起久别的妻子，向着面前的一对鹦鹉问道：‘美丽善良的朋友，请告诉我，我的妻子银超娜姆是否从这里经过？她可曾留下过什么口信？’王子刚刚说完，鹦鹉同情地长鸣两声用人语说道……”

尽管文本构成的时间相隔千余年，但其着力展现主人公优美婉转世俗情感的韵味多么相近！不论这是佛经传播的直接影响所致，还是两者的不谋而合，都十分值得人们玩味。

三

关于《根本说一切有部毗奈耶药事》中的《善财与悦意》，还有一些话可说。笔者曾列出“天鹅处女型”的谱系，认为傣族的《召树屯》、藏族的《诺桑王子》和在敦煌石室出土的唐代志怪传奇《田昆仑》均属该谱系中的姐妹篇。但当时未着力考察它们同佛经故事的关联。现在看来，《善财与悦意》这个文本不仅影响了仍存活于我国民族民间文学中的《诺桑王子》和《召树屯》，我以为很可能它与《田昆仑》这个唐代传奇也有所关联。就整体框架而论，《田昆仑》讲的是天女下凡沐浴，在水池中被一青年小伙子偷窃羽衣而结为夫妻；小伙子出门远行，天女从婆母手中索取羽衣飞返天国；后来天女之子田章上天寻母，得天公教习而成为人间俊杰。它是在魏晋时期《玄中记》《搜神记》所载《毛衣女》所代表的“天鹅处女型”原初形态之上的增殖形态，以飞来人间的天女同男子结合所生之子上天寻母为突出特征而成为一个新的亚型，可是男女主人公的巧妙结合和随之而来的分离与追寻这一核心母题，却贯穿在本类型故事的所有亚型中，成为生发整个故事的共同平台。这样，《田昆仑》同《善财与悦意》就有着内在关联了。特别是田昆仑西行和天女离别时的情景：田昆仑在出远门之际，因担心妻子找到天衣后会离去，于是叮嘱母亲：“此是天女之衣，为深举，勿令新妇见之，必是乘空而去，不可更见。”随即商议将天衣藏在床脚下孔洞之内。天女欲得天衣，思量婆母不会应允，便设计“更借天衣暂看”，并申明自己不会逃走。婆母这时才将天衣交付儿媳，“天女着衣讫，即腾空从屋窗而出”，终于离开人间回返天国[7]。

下面让我们将它和佛经中的相应段落试作比较：

善财即往悦意夫人处，取其髻宝，往诣母边，长跪白母曰："此之髻宝，当好防护，莫与悦意。若大苦恼，逼迫至死，当即与之。"母既受已，绕母三匝，作诸伎乐，即往征伐。（后悦意遭迫害）时太子母告曰："汝今正是去时，我若不与你宝，当是负心。"而与悦意髻宝及衣裳等……于是悦意身腾虚空。

这里讲的天女借助宝物腾空飞走，本是出自虚构的神奇幻想，佛经文本中却将丈夫、妻子和婆母三个人物围绕此事所发生的一场纠葛，极富人情味地展现在读者面前，委婉曲折，感人至深。这两个文本之间为何如此惊人地相似，不能不促使人们深思索解。

载有《善财与悦意》的《根本说一切有部毗奈耶药事》这部印度佛经，其汉译者是唐代高僧义净（635—713）。他于公元 671 年赴印度取经求法，至 695 年回到洛阳，译出自己带回的经书，当时就已声名卓著[8]。而从敦煌石室中出土的句道兴本《搜神记》所载《田昆仑》，研究者大都断定为唐末五代时期的写本，且为唐人说书的底本。其中天女称人间为"阎浮提"，已有佛经影响的明显痕迹。《善财与悦意》中将神奇幻想和世俗人情相融合，亦真亦幻地叙说故事的高超技巧，很可能被唐人所吸取而影响到《田昆仑》的风格。文学史家也注意到《田昆仑》这篇作品的不同凡响之处，程毅中在《唐代小说史》中就写道："田昆仑所遇的天女是一只白鹤，形象很美，生子以后的情节更为神奇。这是句木《搜神记》中最长的 篇，很富丁民间色彩，还带有异域情调，为民间文学和小说史的研究提供了珍贵的材料。"[9] 将《田昆仑》这篇唐人小说和义净所译的佛经故事联系起来，是否可以找出某些由跨国、跨文化交流而促使中国文学在唐代发生蜕变的线索呢？《田昆仑》中的"异域情调"是否就来自上述佛经故事？笔者就以这一遐想来结束本文的论考。

注释：

［1］梁丽玲：《〈杂宝藏经〉及其故事研究》，法鼓文化事业股份有限公司 1998 年版。

［2］佟锦华等：《藏族文学史》，四川民族出版社 1985 年版，第 251～252 页。

［3］王国祥早在《云南社会科学》1989 年第 1 期所载《〈召树屯〉〈朗退罕〉渊源新证》中就已提出此说。

［4］王登云、肖识剑主编：《佛经精华故事大观》，北京科学技术出版社 1993 年版。

［5］《善财与悦意》，见《根本说一切有部毗奈耶药事》卷 13－14，《大正新修大藏经》第 24 卷，台北财团法人佛陀基金会 1990 年刊印，第 59～64 页。

笔者多年搜求所得的有关藏族诺桑王子与孔雀公主的 6 件口头文学资料是：

《曲吉郎桑》，庄学本采录，见《康藏民间故事》，上海时代书局 1950 年版。

《却呷郎绒万里寻妻记》，见《藏族民间故事资料本第二集》，中央民族学院 1959 年编印。

《普兰飞天故事》，见李佳俊所撰《孔雀公主型民间故事的起源和发展》，载入《文学，民族的形象》一书，西藏人民出版社 1989 年版。

《诺桑王子的传说》，见阎振中等搜集整理《西藏民间故事》第三集，西藏人民出版社 1987 年版。

《益超仙女》，见程圣民编著《青蛙骑手》，民族出版社 2004 年版。

《诺桑王子和引超仙女》，见廖东凡主编《桔子姑娘》（《世界屋脊上的神话和传说》之三），湖北少儿出版社、西藏人民出版社 2004 年版。

［6］刘守华：《中国民间故事史》，湖北教育出版社 1999 年版，第 287 页。

［7］刘守华：《中国民间故事史》，第 272～282 页。

［8］冯承钧：《历代求法翻经录》，商务印书馆 1931 年版，第 85～87 页。

［9］程毅中：《唐代小说史》，人民文学出版社 2003 年版，第 79 页。

张天师传说和佛本生故事*

从印度传入中国的佛教和中国土生土长的道教，在长达两千年的漫长岁月中，给予中国历史文化的诸多方面以深远影响。佛教和道教信仰的沃土，培育出艳丽的叙事艺术花朵。佛教的《佛本生故事》久已享誉世界文坛；中国各族民间传承的张天师传说，则是可以与之相媲美的中国道教艺术之花。

见于巴利文《本生经》中的“佛本生故事”，为 jataka 的意译，音译“阇陀伽”，共有长短故事 547 篇。它在古印度的渊源，可以追溯到公元前 3 世纪。用现代汉语译成的《佛本生故事选》，直至 1985 年才由北京人民文学出版社出版。可是这些经典故事，早已通过历代古汉语译写的佛经传入中国，如《六度集经》《生经》《菩萨本行经》《菩萨本缘经》《菩萨本生曼论》等。其中有不少蜕化为中国民间故事，走进了中国民间故事宝库。至于张天师传说，仅笔者所见就有一百余篇，它们散见于宋以来的古代文献和现代采录的民间文学资料之中，直至近年，才由笔者多方搜求选编成《张天师传说汇考》一书问世。将中国和印度具有经典价值的这两部宗教人物故事放在一起进行比较，是既有兴味又饱含文化意趣的事。

先从《佛本生故事》说起。佛教在传播过程中，构造出关于佛祖释迦牟尼的种种故事传说，它们有的讲述佛祖现在世即今生的故事，通称

* 原载《道家文化研究》第 24 辑道教文学专号，生活·读书·新知三联书店 2009 年版。

佛传故事；有的却按照佛教轮回转世之说，讲述佛祖前生或为人，或为鸟兽虫鱼等角色串演的种种故事，这就是广传于世的“本生经”或“本生故事”。

早在三国时期，就有康居国高僧康僧会编译的《六度集经》在中国问世，全书 91 篇，均为本生故事。现在选取其中短小精悍的《童子本生〈甥舅买盘〉》一篇为例：

> 昔有菩萨，身为凡人，归命三尊，守戒不亏。与舅俱行，炫卖自济。之彼异国，舅先渡水，止独母家。家有幼女，女启母曰：“后有澡盘，可从商人易白珠也。”母顺女意，以示商人。以刀刮视，照其真宝，佯投地曰：“污吾手矣。”即出进路，母女耻焉。童子后至，女重请珠。母曰：“前事之耻，可为今戒也。”女曰：“观此童儒，有仁人之相，非前贪残矣。”又以示之，童儒曰：“斯紫磨金也，尽吾货易之可乎?”母曰：“诺。”童子曰：“丐吾金钱二枚，以雇渡耶。”舅寻还曰：“今以少珠惠汝，取属盘来。”母曰：“有良童子，尽以名珠雇吾金盘，犹谢其贱矣。尔不急去，且加尔杖。”舅至水边，踏地呼曰：“还吾宝来。”性急椎胸，吐血而死，甥还其金，已睹殒矣，哽噎曰：“贪乃至于丧命乎!”菩萨守信以获宝，调达贪欺以丧身。童子者，吾身是；舅者，调达是。菩萨执志度无极，行持戒如是。[1]

它以舅甥买盘为中心情节展开叙述，舅舅明知那个乡下寡妇所拥有的是一个贵重的紫磨金盘，却装出不屑一顾的样子，图谋用欺诈手段把它弄到手；外甥却实话实说，用自己所带全部财物来买这金盘，还因略有亏欠而表示歉意。于是舅舅见此情景气愤而亡。这本是一则关于外地商人识宝购宝，富有趣味性的地道民间故事，它本身不含任何宗教意味。编入《六度集经》，结尾处却用讲述人的口吻提示道：“菩萨守信以获宝，调达贪欺以丧身。童子者，吾身是；舅者，调达是。”故事用佛陀口吻来讲述，最后还特地点明，那位守信的童子就是佛陀自己，而那位贪心欺诈的商人前生则是分裂佛教的提婆达多，并以菩萨守信而获宝，调达欺诈以丧身作结，表达出善恶各有所报的佛家义理。这样，它就成为一则“佛本生故事”，打上了鲜明的宗教文化印记。

关于“佛本生故事”，我国著名学者季羡林先生有一段精要评述：

> 佛教徒制造的本生故事，数目十分巨大。现在的巴利文《佛本生故事》共收有五百四十七个故事，还有不少的故事没有收在这里面。这五百多个故事，长短悬殊，内容也十分驳杂。其中有寓言，有童话，有短篇奇闻轶事，有笑话，有滑稽故事，有短篇小说，有伦理故事，有箴言故事，有圣徒故事。思想性和艺术性也相差甚多。绝大部分的故事都与佛教毫不相干，有的甚至尘俗十足。但是，佛教徒却不管这些，他们把现成的故事拿过来，只需按照固定的形式，把故事中的一个人、一个神仙或一个动物指定为菩萨，一篇本生故事就算是制造成了。[2]

可见“佛本生故事”的主体就是印度民间口头流传的各种世俗故事，既可以由人类也可以由动物来扮演相关角色，由善恶邪正两种势力的冲突纠葛来构成引人入胜的生动情节。佛教徒按轮回说，把其中的正面角色附会为佛陀之前生，再把其中的反面角色附会为敌对者的前生，并巧妙地将某种义理寄寓其中。经过这一番借用改造，那些世俗流行故事便成为佛本生故事而获得了新的艺术生命。

在中国历史文化土壤上孕育生成的张天师传说故事，和上述佛本生故事相比，既有彼此近似之处，又因在不同历史文化土壤之上孕育生成和传播，便同中有异，在许多方面迥异其趣，各具魅力了。

佛本生故事和张天师传说不谋而合之处，表现为它们均以两种宗教所信奉的神圣偶像为中心人物来编织故事，在神奇幻想的情节构成中寄寓着一定的宗教哲理，结合佛道信仰活动进行传播；它们都和本国的民间口头叙事有着密切关联，即吸取种种世俗故事的情节或母题来构成，成型后又向民间回流。在宗教与世俗文化的交融中获得悠久生命力。那么，它们各自独具的特色是什么呢?

我多年追踪研究张天师传说，已发表过几篇有关张天师传说的评论文章。我的总体印象是：虽然“张天师”是对道教创始人张道陵及其继承人的称号，但传说中的“张天师”却是一个泛指的艺术典型人物，是以张道陵为历史原型而塑造出来的具有概括意义的道士，以常人的面目为基础而被赋予神性的活神仙形象。“他是活生生的人，又神通广大，法力无边，被天上的玉皇大帝赋予统领人间鬼神精灵的巨大权威，而且超脱生死轮回，在上下几千年纵横数万里的广大时空背景下行使着为黎民百姓驱鬼降妖、去病消灾的神圣职责，深得民众爱戴。”[3]

将这两类叙事作品进行比较，以下两方面的差异点最值得我们关注。

其一，佛本生故事和张天师传说，都是将历史上的宗教领袖加以偶像化、神圣化而构成的，它们是历史性与神圣性的融合，这是异中趋同之处。意趣迥异之处在于，佛本生故事是通过虚构出另一个所谓“本生”即前生世界，将佛陀化身为各色各样的人物或动物角色以展现其神圣不凡的品格，以此寄寓佛教倡导的种种社会人生哲理。《六度集经》这部佛本生故事所包含的“六度——布施、持戒、忍辱、精进、禅定、般若”，即导引众生由此岸世界通向彼岸世界的六项途径，就是佛教义理的集中体现。布施度悭吝，持戒度毁犯，忍辱度瞋恨，精进度懈怠，般若度愚痴。“六度是菩萨行，是大乘佛教行持的核心。”《六度集经》按这样的佛家义理来选录本生故事，其中讲“布施度”的就有十来篇，不仅讲到富人施舍财物以济贫困，还讲到国王将国库所有，乃至妻与子均施舍给他人；故事中还赞赏菩萨投身虎口以饲饿虎、兔王自焚供修道者果腹等。“小乘布施的目的，在于破除个人吝啬与贪心，以免除未来世之贫困，大乘则将布施与大慈大悲之教义联结，用于超度众生。”[4]

佛学家指出，这并非一种迷信，六度在现实社会中，仍然有着极其重要的价值。从慷慨布施，周穷救急到精进勤奋，智慧解难，同样是中国各族民众崇高的传统美德，在民间口头文学中有着生动的体现。可是就张天师传说的主体而言，却是驱除鬼怪妖魔，为民消灾降福。正如一部清人笔记小说中所揭示的："张天师为汉时张道陵之后，历代相承，至元明而教大显。凡祈晴祷雨，靡不应；而驱除妖魔，尤所擅长。"[5]驱鬼除妖当然出自幻想虚构，乡村道士施行此类法术更属迷信活动。但其实际文化内涵则是对危害人类的自然与社会邪恶势力的勇猛抗争精神的肯定乃至讴歌。中国南方常遭洪水灭顶之灾，于是人们企求张天师来斩杀鱼精水怪以保平安；各种疾病严重威胁人类生存，常无情地夺去人的生命，人们便由此构造出张天师用种种道法来驱除这些残害生灵的邪恶妖魔的故事。这类传说故事的内容与形式不断演进，到后来，张天师竟然成了在玉皇大帝管辖下统领人间鬼神精怪世界、护佑黎民的"鬼王"。他甚至为了使天下老百姓吃东西吃得香，上天朝见玉皇大帝时，把天上的盐砖偷了四块下来；因受天兵天将盘查，只得将盐砖扔到海里，从此人间才兴起用海水晒盐的行当。"在开天辟地的时候，玉皇大帝那有个张天师，这个张天师就是替百姓办事的。"以巨大神通和权威护佑百姓，主宰常人无法控制和察觉，却又同民众吉凶祸福攸关的那个神秘世界，我以为这就是张天师传说的特质。它的深邃内涵和浪漫主义色彩，均可以从这里得到阐明。张天师传说和佛本生故事这两种类型的神秘叙事作品的不同文化意蕴和审美意趣，从这些方面也就不难体味和区分了。

其二，关于这两类作品的艺术渊源，特别是它和普通民间故事的关联。关于《佛本生故事》的构成，前引季羡林先生的文章已作概括说明。新近问世的《东方民间文学概论》一书对此更有周详评说。它告诉我们："从《佛本生故事》的整体来看，佛教徒从民间取材后，大体上按照一定的程序或框架进行加工。这个程式或框架就是：一个人或一个动物或一位天神出生或转世后，必有行为，有善行或恶行，善行就有善报善果，恶行就有恶报恶果，这就决定下一辈子的好坏，既可以转生为任何动物或天神，也可以转生为上至国王下至平民的人，所以上述程式或框架不难附会或应用在任何民间故事上，一般是正面人物即为释迦牟尼的转生，而反面人物则是释迦牟尼转生物的对立面。”[6]

《佛本生故事》的这个艺术框架，就使它能够广泛吸取民间故事素材，几乎“任何民间故事”都可以用来改编成为一则地道的佛本生故事。还有，这样的改编只需改变讲述者的口吻——以“佛告诸比丘”来提起，结尾时将其中的人或动物角色附会成为佛陀及相关人物之前生就可以了，用不着对民间故事本体作伤筋动骨的改造，从而较好地保持了这些印度民间故事的本来风貌。这些故事大多数当然是后世佛教徒制作的，但利用故事阐释教义，却出自佛祖讲经说法的开创。正如我国研究印度文化的另一位著名学者常任侠先生半个世纪前在《佛经文学故事选》前言中所赞叹的：

> 释迦牟尼所说的语言，是很富人情味的，他不仅是善于说教的人，也是善于说故事的人，他用通俗的常用语言，流行的民间传说，为大众说法，多方比喻，因此更能深入人心，使他的座前，集满了善男信女，合掌静听。在两千年后，读着这些有趣的故事，我们还仿佛听到佛的妙音，向往于那时的情景。[7]

至于张天师传说的构成却是另一种情况。有关张天师的种种传说，伴随东汉道教的创立而开始生成，至宋元时期，趋于兴盛，近现代仍呈现活跃态势。它表现出以信奉斋醮符箓、招神降妖为特征的道教正一派在民间的巨大影响。就叙事文体来清理其演进脉络，实发端于中国古代的“神仙传”。“神仙传”作为一个文体系列，最早有汉刘向之《列仙传》2 卷，列传 70 人；后有晋葛洪之《神仙传》10 卷，录 84 人；再后还有《洞仙传》《续仙传》《三洞群仙录》《墉城集仙录》等，蔚为大观。道教修炼的最高境界就是得道成仙。神仙说在中国传统文化中有着十分古老的渊源，后演化成为道教义理的核心，因此有神仙道教之说。

中国古代道家对神仙说的较为完整的阐述，可举葛洪《抱朴子》中的一段话为例："古之得仙者，或身生羽翼，变化飞行，失人之本，更受异形……老而不衰，延年久视，出处任意，寒温风湿不能伤，鬼神众精不能犯，五兵百毒不所中，忧苦毁誉不为累，乃为贵耳。"[8]

笔者多年前曾经写过一篇《道教和神仙》的论文，认为神仙说是某些人类基本欲望的伸张，也是人们对自己创造潜力的期待。它广泛吸取了中国古老的神话传说材料，使之得以保存和发扬光大。它强调作为万物之灵的人类，能洞察宇宙间的奥秘，掌握役使万物的方术，充分表现出一种积极进取的精神[9]。张天师事迹被多种《神仙传》收录，他就是中国民众敬仰的一位活神仙。这里要加以说明的是，我们现在所见的张天师传说，见于古典文献的只占小部分，大量作品采自各族民众口头，融会在世俗传讲的民间故事传说之中。但经仔细考察发现，这些进入"神仙传"的张天师传说的书面文本，因属道教信仰的经典之作，为《道藏》和道教信仰活动所尊崇；至于种种民间口头述说，实际上均由这些经典性文本派生而出。由此可以断定，张天师传说这个叙事系列，实渊源于中国古代的"神仙传"。这样说来，张天师传说系列与中国民间故事的关系和佛本生故事与印度民间故事之间的关系相比较，就有明显差别了。张天师传说同样以内容及叙述形式的丰富多彩吸引大众，但它不是借用现成的民间故事来改制，而是以记述历史人物现世功业的传闻为基本框架，再楔入种种神奇诡异事迹而夺人心魄。

本来中国的道教信仰活动中，就融会着原始宗教信仰和古代神话传说中的许多文化因子，到"神仙传"的编撰，更将众多神幻母题吸附其中以增光彩。以《张天师七试赵升》为例，这篇张天师传说的经典之作，其中"七试"就沿用了"难题考验"这一常见民间故事的母题组合框架。至于七试中的猛虎相伴、绝壁摘桃、不贪美色、不舍遗金等，也常常作为叙事母题在人们口头传承。由此可见，这篇后世作为人物传记来看待的天师传说，它的民间文学色彩同样也很浓郁。

至于广泛流行的关于张天师降伏妖魔鬼怪的种种传说，更是同中国民间的鬼神精怪信仰和传说有着血肉关联，从蛇精、狐狸精到玉皇大帝、龙王，及猎神张五郎、秃尾巴龙等口头文学中的明星角色，都走进张天师传说，使其洋溢着中国民间文学的丰富意趣。但这些作品却又并非对现成世俗民间故事的简单借用，而是吸取其角色或母题，围绕张天师这个人物串演出一个又一个新奇动人的幻想故事，不论是《张天师偷盐》《张天师和府官》，还是《张天师和猎神张五郎》《张天师智识狐狸精》等，莫不是既富有世俗生活与民间文学意趣，又寄寓着道教哲理而构想新奇的精美之作。

试看湖北京山流传的《郝夫子天师府救乌龙太子》这一篇。郝夫子名郝敬，京山人，明代任户部给事中。有一天他去天师府作客，见廊柱上锁着一个青年小伙子，原来是乌龙太子，因违犯天规，自作主张给天旱祈雨的京山一带百姓下雨解旱，便由玉帝交付张天师给予处罚。郝夫子得知原委，便请张天师转呈玉帝给他免罪。乌龙太子获救后，不仅以飞龙神力将郝夫子送回家乡，此后遇到天旱时，只要京山人呼唤一声乌龙太子，天上就会陡起乌云，下雨解旱，使京山一带从此成了江汉平原的粮仓。故事的文化语境完全是中国的，将对张天师及道教神秘世界的信仰、地方风土人情和乡民的淳厚心态，十分自然巧妙地融合在一个生动活泼的幻想故事里，给人以意味无穷的艺术享受，充分显现出中国民间道教叙事艺术的光彩。

张天师传说中的许多篇目，自20世纪80年代以来经各族民间文艺家的采录整理，被选进《中国民间故事集成》这部巨著，进入了中国民间文学经典宝库。这些作品既有鲜明的道教文化色彩，又在审美艺术上达到了宗教性与世俗性、神奇幻想与现实人生融为一体浑然天成的美妙境界，不能不令人叹为观止。张天师传说这类作品之深受道教信仰的浸染而别具风采，这一点不难理解。还应该指出的是，由于中国的宗教生活较为开放自由和较少封闭性，因而宗教艺术和世俗艺术的互渗交融更为密切。在探求中国道教文学、道教艺术的民族特色时，是不应忽略这一点的。《佛本生故事》作为一部享誉世界的古典名著，将几百篇故事熔铸成为一个整体，其艺术世界既五彩缤纷又完整和谐，可以说达到了无与伦比的地步。但张天师传说的主体是由来自近现代民众口头鲜活叙说所构成，因而有着别具一格的超拔魅力。

1989 年，我曾向第 9 届国际民间叙事研讨会提交论文《中国民间叙事的道教色彩》，除以英文本在布达佩斯发表外，中文本也在《人民日报海外版》1990 年 3 月 6 日全文刊出。此文即以八仙传说和张天师传说为道教民间叙事文学的代表作，最后就其美学特色和文化价值提出如下论断：

> 吸收道教影响的中国民间叙事作品，不仅具有超凡脱俗的神奇幻想，还以景象壮阔、意境幽玄、情趣丰富，透出一种雄健幽深之美。这种艺术风格自然不足以代表中国民间文学的总体特色，但它却是植根于中国传统文化深处，特别是植根于道教所由发源的南方楚文化土壤之中的一种文化形态；这种文化形态因在中国文化史上未占据主导地位而长期遭人漠视，今天看来就更加显得宝贵，值得认真加以研究了。

这段话本来写于 20 年前，近日将中国的张天师传说和印度《佛本生故事》作比较考察时，感到它仍是较有新意又大体切合实际的一个论断，便借用来作为本文的结尾。

2008 年元宵夜

注释：

[1] 蒲正信注：《六度集经》，巴蜀书社 2001 年版，第 149 页。

[2] 季羡林：《比较文学与民间文学》，北京大学出版社 1991 年版，第 124 页。

[3] 刘守华：《宗教与艺术的融合》，载《中国民间文化》1994 年第 1 期。

[4] 蒲正信注：《六度集经》，巴蜀书社 2007 年版，第 2 页。

[5] 俞蛟：《梦厂杂著》卷九。

[6] 张玉安、陈岗龙等：《东方民间文学概论》第一卷，昆仑出版社 2006 年

版，第424页。

［7］常任侠：《佛经文学故事选》前言，上海古籍出版社1957年版。

［8］《抱朴子内篇校释·对俗》，中华书局1985年版。

［9］刘守华：《道教和神仙》，载《文史知识》1987年第5期。

中国民间叙事的道教色彩*

1987年，美国芝加哥大学的余国藩教授来华中师范大学中文系讲学，谈及宗教对中国文学的影响问题，惠赠新作《宗教与中国文学——论〈西游记〉的玄道》(见台湾大学出版《中外文学》第15卷第6期)，其中讲到，有一些西方学者观察中国文学的结果，认为西方文学和中国文学发展最显著的不同点，是中国文学缺乏“宗教启发性”而富于世俗性，由此表现出儒家思想的广阔影响。余国藩先生不以为然，便以《西游记》这部“喜剧性的宗教寓言”为例加以论析。本文不拟涉及整个中国文学中的宗教影响问题，仅就道教这种中国所固有的宗教同民间叙事文学之间的密切联系略作考察。

世界上的每个民族，似乎都生活在两个世界之中。一个是客观存在的现实世界，一个是心灵创造的幻想世界。中国的现实世界，长时期被儒家学说所支配。可是潜藏于广大民众心底的神秘幻想世界，却被道家学说所浸透。中国的民间叙事也就不能不染上道教色彩。从我所接触的新近采录的三百多篇与道教有关的故事传说，便可以看出这一特点。

---

* 原载《人民日报海外版》1990年3月6日，英文本见第9届国际民间叙事研讨会文集《关于民间叙事与文化特质的研究文选》(布达佩斯)。

一

从民间故事体裁上看，中国民间叙事散文可大体分为神话、传说、故事（其中又有民间童话、生活故事、笑话、传说、寓言之分）三类。以神话而论，苏联学者曾将中国神话区别为“中国远古神话”“道教神话”“中国佛教神话”和“后世民间神话”四类予以评述，基于神话属于原始性的口头语言艺术这一特点，我不赞同“道教神话”之说。现在被称为“道教神话”和“后世民间神话”这两类作品中，染有鲜明的道教色彩，确是事实。它们或将古神话中的盘古、女娲、黄帝、王母等形象披上道家外衣，或将自己创造的玉皇大帝、城隍土地、门神财神等赋予神话形象的神圣性，使之成为民众顶礼膜拜的对象。同儒家排斥神话或将神话历史化不同，道家尊崇原始神话，对古神话有所加工而又未失它的基本面貌，因而对保存中国神话作出了重要贡献。

中国的民间传说，因植根于悠久的历史与繁盛的文物而显得丰富多彩。其中最吸引人的是关于历史上各类著名人物（包括他们的显赫功业与发明创造）以及种种优美自然风物和名胜古迹的传说。这两大类传说中都有一部分作品和道教相关。道教追求的最高境界是“得道成仙”，于是将历史上的许多道家人物仙化而列入神仙谱系，造作出种种传奇故事。其中在民间流行最广的是关于八仙——铁拐李、汉钟离、张果老、何仙姑、蓝采和、吕洞宾、韩湘子、曹国舅，以及李老君、张天师、陈抟老祖及张三丰等人的传说。他们既是道教信仰的化身，又寄托着中国民众企求借助超人力量摆脱现实苦难的愿望。

至于中国的风物传说，受道教的影响更为显著。由于道家常选择远离尘俗的名山胜境作为修真养性之所，并在这些地方开辟险阻，营建宫观，经过世代积累，便形成了所谓“三十六洞天”“七十二福地”等圣地。这些洞天福地，包括了我们今天所熟悉和向往的五岳名山以及青城、峨眉、庐山、龙虎、武当、罗浮等。奇险的自然风光、巧夺天工的建筑同道家在这些地方修仙学道的神奇事迹相融合，构造出一系列形态壮美又蕴含一定哲理的风物传说故事，给今天的旅游者以无限的美感。

一般的民间故事，都以广泛表现世态人情为主要内容，它们也在相当程度上受着道教文化的渗透。其中的民间童话或幻想故事，常渗入道教的种种神秘法术幻想而别具风采。在生活故事和笑话中，以装神弄鬼、行为不端的和尚道士作为嘲讽对象，从这里表现出人们对宗教的批判精神。但在民间寓言中，又有不少借鬼神活动来寄寓生活哲理和道德训诫的作品流行于世。

再以民间叙事诗歌来说，常见的叙述爱情和农民斗争的叙事诗，宗教色彩比较淡薄。然而在配合丧葬仪式，作为丧歌来演唱的缅怀古人古事的叙事歌中，也不乏具有道教色彩的作品。湖北神农架地区流行的《黑暗传》就是一例。中国汉族的丧葬仪式多由道士主持，并按道教习俗来悼念死者，安置亡人的灵魂。丧歌中融进道家观念就是很自然的了。

总之，在中国民间叙事体裁中，只要出现鬼神精灵形象，涉足神秘境界，就有道教影响渗透进来，其中既有宗教性的传说故事流入世俗，也有原本出自民间口头的叙事文学后来染上了道教色彩。从世界艺术史来看，后世的叙事文学无不蒙受神话艺术的深刻影响；以中国情况而论，古神话对民间叙事的影响大都经过了道家的过滤和渲染。另外，佛教也参与了神奇幻想世界的创造。在中国民间叙事领域，多是佛道融合，如就汉族而论，佛教的影响远不及土生土长的道教那样深入。

二

那么，道教对中国民间叙事的影响长期积淀，形成了怎样的精神风貌和艺术魅力呢？

1. 道教神秘主义学说的一个重要方面，是喜爱搜奇揽异，穷究天地玄妙。他们认为，天地至大，无奇不有，人们已经认识的事物有限，尚未发现和认识的事物无穷，不能以古圣贤的言论和常人的见闻来判断许多奇特事物的有无虚实。因此，他们对许多古神话的叙述往往言之凿凿，这自然显得有些幼稚可笑。然而在受道教影响的民间叙事作品的神奇幻想境界中，却保存着人们对自然奥秘研究与探求的强烈欲望，这又是极有价值的。以《续仙传》所录被道教神化的“药王”孙思邈的故事为例，其中讲他因救白蛇，得以进入龙宫，受龙王奖赏酬谢，获龙宫仙方三十首，归来后，“历试诸方，皆有神效，后著千金方三十卷，散龙宫方在其内”等等（《云笈七签》卷113)。龙宫奇遇自然是虚构的，孙思邈的千金方确以神效著称，而这些神奇药方的形成又是难解的奥秘，于是道家和民众给予神秘主义的解说。道教在化学、药物学以及人体科学方面的一些重要发现，常常以曲折方式反映在这类叙事作品中。其中包含着丰富的科学幻想，流露出人们探寻自然奥秘的巨大热情，至今仍深深地吸引着我们，留给我们不少宝贵的启示。

2. 道教神秘主义学说的中心是对“道”的探求。道家主张天地人合一，着力探求的是贯串其中的道。认为得其道，即可长生不死，变化通神，役使万物，统摄宇宙，无所不能。神仙就是得道者。先圣先哲可以超凡脱俗而成仙，普通人也可以通过勤求明师，苦心修炼而得道成仙。“道无形，因术以济人；人有灵，因修而会道。”（《云笈七签》卷45）甚至自然界的树木花草、虫鱼鸟兽也可以通灵得道。种种神奇法术即由道而生，民间故事传说对仙人、道士和学法得道的普通人在同自然、社会邪恶势力斗争中所创造的奇迹有着丰富生动的叙述。这些奇迹包括驱邪打鬼、斩蛟斗龙、呼风唤雨、倒海翻江、起死回生、点石成金、剪纸为马、撒豆成兵等。被现实苦难所困扰的广大民众，可以借此表达自己渴望摆脱自然灾害的愿望，因而这种民间故事传说深得民众喜爱。如果说用想象来弥补现实之不足这一点还算不得是中国民间叙事文学的独特之处的话，那么，融天地于一体，认定作为万物之灵的人，可以掌握制御天地万物的神秘力量和法则，达到人和宇宙的高度和谐，取得变化创造的最大自由，并把这种观念借用民间叙事形象地体现出来，就是受道教影响的中国民间叙事文学的独特创造了。

3. 中国民间叙事文学因染有道教色彩，在艺术上呈现出自己的特殊风格和魅力。道教代表了中国人的浪漫主义精神。许多故事传说中得道者长生不死，贯通古今，上能竦身云霄，下能潜游江海，在广阔的时空背景下凭借自己的巨大神通，不断创造惊世骇俗的奇迹。而这种天马行空，奔放不羁的大胆现象，又同丰富的人情味密切结合着。道教按世俗社会模式来描绘神幻世界情景，从玉皇大帝、天兵天将到城隍土地、判官鬼役、冤魂怨鬼这个鬼神系统，实际上是中国封建时代统治秩序的象征。人们借太白星官来表达对清官的期待，将城隍土地作为地方官吏来描绘，具有游侠特征的八仙，浪迹人世，匿真隐形，有时又于突兀中施逞神力，出来济困扶危，惩罚邪恶，主持人间正义，给黑暗王国带来一线光明。故事中虚构与写实、世俗生活与神幻境界交错融合，色彩斑斓，引人入胜。

道术即变化之术。有人说道家万语不出一个化字，所言极是。与道有关的叙事作品中，充满着人与物、人与神、邪与正、平凡与神奇等相反相成、冲突变化的生动叙述，显得活泼热烈，景象万千。又因在这些变化情景中渗透着道家的一些神秘主义哲学，从而具有意境幽深、发人思索的魅力。其中的动人景象既直接源于大自然中千变万化的壮观，又来自对于错综复杂的社会现象的描摹。在《法师斗龙》和《早发的魔箭》这类故事中，修炼得道的主人公虽然掌握了足以克敌制胜的神秘技术，却又因偶然的失误遭致失败，在动人心魄的悲剧结局里，留下引起人们深思遐想的教训。超拔的幻想终难打破旧时代劳动者反抗自然与社会邪恶的悲剧现实，热烈的期待中融合着对于历史的冷静观察。

综上所述，可以看出，吸收道教影响的中国民间叙事作品，不仅具有超凡脱俗的神奇幻想，还以景象壮阔、意境幽玄、情趣丰富，透出一种雄健幽深之美。这种艺术风格自然不足以代表中国民间文学的整体特色，但却是植根于中国传统文化的土壤之中，特别是植根于道教所由发源的南方楚文化土壤之中的一种文化形态。这种文化形态因在中国文化史上未占据正统地位而长期遭人漠视，今天看来就更加显得宝贵，值得认真加以研究了。

道教信仰与中国民间口头叙事文学*

一、道教的信仰与追求

什么是道教？可以说至今尚无一个十分确切并为各方所完全认同的定义。按照我的理解，道教学说的中心就是对“道”的信仰与探求。“道者，虚无之至真，变化之玄伎也。”道家把天地人视为一体，着力探求贯穿其中的道；认为得其道，即可长生不死，变化通神，役使万物，统摄宇宙，无所不能。神仙就是得道者。先圣先哲可以超凡脱俗而成神仙，普通人也可以勤求明师，苦心修炼而得道成仙。“道无形，因术以济人；人有灵，因修而会道。”（《云笈七签》卷 45）甚至自然界的树木花草、虫鱼鸟兽之类也可以通灵得道，进入神仙世界。得道者除长生不死外，还能通晓各种神秘法术。葛洪在《抱朴子·内篇》中就对有关神秘法术作过大胆设想，其中有飞行、隐身、变易形体、兴云致雨、开河造山、召会虫蛇，乃至达到无所不能、随心造物的境地。日常修持的道功道术则有服食、行气、内丹、外丹以及斋醮、符篆等。不同道派对修炼方术各有侧重，有的重斋醮箓以祈福禳灾，名为符箓派，亦称正一

* 原载北京《中国文化研究》1996 年第 2 期及台湾《道教学探索》第 10 辑；日本文载入《日中昔话传承之现状》，东京勉诚社 1996 年版。

派，最有名的代表人物即世居江西龙虎山的张天师，这一派在下层民众间影响深远。有的道派侧重清修炼养，名为丹鼎派。过去多在封建社会的上层流行，最有名的是由王重阳创立的全真派。以邱长春为代表的所谓全真七子，即出自他的门下。

道教所信仰探求的“道”虽是玄妙神秘之物，却表现了渴望穷究自然奥秘的精神。《抱朴子》中写道：“陶冶造化，莫灵乎人。故达其浅者，则能役用万用；得其深者，则能长生久视。”道家认为作为万物之灵的人，可以把握这种通达宇宙奥秘、役用天地万物的道，表现出对人的潜在能力的自信。

道教个人修炼的终极目标是长生不老，飞升成仙。他们豪迈地提出，“我命在我不在天”，积极探求种种方术，以求达到“性命双修”的目的。我国早期的一位道教史研究者傅勤家先生将儒释道三家对生命态度作比较之后写道：“儒畏天命，修身以俟；佛亦谓此身根尘幻合，业不可逃，寿终有尽；道教独欲长生不死，变化飞升，其不信天命，不信业果，力抗自然，勇猛何如耶！”[1] 道家“恶死乐生”，企求长生的思想不仅表达了人类一种最美好的基本欲望，他们千百年来探求的种种健身养生的方术，还对现代生命科学作出了宝贵贡献，其价值正日益为全人类所重视。

道教不仅企求个人长生不死，也企望天下太平。道教的一部重要经典《太平经》就主张众生平等，“周穷救急”，“有财相通”，反对聚敛财物，为富不仁。有的道教学者把企求宇宙和谐、国家太平列入道教宗旨之内，我以为是很有见地的。试看湖北长阳土家族自治县的道士过去在斋醮中所唱的《十二愿》：“一愿道理常演化，二愿风雨顺时来，三愿皇王寿万岁，四愿天下普安宁，五愿众生引慈孝，六愿遍地息刀兵，七愿命蹇离乡畔，八愿祖宗早超升，九愿患厄皆解除，十愿灾障不能侵，再愿消灾并消难，重愿延福又延生。”由此可见，道教对于违背天理人情的自然灾害与社会邪恶势力采取积极抗争的态度，便是很自然的事了。

历代农民起义常与道教结合，张天师、许真君等著名道教人物为民众所称颂的主要事迹就是斩妖驱邪，这些都是道教关注社会安宁与民众疾苦的明证。

我完全赞同一位日本学者所讲的："若将道教式信仰除开，可以说便无法弄清楚中国人的生活和习俗。"[2] 引申开来说，离开了道教信仰，便很难真正理解中国的民间口头文学。

道教与中国民间文学的密切关系，可以说是"你中有我，我中有你"。道教要把自己的神秘信仰形象化，并以通俗生动的方式向民众灌输教义，不得不借助民间文学。道教典籍中的《神仙传》，有不少就是借助民间口头流传的神话、传说、故事材料编成的。最具代表性的事例是宋代道教类书《云笈七签》卷113所引《续仙传》之《孙思邈》，其中插入了一个典型的民间故事：

> （孙思邈）偶出路行，见牧牛童子杀小蛇，已伤，血出。思邈求其童，脱衣赎物而救之。以药封裹，放于草内。复月余，出行，见一白衣少年，仆马甚壮，下马拜思邈，谢以言曰："小弟蒙道者所救。"思邈闻之，不以为意。少年复拜思邈，请以别马载之，偕行如飞。到一城郭，花木正春，景色和媚，门庭焕赫，人物繁杂，俨若王者之居。少年邀思邈入，见一端正美貌，袷帽绛衣，侍从甚众，欣喜相接，谢思邈曰："深思道者，故遣儿子相迎。前者小儿独出，忽为愚人所伤。赖脱衣救赎获全其命，此中血属非少，共感再生之恩。今得面道者，荣幸足矣。"俄倾延入若宫闱内，见中年女子，领一青衣小儿出，再三拜谢思邈曰："此儿痴呆，为人伤损，赖救免害。"思邈省记，尝救青蛇，即讶此何所也。又见左右皆阉人宫妓，呼袷帽君王，呼女子为妃后，心异之，潜问于左右，曰："此泾阳水府也。"王者乃命宾僚设酒馔妓乐以宴。思邈辞以辟谷服气，惟饮酒耳。流连三日，问其欲，对曰："山居乐道，思真炼神，目虽所窥，心固无欲。"乃以轻绡珠金赠行。思邈坚辞不受，曰：

“道者不以此为意耶，何以相报?”乃命子取龙宫药方三十首与先生。“此真道者，可以救世济人。”俄复命仆马送先生归山。既归，深自为异。历试诸方皆若神效。后著《千金方》三十卷，散龙宫方于其内。

关于药王孙思邈因救白蛇而入龙宫获海上仙方的故事，盛传于世。它本是在民间流行极广的龙王、龙女故事的一个类型，常见型式为救异蛇（实为龙子）而得龙女为妻，也可变异为从龙宫获得某种宝物而致幸福。《续仙传》中的这个故事，除孙思邈辞谢龙王的话“山居乐道，思真炼神，目虽所窥，心固无欲”，表现了道家的人生哲学之外，整个故事都保持了民间文学的特色。而且文笔朴实生动，有力地展现了那似幻非幻、亦虚亦实的环境与人物，似乎由一位讲述者站在读者面前娓娓道来。《民间文学》1979 年第 9 期发表的《海上仙方》为这一故事的现代口头异文，两篇作品的情节和叙述风格十分接近。从这里可以看出中国道教经典的作者是很看重民间口头文学材料并努力吸取的。

关于民间文学、民间信仰被道教吸收融合的情况不拟详论，本文主要探讨道教信仰对现存民间口头文学的影响。

在中国，广义的民间故事包括神话、传说、故事（其中又有幻想故事或童话、生活故事、寓言、笑话等）三大类别，规模宏大的《中国民间故事集成》所收录的作品就以此为范围。本文内容也从这三方面开展。

二、道教与中国神话

俄罗斯汉学家李福清将中国神话区分为“远古神话”“道教神话”“佛教神话”及“后世民间神话”四类。基于神话是原始性的口头语言艺术这一基本特征，我在 1983 年发表的《道教与中国民间故事传说》[3]中，表示不赞成“道教神话”之说。中国民间文学集成总编委会于

1987年印发的《工作手册》中指出："后世宗教神佛的故事，其事件一般发生在人所经历的历史时代，神奇幻想的比重及其在故事中的地位和古代神话不同，其形象的构成方式也不同于古代神话之把自然形象化，而是把现实的人（许多是历史人物）神化。某些群众对他们也有所信奉，但故事本身大多是借其神通表现某种现实的愿望，或表现其在人世的神奇经历等。因此，从民间文学角度来看，一般不把它们作为神话看待，而归于传说。如关于八仙的传说，观音的传说等。"这一合理意见在全国各地民间文学集成的编辑工作中已付诸实施。还有一些学人主张把这类作品统称为"仙话"，也有相当的道理。

但中国民众口头流传的神话中，染有鲜明的道教色彩确是事实。可以说正是以道教的神秘信仰作背景，它们才能存活下来。以巴县为例，《中国民间故事集成重庆市巴县卷》[4] 收录神话39篇，其中与道教信仰有关的达22篇，占一半以上，篇目有《女娲补天》《太阳和星星的来历》《月亮的圆缺和星星眨眼》《月亮和云是哪个生的》《天狗吃月》《天河的来历》《十二个月和星期是哪个来的》《女娲创世》《伏羲兄妹结亲》《大禹治水》《孙猴儿帮夏禹王治水》《谷子的来历》《火的来历》《房子的起源》《轩辕制衣服》《布是哪个来的》《太上老君造农具》《人吃三顿饭及牛生日的来历》《十二属相为啥没得猫》《阎王刺》《后羿之死》等。中国道教经典的作者常常将古神话中的盘古、女娲、黄帝、西王母等形象进行不同程度的改造，纳入道教神谱，如将盘古改造为"元始天尊"，将黄帝封为"元圃真人"，将西王母改造成为王母娘娘充当玉皇大帝的配偶等。上述民间口头传承的神话则在保持古代神话基本风貌的前提下，将玉皇大帝、太上老君、八仙、城隍、土地这些道教神谱中的先天神圣和后天仙真穿插到故事中来，移花接木，添枝加叶，显出新的风采。

《女娲补天》中说，女娲"把太上老君的八卦炉借来，把那些五颜六色的石头炼了七七四十九天，都化成了水，才一瓢一瓢地舀来把天补起”。

《太阳和星星的来历》讲的是后羿射九日的故事，却请来许多道教神仙上场。它讲玉皇大帝手下有个火神，火神有九个儿子。玉帝派火神带九个儿子下去给人间照亮，他们变成大火球给人间带来巨大灾祸；玉帝派后羿去射日，一连八箭把八个火球射得粉碎，正要射第九个火球的时候，太上老君和南极仙翁赶来要他留下一个火球给人间照亮，便成了今天的太阳。那被射落的火球的碎块在天上飘来飘去，就成了星星。

《孙猴儿帮夏禹王治水》的故事也把玉帝拉了进来，说孙猴儿在天上乱翻，把玉皇大帝的玉瓶水打翻了，才弄得洪水滔天。玉帝赶忙喊夏禹王到人间去治水。禹王把九条河都疏通了，只有那些凼凼不得干，玉帝又派孙猴儿下凡相助。孙猴儿下凡用金箍棒一处捅一下，那些水就从捅穿的眼里流入地下，成为今天的地下河。

讲述谷子、火、房子、衣服、十二属相来历的那几篇故事，也都是以玉皇大帝、太上老君为中心人物。由于道教信仰的深远影响，便使得道教崇奉的玉皇大帝、太上老君等在人们口头上取代了古神话中的神圣形象。他们既然活在民间信仰中，进入口头叙事领域便获得了相应的神圣性和生命力。道教对保存和延续中国古代神话起了积极作用，这些事例就是有力的佐证。

三、道教与中国传说、故事

中国的民间传说，因植根于悠久的历史与繁盛的文物而显得格外丰富多彩。其中最吸引人的是关于历史上各类著名人物、种种优美自然风物和人文景观的传说。这些传说中都有一部分作品和道教相关。道教追求的最高境界是“得道成仙”，于是将历史上许多道家人物仙化而列入神仙谱系，造作出种种传奇故事。其中在民间流行最广的是关于八仙——铁拐李、汉钟离、吕洞宾、张果老、曹国舅、蓝采和、韩湘子、何仙姑以及一些著名道士——张道陵、许逊、陈抟、张三丰等人的传说故事。道家修仙学道要选择名山胜境，他们在历史上不惜以巨大努力在山野间开辟险阻，营造宫观，经过世代积累，形成了“三十六洞天”“七十二福地”等圣地。这些洞天福地，大部分成为我们今天旅游者向往的胜境。奇险的自然风光、巧夺天工的建筑同道家在这些地方修仙学道的神异事迹相融合，构造出一系列形态壮美又蕴含一定哲理的风物传说故事，给今天的游人以无限的美感享受。

例如湖北的武当山，景色奇险幽秀，相传为北方之神玄武（真武）得道飞升之地，道教兴起后即被尊为道教仙山。当地人们把真武修仙的事迹和奇险自然景观结合起来，编织出一系列动人故事。武当“金殿”（俗称“金顶”，为铜铸鎏金宫殿）坐落在“一柱擎天”的“天柱峰”顶端，那里本来有个山尖，传说真武大帝为了修金殿，拔剑把它削去一截，坠落在黄龙洞前，便成了今天我们所见的“小武当”。“小武当”顶上长着七棵夜里金光闪烁的奇树，民间传说告诉人们，那是“小武当”落地时的震天巨响摇落月宫的梭罗树籽所长成。“几粒树籽一夜之间长出七棵大树，上接天，下拄地，遮云挡雾，荫蔽了半边武当山。每到夜里，树下闪闪发光，像一天繁星，使八百里武当处处都能看到它。”[5]金殿建于明永乐十四年（公元1416年），史迹并不难追寻。上述传说既表现了尊崇真武的道教信仰，又以超拔的想象编织故事，将真武的巨大神通和当地壮美的自然及人文景观融为一体，以独特的艺术构想引人入胜。

中国关于许多非宗教性历史人物的口头传说中，也常有道教影响融会其中。如三国时期的著名军事家诸葛亮，民众在称颂他的奇才异能时，往往用道教的神秘影响给予解释。巴县流传的《诸葛亮得道》[6]，就讲当诸葛亮还是娃儿的时候，吃了一个叫花子胸口上长的三根红毛和一个疯老婆子头上的一根长头发，还吞吃了皂角树上老鸹嘴里的一颗珍珠。这是三个精怪，他们各修了一千二百年道行。“诸葛亮自从得了三妖的道法，一天比一天精灵，阴阳八卦一目了然，天上地下无所不知，前后几千年都在心中。”这样，自然料事如神，无往不胜了。按照道教的神秘主义学说，动植物精灵经过修炼可以化身为人，得道成仙。得道后即无所不知，无所不能。他们的道行常常凝聚在某种宝物上（即道家所称“内丹”和“外丹”的具象化）。上述关于诸葛亮得道的生动故事情节，正是从道教信仰中提炼得来的。鲁迅在《中国小说史略》中评说罗贯中的《三国演义》，称它“状诸葛之多智而近妖”，实际上就是指这部通俗小说吸取民间传说材料，使诸葛亮形象具有某些“妖道”的特征。由于深受道教文化的浸染，在中国民众心目中，历史上那些著名政治家、军事家和农民起义首领，其超群出众的才智与业绩常常与道家的帮助、启示有关。这类传说在人们口头上流行不衰，例子不胜枚举。

普通民间故事，以广泛表现世态人情为特征。它们大体上分为两类，一类是幻想性或幻想色彩较浓的，一类是现实性较强的。前一类故事深受道教神秘信仰的影响，主要表现为吸收道教创造的神鬼精怪等幻想形象和神秘法术幻想，使故事叙述奇幻动人。试以四川省著名故事家魏显德所讲的《行船到天边》[7] 为例，它讲的是一位穷汉去远方得宝致富，贪心人学样遭惩罚的故事，可归属于丁乃通编撰的《中国民间故事类型索引》之555A型。但四川流行的这个故事却发生了具有浓厚道教信仰色彩的变异：主人公划着小船，不知不觉就到了天上，得到饥仙娘子的帮助。他想摘一个仙桃带回去给妈吃，好让她长生不老。管果园的土地送给他一个仙桃，受到玉皇大帝的惩罚。玉帝派人捉拿土地，土地跑到凡间避难。灶王给土地打掩护，被玉帝两耳光打成了聋子。张三回家，老母已死，他把仙桃放进米缸，缸里的米就永远是满满的，成了一种致富的宝物。附近一个贪心的员外打听到此事，沿着张三行船的路线也来到天上，他想调戏饥仙娘子，饥仙娘子念了一句咒语：“口善心不善，打你回去变泥鳅黄鳝，好给农夫下酒下饭。”给了他应得的惩罚。玉皇大帝、土地、灶王、女仙，富于魔力的仙桃，仙人的神奇咒语，这些具象化的幻想材料，显然是故事讲述者从当地的道教信仰中吸取过来穿插到故事里去的。四川是中国道教流行最普遍的省份之一，许多故事的地方异文都因染有道教信仰的烙印而显出自己的独特风采。

中国民众口头讲述的生活故事和笑话，常以装神弄鬼、行为不端的和尚道士作为嘲讽的对象。但在民间寓言中，又有不少借道士和道教鬼神形象来寄寓道德训诫和生活哲理的作品流行于世，迄今不衰。有一篇流行全国的小故事《问你贪心几时休》[8]，讲一位道士或仙人（出场最多的是八仙中的吕洞宾），因同情一个小酒店老板，使法术把井水变成美酒，让他很快成了富翁。几年后他又从这里经过，那位老板娘贪心不足，竟然抱怨有酒无糟（平时用粮食酿酒，酒糟可用来喂猪），不能喂猪。仙人气不过，便把法术收回，并题诗一首以警世人："天高不为高，人心比天高，井水当酒卖，还嫌无酒糟。"这里不仅讲了道士、仙人和他们的神奇法术，故事中所倡导的"少私寡欲"，也明显出自道家的人生哲学。

四、几个问题的探讨

1. 道教构筑了一个生动完整的神秘幻想世界，给中国民间叙事艺术以巨大影响

世界上每个民族，似乎都生活在两个世界里，一个是客观存在的现实世界，一个是心灵创造的幻想世界。中国道教按照自己的学说，构筑了一个颇为生动完整的神秘幻想世界，它既是人们的信仰，又深刻影响着各类民间叙事文学的创造和演变。大略而言，这个神秘幻想世界的最高统治者是玉皇大帝及其配偶王母娘娘，其左右有太白星君、天兵天将、日月北斗诸神、风雨雷电诸神等；掌管其他领域的神，幽冥地府有丰都大帝，水里有龙王，山里有山神，地面有城隍、土地、财神及闲游浪荡的八仙；居留千家万户的有门神、灶神等。众多的鬼怪精灵混杂其

间。能够沟通这个神秘世界与凡俗世界的是道士，道士扮演着半人半神的角色。有的著名道士如张天师，甚至直接受命于玉皇大帝，具有支配人间众多神秘力量的巨大神通。

天宫居住着众多的天仙，过着逍遥自在的日子，得道成仙特别是成为天仙，是修道者追求的最高境界。动植物年久即可成为精灵幻化成人形。这些自然界的精灵如逞凶作恶就会被视之为妖魔，受到惩处；道士的主要职责就是对付在人间威胁着普通民众的各种妖魔鬼怪。它们如按道教学说进行修炼，再加上给人们行善造福，也可以在完全化身为人的基础上得道成仙，位列仙班，进入道教设想的美好世界[9]。

道教构造的这个神秘幻想世界，既是中国旧时代现实社会结构的投影，也是一些道教哲理的形象体现。中国民间口头传承的许多神奇幻想故事，尽管情节变化多端，却常常受着上述结构模式的支配，从而和他国故事显出巨大的差异。我读日本民间故事，所得的印象是，动物具有超自然和超人魔力，对人友善或与人为敌，这同中国民间故事是一致的。可是日本的这些动物角色自然属性比较突出，独来独往，角色之间的关系较为单纯。中国故事里的动物精灵则处于道教构造的鬼神系列的网络之中，“邪不敌正”，要受道士以及玉帝属下的诸多神与仙的支配。它们只有在修炼成仙后，地位和法力才能进一步提高。以山东流行的一篇异类婚的故事《花开》[10] 为例：它讲一个叫花开的少年，进山游玩被一个虫精幻化成的美女拉去结成了夫妻。虫精本来是要吃人的，后花开遇一道士，传授他“五雷符”，震慑住虫精，使她改恶向善（显然是夫权的象征），建立了一个美满家庭。他俩回乡后，媳妇又用自己掌握的法术打败了当地仗势欺人的恶棍。将这篇故事和日本《仙鹤妻》相比，差异十分明显，而这些差异联系道教信仰背景即可予以说明。

日本民间故事篇幅比较简短，中国民间故事篇幅较长。关敬吾编《日本民间故事选》中的《仙鹤妻》，译成中文才二千三百字，而《花开》却长达六千字。中国民众爱听情节曲折动人的故事，通俗文学和戏曲等的发达，促成了民间故事情节结构的复杂多变。而道教构造的神秘幻想世界结构模式的宽广繁杂，也给口头文学家编织故事和对之添枝加叶提供了便利。《仙鹤妻》这样的异类婚故事，独来独往的仙鹤女只同男主人公一人发生关系，情节自然较为单纯。《花开》这类中国故事，按照道教模式，在妖女和男主人公之间，往往还要有道士或神仙出场干预，纠葛增多，情节自然由简趋繁了。

2. 民间叙事中的宗教性与世俗性的融合

中国各类口头叙事作品，虽然深受道教信仰，却都不能算是纯宗教故事。国际流行的 AT 分类法，编号 750—849 为“宗教故事”。宗教故事是对世俗故事而言的。欧洲的世俗故事与宗教故事界限比较明显，而在中国的口头传承中，宗教文化与民间世俗文化的因子彼此渗透融合，往往达到难解难分的地步。玉皇大帝、王母娘娘、土地、八仙等，既是道教崇信的神与仙，又是民间故事中常见的角色。“善恶报应”既是宗教观念，又是一种民俗文化心态。纯宗教性的故事，在道教经典如各类神仙传中自然不难找到。至于大量来自民众口头的故事，因在传承过程中不能不和民众的生活与心理相结合，很难把它们视作纯粹的道教故事。这种情况的出现，同中国的历史文化特点有关。中国有政教分离的传统，佛教和道教虽然在某些朝代居于支配地位，也没有真正变为国教，没有发生强制性地长时期地在全国范围内推行某一种宗教的情况；佛教和道教多采取文化渗透方式发生影响，宗教组织和戒律对民众的约束力不大；民众信仰混杂，不同宗教派别之间较为宽容。人们在口头文学中可以灵活自由地吸取宗教文化成分来充实世俗民间故事的内容和形式。即使是按以道教创始人张道陵为原型创造出来的张天师的形象，人们在口头文学中，一方面把他作为正面形象，称颂他斩妖驱邪，为民造福的功业；另一方面也有不少作品批判他不恰当地干预青年男女的爱情婚姻（女方往往是异类如鲤鱼精、狐狸精之类），象征性地表达出反对封建婚姻制度的主题。甚至有故事讲张天师和狐狸精相勾结，以伪善面孔出现，演出祸害百姓的双簧戏，故事着重在批判嘲讽旧时代官府和盗匪相勾结“贼喊捉贼”的丑剧，也表现出对宗教偶像的轻蔑。

明清以来，随着社会文明的进步和宗教的衰落，口头文学中反宗教的思想倾向日益发展。那些嘲讽和尚道士丑陋行为的笑话就大量涌现在这个历史时期，湖北著名农民故事家刘德培，就常常以讲述辛辣讽刺道士的小故事激起人们的爽朗笑声。

我们所讲的与道教信仰相关的民间故事，既有正面表现人们的道教信仰，同时融进世俗生活情趣的故事；也有借用道教神秘幻想形象，表达非宗教和反宗教主题的故事。它们在中国民间文化领域中都可以不受压制地自由传播，这是同世界上那些由一种宗教占据绝对统治地位的地区，在口头文学中相应地只能对一种宗教持肯定态度很不相同的地方。

许多和道教信仰相关联的故事，在今天的故事讲述活动中，其宗教意味日益淡薄，世俗情趣日益增强。在通常情况下，人们不过是把它作为有趣的“古话”，“姑妄言之”，艺术欣赏和娱乐的心理已取代过去的真诚信仰，讲述风格也变得越来越轻松活泼。在我所知的故事家中，只有湖北咸宁的仙人爹（原名刘应兴）是一个特殊情况。他笃信宗教，对民间信仰和民间故事中的鬼怪精灵完全信以为真，编讲一些穷汉子同狐狸精、树精幻化成的女人成亲的故事，常常真诚地将自己的生活经历和愿望掺和进去，其口述故事尚保留着颇为原始古朴的风格。

在中国今天的民间文化生活中，迷信和愚昧还有一定地盘。有的人装神弄鬼欺骗人们诈取钱财，也有的人被鬼神精怪的幻觉所迷惑，丧失正常生活的理智成了精神病患者[11]。那是另一个话题，本文就不予论述了。

3. 染有道教色彩的民间叙事作品以雄健幽深之美焕发异彩

我在前几年写的一篇短文中讲：“吸收道教影响的中国民间叙事作品，不仅具有超凡脱俗的幻想，还以景象壮阔、意境幽玄、情趣丰富，透出一种雄健幽深之美。”[12] 现在把我所感受到的这种雄健幽深之美略作申述。

中国民间叙事作品中的得道者长生不死，贯通古今，天上人间自由来往，三山五岳随意栖身，在广阔的时空背景下活动，同自然界和社会上的邪恶势力抗争；呼风唤雨，移山倒海，斩妖诛邪，不断创造出惊世骇俗的奇迹。口头文学家驰骋浪漫主义幻想，把人们积极进取、刚健奋发的精神描写得淋漓尽致。

这些叙事作品构造出一个又一个神奇玄妙的境界，有力地激荡着人们的好奇心。同时又贯穿着道家的许多哲理，有着丰厚的内涵。例如道教以积极态度对待人生，认为人为万物之灵，人身上蕴含着无限的潜力，“以生为贵”，充分肯定人生的价值。它不像佛教那样，主张以忍受今生的苦难换取来世的幸福，而是通过自身的勤苦修炼走向极乐的神仙世界。一位日本学者研究中国民间文学和民俗文化，发现中国“异类动物变人的故事远远多于人变异类动物的故事。欧洲则相反，由人变成异类动物的故事数量压倒异类动物变人的故事”。因为在中国，“对动物来说，化身为人是圣化神化的一个手段”[13]。情况确实如此，遗憾的是这位研究者没有明确指出上述思想正是源于道教学说。在道教学说的影响下，各种动植物精灵都努力化身为人，以便享受人生快乐，有志者再学道修仙，以求迈向更美好的神仙世界。可见这类故事不只是想象丰富，而且意境幽玄，透出一种发人深思遐想的幽深之美。

中国民间叙事文学的内容、形式和艺术风格以丰富多样著称，与道教信仰相关和吸收道教影响只是其中的一部分作品。虽然这种影响颇为深远，但还不能说已经占有压倒优势。因此所谓雄健幽深之美也还不足以代表中国民间文学的整体特色。但它却是根底深厚，特色鲜明，富有光彩的一种文化形态，值得中外学人认真研究探讨。

注释：

［1］《中国道教史》，商务印书馆 1937 年版，第 205 页。

［2］［日］宇野精一主编：《中国思想——道家与道教》，邱棨鐊译，台北幼狮文化事业公司 1977 年版。

［3］刊于《思想战线》1983 年第 2 期。

［4］重庆市巴县民间文学三套集成编委会 1989 年编印。

［5］《七星树》，见李征康整理《桃花洞》，长江文艺出版社 1984 年版。

［6］见《中国民间故事集成・重庆市巴县卷》。

［7］见《魏显德民间故事集》，重庆出版社 1991 年版。

［8］见《中国民间故事集成・重庆市巴县卷》。

［9］道教设计的神秘世界和神仙谱系较为繁复，如在举行“罗天大醮”时便供奉 1200 神位。本文仅就民间道教信仰大略言之。

［10］《四老人故事集》，中国民间文艺研究会山东分会 1986 年编印。

［11］见杨友道等：《带迷信我色彩的瘾病》，学术研究会论文。

［12］刘守华：《中国民间叙事的道教色彩》，《人民日报海外版》1990 年 3 月 6 日。

［13］［日］中野美代子：《中国的妖怪》，何彬译，黄河文艺出版社 1989 年版，第 10 页。

关于孟姜女故事的演变*

——对《为孟姜女冤案平反》一文的补充

钟敬文先生发表在《民间文学》上的《为孟姜女冤案平反》一文写得很好，材料充实，批驳有力，读后使人深受启发。但关于孟姜女这篇传说故事的演变过程和它的创作方法的特征，似乎讲得还不完全，这里想作些补充。

我以为孟姜女故事的演变，经历了三个阶段。关于杞梁妻善哭和哭倒城墙的传说，属于它的原始形态，形成时间在汉以前。《同贤记》中所记的孟姜女万里寻夫，哭倒长城的情节，是它的基本形态，形成时间在隋唐之前。《为孟姜女冤案平反》一文，讲了这两个阶段的演变情况。从流传至今的孟姜女故事的基本情节来看，并不是讲到孟姜女哭倒长城，找到丈夫尸骨就完了，还有她和秦始皇面对面展开斗争，投湖而死的情节。我以为这是它演变的最后一个阶段，即完成的形态。钟先生的文章完全没有涉及这个阶段的演变情况，不免使人感到美中不足。

新中国成立后，直接从民间搜集整理的孟姜女故事，先后发表过两篇：一是李清泉整理的《孟姜女故事》，编在《中国民间故事选》第一集中；二是张紫晨整理的《孟姜女的传说》，刊于《民间文学》1963 年第 2 期。其中都讲到孟姜女万里寻夫，哭倒长城，找到丈夫的尸骨之后，秦始皇要霸占孟姜女，孟姜女死也不从。在无可奈何的情况下，孟

* 原载《孟姜女故事论文集》，中国民间文艺出版社 1983 年版。

姜女便提出了三个条件。《孟姜女故事》中的三个条件是：要秦始皇给丈夫穿孝三个月；用好棺材安葬，念七七四十九天经；满朝文武都得披麻戴孝。《孟姜女的传说》中，前两条基本相同，第三条变成了要秦始皇跟她游三天海。秦始皇为了跟孟姜女成亲，把三个条件都答应下来，不顾人王帝主的尊严，作了一番丑态百出的表演。孟姜女用这种巧妙的办法一方面体面地安葬了丈夫的尸骨，另一方面又大杀了一下秦始皇的威风，最后便坚贞不屈地投江或投海自杀了。

在研究中国古代神话上作出了很大成绩的袁珂，根据过去的材料，整理了一篇《孟姜女》编入《中国神话》一书，作为“文学小丛书”之一出版，其中也有孟姜女向秦始皇提出三个条件的情节，只不过内容略有不同罢了：除要秦始皇和满朝文武披麻戴孝祭奠万喜良之外，还要造一座长桥，造一座十里长、十里宽的坟茔来埋葬万喜良的尸骨。最后孟姜女便从长桥上投江自杀了。

1978 年春天，北京大学的段宝林去山海关访姜女庙，当地的几个老大爷给他讲孟姜女故事时，也讲到秦始皇要娶孟姜女，答应了她提出的三个条件，最后孟姜女还是跳海而死的情节，说海中涌出一个高大的石岛，就是姜女坟等等。

从这几个例子可以看出，至今尚在我国民间广泛流传、家喻户晓的孟姜女故事，是由孟姜女万里寻夫、哭倒长城和面对面同秦始皇作斗争、壮烈投海这两部分构成的。这是它的基本情节，是故事的主干。至于孟姜女投海以后的各种说法，如有的说孟姜女投海以后并没有死，被龙王接到龙宫里去了；有的说秦始皇为寻找孟姜女，用赶山鞭赶山填海，弄得水府不安，于是龙女化作孟姜女的模样同秦始皇成了亲，然后将他的赶山鞭盗走了等等，则是在不同地方流传时所添加的枝叶，不代表这个故事的基本面貌，我们在这里可以不去管它。

如果说，从杞梁妻善哭和哭倒城墙变成孟姜女万里寻夫，哭倒长城，是这个故事形态的第一次大转变，那么，孟姜女和秦始皇面对面斗争，不屈而死，就是它在演变中的第二次大转变了。这个大转变是什么时候实现的呢？有两个材料给我们提供了研究的线索：一是前面提到过的《姜女庙记行》，其中所说的姜女庙、姜女坟这两样实物，显然是和关于孟姜女在秦始皇面前坚贞不屈的传说相互依存的，而姜女庙内，刻有许多明清以来的题诗、题词，可见这个传说在明代就流传开了。二是路工编的《孟姜女万里寻夫集》，在清康熙年间（1680年左右）刻印的《佛说贞烈贤孝孟姜女长城宝卷》，清乾隆年间（1750年左右）刻印的子弟书《哭城》，以及清同治年间（1865年左右）刻印的《长城宝卷》中，都讲到秦始皇要娶孟姜女，孟姜女提出三个条件，最后不屈而死的情节。有的在三个条件之外，还加上要秦始皇把她的父母公婆宣进朝来加官赠职之类。总之说明这个时代民间广泛流传的孟姜女故事，已有了和秦始皇作斗争的新情节了。这些通俗文学作品和姜女庙、姜女坟恰好可以互相印证，表明孟姜女故事在明清之前就有了新的转变。宋代郑樵在他的《通志》《乐略》中说："杞梁之妻，于经传所言者，不过数十言耳，彼则演成万千言。"从演成万千言来看，孟姜女故事的情节一定比较丰富曲折。很可能就是在宋代，实现了这种转变，在《同贤记》所记的孟姜女故事的基础上，增添了揭露批判秦始皇的新情节。

孟姜女故事的这种进一步演变有什么意义呢？从艺术上来说，原来的故事只讲到孟姜女哭倒长城，找到丈夫尸骨为止，没有交代孟姜女往后怎么办，结局怎样，有头没尾，不够完整。增加新的情节之后，既有了曲折波澜，也变得完整了，具备了为群众所喜闻乐见的艺术特色。而最重要的，是主题的深化，将"反对残酷的筑城徭役"进一步扩展为揭露批判最高封建统治者的荒淫无耻，歌颂劳动妇女忠贞不渝的爱情，把反封建的民主精神与革命精神表现得更突出鲜明了。一个威威赫赫的皇帝，为了达到和孟姜女成亲的目的，竟恬不知耻地率领朝中文武百官，披麻戴孝给她的丈夫——一个民夫送葬，最后还是落得一场空，这是对最高封建统治者和整个封建政权的多么辛辣的嘲讽！孟姜女在丈夫被强征服役的情况下，不远万里亲自去送寒衣；丈夫死后，皇帝看上了她，然而她恨死了这个欺压百姓的皇帝，不愿到王宫里去作“娘娘”，却在捉弄那个暴虐无耻的皇帝之后毅然投海自杀，这种坚贞不屈的精神是多么感人！

在这个演变过程中，把秦始皇作为孟姜女的对立面来处理，当然是没有什么历史根据的，不过是人们的一种想象和虚构。但这种想象和虚构有它的合理性。第一，孟姜女故事最初是以秦始皇修万里长城，残暴奴役千百万劳动人民为历史背景的，孟姜女哭倒长城之后，再同秦始皇展开一场面对面的争斗是顺理成章的。第二，秦始皇是中国历史上最出名的皇帝。秦始皇的巨大历史功绩，自然是应予肯定的，但从他的阶级本质来说，作为一个最高的封建统治者，拥有至高无上的权力，是专制主义的封建国家的象征。民间传说故事不是历史教科书，人们是把秦始皇作为那些残暴、荒淫的封建帝王的代表人物来看待的。他在故事里是一个“箭垛式”的人物。民间故事里的许多人物形象都有这样的特点，鲁班是能工巧匠的典型，诸葛亮是智慧的象征，包公则是清官的化身。许多事情，实际上并不是他们干的，人们在传说故事里却偏要扯到他们身上。河北的赵州桥，本来是隋朝的一位工匠李春修的，他的名字清清楚楚刻在石碑上，可是《赵州桥》的传说却是讲“赵州石桥鲁班修”，把这个工程作为鲁班的创造来加以歌颂，这是民间传说故事取材于历史而又大量进行虚构夸张所采用的一种特殊手法。秦始皇这个历史人物就这样变成了一个艺术典型，一个封建暴君的代表人物。不仅孟姜女故事是这样，在《水推长城》（《中国民间故事选》第二集）和《十个奇怪的兄弟》（《群鸟学艺》，天津通俗出版社）这些故事中，秦始皇也是一个令人憎恶的反面角色。这两篇童话故事里讲到本领非凡的十兄弟是怎样为了搭救修万里长城的老百姓而同秦始皇作对。他们有的是钢脑袋，有的是长脚杆，有的是大眼睛。秦始皇怕他们造反，抓住他们要砍头，钢脑袋去顶，钢刀砍卷了也没砍掉他一块头皮；秦始皇要把他们丢到海里淹死，长脚杆去顶，他站在海里正好摸鱼；大眼睛老十因为几个哥哥受秦始皇的欺负而哭起来，泪水汹涌，发下大水，于是“一下子把万里长城给推走了。老妖秦始皇也被大水推到海里喂了鳖鱼”。用人们的泪水卷走秦始皇和他修筑的万里长城，比哭倒长城的幻想更为新奇和大胆。它热烈颂扬了劳动人民无穷的力量与智慧，表达出对秦始皇的极端蔑视。它们和孟姜女故事一样，看来也经历了一个漫长的演变过程。它们脱胎于古代的巨人神话，后来变为以财主、县官等为十兄弟的对手，如山东的《十兄弟》（《聪明的小三》，山东人民出版社），四川的《十兄弟》（《三峡民间故事》，作家出版社），朝鲜族的《六兄弟》（《中国民间故事选》第一集）等。像《水推长城》和《十个奇怪的兄弟》这样，以秦始皇作为较量对手，则是在特定历史条件下进一步演变的结果。

钟先生在他的文章中很中肯地指出：“这种新主题思想和相应的新情节，一定是传说改作的当时，社会的重大现实反映在群众的意志、感情和想象上的结果。”孟姜女故事的进一步演变，是怎样的历史变革促成的呢？我们只要回顾一下宋元明清这几个朝代的兴衰史，就不难明白了。这几个朝代的农民起义连绵不断：宋代有王小波、李顺起义，梁山起义，方腊起义，钟相、杨么起义，此伏彼起，震撼全国；元末刘福通、朱元璋等领导的农民大起义，推翻了元朝的黑暗统治；明末李自成领导的农民起义大军攻占北京，逼得崇祯皇帝在煤山上吊自杀，清代爆发的太平天国农民革命运动，声势更为浩大，影响更为深远。所有这些农民起义的风暴，不断冲击封建统治的旧秩序，一方面撕破了笼罩在封建皇帝身上的神秘的外衣，打破了所谓“君权神授”“天子”神圣不可侵犯的神话；另一方面提高了劳动人民同拥有千军万马的封建帝王作斗争的勇气与信心，使人民群众在斗争中充分意识到了自己的尊严、力量与智慧。总之，由于不断的农民起义，促使广大农民群众在精神上获得了一个大的解放。孟姜女等故事中把声威显赫的秦始皇作为对立面，让农民在力量与智慧上压倒他，对他极尽揶揄嘲笑之能事，正是这种思想解放在口头文学中的曲折反映。孟姜女故事是充满浪漫主义幻想的口头文学，高尔基曾这样讲到文学上的浪漫主义：

> 如果在从客观现实中所抽出的意义上面再加上——依据假想的逻辑加以推测——所愿望的、可能的东西，并以此使形象更为丰满，那么我们就有了浪漫主义，这种浪漫主义是神话的基础，而且是极其有益的，因为它有助于唤起人们用革命的态度对待现实，而以实际行动改造世界。

孟姜女等故事中关于主人公和秦始皇作斗争的那些幻想情节，乍看起来有些离奇，实际上是封建社会里身受残酷经济剥削与政治压迫的广大群众渴望推翻这种封建统治的理想愿望的反映。而这种理想愿望的产生，又是与农民运动日趋高涨，封建统治不断遭到沉重打击的客观现实紧密联系着的，浪漫主义的艺术花朵，植根于现实生活的肥沃土地之上。中国封建社会的历史很长，封建制度和封建意识在社会上的影响根深蒂固。孟姜女故事这样直接把批判的锋芒指向以秦始皇为代表的封建皇帝，表现出强烈的民主精神与革命精神，值得我们十分珍惜。

"四人帮"对广大人民群众所喜爱的孟姜女故事曾大肆攻击。江青在天津一手炮制的那份《儒法斗争史讲稿》中就气势汹汹地说什么："万里长城怎么能哭倒呢？这是十分荒唐的。反动派为什么在这个问题上大做文章呢？说穿了，就是孔孟门徒为了攻击秦始皇，有意给秦始皇抹黑。"当1974年6月19日天津市召开大会宣讲这个材料时，江青还亲自插话帮腔，说："那么远，她（指孟姜女）怎么去呀？那时候交通又不方便。""四人帮"一伙发动所谓"评法批儒"，吹捧历史上的秦始皇等"法家"人物，不过是为自己阴谋篡党夺权制造反革命舆论，这个真相已经大白于天下，无需多说了。我们这里要指出的是，自封为"文艺旗手"的江青，居然振振有词地以万里长城哭不倒、古时候交通不方便、孟姜女不可能走那么远去寻丈夫等为理由，将"不真实"的帽子加在一个富于浪漫主义色彩的民间传说故事头上，其蛮横无知简直令人惊讶。如果他们的这套出奇的“理论”可以成立，愚公那时候没有推土机和炸药，却把一座大山移走了；嫦娥那时候没有宇宙飞船可以坐，却飞向了月宫，岂不是更加“不真实”、更加“荒唐”吗？在江青的“文艺学”里，一切古代神话和传说，一切富于幻想的浪漫主义文学，都将丧失它存在的理由而被一笔抹杀，“十分荒唐”的帽子不是正该戴在他们一伙人的头上吗？“风吹云动天不动，水推船流岸不流”，真正代表了劳动人民意愿的民间文学作品，其强大艺术生命力是任何人都扼杀不了的。它们将伴随着劳动人民的历史推陈出新，永放光彩！

孟姜女故事是一个经历了两千年演变过程，以故事、歌谣、戏曲等多种形式在我国广大地区内流传，并为外国学术界所注目的一件民间文学珍品，我们应对它从各方面作深入的研究，以丰富我国民间文艺学的内容。

附记

大约，《为孟姜女冤案平反》论文发表后几个月，我接到刘守华同志寄来的这篇稿子。当时草草看了一遍，觉得尽管他不大明了我写作那篇文章的主旨，但是却给它作了一个有益的补充。打算写点“后记”，把它转给刊物（例如《民间文学》之类）上去发表。但是，那时正忙于别的事情，没有动手办理，就这样一直搁下来。现在紫晨同志编这个论文集，把它收了进去，算是完结了我的一件心事。

至于我当时为什么只把故事转变写到唐代为止呢？（或者说只写到刘同志所说的第一次大转变为止呢？）除了限于时间等因素外，主要由于我写作的动机，是批驳“四人帮”这方面谬论的附和者、应声虫。而他们的所谓论点，主要是：从杞梁妻的拒郊吊（或哭夫崩城故事，转为孟姜女哭崩万里长城）是“荒唐无稽”，是出于“孔孟之徒”别有用心的创造。我针对这种论点，阐明这个故事从春秋到汉魏的不断变化和到隋唐前的大转变（这种大转变的迹象具现在唐代文献中），并评论秦始皇的功罪及长城作用的界限。从我的文章主旨说，这种论述，已经基本上完成任务。至于孟姜女故事在宋以来的发展情节和意义，我虽然也大略知道，但却觉得在这篇文章里并非要论述不可。现在再看守华同志这篇文稿及紫晨同志的《孟姜女与秦始皇》，重新感到，从给一般读者以比较完整的故事情节和意义的角度说，这种补充是有益的和必要的。

1981 年 12 月 20 日　钟敬文记

试论《舜子变》的演变*

前　　言

敦煌变文中有不少著名的民间传说与民间故事，如《孟姜女》《王昭君》《董永》《秋胡戏妻》《孔子项讬相问》《目连冥间救母》《田昆仑》以及本文所要论述的《舜子变》等[1]。它们大都取材于中国古代历史宝库，而又经过口头语言艺术家的锤炼修饰，构成了生动完整，引人入胜的形态，代表了民间叙事艺术发展史上的一个重要阶段，和至今尚活在中国广大乡民口头上的许多故事传说的形态十分接近。本文试就《舜子变》的构成及其演变作初步探讨。

舜的故事，以他屡遭后母及弟象的迫害而不死，反而极尽孝悌之道，因而被尧禅以帝位为主要内容。在《楚辞·天问》《孟子》《史记·五帝本纪》《列女传》等古代典籍中均有记载，被后世传为美谈。虽然一般史书免不了都要提到尧舜禅让事迹，但许多学人都已看出它并不是可靠的历史记述，而是饱含文学意味的传说。

这一传说系由神话演进而来。在不断的口耳相传中它没有止于传说，又进一步演化为民间故事。也就是说它经过了神话传说化和传说故

---

* 原载《华中师范大学学报》1991 年第 4 期，又载入《第二届敦煌学国际研讨会论文集》，台北汉学研究中心 1991 年版。

事化两个阶段，《舜子变》就是它的最后完成形态。迄今我们还没有发现在内容和形式两方面比它更丰富生动的近现代异文。

同一民间故事常有多种异文分布于不同时间和空间背景之上，它们的存在并非是一团乱麻。历史地理学派或称芬兰学派的学者们尝试用一种科学方法清理这一团乱麻，发现许多故事构成和演变的脉络都是可以找到的，它们也有自己的“生活史”。斯蒂斯·汤普森在《民间故事概论》一书中告诉我们：

> 一个研究者使用这种方法所力求达到的根本目的，莫过于完全弄清某一特定故事的生活史。他希望通过分析不同异文，研究有关的历史和地理因素，运用一些众所周知的关于口头传布的事实，找到该故事原型的某些东西，并能较合理地解释该故事在依次产生所有不同异文时所发生的变化。这种研究还将指出它的原型产生的时间、地点以及它发生变化的原因。[2]

追寻口头故事的生活史是一项既使人感兴趣却又颇为困难的工作。本文对《舜子变》的研究即拟参照这种方法进行。

二

舜象争斗是这一作品的核心情节。如同许多渊源久远的作品一样，它也有自己的神话原型。数十年致力于中国古典神话研究的袁珂先生在1964年写成《关于舜象斗争神话的演变》[3] 一文，对此作了大胆的推论。他认为，尧是天帝，尧之二女也就是天仙女。舜即《山海经》中的帝俊，殷民族的始祖神。象原本是一头凶猛难驯的野象。舜象相斗的古神话的本来面目，在流传至今的古典文献中已经很难追寻了，可是从这些古典文献的隙缝里透露出来的一鳞半爪，还是可以窥见这个古神话的大致轮廓：“舜，这个生长于丛莽中的勇敢的古代著名猎手，在和野象的斗争中，由于野象的凶悍和狡谲，几番险遭它的毒手。后来靠了天女的帮助，才终于战胜野象，使它开始在农耕上为人类服役，而猎人的舜，也在人民的拥戴下成了他们的领袖。”在1984年修订重版的中国神话传说中，他仍然坚持这一说法不变：“古代神话里的舜的弟弟象，或许就真是一头凶猛难驯的野象，曾经多次为害人民，后来终于被英雄而兼神人的殷民族的始祖舜驯服了。”[4] 袁先生的推论虽然新奇，却有相当说服力，我深表赞同。探讨舜象争斗情节的神话原型，不是本文的重点，我们不拟详说。

我们所感兴趣的，是它怎样从神话演变为传说？正是在这一基础上，故事化的《舜子变》才得以产生。

日本庆应义塾大学的伊藤清司教授，1982年应邀到中国辽宁大学讲学，在题为《中国古代典籍与民间故事》的学术讲演中，就尧舜禅让传说与在中国西南民族中广泛流行的“难题求婚”型故事进行了令人感兴趣的比较，通过比较发现：“舜所受考验的传说与那种以‘难题求婚’型民间故事为原型的领袖就任的考验故事，结构相同，主要因素也相同。”[5] 长时期被人们作为信史看待的中国古籍所载的尧舜禅让史迹，竟然与现今民间口头流传的故事相通，或者说，有世代传承的民间故事作为依据，这一发现是极有意义的。但他对这些古代典籍中所载的传说本身，以“内容混乱”为由过分贬抑，笔者又难以赞同。他说：

> 其中最大的混乱也许来自古代执笔的那些文人学者。他们也许把舜经受考验的传说看作“不雅驯”，于是根据儒教的思想意识，对其内容巧妙地作了一番脱胎换骨的改造。然后，根据封建孝悌道德观念，加以粉饰，致使传说的原来面貌有了明显变化。就这样，故事中出现了理想的圣天子像（这是捏造的），还出现了名为禅让，实则架空的所谓理想的王位继承的范例（这是创作）。

在另一处他又说：“‘难题求婚’型故事，后来改造变化为实际上根本不可能存在的所谓王位继承的禅让的政治故事。”[6]

具有儒家思想的文人对舜的事迹予以渲染加工，以宣扬他们的孝悌之道是毋庸讳言的事实。可是这个传说的基本情节不能说是出于儒家的“捏造”与“创作”，它是一件众口传诵的口头叙事作品，系由神话演进而来的传说。传说是人们对往事的一种模糊的回忆，虽有不少虚构成分，却又包含着许多实在的历史的因素。就见于秦汉古籍的舜的传说而言，我以为它是在舜象争斗的神话原型的基础上，融合原始社会末期实际存在的某些制度习俗和流行观念构造而成的，并非儒家思想的演绎。

下面让我们作一些具体分析。

1. 象的形象由动物转变成人，是神话向传说过渡的合理演进。原始神话中的许多形象常以兽形出现，这反映出人们的原始思维中存在人兽不分、万物有灵、物我一体的观念。迨社会文明逐步演进，造型艺术和语言艺术中的形象，也就经历了由兽形变成人兽合形，再到完全人形的转变。苏联汉学家李福清博士在他的著名论文《从神话到章回小说》[7] 中对这一问题有很中肯的论析。象的形象从神话中凶猛难驯的野兽摇身一变成为性格凶悍的人，是符合艺术演进的这一规律的。

2. 本传说的中心情节是“难题考验”。综合几种古代典籍中的记述，舜曾经“纳于大麓，烈风雷雨弗迷”（《书·舜典》），又“舜以圣德入于大麓之野，虎狼不犯，虫蛇不害”（《论衡·乱龙篇》）。瞽叟与象设计害舜，让他去修补仓廪，却放火焚仓；让他去淘井，却用泥土把井填死；又让他饮酒，想把他醉死。这些实际上也都是对他的考验。结果舜一一通过，安然无恙。伊藤清司教授将这一传说和中国西南地区的几篇“难题求婚”型故事作比较，找出了它们情节结构上的一致性。但他意在说明中国古代典籍中“也还存在着不少本质上与民间故事相通的记载。因此要对中国古代典籍做这方面的研究，那人民口头流传下来的故事必然是不可缺少的数据”[8]，并未对古代传说与现今流传的口头故事中何以产生这种一致性作出说明。我以为，这种一致性应从实际存在“难题考验”这一制度习俗的社会历史背景下去搜寻。

民间叙事文学中的“难题考验”情节，源于世界上各民族普遍存在的“成年礼”。这是一种流行于部落社会的古老习俗。就男子而言，常常要强迫他接受一系列考验，如让他脱离家庭和部落，放逐森林原野之中，经受艰苦生活的磨炼，以象征他脱离童年而进入成年，成为本部落社会的正式成员，可以担当重任，并获得同异性交往的资格。其表现形式多种多样，因民族而异。美国纽约州北部的易洛魁人的做法是：

男孩子到达青春期以后要在森林里的一所茅屋里隐居一年，在那里受到一个老头或老太婆的照顾。他必须经历无数的忍耐和刚毅的考验，例如在冰水里游泳以及每天早晨用石刀割破自己的皮肤等等。他的未来在很大程度上取决于在这一考验中他的表现。[9]

秘鲁的印加人，这样举行男子的成年仪式：

在举行六天的斋戒以后，他们要举行一次四英里的赛跑。从圣山华纳考利到色克色华曼要塞。接着就分成两队，举行战斗演习，虽然是使用钝武器，但也经常发生伤死。其后还要比赛投石、射箭、舞矛、投标枪，以及忍苦、耐劳和自我控制的严格测验。在这种测验中，失败者就是国王的亲生儿子，也不能得到高级要职。[10]

在中国的许多少数民族中间，也可以找到这类实例。瑶族的成年礼叫做“度戒”。“度戒”时，当事人要翻云台（从一丈多高的台上跳下），上刀梯（赤脚爬上绑有利刃的梯子），踩火砖（赤脚踩过烧红的砖头），捞油锅（将手伸入滚油锅中取物）等，经受种种严酷的考验[11]。上述考验有时要达到使当事人“死而复生”的地步，以象征从“死亡”到“再生”。

把人类古代社会的这些流行习俗和舜的传说联系起来进行思考，就不难明白，它的基本情节是由古代成年礼中的一系列考验所构成的。涂廪、浚井和饮酒，原本不是他人对舜的迫害，而是部落领袖按照传统礼俗安排的几场考验。后来在叙说中才演变成瞽叟和象精心设计的阴谋。舜则解脱危难而不生怨恨，从而成了儒家倡导的孝悌之道的楷模。

3. 关于禅让情节的构成。从民俗学所提供的材料以及许多学者对中国古史的考证结果来看，尧舜禅让是可信的，并非出自儒家文人的凭空杜撰。张光直教授在他的代表作之一《美术、神话与祭祀》中谈到尧舜实行的“禅让制”时就写道：“古代哲学家们以此作为行为的典范。这在一定程度上将道德权威赋予了统治者。然而，此类神话传说也有可能是古代王位轮流承继制留下的痕迹。”[12] 在我国东北地区保留原始社会形态的鄂温克人中间，其民族首领产生与更替的情况就是：“氏族长和副族长都是由全体氏族成员选举出来的，任期的年限没有一定，但都不能够终身任职，当然更谈不上世袭了。氏族长如不称职或道德质量不好，氏族成员就可以开大会来罢免他。”[13] 这类实例也可以作为尧舜时代曾有王位不传子而传贤的社会习俗的一个佐证。在许多反映古代社会生活的传说和童话故事里，也常常可以看到这类叙述。我在《中国民间童话概说》一书中就提到，民间童话里常常讲到世界上有一种美好的国度：

> 在那令人神往的地方，国王并不是骑在人民头上作威作福的一国之内的最高统治者，而是由百姓推选出来管理国家大事的领袖。他办事公道贤明，年老体衰之后，就自动把王位让给聪明能干的年轻人，或放出宫中的神鸟，让它去选择新的国王。所以品德高尚或智慧超众的流浪汉，也可以登上国王的宝座。[14]

尧舜传说和民间童话内容上的这种一致性，应当看作人类对上述古朴社会习俗的不约而同的一种追忆。

伴随社会文明的进化，神话中神奇怪诞的超人形象演变成某一历史阶段的杰出人物，又融合改造某些重要的制度习俗而构成历史性与传奇性兼备的故事情节（如难题考验、王位禅让）。关于舜的传说，似乎就是这样产生的。中国古代文人确有将古典神话历史化，把神话内容一一篡改或附会曲解为信史的癖好，使许多神话的本来面目受到了歪曲伤害。可是神话本身在口头流传中确有向历史性传说转化的趋向，这是人类文明进化的一个侧面，应予肯定。舜的故事由神话向传说的转变就大体属于后者。我们应将两种情况区别开来，不应笼统地一概加以否定。

三

本文所要论析的出自敦煌石室的《舜子变》，是在上述传说基础上的又一次演变，即传说的故事化。

舜的故事由神话转变成传说，从文献看，大体发生在公元前1世纪。变文盛行于唐代，《舜子变》的篇末注明抄写时间为“天福十五年，岁当己酉”，相当于公元949年，已是五代十国之时了。经历了千年沧桑，人们再来叙说舜的故事，不能不再起一个大变化。研究这种变化及其动因，是令人兴奋的一个课题。

《舜子变》的情节概要为：

A

舜子生于尧王理国之时。生母乐登夫人病故，父名瞽叟，更取后妻，生弟象，瞽叟去辽阳经商，后母起毒心欲加害舜子。

B

1. 后母用金钗刺破脚掌，诬陷舜子在桃树下多埋恶刺，有意将她两脚刺伤。瞽叟归家后，责打舜子，天神帝释化一老人相护，渡过危难。

2. 后母设计遣舜子修仓，四畔放火焚烧。舜子两腋挟笠投身飞下，安然无恙。

3. 后母又使舜子淘井，上用大石填塞。帝释化一黄龙引舜通穴从东家井中逃出。舜不敢归家，去历山躬耕力作。

C

十年后天下饥荒，瞽叟一家贫困难以自主，后母负薪上市易米，巧遇舜子，舜子不念旧怨，予以周济。于是父子相见，家庭和好，天下传名。尧帝闻之，妻以二女，并禅位于舜。

和古代传说相比较，其内容与形式的变化表现在如下几方面：

1. 神话色彩的消褪与现实性的增强。我们已经指出，舜的事迹是由神话演成传说的。但传说阶段仍有相当浓厚的神话色彩，如《楚辞·天问》洪兴祖补注引古本《列女传》：

> 瞽叟与象谋杀舜，使涂廪。舜告二女。二女曰："时唯其戕汝，时唯其焚汝，鹊汝裳，衣鸟工往。"舜既治廪，旋捐阶，瞽叟焚廪，舜往飞出。
>
> 复使浚井，舜告二女。二女曰："时亦唯其戕汝，时唯其掩汝，汝去裳，衣龙工往。"舜往浚井，格其入出，从掩，舜潜出。[15]

尧之二女，早就知道瞽叟和象要谋杀舜，并预先安排好了对付这种阴谋的法子，让舜穿上鸟衣和龙衣，到时候变成鸟和龙，从仓顶飞走，从井底潜出，轻易地就逃脱了这两场灾难。把两位仙女引入故事，神话色彩是相当浓厚的。《孟子》《史记》等古代典籍引述这一故事时，对以上神话情节作了删削。

到变文出现，情节设计更加现实化。如修仓时，"舜子闻道修仓，便知是后娘设计"，事先要了两个斗笠，等大火燃起，"舜子恐大命不存，权把二个笠子为翼，腾空飞下仓舍"，舜子靠自己的智慧脱离危难，故事情节按实际生活逻辑设计，显得合情合理。

变文中也有一定程度的神奇因素，来自印度佛经故事中的天神"帝释"两次出现，第一次是舜无辜挨打时，帝释"化一老人，便往上界，来至方便与舜，犹如不打相似"；第二次是"帝释变作一黄龙，引舜通穴往东家井出"。它表明了变文所受印度佛教文化的影响。可是神的作用有限，在故事中不过是一小插曲，整个故事的风格仍是现实化的。

2. 人物故事趋于复杂化。神话阶段只有舜与象争斗。传说阶段增加了瞽叟和后母，开始以一个家庭为背景展开叙述，但后母的作用并不显著。到变文故事阶段，增添人物，扩充事件，设置波澜，人物与故事都进一步复杂化了。

在情节 A 中，让舜的生母乐登夫人上场，有声有色地写到她病危时怎样叮嘱丈夫善抚孤儿，以及她去世后瞽叟怎样同儿子商量续娶后妻的经过。变文作者别具匠心地让瞽叟出门经商，把这个本来疼爱儿子的男人支使开，从而让恶毒的后母同忠厚善良的舜子直接发生纠葛。这样，故事情节更生动，正反面人物的形象也显得更为鲜明突出。

变文故事增添了情节 B1，对后母的狡诈作了突出的描绘，而且和情节 B2、B3 相连续，构成跌宕起伏的三迭式结构。

变文故事的煞尾部分情节 C，将见于《孝子传》《列女传》中的叙述加以发挥渲染。作恶者与受害者的境遇，各向相反的方面转化，一家人分离之后又意外重逢，最后怨恨消除，皆大欢喜。情节几次逆转，曲折动人。

3. 充实细节描写，加强人物形象刻画。和古代典籍所载传说相比，变文故事在这方面向前跨进了一大步。试以情节 B1 中瞽叟责打舜子这一场面为例：

> 瞽叟唤言舜子："阿耶暂到辽阳，遣子勾当家事，缘甚于家不孝？阿娘上树摘桃，树下多埋恶刺，刺他两脚成疮，这个是阿谁不是？"舜子心自知之，恐伤母情；舜子与招呼罪过，又恐带累阿娘。"已身是儿，千重万过，一任阿耶鞭耻。"瞽叟忽闻此言，闻瞋且不可瞋，闻喜且不可喜，高声唤言："象儿！与阿耶三条荆杖来，与打杀前家哥子！"后妻报言瞽叟："男女罪过须打，更莫交分疏道理。"象儿取得荆杖到来，数中拣一条鹿筋，约重三两便不是。把舜子头发，悬在中庭树地，从项决到脚瞅，鲜血遍流洒地。

这一段主要为人物对话，从对话中可以看出不同人物的身份与神态，而且有了粗略的心理描写。舜子遭后母诬陷，又不便对生父说明，只好勉强认罪受责；瞽叟见儿子通情达理，既心痛又不得不责打儿子以抚慰后妻。人物的复杂微妙心理，在这里虽然说不上刻画入微，却已作了由表及里的生动勾勒。变文作者抓住一个极富戏剧性的场面，把几个人物的形象描绘得呼之欲出，表现出很高明的语言艺术技巧。

从艺术表现上总的来看《舜子变》，一方面增添人物，扩展故事，使作品容纳的社会生活内容与思想情趣更丰富，情节发展更曲折感人；另一方面笔墨又趋向细密，注重人物对话、心理与姿态的描写，使之更生动传神，从而显示出这一时期口头语言艺术在人类文化历程中的巨大进展。

《舜子变》和唐代许多传奇小说的风格是一致的。这不禁使我们想到鲁迅先生在《中国小说史略》中讲过的一段话：

> 小说一如诗，至唐代而一变，虽尚不离于搜奇记逸，然叙述宛转，文辞华艳，与六朝之粗陈梗概者较，演进之迹甚明，而尤显者乃在是时始有意为小说。传奇者流，源盖出于志怪，然施之藻绘，扩其波澜，故所成就乃特异。[16]

这里所揭示的从六朝志怪文字到唐代传奇小说的转变，对我们考察舜的事迹由秦汉传说到唐代变文故事的演变，是颇有启发的。它在传说阶段的形态也是粗陈梗概，因那时人们是把舜的事迹作为具有神圣意味的历史来传诵的，自然不敢越雷池一步，随意给予增删修饰。到变文阶段，传说向故事化方面演变，人们懂得了有意识造作故事的技巧，便不受原传说的限制，于是增添人物，扩充故事，设置波澜，描摹情态，将作者于此时此地所感受的人情世态，移入彼时彼地发生的故事之中。实际上将历史性的传说改造成为一篇家庭伦理故事了。艺术思想的大解放带来了艺术风格的变化与进步，作品更生动传神，富于生活气息与人情味，获得了更吸引人和激起人们情绪共鸣的艺术魅力。

四

《舜子变》所代表的口头叙事形态，在中国民间口头文学领域起了承先启后的作用，对语言艺术史具有重要研究价值。就舜的故事而言，似乎从此它就定型在《舜子变》。在这一作品的框架内，再也造作不出内容与形式更新的文本了。

就口头叙说的故事体裁而言，这也似乎成了一种比较稳定的类型，普遍流行开来，至今没有出现根本性的突破。让我们举例试作比较。

先看《舜子变》的结尾部分：

舜来历山，俄经十载，便将米往本州。至市之次，见后母负薪，诣市易米。值舜粜于市，舜识之，便粜与之。舜得母钱，佯忘安置米囊中而去，如是非一。瞽叟怪之，语后妻曰："非吾舜子乎？"妻曰："百丈井底埋却，大石挡之，以土填却，岂有活理？"瞽叟曰："卿试牵我至市。"妻牵叟诣市，还见粜米少年，叟谓曰："君是何贤人，数见饶益？"舜曰："见翁年老，故以相饶。"叟耳识其声音曰："此正似吾舜子声乎？"舜曰："是也。"便即前抱父头，失声大哭。舜子拭其父泪，与舌舐之，两目即明。……

再看山东一位老太婆胡怀梅所讲的《香泉》的末段，讲的是新科状元寻找妻儿的经过：

新状元在京里定下状元府后，来家接夫人。……状元的人马在大街上正遇着这个小孩。小孩在地上划了一个圆圈，人马过来时，他就不叫过，就拦人拦马。状元问："你这个小孩做什么的？""我正要修座城，刚定了墙根，不兴你给毁了！"喳喳呼呼不叫过。

状元走过来，一看正是自己的小孩，虾腰忙抱起，说："丁儿，你娘呢？""在那里！""你娘是没有手吧？""俺娘有手，你娘没有手行吗！""你娘多暂有的手？""不知道！"

看来看去还是自己的小孩，他娘怎有手的呢？这就到茶馆了，一看，夫人正在拉风箱，有手。他也认得她，她也认得他。这就拉起从前事，哭了一大场。……

这是1986年记录的，距离《舜子变》流行的年代已有千年之久，可是它们所描述的两个家庭里亲人间悲欢离合的情景同样具有动人心弦的魅力，其叙事技巧与风格惊人地相近似：都是按时间的自然顺序来展开连贯的叙述，但笔墨有粗有细，有的地方一带而过，有的地方则细致刻画人物的对话、神态与心理，造成鲜明的印象。情节发展一波三折，融合着意外、新奇的因素和平凡的日常生活情景，构成对实际生活又似又不似，同时蕴含现实与理想的艺术境界。而这种叙事手法的运用，又同它们采取的同一叙事体态[17] 有关：基本上采取第一叙事体态，即叙述人以“全知”第三人称方式来叙述故事，同时又兼用第二叙事体态，叙述者常常情不自禁地和他所同情赞美的主人公“合二而一”，以贴近主人公的热烈情感来叙述故事、描绘情景，实际上转换成了第一人称的叙述方式。这就使得这些故事格外富有感染力，而不同于现代小说中那些隐蔽自己的观点与情绪，力求冷静客观地剖析人情世态之作。

这种叙事风格的长期稳定，同叙事文学的口头性有密切关系。一位苏联美学家在艺术形态学中，将口头文学与书面文学语言作对比之后指出：

> 有声语言作为口头文学创作的材料，可以说是这种创作所表现的理智——情感内容的“第一性符号”，而书面语言已经是“第二性符号”或者“符号的符号”；从而书面语言距离它所标志的精神内容，比有声语言要远得多。这就是比起书面文学中的语言来，口头文学中的语言所具有的情感信息要无可比拟地多的原因——因为音响能够使语言形象不借中介地、有语调地体现和传达人的感情、体验和情绪。[18]

我们今天看到的变文虽是书面文学，它原本是以讲唱文学形态出现和写定的，因而和民间世代传承的口头故事之间有着深刻的联系。再加上由唐代变文形成的审美情趣，通过后世绵延不断的说唱艺术，长期积淀于民间，从而使它所代表的叙事艺术风格，受到中国民众的喜爱而稳定下来。

从民间文学、比较文学角度来研究《舜子变》这类变文，是极有意义的事。在中国大陆近几年兴起的比较文学热潮中出版的一本颇有代表性的《比较文学研究译文集》中，收有苏联汉学家康拉德的《现代比较文艺学》一文，其中就特别谈到要重视变文的研究。他说：

在这种为广泛的听众和读者极易了解而又在民间创作的自发性中产生的文学体裁里，强烈地渗入了中国的民间口头创作，难以胜数的中国传说、故事、口头传说，无论在其产生和发展上都是与佛教无关的一切东西。因而兴起了三种变文——佛教的题材，纯中国的非佛教的题材，以及由于佛教传说而丰富化的印度民间创作因素同由于中国历史传说而丰富化的中国民间创作的因素结合一起的题材。

关于变文在比较文学研究上的意义，他认为：

新材料的发现有利于阐明“媒介”与“传递者”的见解。“媒介”在这里不是西欧比较文艺学家所论证的“人物”“个人”或“团体”，而是佛教；传递者则是僧侣，但不是一切僧侣，而正是佛教见称之为“对俗家人宣教的僧侣”。因此有必要研究各种文学联系中这样的“媒介”和“传递者”。[19]

多侧面来研究变文，发掘它的文化学术价值大有可为，本文只不过是粗浅的试探罢了。（本文的写成，有赖中国文化大学金荣华教授的热心鼓励，特致谢忱）

1990 年 6 月 10 日

注释：

[1] 王重民等编：《敦煌变文集》，人民文学出版社 1957 年版。关于舜的故事，除敦煌文集卷 2 所收的《舜子变》外，尚有该书卷 8 所录古本《孝子传》中的两则以及周绍良编、上海出版公司 1954 年版的《敦煌文集录》中之《舜子至孝》变文。它们的内容大同小异，为同一故事的变体，而以《舜子变》最为完整，故以此篇作代表。

[2] 引自该书摘译：《民间故事的生活史》，见湖北省民间文艺家协会 1989 年

9 月编印的《故事研究资料选》。

[3] 袁珂：《神话论文集》，上海古籍出版社 1982 年版。

[4] 袁珂：《中国神话传说》上册，中国民间文艺出版社 1984 年版，第 259 页。

[5] [日] 伊藤清司：《中国、日本民间文学比较研究——在华学术报告集》，辽宁大学科研处 1983 年编印，第 23 页。

[6]《中国、日本民间文学比较研究——在华学术报告集》，第 24～25 页。

[7] [苏] 李福清：《中国神话故事论集》，中国民间文艺出版社 1988 年版。

[8]《中国、日本民间文学比较研究——在华学术报告集》，第 25 页。

[9] [英] 乔治·彼得·穆达克：《我们当代的原始民族》，童恩正译，四川民族研究所 1980 年版，第 200 页。

[10]《我们当代的原始民族》，第 278 页。

[11] 陶立璠：《民俗学概论》，中央民族学院出版社 1987 年版，第 209 页。

[12] 张光直：《美术、神话与祭祀》，郭净译，辽宁教育出版社 1988 年版，第 105 页。

[13] 秋浦：《鄂温克人的原始社会形态》，中华书局 1962 年版。

[14] 刘守华：《中国民间童话概说》，四川民族出版社 1985 年版，第 141 页。

[15] 袁珂编：《古神话选释》，人民文学出版社 1979 年版，第 243 页。

[16]《鲁迅全集》第 8 卷，人民文学出版社 1957 年版，第 54 页。

[17] 刘守华：《故事学纲要》，华中师范大学出版社 1988 年版，第 185 页。"叙事体态"一词从法国结构主义叙事学家托多罗夫"叙事作为话语"一文中借用而来。

[18] [苏] 莫·卡冈：《艺术形态学》，凌继尧、金亚娜译，生活·读书·新知三联书店 1985 年版，第 345 页。

[19]《比较文学研究译文集》，上海译文出版社 1985 年版，第 277～278 页。

闽台蛇郎故事的民俗文化根基*

执教于台北中国文化大学的金荣华教授，将他整理编印的《台东卑南族口传文学选》和《台东大南村鲁凯族口传文学》两书赠我，使我有可能就闽台两地民间口头传承的故事进行比较评说，这是首先要向金先生遥致谢意的。

一

祖国大陆人民对聚居在台湾省的少数民族，统称为高山族。卑南和鲁凯就是这些族群中的两个。这两本书中的近60篇故事，是金荣华教授率领学生于1987年8月和次年元月，在台东卑南乡知本村知本天主堂曾建次神父（卑南人）的帮助下，先后在七个卑南人村落和一个鲁凯人村落采录所得，然后译成汉语，整理写定的。在整理卑南故事时，还参考和吸收了德国天主教神父施路德丁60年代实地采录的卑南人故事资料。它们都是按照现代民间文艺和民俗学的科学方法编辑成书的，既是优良的文学读物，更是珍贵的学术文献。

将这两本书中的故事和福建及其他东南沿海地区的故事相比较，发现了许多令人惊奇的彼此类同之处。

卑南人的《田螺的故事》和福建流行的《螺女江》属同一类型，

* 原载《民间文学论坛》1995年第4期。

《中国民间故事类型索引》一书列为400C型。它们共同渊源于晋代陶潜《搜神后记》中的《白水素女》。

卑南人的《熊外婆》，同样以《狼外婆》《虎外婆》《熊外婆》的名称流行于大陆，《中国民间故事类型索引》一书列为333C型，选录100余例。

卑南人的《抛彩球》，即《中国民间故事类型索引》中的923B型“掌握自己命运的公主”，该书选录50多例，其中有福建、台湾各一例。

卑南人的《会耕田的狗》，即《中国民间故事类型索引》中的503E型“狗耕田”，该书选录30余例，实则遍及大陆各地。

卑南人的《弃儿寻亲》，即《中国民间故事类型索引》中的327型“孩子们和吃人的妖精”，在西南少数民族中颇为流行。

鲁凯人的《太阳的孩子》，同陶潜《搜神后记》中的《虹化大夫》的情节惊人地相似。太阳和虹不仅都化成伟男子下到人间寻求伴侣使之受孕生子，还在分娩后再次来到女家，交付一包婴儿用品，嘱令细心养护，瑰丽的想象同真切的写实融为一体。海峡两岸古今故事文本间的这一奇妙联系耐人追索。

特别是卑南人和鲁凯人口头流传的蛇郎故事和福建及东南地区的蛇郎故事，两者的关联更为密切，本文拟着重予以探讨。

二

我曾在北京大学举办的东方比较文学学术研讨会上发表过《蛇郎故事在亚洲》[1]一文，对中国、日本、印度及缅甸等亚洲国家的蛇郎故事作过初步的比较论析。

蛇郎故事在世界各国的异文已发表250多篇，其中中国异文约占一半。世界民间故事研究中流行的AT分类法，把它列为433型。经前辈学者和我的清理归纳，它们又可以大致上划分为6个亚型。

433A 和 433B 为典型的印欧型，故事梗概是：一青年或王子被他人施魔法变成蛇，因获得美好女性的爱情，得以解除魔法恢复常态并过上了幸福生活。

433C 蛇郎和嫉妒的女人：一女子嫁给神奇的蛇获得幸福，另一女子出于嫉妒也想嫁给蛇，结果被一条普通的蛇咬死。

433D 蛇郎和两姐妹：妹妹嫁蛇获幸福，姐姐害死妹妹谋占蛇郎，妹妹灵魂不灭，不断变形（鸟、树等）与之争斗，姐姐丑行败露羞愧而死，妹妹死而复生，夫妻终于团聚。

433E 蛇精作祟：蛇精变形为美男子潜入居民家室寻访意中人，被人发现逐出打杀，现出原形。

433F 蛇始祖：一女子上山遇蛇，与之婚配，繁衍子孙后代，被尊为氏族始祖。

中国大陆最流行的两种型式的蛇郎故事，即 433F 和 433D，都存活于卑南人、鲁凯人的口传故事中。

卑南和鲁凯人讲述的蛇郎故事，以蛇始祖型为主，如卑南人的《蛇郎君》（由陈锡孚于 1966 年讲述）：

> 大南村有一位漂亮少女，很多头目的男孩向她求婚她都不接受，因为她爱上了一条蛇。后来蛇向少女的父母提亲，把少女娶回家去。蛇的家在深山的一个湖里，他们生了很多鸟、蛇等动物，于是世界上就有了各种禽兽。（《台东卑南族口传文学选》，第 165 页）

口述者所提供的只是一个梗概，原故事无疑要丰满很多。

鲁凯村的《蛇郎君》是一位名叫杜玉英的女性用汉语讲述的，属同一类型，而情节和细节却十分生动，引人入胜。其梗概如下：

> 从前有一位头目的女儿叫玛嫩，爱上了一条百步蛇。别人看到的是一条蛇，她见到的却是一位年轻英俊的王子，是从外地特地来向她求婚的。他俩决定结婚，男方送来聘礼。婚礼依照平时习俗举行。玛嫩嫁给高山上的蛇家。她看到自己进去的地方是一座宫殿，

别人看到的却是一个湖。后来，人们在每年举行丰年祭之前，都要请祖先来尝一尝，我们的头目看到蛇尝过小米饭以后慢慢地回去了，便向大家宣布："我们的祖先已经回来尝过小米饭了，现在可以举行丰年祭了。"（《台东大南村鲁凯族口传文学》，第 55 页）

书中还附录了由另外两位老人所讲的蛇郎君故事，内容与之大同小异。

卑南人故事中，少女嫁蛇之后，"他们生了很多鸟、蛇等动物，于是世界上就有了各种禽兽"。鲁凯人故事中，少女嫁给百步蛇之后所生的子孙，成为我们的祖先以及人们一年一度举行丰年祭必须祭拜的对象。它们属于始祖型传说的特质十分明显。罗香林先生 40 年代作《古代百越分布考》[2]，首次提及古代越人的蛇图腾崇拜遗存于有关蛇郎的口头传说中，他认为：

> 此传说之最足令人玩味的，为以年少貌美之女子，出嫁恶蛇，而恶蛇为能呈现人形之王子。此与远古图腾社会之组织与信仰，有其承袭演进之关系。盖远古之图腾社会，每选择貌美女子贡献与图腾祖，为能使种人繁殖，而其贡献仪节即为以巫术形式献与图腾祖婚配。图腾之标志虽常为非人形之动植物或其他自然物，然实际所与接触之对象，则常为巫者或属于部落首领之真人。

这里说的奉献少女与图腾祖婚配，是采取由巫者扮演图腾祖的象征形式。是否有更野蛮的形式，即将少女直接奉献给作为图腾崇拜的蛇，以完成这种仪式的呢？看来也可能是有的。晋人干宝所撰《搜神记》中，有一篇《李寄斩蛇》的著名传说，说闽中某山谷中有大蛇，"土俗常惧"。人们每年要给它奉献十二三岁的少女；"至八月朝祭，送蛇穴口"，结果都被蛇吞吃了。后有一个叫李寄的女孩子奋力斩蛇，才废除了这一陋俗。为什么一定要用女孩子来祭蛇，显然正是越族人以蛇为图腾祖，名为给蛇王娶妇，实则是以人作牺牲献祭的更原始习俗的表现。在李寄斩蛇故事流行之前，肯定是有这一图腾婚的蛇郎故事生于民间的。在云南地区白族、怒族所属的那些崇蛇的民族中，关于蛇始祖的传说一直传承至今。《三姑娘和蛇氏族》就讲，三姑娘上山割茅草，嫁给了一条青蛇，她给蛇郎生了两个儿子；“两弟兄都有好几个儿子，有的说怒族话，有的说傈僳话，还有的说别的话，他们就叫蛇氏族”[3]。

古代闽中是闽越人居住的地方，闽越人以蛇为图腾由来已久。汉代许慎《说文解字》释“闽”字道：“闽，东南越，蛇种。”早期的蛇郎故事就是蛇图腾崇拜的伴生物。关于台湾的卑南、鲁凯等高山族的来源，有关学者指出：

> 高山族的来源是多样的。考古材料、历史文献以及民族学资料证明，高山族先民主要来自祖国大陆东南沿海一带，是古越人的一支——闽越的后裔，但也融合了少数来自琉球群岛和菲律宾群岛等地的居民。[4]

卑南、鲁凯人在口头文学中传承不息的始祖型“蛇郎君”故事，只能从越族崇蛇的古老文化因子中求得合理的解释。

以上几篇《蛇郎君》故事异文，在叙述中都强调：第一，“她看到的是一位年轻英俊的王子，是一位从外地来向她求婚的王子，而别人看到的则是一条百步蛇”。第二，别人看见女主人公进去的地方是一个湖，而她本人“看到她就要进去的那幢房子是一座宫殿”；众人都为女孩子为蛇王子所喜欢而感到高兴。第三，结束故事叙述之后，讲述人告诉听众，这位迎娶少女的蛇王子就是他们民族的祖先，“我们把百步蛇看作是早先头目的子孙”。总之，故事中把人们尊崇蛇王的心态表现得十分突出，口头叙说显然是古代以少女奉献蛇图腾祖先这一仪式留下的遗迹。关于接受聘礼、按流行习俗办理婚事等，则是后来添加的细节。就整体而言，它们保持着十分古朴的风貌，是关于图腾婚和古代越文化的极为难得的口碑资料。岑家梧在《图腾艺术史》中告诉我们：“台湾蕃族（高山族），每一蕃社必有他们祖先起源的历史传说，鸟蛇化身而为其社祖者甚多。”[5] 这一论断在卑南、鲁凯人的口传文学中得到完全证实。

为什么这类始祖型的蛇郎故事在福建口头文学中没有发现？我想这是由于李寄斩蛇的故事广泛流传并为大众所认同之后，排挤了有关蛇始祖传说的结果。《福建民间信仰源流》一书认为："明清时期，福建的水上人家继续崇拜蛇王，而闽中的陆地居民倾向于把蛇王看作蛇精，这两种不同的观念反映了陆地居民与水上人家的斗争。不过，这一斗争的结局是两种形象的调和。"[6] 这是一个富于启发性的论断。须作补充的是，从大的文化背景审视，这种情况似乎同汉以后特别是宋明以来，儒释道三家都对蛇崇拜和以人祭蛇的原始信仰采取排斥态度有关。李寄斩蛇被越王聘为后，"拜其父为将乐令，母及姊皆有赏赐"，表现了反对"怪力乱神"的儒家正统观念。民间故事和通俗文学中关于张天师和观音菩萨斩灭蛇精的叙述，表现了民间道教和佛教对蛇崇拜习俗的否定。而在卑南、鲁凯等高山族聚居地区，由于未受到大陆宋以后"三教合流"这一思想文化潮流的有力冲击，有关蛇崇拜的习俗和传说故事便保存了下来，成为远古越族文化的"活化石"了。

以上所讲的都是关于始祖型的蛇郎故事。

三

福建和其他许多地方普遍流行的433D蛇郎和两姐妹型的故事，也存活于卑南人的口传文学中，《虎郎君》就是很有代表性的一篇。其梗概为：

> 从前，一位妇人生了两个女儿，女儿长大后，有一只老虎来提亲。妹妹无可奈何地答应了。在归家途中，老虎脱掉虎皮，变成一个英俊潇洒的男子，而且他的家庭是一个富有之家。过了一段时间，姐姐去看望妹妹，出于妒忌，把妹妹推落井中，冒充妹妹做了虎郎的妻子。妹妹死后，灵魂不灭，连续变做青蛙、竹子和花，虎

郎君终于认识到“这花就是我的妻子”。（《台东卑南族口传文学选》，第71～73页）

金荣华教授在附记里中肯地指出：“这是一个433D（蛇郎）型故事。开头似乎省略了老虎为什么来求亲而母亲不得不答应嫁一个女儿给他的原因，那通常是请老虎帮忙做一件事以前的承诺。最后则显然少掉了女主角复活或再生并与丈夫团圆的结局。”[7] 这是讲述人即兴讲述时的疏漏所造成的。

这个故事除将原来的“蛇郎君”改换成“虎郎君”之外，其整体形态和福建流行的《蛇郎君和莲子脸》几乎完全相同。不仅基本情节结构——从虎郎上门提亲娶妹妹，归家途中由虎变人，到姐姐害死妹妹企图占有虎郎，妹妹的灵魂连续变形向邪恶抗争等，具有明显的一致性。而且许多细节也表现出惊人的类同，如小女儿临行时，妈妈送给她一些芝麻：“你带着这些芝麻，走的时候沿路撒下，以后我去看你的时候，可以顺着芝麻找到你。”又如户外长出竹子，虎郎见了砍来做成一把椅子，“奇怪的是，当男的坐这椅子时，很好很舒服，姐姐去坐时就动摇不稳”，等等。我们有充分理由断定，卑南人口传的这篇《虎郎君》，是对大陆所特有的433D型蛇郎故事的移植或借用。

我在《蛇郎故事在亚洲》一文中曾指出，433D型故事的构思特点是：以蛇之变形来象征人的命运变幻，将蛇郎塑造成一个由卑贱走向富贵的男子，在他命运急剧转变的过程中，将两姐妹　实际上是两种女性的人品进行鲜明对比：心地善良淳朴的妹妹不嫌蛇郎卑贱，与之结合，历经磨难，终获幸福；姐姐以卑劣手段谋害妹妹，企图攫取富贵，落得可耻下场。故事中，蛇郎是一个神奇美好的男子，表明它的形成有着崇蛇的民俗文化背景，和433F型蛇始祖传说之间存在明显的渊源关系。但它却以姐妹争夫作为中心情节，借古老的异类婚母题，象征性地概括反映具有近现代社会色彩的家庭婚姻纠葛，表达民众的正义感和道德伦理观念。它是一个内容既古老而又新鲜，既有浓郁幻想色彩又富于现实生活情趣的优美之作。不仅在中国，即使在世界口传文学中，433D 型蛇郎故事也堪称民间童话之精品，因而至今仍在大陆许多地区为民众所喜爱，表现出久远的艺术生命力。与之同型的《虎郎君》在卑南人口传文学中的流行，表明高山族同胞的民间文学在保存越族文化古朴特质的同时，同样呈现出随时代变迁而不断演进的趋势。

《虎郎君》中一个有趣的变异是用虎郎取代了蛇郎。口头传承的民间文学富于变异性。变换角色以适应故事的文化背景，比如用兔子取代狐狸，将狼外婆换成虎外婆，本是民间故事中的惯常现象。可是用虎郎取代蛇郎，我在大陆故事中却还没有见过。发生这种变异的原因，似应联系卑南、鲁凯人中间久远传承的属于 433F 型的《蛇郎君》的特点来理解。那位蛇郎君是一位高贵的王子，他的宫殿建筑在湖水深处，他同人间女性结合之后就成了他们尊崇的祖先。而 433D 型故事的男主人公，却居住在山野间，脱去蛇皮之后就成为人间的一名普通男子，只不过生于富有之家。在前一类故事中具有神圣和神秘色彩的蛇郎形象占据人们心头的情况下，后一类故事中的男主人公实在不配再称为蛇郎君，人们便以老虎来扮演他的角色了。福建本有《虎郎和龙女》的故事，在大陆其他地方也常有关于虎丈夫和虎媳妇的故事为民众所津津乐道。将虎郎形象引入蛇郎故事是卑南人别具艺术匠心的表现，而它又同样表现出海峡两岸中华儿女审美情趣的一致性。

四

蛇郎故事就其大体结构而言，在世界上许多国家有其普同性，因而它是一个著名的世界性的故事，或者说是一个在世界广大地区流动的巨大“故事圈”。可是就它的具体形态来考察，又有着很鲜明的民族性。433F 始祖型蛇郎传说，特别是 433D 型蛇郎与两姐妹故事，为中国所特有，其地理分布范围与界限泾渭分明，绝少混杂。造成这种情况的奥秘何在？答案只能从不同民族的古老文化因子中去追索。中国的两种主要类型的蛇郎故事，尽管具体情节很不相同，却都是建立在尊崇蛇，以蛇作为神奇美好男子形象的文化心态基础之上，而这一文化心态根源于古代越人的蛇崇拜，历经千年沧桑未能泯灭。

印度虽然也有一些地方流行蛇崇拜的习俗，但因崇信佛教，讲究“轮回转世”，包括蛇在内的各种畜类，常被看作人类前生作恶的报应，所以印度流行的蛇王子故事，主人公不是被人施魔法，就是自己作恶遭惩罚而变成蛇的丑陋外形。流行的情节模式是女主人公用自己的美好爱情，帮助这位王子摆脱厄运，恢复人的本相。在它的影响下产生的欧洲的《美人与兽》，也保持了这一构思特点。

我国的东邻日本所流行的蛇婿故事大体上都属于433E蛇精作祟型。由蛇精幻化而成的小伙子主动上门寻访意中人，后来不是被女孩子本人，就是被她的父母设计害死，结局十分悲惨。许多日本学者都曾揭示这一特点，如柳田国男就说，按一般民间故事叙述逻辑，“嫁给大蛇的孝顺孩子”理应得到好报，可是在日本，“这非常不符合民意，所以人们总是把故事的结尾部分给改成了不是讨伐，就是诛灭，置之死地而后快”[8]。还有一位年轻的日本学者将中日蛇郎故事作比较之后说，日本的蛇郎从古以来就不曾得到中国蛇郎那样的好运气，他们都是死于自己所钟爱的女人之手[9]。为什么要这样安排？这是因为日本人把蛇看做邪神，由此便形成了“日本民间故事中的蛇郎故事恐惧成分多，并与击败邪神故事相联系”[10] 的民族文化特点。

中国大陆也有蛇精作祟被人识破或斩杀的故事，《李寄斩蛇》就是它的早期形态。但这类故事多由佛教或道教人物出面与蛇妖争斗，它采取的是另一种形式，并未同民间传承久远的蛇郎故事相混淆，更未在口头叙事领域压倒或取代原有的蛇郎故事。两者并行不悖，分道扬镳，尊崇蛇的古代越文化的因子依然在民间文化的各个领域延续至今。

高山族虽然在日本帝国主义的统治下度过了漫长的黑暗岁月，而在他们口头传承的蛇郎这类古老故事中，却十分鲜明地保持了自己源于古代越文化的民族文化特质，不能不令人惊奇，令人叹服！

意大利的一位著名作家、学者卡尔维诺在给他所编写的《意大利童话》中文版题词时写道："民间故事是最通俗的艺术形式，同时它也是一个国家或民族的灵魂。"[11] 近几年来海峡两岸纷纷问世的民间故事资料，为我们研究民族文化的共同根基打开了一个新的窗口。

蛇崇拜和基于蛇崇拜的民俗文化背景所构造的蛇郎故事，不用说都属于久远过去的产物。它在海峡两岸民间文学、民间信仰中的丰厚遗存，表明了中华文化根基的强固有力。一个在人类历史风云变幻中能够长久保持自己美好文化特质的民族，定能顺应历史大潮，推进民族文化的发展，创造美好的未来。

注释：

[1] 见《东方比较文学论文集》，湖南文艺出版社 1987 年版。

[2] 见《中夏系统中之百越》，独立出版社 1943 年版。

[3] 见《白族民间故事》，云南人民出版社 1982 年版。

[4] 许良国、曾思奇：《高山族风俗志》，中央民族学院出版社 1988 年版，第 5 页。

[5]《图腾艺术史》，学林出版社 1986 年版，第 20 页。

[6] 徐晓望：《福建民间信仰源流》，福建教育出版社 1993 年版，第 28 页。

[7]《台东卑南族口传文学选》，第 71～78 页。

[8] [日] 柳田国男：《传说论》，连湘译，中国民间文艺出版社 1985 年版，第 25 页。

[9] [10] [日] 志村三喜：《围绕蛇郎和龙女谈彝族民间故事的源流》，载《山茶》1985 年第 5 期。

一个影响深远的唐代民间故事*

——《望夫冈》与“云中落绣鞋”型故事

英雄深入地下洞穴援救被妖怪抢掠的女人，自己反陷入困境，历经艰难方得脱险。直到今天，它仍是一个世界性的著名故事类型，被列为AT301型。中国这类故事的最早记载就出现在唐人笔下。

今本干宝《搜神记》卷十一中有《望夫冈》一条，据汪绍楹考校结果，未见各书引作《搜神记》，实际上来自唐徐坚等人编撰的类书《初学记》卷八引地方志《鄱阳记》中，原文如下：

> 鄱阳记曰：鄱阳西有望夫冈，昔县人陈明与梅氏为姻，未成，而妖魅诈迎妇去。诣卜者，决云：“行西北五十里求之。”
>
> 明如言，见一大穴，深邃无底。以绳悬入，遂得其妇。乃令妇先出。而明所将邻人秦文，遂不取明。其妇乃自誓执志，登此冈而望其夫，因以名焉。

这里记叙虽然很简略，包含的情节却颇为复杂：一个妖怪以欺诈手段迎娶梅氏，将她骗至深不见底的地下洞穴中；未婚夫陈明同邻人秦文结伴前往搭救，陈明攀缘长绳下到洞底，让梅氏引绳先出；而秦文却居心险恶，撇下陈明扬长而去，企图强占梅氏。梅氏誓死不从，常登上此处山冈望夫归来，便留下“望夫冈”这个名字。《鄱阳记》中这段文字，是为了说明“望夫冈”这个地名的由来，所以对故事的记述并不完整。

---

* 原载《文史知识》1997年第1期。

诈迎梅氏的是什么妖怪，两位男性角色的最终下场如何，都没有交代，但它已具备了这个故事的基本形态。著名美籍华裔学者丁乃通曾就本故事撰写过一篇长篇论文《云中落绣鞋——中国及其邻国的 AT301 型故事群在世界传统中的意义》。该文指出，《望夫冈》所述，“尽管不及现代口头异文那样成熟丰满，但据我们所知，它无疑是最早含有姑娘凭绳得救和主人公被同伴出卖等特殊情节的异文，因此它可以被称作世界上最早的 301A 型故事的异文”[1]。《初学记》是唐玄宗时官修的类书。《望夫冈》故事显然是在民间传诵多年之后才进入《鄱阳记》，再后才被《初学记》所引述的。这样一个曲折惊险的故事，在喜爱搜奇猎异的唐代文人笔下，不可能没有它的踪迹。研究者细心搜求，先是在无名氏作《补江总白猿传》中看到了它的影响。该篇关于女子在旋风中失踪、丈夫追踪拾得一只绣花鞋，以及冒险进入山洞杀死猴精救出女子的情节，都与《望夫冈》十分接近；它是一篇由文人创作的传奇小说，只是借用了民间口传故事中的某些情节，然后加以生发敷衍成篇，很难从中看出民间故事的本来形态。

关于这个故事在唐代流传时的完整面貌，研究者意外地在清人毛祥麟的笔记小说《墨余录》卷八中发现了，题为《石洞绣鞋》，原文如下：

> 石洞盖在终南山秦岭下，孽龙据焉。东西绵亘百八十里，洞口高数丈，横广如之。其中黑暗潮湿，人莫敢入。相传唐天宝中，某公主于上林苑作秋千戏，忽为腥风卷去，四觅无踪。时有樵者采薪山下，隐闻云雾中有女子哭声，适当洞口，似不甚高，掣斧掷之，扑下绣鞋一只。事闻于宫，据实备奏，鞋即公主所履也。元宗遂命将捋千人，令樵者导至其处伺之。历数日，了无形迹，惟夜间若有灯二盏悬洞，光射数丈。将乃命军人善射者，发矢射之，光忽散。及旦，即募死士百人，明火执械为前锋，千军后随。入洞见一龙，左目中箭，卧伏不动，其将径前斩之，纵兵搜杀洞底余孽，而救公主出焉。事见唐说部。至我朝乾隆三十年夏间，有好事士人，欲穷

其际，集勇敢士二十余，深入五六里，杳无所得。再进，恰又见绣鞋一只，而火把已灭。乃相顾愕然而返。[2]

虽然记述这个故事的唐人原著至今还没有找到，但从上述清人笔记中可以肯定，那批好事者正是看过唐代故事之后才进洞探险的。以晚唐天宝年间为历史背景，又将那神秘的岩洞确定在终南山下，这都不过是附会，不可当真。但把它作为故事流传的时空背景的标志来看，却是可信的。再联系《补江总白猿传》的出现，更表明了它作为唐代故事的可信性。

从宋代笔记中可以找到这一故事继续在民间流传演变的踪迹。试看洪迈《夷坚志》所载《巴山蛇》的梗概：

巴山下一农家子妇，一日往屋后晒衣，失踪。后有樵负薪归，见绝壁悬岩上，有皂衣人拥抱此妇，遂告知其夫。攀缘而上，见穴深且暗，未敢进入。后延请巫师作法治怪，巫师裸身持刀入内，见妇人仰卧石床上，有大蛇缠身，奋起欲斗。巫师即挥刀伤蛇，挟妇人跃出山洞。但力不足以杀蛇，只能施符穴口，禁使勿出。[3]

它的基本情节与《石洞绣鞋》相接近，却引入巫师治怪，出现地方性变异。

在《石洞绣鞋》和《巴山蛇》中，都没有关于英雄主人公被同伴陷害，如同《望夫冈》所包含的那一重要情节。但在元以后见诸笔记小说的许多故事里，这样的叙述却屡见不鲜，如元代白珽所撰《湛园静语》中的《庐山蜂室》：

庐山之阳，颠崖千尺，下临大江。崖之半，悬络古木藤蔓，有蜂室其上，如五石瓮者四。过而利之者，下睨无策。俄有二樵谋取之，得其利可以共济。于是一人缒巨木而下，约二三十丈，达，得蜜无算。人于其颠引绳上下之。蜜且尽，则上之人欲专其利，绝绳而去，不顾。一人在下，叫号久之，知不免，采余蜜并其渣食之，因不饥，蹒跚石罅，得一穴，颇深暗，顾见一物，如蛟蟒蛰其中，腥秽不可近。又久之，忽开两目如钲，火焰烁人，然亦不动。其人怖甚，而无地可遁避，且其中气燠可御寒，因出没焉，待尽而已。忽一日，雷声作，其物蜿然而起，雷再作，则挺身由穴而出。其人自念等死耳，不若附之而去，万一获免。遂攀鳞而跃，约一二里顷，竟为此物所掉着地，得不死。后诉于官，捕专利者杖杀之。广信朱复之说。[4]

它讲的是两个在庐山悬岩峭壁上采蜜的樵夫，开始时引绳上下，协力同心。后在上者为贪心所驱使，欲独专其利，便绝绳而去，将同伴弃于岩下。在下者与蛰居石穴中的蛟蟒相伴，终于借助它的神力脱险。后诉于官，陷害同伴者为官府捕杀，终遭严惩。故事以庐山为背景，又注明是江西广信朱君口述，可以看出是一则源于口头的民间故事。丁乃通将它作为 AT301 的亚型之一来看待，定为 301F 型。它和以《望夫冈》为代表的 301A 型故事的主要区别是，不以下洞营救一位女子而是以寻取某一种宝物为目的。它也是一个具有独立价值的中国传统故事，有众多的现代口头异文流行于世，仅在丁乃通的论文中就引述了五例。同时它又对 301A 型即“云中落绣鞋”的完整形态的形成产生了重大影响。正如丁乃通在《中西叙事文学比较研究》中指出的，“它们可能在这个故事类型的发展中具有重大意义”，这是因为，“用绳子吊人下去取宝，是自远古以来在中国民间文学中一个极为普遍的情节单元”，它比下洞救人的故事起源更早。再就是它有鞭挞背信弃义者的情节。所以在近现代有关这一故事的口头叙述和通俗文艺中，英雄下地穴救女人和同行者的背叛与受惩便无一例外地结合在一起，既使故事情节更为曲折惊险，也使它的主题得到了更完满的表达。

《云中落绣鞋》故事的现代口头异文十分丰富。丁乃通所著《中国民间故事类型索引》中，收录各种型式的异文 120 余例，其中情节最为完整的 301A 型就有 60 余例。20 世纪 80 年代以后又有大量异文被发掘出来，它几乎分布在中国的各个主要省份。现以收入《中国民间故事集成·吉林卷》中舒兰县赵清讲述、李凤岐采录的《石义和王恩》为例。故事梗概如下：

有个叫石义的小伙子，靠打柴养活老母亲。他在山上连续三年将自己带来的饼子送给一位老和尚吃，老和尚送给他一个用秫秸扎成的宝船。在庙门口石狮子眼睛发红、突发洪水的时候，石义等人上到船上安全脱险。他们在洪水中救活了一群蜜蜂、一堆蚂蚁，也救活了一个叫王恩的年轻人。

一天，石义在山上砍柴，见一位女子被旋风卷走，他将斧子对准旋风抛去，击伤妖怪，拾得一只绣花鞋。后得知是京城里的皇姑被妖怪抢走，就揭了皇榜，同王恩一起，到山上的石洞里去搭救皇姑。

石义下到洞里，在皇姑的帮助下杀死九头妖，然后叫皇姑坐在筐子里先出洞。王恩见皇姑长得漂亮，起了坏心，将洞口堵死，不让石义出洞。

石义因救活了一条被囚的小白龙得以出洞。他直奔京城去见皇姑。王恩冒功得赏，正准备同皇姑成亲。皇上出难题辨认真假驸马，石义在蚂蚁和蜜蜂的帮助下顺利通过难题考验，和皇姑成亲。最后真相大白，王恩被斩首示众。[5]

这个文本代表了本故事最完整的形态。它以“石义和王恩”同“施义和忘恩”的谐音，来象征两位主人公善恶对立的思想性格，又在首尾插入洪水逃难、求婚考验，使情节更丰满，听起来就更加扣人心弦了。

从《望夫冈》《石洞绣鞋》到《石义和王恩》，这一转变是怎样实现的，已很难考究清楚。但有一个事实却引起了我们的极大兴趣，那就是本故事曾被改编为多种样式的通俗文艺，如弹词有《新刻绣像云中落绣鞋全传》和《新刻秘本弹词云中落绣鞋全传》，均于清光绪甲午年（1894 年）由上海书局石印；传奇小说有《雄精剑》，木鱼歌有《井底结钗》，地方戏曲有越剧《云中落绣鞋》、和剧《金蛱蝶》、桂剧《玉仙塔》、莆剧《黄恩负义》、庐剧《柴斧记》、郿鄠剧《如意壶》(又名《黑风洞》)、莆仙戏《吕文龙》等。通俗文艺家对"云中落绣鞋"的故事进行改编再创作时，在吸取口头文学素材的基础上予以充实提高，它们深入民间之后又被人们作为故事来讲述，这样的双向交流不断进行，它的现代口头异文的思想与艺术质量也就日趋精美了。

在丁乃通搜寻到的中国"云中落绣鞋"的丰富异文中，也有维吾尔、哈萨克、蒙古、达斡尔、朝鲜、苗、藏、傈僳、阿美等族的少量异文，但它们都有着汉族异文的明显烙印。据此，在《中西叙事文学比较研究》一书中，丁乃通便得出结论："301A 型在中国有着悠久的历史，它是最典型的汉族或中国故事，它流传的范围大致和汉语影响的范围一致。""中国的许多 301B 异文，也同样明显地接受了它的影响。"由于学人的细心搜求，与本故事有关的许多口头和书面材料陆续发现，它在中国一千多年间生长发育的生活史已显露出清晰的轮廓，成为研究得较为彻底的一个故事类型了。

AT301"寻找失踪公主"是一个具有国际性，流行于欧亚大陆许多国家的故事类型。中国的"云中落绣鞋"在这个国际类型中占有怎样的位置，是一个使学人极感兴趣的问题，丁乃通的文章作了富有启发性的探讨。

欧洲最早的 301A 型故事，从 13 世纪的骑士传奇《托切》中可以找到。英雄主人公托切的朋友——骑士梅隆斯也有过下地洞冒险营救一位公主的经历：

> 国王的女儿被一侏儒抢走，朋友们决定营救她。梅隆斯用一条绳子下到地洞，在那儿找到了公主——托切爱着的一位姑娘，和其他女子。他听从托切恋人的建议，用妖怪的剑一下子杀死了那个妖怪。姑娘被拉上去了，但梅隆斯被留在了下面。他发现了一匹马、两条狗和两只鹰，它们帮助他找到了出路，奸诈的朋友受到了惩罚，梅隆斯和公主结了婚。[6]

以上叙述和中国唐代故事《望夫冈》特别是《石洞绣鞋》的情节如此接近，因此，在《中西叙事文学比较研究》中，丁乃通大胆推测，“它可能是通过一个了解中国最近异文（唐代）的胡人故事讲述者从中国带入西方的”。两相比较，“主人公也是一位公主，英雄力图去救出公主的动机不是爱情而是骑士气概，它从中国向西流传的时间同样很容易被推测，大约是在公元800至1100百年之间”。“在这个变体中，由于它们不具备中国听众的欣赏习惯，绣花鞋的情节单元被删去了，动物营救者也不是一条龙（这样的特征只有在中国才有可能出现），因为在西方，龙很少作为慈善的化身。”丁乃通于1970年写成的这篇文章最后说：“当今AT301故事仍十分活跃，其中有一部目前在美国许多城市，估计同样在世界各地都可看到的西班牙电影，就是人们对这一主题兴趣不衰的证明。”他关于这个故事起源于中国唐代的推论，虽然有待于搜求更多材料加以证实，却是极有价值的探索。

20世纪70年代香港凤凰影业公司曾将这个著名故事搬上银幕，片名就叫《云中落绣鞋》。1975年8月的一天，中国一代伟人毛泽东同身边几位工作人员一起观看了这部电影。看后谈笑风生，毛泽东问道：“你们说说看，这两个救小姐的青年，哪个好些?”几个青年人都说下井的人好，井上的人坏。毛泽东却幽默风趣地说：“我和你们的看法不一样，我觉得，还是那个井上的青年更好些。”“那个井下青年，对问题的考虑太简单，他缺乏周密的思考，他早就应该想到井上的青年会使出这一招儿，他太蠢了，还是那个井上的青年聪明噢。”[7] 毛泽东对这个故事的阐释含有很深的政治寓言的意味，自然不是在他身边做生活服务工作的几个年轻人一下子所能领悟得到的。但这个生动事例却有力地表明了中国传统民间故事的深刻内涵和悠久生命力，因而它对民间故事研究者来说富有启发意义。

注释：

[1]［美］丁乃通：《中西叙事文学比较研究》，陈建宪等译，华中师范大学出版社 1994 年版，第 205 页。本书收录丁乃通对《云中落绣鞋》等四个具有世界影响的中国故事进行深入研究的论文四篇，由华中师范大学民间文学研究室的陈建宪等编译，因受见闻限制，该文也误将《望夫冈》作为《搜神记》作者干宝笔下的记述。

[2] 毛祥麟：《墨余录》卷三《石洞绣鞋》，见《笔记小说大观》第 21 册，江苏广陵古籍刻印社 1984 年版，第 374 页。

[3] 洪迈：《夷坚志》第二册，中华书局 1981 年版，第 705 页。

[4] 白珽：《湛园静语·庐山峰室》，见吴曾祺编《旧小说》戊集二，上海书店 1985 年影印，第 9 页。

[5]《石义和王恩》，流传于吉林舒兰。见《中国民间故事集成·吉林卷》，中国文联出版公司 1992 年版。

[6]［美］丁乃通：《中西叙事文学比较研究》，陈建宪等译，华中师范大学出版社 1994 年版，第 237 页。

[7] 郭金荣：《毛泽东的晚年生活》，教育科学出版社 1993 年版，第 162～164 页。

千年故事百年追踪*

——"求好运"故事解析

小　引

在通行的国际民间故事分类体系"AT 分类法"（源自阿尔奈、汤普森著《民间故事类型索引》）中，有一个被列为461型的著名幻想故事，讲述处于困境的主人公，出外寻求好运，在旅途中却热心帮助他人解脱危难，代人问事获得他人酬报，从而自己也摆脱了厄运的故事。它在国际上以《格林童话》中的《有三根金头发的魔鬼》为代表。中国故事的篇名以《西天问佛》《孤儿求福》《求好运》最为流行。

口头讲述的民间故事往往具有纵贯古今而又传播广远的特异之处，本类型更成为覆盖欧亚大陆的一个巨大故事圈。到20世纪60年代为止，记录成文的各国异文已达500余篇，它们分布于欧亚二十多个国家和地区，仅在芬兰就采录到异文176篇，在爱尔兰采录的异文多达202篇。

AT 分类法收录的材料以欧洲为主，东方材料甚少。实际上461型

* 本文曾提交1999年8月在成都举行的中国比较文学学会第九届年会发表，载《外国文学研究》2000年第2期，又载入曹顺庆主编《迈向比较文学新阶段》，四川人民出版社2000年版。

故事在亚洲的印度、缅甸、日本、朝鲜、蒙古等国也十分流行，尤其是在中国五四运动以来兴起的几次民间文学活动热潮中从民众口头采录到这一类型的故事，截至 20 世纪 90 年代末，已积累到 210 余篇。其中 1966 年之前所得见于丁乃通《中国民间故事类型索引》一书的异文有 52 例，我自己在研究工作中，搜求到的异文累计达 160 余篇。中国为编纂民间文学集成，于 80 年代中期开展民间文学普查，所得资料既鲜活又丰富，在各地区各民族的口头叙事作品中，“求好运”几乎都是人们喜爱的篇目。1994 年出版的《中国民间故事集成·辽宁卷》中，载有《旗里西天问活佛》，另有见于 20 多个县市故事集成资料本中的异文达 21 篇。1998 年问世的《中国民间故事集成·四川卷》，载有《范丹问佛》《寻宝聘妻》，见于各地故事资料本的异文达 28 篇。故事集成湖北卷尚未正式出版，在 20 多个县市的故事资料本中，已发现 461 型故事异文 25 篇，我自己直接听人讲述采录的就有 3 篇，《曹三（朝山）问佛》《端行好事不问前程》就是其中具有代表性的一些篇目。《中国民间故事集成》的编纂，要求按普查情况在卷末列出本省常见故事类型分布图，在许多省市，“求好运”都是常见的十几个类型之一，堪称口头文学中脍炙人口的经典之作。

461 型故事在世界上的广泛传播及其对地球村居民的巨大影响，激起了民俗学家和比较文学家们的浓厚研究兴趣。它在广大时空背景下是怎样构成和传播的？它突破地理与文化的阻隔通向地球村广大居民心头的奥秘何在？从 20 世纪初直至近年，不断有学人追踪搜寻，试图解开这一“民间童话之谜”。本文即是对这一追踪过程的评述。

百年追踪

1919 年，德国学者蒂勒在《民俗学协会杂志》上发表《关于命运之子的童话》。他指出，以格林童话文本为代表的 461 型故事，是由

"命运之子"和"到异域去旅行"这两个古老故事复合而成的。"命运之子"讲述一个刚出生的婴儿，其未来社会地位和婚姻早已被命运之神作了安排，尽管后来有人（通常是国王和富人）竭力迫害这个孩子，终遭失败。它的主题是人类意志无法抗拒命运的安排。它在文献记载中有四组：印度语的，希腊—埃塞俄比亚语的，西欧语的，土耳其语的。其中以印度语的文本最为古老，代表作就是公元 3 世纪时出现在汉译佛经《六度集经》中的《童子本生》。它是佛本生故事中的一篇，那个害不死的穷孩子原是佛祖的化身。至于"到异域去旅行"，则是另一个独立故事，讲述主人公去远方寻找上帝或其他神奇力量以求幸福的冒险经历。蒂勒未找出它的古代典型文本，推断欧洲古代关于某些英雄人物出海远航传说可能是它的原型。

20 世纪 60 年代问世的美国学者斯蒂·汤普森所撰《世界民间故事分类学》一书中，在论及 461 型故事时，引述了蒂勒的论文并加以发挥。他认为，在欧洲，源于印度"命运之子"的《富人和他的女婿》与讲述"去异域探索"的《有三根金头发的魔鬼》常常结合在一起。在这个故事里，那个青年被派遣到异域去探索是在富翁或者国王企图暗害他的阴谋失败之后。这个复合故事在整个欧洲乃至东方的中国都可以找到。这两个故事原先本来毫不相干，它们的结合是在欧洲口头上流传时造成的。

蒂勒和汤普森关于 461 型故事的复合形态，以及其中的"命运之子"母题源自印度的论述是令人信服的。但他们对本故事在亚洲的传播情况知之甚少，因此关于这个类型是由一个印度故事和一个欧洲故事在欧洲口头叙事文学中复合而成的说法论据不足。同时这两位学者的注意力都着重在情节单元本身的流传上，对故事构成演变的文化背景较为忽略。这些都给后来的研究者留下了余地。

西方学者对中国民间故事的注意是从德国学者艾伯哈德开始的。他在一位中国学人曹松叶的协助下，编撰了第一部《中国民间故事类型》，于1937年出版，以后又发表过许多研究中国民俗文化和民间故事的论文，1947年发表《近东和中国民间故事研究》一文，专门论述中国461型故事的源流。他将本类型的土耳其故事和中国故事的母题及其组合情况进行比较之后，从它们的讲述形式完全一致，认定这两个地方的故事同出一源。需要解答的问题是：它们原产地在什么地方以及怎样流传？他的结论是，中国故事的源头在近东："它的诞生地一定在近东，很可能在伊朗。由于在中国它只在沿海流传，不可能经由土耳其斯坦传入中国，一定是从海上传入的，很可能在15世纪末传到了中国。"艾伯哈德是一位成就卓著的东方学家，他在这篇论文中从解析故事母题及母题链入手进行比较，寻求它们内在关联的方法对我们是有启发的。但他当时所见到的同型中国故事只有从浙江、广东两地采录到的少数篇目，由此他便认为本故事只流传在中国东南沿海一带，误认为它们"没有嵌入中国民间故事的主体"，而是纯粹的"进口货"，从而导出了一系列的错误论断。由此可见比较文学中的影响研究，应以占有较为充分的材料为前提；如材料不足，在作品传播影响的链条上出现缺环，就无法作出科学论断。

亚洲的中国和日本学人对461型故事的注意是从本世纪30年代开始的。中国著名学者钟敬文于1931年发表的《中国民谭型式》中，包括45个常见故事类型，其中就有"求活佛型"。

日本著名民间文艺学家关敬吾于1982年出版的《运命谭——它的系统和分布》[1]一书，专门搜求世界各国讲述人生命运的故事进行比较评述，共含6个系列，即命运之子、求好运的旅行、命中注定的死亡、死亡婚礼、夫妻缘分、天婚。在"求好运的旅行"这个系列中，他将日本、朝鲜、中国、越南、印度、土耳其的同型故事作了比较。结果发现，寻求好运的少年主人公，都得到山中老人的指点；他帮助他人所问的几件事，虽然具体内容因地而异，但综合起来都是有关生命、疾病、婚姻、职业方面困扰人类的几大难题，这也就是故事的主题。《运命谭》

着重于对各国同型故事的内容进行描述和归纳，将“求好运”置于探寻人类命运奥秘的故事群中来考察，给予研究者以有益启示。但作者对本故事的流传演变未作论析，只是将日本故事是欧洲格林童话的口头化呢，还是另有其流传路线的问题，留待学人去探究。

任教于台北中国文化大学的金荣华教授，多年从事中国民间故事的研究，卓有建树。1996 年发表的《从印度佛经到中国民间——〈贤愚经·檀腻䩭品〉故事试探》[2] 一文，虽不是专论 461 型故事，但他告诉我们，在关于古印度端正王智判连环案的佛经故事里，就出现了主人公代人问事获得好报的情节，同中国后世民间口头流传的“西天问佛”故事有着内在关联。这给我们探寻 461 型故事的来源提供了新的重要线索。

我对 461 型故事的研究是从 1979 年发表《一组民间童话的比较研究》开始的，后来又发表过《民间童话之谜》《一个故事的追踪研究》《心有灵犀一点通》，直到 1999 年在《中国民间故事史》中给予评述，先后经历了 20 年。最初所看到的同类型故事只有 10 余篇，后来搜寻到的中外异文达到 700 余篇，其中中国异文就有 210 篇之多。开始，我对海外研究状况毫无所知，后来得到著名美籍华人学者丁乃通先生的导引，才得知从 20 世纪初开始，它就是吸引国际学人的一个研究课题。原以为它见于文献记载只有一百多年历史，现在才知道早在公元前 3 世纪成书的巴利文《佛本生经》中就载有本故事的原初形态，实际上它已有了两千多年的生活史。西方学者的探索对我们是有启发的，但当时中国的故事材料尚未大量问世，限制了学人的视野，所得出的结论便难以避免主观臆断。现在我们不仅有可能对中国 461 型故事的特点与价值作出恰当评估，而且能够对前人关于这个世界故事类型生活史的论断有所补充和修正了。

源流探寻

461 型故事的复合文本，以《格林童话》中的《有三根金头发的魔鬼》为代表，它在德国、俄罗斯、乌克兰、芬兰、瑞典等许多地方都以十分完整的形态传播。它的前半截出自汉译佛经《六度集经》中的《童子本生》，故事讲从前菩萨生于贫家，恰巧那一天是该国的吉祥日，这一天出生的孩子命中注定会得到富贵，于是被一富而无嗣的“四姓”家所收养。富人后来自己生了孩子，便心生恶念，接二连三设计要害死这孩子，却总是事与愿违：扔在深山老林中，被牧羊人收养；派这穷孩子送信给炼铁工匠让他们把孩子推进炼铁炉烧死，富人自己的孩子偏偏抢着去送信做了替死鬼；接着又要这穷孩子给一位官员送信，让这官员把孩子处死，可是这信被钟情于这穷孩子的少女发现，改成请这官员给主人公办婚事。富人计穷力竭，最后气恼而死。作为一个独立故事，它被列为 AT930 型。它既可以单独存在，也可以同“到异域去旅行”结合。蒂勒指出它是后世同型故事的源头，这一论断是令人信服的；其中的“遗弃的婴儿”“死亡信件”等母题在口头叙事中一直存活至今。但他认为 461 型故事的另一半原是一则欧洲故事，它是在《童子本生》由印度进入欧洲后，两者才合二为一的，这一说法缺乏有力依据。从今天发现的材料来看，461 型的核心情节——出门问事，既为自己也为他人寻求好运，同样也存在于早期的佛本生故事之中。《贤愚经》中的《檀腻𩢍品》[3] 一则佛本生故事说：那时菩萨化身为古印度的端正王，贤明治国。有一位名叫檀腻𩢍的农民，一天向人借牛，还牛时粗心大意，使牛走失，同牛主发生争执，便一同去请端正王进行判决；随后主人公又阴差阳错，发生了几起伤害他人的事件，形成连环案。在旅途中先后有三人（或动物）托他问事，一只雉鸟托他问：为什么自己停留在这一棵树上才鸣声哀好，而停留在其他树上却鸣声不快？一条大蛇问：为什么自己每天早上刚爬出洞时身体柔软，一点也不难受，晚上进洞时却变得身躯粗大，怎么也钻不进去？还有一位妇人托他问：为什么自己在丈夫身边时总想回娘家，回到娘家住几天后又思念丈夫？主人公好不容易见到端正王后，这位国王明智地剖析事理，使发生纠葛的双方取得和解。又解答了檀腻𩨨受托所问的三件事，雉鸟在一棵树上鸣声哀好，是因为树下埋有黄金；大蛇出洞易而进洞难，是由于早上心情柔和而归来时心生烦恼；那妇人住在夫家和娘家不自在，是由于丢不下过去的情人。主人公在归途中将答案告知当事人，掘取树下黄金，于是成了"尽世快乐"的富人。这部《贤愚经》是唐代僧人昙学等八人在新疆于阗佛寺中听西域高僧讲经说法时所作的一部笔记。所述端正王判案原是古印度民间故事，最先与佛祖毫无关系，将端正王附会成佛祖化身，显然是后来的事。《贤愚经》中的故事在中国僧俗中间流传已有一千多年历史，后世中国和他国盛传的"求好运"故事（不论其单纯与复合形态），均有主人公代人探问三件事，三件事涉及既困扰人类也困扰动植物的一些难题，代人问事正好成为他自己命运转变的契机。这种触动大众心弦的情节设计，从它的思想内涵到外部结构形式乃至若干细节，同佛经故事如此契合一致，显然有其内在关联而非偶然巧合。断定佛经中的印度故事为其源头，是有充分道理的。

这种代人问事获好报的情节结构，在直接从巴利文本生经译成中文的一部《佛本生故事选》中也可以找到。《迦默尼詹特本生》[4]一篇所载，就是古印度波罗奈国由"菩萨灌顶为王"的镜面王巧断连环案的故事，基本情节同《贤愚经》所载相同，只是热心快肠的主人公不是一位普通农民，而是曾经做过国王侍从后回乡务农的迦默尼詹特；他给人捎带的口信不是3个，而是10个，即村长问为什么自己得了黄疸病，妓女问为什么客人少挣钱难，少妇问为什么她住在夫家和娘家都不自在，大蛇问为什么它进洞容易出洞难，野鹿问为什么它只能吃一棵树下的草，鹧鸪问为什么自己只在一个地方鸣声才悦耳动听，树神问为什么它现在得不到人们的供养，蛇王问为什么它所在的池子里的水混浊不堪，苦行僧问为什么他的脑子混沌记不住读过的经文。镜面王一一给予圆满解答，主人公捎回答案时挖出埋在树下和蛇洞里的宝物，他因乐于助人而获得善终。从这里可以看出，载有主人公代人问事获好报的古印度故事原有大同小异的几种说法，这反映出它流行广泛的特点。所问的事都与众人命运有关，其内容与数量可以因地制宜随意变更，这一构思特点在后世的口头叙事中均被保留了下来。

这样看，复合形态的“求好运”故事，它的前后两部分其实都来自古印度的佛本生经之中。蒂勒当时由于没有看到佛经中的相关材料，认为它一半是印度故事，一半是欧洲故事。现在看来，“求好运”故事在欧洲口头叙事中复合而成的说法便有必要加以修正了。

尽管类似格林童话文本的 461 型复合体，其完整的印度文本，尚不见有学人提及；人们现在所见的印度同型故事，大多开门见山从主人公出外问事求好运讲起[5]。可是在中国和亚洲其他许多地方（特别是佛教流行地区），都有来自口头的完整文本发表，如缅甸的《国王与穷人》、云南藏族的《男孩和国王》、云南彝族的《淌来儿》、云南傈僳族的《寻找太阳头发的小孩》以及蒙古族的《恶魔的三根胡须》等等。由于《格林童话》人们较为熟悉，粗看起来似乎是欧洲故事传到了中国及其邻近地区。我曾询问云南地区一些故事的采录者、口述者有无受《格林童话》影响的可能，他们从口述者的情况认定，本篇确属当地传承久远的口头文学。这一客观事实表明，由佛本生故事化出的此类故事在中国和亚洲有深厚根基，它由东方传入欧洲而后传遍世界的推论更为可信。其传播路线很难具体追寻。曾以毕生精力研究东西方文化交流史的英国著名学者李约瑟在《中国科学技术史·总论》中提到：“有些对民间传说的结构进行比较研究的学者，曾争论过蒙古人的西征是否对东方文化传入欧洲起过重要作用的问题。这个领域在引导人们思考问题，进行比较研究方面是一片肥沃的土壤。”我在 1980 年发表的文章中，曾将蒙古人西征和这个具有浓厚佛教文化色彩的故事向欧洲传播联系起来，这十多年追踪所发现的材料，更增强了我对这种可能性的信心。

多元播化

一个具有两千多年历史的印度民间故事，竟然在近现代传遍世界，特别是在中国，至今仍以其鲜活形态为各族民众所津津乐道。这一口头文学的奇迹，隐含着怎样的文化奥秘呢？这种奥秘远非过去关于故事的“流传论”所能解释清楚。它是一个复杂过程，笔者暂且将它称为“多元播化”。具体说来，有如下特征：

1. 在宗教文化与世俗文化的相互渗透中生根开花

任何故事自身都不具备流动能力，它是适应一定社会文化的需求而构成演变的。《求好运》在古印度原是一则世俗故事，后来被佛教徒改编成为一则佛本生故事进入佛教典籍，随着佛教在世界范围内的传播而在东西方许多国家流行开来。中国现代采录的众多文本，一般人都把它视为一则世俗故事，它的主人公出身穷苦，有的绰号就叫“穷八代”“穷十代”，穷得不耐烦了，便决心出门去寻求好运。他在旅途中遭遇的那些人，有的托他代问十八岁的大姑娘为什么成了哑巴，有的托他代问为什么河水断流，有的托他代问为什么果树只开花不结果，等等，也都是人们在生产生活中备受困扰的一些难题，这就使它具有贴近下层民众现实生活的特点。同时，它又是一个宗教故事，这不仅表现在它所宣扬的与人为善自有好报这一思想本为宗教提倡的美德，还表现为它以人生命运的思考与探求作为核心母题。其最古老的文本以受命运之神护佑的穷孩子作为主人公，邪恶势力妄图改变他命中注定的好运均遭失败；这里固然寄托着人们对不幸者的同情，而对命运之神的顺从却来自宗教信仰。中国现今广泛流传的“求好运”故事，就主人公不愿穷到底，不相信“命中注定八合米，走遍天下不满升”而出门寻求幸福来看，表现出对命运积极抗争的精神；可是问活佛、问神仙，以及大蛇托问为什么修炼千年还不能成龙飞天，修行人托问为什么不能得道成仙等，又烙印着鲜明的宗教色彩。本篇体裁虽属幻想性的童话故事，它所叙说的主人公祈神问命的情景，又是对人们朝山进香、抽签问卦的现实宗教生活的艺术化，这从《曹三（朝山）问佛》《放牛娃朝南海》等篇的篇名就可以看得出来。中国故事大多与佛教、道教信仰有关；欧洲故事中由上帝、神父充当相应角色，与流行的基督教信仰相关联。民众的日常生活和口头文学，本来就同他们的宗教生活息息相关，该篇能够在广大时空背景上流传不衰，同它以命运探求为核心母题，贴近大众世俗生活与宗教生活，积淀着深厚文化内涵是分不开的。

值得特别提起的是，本篇故事在历史演变中，呈现出世俗性不断增强而宗教性日渐淡化的特点。这主要表现为主人公对自己命运积极主动的追求把握上。中国 461 型故事有一个特殊亚型，以河南的《白老鼠偷米》等篇为代表，故事讲主人公穷得家里存不满一升米，偷米的白老鼠告诉他：“你命中注定八合米，不能让你积满升。”他偏要改变这种命中注定的穷困境遇，于是出门寻求好运，由于热心帮助他人而获得幸福。尽管故事的基本结构没有改变，宗教宿命论的色彩却日渐消退，从而更贴近现代生活的主流了。

2. 借助口头与书面两种文本的交错并举深入人心丰富提高

民间故事虽以口头讲述作为传播的主渠道，但就中国的情况而言，许多著名的故事、传说又并非单纯的口头文字，而是借助口头与书面两种方式交错并举，从而在广大时空背景下不胫而走，产生深远影响。“求好运”故事的原型最先是以汉译佛经的书面文本由印度传入中国的。它在中国受到人们关注，同唐代高僧玄奘西行取经的事迹广传于世有关。唐以后，“唐僧取经故事广泛流传民间，群众口口相传，说书世人日日演说”，情节不断发展；宋代出现刊本《大唐三藏取经诗话》，元代又有《唐三藏取经记》刊行，《唐三藏取经记》成为明代吴承恩创作长篇小说《西游记》的蓝本[6]。而在《西游记》中，就有了主人公问佛祖、求好运的片段。如小说第49回中，那只白鼋将唐僧师徒驮过通天河之后，曾托付他们：“我在此间，整修行了一千三百余年；虽然延寿身轻，会说人语，只是难脱本壳。万望师父到西天与我问佛祖一声，看我几时得脱本壳，可得一个人身?”这可以看作中国461型故事的最早文字记述。艾伯哈德在他的论文中也肯定了《西游记》同“求好运”故事之间的联系。唐僧西行取经求法的真实事迹中，显然不可能有代他人向佛祖问事之事发生，它只能是小说作者从口述故事中信手拈来的一个情节单元。而这部小说的流行，又极大地刺激了西天问佛“求好运”这类故事的普遍流行，从《西天求佛》《王柴取经》这类故事篇名就可以明显地看到《西游记》的巨大影响。

特别值得我们注意的是，中国的“求好运”故事，曾被改编成为艺人说唱的宝卷，以多种手抄或刊印的文本流传于世，其篇名有《时运宝卷》《西天参佛宝卷》《活佛宝卷》《方便美报》等。内容以代人问事获好报为核心情节，再添枝加叶，渲染主人公虽广行善事却备尝苦难，于是求佛问贫以求时来运转。车锡伦所撰《中国宝卷总目》中，列出的这一宝卷抄本就有25种，抄录的年代从清同治四年（1865年）、光绪十二年（1886年）直到宣统二年（1910年）、民国二十一年（1932年）[7]。我收藏的《方便美报》为上海翼化堂善书局的木版刻印本。中国宝卷渊源于唐代佛教的“俗讲”，兴起于元明之际，盛行于明代中叶直到清康熙年间。演唱宝卷原是面向世俗大众的宗教文化活动，后来宝卷内容扩展为以说唱文学故事（神道故事、民间传说等）为主，遍及城乡的一种说唱文艺形式。“求好运”故事经改编进入宝卷，情节变得更为丰富曲折，人物性格也塑造得更为鲜明突出，从而更增强了它的社会影响。宝卷经口头文学家辗转述说，又生出许多新的异文。中国一些著名的故事传说，如《孟姜女》《白蛇传》《董永行孝》《云中落绣鞋》等，都不是以单一的口头讲说，而是以说唱、传抄、刻印等多种方式相辅相成，深入人心，并经集体智慧锤炼而日臻精美的。“求好运”故事是又一个具有代表性的实例。

3. 在世界性与民族性的交融中实现其传承演变

461 型原是一个印度故事，后广泛传播，演化成为一个世界性的故事类型。它的众多异文具有“大同小异”的特征，故事的主干情节和主旨在世界范围内具有惊人的一致性，这是“大同”的一面。它是人类以自己的积极主动性寻求幸福的共同心灵和美好意愿的折射，有其深刻的文化内涵。

此型故事的各国异文在枝叶上又千姿百态，呈现出民族与地域的差异性。古印度故事以佛祖为主人公，由婆罗门预言他的未来命运；欧洲故事有浓厚的基督教色彩，由神父或天使预卜主人公的前程；中国的“西天问佛”，则和唐僧西行取经的美谈扭结在一起。至于所提问题，中国故事中的鲤鱼或龙，托问为什么修炼千年不能升天；俄国故事中海边的鲸鱼，托问为什么它躺在海边动弹不得；缺水地区流行的故事，托问怎样找到水源解除干旱的威胁；麻风病流行地区的人们，则委托主人公帮他们寻求治病的秘方。这些属于“小异”。它们是不同国家民族的自然与人文特点因地制宜的反映，由此贴近民众生活，带给接受者以无比亲切的感受。

它的民族异文还表现在将代人问事获好报这一基本情节同相关本土故事的串联复合上。在中国这种情况尤为突出。如《娶亲三件礼》就将“问事”同“寻宝”相串接，主人公出门是为了寻求用作聘礼的三件宝物，旅途中代人问事，获得的酬报正好是女方索要的那几样宝物。还有《青蛙讨媳妇》和《旗里西天拜活佛》，将西天问佛祖的情节楔入神蛙丈夫和恶毒继母故事之中。《单行拜仙》中特意设置“问三不问四”的规矩，强调主人公“先人后己”“但行好事，不问前程”的崇高品格。还有《石崇求福》和《范丹问佛》，将中国民间传说中最富有的石崇和最穷困的范丹这两个古人附会成为故事的主人公。所有这些事例，都是461型和中国历史文化与口头文学传统相结合而绽开的新花，显现出为中国各族人民所喜闻乐见的丰富意趣。

故事中的世界性与民族性得以融合，同民间故事在传承中既相对稳定又具有一定程度的变异性有关。故事学家发现，民间口头故事在广大时空背景下的流动遵循着一种“自我修正法则”[8]。所谓自我修正就是有所变有所不变，在变异时保留着它的核心母题和基本框架，“万变不离其宗”。“一方面，它千奇百怪，五彩缤纷；另一方面，它如出一辙，千篇一律。”这种两重性也就是我们通常所说的“大同而小异”。正是故事的这种特殊结构形态，使它的世界性和民族性得以相容不悖。民间文学中也有对民族生活的附着力极强而难以广泛传播的体裁，如民歌。许多优秀的民间童话则以其开放性与包容性而成为世界各国人民共享的艺术财富。

“求好运”故事的巨大影响激起我们的深思遐想。“同舟共济，你好我好”，归根结底是这种潜存于人类心灵深处的美德与良知促成了它的世界性传播与生生不息。在地球村居民迈向又一个千年之际，愿这一闪光思想能够汇入世界经济文化生活的主流！

注释：

［1］［日］关敬吾：《运命谭——它的系统和分布》，日本成就大学民俗学研究所，1982年刊印。

［2］金荣华：《民间故事论集》，台北三民书店1997年版。

［3］常任侠选注：《佛经文学故事选》，上海古籍出版社1982年版。

［4］《佛本生故事选》，郭良鋆、黄宝生直接从巴利文原文译出，人民文学出版社1985年版。

［5］如关敬吾《运命谭》，引印度《探求命运的男子》，第30页；金荣华《民

间故事论集》，引印度《穷汉问神》，第131页。

［6］胡士莹：《话本小说概论》，中华书局1980年版，第199～200页。

［7］车锡伦：《中国宝卷总目》，台北市中研院文哲所图书文献专刊（1998）。

［8］［美］斯蒂·汤普森：《世界民间故事分类学》，郑海等译，上海文艺出版社1991年版，第524页。

百年再议“老獭稚”*

近一两年的民间文学研究，粗看起来似乎有些冷清，可是仔细考察一下，不甘寂寞热心耕耘者还是大有人在。仅以民间故事研究而言，据我们编纂民间文艺学年鉴所作的统计，在2001年这一年当中，研究中国各族民间故事的学术论文，就达到100余篇，还有《朝汉民间故事比较研究》（金东勋主编，辽宁民族出版社），《中国民间故事类型研究》（刘守华主编，华中师范大学出版社）等内容厚实的大部头论著相继问世。其中有不少吸引读者兴趣的课题，本文所论“老獭稚”传说就是一例。

所谓老獭稚传说，简而言之，即关于一个贫家女子和水獭精私通所生的孩子，因抢占龙脉葬父骨而贵为帝王的传奇故事。早在20世纪初叶，朝鲜的今西龙和日本的稻叶君山、鸟居龙藏以及松本信广等就撰文对这一传说作过介绍与评论；钟敬文先生于30年代前往邻国日本研习民俗学时，特地花气力撰写了《老獭稚型传说的发生地——三个分布于朝鲜、越南及中国的同型传说的发生地域试论》[1] 的长篇论文，通过比较三国此类传说的结构形态及其历史文化内涵，最后“把它们共同的起源断说在中国”，当时对中日学界曾产生过震撼性的影响，在某些方面也引起一些争议。想不到事隔80年，这篇焕发奇光异彩的口头叙事之作再度受到学人的关注。不

* 原载《民族文学研究》2003年第3期。

仅在《朝汉民间故事比较研究》一书中，载有由金东勋先生撰写的长篇论文《“夜来者型”故事的源流》专门论析这一跨国作品，还有日本斧原孝守的新作《老獭稚传说考》，也由中国学者译成汉文在《民族文学研究》杂志 2002 年第 3 期上刊载。上述成果对钟先生早期所作的主要结论并未提出实质性异议，而是就这一传说的许多方面作了更加深入的探讨。笔者早在 20 世纪 90 年代撰写《中国民间故事史》时，也在书中专列一节《老獭稚与民众的天子梦》予以评述[2]。最近集中时间追索，又有一些新的发现，感到这一经典性的口头叙事之作，还留下不少疑团有待学人进一步剖析。特撰此文，作为对几位研究者已有论述的补充。

一

20 世纪初叶，进入中日学人视野中的老獭稚传说还只有 10 来个文本，松本信广和钟敬文两人在文章中就它的情节结构简要概括为如下型式：

1. 獭和人类的女性婚合而生的儿子，善于泅水。

2. 因外人的请求，发现了水中的灵物。

3. 安葬先人遗骨的时候，把自己父亲的骸骨放入。

4. 因此，他便成为天下之主。

经过 80 多年的风风雨雨，这类故事不仅仍存活于民间，而且在中华大地的民间文学普查中采录到许多鲜活文本。斧原孝守论文中就列出了新近采录的同型传说 10 余例。但他的见闻毕竟有限，仅笔者在写作本文之前从个人收藏资料中随手翻检，就得到同型传说近 20 例。其中最具代表性的作品可以列出以下篇目：《宋太祖出生传说》，流传于江苏[3]；《赵家天子杨家将》，流传于浙江[4]；《赵家天下杨家将》，流传于上海[5]；《大宋江山为嘛柴家先坐》，流传于河北[6]；《赵巴子》，流传于辽宁[7]；《杨家咋成了“挂角臣”》，流传于宁夏[8]；《鳖精变个鞋簸箩》，流传于湖北[9]。这些均以宋太祖赵匡胤为水獭精或鳖精之子，并将杨家将也附会成故事中的一个角色，因而“赵家天子杨家将”成了本篇故事最为常见的篇名和最稳定的结构模式。

也有用明太祖朱元璋来替代赵匡胤的，如《朱老实占龙脉》，流传于陕西[10]；《朱洪武得风水宝地》，流传于湖北[11]。东北图们江流域流传的《老哈赤》，则用清太祖努尔哈赤取代了赵、朱两位帝王[12]。还有将赵王附会成“灶王”的，如广西仡佬族的《灶王歌》[13]。或者那位男主人公虽然做了皇帝，却并无具体姓名，如流传于湖北京山的《脚鱼精葬龙口》[14]。这一传说在中国大陆被采录到的几十篇异文内容繁简程度不一，其中以《赵家天子杨家将》这一类型流行最广，情节结构最为完整。正如有关学人早已揭示的，它并非一个单纯型故事，而是由几个母题（情节单元）串接而成的复合型故事。所包含的主要母题，一是少女与水中精灵（水獭、鳖等）的婚恋，二是女家父母对精灵的寻踪打杀，三是葬父骨于龙脉而成为天子。

故事叙述的高潮是水獭精或鳖精之子因善泅水，常入水嬉戏，发现水下“龙脉”所在，在风水先生的指点下，特地将父亲骸骨安放于“龙口”或“鱼口”，于是成了开国皇帝——如赵匡胤、朱元璋等。以下是《中国民间故事集成·浙江卷》所载《赵家天子杨家将》的结尾部分：

赵儿到了九龙潭，看见那条最大的龙正张开血盆大口向他迎面游来。他马上往龙头那儿一蹲，从坛子里取出骨头抛进龙口，直到坛里的骨头全部吃光。这时，赵儿猛想起肩上的骨包，忙把里头的骨头送到这龙的嘴边，谁知这龙大嘴一抿，不吃了。赵儿没办法，便把杨员外给的骨头挂在大龙的龙角上。接着，九条龙都沉入水底不见了。

赵儿回到岸上，先到杨员外家把见到龙嘴的子丑寅卯统统讲了一遍。杨员外叹口气说：“这是天意，没有办法啊！坐天下的是赵家，我们杨家只配帮他打天下了。”

赵儿回到船上，把事情的经过方方圆圆又对娘讲了个仔细，娘一听，欢天喜地说道：“我的儿啊，你的前途无量呀！天机不可泄露，娘也不便多言。”

这以后，她便把自己的儿子起名为匡胤，后来真的坐了大宋天下。

在故事里，本来是懂风水的杨员外托赵家小子将自己祖先的骨头安放于龙嘴中以求先占“龙脉”，使杨家子孙发迹。后来赵儿在慌乱中办事出错，将杨家骨头挂在龙角上（或有意调换），便造成中国历史上长达几百年的“赵家天子杨家将”了。

二

人所共知，在中国传统文化事象中有一项十分独特而神秘的“堪舆术”，俗称“风水”。钟敬文先生于 30 年代研究老獭稚传说时，开宗明义就指出：“老獭稚传说中所表现的‘风水思想’，是中华民族的最有特征的民俗信仰之一种。”这篇口头叙事之作至今最受人们关注的也仍是它所包含的风水思想。什么是风水？据相关学者解说：“风水的核心内容是人们对居住环境进行选择和处理的一种学问，其范围包含住宅、宫室、寺观、陵墓、村落、城市诸方面，其中涉及陵墓的称为‘阴宅’，涉及其他方面的称为‘阳宅’。”世人对改善居住环境的追求古今一体，本来并无神秘之处，可是“为了适应人们普遍存在的避凶就吉的心态，风水师们又编织了越来越庞杂的谎言笼罩在它的上面，使本来具有朴素科学原理的东西变成了扑朔迷离神秘莫测的骗局”[15]。

老獭稚传说中那个赵家或朱家小子因葬父骨于龙口而贵为天子的结尾，就是关于风水思想的艺术化叙说。由于经过了故事家们的夸张渲染和虚构，所以还需略加剖析。

关于祖辈坟山风水好即可福荫后代的理念，早在汉代就有了。《汉书》载有袁安葬父故事，称儒生袁安为父求葬地时路遇三书生，书生指一地说，葬此地当世为上公，袁安从其言，后果然累世繁盛[16]。之后，托名于晋代郭璞的《葬书》流行于世，关于阴宅风水的理论及方术更加完备而遍及全国。但龙脉所系的天子地，是就山水的地理走向而言，其实并不神秘。我手头有一部乡土纪实文学读物，其中就讲到湖北大冶市茗山乡在清康熙年间出过一位户部尚书余国柱（1625—1697），因皇室深信风水之说，怕风水好的龙穴出天子夺江山，在任命余国柱的前后，曾派员对他家乡风水作过实地测察。他自己陈述家居“鲟鱼地”，实际上却出自“二龙戏珠”的龙脉所在，原来“有条发自大茗山的支脉，蜿蜒东行一段之后，再分两支，并行向东，形如龙势。末端恰好都是小山梁，活像两个龙头。隔畈又是光秃、正圆的张家山，如球如珠。风水先生称此地为‘二龙戏珠’之地，声言住户七代之内要出王侯”。余国柱本人也知晓此事，却怕张扬出去惹来灾祸，便想以家乡的另一块“鲟鱼地”来搪塞了事。后来有人向康熙密奏此事，康熙派员暗访，得知这儿正是“出天子之宝地”，便暗中下令将余削职为民，以绝后患了[17]。

这只是一段民间纪事。实则许多史籍中都可以找到此类记述。如明代王室就十分迷信风水，“盛行阴宅风水，风水师受宠”；明末，朝廷曾派专人去陕西掘过李自成的祖坟，后官员申报，“自成祖茔确系龙穴”，今“闯墓已伐，可以制贼死命”[18]。后世人面对此荒唐行径，只能激起啼笑皆非之感。

总之，就风水领域的实际状况而言，不论坟山的吉凶优劣，都是就其地理形势而言。可是我们读到的老獭稚传说的各种异文，那个孩子在水下所遭遇的却都是一条活龙（有的变形为石龙、石洞或巨鱼、神马之类），他便只得以直接抛掷入口来安葬先人遗骸了。显而易见，这是口头语言艺术家所采取的一种富于象征性的艺术虚构手法。

那么，这个故事的历史文化内涵及其价值是什么呢？

中国是一个在许多封建王朝的不断更替中保持着统一格局与文明进程的伟大国家。有些朝代更替对民众心理冲击不大，而赵匡胤、朱元璋之类人物的改朝换代却被民众津津乐道，长久不衰。原因何在？从历史记载和故事叙述来看，这同他们原本出身卑贱而跃居皇位有关。在古代封建社会，皇帝作为最高统治者，不但拥有至高无上的权力，还被“君权神授”的神圣光环所笼罩。皇帝本人及其家庭，均被抬高到不同凡俗的地位。而家境贫寒，加上是由水下精怪和少女私通所生的淘气小子，后来居然做了皇帝，普通老百姓听了这样的故事，怎不惊愕激动！龙口葬父骨的神秘风水说对此的解释，虽可自圆其说却玄妙难测，但这几个皇帝的卑微出身是人所共知的，因而这类传说故事的流行便有着打破世袭皇权，鼓励世俗小子坐天下的积极社会作用。史籍记载：项羽见秦始皇巡游会稽，即口出狂言，“彼可取而代之”；汉末黄巾起义，以“苍天已死，黄天当立，岁在甲子，天下大吉”为号召；清代安徽捻军起义时引吭高歌，“打天下，争天下，穷爷们天不怕来地不怕！”这些和上述故事所蕴含的精神可以说是一脉相承。

老獭稚传说中主人公因得祖先葬地风水的福荫而当上了皇帝，在神秘幻想情节深处蕴含着俗民的“天子梦”。由于它所讲述的是几位在中国历史上声名显赫的帝王的业绩，因而在社会上广为传播，以致根深蒂固，家喻户晓了。

三

斧原孝守和金东勋两位先生的论文将老獭稚传说置于几个相邻东亚国家的历史文化背景下进行比较论析，不少精辟见地使笔者深受启迪。这里也就几个有关问题提出商榷或补充。

（1）金东勋先生的论文以《“夜来者型”故事的源流》为篇名，所论主体实为老獭稚传说。他从本故事常采取复合形态出发，以獭精或其他水中精怪夜来与少女同居为基本型；以这个夜来者与人争天子地获得成功为扩张型；最后还加上一个获得天子剑而成就帝王之业的结尾为复合型。作者把它们统统划归“夜来者型”故事。这几个类型，既可以独立存在，也可以串接复合。因此，文章所列举的朝鲜半岛 43 篇，日本列岛 140 篇，中国大陆 26 篇，越南、蒙古各 1 篇，实际上其构成形态并不一致。笔者以为所谓老獭稚传说，其核心母题应是獭精之子巧葬父骨而为天子。这虽不是历史，却被人们附会到某些历史人物、历史事件之上而具有传说体裁的明显特征。它们的前半截属异类婚故事型，后半截属风水传说型。只有前半截的单纯的“夜来者型”故事和包含着后半截的风水传说，其特质与历史文化内涵迥然有别，不宜彼此混同。在考察作品的形态演变时，将相关资料聚集起来予以说明是有意义的。但作为一件完整作品进行比较论析，似乎不宜笼统地将它们归并成为一个类型。至于究竟是把它们作为故事化的传说，还是作为传说化的故事来研究，那倒无关宏旨。

（2）金东勋先生在文章中指出：“将这个故事置于游牧文化和农耕文化并存与相互交替的过程中，就可以发现它是先产生于黄河以北的游牧文化区，而后随着向南方农耕文化区的传播，自然形成东亚地区的泛民族故事的。”这主要是就故事中的男性角色而言，“代表游牧文化的北方系列夜来者故事的主人公多半是水族类，代表农耕文化的南方系列夜来者故事的主人公主要是地上动物或植物精，两地不同灵物反映着北水南陆的文化差异”。作者联系地域文化特征来考察故事的源流，见解有其新颖独到之处。但就笔者见闻而言，论据尚感不足。因水獭这种动物，不论在黄河流域还是长江流域都是水族中的活跃分子，以“其性淫毒”著称于世。早在魏晋时期，除见于《异苑》的《张道香》篇中有獭精幻化为男子迷惑女性外，也有见于《搜神记》的《苍獭》篇，载吴郡湖中獭精化为多情美女，于阴雨中追逐青年男子。至于后世人们口头流传的老獭稚传说，南北方常见异文均以水獭或龟鳖等水下动物为角色，这是因“龙脉”在水下，只有水族之子才能将父骨投掷龙口。从本类型的多种古今异文形态变异中，看不出先有“北水南陆”之界限，后来才融合一致的印痕。

斧原孝守先生论及老獭稚传说的构成时，还提到它与兽祖神话的关联问题。他不赞同有的日本学者关于汉族是“与兽祖神话无缘的民族”的说法，结语中认定：“在汉族中也流传有兽祖神话型王朝始祖传说的事实是不容怀疑的。老獭稚传说能够传承至今，是因为它与风水传说相结合，并以古代的意识形态被保存下来的缘故。换句话说，老獭稚传说是用表层文化的风水原理，来说明祖上流有异类之血的兽祖神话原理。由于这两种原理的相互影响，才使得老獭稚传说能够流传至今。”笔者同样也并不赞同关于汉族与兽祖神话无缘的论断，这里我还想引述俄罗斯汉学家李福清的一段话作为佐证：“从古代的和封建时代前期的文献看来，古代的神话人物，中国人的和在某种程度上东亚其他民族的始祖最初都为兽形。”[19] 但就老獭稚传说而言，我以为它和兽祖神话的联系并不明显，在很大程度上是由一则异类婚故事延伸复合而成。考察此类作品的文化演进脉络即可看出，中国魏晋时期的志怪类笔记小说中，就有了许多关于人与兽类精灵相恋或婚配的叙说。早期故事中，很少涉及子女。直至明清时期，同歌咏私生子悲惨命运的私情民歌相呼应，传说故事中也有了关于异类婚私生子因身手不凡而富贵显达的动人叙说，显示出一种社会文明的进步。加上明代盛行风水术，于是老獭稚之类的传说故事便盛传于中国南北乡野了。人们在传承久远的异类婚故事中，“吸取风水故事中关于天子地的情节单元，让獭精之子葬父骨于龙口或龙穴，最后做了一代帝王。这就不但给那些为社会所歧视的私生子，也给他们的父母争得了在世间扬眉吐气的结局”。此类故事不但以口头叙说方式流行中国南北，还被文人改编成《獭镜缘》，以戏曲形式在康熙时期广为传播。笔者在《中国民间故事史》中就此已有详尽论述，并对其历史文化价值进行了评论：

把赵匡胤或朱元璋这样赫赫有名的开国皇帝说成是獭精或鳖精与人间女子结私情留下的后代，自然显得十分可笑。是揶揄嘲笑他们出身低贱，还是表达下层民众心头潜在的“彼可取而代之”的叛逆心态呢？似乎两者都有。以为祖先葬了天子地子孙就可以当天子，这无疑是一种荒唐的迷信心理，但地位卑贱的老百姓纷纷做起“天子梦”来，却不能不说是世道人心方面的一个大转变，蕴含着重要的文化价值。[20]

这里还想提一下，近期出版的一部中国文化史新著《文化与叛乱》（刘平），讲到形成明清时期由各地会党发动的武装叛乱的文化土壤中，就包括了风水及其他巫术、迷信等，当时“皇权主义充塞于大大小小头领们的脑子中，以致清代会党发动的多次起事尚未形成气候，许多‘王侯将相’便成了刀下鬼”[21]。由此也可以联想起老獭稚之类的风水传说在特定历史时期的社会影响。如果说风水思想只是笼罩于这一传说的表层文化的话，那么在它的深层所蕴含的则是民众的帝王思想以及对追求性爱的青年男女及其非婚生子女的深厚人道主义同情。

（3）研究本故事的几位学者都着重将中国大陆，以及在日本、朝鲜、越南等东亚地区发现的文本作了仔细比较。金东勋文章在结语中写道：“这个故事通过水陆交通在中国本土乃至东亚各国得以传播，东至浙江、朝鲜和日本，南至越南，东北至中朝边境，西北至蒙古直至中亚。在传播过程中又受游牧民族和农耕民族的两种不同文化价值观的影响而产生了许多变异。”作者在肯定本传说源于中国、叙事形态基本一致的情况下，也注意到它们的差异性。其中最明显的一点是，中国本土传说均以主人公获得天子地风水即告结束，然后交代他后来做了某某皇帝。然而有关朝鲜甄萱及越南丁部领的同类型传说，却又在天子地的母题之外，增添了一个天子剑的母题，直到主人公意外得到一柄天子剑之后，才获得真正权威而成就帝王之业。文章认为：“取得天子剑的母题只见于流传在中朝边境和中越交界的夜来者型故事里，反映出这些地区的历代部族或民族出于对异族统治势力下的军事防范和政治戒心。”[22]这一论断是切合实际的。至于中国本土的同类型传说，则通常穿插进杨家与赵家为争天子地风水而产生的一段纠葛，以“赵家天子杨家将”的结局收场。这种情况的产生，一方面是由于广大民众对杨家将故事十分熟悉，便不禁信口添枝加叶，以增添故事的趣味；另一方面也包含着君臣地位乃天命所定的理念，切合了儒家的纲常伦理，因而使这类故事能为封建主义正统文化所容纳。口头文学家并不满足于叙说这样的故事，也有鼓吹依靠自己的神弓魔箭来推倒现有皇帝取而代之的，这就是我前些年曾经评说过的另一故事类型《早发的神箭》[23]。其中的英雄主人公形象，有着历代农民起义英雄们奋勇冲击封建统治的壮烈身影，读来更激动人心。这样将老獭稚传说进行多侧面比较，我们对中国民间文学内容与样式的丰富多样性将会获得更加鲜明生动的感受。

我们从有关评论中得知，最早的一篇老獭稚传说是朝鲜学人于1908年采录得来公之于世，然后于20世纪初叶受到学界关注的。百年后重新提起它进行评议，其意义实非“温故而知新”一语所能表达！

注释：

[1]《钟敬文民间文学论文集》，上海文艺出版社1985年版。

[2] 刘守华：《中国民间故事史》，湖北教育出版社1999年版，第536～540页。

[3]《宋太祖出生传说》，见《娃娃石》，开明书店1930年版。

[4]《赵家天子杨家将》，见《中国民间故事集成·浙江卷》，中国ISBN中心1997年版，第110～111页。“附记”中对其他异文另有说明。

[5]《赵家天下杨家将》，见《中国民间文学集成·上海卷虹口区故事分卷》，1988年编印，第64～67页。

[6]《大宋江山为嘛柴家先坐》，见《中国民间文学集成·行唐县第四卷杏庵民间故事》，1991年编印，第30～31页。

[7]《赵巴子》，见《中国民间故事集成·辽宁卷》，中国ISBN中心1994年版，

第 36～38 页。

[8]《杨家咋成了“挂角臣”》，见《中国民间故事集成·宁夏卷》，中国 ISBN 中心 1999 年版，第 46～48 页。

[9]《鳖精变个鞋簸箩》，见《伍家沟村民间故事集》，中国民间文艺出版社 1989 年版，第 363～365 页。

[10]《朱老实占龙脉》，见《中国民间故事集成·陕西卷》，中国 ISBN 中心 1994 年版，第 115～117 页。

[11]《朱洪武得风水宝地》，见《远安民间故事》，1991 年编印，第 66～68 页。

[12] 参见金东勋主编：《朝汉民间故事比较研究》，辽宁民族出版社 2001 年版，第 131 页。

[13]《灶王歌》，见龙殿宝等编著《仡佬族文学史》，广西教育出版社 1993 年版，第 941～946 页。

[14]《脚鱼精葬龙口》，见《京山民间故事集》，中国民间文艺出版社 1990 年版。

[15] 潘谷西：《风水探源》，东南大学出版社 1990 年版，序。

[16] 何晓昕编著：《风水探源》，东南大学出版社 1990 年版，第 30 页。

[17] 余炳贤：《茗山风情》，大冶市茗山乡 1996 年编印，第 105～107 页。

[18] 王玉德等：《中国神秘文化》，湖南出版社 1983 年版，第 680 页。

[19]［苏］李福清：《中国神话故事论集》，中国民间文艺出版社 1988 年版，第 17 页。

[20] 刘守华：《中国民间故事史》，湖北教育出版社 1999 年版，第 536～540 页。

[21] 刘平：《文化与叛乱》，商务印书馆 2002 年版，第 276 页。

[22] 金东勋主编：《朝汉民间故事比较研究》，辽宁民族出版社 2001 年版，第 137 页。

[23] 刘守华：《比较故事学》，上海文艺出版社 1995 年版，第 274 页。

中印故事比较的奇趣*

——《鹦鹉夜谭——印度鹦鹉故事的文本与流传研究》序

《鹦鹉夜谭——印度鹦鹉故事的文本与流传研究》

作为世界民间故事巨大蓄水池的印度，它所拥有的丰富而优美的寓言、童话等民间故事走遍了全世界。鲁迅下面这段话是我们所熟知的：“尝闻天竺寓言之富，如大林深泉，他国艺文，往往蒙其影响。即翻为华言之佛经中，亦随在可见。”印度几部著名故事书，如《佛本生故事》《五卷书》《故事海》《僵尸鬼故事》，均已先后译成中文出版，在季羡林等前辈学人的大力倡导下，对印度故事、印度文学的研究工作也获得了可喜成果。而著名的《鹦鹉故事70则》我们却一直无缘得见。现在就读于北京大学东方文化专业的潘珊将这部故事书的英文版转译成中文，并撰写出一篇洋洋大观的学位论文《鹦鹉故事在东西方的流传》，已列入东方文化集成这套丛书，即将付梓印行，我作为故事学园圃中的一名老园丁，喜悦之情不禁

* 潘珊：《鹦鹉夜谭——印度鹦鹉故事的文本与流传研究》，北京：中国大百科全书出版社，2017年。本文曾以《中印故事比较的奇趣》为题，刊于《中国比较文学》2014年第1期。

油然而生，特地随手写下这篇小序予以推荐。

季羡林先生主编的《印度古代文学史》（北京大学出版社 1991 年）曾对《鹦鹉故事 70 则》作过简略评介："它的成书年代难以确定，于 14 世纪译成波斯语，反又转译成土耳其语。由此，这部故事集便流传于西亚和欧洲。"在鹦鹉讲述的故事中，约有一半是关于男女之间的偷情以及他们如何使用狡诈手段来遮人耳目和摆脱窘境。还有另一半则是与诡计和智慧有关的盗贼故事、妓女故事、断案故事和破谜故事等。潘珊的论文以十余万字的篇幅对这部著名故事集从多角度作了全面而周详的评述，既有编撰成册之历史渊源的梳理，也有文本的细读与诠释；虽题为"流传研究"，却并不满足于陈述这部故事书的转译与传播过程，而着重在借鉴历史地理学派方法进行影响研究，将流传于不同历史地理背景之上，以不同语言文字转述的同类型故事的情节细节异同之处作精细比较，以探求这部故事书的世界影响与艺术特色。我们从论文中就相关故事文本情节或母题的一系列比较对照表，即可看出作者踏实严谨的学风。季羡林先生在《比较文学与民间文学》一书中大力倡导"实打实"的学风，他说："我羡慕天马行空，但是我更赞赏在地上脚踏实地走路的人。搜集一点这样实打实的表现相互影响的资料，十分不简单。有时候简直是可遇而不可求，真好像是'踏破铁鞋无觅处'，下联是'得来仍然费工夫'。"潘珊对印度鹦鹉故事的研究和翻译，我以为就具有季老所倡导的这种"实打实"的特色，值得称道。

论文中有关《鹦鹉故事》本体及其流传影响的精彩评说颇多，无须笔者赘述。下面我想从自己深感兴趣的中印故事比较这个题目上多说几句话。

我赞同有关学者将印度故事书大体区分为寓言故事和世俗故事两大块的说法。《五卷书》属于富含哲理性的寓言故事，《鹦鹉故事》则以富含民众日常生活情趣，显现出世俗故事的鲜明特色。其中有多篇故事可以在中国找到形态与之近似的姐妹篇，作者采用比较文学中影响研究的方法，考察出这是以多种语言转译之文本广泛流传，再进入口头文学领域被人津津乐道所造成的。作者的叙说推断令人信服。可是还有一些在中国、印度口传故事中相类似的篇目，却是难以用同出一源的影响研究来破解的谜团，如《鹦鹉故事》第 29 则《孙陀利与恶鬼》：

在悉乎罗村住着商人巨财，他的妻子名叫孙陀利。孙陀利有个情夫叫摩诃那，他常去情人家欢爱。一次当孙陀利在干这勾当时，丈夫碰巧回家了。现在，她该怎么办呢？

答案是：她一看到丈夫进来，就让情人爬进墙上的吊床，赤身裸体。她自己则披头散发地从屋里出来，离得老远就大喊道："有个赤身裸体的恶魔正坐在我们屋里的吊床上！赶快叫人来驱鬼吧！"

趁着丈夫去找人驱鬼的当儿，孙陀利手里举了根火把，放她的情人逃走了。

令人称奇的是，在中国先秦时期成书的《韩非子》中，也载有一篇荡妇以驱鬼来化解偷情困窘、情节惊人相似的小故事《李寄浴矢》：

燕人李季好远出，其妻私有通于士。季突至，士在内中，妻患之，其室妇曰："令公子裸而解发直出门，吾属佯不知也。"于是公子从其计，疾走出门。季曰："是何人也？"家室皆曰："无有。"季曰："吾见鬼乎？"妇人曰："然。""为之奈何？"曰："以五牲之矢（屎）浴之。"季曰："诺。"乃浴之矢。

印度故事中的荡妇偷情，丈夫突归，情人被堵在房中。在此突发情境中，妻子急中生智，让情人装扮成赤身裸体的恶魔形象，女主人公则以受惊吓的姿态找人来驱鬼，放她的情夫逃走，一场风波就此轻易化解。想不到在公元前 2 世纪的中国古代，也有这样的喜剧性故事被人们口头传述，同样是以偷情荡妇家中遇鬼的谎言让那位野男人平安脱身，还害得她丈夫按照中国当时流行的驱鬼祛邪习俗，用污秽的牲畜屎尿来洗浴身子，留下一个大笑柄，故事结局更为滑稽可笑。公元前 2 世纪的中、印之间，无疑不可能有口头与书面故事交流的线索，故事中从荡妇偷情陷入困境，到女主人公急中生智，以驱鬼来掩人耳目化解危机的趣说，只能用不谋而合的文化平行类同之说来解释，这就是比较文学中平行研究方法之体现了。

《鹦鹉故事》中的70则故事均由聪明鹦鹉以对答方式向女主人公讲述，散文体的情节叙说较为粗略简约，可是大多有可供咏诵的诗体偈颂穿插其间，构成生动活泼的体式。最为引人注目的是，全书大约有半数是讲述淫荡女性的机智故事。第44则故事中就讲："对那些想要财富、名誉和幸福的人来说，最好的方法就是机智。没有智慧的人，只能遭受痛苦。"崇尚机智，以机智来战胜强敌，化解危难，创造奇迹，这本是包括中国、印度在内的各国民间故事的共同主题。中国在20世纪80年代，对机智人物故事的评说研究曾盛行一时，汉族的徐文长、谎张三，维吾尔族的阿凡提，藏族的阿克登巴，蒙古族的巴拉根仓，布依族的甲金，傣族的艾西、艾苏两兄弟，纳西族的阿一旦等，就是他们中间的杰出代表。而这类机智人物多为男性，故事的主体是向社会上有权势的邪恶势力抗争，主持正义，扶持贫弱，含有鲜明的反抗阶级压迫的社会倾向性。而印度的《鹦鹉故事》主体却是称道荡妇的机智言行，其文化内涵之奥秘就耐人深思索解了。

出于人类本性的男女欢爱，不仅受着强烈感情的激荡，其实也离不开智慧的驱动。中国民间文学中也不乏这类作品，如受人称道的明代咏私情的民歌中就有这样的句子：

人人说我与你结私情，寻场相骂洗身清。你便拔出子拳头只说打，我便手指子吴山骂洞庭。

送郎出去并肩行，娘房前灯火亮瞪瞪。解开袄子遮郎过，两人并做了一人行。结识子私情雪里来，屋边头个脚迹有人猜，三个铜钱买双草鞋我个情歌郎颠倒着，只猜去子弗猜来。

这是明代著名通俗文学家冯梦龙所辑录的《山歌》中的几首受人称

道的咏私情民歌。为掩人耳目，女主人公或假扮彼此打骂交恶，或倒穿草鞋行走掩盖足迹，或用一件袄子遮裹住两人进出家门等，它们以女主人公自白的口吻唱出，对情爱的渴求和在家人眼皮底下随机应变的机智栩栩如生。只是由于这里的女主人公大体均为未婚少女，人们对其结私情便持同情宽容心态，不以“淫荡妇人”视之。至于《鹦鹉故事》则在叙说中点明女主人公的“淫荡”身份，有些篇目还将女主人公追求婚外男女欢爱的意愿直言不讳地道出：“只有当我和那个男人在丈夫眼皮底下欢爱时，我的出生、生命和青春才会得到满足。”这样，对于故事中的女主人公形象的光彩便不能不有所贬损了。潘珊在论文中特地指出：“在鹦鹉所讲的故事中，通奸的男女总是凭借各自的机智巧妙地逃脱了刑罚，对通奸者这样的处理方式，可能也暗中传达出这位耆那教编撰者对通奸的态度，他不像婆罗门教徒那样，认为通奸由于扰乱了种姓制度而十恶不赦。”“因而编者对故事中通奸者的态度是宽容的，甚至对女性通奸者的机智还颇为欣赏。”而在儒家文化占据主导地位的中国社会，对婚外男女情爱却一直采取严厉排斥态度，即使民间流行的“荤故事”中有所涉及，也难登大雅之堂。

放纵婚外男女欢爱，本为文明社会的道德伦理所不容，印度《鹦鹉故事》内容上的消极性和局限性是显而易见的。而其中女性的机智不但带来了这些生活小故事的逗人趣味，就那些急中生智、随机应变的智慧本身而言，它同样也是人类文化园圃中的灿烂花朵。其中有不少妙招，完全可以归入中国著名的“三十六计”之中，可在广泛的社会生活领域中发挥克敌制难、化险为夷的积极作用。如《鹦鹉故事》第37则《狮与兔》开头讲：“要是您高兴就去享乐吧，好主人；要是您有兔子的机智，在需要时来帮您的话。”这里提到的是一个小兔子用计谋杀死强敌狮子的故事，它选编在印度的多种故事书中，传入中国后蜕变为西南、西北地区多个少数民族地区盛传的一个动物故事，以激励弱者用丰富智慧战胜强敌的勇气与信心，而《鹦鹉故事》也将它献给女主人用以实现自己的享乐人生。可见这些故事的智慧之光不应被编撰者附会为荡妇谋略而遭抹杀。

从故事形态学来考察，《鹦鹉故事》的每一则均可以归属于某一故事类型。美国学者斯蒂·汤普森《世界民间故事分类学》一书中对此作了最具权威性的解说："一个类型（type）是一个独立存在的传统故事，可以把它作为完整的叙事作品来讲述，其意义不依赖于其他的任何故事。当然它也可能偶然地与另一个故事合在一起讲。但它能够单独出现这个事实，是它的独立性的证明。组成它的可以仅仅是一个母题，也可以是多个母题（一系列顺序和组合相对固定的母题）。"鹦鹉故事可以把"兔杀狮"所含机智作为荡妇巧妙生存的谋略之一，而它作为可独立存在的故事类型所蕴含的"弱者用智慧打败强敌"的宝贵精神内核却不应因此被否定，其理由正如不能将孩子和洗澡后的脏水一起泼掉一样。

出于人类本性的对男女欢爱的追求，其间不仅有情感的激荡，也有智慧的闪光，故口头文学中的此类故事常被世人津津乐道。印度《鹦鹉故事》的特殊文化价值与魅力就在这里。

最后我还想说一说，从21世纪初开始，中国正强劲实施非物质文化遗产保护的文化工程，民间故事和其他民族民间传统文化项目在这一宏大文化工程中深受青睐，大放异彩。对中国、印度古代和现代民间文化的深入开掘和研究评说，必将使东方文化之花开放得更加璀璨夺目！

2013年5月1日

口头叙事多层面考辨

湖南江永“女书”中的民间叙事文学*

一

在中国湖南省江永县，流行一种记录当地方言的特殊文字，它既不是方块汉字，也不属拼音文字，而是参照汉字形体创制的特殊文字系统。它只在女性范围内使用，当地人们称之为“女书”，而把普通汉字叫做“男书”。报道这一发现的《关于一种特殊文字的调查报告》（宫哲兵）于1983年在《中南民族学院学报》公开发表后，曾引起国内外学术界的惊奇和重视。近几年对女书的调查研究逐步深入，特别令人喜悦的是，1991年初河南人民出版社出版了谢志民编著的三大卷女书资料汇编《江永“女书”之谜》，使世人得以窥见女书的全貌。书中按十类体裁编排，收录女书作品208件，而其中的民间文学就达到168件，计有民间抒情歌谣99件，谜语44件，民间叙事诗歌25件，不论在作品的件数或字数上都占着绝对优势。非民间文学作品主要是书信，占了31件。

* 本文曾在第10届国际民间叙事研究大会上发表（1992年7月于奥地利因斯布鲁克市举行），中文本原载《民间文学论坛》1992年第3期，英文本载于《亚洲民俗研究》1994年第2期。

这些文学作品虽然是用一种特殊文字书写成篇，却完全不同于文人的书面创作。就作品本身而言，都是在当地民间世代相传的口头文学，只是用女书文字记录写定，仍保持着它们的本来面目。就流传形式来说，它们主要是在一伙姐妹中读唱（女书文本全部是韵文），其文本实际上是供人们口头咏唱的脚本，因此，我们完全可以把这些作品当作民间口头文学来看待。

女书资料中有 25 件民间叙事诗歌，最著名的长篇叙事诗就有八部，即《祝英台》《卖花女》《罗氏女》《王氏女》《肖氏女》《三姑记》《鲤鱼精》和《秦香莲》[1]。这些作品给我们研究女性心灵世界在民间叙事文学中的反映提供了极宝贵的资料。

二

女书这种特殊文字，是由女性创制并为当地女性所使用的。女书所载的那些叙事诗篇，就整体而言，并非女性所创造，而是来自民众的口头传承。但它们进入女书，却被女性作者加工改制，染上了特殊色彩。从这些作品中，我们可以鲜明地感受到女性心灵世界的奥秘。

女书中的叙事诗篇，除《清朝不太平》等少数篇目外，绝大多数都是取材于爱情婚姻家庭生活，全以女性作为主人公，由亲人的悲欢离合构成激动人心的故事，在娓娓动听的叙述中突出女主人公的自立自强精神。

《祝英台》叙述梁山伯与祝英台的爱情悲剧，为中国著名的四大传说之一。祝英台从女扮男装，出外求学，到结识山伯，以身殉情，处处表现出不同凡俗的主动精神。《鲤鱼精》叙述一条成精的鲤鱼幻化成富家小姐与书生相恋的故事，虽然最后被包公的宝镜照出了原形，但其主动追求幸福爱情生活的形象可与祝英台相媲美。

其他各篇的故事均发生在已婚夫妇的家庭生活中间。《卖花女》中的张氏，在丈夫官场遭遇危难的情况下，毅然决然走上街头抛头露面叫卖自己所剪的纸花，借以维持全家生计。“奴家算来不由命，上街去做卖花人，剪起纸花街上卖，卖起银钱过光阴。”上街后受到皇亲国丈的凌辱，她痛斥压迫者的暴行，坚贞不屈，惨遭杀害。后来由包公昭雪沉冤，起死回生，才与家人重新团聚。“做官要学包丞相”，“为人要学张小姐”。女主人公坚毅刚强的形象栩栩如生。

《王氏女》又名《王（或黄）氏女对金刚经》，叙述一个笃信佛教的女子因熟读《金刚经》被阎王褒奖，使其女转男身，考中状元而富贵显达的故事。作品中虽然贯穿着佛家的报应轮回观念，可是让妇女转身当状元，和某些通俗小说、戏曲中的女扮男装考中状元一样，又强烈地表现出女性要求自立自强、出人头地的心理。

《三姑记》由民间故事《三女婿》改编而来，叙述某财主的三女儿，自愿嫁给一个小伙子。在给父亲庆寿时，因家道寒碜，不及两位姐姐富有，在嫌贫爱富的父母面前受尽欺凌。可她人穷志不穷，“哪个穷人穷到底，哪个富贵栽了根，哪有青山无古树，哪有世上无穷人，日后若还有好处，定与母亲说分明”。后来果然时来运转，而作威作福者则家道败落，受到命运的嘲弄。

还有《肖氏女》，系根据宋元南戏剧目《肖淑贞祭坟重会姻缘记》改编而成；《罗氏女》所叙述的即《秋胡戏妻》的故事，早在唐代变文中即已出现。这两篇作品都是叙述女主人公在同丈夫长期悲苦离别之后，忠贞不渝地抗拒他人的诱惑或摆布，终于迎来了夫妻的美满团聚。她们自立自强的品格在这悲欢离合中得到突出的表现。

对这些作品进行宏观考察，可以看出：

1. 它们不仅以女性为主人公，而且大都将女主人公塑造成为旧时代的“女强人”形象。在婚前主动向自己的意中人表示爱情；在婚后家庭生活处于逆境时，勇敢而乐观地挑起维持家庭生计的重担；在丈夫长久别离的情况下也能抗拒种种胁迫诱惑，把握自己的命运。另一方面，和社会上男性处于支配地位的情况相反，这些作品中的男性大都比较怯弱，且不说《祝英台》中的梁山伯和《鲤鱼精》中的公子，完全是文弱书生形象；《三姑记》中的穷庄稼汉和《王氏女》中的赵屠户，也十分憨厚老实，家庭事务完全由妻子操持；就是《卖花女》中当了解粮官的刘公子，遭遇危难时回家来也束手无策。女主人公的有胆有识、能干泼辣和男人们相对的软弱无能相映成趣，使故事情节生动活泼，给女主人公形象增添了动人的光彩。

2. 要求女性和男人地位平等的强烈愿望。《祝英台》中的女主人公要求女扮男装出外求学时曾慷慨陈词道："好女入得千人队，好马入得万人场。""则天皇帝一女皇，总管山河实威风。"在我见到的许多梁祝故事文本中都没有这类话语，只存在于女书文本中，这就突出地表现了女性跃动的内心世界。

3. 坚持婚姻自主，勇敢地和外来的胁迫诱惑进行抗争。《三姑记》的三姑娘自愿嫁给一个穷小伙子，"他做高官他富贵，我受苦来我受贫"；她相信贫富贵贱可以改变，"男勤耕来女勤织，皇天不饿苦耕人。黄河尚有澄清日，岂可人无得运时"。《卖花女》中的张小姐，对国丈的威胁利诱毫不动心，严词予以痛斥："宁可为刀杀下死，不愿失身伴皇亲。若是依你成亲事，披毛戴角是畜生。"在坚持婚姻自主的过程中，女主人公们都表现出"贫贱不能移"，"富贵不能淫"的崇高品质。

4. 对官家的憎恶和鄙视。中国男性受儒家"学而优则仕"思想的熏陶，热衷于"十年寒窗无人问，一举成名天下知"，以仕途显达、光宗耀祖为人生最大追求。女书所载的这些民间叙事文学中的主人公，却大都对丈夫出外求取功名富贵采取厌弃态度。特别突出的是《罗氏女》，丈夫秋胡在新婚数日后便要出门求官，说什么"男儿十五无官职，枉作男儿做文章"，"有志跳得龙门过，无志不敢入朝堂"。妻子罗氏却苦口婆心加以劝阻："你今要去求官职，山遥水远路难行"，"何不在家安乐好，当然坐定管田庄"，希望共同安享家庭生活的乐趣。而最主要的是她担心丈夫在外喜新厌旧，变成忘恩负义的角色，“又怕丈夫心不正，花开儿女爱他乡”，“女人便似金心女，男人尽是铁心肠，世上真心有几个，做官多少不回乡”。经过几次辩论，丈夫执意要走，罗氏无可奈何。后来秋胡在外备尝官场艰险，“朝中官人无数万，十个求官九个亡，十个做官九个死，路上枯骨白如霜”，终于按照罗氏意愿回归乡里了。秋胡故事早见于敦煌石室的唐代变文之中，然而变文中却是母亲对儿子出外游学求官难舍难离，而妻子则对丈夫唯命是从：“女生外向，千里随夫。今日属配郎君，好恶听从处分。郎君将身求学，此惬儿本情。”女书中的同一故事，却让女主人公扮演了劝阻丈夫出门求官的角色。这表明随着封建社会走向腐朽衰败，儒家的道德伦理在女性中的影响力已大大削弱。这一变化令人深思。

中国封建社会中儒家对女性的主要道德规范是“三从”，即“在家从父，出嫁从夫，夫死从子”。这些律条不仅严重束缚了中国妇女的身心，而且“曾经是世界性的倾向”[2]。女书文本中的民间叙事作品，对女性性格和命运的描写，打破了儒家的道德规范，按照劳动妇女的意愿，塑造出一系列具有自立自强精神、闪射出理想光芒的女性形象，这是极有意义的。

三

女书所载的这些民间叙事文学作品，因受女性心灵的投射，在艺术表现上也有自己的鲜明特色。

1. 浓厚的浪漫主义色调。女书中有一些自叙身世的作品，完全用写实手法自叙自叹个人的悲苦境遇，哀婉动人。而在上述几部虚构性的长篇叙事作品中，却以女主人公为强者来构造故事，情趣迥然有别。中国旧时代的妇女身受多重压迫，地位低下，如同一些小说戏曲中所描写的，心比天高，却命如纸薄，许多美好意愿在黑暗现实中都只能化作泡影。这样，在民间叙事中对一系列“女强人”形象的刻画，便不能不借助浪漫主义的幻想来完成。

一是请出中国民间传说中受人称道的清官包公来主持正义，惩罚邪恶。忘恩负义，不认前妻的陈世美，是秦香莲向包公哭诉冤情，由包公处以极刑的。《卖花女》中张小姐被害，深埋在花园内，也是由包公出面伸张正义，使冤案大白。这位包公不仅敢于触犯皇亲国丈，对前来说情的皇帝和娘娘也不放在眼里，“包公看了心大怒，无道昏君骂几声。国丈治罪犯条律，又把圣旨说人情”。“一句气了包丞相，大骂娘娘正宫身”，“若是不看万岁面，要你娘娘做不成”。在这些作品中，包公往往还有沟通鬼神的能耐。包公虽然在宋代历史上实有其人，民间文学中却对他的事迹夸张虚构，成了凝聚被压迫民众理想愿望的箭垛式的人物。

二是请出民间宗教信仰中的神灵来帮助主人公逢凶化吉。在中国南方，道教颇为流行。民间道教信仰以玉皇大帝为宇宙间最高天神，包公胆大包天，就由于他自称“上界玉帝拨下我，相伴仁宗圣王君”。玉帝手下还有一位巡察人间善恶的使者——太白星君。“小姐正在双流泪，太白星君下凡尘。太白星君来变化，变做街坊卖菜人”，他在《卖花女》《肖氏女》《三姑记》等几篇作品中都曾化身相助女主人公，以巨大神通消灾赐福。这类角色虽然和人们的宗教信仰有关，却已在民间文学中被塑造成为体现人们美好意愿的艺术形象，给黑暗现实注入了一线光明，增强了作品乐观主义的情调。

2. 叙说的委婉细腻。几部长篇叙事诗均未触及社会斗争的重大事件，完全叙说家务事、儿女情。因将女性的细腻、敏感和富于同情心的特点融入其中，这些作品便显得格外生动亲切，娓娓动人。《三姑记》中便有很好的例子。富有的大姑、二姑家的孩子哭了，外婆拿起大块猪肉给他们吃；贫穷的三姑家的孩子哭了，外婆到厨房里走了一圈，“好东好西全不拿，拿个萝卜起满筋”。孩子饿极了，一口吞下，外婆见了不但不同情，反而“拿只棍子打女孩，骂她是个叫花精”。抓着一个极普通的生活细节来描述渲染，更凸显了人物的性格，造成了情节的起伏，而且表达了叙述人的褒贬爱憎。

这些民间叙事作品一方面有着对于日常生活的广泛而生动的描述，另一方面又驰骋丰富的想象，倾注热烈的情感，表现出女性经营的语言艺术的特殊魅力。

四

女书产生在一种特殊的自然和人文环境中。

关于女书所使用的这种奇特文字的来源，有多种说法。有人认为它是先秦时期一种古文字的孑遗，有人则认为不过是明清时期当地女性以传统图案和普通汉字为基础所创造出来的记录当地方言的特殊文字[3]。

为什么这种文字能在当地创制和流传呢？

原来湖南江永一带的居民，是南北参半汉瑶杂处。妇女缠小脚，不下地生产，只在家中纺纱织布，生活较为悠闲。可是这里受南方一些少数民族生活习俗的影响，又流行女子“不落夫家”的习俗，女子婚后三天即返回娘家，直到生孩子以后才能随夫居住。在不落夫家期间，不能与其他男性交往，只能在女性群体中生活。在当地的民间节日中，有些节日是为女性所专有的，如正月十五和四月初八的女子“斗牛节”，六月至七月上旬的“吹凉节”。此外，当地还流行结拜“七姊妹”的习俗。这样，就为女性进行群体活动，聚集在一起学习读唱女书，传承民间文学，交流思想感情提供了极为便利的条件。

本文提到的八部民间叙事诗，有五部由江永县上江圩乡甫尾村的老太婆高银仙抄存。关于该村的一篇调查报告介绍了有关情况：

> 新中国成立前，这里的女子时尚裹脚，不事农桑，只在家里纺纱织布，操持家务。女子出嫁，“三朝”过后择吉日回娘家，节庆日夫妻方可见面，直到有了孩子才长住夫家。

古时本村女子有一种专门的节日——四月初八斗牛节，庆贺牛王的生日。这一天，本村的青年女子聚在一起娱乐，懂女书的妇女就读唱女书，至晚方散。

甫尾村以前曾有女书流传。高银仙老太太至今会读会写女书，并且还保存有女书文本。高银仙现年 83 岁（1985 年），未婚前在娘家学会女书，曾有六个结拜姊妹。女书的传授方法是，由会女书者读女书，学的人在旁边听边记。读女书时，男女都可以在旁边听，只要愿意，谁都可以学，但男子都不屑于学，只有女子学。[3]

正如一位研究者所指出的："江永县的女性社会一方面与男性社会隔绝，另一方面，在这个女性社会的内部又特别活跃。文字是社会交际的工具，一个女性社会的形成，为一种女性文字的产生提供了土壤，创造了条件。"[4] 以这种特殊文字来记录写定和传播的民间叙事文学作品，经历漫长年代，便打上了女性心灵的深刻烙印，赋予它们以女性文学的特殊光彩。

民间文学通常都是一种口头传承的语言艺术，像中国这样用一种在女性群体中使用的特殊文字来记录传播民间文学，实为罕见。

民间文学作品通常都是一种口头传承的语言艺术作品，有的国家干脆把它叫做"口承文艺"。而江永女书却以一种完全和口语一致的方言文字来记录传布民间文学；在通常情况下，民间文学传承的性别特征并不十分突出，许多作品通行于男女两性混合群体之中，而江永女书中的民间文学却在与男性隔绝的纯粹女性社会中流传。这种奇特的文化事象不能不激起海内外学人的极大研究兴趣。

注释：

［1］前七篇作品均见《江永"女书"之谜》一书。《秦香莲》未见原作，在《妇女文字和瑶族千家峒》（中国展望出版社 1986 年）一书第 144 页载有该地妇女按照女书唱《陈世美不认前妻》即《秦香莲》的记述。

［2］［日］富士谷笃子主编：《女性学入门》，张萍译，中国妇女出版社 1986 年

版，第 86 页。

[3] 宫哲兵：《女书文字的创制》，学术论文。

[4] 宫哲兵主编：《妇女文字和瑶族千家峒》，中国展望出版社 1986 年版，第 136 页。

脍炙人口的房县民间唱本*

——《房县民间唱本》序

这部房县民间唱本选集的问世，是湖北省非物质文化遗产保护工程上的又一新收获，激起了我的浓厚兴趣。

房县位于鄂西北，在群山拱卫之中，却有着悠久历史和灿烂文化。《诗经》的采集编纂人之一尹吉甫就是房县人，中国古代从秦朝开始，曾有 14 位帝王将相与皇亲国戚被当权者流放于此，那位赫赫有名的一代女皇武则天就将其子唐中宗李显流放在此 14 年。这些都使得这里的山山水水和民情风俗被浓重的神奇烟云所笼罩。特别是房县的民歌，《房县志》称，“厥声近秦，厥歌好楚”，因融会着秦音楚声而内容丰厚、风格卓绝，深受民众的喜爱和学人的关注。这部民间唱本的采集和编纂的过程就富有传奇性。据编纂者陈宏斌讲，1992 年，他在处置“文革”时期没收的一堆废纸品时，看到有《马葫芦换妻》《小姑贤》等线装手抄唱本。因他家祖母十分喜爱听歌，父亲也一向热衷于搜集和传唱这些唱本，使他从小就很熟悉和喜爱这些唱本，于是他把这些唱本都当成宝贝收捡起来，并下决心进行广泛搜罗。他说：“我搜索的原则是多多益善，只要听到歌名，我都要千方百计弄到手。有时为搜集一个歌本跑无数次，历时好几年，饱尝了踏破青山无觅处的苦恼和迷茫，也品味过得来全不费工夫的喜悦。”经过十多年的艰辛搜求，他终于搜集到 50 多个

* 原载《文艺新观察》2008 年第 3 期。

本子，这次精选 26 个本子，集为一册正式出版。

本书选录的这些“民间唱本”，也就是我们在民间文学教科书中所说的“民间叙事长诗”。民间口头文学分为散文体、韵文体和韵散结合的说唱体三大类。歌唱的韵文体又有长诗和短歌之分。长篇叙事诗俗称唱本，它既有叙事散文作品引人入胜的故事性，又能以人们喜闻乐见的乐调演唱，成为近现代最富于吸引力的民间口头文学体裁。湖北的民间叙事长诗十分发达，由湖北省民间文艺家协会于 1986 年编印成册的《湖北民间叙事长诗唱本总目提要》，收录的作品就多达 160 部，其中的《双合莲》《钟九闹漕》和《黑暗传》三部长诗，采录发表后好评如潮，被视为荆楚文化珍宝，近年均被列入湖北省非物质文化遗产保护名录之中。其实这部分文化财富还远远没有得到开发。早在三四年前，我们就高兴地看到含有 10 部作品的《民间长诗》（胡崇峻主编）一书在神农架问世。这次由陈宏斌积十多年辛劳成书的《房县民间唱本》，更进一步展现出了这个艺术宝库的奇光异彩。

这些作品的艺术魅力和文化价值在哪里呢？房县民间唱本的内容，以歌唱历史故事最为常见，如《三国故事歌》《说唐故事歌》《辕门斩子》《司马茂断案》等。这里的人们对三国时期和隋唐时期许多英雄豪杰的奇功伟业津津乐道，在赞叹历史人物时也展现出自己关注国家治乱兴衰的壮阔胸怀。其内容虽多取材于《三国演义》《说唐》等历史小说和相关戏曲，却也不乏新颖奇妙的艺术构造。如《司马茂断案》讲扬州书生司马茂对人世间的种种不公事态深怀愤恨不平，便状告阎王赏罚不当，由玉皇大帝下旨让他到阴曹代阎王审理西汉时期刘邦同韩信、彭越等人的恩恩怨怨，最后由司马茂判处他们转世为三国人物来了结前世恩怨。“西汉冤案断清了，发放三国走一遭。恩恩怨怨终有报，三国演义见分晓。”这是一个借阴讽阳的有趣唱本，它将三国时期叱咤风云的许多人物，说成是西汉时相关人物的对应转世，借用了佛教关于轮回转世的学说。初看起来不免显得有些滑稽可笑，但仔细体味，它其实并非意在弘扬佛法，而是在为古人鸣不平，借代理阎王断案，将西汉时龙争虎斗的是非恩怨给予公正评说。其构思之新颖，可以说开了“戏说”历史传奇之先河。

房县唱本中另一大类作品是爱情婚姻传奇，如《刘海成亲》《梁祝姻缘》《秦雪梅吊孝》《蔡明凤辞店》等。它们大都由民间传说和戏曲改编而来。《刘海成亲》《王三公子下南京》即著名戏曲剧目《刘海砍樵》和《玉堂春》。其他几个唱本所沿用的就是戏曲本名。这些民间传说和戏曲因表现不同历史时期青年男女反抗封建礼教、追求自由幸福爱情婚姻生活的强烈愿望与坚贞品质而深受民众喜爱，广传于世。在房县唱本中，人们还对这些家喻户晓的故事进行了再创作，吸取它最为精彩的故事片断，在婉转歌唱中又以淋漓尽致的抒情唱段更增强了原作感人肺腑的力量，其艺术生命力至今不衰。这类唱本在演绎原作时，更不乏新鲜别致的构想，如将《梁祝姻缘》《兰桥会》《秦雪梅吊孝》和《王三公子下南京》串接为“三缘记”，说他们原是天宫的金童玉女：“金童玉女思凡念，二人对面笑开颜。玉帝一见变了脸，寡人偏偏不成全。一道圣旨灵霄殿，金童玉女赶下凡。赶到人间受磨难，叫他们三世不团圆。”梁山伯与祝英台是一世，兰玉莲和魏魁元是二世，商林和秦雪梅是三世，这三对情人三劫转世，受尽生离死别的磨难仍不能团圆；直到再次转世成为《玉堂春》里的王金龙和玉堂春，才历经坎坷而最终实现夫妻团圆的梦想。这个构想也是由佛教的轮回转世说生发而来，可仔细体味却发现它只不过是借用轮回转世说把这几个生死不渝的爱情故事串联起来，构成了一个感天动地的爱情系列。它们各自独立成篇时本来就感人至深，现在把它们系列化，男女主人公为实现美好的爱情梦想而历经数劫，生生死死矢志不移，故事中所蕴含的情感就显得更令人刻骨铭心了。将戏曲故事改编成唱本演唱是一次再创造；把几个故事串联起来彼此呼应，强化和深化它的文化意蕴，又是一次再创造。正是在这样由变换叙说方式而在艺术上所作的不断再创造中，使这些精美之作获得了脍炙人口的不朽生命力。在这里，隐含着中国文学宝库中许多经典之作在以多种样式广泛传承中日新又新臻于精美的艺术奥秘，值得我们认真体味。

在房县唱本中除以上两类流行作品外，再就是广泛表现社会风情和家庭伦理的唱本了，如《马葫芦换妻》《荒年记》《安安送米》《小姑贤》《老鼠告状》等。《老鼠告状》演唱的是小老鼠恶人先告状使小狸猫反遭诬陷，后经小狸猫奋力辩驳，终于伸张正义的故事，“小老鼠告诬状遭罚受惩，小狸猫除民害落下美名”。它以猫鼠结仇的民间童话手法来构造长诗，既诙谐有趣又饱含民间的鲜明爱憎情感。《安安送米》和《小姑贤》，叙说以和顺、孝道化解家庭矛盾的故事，在十分贴近日常生活的叙事抒情中蕴含沁人心脾的美好情操，富于亲切感人的艺术魅力，成为传统民间文学中经久不衰的经典之作。

在这类作品中，《马葫芦换妻》和《荒年记》更属闪耀奇光异彩之作，值得引起我们的特别关注。《荒年记》演唱的是明末崇祯年间惨绝人寰的饥荒情景，那时“树皮草根都吃完，百姓饿得哭皇天。大户人家卖骡马，小户人家卖田园。穷人家里不烧锅，大户人家断炊烟。三岁男孩卖斗米，七岁女儿换斤盐。家家户户尽逃散，生离死别泪不干”。正是在这样的悲惨岁月里，发生了唱本所演唱的穷汉王金川狠心卖妻以养活一双儿女的伤心故事。它没有什么曲折惊险的情节，出自歌师之口的就是夫妻、父母、子女间在生离死别关头爱恨交织的哭诉，篇幅多达200余行，可以说是字字血泪，撕裂人心。我将房县和神农架两地流行的《荒年记》抄本作过仔细比较，发现故事情节完全一致，然而哭诉唱段却有许多变异，看得出是歌师们在这些地方放声咏唱，自编新词，汇入了自己的血泪。《马葫芦换妻》叙述的虽是一对老夫少妻和另一对老妻少夫在旅途中自愿互换角色而皆大欢喜的喜剧故事，而这种老少错配的买卖婚姻，同样也是发生在人命贱似牛马的大荒之年。只是唱本的叙说重心放在人物遭遇的巧合上，不像《荒年记》那样唱尽人间悲苦就是了。由此想到我国当下的文艺，由于浅俗“搞笑”之风弥漫艺坛，我们已很少能见到表现人们在旧时代的深重苦难与奋力挣扎的动人作品了。社会对历史的完整记忆正在被淡化或消亡，这使我们不能不深感焦虑。因此，当读到《荒年记》这样的唱本，不禁为之潸然泪下时，我们更深深感觉到这类民间文学作品的巨大魅力与难能可贵的文化价值。在我国当下实施的非物质文化遗产保护工程中，那些不仅以手抄本而且至今仍以口头传唱方式活态生存的唱本，无疑应当作为非物质文化遗产的代表作受到合理保护，使之汇入中国民族民间传统文化宝库，持久发挥它滋养民众心田的积极作用。

陈宏斌先生于今年三月专程赴汉，来到华中师范大学文学院，将房县唱本的书稿交我审阅，我们特地安排他向民间文学专业的研究生讲述了自己搜集这些唱本，并编纂成书的经过和体会。他十分珍爱这些民间文学作品，费尽心力搜集到手之后，又按照“整旧如旧”、最大限度地保持或恢复其原貌的原则进行了认真细致的整理，我以为这些都是做得较好的。例如房县唱本每个段子都是用七言三句的“三句头”开头，接下来才转为用七言四六八句的“四句尾”一唱到底，歌手们称之为“三句头，四句尾”。陈宏斌得知这是房县唱本的传统格式后，便通篇严谨地保持了这一特色，使之在诗体上别具一格。他的这一做法不能不令人称道。

我至今只到过房县边沿的神农架地区，对山川风物优美而历史文化积淀又十分丰厚的房县久已心向往之，却无缘亲历其境。但愿不久能走进房县，在其境内倾听这些唱本的演唱，和歌师们广交朋友。

附记

在2008年4月20日写成此文时，结尾处禁不住表达了一下自己渴望亲临房县的心愿。想不到这年6月中旬，我便应邀参加房县首届文化艺术节，不但看到了在露天舞台上演出的精彩民间歌舞节目，还十分难得地夜访山村，看到了 84 岁的李昌秀老奶奶去世后，家人为她举办的“打丧鼓”（也叫“打待尸”），以及城关镇居民河滩纳凉时在锣鼓伴奏下即兴演唱的故事歌。

清江流域的女故事家*

——《孙家香故事集》序

清江流域的民间口头文学格外丰富多彩，从五句子情歌到哭嫁歌，从历史传说到世态故事，都以内涵深厚，情感热烈，想象丰富，语言优美而脍炙人口。自 80 年代中期我省为编纂民间文学三套集成而展开民间文学普查以来，在清江两岸的利川、五峰、长阳、宜都等地，不仅采录到大量精美的口头文学作品，还发现了一系列杰出的口头文学家，其中最著名的有两位，一是五峰县汉族故事家刘德培老汉，一是长阳县土家族女故事家孙家香。听说长阳有个会讲故事的孙婆，我们华中师范大学文学院民间文学专业的几位师生曾于 1997 年 3 月和 1998 年 5 月两次前往长阳进行实地考察访问。向导肖国松任职于长阳县文化馆，他是一位作家，又是一位曾主编《长阳民间故事集》，很有素养的民间文艺家。特别使人高兴的是那位会讲故事的孙婆，原来就是他的婶子！由他带我们去山乡访问，自然十分便当。肖国松给我们讲了许多关于孙婆的情况，她生于 1919 年 11 月，已是 80 高龄的老人。从娘家来到婆家，几十年生活在一个民间口头文学十分活跃的家庭和社区之中，学会了唱民歌、讲故事。她性格泼辣爽朗，自己的生活经历中就有许多动人的故事。做小姑娘时她曾接受贺龙红军赠送的铜圆，新中国成立前，国民政

---

* 肖国松整理：《孙家香故事集》，长江文艺出版社 1998 年版。本书为刘守华主编之国家教委课题民间故事类型与传承书系中的一种。本文又载于《民族文学研究》1999 年第 1 期。

府的乡丁上门抓她丈夫去当“壮丁”，找不到男人就欺负她，她气不过，出手打了这狗腿子一耳光，还把他赶得老远；后来她被抓到了乡政府的“警备室”关了七天七夜，差点丢掉性命，可出来后还是乐呵呵地把这些经历当故事讲给人们听。新中国成立后又在几千人的大会上登台讲话，控诉那些欺压百姓的恶霸地主的罪行。1965 年她 46 岁时，丈夫不幸病逝，她便坚强地挑起家庭生活的重担，把三个儿子抚育成人。肖国松的介绍，更增强了我们对孙婆的亲切之感。我们一行四人终于在 1998 年 5 月 27 日见到了这位故事家。她住在长阳椿树坪杜家冲，我们坐车从长阳县城出发，沿着蜿蜒崎岖的盘山公路行驶三个多小时，再下车步行约一小时才走进她家，这时已是中午了。老人在山坡上打猪草，家人把她喊回来，听说我们是来听故事的，她回来连头上的草帽也来不及脱下，坐在椅子上，就滔滔不绝地讲起来，《西天问佛》《毛狗子成精》《蛤蟆子娶媳妇》，一个又一个优美奇妙的故事从她口边涌流而出，语言是那样流畅，声音是那样清亮，一下子就把我们带进了那用丰富情感和想象构造的神奇美妙的境界之中。我们接着问她会不会唱歌，她随口就唱起来：“隔山隔岭又隔岩，唱一个歌甩过来，接得到的是高手，接不到的你莫怪，买卖不成情义在!”“唱歌要唱高大声，骑马要骑响铜铃，马跑十里铜铃响，歌唱十里有人听，人不出名歌出名!”接着还风趣地解释道：“我自己就是这样，人不出名故事出名，把你们引来了!”我们立刻笑了起来，她脸上又浮现出青春年华的光彩。我们愉快地交谈了三四个小时才离去。她确实是一位记忆、想象和语言表达能力都十分出色的故事讲述家。

随后我们同肖国松商定，由他全力以赴采录整理孙婆故事。他将孙婆接到自己家中，共讲述了 300 多则故事，先录音，再按“忠实记录，慎重整理”的原则用文字写定，选取 240 篇，编成《孙家香故事集》一书，作为我主编的“中国民间故事类型与传承研究书系”中的一种，得到一向重视民间民族文化的长阳县政府的有力资助，很快由长江文艺出版社出版。

孙家香讲述的民间故事具有哪些特征与价值呢?

1. 土家族的传统文化源远流长，积累丰富，民间口头文学素以多姿多彩著称。杰出的民歌手，已有了湘西的田茂忠作为代表。然而此前在全国知名的故事家行列中，还没有土家族的代表。如今，孙家香当之无愧地成为土家族第一位杰出的民间故事讲述家。孙家香出生于 20 世纪初叶，经历了新旧两个时代，母亲从长阳嫁到五峰，她又从五峰嫁到长阳。她几十年生活在土家族聚居的山村里，几乎足不出村，主要从母亲和婆母以及其他乡邻那里听故事，然后按照自己的实际生活体验消化吸收，用朴实生动的口语转述出来。因而她的故事具有浓郁的民族气质和乡土风味。这里试举数例。

孙家香讲述了十几篇关于老虎的故事。土家族人亲切地称老虎为“老巴子”，编织了许多新奇有趣的故事。这些老虎有的请人去给它拔除脚掌上的柞树刺，有的请人去给难产的母虎接生，事后都衔来山里的野味报偿恩德；有的老虎误伤了人，便老老实实地代死者照料老人，悔过谢罪；还有的老虎成为虎丈夫或虎媳妇，同人类通婚并生儿育女，其家族繁衍至今。故事中的“老巴子”威猛神奇却又和善可亲，通情达理，同人类和谐共处。这样的描述在其他地方极为罕见。联系到在土家族中，相传其远祖廪君死后化为白虎，因而盛行虎图腾崇拜这一民俗渊源，我们便可以清楚地看到，孙家香讲述的虎故事，正烙印着土家族传统文化的鲜明印记。在这些神采飞扬的老虎角色身上，所概括反映的已不是鄂西山林中常见的老虎的自然形态，而是虎虎有生气的土家儿女的美好心灵了。

孙家香还讲述了许多关于“嫁匠”即土家族巫师的故事，这些巫师在当地被称为“梯玛”或“土老师”。他们能用某种神秘的方式在生产活动（如建房、打猎等）中创造奇迹，或影响人们的吉凶祸福，彼此间常常“斗法”，显示出无所不能的超人本领。这些故事以富有神秘感而引人入胜，却并非由纯粹的艺术幻想所构成，它是土家族古老的巫文化的遗留。巫术是遍及世界各国的一种原始文化事象。民族学家杨堃在他的《民族学概论》一书中指出："巫术作为宗教的一种重要形式，大概是出现在原始社会氏族社会阶段。当人们对人本身以及人以外的自然还处于蒙昧状态时，便容易产生人与自然存在着某种神秘联系的错误观念，幻想人可以通过某种方式达到影响自然以及其他人的目的，这便产生了巫术。"[1] 巫术信仰与巫术活动用今天的眼光来看，虽然显得幼稚落后，并易导致迷信；但在人类早期历史上，却曾经激发并增强人类对自身能力的信心，成为先民在艰苦条件下谋求生存的精神支柱之一，其中还包含着某些科学的种子。孙家香讲述的"嫁匠"故事，数量较为集中，而且情节奇幻，饱含民间故事的意趣。这类具有重要文化史价值的故事，也是在通行的民间故事集中所难以见到的。

从以上事例可以看出，孙家香讲述的故事，有着深厚的民俗文化根基。有关研究者发现，女性故事家对本民族原始古朴的民俗文化往往有着格外敏锐的感受力，从而很自然地把它们融化在自己的口述故事中。孙家香也有这样的特点，这些故事对研究土家族的传统文化，便显得特别珍贵。

2. 孙家香能讲三百多则故事，许多篇都不是纯粹的土生土长之作，而是在中国乃至世界范围内流行的著名故事类型。其中按国际通用故事分类编码就有《鹦哥》（AT243）、《野人家家》（AT333）、《男嫁匠和女嫁匠斗法》（AT325）、《黄忠西天问佛》（AT461）、《兔子的豁嘴》（AT475）、《鲤鱼精》（AT400）、《蛤蟆子精》（AT440）、《蛇女婿》（AT4323D）、《龙王女婿》（AT555）、《金壶》（AT613A）、《观音娘娘和卖酒的》（AT750D）、《目莲和尚寻母》（AT804）、《酒醉佬》（AT875F）、《九块金砖》（AT841A）、《幺媳妇》（AT895）、《遇油不梳头》（AT910）、《福人福地》（AT923B）、《一个媳妇对付八个强盗》（AT956B）、《张发财当长工》（AT1568）、《学见识》（AT1696A）等。在这些故事中，蕴含着更具普遍性与深刻性的人类文化信息。孙家香能够讲出这么多属于中国和世界民间故事宝库中闪光耀眼的精品，这正是她作为大故事家的重要标志。值得注意的是，上述故事虽然情节主干和普通类型相一致，却又在枝叶上有所变异，将土家族的风土人情与文化心态自然而巧妙地融合在娓娓叙说之中，实际上它已是从艺术上进行再创造的成果，而不是简单地转述原故事了。她早在十年前口述，经肖国松整理发表的《包白菜姑娘》这篇故事就是一个十分优美生动的例子。它讲的是得到老夫妇热心救助的三个女叫花子，死后变成了三棵包白菜，后来又化身为三个姑娘，一个姓包，一个姓白，一个姓菜，走上门来成为他们疼爱的孙女。土司要把她们抢去做儿媳妇："土司的话就是王法，你们不嫁也得嫁!"三个姑娘答道："我们要服侍爷爷和婆婆，万一要我们出嫁，你得出钱给两位老人把装老衣制起，把碑打起。"土司管家只好答应下来。三个姑娘在石匠打碑时请他们在"孝孙女"几个字下面刻了三棵包白菜。等安葬老人并过了"五七"之后——土司家的三顶花轿来到家门口，吹吹打打，放鞭放炮，好不热闹。三姊妹上了花轿，要轿夫把她们抬到爷爷和婆婆的坟前，说是要上坟后再走。她们走出轿来，在坟前烧香、磕头，随后从地面飘起，飞身到石碑上刻的三棵包白菜里，再也不见人影了。

鸟兽虫鱼及草木花卉均可幻化为美好的女性，介入人世纠葛以报恩或复仇，这本是在我国各族口头文学中流传得极广的一个大的故事类型。孙家香口述的《包白菜姑娘》却别具一格，它不但以这山村小女子向土司家抗婚为主干情节，赋予本篇故事以强烈的社会倾向性，还借给老人刻石碑这一极具民族风情的生活细节来生发美好幻想。鄂西土家族地区的石刻墓碑十分精致，正如一则谜语所描绘的："生在青山半壁岩，鲁班请它下凡来，花龙花虎头上戴，儿子儿孙抱在怀。"墓碑上除刻有儿孙姓名外，往往还雕刻着栩栩如生的龙虎图像，令人叹为观止。《包白菜姑娘》这篇故事的结尾，让三个山里妹子最后化作墓碑上雕刻的三棵包白菜陪伴老人，既凝聚着土家儿女孝敬父母的一片深情，又一箭双雕地表现了对土司暴虐行为的愤怒抗争。叙述者的语言虽然朴实无华，却在幻想与现实的巧妙融合中透出感人至深的诗意和美感。孙家香故事的优美民族特色在这类作品中得到充分的显现。

3. 民间故事的传承具有广泛群众性，从“街谈巷语、道听途说”中自然也可以采录到一些好故事，而一个地区杰出的民间故事家，则有着如同吸铁石那样吸收和汇聚周围民间口头文学创作成果的巨大能力。在反复讲述、主动传承的过程中，他们又不断发挥个人创造性，对作品予以丰富提高。因而从他们那里采录的故事便具有数量多、质量高、文化积淀丰富的特点。

孙家香不识字，却具有很高的口头语言艺术才能，这才能由极强的记忆力，丰富的情感和想象，以及用朴实生动的口语叙说故事、描摹情态的语言能力所构成。中国民间故事讲述家中间具有初等和中等文化程度的大约只有三分之一，大部分因被旧时代剥夺了享受文化教育的权利而不识字，少数民族地区的高龄女性故事家更是如此。但她们依然可以成为口头语言艺术的高手。鲁迅早就指出，旧时代在不识字的大众里也可以产生作家，“到现在到处还有民谣，山歌，渔歌等，这就是不识字的诗人的作品；也传述着童话和故事，这就是不识字的小说家的作品；他们，就都是不识字的作家”。孙家香就是充分体现了土家族民众艺术智慧的一位不识字的优秀作家。

全国一百多位知名故事讲述家中，女故事家约占三分之一。她们中间，有朝鲜族的金德顺、满族的李马氏、蒙古族的金荣、藏族的七尖初、鄂伦春族的李水花、苗族的熊凤以及汉族的胡怀梅（山东）、曹衍玉（河南）、陆瑞英（江苏）等。孙家香讲述的故事和她们有许多一致之处，表现出女性文化的鲜明特色。其主要表现是：偏重于家庭生活，对女性遭遇的苦难给予深切同情，对“女强人”创造的奇迹给予热烈赞颂（如《男嫁匠和女嫁匠斗法》《幺媳妇》《一个媳妇对付八个强盗》等篇）；注重道德伦理教育（如《天地良心》《小时偷针，长大偷金》《雷打恶媳妇》等篇）；叙述风格平中见奇，富于幻想，情绪热烈，观察细致等。但上述女故事家传承的故事数量最多也只有一百多则，而孙家香讲出的故事达到三百多则，口头语言艺术的积累显得更为深厚；讲述风格柔中透刚，融进了她个人的乐观开朗情怀，洋溢着一种使人感奋的刚强豪迈之气，这就具有与其他男女故事家不同的特色了。

这本《孙家香故事集》采录和整理写定，是由肖国松同志独立完成的。他任职于长阳县文化馆，是湖北省民间文艺家协会会员，又是《中国民间故事集成·湖北卷长阳民间故事集》的主编。他采录的民间故事和吸取民间故事滋养而创作的寓言，经常出现在《民间文学》等报刊上，是我省一位卓有成就的民间文艺家。孙家香是他的婶娘，在他遭遇不幸时，这位婶娘曾用世代相传的许多土家族故事抚慰他的心灵，使他深深感受到这些口头文学的宝贵价值，由此开始了对孙家香老人口述故事的采录活动。现在国内外数量众多的民间故事集，大都是由来自外地的文化工作者在“田野考察”中访问当事人而采录下来的，像肖国松这样完全没有人际隔膜和语言障碍，在亲密无间的情况下采录故事的事例极为罕见。讲述者挥洒自如，无所拘束；采录者心领神会，全无阻隔。在此基础上运用科学方法进行忠实记录和写定，就使得这本《孙家香故事集》出色地再现了土家族故事的本真形态。

《孙家香故事集》是在将其采录计划纳入国家教委的一项研究课题之内以后开始全面采录（录音）和整理写定的。工作原则兼顾科学性与文学性，而以科学地再现原作风貌，保存故事的“原汁原味”为首要目标。这些故事既然出自民间，那就要通过适当整理以文字写定后，使之具有可读性，再回到民间去。同时这些故事又是土家族历史文化的结晶，因而在转换成书面形态时须最大限度地保持其本来面目，以便作为科学资料提供给研究者使用。由于考虑到要保存其科学价值，文本选材便不能不从宽考虑，其中不少篇目显然烙印着旧时代社会意识形态的特点，如鬼神迷信、因果报应等。我们处在科学昌明的时代，相信读者能识别和正确对待这些历史的陈迹。

长阳土家族自治县人民政府和文化部门，对当地蕴藏丰富的民族文化财富，一直十分珍惜，努力开发，成效卓著。《孙家香故事集》的出版，同样得到了他们的热情关怀。湖北日报社和长江文艺出版社对本书的出版给予了切实支持。这位土家族故事家的“破土而出”，也是湖北省民间文艺家协会和民间文学集成办公室多年来不断推进湖北民间文学事业所取得的又一显著成果。

1990年，在中国民间文艺家协会成立40周年之际，李瑞环同志代表中央致词祝贺。祝词中写道：“民间文艺是我国各族人民劳动和智慧的结晶，它既是中华传统文化的重要组成部分，又在当代人民文化生活中起着重要的作用。”“希望你们在党的文艺方针、政策的指引下，认真总结经验，发扬成绩，开拓创造，为弘扬民族优秀文化继续努力，让民间文艺之花开得更加鲜艳！”这本《孙家香故事集》就是中国民族民间文艺百花园中的一朵艳丽的新花！

最近读到日本池田大作和德国狄尔鲍拉夫两位学者以“走向21世纪的人与哲学”为主题写成的对话录，在谈到跨世纪的教育问题时，他们竟然对怎样发挥民间流传的童话故事的教育作用问题有着浓厚的兴趣。最后的结论是：“可以认为，（民间）童话是超越代沟，维系精神联系的纽带。从这个意义上说，越是在现实社会和生活形态急剧变化的时代，作为构成共同基础的因素，以往流传下来的童话，才越有流传下去的巨大意义。”民间故事中包含着联结不同时代人们精神文化的共同基础，在人类走向新世纪的过程中仍有其不可忽视的教育作用。这段话对我们理解孙家香老人口述故事的重要价值也是很有启发意义的。

中国鄂西北的民间故事村伍家沟*

一

进入20世纪80年代以来，中国大陆开展大规模的民间故事调查采录工作，有两项新发现，一是发现了大批会讲故事的民间故事讲述家，全国会讲50则以上故事的达9900多人，以《新笑府》（上海文艺出版社1989年版）一书闻名全国的鄂西汉族老人刘德培就是他们中间的一个；二是发现了不少“故事村”，如河北藁城的耿村，河北行唐县的杏庵村，重庆巴县的走马乡，湖北丹江口市的伍家沟村等。其中又以耿村和伍家沟村最为著名，它们南北辉映，不仅吸引了国内外学人的研究兴趣，还受到热心于保护世界民间文化遗产的联合国教科文组织的关注[1]。

伍家沟位于鄂西北著名道教圣地武当山北麓（武当山已被联合国教科文组织确认为须加保护的“世界文化遗产”），是一个只有210多户人家，890多口人的小山村，村民三三两两地居住在“九沟十八洼”的深山密林里，共有17个居民点，19个独居户。这里荒僻闭塞，20世纪80年代中期才通电，90年代初期才修通公路开进汽车，丰富的民间文

* 原载王秋桂主编《民俗曲艺》第111期，台北施合郑民俗文化基金会1998年1月出版。2006年6月，伍家沟村故事被列入中国非物质文化遗产首批保护名录。

艺长时期伴随着村民古朴的农耕生涯。下面是80年代中期民间文学工作者进村调查时所得的印象：

> 今天，伍家沟的口头文学依然在利用种种方式继续传承，既有季节性，也有长年普遍性。夏天夜晚，人们在稻场上乘凉时仍然说古论今讲瞎话；冬天火炉旁，还是谈古论今讲故事的最好时机；老人们仍在教孩子猜谜语；辛勤劳动之余，人们仍用笑话消遣。[2]

据普查结果，该村会讲故事、会唱民歌的有85人，约占总人口的十分之一。其中能讲50～100则故事的有35人，能讲100则以上故事的有8人，还有二人——李德富和葛朝宝能讲400则以上的故事。现已采录故事一千多则，1989年出版《伍家沟村民间故事集》，选录故事236篇，1996年出版的《伍家沟民间故事》第二集，选录作品165篇。这些故事都是由当地一位民间文艺家李征康（原是小学教师，现任六里坪镇文化站站长）实地采录的，他的工作得到湖北省民间文艺家协会、湖北省群众艺术馆和湖北省民间文学集成办公室的指导与帮助。他用现代科学方法采录，在以文字写定时充分保持了故事的本色，因而受到很高的评价。本文试从1989年由中国民间文艺出版社出版的第一集《伍家沟民间故事集》中选取部分作品略作评析。

二

伍家沟故事中最富有特色的是那些幻想性的神仙鬼怪精灵故事，在已出版的400则故事中，它们占了近一半的篇目。其中许多在伍家沟人的口头上世代相传，一直保持着鲜活的姿态，可是它们又有着久远的生活史。现举数例：

1.《鬼玩把戏》和《卖鬼》，讲一个大胆汉子把害人的恶鬼抓住，像要猴一样带到街上要把戏赚钱，或把它变成一只肥羊卖钱的故事。其主要情节来自中国魏晋时期的志怪故事集《搜神记》《列异传》所载的

《宋定伯卖鬼》，公元3世纪前后就已被文人记录下来。它的古今异文，表达了中国民众不怕鬼的乐观精神与幽默诙谐情趣。

2.《蚌蛤精姑娘》，讲述河里的蚌蛤精主动嫁给一个庄稼汉的故事。当地的土霸王三番五次出难题企图加害，均被女主人公以神奇魔法战胜。最后土霸王索要一种稀奇古怪的宝物，蚌蛤姑娘交给他一个小瓶子，打开瓶盖，涌出洪水，埋葬了这伙恶人。它源于中国古代的田螺姑娘故事，其完整形态在唐人皇甫氏《原化记》中就有记载，篇名为《吴堪》。伍家沟村民所讲述的与之大同小异，赋予这个古老而优美的爱情故事以浓郁的地方色彩和现实生活意趣。

3.《狼精要账》，讲述一个生意人在旅途中同成精以后幻化成人的狼精交了朋友，狼精原是来吃这人，讨还前生欠账的。因念朋友之情，最后叫他睡觉时在身边放一块猪肉，喂了狼精以了结这笔孽债。唐代《广异记》中的《费忠》，记费忠遇一被罚喂虎的老人，顾念友情得免于为虎所食的故事，古今一脉相承。

4.《一斗谷子三升米》，围绕仙人赠给一位远行归家的教书先生的四句谶语："叫你上，你莫上，叫你避，你莫避，头上浇油你莫洗，一斗谷子三升米。"故事叙述一件妻子谋杀亲夫的凶杀案，原见于宋人编撰的《搜神秘览》（后被人误收入晋代干宝所撰《搜神记》中），题为《费孝先》。这个一千多年前的流行故事，经伍家沟人的口头传承又获得了扣人心弦的魅力。

5.《懒人得银子》，讲一人懒得去捡别人失落在路边草窝里的银子，相信"自己的财自己来"。贼娃子听到此事后连忙去捡，银子却变成可怕的蜂窝。他将蜂窝扔到那人家里，又变成了银子。此故事最早见于出自敦煌石室的句道兴本《搜神记》中，题为《段金之交》，以不妄取分外之财为美德，后世民间流行甚广。

三

使人深感兴趣的是，这个小山村的故事中竟然还有不少具有世界性的故事类型，国际通行的关于民间故事的AT分类法，给我们提供了进行中外故事比较研究的便利[3]。以下是随手拈来的几例：

1.《红绣鞋》，属AT301“寻找失踪公主”型。中国通称为“云中落绣鞋”，讲述一位樵夫用斧子砍伤妖魔，拾到一只绣花鞋，跟踪妖魔潜入山洞解救皇姑，历经艰险，最后终获圆满结局的故事，看来是由表演此故事的戏曲转化为口头传说的。

2.《地脉龙神倒霉》，属AT330“铁匠战胜恶魔”型。一伙帮人建房子的工匠，用自己的行业语言于无意中吓退了企图加害于人的土地爷和城隍庙里的判官，显示了匠人压倒邪恶神灵的威力。

3.《獐子精随机应变》和《独角兽精》，属AT331“瓶中精灵”型。《一千零一夜》中的《渔夫和魔鬼》，是人们所熟悉的此型故事的代表。前一篇讲的是山羊救狼而狼却恩将仇报，后由獐子精出面让恶狼重新落入陷阱给予严惩。后一篇则讲一位法师将害人的独角兽装入一个罐子，画上符，给予镇压。几百年后，一小伙子无意中将罐子挖出，打开盖子，独角兽立刻现出狰狞原形，要吞吃他的恩人。土地神出来用计让它重新钻进罐内，才重新制服了这一祸害。

4.《老虎精》，即《狼外婆》或《小红帽》，属AT333型。本篇情节结构和中国南方流行的老虎外婆故事完全一致，但特意渲染“老虎修行了上千年，已经成了精，能变成人”，有当地道教信仰特色。

5.《养生地鬼》，属AT363“吸血鬼”型。按照中国民间信仰中的说法，人死后如不慎将棺木葬在“养生地”上，那儿的地气就会将鬼养活，成为夜间出来吃人的恶鬼。本篇中的女鬼尚未害人，就被人们在坟前修建一座土地庙将她镇压住了。

6. 《蚌蛤精姑娘》《獐子姑娘》和《珍珠眼泪镶皮衣》，均属AT400“动物妻子”型。讲述男人同水里的蚌蛤精、山里的獐子精或狐精相爱成亲的故事。三篇故事的女性角色不同，所经历的爱情波折也各异，有的以妻子作为异类遭男人歧视不得不离去而构成家庭悲剧，有的则借助妻子的神奇魔法战胜社会邪恶势力的迫害而过上了美满幸福生活。

7. 《鳖精变个鞋簸箩》，属AT425“怪物当新郎”型。鳖精变成公子进入绣楼和赵家小姐同居，被两位老人发现，现出原形后被打死了。小姐仍忠于他们的爱情，钟爱他们所生的孩子。这孩子后来当上了皇帝，就是历史上声名显赫的宋太祖赵匡胤。

8. 《美女蛇和夜明珠》《蜈蚣精媳妇》和《白公鸡吃蜈蚣精》，均属AT554“感恩动物”型。讲述主人公救助和喂养的猫、狗、公鸡之类，在他遭遇危难时舍身相救的故事。这些感恩动物均为家畜，因而其故事具有丰富的农家生活情趣。

9. 《糍粑娃和城隍爷》，属AT1138“胡须涂金”型。一个在集市上做糍粑的娃子，用糯米糍粑糊住邪恶愚蠢的城隍爷和他手下判官的头脸，使他们再也不敢出来欺负百姓。

10. 《雷击白鱼精》，属AT1148“恶魔怕雷”型。河里的白鱼精吃了张家少爷，又变成张少爷的样子到处污辱女性，玉皇大帝派杨二郎下来为民除害，用五雷炸死了这个恶魔。

伍家沟传承的民间故事大体分为三部分：一是表现本地风光和人文历史的；二是在许多地方普遍流行的；三是别具一格，为他处罕见的，这部分主要是讲述神仙鬼怪精灵的故事，我们上面所列举的近20篇作品属这一类。

四

那么，伍家沟故事的特殊魅力何在呢？我以为在于风格的神奇古朴和内涵的丰厚深邃。伍家沟故事将一个奇幻美妙的世界展现在人们面前，山里的獐子、蜈蚣，水里的蛙蛤、老鳖都可以成精，变形为人，介入人们的家庭生活。各式各样的狐狸精同人们有着数不清的瓜葛，甚至饿狼求食也是为了讨还前世的欠债。生活在另一世界的众多的鬼灵，或祸害人类，或与人结成朋友夫妻，同现实世界里人们的日常生活更是痛痒相关。人们在讲述这些故事时，深受“万物有灵观”和道教鬼神信仰的影响，似乎感觉到自己刚刚同这些来自神奇幻想世界的角色打过交道。用现代文明眼光来看这些叙说不免显得荒唐幼稚，可是这些故事却又折射出中国劳动人民淳朴美好的心灵世界，蕴含着许多闪光的人生哲理。人们过着贫困悲苦的生活，便企求从这个神奇幻想世界里获得幸福。善恶各有所报的逻辑强有力地渗透在故事叙述中，即使一笔小小的债务未能了结，也会受到无情的追索。无辜被害，老鼠也会跑到县衙门里去喊冤。在二元对立的情节模式中，总是邪不敌正，光明压倒黑暗：凶恶的蜈蚣精敌不过家里喂的大公鸡，蛙蛤精姑娘一小瓶水便淹没了土霸王的大场院；从庙里走出来偷吃东西的城隍老爷，竟然被那个卖糍粑的娃子整治得无可奈何。通过这些叙说，故事以积极乐观的心态振奋着这些山村居民。

正由于伍家沟民间故事在显得荒诞离奇的叙述中常常含有积极教育意义，便促成了伍家沟淳朴优良民风的养成。四十多年来，这个村没有发生过重大刑事案件，便是发人深省的例证。

伍家沟故事大都篇幅短小，语言平易朴实，然而又生动有趣，内涵丰厚。试以《鸡大腿》为例：

一家员外盖房子，请了木匠、砌匠，都住在工场上。

员外奶奶款待匠人，每天在厨房里杀鸡子，可每顿饭桌上的鸡肉碗里，却单没有鸡大腿。谁都知道，鸡子是一身骨头，好肉全在腿上。木匠、砌匠长时间吃不到鸡大腿，心里就犯疑了。木匠说：“这员外奶奶是个打花胡哨的人，打着我们的名义杀鸡子，鸡大腿舍不得端出来，都自己吃了。”

砌匠说：“这样的人，嘴上抹蜂糖，屁股拉松香，是个笑面虎。”

木匠、砌匠背地里一商量，就要害这家员外，要给员外家使“跷气”。木匠做了一辆小木车，砌匠将它砌在新房子的大门顶上。砌的时候，车口向外，意思是要把主人的家财向外推，叫主人背时。

房子盖起了，完工了，员外奶奶给所有做活的算了工钱。做活的临走时，她喊木匠、砌匠：“师傅，把你们手帕拿来，给老辈子带个包回去。”

木匠、砌匠以为是带花馍，就把手帕给了员外奶奶。谁知员外奶奶包的不是花馍，却是一色的鸡大腿。她说：“谁家都有老的，小的，鸡大腿正合他们的口味，就带回去吧！这是我的一点小意思。也算你们在我家辛苦了一场。”

木匠、砌匠这才知道，员外奶奶心肠真好，可那“跷气”已经使了，咋办呢？砌匠说：“员外奶奶，我一把泥刀忘在了你家新房门顶上，我上去拿下来再走。”

砌匠上到新房门顶上，将木匠那个小木车调了个头，车口朝里。这样，小木车就将外边的财气向屋内推。打那以后，这家员外家业更兴旺了。

本篇讲的是一个大户人家建新房，因女主人好心待工匠获得好报而财运亨通的故事。讲述者葛朝宝生于 1925 年，是伍家沟两位著名的大故事家之一。相传过去的匠人懂巫术，常常在建房子时暗中做手脚，将某种机关（我听人讲时称之为“消息子”）安置在墙壁之内，会左右东家的命运。本篇讲好心得好报的故事，却楔入这种神秘的巫术，将丰富的世俗生活情趣与神秘幻想融合在一起，而且所用的词语也带有古朴色彩。在中国其他地方，由于文化变迁，现今人们讲故事，“员外”一词已经极少出现了。即使有这种角色登场，也变成了令人憎恶的反面角色。而伍家沟流传的许多故事中，却常常出现面目慈祥、心地和善的“员外”和“员外奶奶”的形象，它似乎是古代通俗文学和戏曲中习惯用语的遗留。

俄罗斯汉学家李福清在研究中亚回族故事时，发现这些在清末迁居吉尔吉斯和哈萨克斯坦的回族口头文学家，讲述故事的语言风格也十分古朴，实例之一就是以“员外”作为“故事中很有代表性的人物”，而且“作品对员外持肯定和尊敬的态度”。他还说：“员外在汉族故事中比在回族故事要少得多。”[4] 就明清时期中国各地流行的口头文学和通俗文学而言，“员外”“秀才”“状元”是经常出现的人物，并不是某些民族在文化上的特殊印记，只是由于后来社会文化急剧变迁，那些古朴的东西在许多地方已经消逝，而在某些特殊的环境中却保存得比较完整就是了。中国西北地区的一部分回族人于清末迁居中亚，因处于异国他乡的特殊环境中，口头文学中原有古朴成分便稳定传承下来。湖北伍家沟村的故事也有类似情况。伍家沟一带原是荒无人烟的地区，现有居民大都是明清时期外地移民的后裔。伍家沟属郧阳山区，据《郧阳志》对该地区居民人口构成所作的概略估计：“陕西之民四，江西之民三，山东、河南之民一，土著二一。”以陕西为主的黄河流域的移民自明清以来就成为这一地区人口的主体。[5] 伍家沟故事中常以陕西人为主角也表明许多故事的老家在陕西一带，后来因人口迁移稳定传承在这深山老林之中，便至今仍显得古色古香。

伍家沟的故事家自然也独立地编讲了不少故事，更加令人惊奇的是，这里竟然有那么多出自一千多年前的古代中国并和国际类型相通的故事。这些故事究竟是互相传播影响的结果，还是不约而同地各自独立生成？这需作专门考察方能回答，不是一篇短文所能说清的。但要指出，不论这些故事源于何处，它们都因概括地反映出具有世界性的人类美好情感、生活经验与艺术智慧而显示出丰厚的文化内涵。这些文化内涵在艺术表现上，经过数代口头传承，已被伍家沟故事家予以加工改造，染上本地色彩，融合在自己的口头叙事艺术宝库里了。试将阿拉伯故事集《一千零一夜》中的同型故事《渔夫和魔鬼》和伍家沟流行的《独角兽精》略作比较：阿拉伯故事讲所罗门王镇压由邪教徒化身的恶魔，伍家沟故事讲邓天师（实为武当山道士）镇压吃人的独角兽精；所罗门王将恶魔装进铜制胆瓶，盖上印章投入大海，邓天师则将独角兽精收进一个陶罐里，贴上神符埋在山上，上面再栽上被称为“天筋”的皂角树，使它永远也动弹不得。在后来的叙述中，阿拉伯故事讲渔夫打鱼时用渔网捞起胆瓶，打开瓶盖，放出恶魔，恶魔要吃渔夫，被机智的渔夫将它骗入瓶里重新投入大海；伍家沟故事则讲是一个上山砍柴的小伙子挖出陶罐，揭开盖子惹出祸事，幸好土地公和土地奶奶急中生智将这精怪骗进罐内，才平息了这场风波。即使情节结构有着惊人的类同之处，但故事中已浸透了本地的山区风光和道教信仰，完全中国化、地方化了。在这里充分表现出伍家沟故事讲述家的语言艺术才能。

五

在伍家沟这一小小山村，能够蕴藏这么多优美奇特的故事，而且将它们鲜活的姿态在口头叙说中保持到今天，是由它特殊的文化生态环境所造成的。

首先是伍家沟处于既开放又封闭的地理环境中。伍家沟大体是明以后形成村落的。从小环境看，从当今看，地理位置的确显得相当偏僻。那里许多人几乎足不出户，一辈子就固守在那块山林围绕的土地上，过着简朴的农家生活。可是从大环境看，从过去看，那里又并不特别偏野。村子坐落在武当山和古均州之间，距武当山道教圣地和繁华的均州城均不超过 25 华里，人们到武当山朝山进香，到均州城赶集卖柴，都有机会进行口头文学交流。过去这里正月元宵节、三月清明节和十月小阳春，都要请外头的戏班子来唱戏，累计每年唱戏达三个月左右。中国的许多民间故事常常被改编为戏曲（如《四大传说》《云中落绣鞋》《包公案》等），戏曲又留在人们记忆里转化为口头叙说的故事。村里的故事传承人集中在葛、李、冯、罗四大家族中间，葛姓人家过去多在外地当长工，长工们在一起打草鞋、摘花生、搓苞谷时，常常边做活边讲故事，从而把许多外地故事带回家来。李姓的著名故事家李德富虽然没有离开过伍家沟，可他住在不远处的外祖父、两位舅舅和妈妈都是远近闻名的口头文学家，许多故事由此传进了伍家沟。罗姓在均州是大户，社会关系多，家族间的频繁交往也有助于故事交流。至于冯姓，祖辈就是以唱渔鼓走江湖卖艺为生，更有机会从中国广大地区丰富的民间文艺中吸取故事。总之，在距今半个世纪以前的伍家沟，有多种渠道同外部世界进行民间故事的交流。后来由于交通闭塞，开发较晚，在一定程度上脱离了周围大环境急剧变革的步伐，未经受新的经济文化生活的巨大冲击，这些形态古朴的故事便积淀在这偏爱传统民间故事的角落里，这正如罕见的奇花异草往往生长在远离闹市的深山野洼一样。

其次是伍家沟靠近武当山这个南方道教文化中心。伍家沟村过去读书识字的人少，没有什么“书香门第”，历史上没有出过秀才、举人和官吏，正统的世俗文化的基础是很薄弱的。可是它坐落在武当山脚下，武当山自唐代以来，便有着日趋兴旺的道教香火，后来的明王朝大规模营建武当山道教宫观，这里便成为南方最大的道教圣地和道教文化中心。湖北、湖南、河南、陕西乃至云南、贵州，每年前来朝山进香的香客多达二百万人次。在一年十二个月中几乎每个月都有吸引善男信女前往朝拜的宗教节日。这样，紧靠武当而又信奉道教的伍家沟村，便有了投身于这一宗教文化中心，大量吸收这方面的故事素材和摄取道教文化滋养的便利条件。人们津津有味地讲述着有关武当山的道教神仙、道士和信徒的种种奇迹，并按照自己的道教信仰和相关习俗与艺术情趣改造许多外来故事。幻想故事里的超人和超自然角色大都被纳入从玉皇大帝到城隍、土地这个井然有序的神灵谱系之中。由于儒道佛三教合流，支配这个神秘世界的道德伦理并没有完全脱离儒家模式，但又浸透了道家渴望穷究天地奥秘、试图以种种方式创造宇宙奇迹的神秘主义思想，在故事叙述中构成别具一格的艺术境界。由于武当山这个道教文化中心的深刻影响，在伍家沟造成了厚重的具有神秘主义特征的文化氛围，便使得那些古朴神奇的幻想故事得以在这里世代相传，存活至今。我的一位硕士研究生刘晓春1993年春在伍家沟村住了六天，返校后撰写了《伍家沟村印象》一文，他的切身感受是：

> 一进入伍家沟，我便有一股说不出的感受，似乎被一种神秘的气氛所环绕。慢慢地，便逐渐体会到那正是现代文明中所缺少的静谧与安详……上至七八十岁的老人，下至几岁的孩子，都能用同一种方言传播他们质朴纯正的价值观。故事蕴藏量之大，艺术价值之高，不能不说是一种文化奇观。长期以来，这里的人们在婚姻上局限于一个很小的圈子内，故事的家族传承和村落传承长期处于一种良性循环状态。父系血缘的延续，故事的历时态精华得以保存；母系血缘的参与，故事的空间跨度得到了拓展。而村落内一些依然回荡古文化余韵的民俗活动便是故事讲述的最佳氛围。人们朝拜武当，悼念亡灵（打待尸），故事讲述者的自我陶醉的心理和群体共同行为的价值取向得到了自然契合。[6]

河北耿村是中国北方平原上的一个小集镇，它的故事内容广博，现实感强，具有以儒家思想为主导的中原文化的浑厚特色。南方山村伍家沟的故事，则以染有神秘幽玄的道教文化色彩显现出自己的特殊魅力与价值。

现代社会的经济文化生活，正在破坏传统民间口头叙事艺术存在的社会基础，中国也不例外。1986年，我利用学生暑期回乡度假的时机，请他们对南方六省区20个村社进行过一次抽样调查，发现尚有三分之一的乡村仍保留着较多的传统民间文艺。现在过去了十年，随着在四五十年代之前已有故事积累的大批老人去世，以及社会经济文化条件的巨大改变，传统民间文艺的保留地恐怕已经很少了。由此，伍家沟这样的故事村便显得格外珍贵。伍家沟正由闭塞走向开放，迅速跟上中国城乡现代化的潮流。我于 1995 年 11 月前往伍家沟考察时，正遇上外地的汽车开进伍家沟收购山村居民培育的柑橘。但愿他们在改善自己的经济文化生活的同时，也能够作出切实的努力，像保护珍稀动植物那样让许多优美的传统民间故事继续存活下去。

注释：

［1］伍家沟村的民间故事于 80 年代中期由李征康开始进行采录，《伍家沟村民间故事集》（韩致中主编）于 1989 年 10 月由中国民间文艺出版社出版，受到广泛关注。1993 年 3 月，以湖北省民间文艺家协会主席刘守华和日本民俗学会会长野村纯一为首的中日民间文学考察团前往伍家沟村作了考察。1994 年 10 月，由联合国教科文组织特聘专家加藤千代和中国民间文艺家协会研究部主任刘晔原组成的考察团又赴伍家沟村访问并采录故事。1995 年 11 月，由联合国教科文组织与中国民间文艺家协会、湖北省民间文艺家协会协作，拍摄了一部关于伍家沟村的专题纪录片，向世界各国发行。湖北丹江口市政府及湖北省民间文艺家协会于 1995 年将伍家沟村命名为“民间故事村”，决定对其特殊文化生态给予保护。

［2］李征康：《伍家沟村有关情况》，见《伍家沟村民间故事集》，中国民间文艺出版社 1989 年版，第 27 页。

［3］AT 分类法是芬兰学者阿尔奈（Antti Amo）和美国学者汤普森（Stith Thompson）编撰的《民间故事类型索引》（1961 年）的简称。美籍华裔学者丁乃通借用 AT 分类法编撰了《中国民间故事类型索引》一书，英文版于 1978 年印行，中文版于 1986 年由北京中国民间文艺出版社出版。

［4］［苏］李福清：《中国神话故事论集》，中国民间文艺出版社 1987 年版，第 225 页。

［5］张国雄：《明清时期的两湖移民》，陕西人民教育出版社 1957 年版，第 42～43 页。

［6］刘晓春：《伍家沟印象》，载《郧阳日报》1993 年 6 月 20 日。

东方口头语言艺术的奇葩*

——《西藏民间故事》序言

由廖东凡先生主编的《西藏民间故事》就要在湖北少年儿童出版社问世了，作为一个在中国民间文学园地耕耘40多年的老园丁，我十分高兴地接受邀请为它撰写序文，在这里写下我对藏族民间故事多年积累的印象，也许会对读者走进这座美妙的艺术殿堂有所帮助。

一

我接触西藏民间故事，是在20世纪50年代中期上大学时，从新创刊的《民间文艺集刊》和《民间文学》杂志上读到陆续发表的藏族故事开始的。当时就被它新奇优美而又寓意深刻的特色所深深吸引。以后，《奴隶和龙女》（肖崇素）、《金玉凤凰》（田海燕）、《泽玛姬》（陈石峻）、《说不完的故事》（王尧译述）、《尸语故事》（李朝群译）、《藏族民间故事选》（佟锦华、耿予方等），一直到七卷本的《西藏民间故事》（廖东凡等）和《藏北民间故事》（次仁玉珍），还有40年代出版的《康藏民间故事》（庄学本），都经多方搜集得来成为自己喜爱的藏书。在我研究

* 本文是为廖东凡主编西藏民间故事选集《世界屋脊上的神话和传说》一书所撰序文，西藏人民出版社与湖北少年儿童出版社2003年联合出版。另载于《中国藏学》2001年第3期。

中国民间文学和中华文化的过程中，它们都显现出无比珍贵的价值。

拥有奇险风光、悠久历史和灿烂文化的藏族，民间口头文学格外丰富优美。除规模宏大的英雄史诗《格萨尔》闻名于世之外，民间故事更是广大民众日常生活的伴侣。正如雪康·土登尼玛先生所回忆的：

> 在我少年时代，常常听故事听得入了迷，有时甚至忘了吃饭和睡觉。它不但使我单调的生活增添了无限的快乐，还打开了我心灵的窗子，使我学到了许多自己不懂的东西，得到许多自己没有的知识。……后来，随着年岁的增长，阅历的加深，我亲眼看到藏族人民中间，有不少天才的故事家。他们的肚子里，装着一部部活的故事书，叫人想起雪山的流泉、草原的海子，总没有枯竭的时候。我认识几位艺人，他们能够在一个月里天天讲而不说重复的故事，尽管他是地地道道一字不识的文盲。西藏的故事，不但是讲的，而且是唱的，边讲边唱。故事好，再加上曲子好，听过一次，真的好久好久也不会忘记。（《西藏民间故事》第一集“前言”）

西藏人民口头传承的各类民间故事，20 世纪初就有人开始介绍。但不少故事由于经多次转译改编而失去了原有的光彩。新中国成立后，中央人民政府高度重视保护和发展民族文化，西藏地区对各类民间口头文学的搜集整理工作不断深入，参与其事的不仅有熟悉藏族语言、民俗的汉族学人，还有像次仁玉珍这样一批热爱本民族民间文化的藏族学人。他们按现代民间文艺学的科学化、规范化要求，直接从各地藏族以及门巴族、珞巴族同胞口头上采录故事，译写成篇。这部《西藏民间故事》就是在这个基础上选录成书的，它们最为难能可贵之处，是在译成汉文时充分保持了藏族口头文学的本来面貌和独特韵味。书中的 270 多篇长短故事，编者没有按体裁简单地把它们归拢成为几大块，而是兼顾这些作品的流传地域和体裁特征，把它们精心组编成为 10 个单元，从而使这部囊括全西藏民间故事佳作的大书清晰展现出代表性与全面性。它就像是用一朵朵鲜花编织而成的精美花环，给人以赏心悦目的美感享受。

二

我喜爱藏族民间故事，常常被它所深深吸引。中国56个兄弟民族，各有自己优美生动的故事传说，伴随着他们的久远历史和人们日常生活，藏族民间故事却具有它们独特的艺术魅力与文化价值。它们的独具特色何在？这个问题一直在我脑海中萦绕回旋。这次为撰写序文，我又集中阅读了十几部西藏故事集，和其他民族与地区的民间故事进行大略比较之后，对此似乎有所领悟。

首先，西藏民间故事品类丰富多样，可以称得上是繁花似锦。在中国，广义的“民间故事”包括神话、传说和故事三种体裁在内。故事中又含动物故事、幻想故事、生活故事、笑话等等。西藏地区遗存的远古神话数量不多，而传说却遍地开花，从青稞种子的来历，藏文的创制到大昭寺的兴建，从文成公主进藏到驻藏大臣张荫棠种花，从众多神山、圣湖的形成到种种信仰习俗的起源，几乎都有优美的传说故事在人们口头流传。口头文学家怀着强烈的民族自豪感来称颂本民族的辉煌历史与壮丽自然风光，同时借用一些饱含文学意味的母题（或“情节单元”）给传说素材进行浪漫主义的艺术加工（如《文成公主进藏》中的“五试婚使”）。这就使得西藏的民间传说也富有故事性，本来属于两种叙事体裁的传说和故事实际上并无严格界限。

就狭义的故事体裁而言，西藏地区的神奇幻想故事、动物寓言故事和机智人物故事这三类作品都有出色的成就。以《尸语故事》为代表的神奇幻想故事，如关于奴隶反抗国王残暴统治的《头上长角的国王》和《真赛盗取国王灵魂玉》，关于英雄战胜恶魔的《玛桑雅如喀查》和《多吉占堆战胜妖婆》，歌颂真挚爱情的《戴黑面具的王子》《鸟衣王子》和《桔子姑娘》，歌颂纯真友情的《六兄弟》等篇，大都是情节曲折而又完整的长篇故事，以亲切人生场景和神秘奇幻情节的巧妙融合为明显特征。然而西藏幻想故事似乎还有它自己的特色，那就是由于受宗教文化的熏陶，故事中的神奇幻想往往同执著的信仰相结合，同时又因在叙说中倾注着对现实苦难的抗议和对美好生活的渴求而显得感情热烈深沉。由此，赋予了它独特韵味和艺术感染力。

西藏地区一向是野生动物的天堂，动物种类繁多，人与动物亲和相处，因而动物故事格外发达。加上人们在各种“格言注解”中，喜爱引述故事特别是动物故事来阐明哲理，又赋予它们以深厚的文化内涵，如《猫喇嘛讲经》《聪明的兔子》《狐狸和大象》《红狐狸上当》《青蛙与乌鸦》等。它们在短小的篇幅里，将动物生活习性的生动叙说和社会人生的深刻体验巧妙地结合在一起，读来发人深思。

西藏关于阿古登巴、聂局桑布的系列故事，属于民众口头盛传的机智人物故事群。主人公代表下层民众的正义与良知，以机智的言行揭露嘲讽贪财的商人、欺压穷人的富翁、行为不端的喇嘛、残暴的领主老爷、愚蠢的国王，同时为穷哥儿们解脱危难，伸张正义。藏族作家益希单增创作的长篇小说《幸存的人》，着力塑造了由农奴出身的两种类型的英雄人物，一是绰号“狮子王”拿起刀枪正面向压迫者抗争的森耿杰布；二是用“软刀子”对付敌人的洛卡日达，他就是从小在阿古登巴故事的哺育下成长起来的人物。阿古登巴和聂局桑布，成为在中国口头文学领域可与维吾尔族的阿凡提、蒙古族的巴拉根仓、汉族的徐文长和谎张三等相媲美的闪光艺术形象。那些精彩小故事如《锅生儿》之类，常常互相借用，它们所蕴含的“卑贱者最聪明，高贵者最愚蠢”的反传统精神，以及嬉笑怒骂、诙谐成趣的喜剧风格，有力地折射出近现代中国社会新旧交替、剧烈变动的时代身影。这类在近现代社会文化背景下孕育生成并广泛流行的故事，以其具有丰富人民性和现代艺术情趣，生命力至今不衰。

关于阿古登巴、阿凡提这类角色所代表的机智人物故事，虽然受到民间文艺学家的重视，却长时期缺乏深入研究。近日读到俄国著名学者巴赫金关于民间诙谐文化的论述，颇受启发。他认为："在中世纪和文艺复兴时代，民间诙谐文化的范围和意义都是巨大的。那时有一个诙谐形式和诙谐表现的广大世界同教会和封建中世纪的官方和严肃文化相抗衡。"它在表演艺术和语言艺术中有多种表现，"反映出一种共同的对待世界的诙谐态度"[1]。阿古登巴、聂局桑布对旧秩序代表人物的尽情嘲弄，对旧传统毫无顾忌的嬉笑怒骂，就是这具有深厚根源的民间诙谐文化的表现。西藏故事当然是以西藏广大民众的现实生活为基础的，如果说，《尸语故事》这类作品在此基础上构筑了一个梦幻般的神秘幻想世界；那么，阿古登巴故事则在此基础上构筑了另一个颠倒旧世界秩序的诙谐世界。这两个艺术世界都是西藏人民美好理想愿望的寄托，并成为他们生生不息的重要精神支柱。

三

就故事文本来考察，西藏民间故事大都具有精巧的艺术构思、曲折奇幻的故事情节和溢彩流光的叙事话语，因而饱含艺术魅力。这里试举见于《尸语故事》，同时又在各地普遍流行的一则幻想故事《六兄弟》为例：从前有一个地方，六个青年小伙子结拜成兄弟，一道出外闯世界。他们分别是猎人的儿子、铁匠的儿子、卦师的儿子、医生的儿子、画师的儿子和木匠的儿子。在岔路口分手时，约定三年后在这里会合，并在路边各栽一棵生命树来指示自己的命运。后来猎人的儿子在森林里安家落户，娶了一位美丽的妻子。可是那位新媳妇在河边梳洗时不小心将手上的宝石戒指掉落在水里，被河水冲走，由下游的人捞起献给国王。国王以此为线索寻求美人，最后将这对恩爱夫妻活活拆散，女人被抢进王宫，猎人的儿子被绑在一块大石头上扔进河里。三年后他们在岔路会合时，见猎人的儿子栽种的生命树已经枯萎，得知他遭了大难，便一起设法营救。卦师的儿子算出他遭难的情形，将他从河里打捞上来；医生的儿子用起死回生的灵药把他救活；木匠的儿子用高超技艺做成一只能载人飞行的神木鸟；画师的儿子给木鸟涂上五颜六色；铁匠的儿子在它肚子里安上操纵飞行的机关。最后猎人的儿子便乘坐这只神木鸟飞到王宫屋顶平台上，将妻子搭救出来。故事以令人愉悦的大团圆结束叙述。这个著名故事由结拜兄弟出外游历，栽种生命树，失落戒指遭难，各显奇能救同伴，神木鸟创奇迹五个情节单元构成。它们中间的每一个情节单元都具有相对独立性，可以构成一个小故事；同时采取复合形式，让主人公命运大起大落，情节起伏跌宕，“山重水复疑无路，柳暗花明又一村”，自然更具吸引力。关于几个年轻人结伴出游，本是极平常的事，由于插入“生命树”“神木鸟”这两个情节单元，便赋予故事以诱人的奇幻色彩，洋溢着充沛的浪漫主义精神。故事将六个小伙子设计成分别出身于六种匠人之家，当同伴遭难时，正是他们将各人家传的技艺集合起来去创造奇迹，首尾呼应，环环相扣，巧妙地颂扬了年轻人的友谊和劳动者的技艺。关于以神木鸟为核心情节展开叙说的故事，在其他地区的口头文学中也可以见到。然而比较起来，藏族的《六兄弟》故事，形态最为优美精巧，充分表现出藏族口头文学家编织故事的艺术天才。

藏族的爱情故事格外优美动人。《铁匠明珠托央和朗若小姐》，是一篇类似汉族《梁山伯与祝英台》的悲剧故事。长官老爷家的小姐和社会地位低下的铁匠明珠托央相爱，携手私奔。后铁匠被老爷迫害致死，尸首扔进拉萨河；小姐抱着刚生下的孩子也纵身跃入波涛滚滚的河里，接着“河底响起音乐，水中闪射金光，三只金晃晃的鸟儿，从金光里飞了出来，在蓝茵茵的拉萨河上盘旋、歌唱”。据说这是由一件真人真事演化而成的传说，真挚的爱情在人们的想象中超越死亡得到永生。不过藏族的爱情故事大都按“有情人历经磨难终成眷属”的模式来展开叙述。《戴黑面具的王子》，讲述王子松岗顿旦，隐去自己的高贵身份，化装成乞丐四处流浪，终于找到一位外貌美丽端庄而又心地善良的螺叶公主（海螺姑娘）作妃子的故事。王子的浪漫爱情和流浪乞丐的传奇经历巧妙融合，海螺姑娘的淳朴善良同她两位姐姐的冷漠无情构成鲜明对比，两位主人公都看轻权势财富而刻意追求纯真的爱情；故事在以曲折情节引人入胜的同时，所饱含的思想感情又发人深思。另一篇《央金拉姆成为太子妃》，讲的是一位普通藏民的女孩子央金拉姆，因不屈服于头人的淫威，同女伴出外流浪，后来同汉地东京（开封）的王子相爱，历尽坎坷终获圆满。其中穿插着央金拉姆救鹏鸟，从而在鹏鸟的帮助下得以很快从雪域高原来到中原，以及她女扮男装进入王宫用藏药给太子治病等情节。作品中这些植根于现实生活的丰富想象，和高山大河阻隔不断的汉藏人民的深厚情谊，贯穿在精彩的故事叙述中，赋予它以激动人心的魅力。其他如《王妃贵卓玛还魂记》《江这边的织女和江那边的金匠》《绒巴卖油人》《马夫次旦和桑姆卓玛》《山神的马夫和牧羊女》《牧人邬德宾和牧女斯玛梅》等，所叙述的都是奇特而优美的爱情传奇。藏族故事受印度文学的影响，常以王子、公主为主人公，但这些人物并不代表贵族，他们往往容貌出众，品性崇高，成为理想王国中青年男女完美个体的象征。

藏族故事的语言，也是韵味独特而富有表现力的。以《戴黑面具的王子》这篇脍炙人口的作品为例，它由拉萨市城关区的益西旦增口述，经廖东凡等忠实记录译写成汉文，较好地保持了原作的语言韵味。试看其中关于王子同三公主会面情景的描述：

> 黑面王子大吃一惊，赶快眯着眼睛，细细看了三次；又睁大眼睛，好好看了三回。觉得螺叶公主，真的比仙子还美丽可爱。宝石般的眼睛，闪耀着迷人的光彩；白莲般的面庞，流溢着心中的善良；窈窕的身段，像珞瑜的竹子；秀长的黑发，像吉曲河的波浪。姑娘全身上下，散发出柔和的光辉，沁透出奇妙的芬芳。周围的世界，一下子变得说不出的光明和温暖。他从泉边爬起来，往前走了

三步，又往后退了三步，不断地鞠躬致敬，说："美丽诚实的公主啊！我的身体像雪山，我的两脚像岩石，一步也不能走，半步也没法移，请向国王求求情，让我在这里当个大臣，好不好？要不做个马夫，行不行？大臣马夫都不叫干的话，喂驴喂狗成不成？"

螺叶姑娘一边舀水，一边点头答应。王子岗松顿旦站在一旁，暗想："我只知道一棵树上的果子，味道有甜有苦；没想到一个母亲的女儿，禀性有这么不同。"于是心不由己，拾起一块晶莹的小石子，在嘴里吮吸了三次，怀着很深的情爱，偷偷放进螺叶姑娘的水罐。姑娘临走的时候，又对他说："箭射出去可以找回，话讲出去收不回。答应了你的事情，就是跟挤雪狮奶一样困难，我也要做到。"

民众口头讲述民间故事，其话语本来就具有朴实生动、活泼亲切的特色。藏族民间故事的讲述还喜爱楔入富有哲理性的格言、谚语，以及富有诗意的抒情语句或唱词，从而显得溢彩流光，韵味独特。过去我们读到的一些西藏民间故事，由于只是译述故事大意，很难感觉出它们在语言表达上的特殊美感；80 年代以来，由于大力倡导用科学方法记录译述民间故事，这部《西藏民间故事》的口头文学本色和独特艺术魅力得到了更充分的显示。

四

还应当提到的是，西藏民间故事采撷宏富，源远流长。许多脍炙人口的故事并非纯粹的口头文学，而是采取口头与书面两种文本交错并举地予以传承；它们在本质上当然是一种世俗文学，其内容与形式又烙印着深刻的佛教文化影响；它们既是藏族人民艺术智慧的结晶，又在祖国民族大家庭中同其他兄弟民族有着频繁的口头文学交流，并吸纳了伴随佛教而来的印度故事的有益滋养。

早在60年代《金玉凤凰》出版时，田海燕就写出了《提一些汉藏文化交流的线索》一文，举出近20个实例，说明西藏故事是“汉藏故事互相移植、丰富的奇花异果”。在此后的比较故事学研究中，人们提供了更多有趣的新发现。

20世纪初在敦煌石室发现的古藏文写本中，就有两篇藏族故事，内容大同小异，为《金波聂吉新娘的故事》的两篇异文。核心母题是两兄弟中的弟弟捕获的一只孔雀化身为美女做了他的妻子。经学者初步考定，它产生的年代不晚于9世纪或10世纪。在此期间，晋人郭璞《玄中记》和干宝《搜神论》中，就记载有豫章（江西）新喻县男子在稻田中遇雀女，娶之为妻的故事。又这篇古藏文故事中的孔雀女偷偷给男子预备饭菜的情节，同晋代文学家陶潜所述《白水素女》中螺女化身的场面十分契合。可见汉藏民间文学的沟通联系久已存在。

藏族有一部古老故事集《尸语故事》，据学人考证，它是依据从印度传入的《僵尸鬼故事廿五则》改编而来的。它特别借用了印度故事中用大故事套小故事的结构形式，将一系列神奇幻想故事有机串联起来，使之别具一格。如果就它所包含的那二三十篇故事而言，除少数几篇来自印度外，多数篇目均来自藏族自己的口头文学宝库，其中也包含着与藏族相邻长期交往的各兄弟民族的影响。这部故事集有多种手抄本和木刻本传世，也盛传于民间口头之上。著名藏族故事家黑尔甲50年代初曾向肖崇素讲述《青蛙骑手》《奴隶和龙女》等好些精彩故事，当采录人询问这些故事的来源时，他说故事就写在一部“上古书”上，是伯父按照“上古书”讲给自己听的：“伯父是个喇嘛，认得很多字，他常常一个人在屋子里翻书。当他读到人世受苦和男女爱情时，常常一个人伏在书桌上哭，有时又一个人翻着书笑。晚上就讲给我听。我小时记性好，他一讲我就记住了。”这部“上古书”就是《尸语故事》[2]。黑尔甲这段话对藏族故事的传播演变过程作了十分具体生动的说明。藏族还有一些“格言注释”书，如《萨迦格言注释》《格丹格言注释》《益世格言注释》，它们实际上是几部具有哲理性的故事集。许多篇取自印度的《五卷书》等故事书和佛经故事，随后又流向民众口头，几经演变，成为今天藏族民间故事的一部分。

下面再就几个著名的西藏故事略述其源流。

《六兄弟》中最新奇动人的情节是几位匠人的儿子制造出一只能载人飞行的神木鸟，飞进王宫抢回被劫夺的妻子。而关于鲁班以自己的巧手高艺制造飞天木鸢的故事，在唐代《朝野佥载》一书中就有生动完整的文本，其原初形态可以追溯到战国时期《墨子》一书对有关鲁国巧匠公输般制作本鸢飞天的高超技艺的记述。

《穷汉和龙女》，这个讲述穷小伙子因救龙子而被邀请至龙宫，得以娶龙女而富贵如愿的故事，是中国各族神奇幻想故事的流行篇目。四川就在故事集成中，把它作为本省“常见故事类型”列出，载有新近采录的异文 45 篇。它完整的古代文本，早见于晚唐《续仙传》和南宋《青琐高议》之中。

《自讨苦吃的姑娘》，即著名的“灰姑娘”故事，它在世界上最早的完整记述为《叶限》，见于唐代段成式所著《酉阳杂俎》。这个珍贵的口述文本来自广西壮族地区。经过长时期的口头与书面传播，已构成一个覆盖欧亚大陆的巨大故事圈。

《公主的珍珠鞋》，即在我国广大地区盛传不衰的“云中落绣鞋”型故事，它的原型出自唐人笔下的《望夫冈》和《石洞绣鞋》。后以故事、说唱、戏曲等艺术样式在中国各地广泛流传，几乎达到家喻户晓的地步。《石义和王恩》就是它最为通行的篇名。

另一篇神奇幻想故事的经典之作《青蛙少年》，流行于从西北到东南的许多民族中间，远远超出藏族地区，成为四川、陕西等地区的“常见故事类型”。属于百越系统的壮族，自古以来就盛行蛙崇拜，似乎更有可能最早提供这个故事的原型。

又《猪头卦师》讲述一个穷小伙子吹嘘自己会占卜或者会做梦，实则全凭意外巧合而应验，由此摆脱了贫困境遇。这个故事以《梦先生》的篇名流行于汉族和其他兄弟民族地区。据学者断定，它也是一个源自印度的诙谐故事。

像这样在口头叙事领域融合各种来源故事的情况，并不限于以上所说的普通民间故事，即使是在取材于藏族历史的民间传说中，也可以找到不少有趣实例。

《文成公主的传说》。关于藏王松赞干布派遣使者前往长安迎娶文成公主进藏，这本是见于史籍的千古佳话。而《西藏王臣记》等书却穿插进唐王三试或五试婚使的戏剧性情节，其中有蚁穿九曲明珠，辨认外形一致的树根、树梢，区别混杂一起的一百匹马的母子关系等。这些显然出自虚构，经学人查考，发现上述母题取自从印度传入的《杂宝藏经》《佛本生经》之中。

又《金城公主的传说》中，载有金城公主和另一王妃均称小王子为自己所生，后由藏王下令让两妃争抢小王子以明真伪的有趣故事，同样出自虚构。这个“两母争子”的母题，因出现在元杂剧中，构成《包待制智勘灰阑记》的主体而广为人知，实则早见于汉泽佛经《贤愚因缘经》的《檀离鞞品》中，又汉代《风俗通义》所载丞相黄霸审案中也有这个故事。

从随手拈来的这几个例子便可以看出，藏族民间故事有多种来源，有的来自中原地区的汉文化，有的来自印度的佛教典籍，至于同西北、西南地区众多兄弟民族之间的口头文学的双向交流就更为频繁了。这里需要强调指出的是，藏族口头文学家对外来故事的借用、移植，主要表现为对相关母题的吸收改造与重新组合上。“母题”（或情节单元）是最小的叙事单元，单一母题构成简单故事，多个母题按特定艺术构思精心组合成为复合故事，有人称之为“母题链”。母题往往是人类文化或民族文化的“基因”，它具有相对独立性和稳定性。母题链的构成则千变万化。藏族口头文学家善于将本地的人民生活、风土人情和外来故事母题融为一体进行艺术创造，使深厚文化内涵同鲜明民族特色相辅相成而构成精美动人的故事。以《玛桑雅如喀查》（《牛仔玛桑》）为例，其中牛头人身怪物即人兽合体英雄就是源自印度的古老母题，见于《尸语故事》的早期书面文本，它的异国情调十分明显；后来在广泛流传过程中经藏、回、土、裕固等民族口头文学家的不断加工创造成为《黑马张三哥》，就完全本土化、民族化了。民间口头文学的传播，和吸收民众集体智慧进行加工创造是一个统一而不可分割的过程。这里，我们不禁想起钟爱民间故事的俄国著名作家高尔基在评论阿拉伯故事集《一千零一夜》时所讲的一段话："借用并非任何时候都会发生歪曲，有时它会使好的故事锦上添花。古代民间故事的借用和用每一个种族、每一个民族、每一个阶级的特点加以补充的过程，在理性文化和民间创作的发展中曾经起过重大的作用。"借用、移植并不是简单抄袭，总会有所补充创造，因而会使故事锦上添花，促进民间创作的发展和人类文化的进步。

五

锦上添花的西藏民间故事自然也会给其他民族的口头文学和作家文学以积极影响。这里有一个曾经引起轰动的例子，就是《金玉凤凰》一书选录《斑竹姑娘》的这篇藏族故事发表后，由于它的情节结构和风格韵味都和日本平安时代的古典小说《竹取物语》十分接近，便引出了关于《竹取物语》原型的再次考证。《竹取物语》被认定为日本"小说之祖"，但它所依据的故事原型却从无定论。有关学者将《斑竹姑娘》和《竹取物语》进行精细比较之后便提出，日本的这篇著名小说可能就是依据传入日本的这个藏族故事类型改编而成的。这件事曾于70年代初在日本引起轰动，成为一道文化冲击波。《斑竹姑娘》讲述金沙江边一个伐竹青年从竹中剖出的美丽姑娘，用一系列难题来考验并拒绝了五个有权势青年的求婚，最后同一位勤劳善良的穷小伙子朗巴成婚的传奇故事。它从整体到细节同日本小说的契合绝非偶然，应属同出一源。从日本古代文明深受中国盛唐文化影响的历史线索以及“物语”小说中以蓬莱山宝树，大唐火鼠皮袍为求婚难题这些情节构想来看，“物语”借用中国故事的可能性最大。此项发现和研究后来未能深入进行并得出明晰论断，原因是当时作为儿童读物出版的《金玉凤凰》一书，没有注明《斑竹姑娘》的讲述和流传地区；当这一故事受到中日学者的广泛重视，渴求记录整理者提供其有关的更多资料时，家住武汉市长期为病魔所困扰的田海燕先生已失去记忆和语言能力，随后不幸谢世，对这个问题的研究便令人遗憾地中断了。但《斑竹姑娘》作为一篇藏族民间故事的特质是显而易见的。直至今年，仍有日本学人来信向我询问有关《斑竹姑娘》的种种情况，人们期待着口头文学领域的新发现。尽管这个中日文化交流之谜还没有完全解开，作为一种初步发现也仍然十分生动有力地表明了藏族民间故事的巨大活力和影响。

近年以长篇小说《尘埃落定》获得茅盾文学奖的藏族作家阿来，在接受记者采访，谈到自己所受民间文化的影响时，也着重讲到藏族民间故事，其中包含着一些新鲜而深刻的见地。他说：

> 在藏族民间文学当中，有一个人物叫阿古登巴，登巴是藏族人的一个很普通的名字，阿古是尊称，父辈、舅舅辈的尊称。他绝对是站在民间立场，是一个大智若愚的人，经常用一种最原始最朴素的方式战胜一些我们觉得比他智商更高地位更高的人，在整个藏族每个地区都有很多他的故事流传。从小我就考虑一个问题，说是社会进步，但是我们的人格力量、人性的力量反而在我们的生活中越来越弱，看不到它的光芒。反而我们觉得过去比较野蛮的时代、比较蛮荒的时代，这些人性的光芒、人格的力量却显得非常强非常耀眼，那么这个时候我们就不由自主地缅怀过去，我想这个情绪直到我写作《尘埃落定》的时候也还存在，而且通过写《尘埃落定》应

该说是稍稍打开了。

在《尘埃落定》中描写的时代，掌握文字的只是寺院里的僧俗阶层，包括有些贵族，严格意义上讲大多数藏民都是文盲，没受过教育，所以在藏族社会中，文字力量不够强大，这个时候它的口头文学就显得非常丰富，而且口头文学就自然而然担负了一些书面文学必须承受和担任的东西，比如说讲述历史。[3]

我在《中国民间故事史》中曾经提出，民间故事既是一种和人类生存相关的文化娱乐教育活动，又是一种口头语言艺术创造活动。就其内容之广博而言，它是民众生活的百科全书；就其思想感情的深厚程度而言，它又是一个国家或民族乃至全人类共同体心灵的窗口。这些话完全适用于西藏民间故事。我们可以自豪地宣称，它不仅是中国而且是东方口头语言艺术的奇葩。因而，不论从认识西藏的历史文化，还是从享受这份口头语言艺术的神奇美妙来看，这部《西藏民间故事》都是值得人们认真一读的奇书！

注释：

[1]《巴赫金文论选》，第 98 页。

[2] 田海燕：《提一些汉藏文化的交流线索》，见《金玉凤凰》代序言，少年儿童出版社 1961 年版。

[3]《文汇读书周报》2000 年 12 月 15 日。

访问日本远野民话之乡*

日本是一个现代经济文化高度发达的国家，可是他们也非常注重保存和发展民族民间传统文化。在日本，不仅有许多学术团体和学者致力于民俗和民间文学研究，还倡导恢复传统故事的口头讲述活动。岩手县的远野市就是这样一个注重开展民俗活动的突出典型。

远野市处于东北偏远地区，自然资源缺乏，过去振兴经济有很大困难。可这里是有名的民话之乡，研究远野故事和民俗的著名学人柳田国男先生的《远野物语》就产生在这里。东京的电视台曾来这里采访，并请这里的人到电视台去讲故事，介绍远野民间故事，结果把不少游客吸引到这里观光。当地政府受到启发，便在一些专家的指导策划下，建设了“昔话村”等许多文化景点，使远野昔话复活，以此为中心来发展旅游事业。现在每年前来观光的游客达 50 万人次，收入 40 亿至 50 亿日元。去年在这里举办世界民话博览会，即世界民间故事节，吸引了 39 万人参加。博览会期间，日本还特意组织了中日两国学者共同组成的学术考察团，前往远野参观考察。我也应邀参与，兴致勃勃地随团来到了远野。

在远野“昔话村”的讲演厅里，两位女故事家正在给一百多位观光客讲故事。眼前虽是现代舞台的场景，然而讲述者在台上席地而坐，娓娓道来，仍然保持了拉家常式讲故事的乡土风味。听者聚精会神，不时

---

* 原载《文艺报》1996 年 1 月 19 日。

爆发出哄堂笑声。讲演厅的墙上贴着民间故事的连环画和民间故事流行地域分布情况的资料图表。有趣的是，为了吸引游客并借机推销商品，这里的许多商品都打上了民间故事的印记。故事中的马头娘、天狗、河童等形象不是被制作成小纪念品，就是被用来作为食品商标，或用作包装袋的图案，就连我们住的旅馆里，毛巾和睡衣上也印着远野故事里的种种图像和文字。

从“昔话村”出来，一位业余民间文学爱好者柳田三五郎带我们到远野市的其他景点观光：有从“弃老”转向“敬老”的荒原，有水怪出没的深渊，还有古老的水车，以及研究远野故事和民俗的著名学人柳田国男、佐佐木喜善的纪念室等。柳田君一边带领我们参观，一边讲述有关的故事，兴致盎然。我们参观的远野市图书馆也围绕着民间故事做文章，尽力搜求柳田国男先生等人的著述原稿以丰富馆藏，吸引外地学人来此研究故事。看来他们不仅以民间故事招徕游客，还在努力把远野市建成世界民间故事研究中心。

故事的讲述人是我们这次考察的主要对象。回到住所，我们又把“昔话村”讲故事的铃木家两姐妹请来，围坐在日本式的火塘边讲故事和交谈。两姐妹讲的关于蛇媳妇的故事和中国的白娘子故事一样凄婉动人。这姐妹俩姐姐 63 岁，妹妹 60 岁，故事都是小时候从父亲那里听来的。十多年前父亲病逝后，她们应广播电台和电视台的邀请，便讲起故事来。这些故事虽然都是从一个地方听来的，可是她们讲起来却各有各的特点。

在岩手县的花卷市我们访问了一位 82 岁的故事讲述人长坂俊雄。他的故事也是童年时代积累的。据他本人介绍说，20 世纪 30 年代以前，日本讲故事的风气还很盛行，30 年代以后就不怎么讲了。他是十多年前听人说讲民间故事没有什么意思，心里不服气，才重新恢复讲故事的。花卷市教育委员会社会教育科支持这件事，组织起一个故事会，吸收了 40 多人，大部分是 60 岁以下的妇女。他们每月集合起来讲两次故事，由会讲的人传讲，特别是传给最爱听故事的孩子。长坂老人经历丰富，见闻广博，讲述风格近于我国湖北的讲述人刘德培式的含蓄。

考察期间，我们还见到了故事搜集家佐佐木德夫。佐佐木德夫1953年毕业于东洋大学文学部，在中学里教语言。为了研究民俗和搜集故事的方便，曾在好几个学校待过。他从1957年开始从事故事采录活动，至今已出版了十多种故事集。

几天的考察使我们获益匪浅。记得《美国新闻与世界报道》曾于1987年11月21日发表文章，说传统的民间故事讲述活动又在美国东山再起；德国《柏林日报》也于1992年6月27日发表文章，认为大众传播媒介不能取代祖母讲故事。联系到日本一些地方十多年来用现代方式复活传统故事讲述活动的情况，民间故事不但具有从多侧面进行学术研究的价值，还可以开发利用，为发展现代经济文化事业服务。不过参观中也有一些日本学者对民间故事商业化的前途表示了忧虑。他们认为日本开展讲民间故事的活动，主要是为了吸引外地游客，虽可以获得可观的经济效益，并有利于保存民族传统文化，却未能把民间故事融合到当地居民的文化生活中去。因此，它的发展前途必将受到影响。这似乎也确是一个有待研究解决的问题。

跨国选编中韩日故事合集的启示*

一

2003年5月，由日本著名民间文艺学家小泽俊夫发起，邀请中日韩三国民间文艺学家精选一部以少年儿童为对象的中日韩民间故事集。经过一年多的通力合作，这部印制精美，含有23篇作品的《中国韩国日本民间的故事集》（共三册），已于2004年10月由日本奥林匹克纪念青少年综合中心印制成书，开始向三国图书馆免费发送。

日方由小泽俊夫教授（筑波大学前副校长，现任国际口传文艺协会副会长）主持其事，马场英子教授予以协助。小泽先生邀请中国华中师范大学刘守华教授和韩国岭南大学金和经教授分别负责中韩两国的故事选编。经过三方协商，确定选编框架是：(1) 在其国家中有代表性，能使人感受到该国风土人情的民间故事；(2) 在国际上传播较广，具有一定普同性的民间故事；(3) 有助于青少年健康成长的故事。日方学者在有关函件中特别指出："我们相信……通过当地民间相传的故事，它能体现各国固有文化的共同之处，并有助于促进今后各国友好关系的发展。"三国学者还一致确定，本书不是创作之类的一般性文艺读物，应

* 原载《民族文学研究》2005年第3期，又载入《中韩民间故事比较研究》，中国文联出版社2007年版。

尽可能地依照原样，保持其口传文学特征，让孩子们欣赏。

中国故事选定如下篇目：《高亮赶水》（北京），《牛郎星和织女星》（湖北《伍家沟村故事集》），《木鸟》（藏族《尸语故事》），《枣核》（山东），《熊家婆》（四川），《谁的本事大》（贵州瑶族），《猫哪里去了?》（新疆维吾尔族《阿凡提故事》）。

日本故事，选定《滚年糕》《摘山梨》《老天爷铁链子》《老鼠嫁女》《天女媳妇》《一寸法师》《胡萝卜、牛蒡和萝卜》等篇。

韩国故事，选定《仙女和樵夫》《成为日月的兄妹》《癞蛤蟆报恩》《不孝的青蛙》《鬼怪的故事》《镜子的故事》《鹿、兔子、癞蛤蟆争相卖老》等篇。

这部故事书富有创意地将每篇故事都译成三种文字，对照印出。全书由中国湖南画家蔡皋统一绘制彩图与内容相配，使之图文并茂，成为一份精美作品，奉献给三国小读者。在选编过程中，特别注重文本的典范性和少年儿童可读性的统一，并由有关学者给予通俗精要的解说，以揭示其文化特征与价值。

我们在编辑中日韩民间故事合集中，特地选取了在这东亚三国共同传承的两个故事，一是“羽衣仙女”，即中国的《牛郎星和织女星》、韩国的《仙女和樵夫》及日本的《仙女媳妇》[1]，二是“狼外婆”，即中国的《熊家婆》、韩国的《成为日月的兄妹》及日本国的《老天爷铁链子》[2]。编者特地申明：“日中韩三国共通的民间故事除此之外还有许多，但是作为最具有代表性的故事，选收了这两个。”笔者和金和经、小泽俊夫三人已在故事书中以小读者为对象对它们作了简要解说。这里再略作比较评说。

二

中国的《牛郎星和织女星》，出自鄂西北著名的伍家沟故事村，讲述者冯明文出生于一个说唱艺人之家，文本由当地的一个民间文艺家李征康采录写定，在中国众多的牛郎织女故事异文中，它是情节结构较为单纯，叙说既朴实又较为生动完整的一种。

在羽衣仙女或天鹅处女这一世界类型故事中，中国的《牛郎织女》历史最为古老，因为早在《诗经·大东》中就出现了“牵牛”和“织女”这两颗星星在夜空中遥遥相对的壮观意象，到汉代的《古诗十九首·迢迢牵牛星》中，它们又被人格化，开始具有恋人的情感。可以推断当时已在民间口头构成了关于牵牛、织女的爱情婚姻故事，晋干宝所撰《搜神记》引载于《玄中记》的《毛衣女》，就是这个故事的早期形态。它已被国内外学术界公认为是天鹅处女型故事的原型或源头，对此本文不再申述。我在研究这一类型的过程中，曾把它分布于广大时空背景之上的众多异文作为一个家族来观察，按叙事形态，将它们区分为相互关联承续的四代。

第一代关于人鸟结合的叙说中，作为始祖出现的飞鸟形象染有浓重的鸟图腾崇拜色彩。

第二代异文，关于人鸟结合的叙说因注入人类爱情而显得内涵丰厚动人。男子窃取来人间洗浴的天女之羽衣而与之成婚，实为古代抢亲习俗的曲折反映；天女寻得羽衣即飞返故乡，表现出女性对从妻居转向从夫居，即母权制转向父权制的抗拒心态。在虚构的故事情节中留存着古代婚姻制度和习俗经历重大变革的历史印记。

第三代异文在天女寻得羽衣飞走后，出现了丈夫追寻妻子或天女之子上天寻母的曲折动人故事，因充溢人类的爱情与亲情而深具感人魅力。

第四代异文即傣族长诗《召树屯》所代表的故事。在男女主人公悲欢离合的曲折经历中，穿插着民族争战和宗教冲突等，个人命运和广阔背景下的社会斗争交叉融合，不论思想与艺术都进到一个新的境界。[3]

见于中韩日故事合集中的三篇羽衣仙女故事，可以视为天鹅处女型故事的第二、三代异文。它们源于中国的《牛郎织女》和《毛衣女》，经历千年演变，其基本形态仍有许多近似之处。故事中从天而降的女子原型实为飞鸟或信奉鸟图腾的远方民族之女，受中国道教文化影响，她们后来被演化成为天宫仙女；天女降临人间裸浴，因羽衣被窃而与男子成婚，后来寻得羽衣即飞返天国；男子不辞艰辛追寻妻儿终获团聚。这些具有深厚古文化意蕴的母题在三国故事中都历久不衰地保存了下来，直至今日依然具有夺人心魄的魅力。

尽管上述三篇故事同出一源，十分近似，但在长期口头流传过程中，经不同国家民众智慧情感和语言的不断锤炼，又同中有异，显示出各自不同的民族文化特色。正如小泽俊夫先生在解说中所指出的：读者一定注意到，本书中收录的故事架构是相同的。这个架构从古到今在传述的过程中基本没有发生变化。即使是流传到不同语言的国家，也没有多大变化。但是，如果看故事的细节，就会发现许多不同之处。故事中人物的服装、房屋的样子、对话、各种各样的道具等，各国都有所不同。这是因为，在口传的过程中，人们往往把身边的事物编进故事中去。可以说，这些不同之处就反映出所谓的各民族的风俗、思想方法、人与人的关系等等。希望读者能够通过本书中民间故事了解日中韩三国在悠久的历史中兄弟般的关系，同时也希望大家了解这三个国家又各具不同这一点。

先说中国的《牵牛星和织女星》，其中最鲜明的中华文化特色有二：一是农业文明的深刻烙印。故事主人公以“牛郎”“织女”命名，它所追求的理想生活境界就是建立一个男耕女织的小家庭。在农耕生活中，牛是农民的命根子，湖北就流行如下农谚：“牛是农夫的哑巴老子”；“将军一匹马，农民一头牛”；“要得富，盘耕牛”；“种田无牛，讨米无路”。宋代欧阳修撰《牛赋》，盛赞牛“穷富饱饥，功用不有”，“利满天下，物无逾者”。中国故事中让那头老牛来充当主人公的神奇助手，于生前死后帮助牛郎创造人间生活奇迹，就是从农耕生活出发驰骋想象生发而来的意趣。

二是牛郎织女对爱情的执著追求。牛郎织女对爱情婚姻自由的追求，自然是为中国封建礼教所不容的。中国道教构造出统管天上人间事务的以玉皇大帝、王母娘娘为首的天神谱系，他们的压制使牛郎织女的爱情婚姻遭遇巨大挫折。人们在口头叙说中不仅赞扬男女主人公的坚贞不屈，还虚构出天上的乌鹊于七夕夜为他俩搭鹊桥相会的浪漫主义情节，以寄托对牛郎织女这对苦难夫妻的深切同情。

韩国的《仙女和樵夫》，以山中樵夫为男主人公，以樵夫从猎人追捕下搭救小鹿和小鹿报恩为情节发端，这里不但显示出自然环境和人们生产生活方式的转变，还由于仁鹿的神奇形象常见于佛经故事，透出佛教文化的影响。特别值得提起的是，故事中对男主人公形象的刻画别具一格。金和经先生在解说中写道：这篇故事讲的是紧追仙女飞上天国的樵夫，在天上过上了舒舒服服的日子，但是他却忘不了留在地上的母亲，最终还是回到了地面。这说明，韩国人非常敬重母亲，重情守义。

故事还讲，回到凡界的樵夫，由于踩着了地面，再也不能升天。他十分想念留在天国的妻子和孩子，便在焦虑中死去，他的灵魂则变成了公鸡。韩国人从公鸡飞到屋顶朝天鸣叫的样子，联想到了樵夫的灵魂依然思念着留在天国的亲人。这说明，韩国人具有丰富的想象力。

韩国故事虽以樵夫和仙女的爱情婚姻为主线，其着力渲染的内涵却是对母亲的孝道。回到母亲身边又挂念远在天国的妻儿，最后只得以灵魂幻化成公鸡翘首望天来表达自己的不尽思念。故事中所含的人情味极为充沛动人。此外，在故事结尾中樵夫因思念亲人本已死去，人们却传说它不灭的灵魂幻化成了翘首望天啼鸣的公鸡，正如《朝汉民间故事比较研究》一书的作者所揭示的，这一故事“即使是悲剧结尾，其死亡的色彩也不太强烈”[4]。这样的艺术构想也是奇特不凡的。

现在再看日本的《天女媳妇》这一篇。同样是讲人间小伙子和天女的婚姻纠葛，其意趣又迥然有别。小伙子追寻天女，所采取的方式是将一千双木屐和草鞋埋在地里，再抓住上面长出的直插云霄的竹子朝上爬；他最后未能同妻儿团聚，是切开唐瓜流出的一股大水，将夫妻俩阻隔在天河两岸，成为每年只能一度相会的两颗星星。这样的奇妙叙说，一下子就将我们引进了日本民族独特的生活天地之中。尤其值得提起的是，故事中的天女格外聪明能干，小伙子几次遭遇危难，都是天女在背后给他出主意；可他却粗心大意，一再失误：头一次他只找到九百九十九双木屐和草鞋埋在地里，以致长出来的竹子离天就差那么一点儿，幸好天女吊下织布梭子，才将小伙子一把拉上天去；第二次在通过天父的难题考验时，本来天女叮嘱他对地里收获的唐瓜只能横着切开，他却竖着切开，以致天河水喷涌而出，造成了夫妻的分离。《天女媳妇》本是一则神奇婚姻故事，在日本传承时，却将它和巧媳妇、呆女婿这类生活故事的形态交叉融合，使神秘信仰色彩消褪而幽默诙谐情趣大增，获得了与中韩两国同类型故事不一样的特殊意趣。

三

这部中韩日民族故事集中所选录的三篇狼外婆故事，其同中有异，各具民族特色的形态也令学人深感兴趣。

中国的狼外婆故事遍布全国，现存最早的一篇口述记录文本，是清人黄之隽的《虎媪传》，见于《广虞初新志》。其中的反面角色以虎和狼最为常见，《虎媪传》所述即老虎外婆故事。这次出版的中韩日故事集所选取的是出自四川的《熊家婆》，原载于《中国民间故事集成·四川卷》。它由两个孩子辨识真假外婆，随后姐姐用心计战胜假外婆的紧张惊险情节构成。其主题被公认为在于表现女孩子保护自己、识别伪善、战胜邪恶的机智勇敢。这一故事在中国南方格外流行，狼这个角色可以随意置换成虎、熊乃至野人等，但它们均以人格化的动物形态出现，虽凶猛异常，最终还是敌不过既勇敢又聪明的小女孩。

韩国和日本的两篇故事《成为日月的兄妹》及《老天爷铁链子》，其同中之异，突出地表现为因渗透一定程度的神秘信仰成分使情节更繁复，内涵也更为深邃。韩国故事中兄妹俩被老虎逼迫得无路可走，只好祈求上天保佑："天老爷啊，要让我们活着，就吊下一根好绳；要让我们死，就吊下一根烂绳吧!"这时天上立刻吊下一根好绳，兄妹俩抓住绳子立刻升天；后来又吊下一根绳子，老虎抓住朝上爬，结果绳子断掉让老虎摔死了。升天的兄妹变成日月，但妹妹不愿意夜间出门，他俩便换了位置。日本故事中的反面角色"山姥"，按小泽俊夫先生的解说，最先本来是住在山中的神，后来随着时代的发展，"把这种自然神作为神来信奉的信仰弱化、消失，其结果，女神变成了'山姥'"。但毕竟在"山佬"身上，还笼罩着一层神秘信仰色彩，因而兄妹俩在无法战而胜之的紧急情况下，只得向天祈祷："老天爷，请给我们放下条铁链子!"结果兄妹俩抓住铁链子上了天，山姥则抓住随后从天上吊下的一根草绳被摔死了。

日本东京都立大学的饭仓照平教授，20 世纪 80 年代初期应邀来华中师范大学讲学，在《日本和中国的民间故事交流》的学术报告中就注意到日本和韩国狼外婆故事中从天上吊下铁链或绳索这一母题的一致性；而这一母题，早在 20 世纪 50 年代由孙剑冰采录的秦地女的口述故事《门墩墩、门挂挂、锅刷刷》中就出现过。秦地女原籍山东，后作为江湖卖艺者迁居内蒙。据此，饭仓照平先生就推断说："恐怕是中国的这类故事，在朝鲜变成了《日和月的故事》，再传到日本，就变成《天赐金锁链》的故事吧。"[5] 这里笔者要略作补充。秦地女口述故事中，从天上吊下铁链和草绳的情节并非随意虚构，中国古代盛行"天人感应"之说，道教兴起后又大肆渲染天界的神圣性；关于天神护佑善良、福荫人间的信仰和观念深入人心，持久不衰。狼外婆故事中孩子们向天神或天空飞鸟祈求救助的情节就是由此构成的。可是在中国南方的狼外婆故事中这一母题已被淡化、消解，只是在局部地区还有所残存；想不到它却渗透到相邻国家的民间口头文学之中，在另一文化背景中得到彰显，透出新的意趣。

中国的《熊外婆》和韩日的同类型故事文本，在着力展现孩子们同邪恶势力抗争的勇敢心计和主动性上存在一定差异，但以相类同的基本情节来表达孩子们处于危急状态下的乐观主义精神却是完全一致的。小泽俊夫先生在解说中讲得好："在民间故事中，故事的中途，作为主人公的孩子们往往经历了许多可怕的事情，可是最后，大多数情形下都会获救，得到幸福。从这个意义上可以说，民间故事本来就是乐观地面向人生的。""狼外婆"是一个世界性故事类型，情节大同小异的欧洲故事题为《小红帽》。西方心理分析学者认定，童话讲述的是关于祖母、母亲和女孩三代女性战胜男性（狼）的故事[6]。他们在故事中寻求性的象征，显然受着弗洛伊德泛性论学说的影响。由于东西方文化的差异，这一理解在东亚地区很难获得人们的认同。

四

中国于2003年启动的民间传统文化保护工程正在全国范围内顺利进展。由联合国教科文组织制订的《保护非物质文化遗产公约》已于2004年底获得中国政府批准加入。该条约指出："承认全球化和社会变革进程除了为各群体之间开展新的对话创造条件，也使非物质文化遗产面临损坏、消失和破坏的严重威胁。"这一形势判断完全符合中国实际。中国本来拥有丰富多彩的民间口头文学遗产，步入改革开放的历史新时期以后的20世纪80年代中期，我安排华中师范大学学习民间文学课程的几十位学生，利用暑假期间在农村家乡进行田野考察，我们将乡村文化状况粗略地分为口头传统文学占优势、新文化生活占优势和新旧混杂三种类型，那时考察得出的结论是大体各占三分之一。现在已经过去了20年，中国特色社会主义现代化建设和对外开放交流获得了令人欣喜的迅猛发展。然而民间传统文化所遭到的损坏也相当严重，使人触目惊心。以我和我的学生在湖北所感知的民间口头文学传承情况而论，那种具有原生态活力的民间故事讲述活动现在已经很难看到了。其原因主要有三：一是大批农民出外打工经商，过去依附于农业生产的口头文学活动不断消停；二是样式新奇且依托经济强势的外来文化（如电子游戏）向中国城乡迅速渗透；三是国人对民族民间文化缺乏保护意识和有效保护手段。因而，近年在政府主导下实施的民族民间传统文化保护工程就具有极其重要的意义。原生态的民间口头文学是紧密依附于人们特定的经济文化生态而存在和发展的，除了在极少数地区建立特别的文化生态区加以保护之外，我们能够有所作为之处实在不多，这是无可奈何的事。然而调查、采录各种样式的民间口头文学，将它们转化成为书面文本或视听资料保护起来，却是完全可以做到而且对人类文化多样化的发展具有积极而持久效用的。中国于 20 世纪 80 年代起，着手编纂的“民间文学三套集成”近年即将全部出齐，它就是一项再生形态的中国民间文学宏伟工程。笔者这次所参与的由中韩日三国学者合作编选供少年儿童阅读的民间故事书，也是这方面的一个新尝试。那些在久远而广大的背景下流行的民间故事经典之作，完全可以称得上是人类心灵的窗口与民族智慧的结晶，它浅近易懂能为牙牙学语的孩子所喜爱，却又深刻美妙，隐含着各民族乃至全人类生存发展的宝贵经验与卓越智慧，因而具有悠久生命力。难怪某些日本学人在论及培养 21 世纪新人时，语重心长地指出，民间故事“是超越代沟，维系精神联系的纽带”，越是社会生活急剧变化的时代，这些故事“越有流传下去的重大意义”。即以本书选编的在东亚三国脍炙人口的羽衣仙女故事而论，那种将飞禽走兽和人间男女、遥远天国和地面世界融为一体的艺术构想，其中所蕴含的智慧情感就有着超越时空的永恒魅力和不朽价值。日本国前内阁总理大臣森喜郎特地为这套中韩日民族故事合集出版写了一段发人深思的话：“我们选编了日本、中国、韩国的民间故事，将这些故事译成三国语言绘成图画故事书出版，使孩子们通过读书了解彼此国家的文化特征和共同点，增进友谊是企划这套书的初衷。希望这套书在亚洲儿童的心上架起巨大的桥梁。”

民间故事既是世代传承、古朴神奇的语言艺术作品，其中相当一部分由于和人类生活、民族生活的根基相关联仍有其现代价值。我们相信，保护民间口头文学，促进民族民间文化交流的这样的国际合作，将进一步拓宽我们的文化视野，收获更丰硕的果实。

注释：

［1］冯明文口述，李征康记录写定：《牛郎星和织女星》，见《伍家沟村民间故事集》，中国民间文艺出版社 1989 年版；金和经改编：《仙女和樵夫》；小泽俊夫改编：《天女媳妇》。

［2］刘述明口述，杨蕤林、王纯五采录：《熊家婆》，原载《中国民间故事集成·四川卷》，中国 ISBN 中心 1998 年版；金和经改编：《成为日月的兄妹》；小泽俊夫改编：《老天爷铁链子》。

［3］详见刘守华：《比较故事学》，上海文艺出版社 1995 年版，第 404 页。

［4］金东勋主编：《朝汉民间故事比较研究》，辽宁民族出版社 2001 年版，第 287 页。

［5］［日］饭仓照平：《日本和中国的民间故事交流》，载《民间文学研究动态》1984 年第 4 期。

［6］［德］弗罗姆：《梦的精神分析》，叶颂寿译，光明日报出版社 1988 年版，第 172～176 页。

书海揽胜

一本有鲜明特色的神话学论著*

——读冯天瑜的《上古神话纵横谈》

由上海文艺出版社出版的冯天瑜同志的《上古神话纵横谈》（以下简称《纵横谈》），是近年问世的引人注目的神话学论著之一。该书对中国上古神话从理论上作了有益的探讨，其中不乏引人入胜的真知灼见。作为一个民间文学研究工作者，我从这本书中获得过有益的启示，也听朋友们称赞和议论过这本书。

中国上古神话既丰富，又零散，作者能以十万字的篇幅，从纵横两个方面加以理整评说，从而使人对中国上古神话的基本面貌及其发展演变获得一个完整清晰的印象。因而不仅是一般读者，还有许多文学工作者、理论工作者欢迎这本书，是有道理的。

神话是一种比较复杂的文学现象，又是人类各种意识形态之源，即使是现代社会的文艺和艺术，也和神话有着不解之缘。我的朋友肖兵，一位在楚辞神话研究上卓有成效的中年学者，曾被中国科学技术大学请去讲学，题目竟然是《神话和自然科学》。可是我国出版的神话学著作，特别是面向广大读者的神话学著作，确实太少了。天瑜同志的书，在这样的情况下问世，就更值得我们重视和肯定。

近几年来，我国神话研究在大步迈前，成果突出，是民间文艺学中最活跃的一个部门。其特点是，从不同方面、不同角度对中国神话进行

---

* 原载《湖北大学学报》1985 年第 1 期。

研究考察，形成了几路纵队。有的研究上古神话，有的研究少数民族神话，有的研究神话学史；有的着重于文学的研究，有的着重于民俗学或民族学的研究，有的着重于比较神话学的研究等等。我国著名神话学家袁珂先生的《中国古代神话》等论著，对五四运动以来茅盾、闻一多诸先生开创的中国神话学是一个推进，它们集中代表了当代中国神话学的成就。

采用上面这种“分进合击”的战术，将使我国神话学迅速跃进到更高水平。天瑜同志的《纵横谈》，在学术上一个引人注目的突出特点，就在于它代表了从一个与众不同的角度——历史学角度整理研究中国上古神话的成果。袁珂先生在这本书的序文中说得十分中肯：“天瑜同志是学历史的，从这本书可以见到作为一个史学者的他在书中所下的工夫。他处处从社会发展史的角度来研究中国神话……”如作者从母系氏族社会进到父系氏族社会的古史发展线索来考察，认为女娲可能是中国最古老的开天辟地之神，是万物的化育者；由于父权制兴起，盘古才取女娲之位而代之。但神话中女娲造人、补天的伟大功绩，仍然是母系氏族社会生活的反映。之后产生的关于嫦娥背信弃义的神话故事，则是男子凌驾于妇女之上的父权制社会的产物了。因此，“女娲和嫦娥，是不同的社会形态孕育出来的全然不同的两种神话形象”。又如羿，是一个包含着复杂因素的神话形象，有的甚至认为为民除害、功业显赫的羿，和那位被后世人们指责为荒淫无道的暴君的羿，本来就是两个形象。作者却认为关于羿的神话的错综复杂的内容，正是原始社会向初期奴隶社会转化，人类社会关系趋于复杂化的反映。这些地方，都是颇有见地的。作者还联系中国远古文化发展史，列了“器用文物创造神话”一节，把关于火、弓箭、制陶术、农业、畜牧业、文字的发明的神话，条理明晰地作了归纳整理。袁珂先生称赞它“写得最为精彩有力”，我也是赞同的。

天瑜同志在书中很注意中外神话的比较，特别是中国和希腊神话的比较，而这种比较，并非就神话论神话，它也是以不同国家、民族社会历史发展的比较为基础的。例如关于中国上古神话没有得到充分发育的原因，多少年来，学者们聚讼纷纭，莫衷一是。天瑜同志就此提出了一个新的见解：中国的殷周时代，是早熟的、城市生活不发达的奴隶社会，生活形态比较单纯，和古希腊的城邦奴隶制国家里，有着发达的航海业和复杂城市生活的情况不同，因而中国的上古神话得不到充分发育的社会土壤，无法构成荟萃熔铸神话的鸿篇巨制。神话如同一切文学艺术那样，孕育在一定社会历史土壤之中，作者从不同国家、民族社会历史形态的比较中，去探求其神话艺术发展的不同特点，我以为是富有说服力与启发性的。

天瑜同志从纵横两方面展开内容，上编谈上古神话的一般理论问题，下编按社会历史发展的序列，评述了六组最有代表性的中国上古神话，选材精当，评述中肯，行文活泼，这些也都是它的优点。

天瑜同志并非专攻神话的学者，他是研究中国历史的。他充分发挥自己之所长来研究神话，把历史学和神话学结合起来，因而在这个学术领域获得了新的成果，写出了这一本有自己鲜明特色的书。他用历史学者的眼光去论上古神话，使人们从书中可以看到在别处见不着的新的发现，获得新的启示。人生有限，学海无涯，何况我们又处于一个知识迅速更新的时代。我们做学问应该充分发挥自己知识结构上的优势，在有关学科的某一方面精研深究，从而写出独具特色的学术论著来。天瑜同志著作的问世，在这方面对我们也是有启示作用的。

这本书有突出的优点，也有某些不足或值得商榷的地方。我国少数民族地区一系列神话史诗和神话故事的发掘以及人们对它的初步研究，正在改变过去中外学者对中国神话的许多传统观念；对欧洲神话学史和中国五四运动以来神话学史的清理，使我们对前人研究神话的功过得失有了较清楚的认识；对苏联、美国、日本等国学者研究中国神话的成果的介绍，扩大了我们的学术视野。这些成果对于我们研究中国古代神话，都是大有裨益的。由于《纵横谈》一书早在 1979 年即已脱稿，天瑜同志没有可能吸收近几年神话学的新成果。

关于什么是神话，我赞同如下的概括：神话是原始公社时期的人们通过他们的原始思维，不自觉地把自然界和社会生活加以形象化、人格化而形成的幻想神奇的语言艺术创作。神话是以不自觉艺术方式来构成的，这是马克思论神话的言论中最精辟之处。这种不自觉的艺术方式的运用，同当时人们的原始思维有关。创造神话的原始思维的特征是什么？国内外学者作过许多研究，一般认为，它是一种感性的表象的认识，尚未发展到理性认识阶段，所以原始社会的人们在驰骋想象将自然力人格化的时候，他们是将自己天真幼稚的主观幻想作为客观事物本身来看待的。神话的特殊风格与特殊魅力即由此而生。这样，过去人们关于神话具有说明性解释性等说法是否符合实际，就值得商榷了。上古神话之内容特点，联系人类早期社会发展史来理解是完全应该的，可是还必须注意它反映自然与社会的特殊方式，否则，也会妨碍我们准确地把握神话的历史内容。以关于文字发明的神话为例，古籍上关于仓颉造字之后，“天雨粟，鬼夜哭，龙潜藏”的记载，正是符合神话思维特征的不自觉的艺术虚构。《纵横谈》认为这种神奇可怖色彩的产生，是由于文字“后来被统治阶级所垄断，人民大众与文字远离，渐渐对文字产生了一种敬畏惶恐之感”，我觉得值得商榷。

我对神话，只不过把它作为民间文学体裁的一种略有涉猎，缺乏深入研究。以上只是阅读《纵横谈》之后随手写出来的一点感想。关于中国神话的许多问题，目前正展开热烈的讨论。我提出的值得商榷之处，与其说是《纵横谈》内容上的缺陷，不如说是百家争鸣中不同学术观点的反映更为确切，这是在结束这篇短文时须向读者加以说明的。

读李福清的《中国神话故事论集》*

1988年由北京中国民间文艺出版社出版的《中国神话故事论集》，选编了苏联著名汉学家、苏联科学院通讯院士鲍里斯·李福清博士多年研究中国民间文学的代表性成果。十年来在改革开放的热潮中，我们比较注意引进一些西方国家的学术文化成果，而对于在马克思主义指导下的苏联学术文化的新进展却知之不多。在这种情况下读到苏联学者研究中国民间文学的论著，自然倍感亲切。

作为50年代列宁格勒大学东方系中国语文科的毕业生，李福清不仅致力于中国古典文学和民间文学的学习研究，而且对中国特色社会主义事业和中国学人，长时期怀着真诚友好的感情。笔者早于50年代末即与李福清博士开始文字之交，为着加强今日中俄之间学术文化交流，将自己阅读《中国神话故事论集》的心得和意见写出来，实属义不容辞的事。

《中国神话故事论集》这部书有什么鲜明的特点，或者说，它对中国民间文学的研究有哪些值得我们借鉴的优点呢?

首先是论题的广博和视野的开阔。

这位苏联汉学家，不仅喜爱中国各族人民创造的民间口头文学，还着力研究过中国的古典文学和当代文学，对中国古代造型艺术和民间美

* 本文为《中国神话故事论集》一书的评论。李福清著，马昌仪编：《中国神话故事论集》，中国民间文艺出版社1988年版。

术也具有相当丰富的知识。这固然同他作为一个汉学家所承担的职责有关，同时也表现出他对中国文化的广博兴趣以及在学术上勇于开拓新领域的可贵精神。《中国神话故事论集》选编的9篇论文和专著摘要，包括了他在中国民间文学研究方面最有代表性的成果，其中倾注着他30多年来在这一领域努力发现探求所付出的宝贵心血。它既是值得我们吸取的重要学术论著，也是献给中国文化界的珍贵礼物。

其次，本书的另一特点是不囿于成见和旧说，敢于提出新的见解，追求新的发现。这从许多文章中都可以看得出来。

孟姜女故事是中国著名的四大传说之一，从五四时期开始，就有顾颉刚等著名学者搜集大量资料，发表了一系列受人称道的研究文章。李福清于50年代研究孟姜女故事，首先不惜花费精力，进一步广泛搜求关于孟姜女故事的各种品类的资料，经认真梳理和深入研讨，终于有了新的发现："中国民间创作的一个最鲜明的特点，就在于那些通常为人民所喜闻乐见的情节，常常通过多种不同的形式与体裁表现出来。"孟姜女的传说就是如此。而这一特点却为中国学者所忽略。在孟姜女传说的研究中，他还否定了在中国民间文艺学界流行的关于孟姜女哭倒长城的情节起源于战国时期杞梁妻哭夫的历史记载的说法，虽然论据还不足以服人，敢于争辩探索的精神却令人赞赏。

关于《穆天子传》，我国许多人看作一部伪书，甚至像《唐前志怪小说史》这样的专著，也认为它不过是"编辑旧史料、旧传说而成"，未从文学角度予以认真研究。李福清在《从文学角度看〈穆天子传〉》中，将这部作品和同时代的编年体史书进行细致比较之后断定，虽然它还不能称作是完整意义上的艺术作品，却"反映了从编年史家的纪实性的文字转向根据文学创作规律的艺术散文的过渡阶段"。这就大大提高了人们对《穆天子传》在中国叙事散文发展史上所居重要位置的认识。

在对《三国演义》等章回体讲史小说的研究中，他把三国故事的发展演变划分为四个阶段，由此来考察书面文学与口头创作的紧密联系，其研究成果已经颇为出色了。然而他并不以此为满足，又抓住小说中的人物肖像问题，作纵贯古今的剖析，看出从神话到小说中的人物肖像刻画，经历了从兽形向人兽同形然后向完全人形逐渐演化的过程。即使是最后这个阶段的人物肖像，也仍然保留着若干兽形特征（以兽名作为一些英雄人物的绰号就是例子），由此可以看出古代神话观念对文学艺术的影响。著者从一个不为人们所注意的很小的侧面来看中国文学传统，烛隐发微，使我们深受启迪。这样的例子在李福清的著述中随处可见。

再次，李福清博士的研究方法也值得我们认真借鉴。

民间文艺学在中国是一门发端于五四时期的年轻学问，半个多世纪以来走过了曲折的道路。在研究方法上，接受外来影响较多，有人把这种影响概括为“苏联模式”和“西方模式”。50 年代着重于向苏联学习，进入 80 年代以来又较多地接受了西方的影响。要建设具有中国自己特色的民间文艺学，不论何种模式都不能生搬硬套，必须有所取舍扬弃，消化吸收，才能为我所用。在我国民间文艺学领域，过去流行社会学的方法，近些年又流行民俗学和文化人类学的方法，这些方法各有其利弊，我们不应绝对地加以肯定或否定。研究方法应该多样化，互相补充，相得益彰，就像打仗一样，十八般兵器都上，只有好处。有人以为苏联民间文艺学成果，我们早在 50 年代就学过了，并不新鲜，这是并不切合实际的看法。当时我们所译介的，大都是属于民间文学概论范围之内的普及性的成果，重要的民间文艺学成果一直没有介绍过来。1922 年问世的普罗普的《民间故事形态学》，介绍到西方以后成为结构主义学派的奠基性著作，而在我国至今尚无全译本出版就是一个明显不过的例子。总之，即使在 50 年代，我们对苏联民间文艺学的成果也吸收得很不充分，何况近二三十年来他们在这方面又有了许多新的进展。因而，李福清的《中国神话故事论集》在研究方法上所给予我们的启示，更值得重视。

他的研究方法有什么特点呢？作者在《自序》中说：

> 我研究的方法有一个特点：从作品最小的情节单元入手，作系统性的研究。例如研究故事，不仅研究情节、母题，还探讨故事的艺术世界（包括人物描写、艺术时空、颜色、数字等等），比较也要从情节单元进行分析。这方面能够代表我的特色的是我的三国故事研究和《回族故事情节的来源和分析》。

李福清论著的主要中文译者、中国社会科学院文学研究所的副研究员马昌仪将李福清研究方法的特点中肯地概括为“把苏联历史诗学传统运用于中国文学的分析和研究”，并告诉我们：“由维谢洛夫斯基建立的俄国历史诗学的某些基本观点成为日后苏联艺术起源理论、神话学、史诗学、民间文艺学等学科的理论基础，成为苏联学派区别于西方各学派的重要标志。”[1] 粗略一点说，李福清的民间文学研究方法属于诗学的研究。它属于文艺学的范畴，又不同于一般的文艺学方法。《苏联百科词典》解释“诗学”时，说它是“文学理论的一个分支，研究文学作品的结构以及其中所用的美学手段体系”。其中又有普通诗学、描述诗学和历史诗学等分支[2]。就李福清的论著而言，可以看出这种方法在民间文学研究上的一些优点：

把民间文学作为一种语言艺术来考察，重视它的社会历史价值与审美特征的搜求；在广泛的社会历史文化背景下，追寻体裁样式和艺术手段的历史演变过程，贯穿着马克思主义历史唯物主义的基本原则；既注重具体材料的搜集和微观剖析，如抓住情节单元来研究叙事文学，也努力作系统考察。

民间文学毕竟属于语言艺术。民间文艺学应充分揭示它作为语言艺术的价值和美感，借以提高一般读者鉴赏民间文学的能力，同时也帮助文学艺术家从中吸收宝贵的艺术滋养，以补益新的艺术创作。对社会学研究方法的弊端人们已有痛切的感受，目前流行的民俗学和文化人类学的方法，把民间文学作为一堆人类文化史料来看待，也同样有它的不足。我们要发展民俗学和文化人类学，自然就须运用民俗学和文化人类学的方法来研究民间口头创作材料，可是民间文艺学并不是民俗学和文化人类学的附庸，因此它应当有自己的主要研究方法，应当提倡从文艺学、美学的角度作研究。而我国文艺学、美学的一般方法，运用于民间文学领域显然不够恰当，因为它脱离了民间口头文学的特殊本质。在此情况下，借鉴和吸收苏联学者研究民间文学的诗学传统，对我们将大有裨益；李福清博士研究中国民间文学的论著，尤其能给我们以具体的启示。

李福清在自序中讲，他的研究，“自然离不开全苏联的民间文学研究，吸收了我国学者的很多理论和观点”。同时，他也从中国、日本和其他国家的研究著作中，吸取有用的资料和研究方法。他以苏联的诗学传统为基点，也吸收了西方的结构主义、符号学、历史地理学派等的影响。我们对外来学说和方法的运用，不用说，也应当把开放性和独创性很好地结合起来，才能有力地促进中国民间文艺学的建设。

《中国神话故事论集》对中国民间文学的研究自然也有其不足之处。作为一个苏联汉学家，尽管他对中国文化具有很丰富的知识，但毕竟生活在另一社会文化环境中，和“不识庐山真面目，只缘身在此山中”的我们相比，一方面他容易获得新的感受、新的发现，另一方面也难免有雾里看花的情况，对许多事情的判断不甚确切。我在 1982 年发表的《道教与中国民间故事传说》中，就对他关于中国神话的论断表示过不同的意见。

如他将中国神话划分为中国远古神话、道教神话、中国佛教神话和后世民间神话四大类，后三类叙事作品是否属于神话范畴，均值得商榷。所谓道教神话，大部分是将真实可信的道教历史人物神仙化而构造出来的，其文学体裁应属于传说，中国学者把它叫做“仙话”，或“仙道传说”，和真正的神话明显有别。

他依据《湘西苗族调查报告》这部书中所附的《张果老射日月》这篇作品，断定张果老“这个形象是苗族人民从道家神话借用而来的”，把苗族神话中射日月的张果老和道家八仙传说中的张果老混为同一人物，其实这是以讹传讹。据一位苗族民间文学研究者燕宝指出，苗族古神话中有一位敢于同雷公争斗的人物叫张古老，也叫姜央。“古老”为苗语“固娄”的转音，为老头、公公的意思。《湘西苗族调查报告》的作者用汉文记录苗语的神话故事时，将“张古老”误译成八仙之一的“张果老”，以致张冠李戴。外国学者据此研究，便因差之毫厘而谬以千里了。又如在《汉族民间故事的人物和情节》中对中国动物故事的看法，也值得商榷。1937 年德国学者艾伯华编著中国民间故事索引时，只搜集到七篇动物故事，这显然是受当时搜集工作的局限造成的。从新中国成立以来，特别是 80 年代发动民间文学普查以来，这样的动物故事已经成千累万地在汉族地区被记录下来。而且，尚未进入农业社会的少数民族地区，动物故事的数量更为丰富。但以艾伯华的索引为依据，断定汉族动物故事如何“稀少”，“为数不多”，并多方寻求理论依据，就同实际状况相去甚远了。

本书收录的《回族民间故事传说集》前言《回族故事的艺术世界》以及围绕《张大教打野鸡》这篇故事写成的《回族故事情节的来源和分析》一文，在论点及方法运用上均有不少精彩可取之处。可是将故事传说中回、汉两个民族的文化因子进行具体的比较分析时，有些论断并不那么确切。如皇帝住“金銮宝殿”，这本是汉族民间文学、通俗文学和戏曲中惯常使用的一种说法，《回族故事的艺术世界》一文却说汉族故事的说法是皇帝住在“宫”中，回族故事才使用“金銮宝殿”这一形象词语。又如自隋代实行科举制，平民有了进身之阶以后，汉族民间文学、通俗文学和戏曲中便常以寒窗苦读、状元及第作为寒门出身的主人公命运逆转、出人头地的契机，构成一个流行模式，以至在日常用语中，“行行出状元”竟成为一句口头禅。《回族故事的艺术世界》一文却把“状元”形象在故事里多见，作为其回族民族文化特征的具体表现之一来看待，断言汉族故事里“这种情况太少见了，那里的主人公经常以最低级的学衔‘秀才’的身份出现”。不用说，这一结论在事实面前也难以立足。著者把《张大教打野鸡》作为一篇有代表性的回族故事作了详尽的剖析，实际上它的回族文化色彩并不鲜明，从与之相类似的故事早在千余年前就载于《搜神后记》（《白水素女》）和《原化记》（《吴堪》）来看，它本是滨水而居的南方汉族或少数民族创造的故事。又故事末尾出现的食火喷火的怪物，更早出现在《山海经·海外南经》中，名曰“祸斗”。《吴堪》就以“祸斗”之名把它编进故事，借它严厉惩罚了那位作威作福的县宰。明朝的邝露在《赤雅》中曾予以说明：“祸斗，似犬而食犬粪，喷火作殃，不祥甚矣。”《张大教打野鸡》中最后出现的用火药喂骡子烧死贪官的情节，即由这古老的构想演化而来。这些都表明它有着深远的汉文化渊源，后来才染上一定程度的回民生活与文化色彩，算不得是典型的回族民间故事。总之，就那本《回族民间故事传说集》来看，虽说材料来自苏联中亚地区的回民后裔的口头，但由于这批人的先祖世居中国陕甘一带，深受汉文化的影响，这种影响便在他们广泛传诵的故事里稳定下来。在更广大的其他回民聚居区，情况不见得就是这样。

李福清博士因对汉族民间文化的了解还不够深切，导致对这些民间故事中并不属于回族或者民族烙印不深的文化成分作了不很恰当的渲染。

以上这些大都属于枝节方面的差讹，异国学者常常难以避免。瑕不掩瑜，我们不应苛求。

此外，他的论著具有引据翔实、长于描述的特点。我们读来，又似乎感到有些琐细，希望对论题作更为简明有力的概括。这也许是不同国家学者各自写作风格的表现，那就更不应强求一律了。

不同国家或不同学派的学人，治学方法各有长短。中国学者研究本国的民间文学，具有得天独厚的优越条件。在加强中外学术交流中，我们应该取长补短，扬长避短，促进中国的民间文艺学走向新的繁荣，为弘扬中国优秀的民族文化作出新的贡献。

注释：

[1] 见《中国神话故事论集》编者序。

[2]《苏联百科词典》中文版，中国大百科全书出版社 1986 年版，第 1169 页。

关于《中国神话故事论集》的讨论*

——李福清、刘守华通信

一

敬爱的刘守华教授：

昨天才收到《民间文学论坛》1990 年第 5 期和第 6 期。看了您的书评《读李福清的〈中国神话故事论集〉》。看了两遍，非常感谢，这是一个真正的评论。我很希望您抽空把“属于枝节方面的差讹”来信告诉我，该书台湾学生书局打算再版，还可以改正。

您的评论说得很好，50 年代时中国是注意吸收苏联民间文学理论普及性的东西，没有介绍过真正国际性的研究成果。这些研究当时在苏联也常常受批评，或不大宣传。如《民间故事形态学》，被斥为形式主义的代表作，实际上它并不是形式主义。此书作者普罗普是我的老师，他常常说他这本书要与他后来于 1946 年出版的（当时也遭批判）《神话故事历史根源》一起来读。最近商务印书馆出版了梅列金斯基教授的

* 本文原载《民间文学论坛》1991 年第 4 期。该期编者的话指出：“本刊 1990 年第 5 期发表刘守华教授《读李福清的〈中国神话故事论集〉》后，李福清博士于 1991 年 2 月 3 日写给刘守华的一封信，既肯定赞赏，又以真诚坦率的态度提出问题来进行讨论。刘守华教授又于 4 月 1 日给李福清博士写一回信。李福清博士是一位有很高学术地位，而又热心研究中国民间文学的苏联学者。”

《神话诗学》中文版，不知您注意到了没有？该书已在六个国家出版。他的理论著作有好几本，在西方很有影响。

您评论拙作是用1990年的眼光。但我大部分文章是“文革”之前或“文革”时期写的，那时关于苗族文化，除了芮逸夫、凌纯声的《湘西苗族调查报告》之外，我手里没有什么相应的资料。我也奇怪，苗族神话中哪儿来的张果老。《汉族民间故事选》的序言是1971年的，那时也无丁乃通的书，更没有最近几年印出的三套集成的材料。最近苏联文艺出版社要再版我译的《中国各族民间故事》，我把序言作了修改。关于中国动物的故事，提到丁乃通的资料，但也不完全对，80年代似乎没有人对汉族动物故事做过完整的统计。和少数民族比较，汉族动物故事无论如何没有少数民族那么多，而少数民族的传说没有汉族那么多。如俄罗斯族的动物故事不少，但乌克兰族的动物故事多几倍。为什么有这种现象，我想很值得研究。

关于《回族民间故事序言》的评价。这篇文章是1975年写的，那时中国闹“文革”。“文革”之前据我所知中国是发表了五篇回族民间故事，而苏联东干人（回族）已搜集了许多篇，我们就编了《回族民间故事传说集》于1977年出版，收录七十八篇故事，还附录了一些故事的情节梗概。该书出版之后不只是在苏联畅销，在日本也成为畅销书。法国有兴趣出版，已译好了，我也补充了一些中国80年代发表的回族民间故事，故事分析也改写了一些。但是问题在于苏联的回族是19世纪70年代回民起义之后来俄国的，到现在所保存的传统民间文学可说是中国当时甘肃及陕西的民间文学（没有宁夏及其他省的人）。他们大部分人至今说甘肃土话，几个农村说陕西话。中国最近发表的回族民间故事我看得少，想民族特色一般与回教（伊斯兰教）有关，我搜集的及听到的苏联回族民间文学作品，差不多没有与回教有关的故事。这有两种可能性：一是中国最近搜集发表的故事除我看的几篇之外，都是宁夏、新疆等地流行的，不是甘肃和陕西的；第二个可能性我想是不是那些故事是最近一百多年中的创作，不知贵见如何？

我自己有这么一个想法：中国回族居住在汉人中间，所以他们特别强调自己与汉人区分的因素，就是回教成分；住在苏联的回族不同，他们居住在回教民族（吉尔吉斯、哈萨克等）当中，所以特别强调自己与其他回教民族不同的成分，就是与汉人一样的民间文学成分。当然，很多作品是从汉族借来的，如孟姜女哭长城民歌、梁山伯祝英台、薛仁贵、薛平贵等的故事，有的故事又可以说是共同的创作。他们把这些故事传说当作老回回的“古经儿”来看待。我自己三个夏天在那里搜集民间文学（故事、民歌、谚语），如找东干族的有回教成分的故事，在大约二百个故事中除一个《阿訇与强盗》是从阿拉伯人借来的很简单的故事外，还没有发现什么别的。有的故事提到阿訇，但也有提到道士、喇嘛的。有些很流行的民间文学作品内容与回教习俗不合，如《寡妇上坟》，东干女人不能去墓地，但这个曲子很流行。也有《鳏夫上坟》，我在中国的民歌选集里还找不到，是不是没有？如真的没有，很可能是因为女的不能上坟，东干人就编了男人上坟的歌，请指教。这些在东干人中流行的民间文学作品，他们自己以为都是他们回族人的“古经儿”。究竟哪些作品是从汉族借来的，哪些完全是他们的创作，要作研究。

我写《回族故事的艺术世界》，是描写 1975 年我所知道的东干族的民间故事，并不是写回族故事的民族风格论。当然他们的故事大部分成分与汉族一样。“状元”的问题据我所看到的汉族民间故事中很少，主要出现在元曲、戏曲等之中，您当然比我看的汉族故事多好几倍，请举个例子吧，多不多？

您说我把《张大教打野鸡》作为一篇有代表性的回族故事，那是误会。我编的《回族民间故事传说集》收七十八个故事，每个故事都有同样详尽的剖析。书是从这个故事开始，所以译者选它为研究法的例子。也可以选其他的，从您的眼光来看一样没有回族文化色彩，这是东干民间文学的实际情况。我一看他译的这个故事很不满意，想不用俄语译，把甘肃土话原文用汉文发表，作为研究故事的一种依据，但是来不及了。

当然也要考虑到苏联回族在十月革命之后接受了反宗教的宣传，很可能七十年间不敢讲什么有回教成分的作品。我在农村一个阿訇家里住了一个星期，到第五天才知道他是阿訇。这与中国的情况不同。

请问汉族民间故事里是不是常常用“金銮宝殿”这个形容词语？东干故事中常见这个词语。在我所看到的汉族故事集里一次也没有碰见过，请举个例子吧！

我想我国东干民间文学保存了不少中国一百年前的民间文学作品及成分，这对研究现在的汉族民间文学（特别是甘肃、陕西一带的）也是有价值的，不知贵见如何？

最近中国是否发表了什么“反三国”故事，是否可以寄些给我或来信介绍，我想补进我的《三国演义》研究著作中去。

还有些问题下次再谈，如有没有道教神话的问题。我们说圣经神话、基督教神话、回教（伊斯兰教）神话，那为什么没有佛教或道教神话？我当然知道什么是仙话，但俄文里没有合适的译法。

本来想写一页，现在写了七页，谢谢您。

我想把这封信和您的回信给《民间文学论坛》发表，与您商讨，不知您的意见如何？

李福清

1991.2.3.

二

尊敬的李福清博士：

我是在病榻上读到您 2 月 9 日来信的。直到近日康复出院才给您回信，请原谅。

您的《中国神话故事论集》不论在对中国民间文学的具体研究和方法运用上，还是对我和我的学生，都极有启发。我那篇书评只是大略地写下了我的读后感。我用相当的篇幅指出了我以为存在的主要属于枝节方面的不足之处。对老朋友的论著公开发表批评意见，目前在我国学术界还不常见，我很想打破这种不利于学术繁荣的风气。您读后没有产生误解和不快，而是真诚坦率地提出问题来继续进行研讨，以求获得更科学的论断，对此我深表赞赏。

您说我是用1990年的眼光来作批评，未能看到您的有关文章的写作年代背景，这是我的疏忽。您的大部分文章写于中国“文革”之前或“文革”期间，那时对有关中国民间文学的许多问题，连中国学者自己也是“雾里看花”，或“一叶障目”，何况外国学者呢？因此我们对国内外学人由于受所处环境中见闻的局限给研究成果带来的不足之处应予谅解，不宜苛求。您的意见是对的。进入80年代以来，中国民间文学获得空前丰收，我们对许多问题才有了新的科学认识。在这种情况下，不论国内和国外学者，重新审视自己有关民间文学的许多论断，吸收新的成果，使之切合实际，自然也是应该的。

下面就您提出的一些问题谈谈我的意见。

1. 关于“道教神话”

您说，既然有“圣经神话”“基督教神话”“回教（伊斯兰教）神话”，那为什么不能有“道教神话”？我以为神话首先是一种古老的、带有原始性的口头语言艺术，不是任何一种神奇幻想故事都能视之为神话。佛教、道教等人为宗教出现之后，作为宗教文化组成部分之一的关于宗教偶像神奇事迹的种种叙说，因已离开神话的原始性和艺术虚构的不自觉性，不宜把它们作为神话看待。在编纂中国民间文学三套集成的过程中，集成总编委会于1987年5月印发的《中国民间文学集成工作手册》中指出：“后世宗教神佛的故事其事件一般发生在人所经历的历史时代，神奇幻想的比重及其在故事中的地位和中国神话不同，其形象的构成方式也不同于古代神话之把自然形象化，而是把现实的人（许多是历史人物）神化。某些群众对他们也有所信奉，但故事本身大多是借其神通表现某种现实的愿望，或表现其在人世的神奇经历等。因此，从民间文学角度来看，一般不把它们作为神话看待，而归入传说。如关于八仙的传说，观音的传说等。”这一合理意见在全国民间文学集成的编辑工作中已经付诸实施。另一些学者主张把这些有关道教的神奇故事称为仙话，也有相当道理。我是在 1982 年写作《道教与中国民间故事传说》一文时，对这个问题进行思考并表示不赞同“道教神话”之说的（该文发表于《思想战线》1983 年第 2 期），在今年写成的《道教与中国民间文学》书稿中的《道教与中国神话》一章里作了较充分的论证，希望我们今后继续就此进行研讨。

2. 关于回族故事的若干问题

我对回族故事缺乏研究，我手头只有 80 年代出版的三本回族故事集，即上海文艺出版社的《回族民间故事选》，新疆人民出版社的《回族民间故事》和青海人民出版社的《青海回族民间故事》，这次又翻了一遍。在汉族民间故事方面，着重读了一下河北《耿村民间故事集》（共四卷）和湖北《伍家沟民间故事集》这两部有代表性的作品。关于回族爱用“金銮宝殿”来形容皇帝的住所，我在几种回族故事中也看到了。汉族地区流行的戏曲和通俗文学中也常有这种用法，但在两个村的故事里出现得很少，只有一两处。这的确是一个有趣的现象。

关于“状元”，您说状元在回族故事里多见，“那些主人公一下子就进了京城，轻而易举地就可以获得‘状元’的头衔。而在汉族故事里，这种情况太少了，那里的主人公经常以最低级的学衔‘秀才’的身份出现”。这一论断看来不大确切。写作《耿村民间文学论稿》的袁学骏告诉我们，在耿村故事集中，“状元”字眼多达 550 处以上，并认为“民间把中状元、招驸马当成富贵的尺度”。尽管故事讲述人可以给自己喜爱的主人公安排多种美好的结局，“但还是中状元最能够使听众暂时排遣心中块垒”。

从故事美学情趣来看，只有在主人公遭遇不幸和屈辱之后，通过自己的努力考中状元，情节才能大起大落，扣人心弦。所以民众对这类说法至今仍津津乐道。至于当秀才，在现今口头流传的汉族民间故事里，不仅不是主人公一种理想的归宿，还常常因他们地位的低下和在社会生活中的无能而成为人们嘲讽的对象。一些吟诗联对故事就以秀才的文才不及农家少女来构成笑料。

您在文章中还提到，“‘员外’也是回族故事中很有代表性的人物”，“员外在汉族故事里比在回族故事中要少得多”。这也不能一概而论。“员外”这个称呼在许多汉族故事里确实用得不多，可我在伍家沟故事里却发现至少有十七篇故事描述了员外形象。不但在古老而神奇的故事中常出现员外，在讲述贴近现实的普通生活的故事里，也对有关角色以“员外”相称，如“员外过生日，三个女婿前来拜寿……”“伙计给员外做活，讲明工钱是一年一头牛……”员外自然是富有者，但行善与作恶者都有，人们对其褒贬不一。这同苏联回族故事“对员外持肯定和尊敬的态度”，倒是很不一样。

关于《张大教打野鸡》，因它是一个在中国流行极广的故事，所以在拙文中认为它“算不得是典型的回族民间故事”，但也承认它在流传过程中染上了“一定程度的回民生活与文化色彩”。如按照您的想法，将东干故事的甘肃土话原文提供给中国读者，其民族文化色彩可能就看得更清楚了。

怎样透过这些枝节来看待东干故事的回族文化色彩，您在信中已作了较为深入的分析。您说中国回族居住在汉人中间，所以他们特别强调同汉人相区别的因素；住在苏联的回族因情况不同，就特别强调他们同信仰伊斯兰教的其他民族相区别的因素，从而格外珍视从中国本土带去的包括从汉族借来的传统民间文学，使它们得以完整地保留至今。我赞同这一见解。但要补充一点：在苏联，东干人因处于一种特殊环境中使携带出去的深受汉文化影响的传统民间文学仍保持着它古朴风貌的这段历史时期内，中国大陆的民间文学因受社会变革的巨大冲击，其思想内容和语言形式已有了不少改变。特别是经历1911年和1949年两次大的革命浪潮之后，传统民间文学中那些植根于中国封建社会的事物，如皇帝及其居住的“金銮宝殿”“状元”“秀才”“员外”等，其神圣色彩已逐渐消退或变得陌生起来，在人们的故事讲述中，于是将“金銮宝殿”换成一般宫殿，对“员外”则改称“财主”“富人”或“地主老财”，“秀才”的社会地位也大大下降，等等。这样看来，对苏联回族故事的特殊文化色彩，如果将它们和中国大陆的汉族故事作“共时性”比较的方法转换成“历史性”的考察，就很容易说明问题了。但中国大陆的民间文化状况也是复杂多样的，有比较开放的地区，如河北耿村，民间文化领域的变化较快，能和中国近现代文化的主潮保持一致；有的地方比较闭塞，如湖北武当山附近的伍家沟和著名的神农架地区，文化上古色古香的东西就更多一些。所以对汉族故事特点也不能一概而论。

去年我访问泰国时，感到海外华人所保留的中国古旧习俗信仰远远超过国内民众，这个事例也可以用来印证上述论断。

至于另一侧面的比较，即为什么苏联回族故事不同于中国现时采录的新疆等地方的回族故事，同伊斯兰教有没有明显联系呢？您提出了两种可能性，我看可以结合起来考虑。一百多年来，就佛教、道教来说，在中国的总趋势是随着封建社会的江河日下而走向衰落，伊斯兰教在西北少数民族地区的传播情况有所不同，并未因内部教派冲突而削弱其影响。因此很可能是：那支迁居苏联的回民当时在文化上受伊斯兰教的影响较弱，十月革命后这种影响又进一步淡化，而汉族文化影响却在一种特殊环境中得到保存和加强；中国西北回族故事在一百多年间则不断吸收和强化了伊斯兰教的影响。自然，这个问题还须作进一步调查研究才能弄清。

由此看来，你们对苏联东干人民间文学的采集和研究成果，对于研究中国西北地区的汉族和回族的民间文学确实具有重要的参照价值。

最后，我想告诉您，由于我多年主要致力于故事研究，对您的那篇综合论析中国民间故事的论文《汉族民间故事的人物和情节》有着特别的兴趣。以后我也打算就这个题目写一篇文章，同您进行交流讨论。

再次感谢您去年应邀来我校讲学及在民间文学研究上对我的帮助。

谭达先《论中华民间文学》序*

旅居澳洲的华人学者谭达先博士的《论中华民间文学》即将在黑龙江人民出版社印行。本书是这位年逾八旬的海外华人学者关于中国民间文学系列论著的几部垫底作之一，具有不同寻常的意义。作为一同在这个学术园圃耕耘几十年的小老弟，有许多话禁不住在这篇小序中涌流而出。

达先兄于1952年9月起在广州中山大学任教，教的就是新中国成立后新开设的民间文学课程，在“文革”十年动乱中遭遇无端迫害，1980年2月移居香港，在艰难谋生中仍然刻苦攻读，获香港大学的硕士与博士学位；1991年底再移居澳大利亚，笔耕不辍，以至今日。他生于1925年，比我大10岁。我投身于民间文学专业的启蒙老师何奇雄，就是1956年他在北京师范大学钟敬文先生门下研读的同窗。1957年我从华中师范大学中文系毕业留校从事民间文学专业时，在书店购得的教学参考书，除钟老主编《民间文艺新论集》之外，就是谭达先的《民间童谣散论》和《民间文学散论》了。此后50多年，他虽然历经坎坷，却矢志不移，先后在海内外出版民间文学论著40余种，总字数达500万之巨。现今虽年逾八旬，仍壮心不已，还力争写成《中国三千年

* 谭达先：《论中华民间文学》，黑龙江人民出版社2009年版。本文原是应约为此书所撰序文，不幸的是达先兄为病魔所困，2008年3月1日在悉尼寓所与世长辞，未及将本稿收入书中。现特在此发表，以寄深切怀念。

笑话史》，以实现他建设中国民间文艺学宏大理论体系的构想。他的奉献，他的追求，他的品格，不能不使人感动，并激起人们的深思。

谭达先博士的几十种学术论著中，以 1980 年在香港商务印书馆问世的“中国民间文学理论丛书”8 种和 90 年代在台湾贯雅文化事业公司问世的“中国民间文学知识丛书”4 种最具影响力。就学术成就而论，作者最看重的则是《中国评书〈评语〉研究》《民间文学与元杂剧》《中国的解释性传说》和《中国二千年民间故事史》这 4 种著作。它们以论说民间叙事文学为主，却涉及中国民间文学的方方面面，具有一个较为宏大的体系：不论就著作的数量还是论评的宽广范围而论，在同辈学人中间都是超群出众的。上述论著特别是获得博士学位以后的论著，大都有着资料充实、视野开阔、论析谨严的特色，因而深受读者欢迎和学界好评。他正以“走向中国民间文学艺术宫殿的美梦”为题撰写一部回忆录，这“走向中国民间文学艺术宫殿”正是他几十年艰辛跋涉努力以赴的宏伟目标。

谭达先博士的上述论著还有它非同寻常的价值，那就是它对海外的巨大影响。从 20 世纪 80 年代开始，他的学术平台主要就在澳洲和海峡两岸暨香港、澳门，他在一些海外报刊上经常发表长短文章评介中国蓬勃开展的民间文学采录与研究活动，其中仅经我之手邮寄随后由他撰文评介的湖北地区民间文学作品及论著就达到 20 余种。他自己的学术论著大多也是在香港、台湾走向海外各国。我自己就是从《参考消息》上才得悉他的“中国民间文学基础知识丛书”8 种先在香港商务印书馆问世，随后又在台湾再版这一信息的。当时海外传媒把它们作为海峡两岸破冰之举来对待，可见其影响之深远。台湾地区和日本等国的高校把谭达先的论著作为中国民间文学教材来使用，许多海外国家的图书馆纷纷购置收藏。它们直接论述的虽是民间文学，却在海外广大地区发挥着弘扬中华文化的巨大作用。不仅如此，达先兄还以其旅居海外的便利，深入考察研究澳门民间文学，又团结旅居马来西亚的张肯堂先生等，大力推进对异国他乡一些华人社区民间文学的采录研究，弥补了中国民间文学事业的空白。随着振兴中华伟业之实现及全球中华文化之勃兴，谭达先博士的民间文学论著将更显光彩。民间文艺学因属新兴人文学科，在五四运动以来的百年巨变中其地位几经波折。谭达先博士这几百万字的著述，对本学科的学术命运无疑是一个有力支撑。

我们还须指出，谭达先博士的上述论著，大都是他在处境十分艰难的情况下完成的。“文革”十年动乱中，他因受诬陷被置于“牛鬼蛇神”行列之中，那套“中国民间文学基础知识丛书”的书稿，只能在偷偷摸摸中写成。移居香港后因没有英国政府认可的学历，无法在高校乃至在中学任教立足，不得不在 60 岁之前和 60 岁之后还去香港大学攻读硕士和博士学位。在异国他乡谋生不易，晚年只能靠养老金过活的情况下，他竟然还不断挤出自己的微薄收入来补贴出版，使一本又一本学术论著得以和读者见面（包括这部《论中华民间文学》）。就在今年 2 月 14 日写给我的长信中，他回忆自己一辈子的磨难与追求时，曾不胜感慨地写下了这样一段话：

> 回想 1952 年入行弄民间文学，五十五年了。穷困了一生，“文革”时受苦不必说，1980 年到香港后，一连十一年，也是在苦中作乐。1991 年退休来此，无退休金，以一万元把一万多册书运来，定居于此；政府给我一些生活费，我尽量节约，挤一点作每年回国及出书之用。一连五十五年，未曾休息过，旅游也无精力、时间和金钱，全花在弄民间文学上了，真是十足的书呆子。如今我的微弱的努力，在海外多少起了一点作用，仅以此自慰。

我久仰达先兄的学识与人品。1986 年首次在深圳会晤，1997 年 9 月我邀请他前来华中师范大学讲学一周，1998 年我赴台参加学术研讨会途经澳门曾到他的寓所拜访。我们不仅有多年书信交往，也曾多次促膝畅谈，对他坚忍不拔执著献身于中国民间文学学理建设的书生意气有着难以忘怀的强烈感受。他自嘲为“书呆子”，却堪称中国学术园地一个罕见的传奇人物。我们不仅要从他那几百万字的著作中吸取学术滋养，更应从他半个多世纪执著献身于民族民间文化研究的感人事迹中获得人格启迪。

谭达先博士一直虚怀若谷。他深知自己因长期身居海外，对祖国大陆各族民间文学的鲜活状态缺乏深入了解，又难以和有关同仁顺畅沟通，因而在自己论评的中国民间文学的许多方面难以达到一一精当。他尽可能地向有关同仁求助，在写给我的书信中，常常就有请我帮助购买新书或查找有关资料的内容。在他已出版的论著中，曾多次坦诚表示期待读者批评指教。如在《八十自述》中就写道："我长期缺乏安定的环境，是穷苦的文化人。且 1991 年后已退休，缺乏资助，无足够的财力购买书刊，虽在 1995 年后每年回国访问，但欠深入，只凭着对中国民间文化的一腔热情，夙夜匪懈，主要靠自己摸索，难于穷搜精研，以致著作中乖误不少，这就恳请读者们专家们原谅与多多指正了。"他在对同仁论著的评说中一直坚持两点论，在充分肯定其学术成就时不忘挑毛病，他也总是用这种一分为二的态度来要求自己，从而构成为他自身优良学风的一个显著特色。

以上是就谭达先博士几十年的学术成就与道路来说的，现在回到这部《论中华民间文学》上来。这部书是承接 2003 年在黑龙江人民出版社问世的《论中国民间文学》而来的，是近几年有关中国民间文学新发现新成果评论的合集。这部 50 多万字著述的亮点，不但有关于中国澳门和马来西亚等地华人民间文学的可贵评述，还有对著作者几十年学术生涯的回顾，如《年谱》与《八十自述》，以及海内外众多学人的信函等。因而这部论文集有着整合谭达先博士 50 年学术生涯的重要价值，无疑会受到更多读者和学界的关注。

时下已是阳春三月，我在湖北武汉东湖之滨的斗室内草成这篇小序。作为同辈人，反复阅读体味达先兄的《八十自述》，禁不住心潮激荡，浮想联翩。五四运动以来，一批书呆子在中国民间文艺这块虽遍布烂漫山花却长期荒芜的学术园圃中耕作几十年，饱经风霜雨雪，却无怨无悔。笔者深信，历史老人的眼光是公正的，作为中华文化璀璨一角的中国各族民间文化的辉煌光焰，定将照亮这批苦中作乐的书呆子的风雨人生！

映日荷花别样红

——我读《二十世纪中国民间文学学术史》

刘锡诚先生的《二十世纪中国民间文学学术史》于十年前问世时，即备受学术界关注。这部经数年呕心沥血完成的百万字巨著，又加精心琢磨修订，在今年印制新版，作为一位年届八旬的高龄学人的力作奉献给全国读者，不能不令人感奋赞佩。

《二十世纪中国民间文学学术史》

按照钟敬文先生的界定，民间文艺学“一般用以指关于民间文学的理论、研究，有时也兼及民间文学的收集、整理等学术活动”，它是发端于五四新文化运动的新兴人文学科，却又常遭漠视处于边缘地位；这部学术史以宏大的规模将这一学科在 20 世纪的曲折发展历程及其巨大成就给予全面有力的展现，受到学界的关注好评就是理所应当的了。

笔者曾以《走向成熟，走向世界——中国民间文艺学百年历程》为题，在加拿大华文学刊《文化中国》1999 年 12 月刊出一篇专论，文章开头写道：

行将结束的 20 世纪，在中国历史上是一个风雷激荡、翻天覆地的历史时期。千百年来紧密伴随民众生活，真实记录他们历史足迹，直接书写他们爱憎苦乐与梦想追求的民间口头文学，也相应地备受文化界的关注，终于构成为一门现代人文学科——民间文艺学，并获得了长足发展。从五四时期北京大学成立歌谣研究会，创办《歌谣周刊》，到90年代末规模宏大的民间文学三套集成陆续问世；从鲁迅称道众多的民间故事讲述人为“不识字的作家”，到毛泽东亲自倡导采集民歌，向民间文艺学习以补益新文艺创作；从《故事会》这样的刊物每期发行几百万份，到一系列口头文学家的口述作品专集纷纷问世，享誉全国并走向世界，等等。诸多事例构成百年中国文化史上别开生面的崭新篇章。

在世纪之交写作此文时，笔者就曾为中国民间文艺学的世纪辉煌而心潮激荡，但只能在单篇文章中浮光掠影。如今读到锡诚兄这部关于中国民间文艺学史的皇皇巨著，快慰之心便不禁油然而生了。

本书将百年民间文艺学史，划分为滥觞期、歌谣运动、学术转型、战火烽烟、中华人民共和国成立初期的十七年和改革开放新时期六个时段进行梳理，以资料丰富翔实，视野开阔，持论公允，气势宏博，显示出鲜明的学术特色。

作者说：“从学术发展史的角度说，笔者对百年民间文艺学的流派和思潮的梳理与述略，旨在表达一个观点：在百年民间文学学术发展史上，理论、观念、方法，甚至流派（学派），是多元而不是一元的，而且从来也没有统一过，即使是在中华人民共和国1950年的时代。这一方面说明了民间文艺学作为学科的不成熟性，另一方面又显示了民间文艺学的边缘性和跨学科性。”本书虽按五四运动前后、抗日烽火、中华人民共和国成立初期的十七年和改革开放新时期这几个时段来叙说，这其实只是表层结构；从“歌谣研究会”到“民俗学派”，从“人类学派”到“社会—民族学派”，从“俗文学派”到“延安学派”等诸多学术群体的百舸争流，才是作者全神贯注的关键所在。该学术史以开阔的视野，既用心评说钟敬文、顾颉刚等的卓越成就，也热心称道丁山、孙作云、程憬、吴泽霖等的杰出成果，还凸显了何其芳、毛星等人的真知灼见，这些都是超脱一般民间文学论著，能予人以新启示的事例。

锡诚兄早年由译述苏联民间文艺学论者而跨进中国民间文艺学领域，后来又做《文艺报》编辑而广结文缘，再后主持中国民间文艺家协会的组织领导工作直至晚年。他撰写这部民间文艺学学术史能广采博纳，同上述阅历积累显然有关。但我认为，本书的这一特色和他关于中国国情与民间文学学科内在关联的思考，更有着直接联系。

本书在绪论中，曾专节论述“学科与国情”，他写道：“从其诞生之日起，中国现代民间文艺学就显示出‘反传统’的思想锋芒和‘到民间去’的平民意识，百年的发展历程中时刻与国家民族的命运休戚相关。换言之，中国现代民间文艺学绝非几个人想象出来，不食人间烟火的‘纯’科学，而是具有鲜明的时代性和强烈的社会功能性的一个人文学科。”我在这里还想补说一下：民间口头文学的流行虽然是遍及世界各国的文化现象，中国的民间文学却有其特殊的品格。例如，由于中国地域辽阔、历史悠久、民族众多，因而孕育生成的民间文学不论在生活内容和艺术形式上便格外丰富多彩；又如，民间文学的普遍形态本是口头传承，而中国丰厚的上层精英文化同下层民间文化却一直保持着密切的互动关系，既彼此对抗，又互相渗透融合，民间文学园地口头传承与书面传承便常常呈现互相交错的形态，艺术上显得分外精彩；再如，民间文学主要是农业文明的产物，20 世纪初期和中期的中国社会，民间文学正保持着它鲜活的姿态，发散出最强旺的生命力，因而强烈地吸引着一大批有识之士参与研究、开发这一文化资源。特别是，民间文学中所饱含的下层民众要求挣脱黑暗渴求光明的心声，正应和了一批民族精英立志改天换地的宏图大略，于是才有了五四时期北京大学向社会征集歌谣，知识分子到民间去这些破天荒之举。关注民俗和民间口头文学，虽然是 20 世纪初叶西学东渐的新学，其根底却深深扎在中华大地的肥沃土地之上。这同西方列强伴随殖民主义扩张而兴起民俗学之类学科是有天壤之别的。这也是中国民间文艺学很早就受到共产党人的青睐，以至成为左翼文化一个侧面的历史根源。

锡诚兄在这部学术史的“导论”中专列“学科与国情”一节，本意就在于此。它可以说就是贯串全书的一根红线，试读“抗日烽烟中的学科建设”这一章，不论是沦陷区还是解放区，也不论人类学派还是社会—民族学派，相关学人均在极端艰苦的条件下投身于民间文学采录，由北京大学等校200多名师生组成的“湘黔滇旅行团”，在从长沙向昆明南迁途中，行程三千余里，历时两月之久，沿途采风问俗，不仅随后出版了饱含学术价值的《西南采风录》一书，而且闻一多在1939年写成的序文中还提到他从这些“庄稼老粗汉”粗犷豪放的歌唱中深切感受到蛰伏于乡野底层却英姿勃发的民族精神，而增长了战胜日本侵略者的信心。那几年的战争烽烟并未成为这门学科的空白点，反而促使学界多元一体走向民间，使这一学科获得了较之歌谣运动时期更坚实的突进。

本书有别于一般学术史的显著特征之一是，它并不限于从学理上梳理解析相关学派的长短得失，而是以巨大篇幅来称道本世纪对中国多民族多品种民间口头文学采录整理工作的历史进程与巨大成就。关于中华人民共和国成立初期的十七年和改革开放新时期这两章，就考察采录及其成果揽胜所费文字，乃至超过了对学术流派理论成果的评述，本书修订时增写的10多万字，主要就用在这些地方。从评介《格萨尔》《江格尔》《玛纳斯》三大史诗及其传承人，到列举20世纪30年代以来采录故事、歌谣、谚语卓有成效的张清水、肖甘牛、薛汕、朱介凡、董均伦、李星华（李大钊长女）、孙剑冰、张士杰等人的成果；从50年代由中国社科院和国家民委组织民族民间文学调查采录，编写少数民族文学史，到新时期开发南北方的民间故事村，以及倾全国之力在普查基础上编纂出版上百卷的民间文学集成，矗立起一座新的民族文化长城。书中展现的这一系列成果，完全称得上是蔚为壮观。这些地方既洋溢着作者对献身于民间文学事业的同仁的尊重，也是他基于国情对中国民间文艺学这座辉煌殿堂的全景扫描。笔者以为，就民间文艺学这一新兴学科的特性而言，采录整理和学理探究应是不可分割的两翼，而前者是根基。中国现代民间文艺学迄今尚无内涵丰厚的理论专著问世，常使学人深以为憾；可是在中华沃土上收获的三大史诗和民间文学三套集成等一系列精美作品的采录问世光焰四射，却在很大程度上弥补了这一不足。锡诚兄撰写这部民间文学学术史，将学派、学理的解析梳理和民间文学宝藏的采录开掘紧密结合，融为一体，力避空疏。例如书中盛赞神话学、史诗学及故事学的研究成果，以之作为中国民间文艺学的标志性成果，这几个领域就是在采录一系列多民族的活态作品并作深入学理探究才使学界耳目为之一新的。

本书视野开阔，取材宏富。所评述的研究者达百人，如在神话学部分不但有顾颉刚、杨宽、茅盾、闻一多、孙作云、丁山、袁珂等学者，还将程憬于40年代完成的《中国古代神话研究》遗稿予以著录；而且不忘称道潜心研究东北满族神话的富育光和研究西南少数民族神话的李子贤。又如80年代初启动编纂民间文学三套集成这一宏大文化工程时，时任中共中央书记处书记的胡乔木听取有关人员汇报后，曾有一个长篇谈话，在给予有力支持的同时，明确提出搜集故事一定要忠实记录，不能任意修改，“民间文学如果修改了，那是颠倒黑白，混淆是非，子孙后代都要遭殃，失掉了研究的基础”。民间文学集成以“科学性、全面性、代表性”这三性为编纂原则而将科学性置于首位，显然是同这样的明智指导意见分不开的。但这一谈话一直未予公布，人们无缘得知。其时正在中国民间文艺家协会参与这一文化工程组织工作的作者，按照记录稿将这一难得的文献录于书中公之于世，就弥足珍贵了。

百年中国民间文艺学史乍看荒野无奇，实则是众多有识之士以百年心血垦拓经营的一座鲜花绽放的百花园。在中华民族面临伟大复兴机遇的当今时代，我们应当好好读一读刘锡诚先生的这部民间文艺学学术史，关注这富含中华文化特色的学术文化园地的兴衰。

笔者反复认真细读全书，深切感受到具有百年深厚积累的中国民间文艺学，不但不是它的“边缘性”，而正是它作为中国特色社会主义文化创造成果所凸显的辉煌特色，因而在对本稿的反复琢磨中，将其标题定为“映日荷花别样红”献给读者。中国民间文艺家协会近期举办的第12届“山花奖”授予它民间文艺学学术著作奖，不愧是实至名归。

最后，笔者作为在高校担任民间文学主讲长达半个世纪的老教师，不能不重新提起民间文艺学在高校人文学科中的地位问题。中国民间文学多年来一直是作为文学专业下的二级学科来设置的，90年代教育部在调整学科目录时，却把它归并到社会学中的二级学科，以“民俗学（含民间文学）”这样别致的方式来处置，实际上是将它取消了，以致现今在许多高校中文系成为空白地带。笔者在撰写本文时，读到2016年6月13日中宣部部长刘奇葆同志在中国民协第九次全国代表大会上的讲话，他在“礼敬传统文化，守护民间文艺之根”的开宗明义中郑重指出：“可以说，民间文艺是传统文化遗产中最基本、最生动、最丰富的组成部分，印刻着中华民族独特的文化记忆和审美风范，值得我们礼敬和传承。在建设社会主义文化强国、实现中华民族伟大复兴的历史征程中，弘扬民间文艺、延续中华文脉，是时代的需要、人民的需要和繁荣文艺事业的需要，也是广大民间文艺工作者的历史责任和崇高使命。”（讲话载《民间文艺动态》2016年第1期）这段话对中国学人以百年心血浇灌盛开的中国民间文艺之花作了十分精当的礼赞。刘锡诚先生的这部百年民间文学学术史可以说就是这一概括论断的具体例证。在保护涵盖民间文艺在内的非物质文化遗产已构成世界性文化热潮的今天，是有关方面合理解决这一遗留问题的时候了。相信刘锡诚先生这部厚重的《二十世纪中国民间文学学术史》的问世，会给人们提供有益的启示。

从民间文学到比较文学*

——《从民间文学到比较文学》序

看到刘介民先生的专著《从民间文学到比较文学》问世，十分欣喜，不禁牵起许多思绪。

我在江汉平原的乡村长大，从小喜爱民间文学。1956年在大学读书时开始学习写作研究民间文学的理论文章，主要活动是用蚂蚁啃骨头的办法撰写《中国民间童话概说》这本书稿。经过近30年的琢磨，数易其稿，此书才于1985年由四川民族出版社出版。我尝试将海内外具有类同性的民间故事集合在一起，用比较方法加以评析，就是从写作这本书开始的。当时给我启发最大的几部著作是：胡适的《歌谣比较的研究法的一个实例》，赵景深介绍西方比较故事学的《童话学ABC》，顾颉刚的《孟姜女故事研究》，钟敬文关于"天鹅处女""蛇郎"故事的研究论文，以及季羡林关于印度《五卷书》中译本的长篇序文等。70年代末，中国大陆掀起比较文学热，我受到激励，抽出《中国民间童话概说》中关于"寻找三根金头发"（AT461）这个故事类型的一节文字加以修饰，写成论文《一组民间童话的比较研究》，投寄复刊不久的《民间文学》杂志。此文很快在1979年第9期作为重点文章刊载出来，接着《新华文摘》又在第11期予以转载，成为中国民间文艺学开始新转变的一个标志，它在学界引起的热烈反响，

---

* 原载《中国比较文学》1997年第3期。

使我不禁有受宠若惊之感，于是又接着写了几篇文章。1985 年《中国百科年鉴》所载钟敬文先生的文章对当时情况作了很好的概括说明：

> 比较方法，是近代科学（不管它是自然科学或人文科学）广泛使用的方法。因为比较能使事物更容易显露出它的性质或特点，在民间文艺学的领域中更是惯被采用的、有效的一种研究手段。从中国现代民间文艺和民俗研究的历史上看，这种情形极为显然。……新中国成立后，由于种种原因，在民间文学研究领域中这种方法很少被采用。近年来，因为“比较文学”的热潮流入，民间文学研究方面，也有人在新的学术思想基础上采用了这种科学方法。现在尽力进行这种工作的学者还不多。但是，预计不久它将会热闹起来。
>
> 现在试略述这方面的情况。1979 年及 1980 年，刘守华在《民间文学》和《外国文学研究》上，连续发表了《一组民间童话的比较研究》《民间童话之谜》两篇论文，去年他又在该两期刊上分别发表了《略谈中日民间故事的交流》及《〈一千零一夜〉和中国民间故事》。此后，还有白子的《从印度的〈罗摩衍那〉到泰国的〈拉玛坚〉和傣族的〈拉嘎西贺〉》。这些，都是致力于国际民间文学作品的比较文学研究的。受了这种情形的影响，国内民间文学的比较探索也出现了。例如韩燕如、郭超的《略论爬山歌与信天游的异同》。

我这些比较故事学的习作想不到也受到比较文学界的重视。由张隆溪、温儒敏编选的《比较文学论文集》，于 1984 年由北京大学出版社出版，书中收入了我的两篇论文；由美国学者李达三和刘介民主编的《中外比较文学研究》第二卷，1992 年 4 月在台湾学生书局出版，收入了我三篇这方面的论文。张隆溪、温儒敏的序文中还指出：“20 世纪以来，随着人类学、心理学、神话学、语言学等学科的发展，民间文学和神话传说的比较研究日益成为重要的研究领域。”此书将选入文章分作平行研究、影响研究和民间文学研究三组排列，使民间文学研究在比较文学学苑中正式占有一席之地。于是，我又置身于比较文学家的行列之中，有幸直接领受季羡林等前辈学者的教诲，结识了比较文学界的诸多中青年朋友，在研读国内外不断涌现的众多比较文学论著中，进一步开拓了自己的学术视野。此后，我仍致力于民间故事的比较研究，1986年将有关文章辑成一本小书《民间故事的比较研究》，后来又得到国家教委社科基金的资助完成了《比较故事学》一书，于1995年由上海文艺出版社出版。我曾经说过，我是在民间文艺学和比较文学的交叉点上来作民间文学比较研究的。季羡林先生在《比较研究与民间文学》这本书中开宗明义地写道："民间文学与比较文学有着难解难分的缘分。"可说是一语中的，和我自己多年的实际体会不谋而合。

关于民间文学比较研究的重要性及其宏观构想，我在年前曾经写过《多侧面扩展民间文学的比较研究》一文，作为《民间文学论坛》的"专论"发表在该刊1985年第3期上。其中有两段话，是颇费思考才写出来的，似乎还可供同仁参考。其一是：民间文学是一种无处不在的流行最广泛的文学，具有丰富的可比性。民间文学的作者是匿名的，存在于民众口头之上，有关这种文学的书面研究资料极少，只有将这些来自口头的材料进行比较，才能由此及彼、由表及里地找到它们之间的种种内部联系，进行科学概括。对这些口头文学作品进行孤立的分析或不作比较的简单综合，都难以达到这样的目的。甚至可以说，不作比较，研究民间文学就难以构成一门真正的学科。

其二是：应当将国与国的民间文学比较和对于中国国内各民族民间文学的比较研究结合起来，后者更为迫切。中国各族民间文学以丰富多彩著称于世，我们既有汉藏语系的民间文学，也有阿尔泰语系的民间文学，还有印欧语系、南亚语系的民间文学；既有受佛教、伊斯兰教文化影响的民间文学，也有融会儒家和道家文化传统的民间文学；虽然以产生于中国封建社会的民间文学为主体，也还有相当数量的民间口头文学是产生在奴隶制时期甚至更为原始的前阶级社会。只有对各族民间文学进行一番认真的比较，我们对民间文学的整体面貌才会有清晰的认识；在此基础上，才能把中国民间文学作为一个整体同他国民间文学进行比较而作出科学的论断。如德国学者爱伯哈德于 1937 年编撰《中国民间故事类型》时，依据他当时看到的汉族动物故事只有 7 篇这一事实，断言中国动物故事稀少，很早就停止了发展，这显然不符合实际。对于在众多民族和广阔地域之间产生的无比丰富的中国民间文学而言，如果不首先在全中国范围之内作一番比较、综合，而只是抓住某个局部和外国文学作比较，断言“中国民间文学”如何如何，是很难避免其结论的片面性的。

以上意见，都是立足于民间文艺学本身的科学化提出来的。后来季羡林先生出版了《比较文学与民间文学》，从比较文学和整个人文科学的历史与前景来观察思考有关问题，论述更为精当。如说到比较文学与民间文学的关系时，他认为：“没有比较文学，则民间文学的研究将流于表面，趋于片面。没有民间文学，则比较文学研究的内容也将受到限制。”“我们甚至可以说，没有民间文学，就不会有比较文学的概念。”他还认为应当把多民族国家中民族文学之间的比较研究归入比较文学范畴，打破将比较文学只限于国与国之间文学比较研究的洋教条等等，把许多问题说得更深刻、更透辟。最近几年来，这一领域成果迭出，不论在理论方法的探讨还是在系统的比较研究上，都有了令人欣喜的长足进步。我和介民至今尚未见过面，但他勤奋著述，早已给我以深刻印象。他和李达三教授主编《中外比较文学研究》这部大书时，曾致函给我，要收录我和我的学生所撰写的四篇比较故事学论文，由此开始交往。他编译的李达三博士的《中西比较文学理论》和他自己撰写的《比较文学方法论》，都是使我读后获益良多的著作。本来，在国际比较文学学科中就有民间文学（主要是民间叙事文学）比较研究的科目，现在他拟在比较文学专业中招收和培养专门从事民间文学比较研究的硕士研究生，在这一学术园地奋力进取，打开新局面，自然是值得称道之举。《从民间文学到比较文学》这本书，就是为此而撰写的。本书对前人相关成果进行了认真的清理和综合概括，使之更加系统化、科学化，这是它最为明显的特点。另一个特点是，本书著者是以比较文学家的学识和眼界来介入民间文学研究的，作为民间文艺学论著来要求，难免有它的不足之处；可是从将民间文学比较研究纳入比较文学范畴建构新的学科体系而言，其长处却是显而易见，不是一般的民间文艺学论著所能比拟的。我自己就常常从比较文学学科的新进展中（如乐黛云教授近年的一些论述）不断获得新的启示，介民所著《从民间文学到比较文学》也将以它在学术上的新发现与新构想受到读者的赞赏与学人的重视。无论是从比较文学还是从民间文艺学的发展来看，这都是一本切合时宜，值得向读者推荐的好书。

《八仙文化与八仙文学的现代阐释*

——二十世纪国际八仙论丛》序

吴光正博士几年来执著而精细地研究中国八仙故事，卓有成效。除撰写成《八仙故事系统考论》这部学术专著外，他还将广泛搜罗的海内外学人对八仙的论考辑成《八仙文化与八仙文学的现代阐释——二十世纪国际八仙论丛》一书出版以飨读者。

从 20 世纪 50 年代开始，我的兴趣本来一直放在中国民间故事上面。80 年代转向跨国跨民族和跨学科的比较故事学研究，感到探寻中国民间故事和中国民间文学的文化根底不能不牵涉道教，于是在我国道教学者李养正等诸位先生的导引下，迈步跨进这个“众妙之门”。几年下来，小有收获，便将自己的心得撰写成《道教与中国民间文学》的小书，于 1990 年交付海峡对岸的文津出版社，作为“中国道教文化丛书”的首册问世。正是在这期间，我搜求到多种流传于中国各族民众口头文学中的八仙故事，结识了中国神仙世界中的这个特殊群体。近年来，为全面梳理中国民间故事的发展脉络，我又做起佛经故事研究来，在结识如来、观音等另一个系列的超凡形象的过程中，对中国八仙形象的特质与价值似乎有了进一步的领悟。

我以为道教八仙这个仙人群体的强旺生命力，是基于以下几点造成

* 本文为吴光正主编的文集《八仙文化与八仙文学的现代阐释》一书的序言。

的：他们各自拥有鲜明的个性，又常常聚会在一起演出一场又一场活泼的闹剧；他们神通广大，无所不能，性格中蕴含着充沛的乐观主义与理想主义，却又混迹市井，不仅在外貌而且在生活情趣上贴近凡夫俗子，给人以无比亲切之感；在以惊世骇俗神奇法术济困扶贫，满足民众祈福消灾美好心愿的同时，又常常以超脱凡俗的金玉良言给人以高远的人生启迪。这样，八仙形象就既虚无又实在，不但是中国各族民众崇敬的偶像，而且是生活在他们中间的良师益友了。

我在1987年写过一篇《道教和神仙》的小文章，对神仙学说的民族文化根源作过一点探讨。其中讲道："道教神仙说就是以早期道家哲学为基础而发展起来的神秘主义思想。它在广阔的时空背景下进行观察思索，富有探索奇异未知世界的好奇心，渴望超脱现实，把握支配宇宙万物的隐秘力量，最大限度地享受人生欢乐，获得变化创造的自由。神仙说意味着人的思维和想象向广大空间的大胆飞跃，意味着对人的潜在能力的无限信心，经过两三千年的积淀，它已成为我们民族文化心理的一个重要方面，我们完全可以吸取其中的积极因素，为社会主义精神文明建设服务。"我对八仙的感知在很大程度上是从民间文学民间艺术所展现的八仙形象中得来的，其认识的局限性不言而喻。现在，经过吴光正博士的广采博取与精细编排，这部国际性的著作终于问世了，我们从这部书里，不仅可以看到八仙形象在世界各地的广泛影响，还可以看到各国学人考察论析中国神仙这一特异文化现象的不同文化视角。可以说，这部著作的问世，有如将一台文化盛宴呈现在我们面前，它必将受到中国学人的欢迎，也必将对我们的学术研究大有裨益！

2007年1月20日

《浙江民间故事史》序*

这部《浙江民间故事史》，是顾希佳用几年时间的辛勤劳作，奉献给中国民间文艺学界的一份厚重礼品。在从羊年到猴年的岁月交替之际，我有幸拜读到它的部分原稿，理应先说几句话作为对读者的导引。

发端于五四新文化运动热潮之中的中国民间文艺学已大体走过了百年历程，对各族和各地民间口头文学的调查采录逐步深入，终于在 20 世纪八九十年代开始出版谚语、歌谣和故事的“民间文学三套集成”。正如钟敬文先生所评价的，“将来全书出齐，则不仅是在祖国的民间文艺园地里建立起一座巨厦，也将是在世界人民文化史上，矗立起一个文献金库”。与此相辅相成的是，对民间文艺学各个侧面的理论研究也收获到较为丰硕的成果，出于几代学人之手的百余种论著，以视野开阔，材料鲜活，方法多样，向多层面展开为特征，标志着中国民间文艺学迈向成熟境地。在这些成果中，对不同民族和地区的民间文学分别进行系统研究的论著更加令人瞩目，其中就包括了顾希佳的这部力作《浙江民间故事史》。

本书值得我们特别给予关注的是以下几点：

首先，它是中国首部地方民间文学史。中国民间文艺学研究的百年历程中，前五十年以基础学理的译介探讨和口头传承之作的田野采录为重点，后五十年才有关于民间文学史的论著出现。这个系列的著作除面

* 本文为顾希佳所著《浙江民间故事史》一书的序言。

向全国的《中国神话史》（袁珂）、《中华民间文学史》（祁连休、程蔷）、《中国民间故事史》（刘守华）等少数几部之外，最引人注目的是多卷本"中国少数民族文学史丛书"的陆续问世，各种样式的民间文学在这套书中均占有重要位置。此外还有如《壮族民间文学概观》《哈萨克族民间文学概论》之类的书也不断涌现，它们体现出中国多元一体的民族文化格局。可是按区域来撰写民间文学史，这部《浙江民间故事史》却是第一部。浙江属吴越故地，作为行政区域名称始于唐代，唐宋明清人文荟萃，拥有三千多年的丰富历史文化积累；同时，它又是五四运动以后中国早期民俗学和民间文艺学最为活跃的热土。因此，《浙江民间故事史》的问世，不只是使人有耳目一新之感，还由于它所深入开掘的是中国民间文学富矿地区的宝藏，因而它对中国民间文学的整体研究必将发挥重要的启发和推动作用。

其次，它是一部广义民间故事史。我国学界赋予"民间故事"体裁以广义、狭义两个定义，广义的民间故事，含神话、传说、故事三种散文叙事体裁，中国民间文学三套集成这部大书中的《故事集成》就取广义；狭义的民间故事则指神话、传说之外的幻想故事（民间童话）、生活故事、寓言、笑话等。刘守华所著《中国民间故事史》即取狭义。至于谭达先的《中国二千年民间故事史》，则以生活故事为主，涵盖面更为狭窄一些；他正撰写的《中国笑话史》，研究对象更趋专门化。在中国民间文艺学的百年学苑中，我们已经有了袁珂的《中国神话史》；民间传说方面有了张紫晨的《中国古代传说》这样的专论，尚未见专史；如今顾希佳将神话、传说和故事融为一体来写史，这无疑是富于首创性的学术构想。对民间故事从广义或狭义方面去研究各有其长短优劣，我们不宜妄加褒贬。但在目前情况下，广义的故事研究更具有特别意义，主要理由是对老百姓来说，"讲故事"或"讲经""说古话"等，本来就是不分神话、传说和故事，三者掺和在一起的；民间文艺学兴起之后，学人虽然把它们区分开来，创立了神话学、传说学和故事学，实际上它们还是紧密牵连在一起，三者界限难以截然区分。丁乃通撰写《中国民间故事类型索引》，刘守华著《中国民间故事史》，都曾想将神话、传说和故事分离开来，结果还是难以完全做到，有的地方不免有削足适履之嫌。近来我在一篇文章中倡议，在《中国民间故事集成》国家卷的基础上，仍采取广义框架，编撰一部大型《中国民间故事集成类型索引》。由此可见，顾希佳按广义来建构浙江地区故事史是富有见地的。它除了包容对象更明确之外，还十分有利于在不同体裁的交融转化中探求民间叙事文学的生存演化规律。以芬兰学派为核心，具有悠久历史的国际民间叙事文学研究会（ISFNR），长时期倡导将神话、传说和故事这三种民间叙事作一体化研究，以其富有成效享誉世界。顾希佳编撰《浙江民间故事史》的构想同这一国际学术潮流不谋而合。

再次，《浙江民间故事史》还以视野开阔、取材宏富、笔法灵活而吸引读者。这同顾希佳的文化工作经历、知识结构和治学风格有关。我是在中国步入改革开放的历史新时期，全国恢复民间文学事业之后才和他相识的。前几年邀请他合作撰写《中国民间故事类型研究》，有了更密切的交往。他曾长期在县文化馆从事民间文学工作，有丰富的田野知识和民间叙事采录成果，后来又作为《中国民间故事集成·浙江卷》的副主编，总揽全省故事的编审活动；同时他又喜爱研读地方文史典籍，善于从故纸堆中探求珠玉。这里试举中国南方民间流行的“渔夫和水鬼交友型”故事为例。《聊斋志异》中的《王六郎》即叙此事，深受人们好评，由此我们才得知蒲松龄的小说中实有不少作品是取材于民间故事。而据顾希佳探求所得，这一故事早在宋代成书的《新编分门古今类事》、明代的《耳新》《枣林杂俎》《石田杂记》中就已有记述，后来又见于清代成书的《柳南随笔》《秋灯丛话》《闽小记》《山东通志》《滇南忆旧录》《小豆棚》《耳食录》《北东园笔录》《闻见异辞》等笔记小说和地方志中，情节大同小异。从这里可以看出它实际上是一则赞颂下层民众的患难之交、传承久远的流行故事，不愧为中国民间叙事的经典之作。由于顾希佳对地方文史资料的喜爱与熟悉，勤于著述，所以他不仅应邀参与《吴越民间信仰民俗》《稻作文化与江南民俗》等书的著述，并自撰《祭坛古歌与中国文化》等书，展现出他笔下生花的功底，自有一种吸引读者的魅力。经他呕心沥血而成的这部《浙江民间故事史》，这方面的特色更为鲜明。全书共 12 章，从先秦两汉直至现当代共设 7 章，以断代论述的神话、传说及其他故事为本书主体；在此之前立专章论述了“史前时期的浙江民间故事母题”，含“鸟崇拜及其神话”和“良渚玉器神人兽面纹的神话诠释”，作为本书的前奏曲；最后三章分别论述“浙江民间故事与宗教”“浙江民间故事与俗文艺”和“浙江民间故事与周边地区的交流”，作为本书的引申。仅就这个目录，就显示出本书将条分缕析和博闻广识相融合，在纵横交错的文化网络中构建故事史的新颖格局。

由于中国民间文艺学尚处于走向成熟的过程中，有关中国民间文学历史演进和现实发展的许多问题尚有待于众多学人深入研究以求得真知，因而本书作为一部大型史论，对不少问题的论析难免会有失于粗疏，有待充实深入。我们相信本书问世后会受到学界的欢迎，也期待着它能激励中国民间文艺学研究在新世纪迈出更大的步伐。

守护好民间故事这块精神植被*

——访民间文艺家、民间故事研究专家刘守华

采访人：邓立峰

刘守华，1935年8月出生于湖北仙桃，1956年开始投身于民间文学研究，任教于华中师范大学，先后担任硕士生导师、博士生导师、中文系主任、非物质文化遗产研究中心主任、《中国民间文艺学年鉴》主编等，1981年至2001年兼任湖北省民间文艺家协会副主席、主席。出版著述

* 原载《中国文艺评论》2022年第1期。

《中国民间童话概说》《故事学纲要》《比较故事学》《中国民间故事史》《中国民间故事类型研究》《民间文学：魅力与价值》《民间故事的艺术世界》等，在中国台湾出版著述《道教和中国民间文学》，在日本出版合编的论文集《日中昔话传承之现状》及《中国·韩国·日本民间故事集》。2021年至2022年，十卷本《刘守华故事学文集》由华中师范大学出版社出版。2022年9月，获“中国文联终身成就民间文艺家”荣誉称号。

一、与民间文学相伴六十余年

《刘守华故事学文集》书影

邓立峰：最近两年，对您来说可谓收获满满，双喜临门，2021年至2022年，您的十卷本《刘守华故事学文集》由华中师范大学出版社出版，在学术界引起了广泛关注，反响强烈；另一方面，您又刚刚获得了“中国文联终身成就民间文艺家”荣誉称号，这一荣誉无疑是对您民间文学重要研究成果的认可与赞誉。

刘守华：的确，这“双喜”都是对我民间文学研究生涯的褒奖。获得荣誉后我写了16个字：“意外获奖，感恩时代，延年益寿，奉献余热”。为什么会写这16个字呢？首先，我从事民间文学研究已有六十余年，没有想到自己能获得“中国文联终身成就民间文艺家”这一荣誉称号，当我获知此消息时，感到非常意外，我非常感激中国文联和中国民间文艺家协会对我的关心和关注。同时，我想到的是要感恩时代，感谢党和政府对民间文艺事业的关心。我今年已经 87 岁了，虽然已经退休，但我还是想尽我所能奉献余热，为中国民间文学事业的发展贡献自己的力量。

在我看来，《刘守华故事学文集》的出版就是我献出的一份力量。《刘守华故事学文集》一共十卷，四百六十余万字，其中包括《中国民间故事史》《中国民间童话概说》《佛经故事与中国民间故事演变》《道教与中国民间文学》《比较故事学》《中国民间故事类型研究》《非物质文化遗产保护与民间文学》等学术作品，是我六十余年学术成果的结晶。值得一提的是，《佛经故事与中国民间故事演变》一书曾在 2013 年获第十一届中国民间文艺山花奖·民间文艺学术著作奖。我认为，能够获得“中国文联终身成就民间文艺家”荣誉称号，自然与我写出的这些作品有着不可分割的关系。

《刘守华故事学文集》中收录的《中国民间故事史》一书，可以算是我的代表作，近几年由国家社科基金中华学术外译项目立项，正在推进翻译事宜，目前已有三个学术机构进行翻译。其中，暨南大学有关译者正在将其译成英文，准备在美国出版；曲阜师范大学正将其译成日文，在日本出版；广东外语外贸大学负责将其译成俄文，在俄罗斯出版。目前，这三种译本已经翻译完成，书稿正在出版社评审环节之中。另外，首都师范大学相关机构正在申报西班牙文翻译项目，筹划本书在阿根廷出版。我很高兴自己的作品能够走出中国，走向世界，我认为，向世界展示中国的民间故事，展现中国根基深厚的历史文化，对将中华优秀传统文化传向世界、增强我们的文化自信有所助益。

邓立峰：说起您跟民间文学的缘分，还要追溯到 20 世纪 50 年代初期，那时您还是师范学校的学生，当时是怎样的契机让您跟民间文学

刘守华 1989 年照片

结缘？

刘守华：我出生于湖北沔阳周家榨村，这是江汉平原上的一个村子，在那里，村民们喜欢聚在一起“摆古”，讲述各种各样的故事，我很喜欢这些民间故事，它们给了我最初的启蒙。现在回想起来，我的童年是在抗日战争的烽火中度过的，我从小就深受民间歌谣、戏曲、故事和传说的滋养。我的父亲刘承烈曾是武昌中央农民运动讲习所的学员，参加过洪湖地区的农民运动，所以后来参与收集洪湖革命歌谣时，我与民间文学结缘也是顺理成章的事。1950 年，我考入了沔阳师范学校，当时，钟敬文先生编选的《民间文艺新论集》已经问世，我从这本书中获得了关于民间口头文学最初的认知。

此时，县政府要筹办土地改革展览，我被抽调成为工作人员，主要任务是搜集洪湖革命歌谣。当时，洪湖革命歌谣是非常流行的，20 世纪 50 年代初期还被编入中学语文课本之中。这次参与搜集工作，让我对洪湖革命歌谣有了更深入的接触和了解。“睡到半夜深，门口在过兵，婆婆坐起来，顺着耳朵听”“又不要茶水，又不惊百姓，只听脚板响，不听人做声”……类似生动有趣的歌谣紧紧抓住了我的心。虽然选取进入展览的歌谣只需要几篇，但我的笔记本上却记录了二三十篇。我从其中选取十篇歌谣，抄写下来，寄到新创刊的北京《说说唱唱》杂志，他们选用了两篇刊登；与此同时，我将自己创作的散文《洪湖渔民的歌声》投寄给《湖北日报》，于 1952 年 10 月 1 日在国庆特刊上刊发出来。《洪湖渔民的歌声》的署名是刘毅，从这篇文章之后，我的文章不再使用笔名署名。就这样，我为自己打开了民间文学的大门。

1953 年，我从沔阳师范学校毕业，被保送至华中师范学院（今华中师范大学），在中文系读书，我对民间文学的兴趣日益浓厚。1956 年，党中央号召青年学生和知识界“向科学进军”，口号喊得很响，我也积极响应，我对民间文学感兴趣，所以选择了从民间文学的方向“向科学进军”。1956 年发生了两件对我来说很重要的事：其一，当年 7 月 1 日，我加入了中国共产党；其二，1956 年，我发表了好几篇与民间文学相关的文章，其中一篇《慎重地对待民间故事的整理编写工作》算是我的成名作。《慎重地对待民间故事的整理编写工作》发表在《民间文学》杂志上，我对民间故事的收集、整理、改编发表自己的看法，引起了一阵轰动，很多学者都参与了相关讨论。我算是正式跨入了民间文学的学术园地，也于 1958 年加入了中国民间文艺研究会（中国民间文艺家协会前身）。

或许正是因为我在民间文学方面取得的这一点成绩，1957 年毕业时我被分配留校任教，在华中师范学院从事民间文学专业的教学研究工作，这一干，就是六十多年。

邓立峰：六十多年来，您一直在从事民间文学尤其是民间故事学的研究，民间故事到底有着怎样的魔力，让您一直把焦点放在这个研究对象身上？

刘守华：鲁迅先生曾说过，民众讲的故事就是小说的起源，那些善于讲故事的乡人就是“不识字的小说家”。的确如此，民间故事的内容非常广博，实际上可以被看成民众生活的百科全书；民间故事的语言也非常丰富，是人民群众口头语言艺术的一种集中体现。往更深层次讲，民间故事既是人民群众喜闻乐见的文化娱乐形式，也是一个国家和民族心灵的窗口，正因为它有着广泛的群众基础，所以才有了深刻的文化内涵。

我从各个角度研究民间故事，研究它的起源与历史，研究两千多年来民间故事的演变历程，研究它与道教、佛教的关系，并将成千上万个民间故事归纳成若干类型进行类型研究，把各个民族及中外的民间故事加以比较进行研究……它是如此博大精深，所以一直在吸引着我的关注。

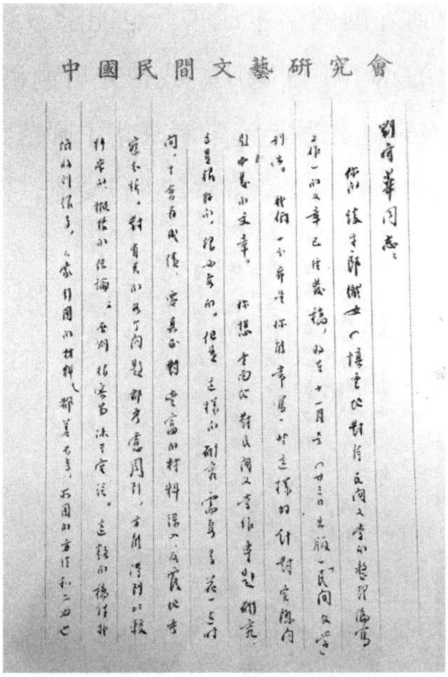
中國民間文藝研究會

劉守華同志：

《民间文学》杂志编辑 1956 年 11 月就刊发《慎重地对待民间故事的整理编写工作》一稿致刘守华的信

二、一路探索，从比较故事学到故事诗学

邓立峰：正如您所说，对民间故事进行比较研究一直是您所提倡的，这不同于前人的研究方式，推进了中国民间文学研究向前发展，而比较故事学也成为您重要的学术成果之一。您是出于什么想法开始比较故事学研究的？相比以前的研究范式，比较故事学有怎样的价值？

刘守华：传统的民间故事研究，一般使用的是传统的文学研究方法，分析故事的主题、教育意义、艺术价值等，用类似于评论小说的方法来评论民间故事，这并不能充分揭示民间故事的特点和魅力。改革开放之后，我们有机会接触到外国的学术成果，也能学习到国外跨学科研究的方法，民间故事研究的路子更加宽广。我曾先后邀请丁乃通、饭仓照平、李福清等外国学者以及谭达先等港澳学者来华中师范大学讲学，也于 1992 年 11 月到访日本，与当地民间文学研究者进行交流，这都让我受益匪浅。

1985 年 9 月应邀赴华中师范大学讲学的丁乃通和刘守华合影

特别值得一提的是，美籍华裔学者丁乃通把国际上比较流行的历史地理学派的研究方法介绍给了我们。1985 年，我邀请丁乃通到华中师范大学讲学一个月，他熟谙芬兰历史地理学派的学术规范和研究理念，以该学派的研究方法分析中国民间故事，研究视野融通古今中外。他在讲学过程中指导我们使用历史地理学派的分析方法来探究中国民间故事，对我们启发很大。历史地理学派研究方法的核心，是研究民间故事的生活史，把一个民间故事分成若干类型和若干母题，将其放在一定的历史背景和地理条件中，探讨它存在的价值和演变的历程。这种方法能将民间故事中的特殊性提取出来，彰显其作为民间口头文学的特质，为从事跨国、跨民族的民间故事比较研究提供非常有用的方法，不仅开拓了比较研究的思路，还将民间故事研究引向更加深入的维度。

其实，从 1979 年开始，我就致力于民间故事的比较研究。20 世纪 80 年代初，我与丁乃通有过书信来往，一起交流比较研究的学术问题。这之后，各种类型的学术交流都为我的民间故事比较研究提供了营养，使我的研究方法更加科学、丰富。1995 年，我出版了学术专著《比较故事学》，受到了学术界的好评。

邓立峰：您提到了芬兰历史地理学派对您的影响，可以请您举个例子谈一谈它是怎样影响您的学术理念的吗？

刘守华：一个比较典型的例子，是我长期研究的“穷孩子求好运”的故事，这个故事我研究了几十年，在运用历史地理学派的方法进行分析后，我获得了很大的收获。

一个已经穷了几辈的小伙子，穷得不耐烦了，要出门寻好运，看看能不能改变自己的命运。他求神仙，找活佛，要找出自己生活穷苦的缘由，寻求转变命运的方法。穷小伙出门后，在路上碰上了各种各样的人，他们在生活中也遇到了各自无法解决的难题，向穷小伙诉苦。有个农人苦恼自己栽了很多年的苹果树结不出果子；有位土地菩萨向穷小伙道出烦恼：自己当了这么多年土地神，却不能升官上天做神仙；还有人告诉他，自己的女儿已经18岁了，但是个哑巴，讲不了话，也找不到对象。穷小伙把这些问题一一记在心上。后来，他遇到了一个神仙，按照规矩“问三不问四”，他不能多问问题。穷小伙经过反复考虑，决定先帮助别人，把别人的问题解决，再考虑自己的问题。他把之前在路上遇到的三个人的问题告诉给神仙，得到回答：苹果树不结果是因为树下埋了金子和银子；土地菩萨不能升官是因为他左脚踏金、右脚踏银，脚下有金银所以不能升官；女孩18岁还不能说话，是因为没有碰到心爱的人，碰到心爱的小伙自然就能说话了。穷小伙带着神仙的回答往回走，农人获知原因后从树下挖出了金银；土地菩萨把金银送给了穷小伙，自己升天了，而穷小伙也成了有钱人；到了女孩家里，女孩见到他老远就喊出了声，这样，他和女孩成了夫妻——穷小伙有了钱也有了家，他的命运也就此改变。

俄罗斯汉学家李福清应邀赴华中师范大学讲学

（1990年秋摄于刘守华家书房）

这是一个典型的“好人得好报”的故事，它在全世界流行，在中国尤其流行，中国很多民族都在讲述类似的故事，有两百多种说法。

1979 年，我发表了文章《一组民间童话的比较研究》，将“穷孩子求好运”的故事与《格林童话》联系起来，把它当作一则民间童话经典之作来解读。在这之后几十年的思考过程中，我深深觉得需要以更超拔的眼光来分析同类故事。在对这个故事进行研究的过程中，我运用历史地理学派的方法，将其放在更大的历史背景中进行分析，追溯这个故事形成、演变的过程。通过查找各类历史资料进行比较分析，我发现这个故事最早来源于一个佛教故事。佛教中劝导人向善、做好事的主张，在中国演变为“代人问事获好报”的故事；同时，这个故事与墨家主张的“兼爱”理念也是相符的，具有诗学魅力。2016 年，我将自己及其他学者研究“穷孩子求好运”故事的成果汇编为《一个蕴含史诗魅力的中国民间故事》，由北京大学出版社出版。

邓立峰：说到“诗学魅力”，您近些年开始从事故事诗学的研究，在 2020 年发表的《走向故事诗学》一文中，您写道：“不论是将神话、传说、故事融为一体建立民间叙事学，还是在民间口头文学、通俗文学、作家文学三位一体的大文学史，乃至中国文化史的宏大背景下来考察民间故事，或在人类命运共同体的广阔视野中来审视这些口头语言艺术奇葩，都有待于‘故事诗学’的新开拓，因而‘故事诗学’具有广大而无比诱人的学科前景。”为什么会作出这样的判断？

刘守华：我认为，故事诗学是故事学研究的新方向，因此正在提倡故事诗学。所谓故事诗学，就是在分析故事类型时强调美学方法，基于美学原则精选故事文本进行传播。作出这样的判断，来源于我对中国民间故事的认知。中国民间故事大多是在口头文学、通俗文学和作家文学“三位一体”的格局下发展起来的，其中蕴含着文艺学、美学因素。类似前述“穷孩子求好运”的故事，就以高度概括的象征方式，展现了人们从被迫屈从到主宰自己命运的心路历程，蕴含着丰沛的想象力和象征性。对民间故事进行诗学解读，把中国文学中的诗学传统引入到对民间故事的解析中去，能让民间故事的艺术魅力更加充分地体现出来。

再举一例，有一则关于赵州桥的民间故事。大家都知道，赵州桥由隋朝工匠李春建造，但在民间故事中，赵州桥是鲁班兄妹在一夜之间建造完成的。鲁班、鲁姜兄妹打赌造桥，妹妹鲁姜先造好了一座小桥，此时哥哥鲁班还没动静。鲁姜感到很奇怪，可在天快亮时，她看到鲁班驱赶羊群来到河边，鲁班吆喝一声，那一群活蹦乱跳的白羊就躺在岸边，成了坚硬洁白的石料，赵州桥由此建成。这个故事充满了想象力。它是怎么来的？我在道教的书中找到了类似的故事。古时候有两兄弟，弟弟比较调皮，有一天，他跟哥哥说自己要到山里去。这一去就是几十年，哥哥一直打听弟弟的下落。最后，他找到在山里放羊的弟弟。哥哥问弟弟这么多年都在山里干什么，弟弟说自己在放羊，可是他的身旁并没有羊群，弟弟指着山上的石头说这些都是羊。哥哥不信，弟弟鞭子一挥，石头变成了活蹦乱跳的白羊。弟弟就是能工巧匠鲁班。

中国的民间故事在民众茶余饭后的闲谈中诞生、丰富。它们充满想象力，让人体验到“梦幻”的感觉，这自然与中国文学浪漫主义的传统是分不开的，中国民间故事体现了百科全书式的智慧，也体现了基于想象和梦想的文化涵养。发掘民间故事的诗学魅力，对民间故事进行诗学解读，有助于向大众展现它们优美动人的特质，有利于丰富人民群众的精神生活，使我们从中获取精神力量。

近两年，我依托这些富有魅力的传统民间故事，精编为《中国民间故事》一书，为学生们提供阅读材料，而这本书也成为统编小学语文教科书指定阅读书系的一种，对滋养学生们的精神生活发挥了作用。

三、深入乡土，才能切身体验“民间”奥秘

邓立峰：从您对故事诗学的分析中，我们可以感受到传统民间故事与现实生活的联系，您是怎么看待这种联系的？

刘守华：其实，我之所以推崇故事诗学，对民间故事进行诗学解读，

就是为了推动民间故事“从群众中来、到群众中去”——我们将从群众口中收集到的民间故事用文字写定，选择比较好的故事文本，作为文学作品向大众普及，让民间故事继续在人民中间发挥文化滋养的作用。

在中国台湾屏东县考察研究鲁凯人民间故事的刘守华（左一）和台湾文化大学教授金荣华（右一）（1995 年 8 月）

毫无疑问，民间故事和我们的生活有着很大的关系，就像是一种滋养着人们精神生活的植被，我们离不开它们。正如前述“穷孩子求好运”的故事表现了人们觉醒到要改变自己的命运，不服从命运安排的积极心态；同时，那种因为帮助别人而改变自己命运的做法，也体现了互利共赢的现代价值。其实，我们可以将这个故事看成成千上万农民工背井离乡外出打工的文化象征，他们同样期待以自己的外出劳作改变命运。

由此可见，民间文学一直是反映人民群众生活现实的镜子，具有强烈的生活属性。同时，民间文学也是人民群众特别是劳动人民生活的伴侣，它为一代又一代中国人提供了生活智慧和价值参考，帮助大家乐观、自信地生活。从这一方面来看，毫无疑问，民间文学对中华文化的形成与发展产生了重要作用，塑造了中华文化的性格、特征。而我们依托民间故事考察中华民族的历史，观察中国人生活的点点滴滴，同样可以产生很大的收获。在我开始从事民间故事研究的初期，就意识到了这一点。

邓立峰：如您所说，民间故事与人们的日常生活有着极为密切的联系，它们诞生于大众的生活经验，以想象力为驱动，在口口相传的过程中不断丰富。与之相契合的是，在您对民间故事进行研究的过程中，同样注重“民间”，以深入乡土的采风和考察为基础。我想，这不只是出于方法论方面的考虑，还内含着一种“到民间去”的学术取向。

刘守华：的确如此，我多次深入乡土，追访民间“口头文学家”，与他们建立了良好的关系。20世纪八九十年代，在担任湖北省民协副主席、主席期间，在普查中我发现了很多民间故事讲述家，而在一些地方，民间故事讲述家聚集，民间故事“储量”惊人。于是，我开始对这些故事家和故事村进行深入考察、重点采录，参与开发了湖北民间文学的“三家三村”（故事家刘德培、刘德芳、孙家香，以及伍家沟民间故事村、吕家河民歌村、青林寺谜语村）。同时，围绕故事家成长和故事村形成的文化环境，我也写出了多篇论文，产生了一定的影响。故事家和故事村的发展，是改革开放后中国民间文学领域出现的一大盛事。

以刘德培为例，这位鄂西山区五峰县的农民，有着出色的讲述故事的口才。他家境贫寒，但乐观开朗，年轻时干过十几个行当，因此见多识广、人生经验丰富。20世纪40年代，刘德培曾带领同伴翻山越岭背运货物，途中歇脚时，讲故事成了刘德培娱人悦己的重要方式，就这样，刘德培练出了讲故事的口才，成了“口头文学家”。刘德培的讲述语言朴素简练，对故事细节的编排却非常用心，他善于在看似漫不经心的讲述中道出奇趣，而且在讲故事的过程中穿插吟诗、联对、猜谜等，一张嘴就是一台戏。我们对刘德培讲述的故事进行了采录，并发表出来，引起了大家的关注。1998年，联合国教科文组织与中国民间文艺家协会联合命名表彰“中国十大民间故事家”，其中刘德培居于首位。他的老伴曾对我们说：“那个老头，如果不是你们发现了，可能他就是一个红苕埋在地里头烂掉了。”

刘德培老人去世时，我们参加了他的葬礼。有一件事让我印象深刻。鄂西土家族地区有跳丧的习俗，在为刘德培老人跳丧后，我出了一身汗，这时，一个身穿孝服的女人来到我面前，双膝跪地，托起一盘热水，请我擦汗。这是刘德培老人的孙媳妇，她用这种方式感谢跳丧者。这一刻，我禁不住热泪盈眶，把她扶了起来，并再次挤进跳丧者的行列之中。

这就是我们的“口头文学家”，他们生活在这样朴素、动人的文化环境中，他们的日常生活中全是丰富的故事素材，他们的口中也常常脱口而出引人入胜的民间故事。我曾经说过：“一个地区杰出的故事家，往往具有如同吸铁石那样吸收凝聚民间口头文学创造成果的巨大能力。”这种情况下，我们只有走入乡土、深入民间，才能切身体验到蕴含在民间故事中的奥秘，感受到民间文学的魅力。

刘守华率中日学者乌丙安、陈建宪、袁学骏、野村纯一、福田晃、加藤千代、桥谷英子一行赴鄂西五峰县山村访问故事家刘德培（1993 年 3 月邱紫华摄）

邓立峰：2002 年年底，您在湘西山区参加完一个学术研讨会后去做田野调查，在回程的途中遭遇车祸。据华中师范大学原副校长黄永林回忆，大家赶到医院看您时，您还处于休克状态。医生告诉他们，如果不是及时抢救，恐怕性命难保。在您恢复意识后，问的第一件事就是您的调研记录是否还在，当时在场的人都流下了眼泪。那时您已经 67 岁了，仍然奔波在田野之间，支撑着您前行的，一定是对探寻“民间”奥秘的执着吧？

刘守华：民间故事曾伴随我们这一代人走过童年时光，年纪越大，我就越能感受到它在我们身上烙下的印记，在之后的岁月中也深深影响着我们的生活，有些民间故事甚至会让人终身难忘。对我来说，可能我听过的每个故事都渗入了我的基因之中，我放不下对它们的念想。民间文学和民间故事研究都有着广阔的天地，值得进行更深入的探索，我一直勉励着我的学生投入其中。我有一个习惯，送给每位毕业的研究生一份论文手稿，既是留作纪念，也是为了激励他们在民间文学事业上继续前行。

2002 年华中师范大学文学院研究生学位论文答辩合影

四、要正视民间文学高等教育存在的问题

邓立峰：对“民间”的执着，对乡土和田野的关注，在您的教学活动中应该也有所体现吧？

刘守华：我毕业后一直在华中师范大学任教，2015 年才停止了教学工作，在我几十年的民间文学教学生涯中，我既重视课堂教学，也一直在引导老师和学生参与实践活动。我主张课堂教学和田野实践相结合，并以此为方向试行教学改革，成效显著，还曾于 1993 年获得湖北省人民政府教学改革一等奖。为什么要重视实践？一方面，理论与实践相结合是马克思主义基本原理，不管我们做什么工作，都要重视这一点，在教学活动中，特别是文科教学的过程中，尤其要注重实践。另一方面，我一直认为，教授民间文学，不能只讲书本上的东西，民间文学本来就是从人民群众中来的，所以，那些会讲故事的人、会唱歌的人、会唱戏的人，都是我们的老师，我们要好好向他们学习。讲故事、唱民歌、唱戏，都是民间文学鲜活的形式，学习和研究民间文学，一定要走出课堂，要重视人民群众的创作成果，尊重人民群众的创造才能。而民间文学教育也一定要提倡社会实践，我认为这是一个很有价值的想法，对民间文学教育的进步有所助益。所以，不管是在教学的过程中，还是在编书的时候，我都十分注重凸显人民群众的智慧和创作才能，这算是我的一个特点。当然，不只是民间文学的教学和科研工作，我们的文化建设都要面向人民群众，尊重人民群众。

邓立峰：有人说：“如果中国民间故事是一座富矿，刘守华就是那个点石成金之人。”我想，这既是对您民间文学学术研究生涯的积极评价，也是对您几十年来民间文学教育工作的赞美。您在华中师范大学任教六十多年，可以说是中国民间文学高等教育发展历程的见证者——您不仅为华中师范大学文学院创建了民间文学专业，建立了本科、硕士、博士

系统的教育体系，还培养了大批民间文学专业人才。在您看来，六十多年来，中国民间文学专业的高等教育经历了怎样的发展历程?

刘守华：华中师范大学于20世纪50年代在中文系开设“民间文学”课程，1960年编印教材《民间文学》，至今已有半个多世纪的历史。那时候，民间文学只是一个小学科，不受重视，当教育主管部门要求调整学科、压缩硕士点和博士点时，很多高校都不再单独招收民间文学专业的硕士生和博士生，直接把这个专业的硕士点和博士点砍掉了，合并到社会学或民俗学中招生。幸运的是，华中师范大学的领导觉得民间文学有价值，保留了民间文学的教学工作，并将它留存在中国文学二级学科之中，作为中国文学教学工作的一部分，几十年坚持了下来。

改革开放以后，民间文学专业受到了越来越多的重视，尤其在与外国学术思想的交流中，我们的研究理念和研究方法也进步了很多。就像前面说的那样，我们的研究视野得以开拓，研究成果也越来越显著。

1985年以来，华中师范大学所培养的一百多位民间文学专业硕士生、博士生中，已经有三四十人在高校任教，其中还产生了黄永林和肖远平两位高校校长，他们已经成为积极推动中国民间文艺事业发展的中坚力量。而对我而言，退休并不意味着不再贡献自己的力量，我也在尽我所能发挥余热，帮助后来者继续前行。从教师岗位上退休时，我捐出依靠我的学术著述获得的十万元奖金，在华中师范大学设立了刘守华奖学金，奖励民间文学专业优秀学生，激励他们继续在民间文学领域探索。

邓立峰：在您看来，今天民间文学的高等教育还存在哪些不足?应该在哪些方面加以提升?

刘守华：在今天，虽然我们取得了很多成绩，但民间文学教育发展仍然很不充分、不平衡，对于学科建设，各个高校之间没有统一的要求，自发性比较强，这与其他学科相比还有差距。要促进民间文学专业高质量发展，为它注入新的发展理念，我们必须要正视这些问题。

其中一个显著的问题是，民间文学作为一个小学科，在学科目录中，还没有一个正式的“户口”，它在社会学二级学科民俗学之下，对于民间文学的学生，学校可以招，也可以不招，这就造成了民间文学教育在各个高校间不平衡发展的状况。我觉得，未来民间文学专业应该有一个正式的“户口”。

总体来说，我们应该增强对民间文化的关注，提高对于民间文学的认知，我一直谨记钟敬文先生在近百岁时在我的笔记本上题写的一句话——“吾侪肩负千秋业，不愧前人庇后人”，我们要把民间文化看成与国家、民族相关的千秋大业，把这门学问做好，教好学生，不辜负人民对我们的期望。

2022年9月，刘守华获颁“中国文联终身成就民间文艺家”荣誉称号（吴京男摄）

访后跋语　我感到惊讶，坐在我面前的这位87岁的老先生，竟有着如此充沛的体力和精力。

那是在2022年9月于杭州举办的第十五届中国民间文艺山花奖颁奖典礼现场，典礼开始前，我早早赶到现场，走进休息室，看到刘守华先生等候在那里。对于这位大名鼎鼎的民间故事研究专家，我早就有所了解，也熟知他的一些故事，只是一直没有机会当面请教。这次来报道山花奖颁奖，刘守华自然是一定不能错过的采访对象。约采访之前，因为刘先生的年龄，我对采访时长和具体采访内容都心里没谱，想着他千里迢迢由武汉来到杭州，还要出席一场时间不短的颁奖典礼，我的采访一定不能让老先生感到疲惫，要给他留出充足的时间休息，因此，采访或许不能问太多问题，也不能交流得太深入。抱着这样的顾虑，我给中央民族大学教授林继富老师发信息询问——林老师是刘先生的学生，也一直与刘先生保持着联系——林老师告诉我：没问题，刘老师身体很好，也非常高兴能接受采访，放心问问题！就这样，经林老师引荐，我与刘先生提前打好招呼，并在休息室里进行了采访。

采访持续了一个小时，我把自己想了解的问题尽数问出，刘先生思维清晰，侃侃而谈，细致地解答了我的问题，说起关于民间故事的话题，老先生一直很兴奋，一点都没有疲惫的感觉。从他的言语和回答中，能深切地感受到他对民间文学尤其是民间故事的热爱。我想，正是对于民间故事的这份深情，让老先生面对一个研究对象坚持了六十多年——这在学术研究领域并不多见，也正是由于这种专一而为之的精神，刘先生成为民间文学研究领域的“终身成就民间文艺家”。

回到北京，《中国文艺评论》杂志联系到我，希望登载刘先生的访谈稿，我便将一个小时的采访全文整理出来，又联系刘先生进行了内容补充，最终成稿。期间得到了刘先生的大力支持，他委托华中师范大学出版社曾艳老师将十卷本《刘守华故事学文集》寄送给我，并对采访中的一些细节进行了耐心解释。而在翻阅刘先生著述的过程中，我对他的学术生涯和中国民间文学发展历程有了更深入的了解，也让我更加敬佩这位“中国民间故事点石成金之人”。

尤其让我感动的，是刘先生对于师长和学生的深厚感情——在采访过程中，他数次提到钟敬文、丁乃通等先辈对自己的影响，而对于自己的学生也同样如数家珍。在收录于《刘守华故事学文集》中的《我和民间文艺50年不解之缘》一文里，他深情地写道："学生是老师事业与学术生命的延续，我永远怀念从童年起不断给我以知识和力量，点燃我心田圣火的那些可敬可爱的师长，我也愿意排列在他们后面做这样的老师度过自己的一生！"我认为，对于师长和学生的爱，反映了刘先生以学术为志业的热情与高远，也必将激励着他的学生在中国民间文学研究道路上奉献自己的智慧，大概这就是刘先生所说的"延年益寿，奉献余热"的一种重要形式吧，而这也必定是"学术人"对于学术事业发展最大的贡献。

采访人单位：中国艺术报社

附录 1

刘守华民间文学论著目录

1. 《谈革命故事的写作》，湖北人民出版社 1974 年版。

2. 《略谈故事创作》，长江文艺出版社 1980 年版。

3. 《民间文学概论十讲》，湖北教育出版社 1985 年版。

4. 《中国民间童话概说》，四川民族出版社 1985 年版（1995 年获全国高校人文社科优秀成果二等奖）。

5. 《民间故事的比较研究》，中国民间文艺出版社 1986 年版（1990 年获全国比较文学图书评奖二等奖）。

6. 《故事学纲要》，华中师范大学出版社 1988 年版，2006 年增订再版。

7. 刘守华、陈建宪选编：《故事研究资料选》，湖北省民间文艺家协会 1989 年版。

8. 《口头文学与民间文化》，中国文联出版公司 1989 年版。

9. 《道教与中国民间文学》，台北文津出版社 1991 年版，北京中国友谊出版公司 2008 年增订版。

10. 《比较故事学》，上海文艺出版社 1995 年版（1998 年获全国高校人文社科优秀成果三等奖，2001 年获中国民间文艺学术著作山花奖一等奖)。

11.《文化学通论》，高等教育出版社 1992 年版。

12. 刘守华、巫瑞书主编：《民间文学导论》，长江文艺出版社 1993 年版（1995 年获全国高校优秀教材一等奖）。

13. 刘守华、野村纯一合编：《日中昔话传承之现状》，东京勉诚社 1996 年日文版。

14.《中国民间故事史》，湖北教育出版社 1999 年版（2003 年获全国高校人文社科优秀成果二等奖）。

15.《民间文学：魅力与价值》，大众文艺出版社 2007 年版。

16. 刘守华、陈建宪主编：《民间文学教程》，华中师范大学出版社 2002—2009 年版。

17. 刘守华、黄永林主编：《民间叙事文学研究》，华中师范大学出版社 2005 年版。

18. 刘守华主编：《中国民间故事类型研究》，华中师范大学出版社 2002 年版（2007 年获全国高校人文社科优秀成果三等奖）。

19.《比较故事学论考》，即《比较故事学》增订本，黑龙江人民出版社 2003 年版。

20. 刘守华、黄永林选编：《中国民间故事精选》，华中理工大学出版社 1998 年版。

21. 刘守华选编：《绿袍小将》，长江文艺出版社 1985 年版。

22. 刘守华、陈丽梅选编：《宝刀和魔笛》，湖北人民出版社 1994 年版。

23. 刘守华、李征康选编：《张三丰寻踪》，三秦出版社 1994 年版。

24. 刘守华主编：《中国古代民间故事精选》，湖北教育出版社 2000 年版。

25. 小泽俊夫、刘守华、金和经合编：《中国韩国日本民间故事集》，日本奥林匹克中心 2004 年东京印制。

26. 刘守华、白庚胜主编：《中国民间文艺学年鉴》（2001—2006年共6卷），华中师范大学出版社出版。

27.《张天师传说汇考》，华中师范大学出版社2009年版。

28. 刘守华、余惠先编：《一二八师鄂中抗战史迹实录》，华中师范大学出版社2015年版。

29. 刘守华、陈丽梅主编：《中国民间故事》（上、下册），长江文艺出版社2018年版。

30.《一个蕴含史诗魅力的中国故事》，北京大学出版社2016年版。

31.《刘守华故事学文集》（共10卷），华中师范大学出版社2021—2022年版。

32.《非物质文化遗产保护与民间文学》，华中师范大学出版社2014年版。

33.《中国民间文艺学百年耕耘录》，上海文艺出版社2018年版。

34.《佛经故事与中国民间故事的演变》，上海古籍出版社2012年版。

35.《民间故事的艺术世界》，华中师范大学出版社2009年版。

附录 2

有关刘守华学术成果的评论文章索引

1.《我国第一部童话学专著〈中国民间童话概说〉出版》,《书刊导报》1985 年 5 月 16 日第 45 期。

2. 罗湘:《当代中国童话研究的新成果——读〈中国民间童话概说〉》,《湖北日报》1986 年 10 月 18 日。

3. 谭达先:《喜读〈中国民间童话概说〉》,香港《文汇报》1986 年 5 月 11 日。

4. 陈佩璋:《有独创性的中国民间童话专著——刘守华〈中国民间童话概说〉读后》,《黄冈师范学院学报》1986 年第 2 期。

5. 陶思炎:《辛勤的探索,丰硕的成果——读刘守华著〈中国民间童话概说〉》,《华中师范大学学报》1986 年第 3 期。

6. 幸辛:《〈中国民间童话概说〉受到好评》,《民间文学研究动态》,1986 年第 4～5 期合刊。

7. 甘泉滋:《民间童话研究的新成果——介绍〈中国民间童话概说〉》,《读者之友》1987 年 1 月第 7 期。

8.《中国民间童话概说》,见郭大森著《中外童话大观》,东北师范大学出版社 1990 年版。

9. 吉平平、董晓静等著：《中国文学史著版本概览——〈中国民间童话概说〉》，辽宁大学出版社 1992 年 6 月。

10.《中国民间童话概说》，见《20 世纪中国学术要籍大辞典》，中共中央党校出版社 1993 年 6 月。

11.《中国民间童话概说》，见乔默主编《中国 20 世纪文学研究论著提要》，北京大学出版社 1994 年 1 月。

12.《陈道林、刘守华的儿童文学研究》，见张永健主编《20 世纪中国儿童文学史》，辽宁少年儿童出版社 2006 年版。

13.《中外民间文学及儿童文学的比较研究——比较故事学》，见乐黛云、王向远著《比较文学研究》，福建人民出版社 2006 年 3 月。

14. 聂昌慧：《值得民间文学爱好者一读的书——〈民间文学概论十讲〉评介》，《长江日报》1986 年 7 月 10 日。

15. 贾芝：《关于民间文学的比较研究法——刘守华〈民间故事比较研究〉序言》，《华中师院学报》1985 年第 3 期。

16. 陈钰：《刘守华〈民间故事比较研究〉浅介》，《中国比较文学》第 4 期，1987 年 3 月。

17. 黄鹤：《多侧面运用比较方法的尝试——读刘守华〈民间故事的比较研究〉》，《民间文艺季刊》1988 年第 2 期。

18. 月朗：《探索者的足音——评刘守华近年来的民间故事比较研究》，《民族文学研究》1988 年 6 月。

19. 杨育生：《走向综合的思考——评刘守华的〈民间故事的比较研究〉》，《湖北社会科学》1988 年 2 月。

20. 高丙中：《〈民间故事的比较研究〉评介》，《中国文学研究年鉴》1988 年，中国文联出版社 1988 年。

21.《〈民间故事的比较研究〉介绍》，韩国《比较民俗学》第 4 辑，1989 年 1 月。

22. 程文超：《世界故事圈的探宝者——刘守华教授及其比较故事

学研究》，《中国比较文学通讯》1990 年第 1 期。

23. 方甸：《比较故事学的理论建构》，《书海知音》第 23 号，1995 年 11 月。

24. 覃德清：《宏观思辨与微观实证相结合的新学科建构方略——评刘守华先生的〈比较故事学〉》，《民间文学论坛》1996 年第 3 期。

25. 谭达先：《赞刘守华著〈比较故事学〉的重大成就》，《华中师范大学学报》1996 年第 5 期。

26. 周北川：《故事比较的艺术与趣味——评刘守华〈比较故事学〉》，《外国文学研究》1997 年第 3 期。

27. 刘介民：《揭开世界民间故事的奥秘——评刘守华的〈比较故事学〉》，《民族文学研究》1997 年第 3 期。

28. 谭达先：《赞刘守华〈比较故事学〉的重大成就》，《中国比较文学》1997 年第 1 期。

29. 杨耐：《略谈民间文学研究中的方法论问题——关于刘守华〈比较故事学〉的读书札记》，《中国社会科学院研究生院学报》2002 年第 1 期。

30. 王立：《在故事学、主题学与文学人类学的接壤处——从刘守华教授〈比较故事学〉谈学风与方法》，《学术交流》2002 年第 1 期。

31. 《民间文学的比较研究——比较故事学》，见王向远著《中国比较文学研究 20 年》，江西教育出版社 2003 年 7 月。

32. 肖远平：《20 世纪学术史上的民间故事研究——刘守华先生与比较故事学》，《高等函授学报》2005 年第 5 期。

33. 康夏：《拓荒者的足迹——〈口头文学与民间文化〉评介》，《湖北社会科学》1990 年第 3 期。

34. 谭达先：《中国第一本民间故事学专著——〈故事学纲要〉》，《香港文汇报》1994 年 4 月 10 日。

35. 谭达先：《民间故事学园圃的一朵鲜花——喜读刘守华著〈故

事学纲要〉》，《民间文学论坛》1992年第5期。

36. 蒋名智：《民间文学和道教文化研究的新成果——读〈道教与中国民间文学〉》，《华中师大学报》1993年第4期。

37. 谭达先：《喜读刘守华著〈道教与中国民间文学〉》，台湾《道教学探索》第10号，1997年9月。

38. 谭达先：《开拓研究新风的硕果——喜读刘守华、巫瑞书主编的〈民间文学导论〉》，《湖南师范大学学报》1994年第4期。

39. 覃德清：《新的体例，新的维度——评刘守华、巫瑞书主编的〈民间文学导论〉》，《南方文坛》1994年第1期。

40. 萧放：《文化学研究的新成果——评〈文化学通论〉》，《荆州师专学报》1994年第6期。

41. 陶范：《一部有鲜明特色的文化学论著》，《长江日报》1994年2月28日。

42. 谭达先：《世界性"医圣"传说的里程碑——推荐〈神医李时珍〉》，《中国出版》1995年第4期。

43. 谭达先：《喜读〈中国民间故事精选〉》，香港《文汇报》1995年3月5日。

44.《中国民间故事史》，《民俗研究》1999年第3期。

45. 刘锡诚：《民间文化学研究的新成果——评〈中国民间故事史〉》，《中国文化报》1999年12月25日。

46. [日] 饭仓照平：《刘守华著〈中国民间故事史〉介绍》，《中国民话之会通信》56号，2000年6月。

47. 龚浩群：《民间文艺学的拓荒之作——评刘守华教授的〈中国民间故事史〉》，《华中师范大学学报》2000年第1期。

48. 谭达先：《评刘守华〈中国民间故事史〉》，台北《汉学研究》第18卷第2期，2000年12月。

49. 边缘人：《拓荒性的耕作——读刘守华〈中国民间故事史〉》，

《民俗研究》2000 年第 3 期。

50. 《钟敬文致刘守华——评说〈中国民间故事史〉》，《长江日报》2000 年 3 月 26 日。

51. 刘旭平：《民间文化研究的新突破——学者点评〈中国民间故事史〉》，《湖北日报》2001 年 3 月 21 日。

52. 谭达先：《富有民族特色与学术个性的巨著——评刘守华著〈中国民间故事史〉》，《湖北民族学院学报》2002 年第 4 期。

53. 陈飞：《〈中国民间故事史〉提要》，《中国文学史书目提要》，大象出版社 2004 年。

54. 过伟：《20 世纪两部中国民间故事史的首创精神与学术价值》，《湖北民族学院学报》2004 年第 2 期。

55. 陈柏建：《〈黑暗传〉找到文献源头》，《中国文化报》2003 年 3 月 29 日。

56. 《〈中国民间故事类型研究〉出版》，《民族文学研究》2003 年第 1 期。

57. 范军：《精心打磨民间故事的“多棱宝石”——〈中国民间故事类型研究〉简评》，《中国图书评论》2003 年第 3 期。

58. 王丹：《开启民间故事世界的金钥匙》，《中国新闻出版报》2003 年 4 月 4 日。

59. 张静：《民间文艺学本体建设的奠基之作——评〈中国民间故事类型研究〉》，《中国新闻出版报》2003 年 4 月 4 日。

60. 林森：《一部原创性力作》，《中国新闻出版报》2003 年 4 月 4 日。

61. 林森：《一部原创性的力作——〈中国民间故事类型研究〉述评》，《华中师范大学学报》2003 年第 3 期。

62. 孙正国：《一部不断出新的民间文学教材——评〈民间文学教程〉》，《长江日报》2002 年 11 月 27 日。

63. 孙正国：《一个兼容人文精神与学术品格的教学平台——评刘守华先生主编的〈民间文学教程〉》，《高等函授学报》2003 年第 5 期。

64. 田茂军：《走向学科现代性——评刘守华、陈建宪主编的〈民间文学教程〉》，《西北民族研究》2003 年第 1 期。

65. 刘晓春：《增强民间文学研究的学科对话力量——以刘守华、陈建宪主编〈民间文学教程〉为例》，《广西师范学院学报》2004 年第 3 期。

66. 李煜、覃德清：《二十年的耕耘与收获——访民间故事学家刘守华》，《民间文学》1987 年第 3 期。

67. 《做学问首先要学会做人——访华中师大中文系教授刘守华》，《武汉晚报》1998 年 2 月 24 日。

68. 姜彬：《探索者的足迹——刘守华〈民间文学纵横谈〉序言》，《华中师大学报》1997 年第 2 期。

69. 杨羽：《中国民间文化宝库的辛勤开拓者——记著名民间文艺学家刘守华教授》，《武汉学刊》1992 年第 5 期。

70. 杨羽、东子：《千淘万漉虽辛苦，吹尽黄沙始到金——著名故事学家刘守华教授访谈录》，《江汉大学学报》1993 年第 5 期。

71. 汪承隆：《勤奋严谨，勇于开拓——记我国著名民间文学学者刘守华教授》，《当代老年》1994 年第 9 期。

72. 肖远平：《追寻人类文化信息，探究民间故事奥秘——刘守华先生在民间故事学上的独特贡献》，《贵州民族学院学报》2001 年第 2 期。

73. 刘晓慧：《民间文学的新收获》，《湖北日报》2001 年 8 月 8 日。

74. 《民间故事学界的大师——刘守华》，见乐其麟、陈昌平主编《长江中游文化名人》，武汉出版社 2003 年。

75. 《雅人雅事——刘守华印象》，《仙桃日报》，2005 年 7 月

11日。

76.《执著献身中国民间文学的学者——记华中师大文学院教授刘守华》,《湖北老教授》2003年第2期。

77. 万强:《半个世纪的“民间”守望——记华中师大博导刘守华》,《长江日报》2005年6月12日。

78. 董中锋:《小学科里的大学问》,《湖北日报》2005年1月27日,又见《文艺报》2005年7月28日。

79. 周耀明:《民俗学家刘守华教授》,《广西民族学院学报》2002年第5期。

80. 孙正国:《原创与整合:刘守华学术品格探寻》,见徐杰舜主编《金羊毛的寻找者》,黑龙江人民出版社2005年4月。

81. 周洁:《守望民间大舞台——与著名民间文艺学家刘守华的对话》,《楚天都市报》2006年7月30日。

82.《耕耘在民间文化园地——记当代著名民间文艺学家华中师范大学刘守华教授》,见刘秋生著《江汉儿女》,武汉出版社2008年3月。

83. 施爱东:《故事学30年点将录——刘守华传》,《民俗研究》2008年第3期。

84. 刘清海、陶然:《刘守华教授与非物质文化遗产保护》,《华人世界》2008年第1期。

85. 侯姝慧:《潜心研究　硕果累累》,《家园》2008年第3期。

86. 陈秋翰:《松柏精神　严谨风范——从刘守华老师身上看到的学术品格》,《汉水文苑》2008年第1期。

87. 万建中、李琼:《20世纪比较故事学发展轨辙》,《民族文学研究》2009年第2期。

88. 过伟:《故事学研究开拓者 刘守华》,见《草根文学,快乐写作》,大众文艺出版社2009年版。

89. 刘锡诚:《不倦探索者的足迹——〈民间故事的艺术世界〉》序,

《湖北民族学院学报》2010 年第 1 期。

90. 付鑫鑫：《民俗学译本：让世界了解哲学社科中的中国》，《文汇报》2021 年 5 月 14 日。

91. 黄永林：《刘守华：把中国民间故事“点石成金”》，《光明日报》2019 年 1 月 21 日。

92. 明海英、郝日虹等：《为中国民间文学繁荣发展作出贡献》，中国社会科学网 2022 年 7 月 13 日。

93. 刘守华、孙正国：《谋事在人 成事在天》，《民间文化论坛》2020 年第 3 期。

94. 张静：《刘守华荣获“中国文联终身成就民间文艺家”荣誉称号》，《人民日报》2022 年 3 月 24 日。

95. 湖北省文联：《向刘守华同志学习——致全省文艺工作者倡议书》，“湖北文艺”公众号 2022 年 9 月 22 日。

96. 梅进文：《刘守华比较故事学思想探微》，《中外文化与文论》第 48 辑。